FACA

Obras do autor publicadas pela Editora Record

Headhunters
Sangue na neve
O sol da meia-noite
Macbeth
O filho

Série Harry Hole
O morcego
Baratas
Garganta vermelha
Casa da dor
A estrela do diabo
O redentor
Boneco de Neve
O leopardo
O fantasma
Polícia
A sede
Faca

JO NESBØ

FACA

Tradução de
Márcia Cláudia Reynaldo Alves

3ª edição

EDITORA RECORD
RIO DE JANEIRO • SÃO PAULO
2021

EDITORA-EXECUTIVA
Renata Pettengill
SUBGERENTE EDITORIAL
Mariana Ferreira
ASSISTENTE EDITORIAL
Pedro de Lima
AUXILIAR EDITORIAL
Juliana Brandt
COPIDESQUE
João Pedroso

CAPA
Capa inspirada no projeto de coleção de Peter Mendelsund
DIAGRAMAÇÃO
Beatriz Carvalho
Júlia Moreira
TÍTULO ORIGINAL NORUEGUÊS
Kniv

CIP-BRASIL. CATALOGAÇÃO NA PUBLICAÇÃO
SINDICATO NACIONAL DOS EDITORES DE LIVROS, RJ

N371f
3ª ed.

Nesbø, Jo
  Faca / Jo Nesbø; tradução de Márcia Cláudia Reynaldo Alves. – 3ª ed. – Rio de Janeiro: Record, 2021.
  (Harry Hole; 12)

  Tradução de: Knife
  Sequência de: A sede
  ISBN 978-85-01-11933-9

  1. Ficção norueguesa. I. Alves, Márcia Cláudia Reynaldo. II. Título. III. Série.

20-64127

CDD: 839.313
CDU: 82-3(481)

Leandra Felix da Cruz Candido – Bibliotecária – CRB-7/6135

Copyright © Jo Nesbø, 2019
Publicado mediante acordo com Salomonsson Agency

Traduzido a partir do inglês *Knife*

Texto revisado segundo o novo Acordo Ortográfico da Língua Portuguesa.

Todos os direitos reservados. Proibida a reprodução, no todo ou em parte, através de quaisquer meios. Os direitos morais do autor foram assegurados.

Direitos exclusivos de publicação em língua portuguesa somente para o Brasil adquiridos pela
EDITORA RECORD LTDA.
Rua Argentina, 171 – Rio de Janeiro, RJ – 20921-380 – Tel.: (21) 2585-2000, que se reserva a propriedade literária desta tradução.

Impresso no Brasil

ISBN 978-85-01-11933-9

Seja um leitor preferencial Record.
Cadastre-se no site www.record.com.br
e receba informações sobre nossos lançamentos e nossas promoções.

Atendimento e venda direta ao leitor:
sac@record.com.br

Parte Um

1

Um vestido esfarrapado preso ao galho de um pinheiro apodrecido. O velho associou a cena aos versos de uma canção de sua juventude, que falavam de um vestido num varal. Mas o vestido que ele via não estava sendo soprado pela brisa do sul como o da música, e sim imóvel no fundo de um rio semicongelado. Embora fossem cinco da tarde de um dia de março e o céu refletido na superfície da água não apresentasse nuvens — conforme havia anunciado a previsão do tempo —, sobrava pouca iluminação depois de os raios de sol terem sido filtrados por uma crosta de gelo e quatro metros de água. E isso significava que o pinheiro e o vestido estavam envoltos numa estranha semiescuridão esverdeada. Era um vestido como os usados no verão, concluiu o velho, azul com bolas brancas. Talvez um dia tivesse sido colorido, mas isso ele não sabia. Tudo dependia de por quanto tempo estaria preso naquele galho. Vivia ao sabor da corrente que jamais cessava, banhado e acariciado quando o rio corria manso, agredido e rasgado quando corria caudaloso, sendo despedaçado lenta e inevitavelmente. Olhando por este lado, pensou o velho, o vestido se assemelhava a ele. Em algum momento, o vestido havia sido importante para uma jovem ou para uma mulher, ou para os olhos de um homem ou para os braços de uma criança. Mas agora, assim como ele, estava à deriva, esquecido, numa existência sem sentido, confinado, humilhado, incapaz de se expressar. Era apenas uma questão de tempo até que a corrente levasse embora o que restava de tudo que havia sido um dia.

— O que você está olhando aí? — veio a voz por trás da cadeira onde estava sentado.

Ignorando as dores, ele virou a cabeça e olhou para cima. Um cliente que nunca tinha visto antes. O velho estava ficando meio confuso, mas nunca esquecia o rosto de quem já havia entrado na Simensen Caça & Pesca. Esse não era o tipo de cliente que vinha à procura de armas ou munição. Com um pouco de prática, dava para perceber pelo olhar quais eram os herbívoros, aquela porção da humanidade que havia perdido o instinto de matar, a porção que não comungava o segredo do outro grupo: que não há nada no mundo capaz de fazer um homem se sentir mais vivo do que enfiar uma bala num mamífero grande de sangue quente. O velho supôs que o cliente estivesse querendo um dos anzóis ou uma das varas de pescar nos suportes localizados acima e abaixo do grande monitor de televisão na parede diante deles, ou talvez uma das câmeras de acionamento remoto para monitorar a vida selvagem que ficavam do outro lado da loja.

— Ele está vendo o rio Haglebu — respondeu Alf.

O genro do velho tinha se aproximado deles. Ele se balançava nos calcanhares com as mãos enfiadas nos bolsos do colete longo de couro que usava para trabalhar.

— A gente instalou uma câmera subaquática lá no ano passado, com a ajuda dos fabricantes. São vinte e quatro horas de transmissão ao vivo de um ponto logo acima da escada do salmão, perto das cachoeiras em Norafossen. Assim dá para a gente saber exatamente quando os peixes começam a nadar rio acima.

— E quando é isso?

— Uns poucos em abril e maio, mas os grandes cardumes só mesmo em junho. As trutas começam a desovar antes do salmão.

O cliente sorriu para o velho.

— Você chegou bem antes, né? Ou viu algum peixe?

O velho abriu a boca. Tinha as palavras prontas na mente, não as havia esquecido. Mas nada saiu. E voltou a fechar a boca.

— Afasia — disse Alf.

— O quê?

— Um derrame, ele não consegue falar. Você está procurando equipamento de pesca?

— Uma câmera de monitoramento remoto — respondeu o cliente.

— Ah, então você é caçador?

— Caçador? Não! De jeito nenhum. É que eu encontrei fezes perto do meu chalé em Sørkedalen que não se pareciam com nada que eu já tivesse visto. Então tirei fotos e postei no Facebook, perguntando se alguém sabia o que era. Um pessoal que mora nas montanhas me respondeu na mesma hora. Urso. Um urso! Na floresta, a uns vinte minutos de carro ou três horas e meia de caminhada de onde a gente está agora, bem no centro da capital da Noruega!

— Isso é fantástico.

— Depende do que você considera "fantástico", mas, como eu ia dizendo, tenho um chalé naquela área. Eu levo a minha família para lá. Quero que alguém mate o animal.

— Eu sou caçador e entendo bem o que você está dizendo. Mas, olha, até mesmo na Noruega, onde não tem tanto tempo assim que a população de ursos era *bem* maior, praticamente não houve mortes por ataque de urso nos últimos séculos.

Onze, pensou o velho. Onze pessoas desde 1800. A última em 1906. Ele pode ter perdido a capacidade de falar e de se mexer, mas as informações do passado continuavam ali. Seu cérebro ainda estava perfeito. Quase perfeito, vá lá! É que às vezes ele ficava um pouco confuso, e, ao reparar a troca de olhares entre o genro e a filha Mette, percebia que havia entendido alguma coisa errado. Assim que o casal assumiu a loja que o velho havia montado e administrado por cinquenta anos, a presença dele era bastante útil. Mas, desde o último derrame, passava os dias sentado. Não que isso fosse tão ruim assim. Desde a morte de Olivia, ele já não tinha muitas expectativas para o que lhe restava de vida. Estar perto da família era suficiente, receber uma refeição quentinha todos os dias, sentar-se na sua cadeira e ficar olhando para aquela tela, assistindo a um programa interminável sem som, onde tudo se movia na mesma velocidade que ele e no qual a coisa mais espetacular que poderia acontecer era o primeiro peixe subir o rio para desovar.

— Por outro lado, isso não quer dizer que não poderia acontecer de novo — ouviu Alf dizer.

Ele tinha levado o cliente para perto das prateleiras com as câmeras de monitoramento remoto.

— E, por mais que possam parecer ursinhos de pelúcia, todos os carnívoros matam. Então, sim, você deve mesmo comprar uma câmera, para descobrir se o animal resolveu morar perto do seu chalé ou se só estava de passagem. É nessa época do ano que os ursos-pardos despertam da hibernação e estão *famintos*. Instala a câmera onde você encontrou as fezes ou em algum local perto do chalé.

— Então a câmera fica dentro daquela caixinha de passarinho? — perguntou o cliente.

— O que você chama de "casinha de passarinho" protege a câmera das intempéries e de animais que cheguem perto demais. Essa aqui é uma câmera simples, de preço razoável. Tem lentes Fresnel que detectam a radiação infravermelha dos animais de sangue quente, humanos e todo o resto. Quando o nível se desvia do padrão, a câmera começa a gravar automaticamente.

O velho meio que ouvia a conversa, mas outra coisa prendeu sua atenção. Algo que acontecia na tela da tevê. Não dava para ver direito até que a escuridão esverdeada ficou mais clara.

— As gravações ficam armazenadas no cartão de memória dentro da câmera, aí você pode assistir mais tarde no computador.

— Isso, *sim*, é fantástico.

— É mesmo, mas você ainda assim tem que ir pessoalmente ver se a câmera gravou alguma coisa. Agora, se você optar por um modelo um pouco mais caro, vai receber uma mensagem no celular toda vez que houver uma gravação. E a gente tem essa outra aqui, o modelo mais avançado, também com cartão de memória, mas que vai enviar qualquer gravação diretamente para o seu celular ou e-mail. Então você pode ficar sentado tranquilamente no seu chalé e só precisa ir até a câmera para trocar a bateria de vez em quando.

— E se o urso aparecer à noite?

— A câmera vem com lâmpadas de LED brancas para o dia e com luz negra para a noite. É um tipo de luz invisível para que o animal não se assuste.

Luz. O velho conseguia ver melhor agora. Uma luz vinha acompanhando a corrente, pela margem direita. Depois, mergulhou na água verde, encontrou o vestido e, por um instante aterrorizante, fez com que o velho imaginasse uma jovem voltando à vida e dançando de alegria.

— Sabe o que é isso? Ficção científica! — comentou o cliente.

O velho ficou boquiaberto quando viu uma espaçonave surgir na tela da tevê, pairando um metro e meio acima do rio, as luzes internas acesas. A correnteza a arremessou de encontro a uma grande rocha e, quase em câmera lenta, o objeto girou até os faróis dianteiros iluminarem o leito do rio, apontando para a lente da câmera e ofuscando o velho. Então os galhos mais grossos do pinheiro agarraram a espaçonave, que parou de se mover. O velho sentiu o coração disparar. Era um carro. A luz interna estava acesa, e dava para ver que estava quase todo cheio de água. Havia alguém lá dentro. Alguém meio sentado, ou meio em pé, no banco do motorista, fazendo um enorme esforço para erguer a cabeça, claramente procurando um bolsão de ar junto ao teto. Um dos galhos podres que prendia o carro quebrou com um estalo e foi levado pela corrente.

— Não dá para alcançar a mesma nitidez e foco como quando se está à luz do dia e a imagem é em preto e branco. Mas, desde que não haja condensação na lente nem um obstáculo no caminho, você sem dúvida vai conseguir ver o seu urso.

O velho bateu com o pé no chão numa tentativa de atrair a atenção de Alf. Parecia que o homem no carro enchia os pulmões antes de voltar a afundar. O cabelo curto e eriçado oscilava de um lado para o outro, e as bochechas estavam inchadas, cheias de ar. Ele bateu com as mãos na janela lateral que dava para a câmera, mas a água dentro do carro anulava a força dos golpes. O velho apoiou as mãos nos braços da cadeira tentando se levantar, mas os músculos não obedeciam aos seus comandos. Notou que o dedo médio de uma das mãos do homem tinha um tom acinzentado. Então ele parou de socar com as mãos e começou a bater a cabeça no vidro da janela. Parecia estar desistindo. Outro galho quebrou, e a correnteza pareceu se esforçar para libertar o carro, mas o pinheiro não estava disposto a colaborar. O velho viu a angústia estampada no rosto amassado de encontro ao vidro da janela do carro. Olhos azuis esbugalhados. Uma cicatriz cor de sangue em forma de meia-lua que ia do canto da boca até a orelha. Com muito esforço, o velho enfim conseguiu se levantar e dar dois titubeantes passos em direção às prateleiras das câmeras.

— Com licença — disse Alf baixinho para o cliente. — O que foi, pai?

O velho apontou para a tela atrás dele.

— Sério? — questionou Alf, ainda relutante antes de se apressar para ir até a tevê. — Peixe?

O velho fez que não com a cabeça e se virou para a tela. O carro. Ele tinha desaparecido. E tudo estava como antes. O leito do rio, o pinheiro apodrecido, o vestido, a luz verde cortando o gelo. Era como se nada tivesse acontecido. O velho voltou a bater com o pé no chão e apontar para a tela.

— Vai com calma, pai — pediu Alf, dando tapinhas no ombro do velho. — Ainda falta um bocado para a desova, viu? — Então voltou para o cliente e para as câmeras de monitoramento remoto.

O velho viu os dois homens de costas para ele e se sentiu dominado pelo desespero e pela raiva. O que faria para explicar o que tinha acabado de ver? O médico havia lhe explicado que, quando um derrame atingia as partes frontal e posterior do lado esquerdo do cérebro, o indivíduo não só perdia a capacidade de falar como também de se comunicar, fosse por escrito, fosse por meio de gestos. Ele voltou cambaleante para a cadeira e se sentou. Olhou para o rio que seguia seu curso. Imperturbável. Implacável. Imutável. Minutos depois, sentiu o coração retomar um ritmo tranquilo. Quem poderia afirmar que aquilo de fato aconteceu? Talvez tivesse sido apenas um breve vislumbre do que estava por vir no próximo estágio em direção à escuridão absoluta da velhice. Ou, nesse caso, do mundo colorido das alucinações. Ele olhou para o vestido. Naquela fração de segundo em que havia pensado que o vestido estava iluminado pelos faróis do carro, teve a impressão de ter visto Olivia dançando dentro dele. E, do outro lado do para-brisa, dentro do carro iluminado, viu de relance um rosto que já havia visto antes. Um rosto do qual se recordava, pois o tinha visto ali na loja. E ele vira aquele homem em duas ocasiões. Aqueles olhos azuis e aquela cicatriz vermelho-vivo. Nas duas ocasiões, o sujeito havia comprado câmeras de monitoramento remoto. A polícia aparecera recentemente e fizera algumas perguntas a respeito do tal homem. O velho poderia ter dito que o cara era alto. E que tinha aquela expressão no olhar. A expressão que indicava que ele conhecia o segredo. A expressão que revelava que ele não era um herbívoro.

2

Svein Finne se inclinou sobre a mulher e lhe sentiu a testa com uma das mãos. Estava molhada de suor. Os olhos que o fitavam estavam vidrados de dor. Ou seria medo? Provavelmente medo, deduziu ele.

— Você está com medo de mim? — sussurrou ele.

Ela assentiu e engoliu em seco. Ele sempre admirara a beleza dela, fosse no trajeto que fazia a pé até a academia, fosse na academia, fosse no metrô, sentado a alguns bancos de distância dela para que o visse. Para que soubesse. Mas nunca a vira tão linda quanto agora, indefesa, completamente submissa ao seu poder.

— Prometo que vai ser rápido, querida — murmurou ele.

Ela arfou de pavor. Ele se perguntou se deveria beijá-la.

— Uma facada na barriga — sussurrou ele — e pronto, acabou.

Ela fechou os olhos com força, e duas lágrimas brilhantes escapuliram por entre os cílios.

Svein Finne deu uma risada abafada e disse:

— Você sabia que essa hora ia chegar. Você sabia que eu não ia te deixar escapar. Foi uma promessa, veja bem.

Ele correu o dedo indicador pela mistura de suor e lágrimas na bochecha dela. Via um olho dela através do grande buraco aberto em sua mão, na asa da águia. O buraco era o resultado do tiro disparado por um policial, um jovem na época. Svein Finne fora condenado a vinte anos de prisão por dezoito acusações de estupro, e ele não contestara as acusações em si, mas, sim, a tipificação delas como "estupro", assim como o fato de acharem que um homem como ele deveria mesmo ser punido pelos atos que cometeu. Mas o juiz e os jurados, ao que pareceu, consideravam que as leis da Noruega eram superiores às da natureza humana. Tudo bem, essa era a opinião deles.

O olho dela o encarou através do buraco.

— Você está pronta, querida?

— Não me chama assim — gemeu ela, mais em tom de súplica do que de comando —, e chega de falar de facas...

Svein Finne suspirou. Por que as pessoas tinham tanto medo de facas? Elas foram a primeira ferramenta da humanidade. As pessoas tiveram dois milhões e meio de anos para se acostumar com elas e, mesmo assim, algumas ainda não apreciavam a beleza daquilo que possibilitou que não vivessem mais no alto das árvores. Caça, abrigo, agricultura, alimento, defesa. Do mesmo jeito que a faca traz a morte, também traz a vida. Não se podia ter uma coisa sem a outra. Apenas aqueles que dão valor a isso e aceitam as consequências de sua natureza humana e de suas origens conseguem amar as facas. Medo e amor. De novo, os dois lados da mesma questão.

Svein Finne olhou para cima, para as facas na bancada ao lado, prontas para o uso. Prontas para serem selecionadas. A escolha da faca certa era importante para um serviço decente. Aquelas eram boas, produzidas, cada uma, para um fim pré-determinado, e da melhor qualidade. Claro que elas não tinham o que Svein Finne procurava numa faca. Personalidade. Caráter. Magia. Antes de aquele policial jovem, alto e descabelado ter arruinado tudo, Svein Finne era dono de uma bela coleção de vinte e seis facas.

A melhor delas era uma javanesa. Longa, fina, assimétrica, como uma serpente sinuosa espetada num cabo. Bela, feminina. Provavelmente não a mais eficiente quando posta em ação, mas tinha a qualidade hipnótica das serpentes e das belas mulheres que levava as pessoas a seguirem suas ordens. Contudo, a faca mais eficaz da coleção era uma *Rampuri*, a favorita da máfia indiana. Ela emanava uma espécie de frio, como se fosse feita de gelo, e era tão medonha que era mesmerizante. A *karambit*, no formato de garra de tigre, combinava beleza e eficiência. Mas talvez fosse previsível demais, como uma puta com maquiagem pesada e vestido justo e decotado. Svein Finne nunca gostou desse tipo. Preferia as inocentes. Virginais. E, na medida do possível, simples. Como a sua faca favorita da coleção. Uma faca finlandesa *puukko*, com um cabo desgastado de madeira escura que não tinha nada a ver com a lâmina curta e sulcada e a borda afiada numa curva pontiaguda. Ele havia comprado sua *puukko* na cidade de Turku, na Finlândia, e dois dias depois a colocou em uso para resolver um desentendimento com uma garota balofa de 18 anos que trabalhava sozinha em um posto de gasolina da Neste, nos arredores de Helsinque. Mesmo naquela época ele tinha gaguejado de leve, como sempre acontecia quando sentia tesão. O que não queria dizer que não estivesse no controle; muito pelo contrário, era apenas a dopamina em ação. E a confirmação de que, mesmo chegando aos 80 anos, sua libido não havia diminuído. Levou exatamente dois minutos e meio desde o instante em que cruzou a porta — quando encurralou a moça no balcão, arrancou as calças dela, ejaculou dentro dela, pegou a identidade da moça e anotou o nome e o endereço de Maalin — e saiu. Dois minutos e meio. Quantos segundos levou a inseminação propriamente dita? Os chimpanzés levam em média oito segundos para transar. Oito segundos em que o casal de macacos fica privado de suas defesas num mundo cheio de predadores. O gorila — que tem menos inimigos na natureza — poderia estender o prazer até um minuto. Mas um homem disciplinado em território inimigo muitas vezes precisa abrir mão do prazer em prol de um objetivo maior: a reprodução. Então, assim como um assalto a banco nunca deve durar mais de quatro minutos, um ato de inseminação em um lugar público nunca deve levar mais de dois minutos e meio. O processo evolutivo provaria que ele estava certo. Era apenas uma questão de tempo.

Mas, agora, eles estavam num ambiente seguro. Além disso, não haveria inseminação. Não que não quisesse — ele queria, sim. Mas, desta vez, ela seria penetrada por uma faca; não fazia o menor sentido tentar engravidar uma mulher quando não havia chance de resultar em fecundação e prole. Então o homem disciplinado poupou sua semente.

— Eu tenho que ter permissão de te chamar de querida, já que estamos noivos — sussurrou Svein Finne.

Ela o encarou com olhos escurecidos de choque. Escurecidos, como se já estivessem muito distantes. Como se já não houvesse luz alguma que pudesse se apagar.

— Sim, a gente *está* noivo. — Ele riu baixinho e pressionou seus grossos lábios de encontro aos dela.

Depois, num movimento automático, limpou os lábios dela com a manga da camisa de flanela para que não houvesse nenhum resquício de saliva.

— E aqui está o que venho te prometendo — disse ele, correndo a mão entre os seios dela na direção da barriga.

3

Harry acordou. Havia algo errado. Ele sabia que logo se recordaria, que aquele breve e abençoado momento de suspense era tudo que iria conseguir antes que a realidade lhe desse um tapa na cara. Abriu os olhos e se arrependeu na mesma hora. Era como se a luz do dia que abria caminho pela janela embaçada de sujeira e iluminava o quartinho vazio prosseguisse em linha reta para um ponto sensível bem no fundo dos seus olhos. Ele voltou a procurar refúgio na escuridão das pálpebras e compreendeu que estivera sonhando. Com Rakel, é claro. E que tinha começado com o mesmo sonho que já havia tido tantas vezes, sobre aquela manhã muitos anos antes, não muito depois de terem se conhecido. Ela estava deitada com a cabeça em seu peito, e ele havia perguntado se ela estava conferindo se o que diziam era verdade: que ele não tinha coração. E Rakel rira daquele jeito que ele adorava; ele fazia as coisas mais idiotas do mundo para arrancar uma gargalhada dela. Então ela erguera a cabeça e olhara para ele com os amorosos olhos castanhos herdados da mãe austríaca e respondera que estavam certos, mas que doaria seu coração para ele. Dito e feito. O coração de Rakel era tão grande, que tinha bombeado sangue para todo o corpo dele e quebrado todo o gelo, transformando-o num ser humano de novo. E num marido para ela. E num pai para Oleg, o garoto sério e introvertido que Harry havia aprendido a amar como filho. Harry conhecera a felicidade. E o temor. A felicidade de não saber o *que* ia acontecer, mas a infelicidade de saber que *alguma coisa ia* acontecer, que não tinha vindo ao mundo para se sentir tão feliz. E o temor de perder Rakel. Porque a metade de um coração não conseguiria bater sem a outra, disso ele sabia, assim como Rakel. Então, se não conseguiria viver sem ela, por que fugia dela no sonho da noite anterior?

Não sabia, não conseguia se lembrar, mas Rakel viera reivindicar a outra metade do seu coração, ela escutara as já fracas batidas do coração dele, descobrira onde ele estava e tocara a campainha.

Então, enfim, o tapa na cara que estivera a caminho. A realidade. O fato de que a havia perdido.

E não porque tivesse fugido dela, mas porque ela o mandara embora.

Harry ficou ofegante. Um som perfurava seus tímpanos, e ele se deu conta de que a dor não estava apenas no fundo dos seus olhos, mas que seu cérebro inteiro doía sem parar. E que foi esse som que acabou com o sonho antes que ele acordasse. Havia de fato alguém tocando a campainha. Uma esperança irrefreável, estúpida e dolorosa ressurgiu.

Sem abrir os olhos, Harry estendeu a mão para o chão perto do sofá-cama à procura da garrafa de uísque. Derrubou-a e notou que estava vazia pelo barulho que fez ao rolar pelo assoalho de tacos de madeira velhos. Forçou-se a abrir os olhos. Encarou a mão que oscilava acima do piso como uma garra esfomeada, a prótese de titânio cinza no dedo médio. A mão estava ensanguentada. Merda. Cheirou os dedos e tentou se lembrar do que havia acontecido no finalzinho da noite anterior e se envolvia mulheres. Jogou o cobertor para o lado e correu os olhos pelo corpo nu, magro, de um metro e noventa e dois. Pouquíssimo tempo se passara desde que havia tido uma recaída e voltara a beber, então ainda não tinha nenhuma sequela; mas, se as coisas continuassem assim, seus músculos ficariam mais fracos semana após semana, e sua pele clara, que já parecia cinzenta, ficaria tão branca quanto uma folha de papel, e ele se transformaria num fantasma, e um belo dia desapareceria por completo. O que, é claro, era motivo suficiente para beber, não?

Ele se esforçou para se sentar. Olhou ao redor. Estava de volta ao lugar em que havia morado antes de ter voltado à condição de ser humano. Porém, agora, pior que antes. No que poderia ser considerada uma irônica reviravolta do destino, o apartamento de quarenta metros quadrados com dois quartos no qual tinha morado de favor e depois passado a alugar de um jovem colega da polícia ficava um andar abaixo do apartamento onde ele morara antes de se mudar para a casa de madeira que Rakel tinha em Holmenkollen. Quando se mudara para o apartamento, Harry havia comprado um sofá-cama na Ikea. Isso, além da estante repleta de vinis atrás do sofá, da mesa de centro, do espelho que continuava encostado na parede e do guarda-roupa no corredor, era tudo o que tinha de mobília. Harry não tinha certeza se era por falta de iniciativa sua ou se tentava se convencer de que era apenas uma fase e ela o aceitaria de volta depois de refletir sobre a situação.

Ele se perguntou se ficaria doente. Bem, isso provavelmente dependia só dele. Era como se seu corpo tivesse se habituado ao veneno depois de algumas semanas, como se tivesse desenvolvido tolerância à dose e, agora, exigisse que essa tolerância aumentasse ainda mais. Ele encarou a garrafa vazia que agora descansava entre seus pés. Era uma garrafa de Peter Dawson Special. Um uísque que, na verdade, de especial não tinha nada. O Jim Beam é que era bom. E vinha em garrafas quadradas que não rolavam pelo chão. Mas o Dawson era barato, e um alcoólatra sedento com salário fixo e uma conta bancária zerada não podia se dar ao luxo de ser exigente. Ele olhou a hora. Dez para as quatro. Faltavam duas horas e dez minutos para a loja de bebidas baixar as portas.

Ele respirou fundo e ficou de pé. Parecia que sua cabeça ia explodir. Sentiu uma tontura, mas conseguiu se firmar. Olhou no espelho. Parecia um peixe do fundo do mar que tinha sido puxado para cima tão rápido que os olhos e as entranhas por pouco não saltaram fora e com tanta força que o anzol cortou o lado esquerdo de seu rosto, deixando uma cicatriz rosada em formato de foice, que ia da boca até a orelha. Tateou debaixo da coberta, mas não encontrou a cueca, então enfiou o jeans que estava jogado no chão e foi atender a campainha. Uma silhueta escura podia ser vista encostada do outro lado do vidro canelado da porta. Era ela, Rakel tinha voltado. Mas ele também pensara isso da última vez que a campainha tocara. E era só um homem que se apresentou como sendo da companhia elétrica que precisava trocar o medidor por um mais avançado para que a companhia pudesse monitorar o uso hora a hora até o mínimo watt, para que todos os clientes pudessem ver exatamente a hora do dia em que ligaram o fogão ou quando apagaram o abajur. Harry havia explicado que não tinha fogão, e que, se tivesse, não iria querer que ninguém soubesse a que horas iria ligá-lo ou desligá-lo. E, depois de dizer isso, batera a porta.

Mas a silhueta que ele pôde ver desta vez pelo vidro era feminina. A altura, o contorno do corpo. Como ela havia conseguido acessar as escadas?

Ele abriu a porta.

Havia duas delas. Uma mulher que nunca tinha visto antes e uma menina que, de tão baixinha, não alcançava nem o vidro da porta. E, quando notou a caixa de coleta que a garota havia erguido para que ele visse, concluiu que elas deviam ter tocado na porta que dava para a rua e um dos vizinhos permitira que entrassem.

— Estamos angariando fundos para caridade — avisou a mulher. As duas usavam colete laranja com o emblema da Cruz Vermelha.

— Eu achava que a coleta começava no outono — comentou Harry.

A mulher e a menina o encararam sem dizer nada. Na hora, ele entendeu essa atitude como hostilidade, como se ele as tivesse acusado de estarem dando um golpe. Mas então percebeu que era desdém, provavelmente por estar sem camisa e fedendo a bebida às quatro da tarde. E por não saber absolutamente nada da campanha nacional que arrecadava fundos batendo de porta em porta e que tinha recebido extensa cobertura na mídia.

Harry verificou se estava se sentindo envergonhado. E, para falar a verdade, estava. Um pouco. Ele enfiou a mão no bolso em que costumava guardar dinheiro para bebida, já que sabia por experiência própria que não era uma escolha muito sábia sair por aí com seus cartões do banco.

Ele sorriu para a garota, que encarava de olhos arregalados a mão ensanguentada que passava uma nota dobrada pela fenda da caixa de coleta lacrada. Viu de relance um bigode desaparecer dentro da caixa. O bigode de Edvard Munch.

— Droga — esbravejou Harry.

Enfiou a mão no bolso. Vazio. Igualzinho à sua conta bancária.

— O que foi? — perguntou a mulher.

— Pensei que fosse uma nota de duzentos, mas acabei depositando um Munch! Mil coroas!

— Ah...

— Será que... dá para pegar de volta?

As duas olharam para ele em silêncio. A menina ergueu um pouco a caixa para que ele pudesse ver de perto o lacre de plástico sobre o logotipo da instituição de caridade.

— Entendi — balbuciou Harry. — Vocês dão troco?

A mulher sorriu achando que ele estava querendo bancar o engraçadinho, e ele sorriu de volta como se concordasse com ela, enquanto sua mente buscava desesperadamente uma solução para o problema: 299 coroas e 90 øre antes das seis da tarde. Ou 169,90 por meia garrafa.

— O senhor vai ter que se consolar com o fato de que o dinheiro vai para pessoas que realmente precisam — comentou a mulher, guiando a menina de volta para as escadas.

Harry fechou a porta, entrou na cozinha e lavou o sangue da mão, sentindo uma pontada de dor enquanto a água escorria. De volta à sala, observou o cômodo e viu que tinha uma marca de sangue na capa do edredom. Ele se ajoelhou e achou o celular debaixo do sofá. Nenhuma mensagem, apenas três ligações na noite passada: uma de Bjørn Holm, o legista de Toten, e duas de Alexandra, do laboratório do Instituto de Medicina Forense. Ela e Harry tinham se tornado íntimos fazia pouco tempo, depois que ele foi expulso de casa para ser mais exato, e, pelo que sabia — e se lembrava — dela, Alexandra não era do tipo que usava a menstruação como desculpa para cancelar os planos com ele. Na primeira noite, quando ela o ajudara a voltar para casa e os dois procuraram em vão pelas chaves nos bolsos da calça dele, ela arrombou a fechadura com uma facilidade desconcertante e fez com que ele — e ela — se deitasse no sofá-cama. E, quando ele acordou, Alexandra já havia ido embora, mas deixara um bilhete de agradecimento pelos serviços prestados. Aquele sangue podia ser dela.

Harry fechou os olhos e tentou se concentrar. Os eventos e a cronologia das últimas semanas eram nebulosos; mas a noite passada era uma página em branco na sua memória. Completamente em branco, para falar a verdade. Deu uma boa olhada na mão direita. Três juntas sangrando, a pele arranhada e sangue coagulado na borda das feridas. Deve ter socado alguém. E três juntas significavam mais de um soco. Então viu sangue na calça. Era sangue demais para vir apenas dos dedos. E dificilmente seria sangue de menstruação.

Harry tirou a capa do edredom enquanto retornava a ligação de Bjørn Holm. Quando colocou o telefone no ouvido, Harry podia apostar que em algum lugar por aí havia um celular tocando uma música de Hank Williams, uma música que Bjørn podia jurar que falava de um legista como ele.

— Como estão as coisas? — perguntou Bjørn em seu alegre dialeto Toten.

— Depende — disse Harry, entrando no banheiro. — Pode me emprestar trezentas coroas?

— É domingo, Harry. A loja de bebidas está fechada.

— Domingo? — Harry tirou a calça e enfiou a capa do edredom no já transbordante cesto de roupa suja. — Puta merda.

— Queria mais alguma coisa?

— Foi você que me ligou por volta das nove.

— Sim, mas você não atendeu.

— Isso eu sei. Tudo indica que meu celular passou alguns dias debaixo do sofá. Eu estava no Jealousy.

— Foi o que pensei, por isso eu liguei para Øystein, e ele me disse que você estava lá.

— E...?

— E aí eu fui até lá. Você não se lembra mesmo de nada disso?

— Merda. O que aconteceu?

Harry ouviu seu colega suspirar e o imaginou revirando os olhos levemente salientes, a cara de lua emoldurada por um gorro achatado e a barba mais espessa e avermelhada da sede da polícia.

— O que você quer saber?

— Só o que você achar necessário — respondeu Harry ao ver uma coisa no cesto de roupa suja. O gargalo de uma garrafa despontando entre cuecas e camisetas. Um Jim Beam. Vazia. Será mesmo? Abriu a tampa, levou aos lábios e inclinou a cabeça para trás.

— Tudo bem, vamos à versão resumida — começou Bjørn. — Quando eu cheguei no Jealousy, às nove e quinze, você estava bêbado, e, na hora que levei você para casa de carro, às dez e meia, a única coisa que você disse e que fez algum sentido foi sobre uma pessoa. Adivinha quem?

Harry não respondeu, estava olhando com o canto do olho para o interior da garrafa, acompanhando o trajeto de uma gota que escorria lá dentro.

— Rakel — continuou Bjørn. — Você apagou no carro e eu te ajudei a subir para o seu apartamento.

Harry sabia que, pela velocidade da gota, ainda faltava um bom tempo, e afastou a garrafa da boca.

— Hum... e isso foi tudo?

— A versão resumida.

— A gente brigou?

— Você e *eu*?

— Pelo jeito que você falou "eu", dá para perceber que eu briguei com alguém. Quem?

— O novo proprietário do Jealousy pode ter ficado um pouco incomodado.

— Um pouco? Eu acordei com três juntas ensanguentadas e sangue na calça.

— Você primeiro deu um soco no nariz dele, então houve bastante sangue. No segundo ele se abaixou e você acertou a parede. Mais de uma vez. A parede provavelmente ainda deve estar manchada com o seu sangue.

— Mas Ringdal não revidou?

— Para ser sincero, você estava tão fodido que não havia como machucar ninguém, Harry. Øystein e eu conseguimos fazer com que você parasse antes que se machucasse ainda mais.

— Merda. Então isso quer dizer que estou proibido de entrar lá?

— Olha, pelo menos um soco Ringdal merecia. Ele tinha colocado aquele CD *White Ladaer* para tocar do começo ao fim e já estava colocando de novo quando você começou a gritar que ele estava arruinando a reputação do bar que, segundo você, Øystein, Rakel e você construíram.

— Mas é verdade! Aquele bar era uma mina de ouro, Bjørn. Ele comprou a coisa toda por quase nada, e eu só pedi uma única coisa: que ele se posicionasse contra toda a porcaria e só tocasse músicas de qualidade.

— Você quer dizer as músicas que *você* gosta?

23

— As músicas que *a gente* gosta, Bjørn. Você, eu, Øystein, Mehmet... Mas não... Mas não aquela merda do David Gray!

— Talvez você devesse ter sido um pouco mais específico... Epa, o neném começou a chorar, Harry.

— Ah. Beleza, desculpa. E obrigado. Desculpa por ontem à noite. Porra, eu pareço um idiota falando. Vou desligar. Manda um oi para a Katrine.

— Ela está trabalhando.

A linha ficou muda. E, naquele momento, num flash repentino, Harry viu alguma coisa. Aconteceu tão rápido que mal teve tempo para identificar o que era, mas seu coração bateu tão forte que ele ficou ofegante.

Harry olhou para a garrafa que ele ainda segurava de cabeça para baixo. O pingo havia caído. Ele olhou para o chão. Uma gota marrom brilhava no piso branco imundo.

Suspirou. Ainda nu, foi se agachando e sentiu a cerâmica fria sob os joelhos. Botou a língua para fora, respirou fundo e se inclinou para a frente, apoiando a testa no chão como se estivesse em oração.

Harry seguia pela Pilestredet a passos largos. As clássicas botas Dr. Martens deixavam uma trilha escura na fina camada de neve que caíra durante a noite. O sol tímido da primavera fazia o possível para derreter a neve antes de desaparecer atrás dos antigos prédios de quatro ou cinco andares da cidade. Ouvia os estalidos ritmados das lascas de pedra entaladas nos sulcos da sola das botas indo de encontro à calçada ao passar diante dos arranha-céus modernos onde antes ficava o antigo Rikshospitalet, o hospital em que ele nascera quase cinquenta anos antes. Observou os mais recentes grafites na fachada do Blitz, aquele edifício velho que outrora fora um prédio de apartamentos, mas que acabou se transformando na fortaleza do movimento punk em Oslo, onde Harry foi a shows de bandas desconhecidas na adolescência, apesar de nunca ter sido punk. Passou em frente ao Rex Pub, onde já havia bebido até cair na época em que o bar tinha outro nome, a bebida era barata, os seguranças não tão sérios e era frequentado pela galera do jazz. Uma turma à qual ele também não pertencera. Harry também não havia feito parte daquele grupo de almas renascidas em

Cristo que congregava e falava em línguas na igreja pentecostal do outro lado da rua. Ele passou diante do tribunal. Quantos assassinos ele conseguira fazer com que fossem condenados ali? Muitos. Mas não o bastante. Porque não eram aqueles que você colocava atrás das grades que assombravam seus pesadelos, mas, sim, os que escapavam. Assombrando também suas vítimas. Ainda assim, para o bem ou para o mal, ele botou na cadeia gente suficiente para conquistar um bom nome, uma reputação. Uma reputação que não deixava de lado o fato de ele ter sido direta ou indiretamente responsável pela morte de vários colegas.

Chegou à Grønlandsleiret, onde, em algum momento dos anos setenta, a monoétnica cidade de Oslo por fim colidiu com o restante do mundo. Ou teria sido o contrário? Restaurantes com nomes árabes, lojas que vendiam verduras e temperos importados de Karachi, mulheres somalis de *hijab* passeando aos domingos com carrinhos de bebê, os maridos conversando animadamente três passos atrás. Mas Harry também reconheceu alguns dos pubs da época em que Oslo ainda tinha uma classe trabalhadora branca que morava bem aqui. Caminhou pela calçada diante da Igreja Grønland e seguiu para o palácio de vidro no alto do parque. Antes de abrir a porta pesada de metal com portinhola de vidro, virou-se. Observou a cidade de Oslo. Feia e linda. Fria e quente. Um lugar que ele às vezes amava e às vezes odiava. Mas de onde jamais conseguiria ir embora. Ele até poderia "dar um tempo", passar um período longe dali. Mas não abandonar para sempre. Não do jeito que ela o havia abandonado.

O segurança autorizou sua entrada. Harry desabotoou o casaco enquanto aguardava no hall dos elevadores. Não adiantou, começou a suar. E, então, veio a tremedeira quando a porta do elevador se abriu. Ao perceber que naquele dia não ia dar, virou-se e subiu as escadas até o sexto andar.

— Trabalhando num domingo? — perguntou Katrine Bratt ao erguer os olhos do computador, enquanto Harry entrava no escritório sem ter sido anunciado.

— Posso dizer o mesmo de você — disse Harry ao se afundar na cadeira do outro lado da mesa de Katrine.

Trocaram olhares.

Harry cerrou os olhos, jogou a cabeça para trás e esticou as longas pernas por baixo da escrivaninha, a mesma que tinha vindo junto com o cargo que Katrine havia assumido com a saída de Gunnar Hagen. Ela havia mandado pintar as paredes de uma cor mais clara, e o chão de taco tinha sido encerado; fora isso, o escritório do chefe de departamento permanecia igual. E, mesmo que Katrine Bratt fosse a recém-nomeada chefe da Divisão de Homicídios e tivesse se tornado mãe há pouco tempo, Harry ainda a via como a garota tempestuosa que chegara da polícia de Bergen com um plano, traumas, uma franja preta e uma jaqueta de couro igualmente preta cobrindo um corpo que acabava com o argumento sobre haver ou não mulheres em Bergen e que fazia com que os colegas de Harry demorassem um pouco mais a desviar o olhar. Havia algumas explicações clichês e outras meio absurdas sobre o fato de ela só ter olhos para Harry. A fama de bad-boy. O fato de ele ser comprometido. E de ele a enxergar como algo além de apenas uma policial.

— Pode ser que eu esteja errado — disse Harry com um bocejo —, mas ao telefone deu a impressão de que o papai do seu garotinho estava feliz com a licença-paternidade.

— E está mesmo — confirmou Katrine enquanto digitava no computador. — E quanto a você? Está feliz com...

— A licença-conjugal?

— Eu ia perguntar se estava feliz por voltar à Divisão de Homicídios.

Harry abriu um olho e disse:

— Trabalhando no cargo de um policial iniciante?

Katrine deu um suspiro.

— Foi o melhor que Gunnar e eu conseguimos, considerando as circunstâncias, Harry. O que você esperava?

Ainda com um dos olhos fechado, Harry vasculhou o ambiente enquanto pensava no que havia esperado. Que o escritório de Katrine exibisse um toque feminino mais óbvio? Que lhe dessem a mesma sala confortável que tivera antes de pedir demissão do cargo de detetive de homicídios, começar a lecionar na Academia de Polícia, se casar com Rakel e tentar viver uma vida tranquila e longe da bebida? É claro que não podiam lhe dar tudo isso. Mas, com a bênção de Gunnar Hagen e a colaboração de Bjørn, Katrine literalmente o retirou da sarjeta e lhe deu esse espaço para ter um lugar aonde ir, alguma coisa que o fizesse tirar Rakel da cabeça, uma razão para não beber até morrer. Só o fato de ele ter aceitado pôr a papelada em ordem e revisar casos não solucionados já provava que havia afundado mais do que jamais acreditou ser possível. Ainda assim, a vida havia lhe ensinado que sempre havia um jeito de ir um pouco mais para o fundo do poço. Então Harry resmungou:

— Você pode me emprestar 500 coroas?

— Que inferno, Harry!

Katrine olhou para ele com ar de quem não acreditava no que havia acabado de escutar.

— Foi para isso que você veio aqui? Você já não bebeu o suficiente ontem?

— Não é assim que funciona. Foi você que mandou o Bjørn me buscar?

— Não.

— Então como ele me encontrou?

— Todo mundo sabe onde você passa as noites, Harry. Apesar de muita gente achar muito esquisito ficar no bar que acabou de vender.

— É que normalmente não se recusam a servir um ex-proprietário.

— Pode até ser, mas não depois de ontem. Pelo que Bjørn me falou, a última coisa que o proprietário disse para você foi que até o fim da sua vida você está proibido de botar os pés lá.

— Sério? Eu não me lembro de nada disso.

— Vamos ver se eu consigo te ajudar. Você tentou convencer o Bjørn a denunciar o Jealousy à polícia por causa da música que estava tocando e depois queria que ele ligasse para a Rakel e fizesse de tudo para convencê-la a mudar de ideia. E isso do celular do Bjørn, já que você tinha deixado o seu em casa e não tinha certeza se ela atenderia a ligação se visse que era você.

— Que inferno — comentou Harry, cobrindo o rosto com as mãos e massageando as têmporas.

— Eu não estou contando isso para te deixar com vergonha, Harry. É só para você ver o que acontece quando você bebe.

— Ah, eu agradeço muito.

Harry cruzou as mãos sobre o peito e viu que havia uma nota de 200 coroas na beirada da mesa, bem na sua frente.

— Não é o suficiente para te deixar bêbado — disse Katrine —, mas o suficiente para te ajudar a pegar no sono. Porque é disso que você precisa. Dormir.

Ele deu uma boa olhada em Katrine. O olhar dela tinha ficado mais suave com o passar dos anos, e ela já não era mais aquela jovem nervosa que queria se vingar do mundo. Talvez graças aos amigos, à equipe do departamento e ao filho de nove meses. Claro, esse tipo de coisa podia deixar as pessoas mais conscientes e, em geral, mais amorosas. Durante o caso do vampirista, há um ano e meio, quando Rakel estava hospitalizada e ele havia tido uma recaída e voltara a beber, Katrine o ajudara e o levara para casa. Ela o deixara vomitar em seu banheiro impecavelmente limpo e havia lhe concedido algumas horas de um sono tranquilo na cama que dividia com Bjørn.

— Não — disse Harry. — Eu não preciso dormir, preciso de um caso.

— Mas você tem um caso.

— Eu preciso do caso Finne.

Katrine suspirou.

— Os homicídios aos quais você está se referindo não são chamados de "caso Finne" e não tem nada que o aponte como culpado. E, como eu já disse, tenho as pessoas de que preciso no caso.

— Três assassinatos. Três homicídios não solucionados. E você vem me dizer que não precisa de alguém que possa provar de uma vez por todas o que você e eu já sabemos? Que Finne é o culpado?

— Você tem o seu caso, Harry. Vai resolver isso. Do resto cuido eu.

— O que você chama de "meu caso" não chega nem a ser um caso, é um homicídio doméstico, e já temos a confissão do marido, o motivo e as evidências forenses.

— A qualquer momento ele pode retirar a confissão, por isso a gente precisa de muito mais lenha nessa fogueira.

— É o tipo de caso que você poderia ter passado para o Wyller ou para o Skarre ou para um dos novatos. Finne é um maníaco sexual e um serial killer, e eu sou o único detetive que você tem com experiência nesse tipo de caso, porra!

— Não, Harry! Ponto final. Eu não quero mais ouvir falar sobre isso.
— Mas por quê?
— Por quê? Olha para você! Se você fosse o chefe desse departamento, você mandaria um detetive bêbado e desequilibrado para discutir com os nossos colegas cabeças-duras de Copenhague e de Estocolmo que praticamente já chegaram à conclusão de que esses crimes *não foram* cometidos pelo mesmo homem? Você vê serial killers em tudo que é canto, porque o seu cérebro está programado para isso.
— Isso pode até ser verdade, mas *é* o Finne. Tem todas as características...
— Chega! Você tem que se livrar dessa obsessão, Harry.
— Obsessão?
— Bjørn me disse que você não parou de falar do Finne enquanto estava bebendo, dizendo que precisava pegá-lo antes que ele pegasse você.
— Enquanto eu estava *bebendo*? Diz a verdade: quando eu estava bêbado. Bêbado.
Harry se esticou, pegou o dinheiro e o enfiou no bolso da calça.
— Bom domingo para você.
— Para onde você vai?
— Para um lugar em que eu possa observar melhor o dia de descanso.
— Tem pedrinhas na sola do seu sapato, então sai na ponta dos pés para não marcar o meu chão de taco.

Harry apressou o passo enquanto seguia pela Grønlandsleiret em direção ao Olympen e ao Pigalle. Não eram seus bares preferidos, mas os mais próximos. Havia tão pouco tráfego na rua principal em Grønland, que ele conseguiu atravessá-la mesmo com o sinal verde ao mesmo tempo que verificava o celular. Perguntou-se se deveria retornar a ligação de Alexandra. Achou melhor não. Seria muita cara de pau. Viu no registro de chamadas que tinha ligado seis vezes para Rakel, entre as seis e as oito da noite anterior. Chegou a levar um choque. *Chamada rejeitada*, era o recado. Às vezes, a linguagem tecnológica era desnecessariamente clara.

Ao alcançar a calçada do outro lado, Harry sentiu uma pontada no peito e seu coração disparou, como se tivesse perdido a peça que controlava a pulsação. Ele só teve tempo de pensar *ataque cardíaco*, então a dor foi embora. Não seria a pior maneira de morrer. Dor no peito. Joelhos no chão. Cabeça batendo na calçada. Fim. Mais alguns dias bebendo assim, e esse fim não estaria muito distante da realidade, não. Harry seguiu caminhando. Outro flash repentino. Agora ele vira mais do que antes, mais cedo naquela mesma tarde. No entanto, já havia esquecido, como um sonho depois que se acorda.

Harry deu uma paradinha na calçada do Olympen e espiou lá dentro. Aquele havia sido um dos bares mais barra-pesada de Oslo; depois de uma reforma geral, porém, ficou tão diferente que Harry hesitou em entrar. Deu uma sacada na nova clientela. Uma mistura de hipsters descolados e casais bem-vestidos, assim como famílias com crianças pequenas, com pouco tempo disponível mas dinheiro o bastante para bancar um almoço fora no domingo.

Apalpou o bolso. Encontrou a nota de 200 coroas e... uma chave. Não da sua casa, mas da cena do crime do homicídio doméstico. Na Borggata, em Tøyen. Ele não se lembrava por que havia solicitado a chave, já que o caso estava praticamente solucionado. Mas ao menos teria a cena do crime para si. Completamente sozinho, considerando que o outro detetive designado para o caso, Truls Berntsen, não iria mexer mais nem uma palha. A entrada de Truls Berntsen na Divisão de Homicídios se deveu menos por mérito que pelo fato de ele ser amigo de infância de Mikael Bellman, ex-chefe de polícia e, na época da indicação, ministro da Justiça. Truls Berntsen era um completo inútil, e havia um acordo velado entre Katrine e Truls de que ele passaria longe das funções de detetive e se concentraria em fazer café e outras tarefas rotineiras do escritório. O que, para simplificar, significava jogar paciência e Tetris. O café continuava com o mesmo gosto, mas às vezes Truls dava uma surra em Harry no Tetris. Eles formavam uma dupla digna de pena, despachada para os fundos do escritório aberto, separados dos outros por uma espécie de biombo de um metro e meio de altura.

Harry deu outra olhada para o interior do restaurante e viu um reservado desocupado perto das famílias sentadas à janela. O garotinho bateu os olhos em Harry, achou graça e apontou. O pai, que estava de costas, virou-se, e Harry instintivamente deu um passo para trás, entrando numa área coberta pelas sombras, de onde viu, refletido no vidro, seu rosto pálido e cheio de rugas se fundindo com o rosto do menino do outro lado. Uma memória veio à tona. Dele mesmo, ainda menino, e do avô. As longas férias de verão, um almoço em família em Romsdalen. Ele rindo do avô. A expressão preocupada dos pais. O avô bêbado.

Harry apalpou a chave. Borggata. Uns cinco ou seis minutos a pé de onde estava.

Pegou o celular e viu se alguém havia ligado. Fez uma ligação Examinou as juntas da mão direita enquanto aguardava completar a chamada. A dor estava passando; o soco não podia ter sido muito forte. Mas ele tinha certeza de que o nariz infantil de um fã de David Gray não aguentava muita coisa antes de começar a sangrar.

— Alô, Harry?
— *Alô, Harry?*
— Eu estou no meio do jantar.
— Tá bom, vou ser rápido. Pode vir me encontrar depois do jantar?
— Não.
— Resposta errada, tenta de novo.
— *Sim?*
— Ah, agora acertou. Rua Borggata, número 5. Liga para mim quando chegar e eu desço para abrir a porta.

Harry ouviu um suspiro profundo de Ståle Aune, amigo de longa data e psicólogo da Divisão de Homicídios, especializado em casos de assassinato.

— Quer dizer que isso não é um convite para ir a um bar em que a conta vai sobrar para mim e que você está sóbrio de verdade?

— E algum dia eu *deixei* você pagar? — Harry pegou o maço de Camels.

— Você costumava pegar a conta e se lembrar do que tinha feito. Mas o álcool está se saindo bem na missão de devorar as suas finanças e a sua memória. Você sabe disso, né?

— Sim. Mas, olha, é sobre um homicídio doméstico que quero falar com você. Um caso com uma faca...

— Sei, estou sabendo. Li a respeito.
Harry levou um cigarro à boca e perguntou:
— Você vem? — E ouviu mais um longo suspiro.
— Se isso mantiver você longe de uma garrafa por algumas horas...
— Ótimo — disse Harry antes de desligar e enfiar o celular no bolso do casaco.
Acendeu o cigarro. Tragou com vontade. Parou de costas para a porta fechada do restaurante. Calculou que ainda havia tempo de tomar um chope ali mesmo e chegar à Borggata a tempo de encontrar Aune. A música ambiente escapava para a rua. Uma declaração de amor incondicional cheia de auto-tune. Ergueu uma das mãos num gesto de desculpas para um carro que freou ao vê-lo avançar de súbito da calçada como se fosse atravessar a rua.

A fachada das antigas moradias da classe operária da Borggata escondia prédios de apartamentos recém-construídos, com salas de estar bem-iluminadas, cozinhas abertas, banheiros contemporâneos e varandas com vista para as áreas internas. Harry percebeu esses sinais como indicativos de que Tøyen também acabaria todo emperiquitado: os aluguéis aumentariam, os antigos moradores se mudariam, aquela parte da cidade ia ganhar mais status. As mercearias e os pequenos cafés dos imigrantes dariam lugar a academias e restaurantes descolados.

O psicólogo parecia desconfortável sentado numa das duas cadeiras frágeis com encosto de ripas de madeira que Harry havia colocado no meio da sala de chão de taco. Harry presumia que fosse por causa da disparidade entre o tamanho da cadeira e o excesso de peso de Ståle Aune, ou pelo fato de as lentes dos pequenos óculos de armação redonda ainda estarem embaçadas depois de ele ter relutantemente recusado o elevador e encarado três andares de escada na companhia de Harry, ou por causa da poça de sangue que jazia entre os dois, como um timbre de cera preta endurecida. Durante umas férias de verão, quando Harry era criança, o avô lhe dissera que não se podia comer dinheiro. Quando Harry entrou no quarto, ele pegou uma moeda de 5 coroas que seu pai lhe dera e resolveu experimentar. Ainda se lembrava do choque dela nos dentes, do cheiro de metal, do gosto adocicado. O gosto de quando chupava o sangue de um corte no dedo. Ou o odor que exalava das cenas de crime a que mais tarde teria acesso, mesmo quando o sangue não estava fresco, como o da sala em que estavam sentados. Dinheiro. Dinheiro sujo de sangue.

— Uma faca — comentou Ståle Aune, cruzando os braços e prendendo as mãos debaixo das axilas como se tivesse medo de que alguém fosse bater nelas. — Tem alguma coisa nessa ideia de faca. Aço frio atravessando a pele, penetrando o corpo. Isso me tira do sério, como diriam os jovens.

Harry não fez nenhum comentário. Ele e a Divisão de Homicídios usavam Aune como consultor em casos de assassinato havia tantos anos que Harry nem se lembrava de quando tinha passado a considerar o psicólogo — que era uns vinte anos mais velho que ele — como um amigo. Mas conhecia Aune o suficiente para perceber que o fato de ele fingir que não sabia que "tirar do sério" era uma expressão antiga, mais velha que os dois inclusive, era querer forçar a barra. Aune gostava de passar a imagem de um cara antiquado e conservador, que não dava bola para o fato de não conseguir estar sempre atualizado com os novos tempos, ao contrário dos seus colegas, que se esforçavam incessantemente para parecer "relevantes". Como Aune havia certa vez declarado à imprensa: *Psicologia e religião têm uma coisa em comum: ambas quase sempre dão às pessoas aquilo que elas querem. Lá fora, na escuridão, onde a luz da ciência ainda não chegou, a psicologia e a religião reinam soberanas. E, se elas se restringissem ao que realmente sabemos, não haveria trabalho para todos esses psicólogos e padres.*

— Então foi aqui que o marido esfaqueou a mulher? Quantas vezes?
— Treze — respondeu Harry, seus olhos passeando pela sala.

Na parede diante deles, uma foto enorme em preto e branco da silhueta dos arranha-céus de Manhattan. O prédio da Chrysler bem no centro. Provavelmente comprado na Ikea. E daí? Era uma boa foto e ponto final. Se você não se importa que muitas pessoas tenham a mesma foto em casa ou se algumas das suas visitas torçam o nariz, não porque a foto não fosse bacana, mas por ter sido comprada numa Ikea, por que não comprar? Ele havia usado esse mesmo argumento quando Rakel lhe dissera que gostaria de uma cópia numerada de uma foto de Torbjørn Rødland — aquela de uma longa limusine branca tentando fazer uma curva fechada nas montanhas de Hollywood — que custava

8 mil coroas. Rakel havia aceitado o argumento dele. Harry ficara tão feliz que acabara comprando a foto da limusine para ela. Não que não tivesse percebido a artimanha que Rakel havia usado, mas porque no fundo teve de concordar que a imagem era *muito* legal.

— Ele estava com raiva — comentou Aune, desabotoando o colarinho onde normalmente havia uma gravata-borboleta com uma estampa que ficava entre o sério e o divertido, como a bandeira azul com estrelas douradas da União Europeia.

Uma criança começou a chorar em um dos apartamentos próximos. Harry bateu a cinza do cigarro.

— Ele diz que não se lembra dos detalhes nem por que matou a esposa.

— Memórias reprimidas. Eles deveriam ter me deixado hipnotizá-lo.

— Eu não sabia que você fazia isso.

— Hipnose? Como você acha que eu me casei?

— Bem, na verdade, isso não seria necessário. As evidências forenses provam que ela estava atravessando a sala de estar, se afastando dele, e que ele foi atrás e a esfaqueou nas costas primeiro. A lâmina penetrou mais ou menos na altura da lombar e atingiu os rins. Isso provavelmente explica por que os vizinhos não ouviram gritos.

— Como assim?

— Uma facada nessa região dói tanto que a vítima entra em estado de choque e não consegue gritar. Ela perde a consciência e morre na hora. É também o método preferido dos militares para a chamada "morte silenciosa".

— Sério? E o que aconteceu com o bom e velho método de ir sorrateiramente por trás, tapar a boca da vítima com uma das mãos e com a outra cortar a garganta?

— Ultrapassado, e, de qualquer forma, nunca funcionou muito bem. Demanda muita coordenação, muita precisão. Você não acreditaria na quantidade de vezes que os soldados acabaram ferindo a mão que tapava a boca da vítima.

Aune fez uma careta.

— Estou supondo que nosso marido aqui não seja um ex-soldado ou algo assim, certo?

— Provavelmente foi só uma coincidência. Nada indica que ele pretendia esconder o assassinato.

— Pretendia? Então você está dizendo que foi tudo premeditado e não no calor do momento?

Harry assentiu devagar e disse:

— A filha deles tinha saído para uma corrida. Ele ligou para a polícia antes que ela chegasse em casa para que já estivéssemos aqui preparados do lado de fora para impedi-la de entrar e dar de cara com a mãe morta.

— Atencioso.

— É o que dizem, que era um homem atencioso.

Harry voltou a bater as cinzas do cigarro, que caíram sobre a poça de sangue seco.

— Por que você não usa um cinzeiro, Harry?

— A perícia já encerrou as investigações, e tudo se encaixa.

— Sim, mas ainda assim...

— Você não perguntou qual foi o motivo.

— Ok, qual o motivo?

— Clássico. A bateria do celular descarregou e ele pegou o celular da mulher sem que ela soubesse. Então descobriu uma mensagem. Ficou desconfiado e resolveu ler tudo. Era uma conversa que já durava seis meses, claramente entre ela e um amante.

— Ele foi tomar satisfações com o amante?

— Não, mas o relatório diz que o celular foi verificado, as mensagens encontradas e o amante contatado. Um rapaz de vinte e poucos anos, vinte e cinco anos mais novo que ela. E ele confirmou que os dois tiveram um relacionamento.

— Algo mais que eu deva saber?

— O marido é um homem muito culto, com emprego fixo, sem preocupações com dinheiro e sem passagens pela polícia. Família, amigos, colegas de trabalho, vizinhos, todos o descrevem como um sujeito simpático e gentil, o equilíbrio em pessoa. E, como você disse, atencioso. "Um homem disposto a sacrificar tudo pela família", segundo um dos relatórios.

Harry tragou com força a fumaça do cigarro.

— Você me chamou aqui porque acha que o caso ainda não foi solucionado?

Harry expeliu a fumaça pelas narinas.

— O caso é moleza, todas as provas foram coletadas, é impossível dar merda, e foi por isso que a Katrine o passou para mim. E para o Truls Berntsen.

Harry esticou os cantos da boca, formando uma expressão que parecia, de longe, um sorriso. Era uma família bem de vida e, mesmo assim, escolheu morar em Tøyen, um bairro mais barato com muitos imigrantes, e compravam quadros na Ikea. Talvez eles gostassem de morar ali. O próprio Harry gostava de Tøyen. E talvez a foto na parede fosse a original, que agora devia valer uma pequena fortuna.

— E você me chamou porque...

— Porque eu quero entender — respondeu Harry.

— Entender por que um homem mata a esposa que tinha um amante?

— Normalmente, o marido só mata se acha que a reputação dele foi manchada. Mas, quando o amante foi interrogado, disse que eles mantiveram o caso em segredo absoluto, e que, de qualquer jeito, o relacionamento já estava para acabar.

— Talvez ela não tenha tido tempo de explicar isso ao marido antes que ele a esfaqueasse.

— Ela teve, mas ele diz que não acreditou e que, além do mais, ela havia traído a família.

— Aí está. E, para um homem que sempre colocou a família acima de tudo, uma traição dessa seria ainda pior. Ele foi humilhado, e, quando essa humilhação corta fundo na carne, qualquer ser humano é capaz de matar.

— Qualquer um?

Aune passou os olhos pelas estantes perto da foto de Manhattan.

— Ficção.

— Sim, eu reparei — disse Harry.

Aune tinha uma teoria que dizia que assassinos não tinham o hábito de ler e, caso lessem, seria só livros de não ficção.

— Já ouviu falar de Paul Mattiuzzi? — indagou Aune.

— Não.

— Psicólogo especialista em violência e homicídios. Ele divide os assassinos em oito grupos principais. Você e eu não estamos em nenhum dos sete primeiros. Mas todos nós nos encaixamos no oitavo grupo, que ele chama de "traumatizados". Nós nos tornamos assassinos como reação a um único, porém significativo, ataque à nossa identidade. Esse ataque nos atinge de um jeito tão ultrajante, tão insuportável, que nos deixa desamparados, impotentes, sem uma razão sequer para existir, sem virilidade, a não ser que façamos alguma coisa a respeito. E, obviamente, ser traído pela esposa pode ser qualificado como um ataque desse tipo.

— Isso se aplica a *qualquer um* mesmo?

— Um assassino dessa categoria não tem traços de personalidade tão minuciosamente definidos como os dos outros sete grupos. Mas é aí, e só aí, que se encontram os assassinos que leem Dickens e Balzac.

Aune respirou fundo e arregaçou as mangas do paletó de tweed.

— O que você acha que está acontecendo de verdade, Harry?

— De verdade?

— Você sabe mais sobre assassinos que qualquer pessoa que eu conheça. Nada do que estou dizendo sobre humilhação e categorias de assassinos é novidade para você.

Harry deu de ombros.

— Talvez eu só precise ouvir alguém dizer isso em voz alta mais uma vez para me convencer.

— Te convencer do quê?

Harry passou as mãos nos cabelos curtos e bagunçados. Havia algumas mechas grisalhas entre os fios loiros. Rakel dissera que ele estava começando a parecer um ouriço.

— Não sei.

— Talvez seja só o seu ego, Harry.

— Como assim?

— Não é óbvio? Te deram um caso que já tinha sido resolvido por outra pessoa. Então você está tentando achar alguma coisa que possa reverter a investigação. Algo que prove que Harry Hole consegue ver coisas que os outros nem desconfiam que existam.

— E se eu conseguir mesmo? — retrucou Harry, o olhar perdido na brasa que ardia na ponta do cigarro. — E se eu tiver nascido com um talento incrível para ser detetive e tenha desenvolvido instintos que nem mesmo eu seja capaz de definir?

— Eu espero isso seja uma piada.

— Pode até ser. Eu li os interrogatórios. Pelo relato do marido, tive a impressão de que ele estava muito traumatizado. Mas depois escutei as gravações...

Harry encarava o espaço a sua frente.

— E...?

— Ele parecia mais assustado que conformado. A confissão também é um jeito de se conformar. Não deveria haver nada a se temer depois da confissão.

— Punição, é claro.

— Ele já foi punido. E sentiu a humilhação. A dor. Viu a amada esposa morta. Prisão é isolamento. Quietude. Rotina. Paz. Isso pode ser qualquer coisa menos um alívio. Talvez seja a filha, pode ser a preocupação dele com o que vai acontecer a ela.

— E tem também o fato de que ele vai queimar no fogo do inferno.

— Ele já está lá.

Aune suspirou.

— Então vou repetir a pergunta: o que você realmente quer?

— Eu quero que você ligue para a Rakel e diga a ela que me aceite de volta.

Os olhos de Ståle Aune se arregalaram.

— *Isso*, sim, foi uma piada — disse Harry. — Faz um tempo que estou sentindo palpitações. Ataques de pânico. Não, não é bem isso. E eu tenho tido uns sonhos.... que eu nunca consigo decifrar. Que não consigo identificar direito, mas que vivem se repetindo.

— Finalmente uma pergunta fácil — disse Aune. — Embriaguez. A psicologia é uma ciência sem muitos fatos sólidos para afirmar muita coisa, mas a correlação entre o consumo de drogas e saúde mental é um dos poucos fatos comprovados. Há quanto tempo isso vem ocorrendo?

Harry olhou para o relógio e respondeu:

— Há duas horas e meia.

Ståle Aune deu uma risada triste.

— E você queria trocar umas ideias comigo para, pelo menos, dizer a si mesmo que procurou ajuda médica antes de voltar a se automedicar?

— Não é o de sempre. Não são os fantasmas.
— Porque eles vêm à noite?
— Isso. E não se escondem. Eu vejo todos eles, e reconheço cada um. Vítimas, colegas mortos. Assassinos. Tem alguma outra coisa agora.
— E você faz alguma ideia do que pode ser essa coisa?
Harry fez que não com a cabeça.
— Uma pessoa que foi para a prisão. Ele me lembrava...
Harry se inclinou para a frente e apagou o cigarro na poça de sangue.
— Svein Finne, "o noivo" — completou Aune.
Harry olhou para cima, uma sobrancelha arqueada.
— Por que você acha isso?
— É óbvio que você acha que ele quer te pegar.
— Você conversou com Katrine.
— Ela está preocupada com você. Queria que eu te avaliasse.
— E você concordou?
— Eu expliquei a ela que, como psicólogo, não poderia avaliar alguém com quem tenho tanta intimidade. Mas essa paranoia também pode ser um sintoma do abuso de álcool.
— Eu fui o único que finalmente conseguiu trancafiá-lo, Ståle. Foi o meu primeiro caso. Ele pegou vinte anos por estupro e homicídio.
— Você só estava fazendo o seu trabalho. Não tem motivo para Finne levar para o lado pessoal.
— Ele confessou os estupros, mas negou as condenações por homicídio, alegou que fomos nós que plantamos as evidências. Eu fui vê-lo na prisão no ano retrasado para ver se ele poderia nos ajudar com o caso do vampirista, ver se ele sabia alguma coisa sobre Valentin Gjertsen. A última coisa que ele fez antes de eu sair foi me dizer a data em que ele seria liberado e perguntar se a minha família e eu nos sentíamos seguros.
— A Rakel sabia disso?
— Sim. No ano-novo, eu encontrei marcas de botas na área da floresta que dava para a janela da cozinha, então instalei uma câmera.
— Pode ter sido qualquer pessoa, Harry. Alguém que tenha errado o caminho.
— Numa propriedade particular, com um portão na entrada e uma subida íngreme de cinquenta metros coberta de neve?

— Espera aí! Você não se mudou de lá no Natal?

— Por volta disso. — Harry expeliu a fumaça do cigarro.

— Mas você entrou na propriedade depois disso e foi até a área da floresta? A Rakel soube disso?

— Não. Mas, veja bem, eu não virei um stalker. Rakel já estava assustada o bastante, e eu só quis ter certeza de que estava tudo bem. E no fim das contas não estava.

— Quer dizer que ela também não sabia da câmera?

Harry deu de ombros.

— Harry?

— O quê?

— Tem certeza de que você instalou essa câmera por causa do Finne?

— Você está insinuando que eu queria descobrir se a minha ex estava saindo com alguém?

— E queria?

— Não — respondeu Harry com convicção. — Se a Rakel não quer nada comigo, então ela que procure outra pessoa.

— Você acredita mesmo nisso?

Harry suspirou.

— Ok — disse Aune. — Você mencionou que viu de relance uma pessoa que se parecia com Finne na prisão?

— Não, isso foi o que você disse. Não era o Finne.

— Não?

— Não, era... eu.

Ståle Aune passou a mão pelo cabelo ralo.

— E agora você quer um diagnóstico?

— Então, ansiedade?

— Eu acho que a sua mente está buscando cenários em que Rakel precisaria de você. Por exemplo: protegê-la de ameaças externas. Mas você não está preso, Harry, você está livre. Aceite isso e siga em frente.

— Além do "aceite isso", tem algum remédio que você possa me receitar?

— Horas de sono. Exercícios. E talvez tentar conhecer alguém que faça você parar de pensar em Rakel.

Harry enfiou um cigarro no canto da boca e ergueu o punho com o polegar esticado.

— Horas de sono. Toda noite eu bebo até ficar inconsciente. Confere. — Então ergueu o dedo indicador. — Exercícios. Eu arranjo brigas num bar que costumava ser meu. Confere. — A vez do dedo de titânio. — Conhecer alguém. Eu como mulheres, tanto as boazinhas quanto as safadas, e depois do sexo tenho conversas profundas com algumas delas. Confere.

Aune olhou bem para Harry. Então deu um longo suspiro, levantou-se e abotoou o paletó de tweed.

— Ótimo, você vai ficar bem então.

Depois que Aune se foi, Harry ficou sentado olhando para fora pela janela. Então se levantou e foi verificar o restante do apartamento. O quarto do casal era arrumado, limpo, e a cama estava feita com capricho. Examinou os armários. As roupas da esposa se espalhavam por quatro armários espaçosos, enquanto as do marido estavam espremidas em um único. Que marido atencioso. O papel de parede do quarto da filha tinha áreas retangulares onde as cores eram mais fortes. Harry presumiu que fossem cartazes de adolescentes que ela havia retirado quando fez 19 anos. Ainda restava uma pequena foto de um jovem com uma guitarra elétrica Rickenbacker.

Harry deu uma olhada nos discos da pequena coleção na prateleira perto do espelho. Propagandhi. Into It. Over It. My Heart to Joy. Panic! at the Disco. Coisas emo.

E foi por isso que, ao ligar o aparelho de som para escutar o que estava dentro dele, surpreendeu-se ao ouvir os tons suaves e melodiosos que soavam como os primeiros álbuns do Byrds. Mas, apesar da guitarra de doze cordas ao estilo Roger McGuinn, logo percebeu que era uma produção bem mais recente. Não importava quantos amplificadores de válvula e microfones Neumann antigos usassem, a produção retrô nunca enganava ninguém. Sem falar que o vocalista tinha um forte sotaque norueguês, e dava para ver que ele tinha escutado mais Thom Yorke e Radiohead de 1995 do que Gene Clark e David Crosby de 1965. Olhou para a capa do álbum de cabeça para baixo ao lado do toca-discos e, com certeza, todos os nomes lhe pareceram noruegueses. Os olhos de Harry encontraram um par de Adidas perto do guarda-roupa. Eram iguais aos seus. Ele até havia tentado comprar outro par há alguns anos, mas eles pararam de ser fabricados. Lembrou-se das transcrições do interrogatório, em que pai e filha disseram que ela havia saído do apartamento às oito e quinze da noite, retornando trinta minutos depois de uma corrida até o alto do parque de esculturas em Ekeberg e fazendo o caminho de volta pelo restaurante Ekeberg. As roupas de corrida estavam em cima da cama, e ele conseguiu visualizar a polícia abrindo a porta para a coitadinha da garota entrar e observando enquanto ela se trocava e fazia uma mala de roupas. Harry ficou de cócoras e pegou os tênis. O couro estava macio, as solas limpas e brilhantes, não foram muito usados. Dezenove anos. Uma vida ainda por viver. O par que Harry usava estava destruído. Ele podia comprar um novo par, óbvio, de outro modelo. Mas não queria, havia encontrado o único modelo que iria querer dali para a frente. O único modelo. Quem sabe um sapateiro não daria um jeito?

Harry voltou para a sala de estar. Limpou a cinza de cigarro do chão. Verificou o celular. Nenhuma mensagem. Enfiou a mão no bolso. Duzentas coroas.

4

— Últimos pedidos e a gente vai fechar.

Harry olhou para a bebida. Tinha conseguido bebericá-la com calma. Em geral, tomava tudo num gole só, porque não era do sabor que gostava, mas do efeito que causava. "Gostava", porém, não era a palavra certa. *Precisava*. Não, *precisava* também não. *Tinha que ter. Não conseguiria viver sem*. Respiração por aparelho, quando metade do coração havia cessado de bater.

Aqueles tênis de corrida tinham de ir para o sapateiro.

Pegou o celular outra vez. Harry só tinha sete pessoas nos contatos e, como todos tinham nomes começando com letras diferentes, a lista consistia em letras únicas, não em nomes e sobrenomes. Tocou no R e viu a foto do perfil dela. O brilho acastanhado e afetuoso no olhar que pedia para ser olhado. A pele quente e reluzente que pedia para ser acariciada. Os lábios vermelhos que pediam para ser beijados. As mulheres que ele havia despido e com quem havia transado nos últimos meses... Teria havido um único instante em que *não* estivesse pensando em Rakel enquanto transava com elas? Um único instante em que não tinha fingido que elas eram ela? Será que elas perceberam, será que ele havia ao menos dito, que, enquanto fodia com elas, já as traía com sua esposa? Será que ele fora tão cruel assim? Provavelmente sim. Porque, conforme o tempo passava, as batidas da sua metade do coração ficavam cada vez mais fracas, e ele estava de volta de sua experiência temporária como um ser humano de verdade.

Encarou o celular.

E pensou a mesmíssima coisa que havia pensado todos os dias ao passar em frente à cabine telefônica em Hong Kong, muitos anos antes. Que ela *estava* ali. Naquele exato momento, ela e Oleg. Dentro do telefone. A doze dígitos de distância.

Mas mesmo isso fora muito depois de Rakel e Harry se conhecerem. Havia acontecido quinze anos antes. Harry subira a estrada íngreme e sinuosa até a casa de madeira que ela tinha em Holmenkollen. Até o carro parecera aliviado ao chegar ao destino, e uma mulher havia saído da casa. Harry perguntara por Sindre Fauke enquanto ela trancava a porta da frente, e só depois que ela havia se virado e caminhado em sua direção que ele notara como era bonita. Cabelos castanhos; sobrancelhas salientes, quase rebeldes, coroando os olhos castanhos; maças do rosto altas e aristocráticas. Usava um casaco simples e elegante. Com uma voz mais grave do que a aparência sugeria, explicara que Sindre Fauke era seu pai, que ela havia herdado a casa e que ele não morava mais lá. Rakel Fauke tinha um jeito confiante e descontraído de falar, uma dicção estudada, quase teatral, e ela olhara nos olhos dele. Quando ela se afastara, saíra andando em linha reta, como uma bailarina. Ele a chamara e pedira ajuda para dar partida no carro. Depois, ele havia lhe dado carona. Descobriram que tinham estudado direito na mesma época. Que haviam assistido ao mesmo show do Raga Rockers. Ele gostara da risada dela; não era tão grave quanto a voz; era radiante e suave, como o lento fluir das águas de um riacho. Ela estava a caminho de Majorstua.

— Só não sei se o carro consegue ir tão longe — dissera ele.

E ela concordara. Como se já fizessem ideia do que ainda não havia começado, do que realmente não poderia acontecer. Quando Rakel estava prestes a descer do carro, ele tivera de se debruçar sobre ela para abrir a porta do carona, que estava emperrada, e sentira o perfume que exalava dela. Apenas trinta minutos tinham se passado desde que se conheceram, e ele já se perguntava que diabos estava acontecendo. Tudo o que ele queria era beijá-la.

— Quem sabe a gente se vê por aí — dissera ela.

— Quem sabe — respondera ele, e ficara observando-a desaparecer pela Sporveisgata com seus passos de bailarina.

O segundo encontro havia sido numa festa na sede da polícia. No fim das contas, Rakel Fauke trabalhava nas relações exteriores da Agência de Vigilância Policial. Ela usava um vestido vermelho. Ficaram de pé num canto, conversando, rindo. E aí falaram um pouco mais. Ele sobre sua infância, a irmã, Sis, que tinha o que ela mesma descrevia como "um toque de síndrome de Down", sobre a mãe que morrera quando ele era pequeno, e sobre como ele se vira obrigado a cuidar do pai. Rakel lhe contara como fora estudar russo nas Forças Armadas, sobre o período que havia trabalhado na Embaixada Norueguesa em Moscou, e o russo que ela conhecera e que viera a ser o pai de seu filho, Oleg. Tinha contado que, quando deixara Moscou, também deixara para trás o marido, que tinha problemas com álcool. E Harry lhe contara que era alcoólatra, o que ela já devia ter presumido ao vê-lo tomar Coca-Cola numa festa do trabalho. Ele não mencionara o fato de que o que o deixava embriagado naquela noite eram as risadas — espontâneas e radiantes — dela e que ele estava disposto a contar as coisas mais íntimas e idiotas sobre si apenas para ouvi-las. E, então, no fim da noite, eles dançaram. Harry havia *dançado*! A versão pomposa de "Let It Be" tocada em flautas de Pã. Foi o teste supremo: ele estava completamente apaixonado.

Alguns dias depois, num domingo, ele fora dar um passeio com Oleg e Rakel. Em certo momento, Harry havia segurado a mão de Rakel, porque parecera natural. Passado um tempo, ela recolhera a mão. E, quando Oleg estava jogando Tetris com o novo amigo de sua mãe, Harry sentira que Rakel olhava para ele com um olhar triste e desconfiara do que ela estava pensando. Que um alcoólatra, provavelmente parecido com o que ela havia abandonado, estava agora na sua casa, fazendo companhia ao seu filho. E Harry se dera conta de que teria de provar ser digno de confiança.

E ele o fizera. Vai saber, talvez Rakel e Oleg o tenham salvado de beber até a morte. É óbvio que a relação não tinha sido um mar de rosas sem fim. Ele havia perdido o controle várias vezes e houvera términos e separações, mas eles sempre encontravam o caminho de volta um para o outro. Porque tinham encontrado riso um no outro. Tinham encontrado Amor, com A maiúsculo. Um amor tão especial, que uma pessoa deveria se considerar com muita sorte se viesse a experimentar algo assim — e ser correspondido — ao menos uma vez na vida. E, nos anos que se seguiram, haviam acordado todas as manhãs para uma vida harmônica e feliz que era ao mesmo tempo tão resistente e tão frágil que o deixava apavorado. Fazia com que ele se movesse com todo cuidado, como se estivesse sobre uma fina camada de gelo. Então por que, ainda assim, ela havia rachado? Porque ele era o que era, é claro. O merda do Harry Hole. Ou "o demolidor", como Øystein o chamava.

Será que daria para refazer aquele caminho outra vez? Subir a trilha íngreme e tortuosa até Rakel e se apresentar mais uma vez a ela. Ser um homem que ela jamais conhecera. Claro que sempre dá para tentar. É... Ele podia tentar. E agora era uma oportunidade tão boa quanto qualquer outra. O momento perfeito, para falar a verdade. Se não houvesse dois problemas. Um: ele não tinha dinheiro para o táxi. Mas isso era fácil de resolver. Levaria dez minutos para caminhar até em casa, onde seu Ford Escort — seu terceiro do modelo — estava estacionado nos fundos, coberto de neve.

Dois: a voz dentro dele dizendo que essa era uma péssima ideia.

Mas essa aí dava para silenciar. Ele esvaziou o copo. Como se não fosse nada. Levantou-se e seguiu para a porta.

— Volte sempre, amigo — gritou o barman para ele.

Dez minutos depois Harry estava parado no pátio dos fundos da Sofies gate, olhando com incerteza para o carro estacionado sob uma perpétua sombra entre as pranchas de snowboard que cobriam as janelas do porão. Não tinha tanta neve quanto ele suspeitava, por isso só precisava subir as escadas, pegar as chaves, ligar o motor e pisar no acelerador. Em quinze minutos estaria na casa dela. Abriria a porta que dava para uma área aberta que servia de hall, sala de estar e cozinha, ocupando a maior parte do primeiro andar. Ele a veria de pé na bancada diante da janela, olhando para a varanda. Ela daria um sorrisinho, indicaria com a cabeça a chaleira e perguntaria se ele ainda preferia café instantâneo em vez de espresso.

Harry arquejou ao pensar nisso. E, então, outra vez, a pontada no peito.

Harry estava correndo. Passava da meia-noite de um domingo em Oslo, o que significava que tinha as ruas só para si. Seus tênis velhos estavam aguentando firme porque estavam presos ao tornozelo com fita adesiva. Fazia o mesmo trajeto que a filha da Borggata dissera ter feito, conforme o relatório. Seguiu pelos caminhos e pelas trilhas iluminados do parque de esculturas na encosta de um morro — um presente do magnata Christian Ringnes para a cidade e uma homenagem às mulheres. Havia um silêncio profundo, quebrado apenas pela respiração ofegante de Harry e pelo cascalho rangendo sob a sola dos tênis. Correu até a área em que o terreno do parque ficava plano e se estendia em direção à Ekebergsletta e depois seguia em declive. Deu uma parada diante da *Anatomia de um anjo*, esculpida em pedra branca por Damien Hirst. Rakel havia lhe dito que era de mármore de Carrara. A graciosa figura sentada fez Harry pensar na Pequena Sereia em Copenhague, mas Rakel, que tinha o hábito de pesquisar sobre as obras que iam visitar, explicou que a inspiração era *L'Hirondelle*, de Alfred Boucher, datada de 1920. Talvez, mas a diferença era que o anjo de Hirst havia sido retalhado a golpes de facas e bisturis, para que suas entranhas, seus músculos, seus ossos e seu cérebro ficassem visíveis. Será que o propósito do escultor era provar que os anjos são pessoas por dentro? Ou seria para pontuar que pessoas são na verdade anjos? Harry inclinou a cabeça. Estava tentado a concordar com a última opção. Mesmo depois de todos os anos e depois de tudo que ele e Rakel haviam passado juntos, e mesmo que ele a tivesse dissecado tanto quanto ela o dissecara, ele não tinha encontrado nela nada além de um anjo. Anjo e humano, do começo ao fim, de uma ponta a outra. A capacidade que ela tinha de perdoar — que evidentemente fora um pré-requisito para estar com alguém como Harry — era quase ilimitada. Quase. Mas é claro que ele havia conseguido levá-la ao limite. E, depois, ainda mais longe.

Harry verificou a hora no relógio e retomou a corrida. Apertou o passo. Sentiu o coração bater com força. Aumentou um pouquinho mais a velocidade. Sentiu o ácido láctico. Um pouco mais rápido. Sentiu o sangue ser bombeado pelo corpo, rebocando o lixo. Neutralizando os últimos dias ruins, enxaguando as merdas. De onde ele tirou a ideia de que correr era o antônimo de beber, que era um antídoto, quando na verdade simplesmente lhe proporcionava um tipo diferente de êxtase? Mas qual o problema disso? Era um êxtase melhor.

Ele emergiu da floresta em frente ao restaurante Ekeberg, a estrutura modernista outrora caindo aos pedaços onde Harry, Øystein e

Tresko haviam experimentado suas primeiras cervejas quando jovens. Foi também onde Harry, aos 17 anos, recebeu uma cantada de uma mulher que ele lembrava ser muito velha, mas que provavelmente tinha uns trinta e poucos anos na época. De qualquer jeito, ela havia lhe dado uma iniciação descomplicada na vida sexual sob sua experiente orientação, e provavelmente ele não tinha sido o único. Vez ou outra se perguntava se o investidor que havia reformado o restaurante teria sido um desses "alunos" e se havia feito isso como um gesto de gratidão. Harry já não se lembrava mais como era a mulher, apenas as palavras carinhosas que ela costumava sussurrar em seu ouvido quando terminavam o que estavam fazendo: *Nada mau, nada mau, rapaz. Espera só, você vai fazer mulheres felizes. E outras infelizes.*

E, uma mulher, ambos.

Harry parou nos degraus do restaurante fechado e às escuras.

Mãos nos joelhos, a cabeça pendendo para baixo. Sentiu algo parecido com ânsia de vômito e ouviu sua respiração áspera. Contou até vinte enquanto sussurrava o nome dela. *Rakel, Rakel*. Então se ajeitou e olhou para a cidade abaixo. Oslo, uma cidade outonal. Agora, na primavera, ela dava a impressão de ter acordado contra a vontade. Mas Harry não estava nem aí para o centro da cidade, sua atenção se voltava para a região montanhosa, perto da casa dela, no lado mais afastado daquilo que, apesar de toda a iluminação e constante atividade humana, não era nada além da cratera de um vulcão extinto, pedra fria e argila solidificada. Deu outra olhada no cronômetro em seu pulso e começou a correr.

E só parou quando estava de volta à Borggata.

Desligou o cronômetro e olhou para os números que havia feito.

Correu o restante do caminho para casa num ritmo tranquilo. Ao destrancar a porta do apartamento, ouviu o som áspero do cascalho raspando na madeira sob seus tênis e se lembrou do que Katrine dissera sobre andar na ponta dos pés.

Usou o celular para escutar mais de sua lista de músicas do Spotify. A música do Hellacopters saía da caixinha de som que Oleg lhe dera de aniversário, que da noite para o dia reduzira a coleção de discos nas prateleiras a um memorial dos trinta anos de seleção criteriosa, onde tudo que não tinha resistido ao teste do tempo fora arrancado como erva daninha e jogado no lixo. Enquanto a caótica introdução de guitarra e bateria de "Carry Me Home" fazia os alto-falantes vibrarem e ele retirava o cascalho do parque de esculturas da sola de seus tênis, ficou pensando em como alguém de 19 anos havia, por vontade própria, retirado-se para o passado com discos de vinil enquanto ele próprio estava involuntariamente se voltando para o futuro. Botou os tênis no chão, procurou The Byrds, que não estava em nenhuma de suas playlists — música dos anos sessenta e do início dos setenta era mais coisa de Bjørn Holm, cujas tentativas de converter Harry, com a ajuda de Glen Campbell, não deram em nada. Encontrou "Turn! Turn! Turn!", e minutos depois a guitarra Rickenbacker de Roger McGuinn ecoava pela sala. Mas *ela* havia sido convertida. Rakel se apaixonara por ela, embora não fosse seu tipo de música. Havia algo de especial entre guitarras e garotas. Quatro cordas já eram suficientes, mas a desse cara tinha doze.

Harry considerou a possibilidade de estar errado. Mas os pelos da sua nuca raramente se enganavam, e eles se arrepiaram quando ele reconheceu o nome de um dos discos na transcrição do interrogatório. E fez a conexão com a foto do sujeito com a guitarra Rickenbacker. Harry acendeu um cigarro e escutou o solo de guitarra dupla no final de "Rainy Days Revisited". Ficou imaginando quanto tempo levaria para cair no sono e por quanto tempo conseguiria deixar o celular de lado antes de pegá-lo para ver se Rakel havia respondido.

5

— A gente sabe que você já respondeu a essas perguntas, Sara — disse Harry, olhando para a jovem de 19 anos sentada a sua frente, na abarrotada sala de interrogatório que lembrava um pouco uma casa de bonecas.

Truls Berntsen ficou na sala de controle de braços cruzados, bocejando. Eram dez horas, já estavam ali havia uma hora, e Sara dava sinais de impaciência enquanto repassavam a sequência dos eventos, mas não demonstrava emoção nenhuma além disso. Nem mesmo quando Harry leu em voz alta a descrição dos ferimentos que a mãe havia sofrido com as treze facadas.

— Mas, como eu disse, o policial Berntsen e eu assumimos a investigação e gostaríamos de compreender tudo da forma mais clara possível. Então... o seu pai normalmente ajudava na cozinha? Pergunto isso porque ele deve ter encontrado bem rápido a faca mais afiada e devia saber em que gaveta ela estava e onde exatamente dentro dessa gaveta.

— Não, ele não *ajudava* — respondeu Sara sem esconder seu crescente desprazer. — Era *ele* que cozinhava. E a única pessoa que ajudava era eu. Mamãe estava sempre fora.

— Fora?

— Com os amigos. Na academia. Pelo menos era o que ela dizia.

— Eu vi fotos dela e parece que ela se mantinha em forma. Parecia jovem.

— Tanto faz. Ela morreu jovem.

Harry fez uma pausa. Deixou que a resposta pairasse no ar. Então Sara fez cara feia. Harry vira isso em outros casos, a maneira como alguém deixava para trás a luta contra a dor do luto como se ela fosse uma inimiga, uma praga irritante que tinha de ser enganada. E uma das formas de fazer isso era subestimar a perda, desacreditar o morto. Mas ele suspeitava que, dessa vez, não era isso que estava acontecendo. Quando Harry tinha perguntado a Sara se ela gostaria da presença de um advogado, ela recusara. A única coisa que queria era acabar logo com isso, explicara ela, porque tinha outros compromissos. Mais do que compreensível. Dezenove anos, sozinha, mas ainda assim capaz de se adaptar, afinal, a vida tem de seguir em frente. E, além do mais, o caso havia sido solucionado, o que provavelmente era o motivo de ela ter baixado a guarda. E mostrado seus sentimentos verdadeiros. Ou, melhor dizendo, a ausência deles.

— Você não se exercita tanto quanto sua mãe — comentou Harry. — Pelo menos não em se tratando de corrida, não é?

— Não? — respondeu ela com um meio-sorriso, então ergueu os olhos para Harry. Era o sorriso confiante de uma jovem de uma geração em que a pessoa era considerada magra com um corpo que, na geração de Harry, seria considerado na média.

— Eu observei seus tênis — continuou Harry —, e eles mal foram usados. Não é nem por serem novos, é porque eles pararam de fabricar aquele modelo dois anos atrás. Eu tenho um par igual.

Sara deu de ombros.

— Agora eu vou ter mais tempo para correr.

— É verdade, seu pai vai passar doze anos na prisão, e ninguém mais vai precisar de ajuda na cozinha por um bom tempo.

Harry olhou para ela e viu que havia acertado na mosca. A boca entreaberta, os cílios pintados de preto subindo e descendo enquanto ela piscava com força.

— Por que você está mentindo? — indagou Harry.

— O... O quê?

— Você disse que fez uma corrida até o alto do parque de esculturas, desceu para o restaurante Ekeberg e estava de volta em casa em meia hora. Eu fiz esse mesmo trajeto ontem à noite. Levei quase quarenta e cinco minutos, e eu até que corro bem. Também conversei com o policial que parou você quando chegou em casa. Ele disse que você não estava suada e nem um pouco ofegante.

Sara agora estava empertigada do outro lado da mesinha da casa de bonecas e tinha o olhar perdido na luzinha vermelha dos microfones, que sinalava que estavam gravando.

Então ela respondeu.

— Ok, eu não corri até o alto.

— Até onde você foi?

— Até a estátua da Marilyn Monroe.

— Então você deve ter corrido por aquelas trilhas de cascalho, como eu. Quando cheguei em casa, eu tive que tirar lascas de pedra da sola dos tênis, Sara. Oito no total. As solas dos seus tênis, por outro lado, estavam absolutamente limpas.

Harry não fazia ideia se tinham sido oito ou apenas três. Porém, quanto mais específico fosse, mais incontestável seu raciocínio pareceria. E ele podia ver no rosto de Sara que estava funcionando.

— Você não correu coisa nenhuma, Sara. Você saiu de casa na hora que contou à polícia, às oito e quinze, enquanto seu pai ligava para a polícia alegando que havia assassinado a sua mãe. Talvez você tenha corrido em volta do quarteirão, só até a polícia chegar, então voltou para casa. Como o seu pai recomendou. Não foi?

Sara não respondeu. Apenas continuou piscando. Harry notou que suas pupilas tinham se dilatado.

— Eu falei com o amante da sua mãe. Andreas. O nome profissional dele é Bom-Bom. Talvez ele não cante tão bem quanto toca guitarra de doze cordas.

— O Andreas canta... — A raiva em seus olhos se dissipou, e ela se conteve.

— Ele admitiu que vocês se encontraram algumas vezes e que foi assim que ele acabou conhecendo a sua mãe.

Harry baixou os olhos para o bloco de anotações. Não porque tinha esquecido o que estava escrito — absolutamente nada —, mas para desanuviar a tensão, dar a ela tempo para respirar.

— Andreas e eu estávamos apaixonados. — Havia um levíssimo tremor na voz de Sara.

— Não foi isso que ele me falou. O que ele disse foi que vocês tiveram... — Harry afastou o rosto um pouco para trás fingindo ler o que não estava escrito no bloco de anotações — umas noites transando como fã e ídolo.

Sara se remexeu na cadeira.

— Mas você não o deixava em paz, aparentemente. Ele declarou que, por experiência própria, aprendeu que existe uma linha tênue entre uma fã e uma stalker. Que tudo era mais tranquilo com uma mulher madura, casada, que aceitava as coisas como elas eram. Um pouco de tesão para animar a rotina diária, apimentar um pouco as coisas. Foi isso que ele disse. Apimentar um pouco as coisas.

Harry olhou para ela.

— Foi você que pegou o celular da sua mãe, não o seu pai. E descobriu que ela e o Andreas estavam tendo um caso.

Harry parou por um momento para ver se estava com a consciência pesada. Intimidar uma garota de 19 anos sem a presença de um advogado, uma adolescente apaixonada que havia sido traída pela mãe e por um cara que ela havia se convencido de que lhe pertencia.

— Seu pai não está só se sacrificando, Sara. Ele também está sendo esperto. Ele sabe que a melhor mentira é aquela mais próxima possível da verdade. É mentira que, antes de ir para casa, pegar emprestado o celular da sua mãe, descobrir as mensagens de um amante e esfaqueá-la até a morte, o seu pai estava na loja do bairro comprando algumas coisas para o jantar. A verdade é que, enquanto ele estava na loja, você encontrou as mensagens e, desse ponto em diante, acredito que, se trocarmos o seu papel pelo do seu pai, como consta no relatório, dá para termos uma descrição bem precisa do que aconteceu na cozinha. Vocês brigaram, ela virou as costas para sair, você sabia onde a faca estava, e o resto você já sabe. E, quando o seu pai chegou em casa e descobriu o que tinha acontecido, vocês bolaram esse plano juntos.

Harry não viu nenhuma reação nos olhos dela. Apenas um ódio estável, intenso e sombrio. E ele percebeu que sua consciência estava tranquila. As autoridades davam armas a jovens de 19 anos e ordens para matar. E aquela jovem diante dele tinha matado a mãe e estava disposta a permitir que o pai, um inocente, pagasse pelo que ela fez. Não... Sara não seria um dos vultos que visitavam Harry em seus pesadelos.

— Andreas me ama — sussurrou ela. Parecia que sua boca estava cheia de areia. — Mas a mamãe fez com que ele se afastasse de mim. Seduziu ele de propósito só para que eu não o tivesse. Eu odeio ela...

Ela estava quase chorando. Harry prendeu a respiração. Estavam quase lá, quase conseguindo. Só precisava de mais umas palavras na gravação. O choro, porém, poderia atrasar a confissão, e, se demorassem muito, Sara poderia voltar a se acalmar.

Sara aumentou o tom de voz.

— Eu odeio aquela piranha do caralho! Eu devia ter esfaqueado mais vezes, eu devia ter estraçalhado aquela cara nojenta de que ela tanto se orgulhava!

— Hum. — Harry se recostou na cadeira. — Você gostaria de tê-la matado mais devagar, é isso que você está dizendo?

— Isso!

Confissão de homicídio. Na mosca! Harry deu uma rápida olhada pela janela da casa de bonecas e constatou que Truls Berntsen estava alerta e com o polegar erguido. Mas Harry não estava feliz. Pelo contrário, a empolgação que sentira poucos segundos antes fora substituída por uma tristeza, quase uma decepção. Não era uma sensação inusitada, pois costumava surgir após uma longa perseguição em que a expectativa da solução do caso tinha aumentado, a expectativa da prisão era como um clímax catártico, um fim coroado com a esperança de que isso pudesse mudar alguma coisa, tornar o mundo um lugar um pouco melhor. Em vez disso, o que se seguia era muitas vezes uma espécie de depressão pós-caso, associada a pitadas de alcoolismo e dias ou semanas de bebedeira. Harry acreditava ser semelhante à frustração de um serial killer quando o assassinato em si não proporcionava uma satisfação longa, mas apenas uma sensação de anticlímax que o levava de volta à caçada. Talvez seja por isso que Harry — por um instante fugaz — sentiu um desapontamento, uma amargura, como se tivesse trocado de lugar com ela e estivesse sentado do outro lado da mesa.

— A gente resolveu esse caso direitinho — comentou Truls Berntsen no elevador ao se dirigirem à Divisão de Homicídios, no sexto andar.

— *A gente?* — questionou Harry com indiferença.

— Eu apertei o botão Gravar, não apertei?

— Eu sinceramente espero que sim. Você verificou a gravação?

— Se eu verifiquei? — Truls Berntsen ergueu uma sobrancelha para reforçar a pergunta. Depois sorriu e disse: — Relaxa!

Harry desviou os olhos dos botões iluminados no painel do elevador e se virou para Berntsen. Sentiu inveja do colega com queixo recuado, sobrancelhas salientes e uma risada que parecia um rosnado e que lhe valera o apelido de Beavis, o que ninguém ousava dizer em voz alta, provavelmente porque havia algo no comportamento ora passivo, ora agressivo de Truls Berntsen que significava que você não ia querer estar em sua linha de tiro quando ele ficasse com raiva. Truls era até menos popular que Harry Hole na Homicídios, e Harry não invejava isso nem um pouco. Sentia inveja era da capacidade que Truls tinha de não dar a mínima. E note bem que Harry também se lixava para o que os colegas pensavam a seu respeito. Na verdade, ele tinha inveja do jeito com que Berntsen deixava para lá qualquer senso de responsabilidade, fosse prático ou moral, pelo trabalho que deveria fazer como policial. Dava para se dizer um bocado de coisas negativas sobre Harry, e ele estava bem ciente de que muitos diziam mesmo, mas ninguém podia ignorar o policial que ele era. E essa era uma das suas poucas bênçãos e, provavelmente, sua maior maldição. Mesmo quando a vida privada de Harry ia ladeira abaixo, como aconteceu quando Rakel o expulsou de casa, o policial dentro dele não podia simplesmente se dar por vencido e mergulhar de cabeça na anarquia e no niilismo, do jeito que Truls Berntsen fazia. Ninguém iria parabenizá-lo por não desistir, mas tudo bem. Ele não estava em busca de tapinhas nas costas nem da salvação por meio de boas ações. Sua busca obstinada, quase compulsiva, pelos piores criminosos da sociedade havia sido sua única razão de levantar da cama todas as manhãs até conhecer Rakel. Então ele era grato por esse sentimento de ter de seguir o fluxo ou qualquer coisa assim, por ser sua âncora. Mas havia uma parte dele que ansiava por liberdade. Uma liberdade total, avassaladora, que cortasse as correntes da âncora e que o esmagasse na arrebentação ou simplesmente o fizesse desaparecer nas profundezas do oceano vasto e escuro.

Saíram do elevador, seguiram pelo corredor de paredes vermelhas — prova de que estavam no andar certo —, e passaram pelos escritórios individuais, seguindo para o espaço aberto.

— Oi, Hole! — chamou Skarre de dentro de uma sala com a porta aberta. Recentemente nomeado para o cargo de inspetor, foi ele quem herdou o antigo escritório de Harry. — O dragão está procurando você.

— A sua esposa? — indagou Harry, sem se dar ao trabalho de diminuir o passo para esperar pela tentativa provavelmente indignada e fracassada de Skarre de revidar à altura.

— Boa — comentou Berntsen com um sorriso. — O Skarre é um idiota.

Harry não sabia se isso era uma tentativa de lhe estender a mão, mas preferiu ficar quieto. Não tinha intenção de se envolver em mais uma amizade cheia de conselhos ruins.

Virou à esquerda no corredor sem se despedir e entrou pela porta aberta do escritório do chefe da divisão. Um homem de costas para ele estava debruçado sobre a mesa de Katrine Bratt, mas não era difícil reconhecer a careca reluzente com uma espantosa coroa de abundantes cabelos pretos.

— Espero não estar incomodando, mas ouvi dizer que estavam me procurando.

Katrine Bratt ergueu os olhos, e o chefe de polícia Gunnar Hagen se virou de supetão, como se tivesse sido pego fazendo algo errado. Os dois olharam para Harry em silêncio.

Ele ergueu uma sobrancelha e disse:

— O quê? Vocês já ficaram sabendo?

Katrine e Hagen trocaram olhares.

Hagen sorriu.

— *Você* já?

— O que você quer dizer com isso? — indagou Harry. — Fui eu que a interroguei.

O cérebro de Harry tentou encontrar uma resposta e deduziu que o advogado da polícia para quem ele havia ligado depois do interrogatório para discutir a libertação do pai devia ter telefonado para Katrine Bratt. Mas o que o chefe de polícia estava fazendo ali?

— Eu recomendei à filha que viesse acompanhada por um advogado, mas ela não quis — disse Harry. — E eu repeti a recomendação antes do início do interrogatório, mas ela não aceitou. Temos tudo isso na fita. Quer dizer... não em fita, mas no HD.

Nenhum deles sorriu, e Harry podia afirmar que havia algo errado. Erradíssimo.

— Tem a ver com o pai? — perguntou Harry. — Ele... fez alguma coisa?

— Não — respondeu Katrine. — Não tem nada a ver com o pai, Harry.

Sem que Harry se desse conta, seu cérebro automaticamente assimilou os detalhes: o fato de que Hagen dera a Katrine que, entre os dois, era a mais próxima dele, permissão para tomar a palavra. E ela havia usado seu nome quando não precisava. Para amortecer o golpe. No silêncio que se seguiu, tornou a sentir as pontadas, como garras, no peito. E, mesmo que Harry não fosse de acreditar em telepatia e pressentimento, teve a sensação de que o que estava por vir era o que as garras, o que aqueles pequenos vislumbres, vinham tentando lhe dizer esse tempo todo.

— É a Rakel — disse Katrine.

6

Harry prendeu a respiração. Ele havia lido que era possível prender a respiração até morrer. E que a morte não acontece por falta de oxigênio, mas por excesso de dióxido de carbono. Que, normalmente, as pessoas podem prender a respiração por mais de um minuto ou um minuto e meio, mas que um mergulhador da Dinamarca havia ficado sem respirar por mais de vinte minutos.

Harry tinha sido feliz. Mas a felicidade é como heroína; depois que você experimenta, depois que descobre que existe uma coisa assim, nunca mais será totalmente feliz com uma vida comum sem felicidade. Porque a felicidade é mais que a mera satisfação. A felicidade não é natural. É uma condição instável, excepcional; segundos, minutos, dias que você sabe muito bem que não poderão durar para sempre. E a tristeza por sua ausência não aparece depois que ela vai embora, mas ao mesmo tempo. Porque com a felicidade vem a terrível percepção de que nada será como antes, de que você já está com saudades do que ainda tem, de que já está preocupado com as dores da abstinência, de luto pela perda, amaldiçoando ter consciência do que é capaz de sentir.

Rakel tinha o hábito de ler na cama. Às vezes lia em voz alta para ele, se fosse algo que ele gostava. Como os contos de Kjell Askildsen. Isso o fazia feliz. Certa vez ela leu uma frase que ficou na mente dele. Sobre uma jovem que tinha passado a vida inteira sozinha com os pais em um farol, até que um homem casado chamado Krafft apareceu, e ela se apaixonou. E ela pensava consigo mesma: *Por que você teve de vir e me deixar tão solitária?*

Katrine pigarreou, mas não adiantou: sua voz soava abafada.

— Eles encontraram Rakel, Harry.

Ele teve vontade de perguntar como poderiam ter encontrado alguém que não tivesse desaparecido. Mas para fazer isso ele teria de respirar. E respirou e disse:

— E... o que isso quer dizer?

Katrine se esforçava para manter o controle de seu rosto, mas desistiu e levou a mão aos lábios que se contraíram numa careta.

Foi a vez de Gunnar Hagen intervir.

— O pior, Harry.

— Não. — Harry escutou sua voz. Com raiva. Implorando. — Não.

— Ela...

— Para! — Harry ergueu as mãos, as palmas viradas para Gunnar. — Não fala nada. Ainda não. Eu preciso... Só espera um pouco.

Gunnar Hagen esperou. Katrine havia coberto o rosto com as mãos. Ela chorava baixinho, mas os ombros trêmulos a denunciaram. Os olhos de Harry encontraram a janela. Ainda havia ilhas em tons brancos e cinza e pequenos continentes desenhados pela neve no terreno amarronzado do Botsparken. Mas, nos últimos dias, as tílias que margeavam o caminho até a prisão haviam se enchido de botões. Dali a um mês mais ou menos, esses botões de repente se abririam para a vida, e Harry acordaria para ver que Oslo tinha sido, mais uma vez, da noite para o dia, invadida pela primavera. E isso não teria sentido algum. Ele havia passado a maior parte da vida sozinho. E tinha corrido tudo bem. Agora não estava tudo bem. Ele não respirava. Estava carregado de dióxido de carbono. E torceu para que levasse menos de vinte minutos.

— Ok — disse ele —, pode falar.

— Ela está morta, Harry.

7

Harry segurava o celular.
Oito números de distância.

Quatro a menos que na época em que havia morado no Chungking Mansions, em Hong Kong, aqueles cinco blocos de prédios altos e cinzentos que formavam uma pequena comunidade dentro de seus limites, com albergues para trabalhadores vindos da África e das Filipinas, restaurantes, templos, alfaiates, cambistas, maternidades e funerárias. O quarto de Harry ficava no segundo andar do bloco C. Quatro metros quadrados de concreto cru com espaço para um colchão velho e um cinzeiro, e onde o ar-condicionado pingava contando os segundos, enquanto ele mesmo havia perdido a conta dos dias e das semanas enquanto entrava e saia do estupor provocado pelo ópio, que comandava toda a situação. Até que Kaja Solness, da Divisão de Homicídios, apareceu para levá-lo para casa. No entanto, antes disso, ele havia criado uma rotina. E, todos os dias, depois de comer macarrão harussame no Li Yuan ou de caminhar pelas ruas Nathan e Melden para comprar um pedaço de ópio numa mamadeira, precisava tomar o caminho de volta, aguardar no hall dos elevadores de Chungking Mansions e dar de cara com o telefone público na parede.

Ele estava fugindo de tudo naquela época. Do trabalho como detetive de homicídios, que estava corroendo sua alma. De si mesmo, porque havia se tornado uma força destrutiva que matava todos que se aproximassem dele. Mas, acima de tudo, estava fugindo de Rakel e Oleg, porque não queria machucá-los ainda mais.

E todos os dias, ao esperar o elevador, encarava o telefone público enquanto remexia as moedas no bolso da calça.

Doze números, e conseguiria ouvir a voz dela. Confirmar que tanto ela quanto Oleg estavam bem.

Mas não saberia ao certo *até* ligar.

A vida deles fora um caos, e qualquer coisa podia ter acontecido desde que ele havia partido. Era possível que Rakel e Oleg tivessem sido arrastados para o redemoinho deixado no rastro do Boneco de Neve. Rakel era uma mulher forte; no entanto, Harry tinha visto isso acontecer em outros casos de assassinato: os sobreviventes também acabarem como vítimas.

Mas, enquanto Harry *não* ligasse, eles estariam lá. Na sua cabeça, no telefone público, em algum lugar do mundo. Contanto que não soubesse de fato, poderia continuar a vê-los caminhando a sua frente pelas trilhas da Nordmarka em outubro, onde ele, Rakel e Oleg iam caminhar. O menino correndo à frente empolgado, tentando recolher as folhas que caíam das árvores. A mão quente e seca de Rakel segurando a dele. A voz de Rakel, a risada quando ela queria saber por que ele estava sorrindo, ele balançando a cabeça ao se dar conta de que estava sorrindo mesmo. Por isso ele jamais tocou no telefone público. Porque, enquanto resistisse ao desejo de digitar aqueles doze números, seguiria fantasiando que poderiam voltar a ser o que eram.

Harry digitou o último dos oito números.

Chamou três vezes antes de ser atendido.

— Harry?

A primeira sílaba expressava um misto de surpresa e alegria; a segunda, de surpresa e ansiedade. Nas raras ocasiões em que Harry e Oleg ligavam um para o outro, era à noite, e não durante o expediente. E, ainda assim, para discutir coisas práticas. Obviamente, esse pretexto para ligar era, muitas vezes, uma desculpa esfarrapada, mas nem Oleg nem Harry gostavam de falar ao telefone; então, mesmo que só estivessem ligando para perguntar como o outro estava, normalmente o papo era bem curto. E nada disso havia mudado depois que Oleg e a namorada, Helga, mudaram-se para o norte, para Lakselv, em Finnmark, onde Oleg estava fazendo um ano de treinamento prático antes de se formar na Academia de Polícia.

— Oleg — disse Harry, e notou que sua voz soou engasgada. Porque ele estava prestes a despejar água fervente na cabeça de Oleg, e Oleg carregaria consigo as cicatrizes deixadas pelas queimaduras enquanto vivesse. Harry sabia disso porque ele mesmo carregava um número incontável de cicatrizes parecidas.

— Aconteceu alguma coisa? — indagou Oleg.

— É sobre a sua mãe — prosseguiu Harry, antes de interromper a fala de súbito, sem conseguir continuar.

— Vocês estão fazendo as pazes? — Havia esperança na voz de Oleg.

Harry cerrou os olhos.

Oleg havia ficado furioso quando descobriu que a mãe tinha terminado com Harry. E, como Oleg não soubera os motivos, o ódio dele havia se voltado para Rakel, e não para Harry. Harry não entendia muito bem como tinha sido um pai bom o bastante para garantir que alguém ficasse do seu lado. Quando Harry entrou na vida deles, assumiu uma posição bem discreta, tanto como pai quanto como um ombro amigo para desabafar, porque era evidente que o rapaz não precisava de um pai substituto. E Harry definitivamente não precisava de um filho. Mas o problema — se é que podia ser chamado assim — era que Harry tinha gostado daquele jovem sério e emburrado. E vice-versa. Rakel costumava acusá-los de serem iguaizinhos, e talvez houvesse alguma verdade nisso. E, depois de um tempo — quando Oleg estava especialmente cansado ou não conseguia se concentrar —, a palavra "pai", em vez de "Harry", era ouvida, contrariando o que haviam combinado.

— Não — respondeu Harry —, a gente não está se reconciliando. Oleg, eu tenho más notícias.

Silêncio. Harry podia jurar que Oleg estava prendendo a respiração. Harry arrancou o curativo de uma só vez.

— Ela foi declarada morta, Oleg.

Dois segundos se passaram.

— Você pode repetir? — pediu Oleg.

Harry não sabia se conseguiria, mas não havia outro jeito.

— O que você quer dizer por "morta"? — questionou Oleg.

Harry pôde ouvir todo o desespero no timbre metálico em sua voz.

— Ela foi encontrada em casa hoje de manhã. Parece assassinato.

— Parece?

— Eu acabei de ficar sabendo. A perícia já chegou. Estou prestes a seguir para lá.

— Como...?

— Não sei ainda.

— Mas...

Oleg não foi adiante, e Harry sabia que não havia como dar seguimento àquele abrangente "mas". Não passava de uma negação instintiva, um protesto que se sustentava por si só, uma rejeição frente à possibilidade de que as coisas pudessem ser do jeito que realmente eram. Um eco do seu próprio "mas..." no escritório de Katrine Bratt, vinte e cinco minutos atrás.

Harry esperou enquanto Oleg se esforçava para conter as lágrimas. Na sequência, respondeu às cinco perguntas de Oleg com o mesmo "eu não sei, Oleg".

Ouviu um soluço do outro lado da linha e decidiu que, enquanto Oleg estivesse chorando, ele conteria as lágrimas.

Oleg não tinha mais nenhuma pergunta a fazer e a ligação ficou em silêncio.

— Vou deixar o meu celular ligado e, assim que tiver novidades, eu te ligo — avisou Harry, e continuou: — Tem algum voo...?

— Tem um que sai de Tromsø à uma da tarde. — A respiração pesada e ofegante de Oleg ecoou pelo telefone.

— Que bom.

— Me liga assim que puder, tá?

— Pode deixar.

— E pai?

— Fala.

— Não deixa eles...

— Eu não vou deixar — disse Harry sem entender como sabia o que Oleg estava pensando. Nada racional. Apenas... surgiu do nada. Então pigarreou e prometeu: — Ninguém na cena vai ver mais do que precisa para executar o trabalho, tá bom?

— Tá bom.

— Tá bom.

Silêncio.

Harry vasculhou a mente em busca de palavras reconfortantes, mas não achou nada que prestasse.
— Eu te ligo — disse ele.
— Tá bom.
Desligaram.

8

Harry caminhou lentamente subindo a colina para a casa de madeira preta sob o brilho intermitente das luzes do giroflex no teto dos carros da polícia estacionados ao longo do caminho. A fita laranja e branca começava junto ao portão. Colegas que não sabiam o que dizer ou fazer apenas olhavam ao vê-lo passar. A sensação era de que ele estava caminhando embaixo da água. Como num sonho do qual queria acordar. Talvez não exatamente acordar, porque lhe dava certo entorpecimento, uma estranha ausência de sensações e sons, sobrando apenas uma luz nebulosa e o som abafado dos próprios passos. Era como se lhe tivessem injetado alguma substância na veia.

Harry subiu os três degraus até a porta que se abria para a casa que ele, Rakel e Oleg haviam compartilhado. Do lado de dentro, dava para ouvir a conversa dos policiais pelo rádio e as ordens monossilábicas de Bjørn Holm para os outros peritos. Harry arfou repetidas vezes.

Então cruzou a soleira e, como de hábito, passou por fora das bandeiras brancas que a equipe de legistas tinha montado.

Uma investigação, pensou. É uma investigação. Eu estou sonhando, mas dá para fazer uma investigação enquanto durmo. É só fazer tudo certinho, dar andamento aos processos, e eu não vou acordar. E, enquanto eu não acordar, nada disso será verdade. Então Harry fez tudo certinho: não olhou diretamente para o sol, para o corpo que sabia estar no chão entre a cozinha e a sala de estar. O sol que, mesmo que não fosse Rakel, o deixaria cego caso olhasse diretamente para ele. A visão de um corpo incita os sentidos, mesmo quando se é um detetive experiente; domina-os em maior ou menor grau, entorpece-os e os torna menos sensíveis a outras impressões menos violentas, a todos os mínimos detalhes da cena de um crime que poderiam significar alguma coisa. Detalhes que podem contribuir para unir as peças e formar uma narrativa coerente e lógica. Ou, pelo contrário, algo que choca, que não pertence à cena. Seus olhos percorreram sem destino as paredes. Um único casaco vermelho pendia de um dos ganchos debaixo da chapeleira. Era onde ela costumava pendurar o casaco que usara por último, a menos que soubesse que não ia usá-lo na próxima vez que saísse, e então o pendurava no guarda-roupa ao lado dos outros. Ele teve de se segurar e se recompor para não agarrar o casaco e pressioná-lo de encontro ao rosto e inalar o perfume dela. Da floresta. Pois pouco importava qual perfume ela usava, a sinfonia de cheiros sempre carregava uma nota implícita de floresta norueguesa aquecida pelo sol. Ele não viu a echarpe de seda vermelha que ela costumava usar com aquele casaco, mas as botas pretas estavam logo abaixo, na sapateira. Harry passou os olhos pela sala de estar, mas não havia nada de diferente ali. Parecia exatamente a sala da qual ele saíra havia exatos dois meses, quinze dias e vinte horas. Nenhum dos quadros na parede estava torto, nenhum dos tapetes estava fora do lugar. Olhou para a cozinha. Ah! Havia uma faca faltando no bloco de madeira em forma de pirâmide sobre a bancada da cozinha. Seus olhos começaram a orbitar a área ao redor do corpo.

Sentiu uma mão no ombro.

— Oi, Bjørn — disse Harry sem se virar, incapaz de fazer seus olhos pararem de fotografar metodicamente a cena do crime.

— Harry — começou Bjørn —, eu não sei o que dizer.

— Você deveria dizer que eu não devia estar aqui — retrucou Harry —, que eu não estou habilitado, que esse caso não é meu, que só vou poder olhar para ela quando for chamado para fazer a identificação, como um civil qualquer.

— Você sabe que eu não posso dizer nada disso.

— Se não for você, vai ser alguém — disse Harry ao perceber o sangue que espirrou na prateleira inferior da estante de livros, nas lombadas das obras completas de Hamsun e da velha enciclopédia que Oleg gostava de folhear enquanto Harry explicava as coisas que haviam mudado desde que ela fora publicada e o porquê. — E eu prefiro ouvir isso de você — continuou Harry, só agora encarando Bjørn

Holm. Os olhos dele estavam brilhantes e ainda mais esbugalhados que o normal, o rosto pálido emoldurado pelas costeletas vermelhas à la Elvis na década de setenta, pela barba e pelo novo gorro que havia substituído a touca rastafári.

— Eu posso dizer se você quiser, Harry.

Os olhos de Harry ousaram se aproximar do sol, atingiram a beirada da poça de sangue. O contorno revelava que era grande. Ele dissera "declarada morta" para Oleg. Como se não acreditasse até ver com os próprios olhos.

Harry pigarreou.

— Primeiro me diz o que você sabe.

— Faca — disse Bjørn. — O médico-legista está a caminho. Para mim, parece que foram três golpes, e só. E um deles foi na parte posterior do pescoço, diretamente abaixo do crânio. O que significa que ela morreu...

— Rapidamente e sem dor — arrematou Harry. — Obrigado, Bjørn.

Bjørn assentiu com um brusco menear de cabeça, e Harry percebeu que o policial tinha dito isso tanto para o seu próprio bem quanto para o bem de Harry.

Seu olhar voltou para o bloco de madeira na bancada da cozinha. Para as facas Tojiro, de gume afiadíssimo, que ele havia comprado em Hong Kong, no tradicional estilo *Santoku*, com punho de madeira, sendo que essas tinham guarda de chifre de búfalo-asiático. Rakel havia adorado o presente. Harry teve a impressão de que a menorzinha não estava no suporte. Uma faquinha com lâmina entre dez e quinze centímetros de comprimento para usos diversos.

— E não há sinais de estupro — continuou Bjørn. — As roupas dela estão no lugar, intactas.

Os olhos de Harry alcançaram o sol.

Não acorde!

Rakel estava encolhida, deitada de costas para ele e de frente para a cozinha. O corpo ainda mais encolhido do que quando ela dormia. Ela não tinha feridas aparentes nem marcas de facada nas costas, e seus longos cabelos escuros cobriam-lhe o pescoço. As ribombantes vozes dentro de sua cabeça tentavam abafar o som uma da outra. Uma gritava que Rakel estava usando o cardigã de corte tradicional que ele havia comprado para ela numa viagem a Reykjavík. Já outra bradava que aquela não era Rakel, que não podia ser Rakel. A terceira insistia que, se tivesse acontecido o que se podia entender à primeira vista, que ela fora esfaqueada pela frente primeiro e que o assassino não tinha ficado parado entre ela e a porta de casa, Rakel sequer tentara fugir. A quarta dizia que ela se levantaria a qualquer momento, caminharia para ele com um sorriso e apontaria para a câmera escondida.

A câmera escondida.

Harry ouviu alguém pigarrear baixinho e se virou. O homem de pé na entrada era grande e tinha um corpo sem curvas, como um retângulo. A cabeça parecia ter sido esculpida em granito e desenhada à régua. Uma cabeça calva com queixo reto, boca reta, nariz reto e olhos retos e puxados sob sobrancelhas retas. Calça jeans, blazer e camisa social sem gravata. Seus olhos cinzentos eram inexpressivos; porém, a voz e a maneira de alongar as palavras, como se fosse prazeroso pronunciá-las, como se houvesse aguardado ansiosamente a oportunidade de emiti-las, expressavam tudo o que seus olhos escondiam.

— Eu sinto muito pela sua perda, mas vou ter que pedir a você que se retire da cena do crime, Hole.

Harry cruzou o olhar com Ole Winter, reparando que o inspetor-sênior da Kripos havia usado uma expressão traduzida literalmente do inglês, como se o norueguês não tivesse uma forma adequada e civilizada de expressar solidariedade. E que ele sequer se deu ao trabalho de colocar um ponto final antes de despachar Harry, só uma breve vírgula. Harry não respondeu, apenas se virou para o corpo de Rakel.

— Agora, Hole.

— Hum. Até onde eu sei, o trabalho da Kripos é colaborar com a Polícia de Oslo, não dar...

— E agora a Kripos está ajudando a manter o companheiro da vítima longe da cena do crime. Você pode agir como profissional e fazer o que eu digo, ou eu posso conseguir alguns homens fardados para ajudá-lo a sair.

Harry sabia que Ole Winter não se oporia à ideia de que dois policiais acompanhassem Harry até uma viatura diante de todos os colegas, vizinhos e abutres da imprensa que formavam um paredão à beira da estrada tirando fotos de tudo que podiam. Ole Winter era alguns anos mais velho que Harry, e os dois trabalharam em lados opostos da cerca como detetives de homicídios por vinte e cinco anos. Harry na Polícia de Oslo e Winter no Serviço Nacional de Investigação Criminal, denominado Kripos, que prestava assistência aos departamentos de polícia locais em crimes mais graves, como homicídios. E que ocasionalmente, por causa dos recursos disponíveis e da competência, assumia por completo as investigações. Harry presumiu que seu próprio chefe, Gunnar Hagen, tivesse tomado a decisão de convocar a Kripos. Uma decisão perfeitamente válida, já que o companheiro da vítima estava empregado na Divisão de Homicídios da Polícia de Oslo. Mas também uma decisão um tanto complicada, até mesmo delicada, considerando a rivalidade velada entre as duas maiores unidades de investigação de homicídios do país. O que de velado não tinha nada, por outro lado, era o que Ole Winter achava de Harry Hole: extremamente superestimado. E que sua reputação se devia mais à natureza sensacionalista dos casos que havia solucionado do que aos seus talentos como detetive. E que ele próprio, Ole Winter, embora fosse incontestavelmente a estrela da Kripos, não era valorizado como deveria, ao menos fora de seu círculo interno. E que seus triunfos nunca tiveram a mesma visibilidade que os de Hole, porque o trabalho sério da polícia raramente gerava manchetes, enquanto um policial bêbado e desgovernado com um único instante de lucidez, sim.

Harry sacou seu maço de Camels, colocou um cigarro entre os lábios e pegou o isqueiro.

— Estou indo, Winter.

Ele passou reto na frente do outro homem, desceu os degraus e seguiu para a garagem antes de dar uma parada para se acalmar. Tentou acender o cigarro, mas os olhos marejados o impediam de ver tanto o isqueiro quanto a ponta do cigarro.

— Aqui.

Harry ouviu a voz de Bjørn, deu umas piscadas rápidas e puxou a chama do isqueiro para dentro do cigarro. Harry tragou com força. Tossiu, e tragou outra vez.

— Obrigado. Também mandaram você embora?

— Não, eu trabalho tanto para a Kripos quanto para a Polícia de Oslo.

— Você não devia estar de licença-paternidade?

— Katrine me convocou. O rapazinho provavelmente está sentado no colo dela dando as ordens na Homicídios. — O sorriso torto de Bjørn Holm desapareceu tão rápido quanto surgiu. — Desculpa, Harry, eu estou falando bobagem.

O vento varreu a fumaça que Harry exalou.

— Então você terminou as buscas no jardim?

Siga em modo de investigação, mantenha-se anestesiado.

— Sim — respondeu Bjørn Holm. — Geou na noite de sábado, então o cascalho estava mais compacto. Se alguém ou qualquer veículo esteve aqui, não deixou muitas evidências.

— Sábado à noite? Está dizendo que foi quando aconteceu?

— O corpo está frio, e, quando fui dobrar o braço, parecia que o *rigor mortis* já estava começando a desaparecer.

— Pelo menos vinte e quatro horas, então.

— Isso, mas o médico-legista está para chegar a qualquer momento. Você está bem, Harry?

Harry estava com ânsia de vômito, mas fez um gesto de positivo e engoliu a bile ardida. Ele conseguiria. Tinha de conseguir. Continue dormindo.

— As facadas... Você faz ideia do tipo de faca usado?

— Eu diria uma lâmina de tamanho pequeno a médio. Sem hematomas nas laterais das feridas, então ou o golpe não foi muito profundo ou a faca quase não tinha cabo.

— O sangue. Ele foi fundo.

— É.

Num ato de desespero, Harry tragou com força a fumaça do cigarro, que já estava quase no filtro. Um jovem alto de terno e casaco Burberry ia até eles.

— Katrine disse que foi alguém do trabalho de Rakel que ligou — disse Harry. — Você sabe de algo além disso?

— Só que foi o chefe dela — disse Bjørn. — Rakel não apareceu para uma reunião importante, e ninguém conseguiu falar com ela. Então ele desconfiou de que havia algo errado.

— É comum ligarem para a polícia quando um funcionário não aparece para uma reunião?

— Não sei, Harry, ele disse que a Rakel não era de faltar sem avisar. E é claro que eles sabiam que ela morava sozinha.

Harry foi assentindo aos poucos. Eles sabiam mais que isso. Sabiam que não fazia muito tempo ela tinha botado o marido para fora de casa. Um sujeito com a reputação de ser emocionalmente instável. Ele deixou cair o cigarro e escutou o chiado no cascalho quando pisou na guimba com a sola do sapato.

O jovem tinha se aproximado deles. Trinta e poucos anos, magro, empertigado e com feições asiáticas. O terno parecia feito sob medida, a camisa branca feito giz engomada, o nó da gravata perfeito. Os espessos cabelos pretos eram curtos, num corte que poderia ser considerado discreto, se não fosse tão calculadamente clássico. O perfume do detetive Sung-min Larsen, da Kripos, cheirava a algo que Harry presumiu ser muito caro. Na Kripos aparentemente ele era conhecido como Índice Nikkei, embora seu nome — Sung-min, com o qual Harry encontrou várias vezes quando estava em Hong Kong — fosse coreano, não japonês. Ele se formara na Academia de Polícia no ano em que Harry havia começado a lecionar lá, mas Harry ainda se lembrava dele nas aulas sobre investigação criminal, sobretudo por causa das camisas brancas, do comportamento calmo, dos sorrisinhos irônicos quando Harry — ainda um professor inexperiente — dava sinais de estar pisando em ovos e das notas nas provas que, como era de esperar, tinham sido as mais altas já obtidas na Academia de Polícia.

— Eu sinto muito, Hole — disse Sung-min Larsen. — Meus mais profundos pêsames. — Ele era quase tão alto quanto Harry.

— Obrigado, Larsen. — Harry viu que o detetive da Kripos segurava um bloco de anotações e perguntou: — Andou conversando com os vizinhos?

— Sim.

— Alguma coisa interessante? — Harry deu uma olhada ao redor. Havia uma distância enorme entre as casas aqui na sofisticada área residencial de Holmenkollen. Cercas altas e fileiras de pinheiros.

Por um momento, Sung-min Larsen deu a impressão de avaliar se as informações coletadas poderiam ser compartilhadas com um funcionário da Polícia de Oslo. Ou talvez o problema fosse Harry ter sido marido da vítima.

— Sua vizinha, Wenche Angondora Syvertsen, disse não ter ouvido nem visto nada fora do normal na noite de sábado. Perguntei se ela dormia de janela aberta e ela disse que sim. Mas ela também disse que conseguia dormir assim porque sons familiares não a acordavam. Como o carro do marido, os carros dos vizinhos, o caminhão de lixo. E ela salientou que a casa de Rakel Fauke tinha paredes grossas de madeira.

Larsen disse isso sem olhar as anotações, e Harry pressupôs que ele estivesse revelando esses pequenos detalhes como um teste, para ver se provocavam qualquer tipo de reação.

— Hum — disse Harry num tom reverberante que simplesmente indicava que tinha escutado o que o outro tinha dito.

— Então a casa é dela? — perguntou Larsen. — Não sua?

— Separação de bens — respondeu Harry. — Eu insisti. Não queria que dissessem que eu estava me casando com ela por dinheiro.

— Ela era rica?

— Não, foi só uma piada. — Harry indicou a casa com um aceno de cabeça. — Você vai ter que repassar qualquer informação que tenha conseguido para o seu chefe, Larsen.

— Winter está aqui?

— Com toda a sua frieza invernal.

Sung-min Larsen deu um sorriso educado.

— Oficialmente, Winter está liderando a investigação tática, mas parece que eu vou ficar no comando do caso. Sei que não estou no seu nível, Hole, mas prometo fazer o máximo para pegar quem matou a sua esposa.

— Obrigado — disse Harry.

Ele teve a impressão de que o jovem detetive realmente acreditava no que dizia. Tirando aquele comentário de ele não estar no mesmo nível. Ele ficou observando Larsen se afastar e passar pelas viaturas em direção à casa.

— Câmera escondida — avisou Harry.

— Hã? — perguntou Bjørn.

— Eu instalei uma câmera de monitoramento remoto naquele pinheiro do meio ali.

Harry indicou com a cabeça um emaranhado de árvores e arbustos, uma pequena amostra da floresta norueguesa em estado bruto rente à cerca que dava para a propriedade vizinha.

— Suponho que eu vou ter que informar isso a Winter.

— Não — disse Bjørn, enfático.

Harry o encarou. Foram poucas as vezes que o ouviu ser tão categórico.

Bjørn Holm deu de ombros.

— Se houver alguma coisa gravada que possa ajudar a resolver o caso, não acho que Winter mereça levar o crédito.

— Sério?

— Por outro lado, você também não deve tocar em nada aqui.

— Porque eu sou um suspeito — disse Harry.

Bjørn não respondeu.

— Tudo bem — disse Harry. — O ex-marido é sempre o primeiro suspeito.

— Sim, até que você seja descartado como suspeito — completou Bjørn. — Enquanto isso, vou pegar tudo o que aquela câmera tiver gravado. É a árvore do meio, né?

— Não vai ser fácil de achar — avisou Harry. — Está escondida numa meia da mesma cor do tronco. A dois metros e meio de altura.

Bjørn lançou um olhar amigável para Harry. Então o corpulento policial da perícia técnica foi até os pinheiros com passos extremamente lentos e cuidadosos. O celular de Harry tocou. Os primeiros quatro dígitos lhe diziam que era de um telefone fixo nos escritórios do *VG*. Os abutres sentiram cheiro de carniça. E o fato de estarem ligando para ele significava que provavelmente sabiam o nome da vítima e haviam feito a conexão. Rejeitou a ligação e colocou o celular de volta no bolso.

Bjørn estava agachado perto das árvores. Ele olhou para cima e acenou para Harry.

— Não se aproxime — pediu Bjørn, colocando um novo par de luvas brancas de látex. — Alguém chegou aqui antes da gente.

— Que merda é essa? — murmurou Harry.

A meia tinha sido arrancada da árvore e estava no chão, toda esfarrapada, ao lado dos destroços da câmera. Alguém a havia pisoteado até destruí-la. Bjørn catou os restos e disse:

— O cartão de memória sumiu.

Harry respirava pesado pelo nariz.

— É preciso ser muito bom para ver uma câmera escondida dentro de uma meia — comentou Bjørn. — A pessoa tinha que estar aqui entre as árvores para ver.

Harry assentiu devagar.

— A menos que... — disse ele, sentindo que seu cérebro precisava de mais oxigênio do que ele podia suprir. — A menos que o assassino soubesse que a câmera estava lá.

— Sem dúvida. Para quem você contou?

— Ninguém. — A voz de Harry estava áspera e, a princípio, ele não percebeu o que era: uma dor crescendo no peito em busca de uma saída. Estaria acordando? — Absolutamente ninguém — reforçou. — Eu instalei tudo na mais completa escuridão, no meio da noite. Ninguém me viu. Nenhum humano, pelo menos.

Então Harry percebeu o que estava tentando sair. O crocitar dos corvos. O pranto de um louco. Uma gargalhada.

9

Eram duas e meia da tarde, e a maioria da clientela olhou sem grande interesse para a porta que foi aberta.

Restaurante Schrøder.

Talvez "restaurante" fosse uma denominação um tanto imprópria, embora o café decorado com toques amarronzados servisse uma seleção de especialidades norueguesas, como costeletas de porco fritas com molho. Os pratos principais, porém, eram chope e vinho. O bar ficava na Waldemar Thranes gate desde meados dos anos cinquenta e virou o point de Harry lá pelos anos noventa. Ele até havia ficado um tempo sem aparecer depois que foi morar com Rakel, em Holmenkollen. Mas agora estava de volta.

Ele se afundou no banco encostado na parede numa das mesas à janela.

O banco era novo. O restante permanecia igual ao que fora nos últimos vinte anos: as mesmas mesas e as mesmas cadeiras. O mesmo vitral no teto, as mesmas paisagens de Oslo pintadas por Sigurd Fosnes, até as toalhas de mesa vermelhas debaixo de um pano branco colocado na diagonal eram as mesmas. A maior mudança de que Harry conseguia se lembrar havia acontecido em 2004, quando a lei antifumo entrara em vigor, e eles passaram uma mão de tinta nas paredes do bar para disfarçar o cheiro de fumaça. A mesma cor de antes. E o cheiro nunca desapareceu por completo.

Deu uma checada no celular, Oleg não tinha respondido às mensagens pedindo que ligasse de volta; vai ver estava no avião.

— Isso é terrível, Harry — disse Nina, recolhendo dois copos vazios dos clientes que tinham ido embora. — Eu acabei de ler na internet

— disse, olhando para ele enquanto secava a mão no avental. — E você, como está?

— Nada bem, obrigado — disse Harry.

Então os abutres já haviam publicado o nome dela. Provavelmente tinham conseguido em algum lugar uma foto de Rakel. E de Harry, é claro. Essas eles mantinham aos montes nos arquivos, algumas tão medonhas, que Rakel tinha sugerido que ele ao menos fizesse uma pose da próxima vez. Ela, porém, jamais saía mal nas fotos, nem quando tentava. Não. *Jamais*. Nenhuma foto feia. Porra.

— Café?

— Hoje vai ter que ser chope, Nina.

— Eu entendo pelo que você está passando, mas tem anos que não te sirvo chope. Quantos anos agora, Harry?

— Muitos. E agradeço sua preocupação. Mas eu não posso acordar, sabe?

— Acordar?

— Se hoje eu for para algum lugar que serve destilados, provavelmente vou beber até morrer.

— Você veio para cá porque a gente só pode vender chope?

— E também porque daqui eu consigo encontrar o caminho de casa de olhos fechados.

A rechonchuda e insistente garçonete ficou olhando para ele com uma expressão ao mesmo tempo preocupada e pensativa. Por fim, deu um longo suspiro.

— Tá bom, Harry. Mas eu decido quando você já bebeu o suficiente.

— Eu nunca vou conseguir beber o suficiente, Nina.

— Eu sei. Mas acho que você veio aqui porque queria ser servido por alguém em quem você pode confiar.

— Talvez.

Nina se foi e, quando voltou, trouxe uma caneca com meio litro de chope que colocou diante dele.

— Devagar — recomendou ela. — Vai com calma.

Enquanto tomava sua terceira caneca, a porta se abriu outra vez.

Harry notou que os clientes que haviam erguido a cabeça não a baixaram, os olhos acompanhando as longas pernas enfiadas em botas de couro de cano alto até que chegassem à mesa de Harry, onde a mulher puxou uma cadeira e se sentou.

— Você não está atendendo o seu celular — disse ela, dispensando Nina, que se aproximava da mesa.

— Eu desliguei o aparelho. O *VG* e outros jornais começaram a ligar.

— Você não faz ideia. Nunca vi tanta merda numa coletiva de imprensa desde o caso do vampirista. Parte disso porque o chefe de polícia resolveu suspender você até segunda ordem.

— Como é que é? Eu entendo que não possa trabalhar nesse caso, mas ser suspenso de todas as minhas funções? É sério? Porque a imprensa está em cima por causa de uma investigação de assassinato?

— Porque não vão te deixar em paz, não importa em que caso você esteja trabalhando, e não precisamos desse tipo de distração justo agora.

— E?

— E o quê?

— Continua. — Harry levou o copo à boca.

— Não tem mais nada.

— Tem, sim. A parte política. Vamos ouvir o que tem a dizer.

Katrine deu um longo suspiro e disse:

— Desde que Bærum e Asker foram transferidos para a Polícia de Oslo, a gente se tornou responsável por um quinto da população da Noruega. Dois anos atrás, pesquisas provaram que oitenta e seis por cento da população tinha confiança alta ou muito alta em nós. Esse número caiu para sessenta e cinco por causa de alguns lamentáveis casos isolados. E isso significa que o nosso querido chefe de polícia, Hagen, foi convocado para ver nosso não tão querido ministro da Justiça, Mikael Bellman. Vou ser direta: no momento, Hagen e a Polícia de Oslo acreditam que não ajudaria nem um pouco se a imprensa publicasse uma entrevista com um policial desequilibrado que aparecesse bêbado para trabalhar.

— E não se esqueça de paranoico. *Paranoico*, desequilibrado e bêbado. — Harry inclinou a cabeça para trás e esvaziou o copo.

— Por favor, Harry, chega de paranoia. Eu falei com o Winter da Kripos e não existem provas que sugiram que tenha sido Finne.

— Então *o que* as provas sugerem?

— Nada.

— Tinha uma mulher morta estirada no chão lá, é claro que existem provas — retrucou Harry que, com um gesto, avisou à Nina que estava pronto para a próxima caneca.

— Tá bom, foi isso que a gente recebeu do Instituto de Medicina Forense — disse Katrine. — Rakel morreu de um ferimento à faca na parte posterior do pescoço. A lâmina penetrou a área da medula *oblongata* que regula a respiração, entre a vértebra superior e o crânio. Ela morreu na hora, provavelmente.

— Não perguntei a Bjørn sobre as outras duas — disse Harry.

— As outras duas o quê?

— Facadas.

Ele viu Katrine engolir em seco. Dava para perceber que ela tentava evitar que ele soubesse de mais detalhes.

— No estômago — disse Katrine.

— Então não exatamente uma morte indolor, hein?

— Harry...

— Continua — pediu Harry com rispidez, curvando-se para a frente, como se conseguisse sentir a facada.

Katrine pigarreou.

— Como você sabe, em geral é extremamente difícil determinar a hora da morte com alguma precisão quando o evento aconteceu há mais de vinte e quatro horas, como nesse caso. Mas, como você já deve saber, o Instituto de Medicina Forense e a Unidade de Perícia Criminal desenvolveram em conjunto um novo método em que medem a temperatura retal, a temperatura ocular, os níveis de hipoxantina do fluido intraocular e a temperatura cerebral...

— Temperatura cerebral?

— Isso. O crânio protege o cérebro e faz com que ele seja menos afetado por fatores externos. Eles inserem uma sonda parecida com uma agulha pelo nariz que vai até a *lamina cribrosa* onde a base do crânio...

— Sem dúvida você tem aprendido bastante latim ultimamente...

Katrine parou.

— Desculpa — pediu Harry. — Eu não... Eu não estou...

— Não se preocupe — disse Katrine. — Tivemos alguns fatores externos fortuitos. Sabemos que a temperatura do piso do térreo é constante, porque todos os aquecedores são controlados por um termostato central. E, como a temperatura estava relativamente baixa...

— Ela costumava dizer que raciocinava melhor enfiada num suéter de lã, mas com a cabeça fria — comentou Harry.

— ... os órgãos internos do corpo ainda não tinham esfriado a ponto de chegar à temperatura ambiente. O que permitiu que usássemos essa nova metodologia para definir que a morte ocorreu entre as dez da noite de sábado e duas da madrugada de domingo, 11 de março.

— E, sobre a investigação da cena do crime, o que foi encontrado?

— A porta da casa estava destrancada quando os primeiros policiais chegaram e, como a fechadura não era daquelas eletrônicas que trancam automaticamente, isso leva a crer que o assassino saiu por ela mesma. Como não existem sinais de arrombamento, é possível deduzir que a porta também estava aberta quando o criminoso chegou...

— Rakel sempre deixava aquela porta trancada. Tanto aquela quanto todas as outras. Aquela casa é uma puta fortaleza.

— ... ou que Rakel abriu a porta para ele.

— Ah... — Harry se virou e olhou sem paciência para Nina.

— Você está certo quanto à casa ser uma fortaleza. Bjørn foi um dos primeiros na cena do crime, e ele percorreu do porão ao sótão, e todas as portas estavam trancadas por dentro, todas as janelas fechadas com trincos. Então o que você acha?

— Eu acho que tem que haver mais provas.

— Sim — disse ela, fazendo que sim com a cabeça. — Existem provas de alguém retirando as provas. Alguém que *sabe* que provas precisam ser retiradas.

— Beleza. E você não acha que Finne sabe fazer isso?

— Ah, com certeza. E é óbvio que Finne é um suspeito, sempre vai ser. Mas não podemos dizer isso publicamente nem apontar o dedo para um determinado indivíduo com base em nada além da intuição.

— Intuição? Finne ameaçou a mim e a minha família, eu já te disse isso.

Katrine ficou em silêncio.

Harry olhou para ela. Depois assentiu devagar e disse:

— Um acréscimo: *alega* o marido rejeitado da vítima de homicídio.

Katrine se inclinou por cima da mesa.

— Olha só. Quanto antes a gente puder te tirar do caso, menos confusão vai rolar. Agora a Kripos está assumindo o comando; mas estamos trabalhando com eles, então posso forçá-los a decidir de uma vez se você está ou não na lista de suspeitos. Então vamos poder enviar um comunicado à imprensa.

— Comunicado à imprensa?

— Você sabe que os jornais não estão dizendo nada abertamente, mas os leitores não são burros. E, convenhamos, não estão errados já que a probabilidade de o marido ser o culpado nesses casos de assassinato está por volta de...

— Oitenta por cento — completou Harry em alto e bom som.

— Me desculpa — disse Katrine, o rosto enrubescendo —, é que a gente precisa acabar com isso o mais rápido possível.

— Entendo o que você quer dizer — balbuciou Harry, perguntando-se se deveria tentar chamar Nina. — É que eu estou um pouco sensível hoje.

Katrine estendeu a mão e a colocou sobre a de Harry.

— Não consigo nem imaginar como deve ser difícil, Harry. Perder o amor da sua vida assim...

O olhar de Harry pousou na mão de Katrine.

— Nem eu — disse ele. — E é por isso que quero ficar o mais longe possível até conseguir assimilar o que aconteceu. Nina!

— Eles não podem te entrevistar se estiver bêbado, então você não vai ser descartado como suspeito até estar sóbrio.

— É só chope. Eu vou estar sóbrio daqui a poucas horas, caso eles me liguem. A propósito, fazer o papel de mãezona combina com você. Eu já te disse isso, não foi?

Katrine deu um sorrisinho e se levantou.

— Preciso voltar. A Kripos pediu para usar as nossas instalações de interrogatório. Se cuida, Harry.

— Pode deixar. Agora vai atrás do culpado.

— Harry...

— Porque, se você não o pegar, eu vou. Nina!

Dagny Jensen andava pelos caminhos úmidos entre os túmulos do Cemitério Vår Frelsers. O ar cheirava a metal queimado vindo de uma obra na Ullevålsveien e a flores podres e terra molhada. E a cocô de cachorro. O retrato típico dos primeiros dias de primavera em Oslo. Mas ela não conseguia parar de pensar neles, esses donos de cachorro que se aproveitavam do cemitério geralmente vazio, sem testemunhas, para não catar os cocôs dos seus animais de estimação. Dagny tinha ido visitar o túmulo da mãe, como fazia todas as segundas-feiras depois da última aula que dava na Cathedral School, que ficava a uns três ou quatro minutos de caminhada, onde Dagny trabalhava como professora de inglês. Sentia saudades da mãe, saudades dos papos diários sobre tudo e sobre nada. A mãe tinha sido uma parte tão real, tão vital da vida de Dagny que, quando ligaram do lar de idosos para avisar que sua mãe estava morta, a princípio ela não acreditou. Nem mesmo quando viu o corpo, que mais parecia uma boneca de cera, uma impostora. Na verdade, o cérebro dela sabia, é claro, mas o corpo se recusava a aceitar. Seu corpo precisava ter presenciado a morte da mãe para se convencer. Às vezes, Dagny ainda sonhava que alguém batia à porta da sua casa na Thorvald Meyers gate e era sua mãe lá de pé, como se fosse a coisa mais normal do mundo. E por que não seria? Logo estariam mandando gente para Marte, e quem poderia dizer com *certeza absoluta* que era clinicamente impossível devolver a vida a um corpo morto? Durante o velório, a jovem pastora dissera que ninguém sabia o que estava do outro lado do limiar da morte, que tudo o que podíamos dizer era que aqueles que cruzaram esse limiar nunca voltaram. Isso deixara Dagny transtornada. Não que a suposta igreja do povo tivesse se tornado tão enfraquecida a ponto de renunciar à sua única missão verdadeira, que era a de dar respostas completas e reconfortantes sobre o que acontecia depois da morte. Não, não foi isso, mas o "nunca" que a pastora havia proferido com tanta certeza. Se as pessoas precisavam de esperança, da fé inabalável de que seus entes queridos um dia ressuscitariam dos mortos, então por que tirar isso delas? E se o que a fé da pastora diz fosse mesmo verdade — que alguém já havia voltado da morte —, então será que não poderia acontecer de novo? Dagny faria 40 anos dali a dois anos, nunca havia se casado ou noivado nem tivera filhos. Também não tinha ido à Micronésia, nem realizado o sonho de fundar um orfanato na Eritreia, nem terminado aquela coletânea de poesia. E, sinceramente, torcia para que jamais escutasse alguém dizer a palavra "nunca" de novo.

Dagny seguia para a saída do cemitério mais perto de Ullevålsveien quando viu de relance um homem de costas. Ou, melhor, o que ela notou mesmo foi a longa e grossa trança preta que pendia em suas costas, assim como o fato de que ele não usava nenhum casaco por cima da camisa de flanela xadrez. Ele estava de pé em frente a uma lápide que Dagny já havia notado antes, quando ainda estava coberta pela neve no inverno. Na época, ela pensara que a lápide devia pertencer a alguém que não havia deixado ninguém para trás quando morreu, ou pelo menos ninguém que se importasse.

Dagny tinha uma aparência esquecível. Ela era magra e baixa, e até aquele momento conseguira passar quase despercebida pela vida. Já era hora do rush na Ullevålsveien, embora ainda não fossem três da tarde. Isso porque o horário comercial havia reduzido tanto na Noruega nos últimos quarenta anos que chegava a irritar ou impressionar turistas. E por isso ela se surpreendeu quando o homem evidentemente a ouviu se aproximar e, mais ainda, quando ele se virou e ela viu que era um idoso. O rosto, que parecia coberto por uma pele dura feito couro, tinha rugas tão acentuadas e profundas que davam a impressão de chegar até os ossos. Seu corpo parecia magro, musculoso e jovem por baixo da camisa de flanela, mas o rosto e o tom amarelado ao redor das pupilas e as minúsculas íris marrons indicavam que ele devia ter no mínimo uns 70 anos. Ele usava uma bandana vermelha, como um nativo americano, e tinha um bigode acima dos lábios grossos.

— Boa tarde — cumprimentou ele bem alto para se fazer entender em meio ao barulho do tráfego.

— É tão bom ver alguém nessa sepultura — disse Dagny com um sorriso.

Ela não costumava ser tão comunicativa com desconhecidos, mas hoje estava de bom humor, até mesmo um pouco animada, porque Gunnar, o novo professor que também dava aulas de inglês, havia convidado-a para beber em algum lugar.

O homem retribuiu o sorriso.

— É do meu filho — disse ele numa voz grave e rouca.

— Sinto muito — disse Dagny, notando que, em vez de uma flor, o que estava espetado na terra logo à frente da lápide era uma pena.

— Na tribo cheroqui, eles colocavam penas de águias nos caixões dos seus mortos — explicou o homem, como se tivesse lido os pensamentos dela. — Mas essa aqui não é de águia, e sim de urubu.

— Sério? E onde você a encontrou?

— A pena de urubu? Oslo é cercada por uma imensidão de áreas selvagens. Você não sabia? — perguntou o sujeito com um sorriso.

— Bem, ela parece bem civilizada. Mas achei a pena uma boa ideia, talvez leve a alma do seu filho para o céu.

O homem meneou a cabeça negativamente.

— Selvagem, não civilizada. Meu filho foi assassinado por um policial. Veja bem, o meu filho provavelmente não vai para o céu, não importa quantas penas eu dê a ele, mas ele não está num inferno tão flamejante quanto aquele para onde o policial vai — comentou ele sem ódio nenhum na voz, apenas tristeza, como se sentisse compaixão pelo policial. — E quem você veio visitar?

— Minha mãe — respondeu Dagny, contemplando a lápide do filho do homem.

Valentin Gjertsen. Havia algo vagamente familiar no nome.

— Você não é uma viúva então. Pois uma mulher bo-bonita como você deve ter se casado jovem e tido filhos, não?

— Obrigada pelo elogio, mas nenhum dos dois.

Ela sorriu, deixando sua imaginação livre: um filho com seus cabelos loiros cacheados, e o sorriso confiante de Gunnar. Isso a fez sorrir com mais vontade.

— Isso é lindo — disse ela, apontando para a bela arte feita em metal diante da lápide. — O que simboliza?

Ele o arrancou da terra e mostrou para ela. Parecia uma serpente sinuosa com uma das extremidades terminando numa ponta afiada.

— Simboliza a morte. Existe alguém lo-louco na sua família?

— É... Não que eu saiba.

Ele arregaçou a manga da camisa, revelando um relógio de pulso.

— Duas e quinze — avisou Dagny.

Ele sorriu como se fosse um comentário desnecessário. Apertou um pino na lateral do relógio, olhou para cima e falou:

— Dois minutos e meio.

Será que ele pretendia cronometrar alguma coisa?

De repente, ele deu dois passos largos e se postou bem na frente dela. Ele cheirava a fogueira.

E, como se conseguisse ler os pensamentos de Dagny, comentou:

— Eu também consigo sentir o seu cheiro. Eu senti o seu cheiro enquanto você caminhava até aqui.

Os lábios dele estavam molhados e se contorciam como enguias numa armadilha quando disse:

— Você está o-ovulando.

Dagny se arrependeu de ter parado. Contudo, permaneceu no lugar, como se alfinetada ali pelos olhos do sujeito.

— Se você não se debater, vai ser rápido — sussurrou ele.

Parecia enfim ter conseguido se soltar, então ela se virou para correr. Mas uma mão rápida se enfiou por debaixo do casaco curto, agarrou o cinto da calça e a puxou de volta para o lugar de onde tinha acabado de sair. Ela deu um berro e só teve tempo de correr os olhos pelo cemitério deserto antes de ser arremessada na cerca viva que crescia ao longo das grades que davam para a Ullevålsveien e empurrada para dentro do tufo de plantas. Dois braços vigorosos envolveram seu tórax, prendendo-a num abraço que estrangulava. Com muita dificuldade, conseguiu arquejar com a intenção de gritar por socorro, mas ele parecia contar com isso, porque, assim que ela deixou escapar o ar com um silvo, os braços tornaram a lhe comprimir os pulmões até estarem vazios. Ela viu que ele ainda segurava numa das mãos a serpente de metal. A outra foi até seu pescoço e apertou-lhe a garganta. Sua vista estava começando a ficar turva, e, embora a pressão de um dos braços no seu peito tenha se desfeito de repente, ela ainda assim sentiu o corpo ficar flácido e pesado.

Isso não está acontecendo, pensou ela quando a outra mão veio por trás e forçou caminho entre suas pernas. Ela sentiu algo afiado logo abaixo da cintura e ouviu o som de tecido sendo rasgado quando um objeto afiado dividiu suas calças do fecho do cinto na frente até a alça do cinto nas costas. *Esse tipo de coisa não acontece, não num cemitério no meio do dia, no centro de Oslo. Não com uma pessoa como eu, pelo menos!*

Então a mão em volta do pescoço se abriu. Dentro da cabeça de Dagny veio a lembrança da mãe enchendo o velho colchão inflável, enquanto ela inalava desesperadamente a mistura do ar da primavera de Oslo e dos gases do cano de descarga dos carros no engarrafamento para dentro dos pulmões doloridos. Foi então que sentiu algo afiado pressionando sua garganta. Viu de relance a faca curva no canto de seu campo de visão e ouviu a voz áspera sussurrando ao seu ouvido.

— Primeiro a jiboia constritora. Essa é a serpente venenosa. Uma leve mordida e você morre. Então fica paradinha e não faz nenhum barulho. Isso. Exatamente assim. Está con-confortável?

Dagny Jensen sentiu as lágrimas rolarem pelo seu rosto.

— Tudo bem, tudo bem, vai ficar tudo bem. Você quer me fazer um homem feliz? Quer se casar comigo?

Dagny sentiu a ponta de uma faca pressionar com mais força a sua garganta.

— Quer?

Ela assentiu com cautela.

— Então a gente está noivo, minha querida.

Ela sentiu os lábios dele roçarem sua nuca. Bem a sua frente, do outro lado da cerca e das grades, ouviu passos na calçada, duas pessoas que passavam, envolvidas numa conversa animada.

— E, agora, vamos consumar o nosso noivado. Eu disse que a serpente pressionando o seu pescoço simboliza a mo-morte. Mas isso aqui simboliza a vida...

Dagny percebeu o que era e fechou os olhos com força.

— Nossa vida. Uma vida que vamos criar agora...

Ele a penetrou, e ela trincou os dentes para não gritar.

— Para cada filho que eu perder, coloco mais ci-cinco no mundo — sussurrou ele em seu ouvido enquanto a penetrava novamente. — E você não ousaria destruir o que criamos, não é? Porque uma criança é a dádiva do Senhor.

Ele a penetrou pela terceira vez e ejaculou com um longo gemido.

Ele afastou a faca e a soltou. Dagny viu que a palma das suas mãos estava sangrando por ter buscado apoio na sebe espinhosa. Mas não se mexeu, permanecendo curvada de costas para ele.

— Vire-se — ordenou o homem.

Mesmo contra sua vontade, ela obedeceu a ele.

Ele segurava a bolsa dela, de onde tinha retirado uma conta.

— Dagny Jensen — leu ele em voz alta. — Thorvald Meyers gate. Uma rua agradável. Vou ligar de tempos em tempos.

Ele lhe devolveu a bolsa, inclinou a cabeça e olhou para ela.

— Não se esqueça de que isso é o nosso segredo, Dagny. De agora em diante, eu vou te vigiar e proteger como uma águia que você nunca vê, mas que sabe que está sempre lá em cima, de onde pode ver você. Nada vai te ajudar, porque eu sou um espírito que ninguém consegue agarrar. Mas também nenhum mal cairá sobre você, porque agora estamos noivos e minha mão repousa sobre ti.

Ele ergueu a mão, e só agora ela viu que, aquilo que tinha achado ser uma cicatriz repugnante nas costas da mão dele, era na verdade um buraco que atravessava a palma da mão.

Ele foi embora, e Dagny Jensen, com um soluço abafado, afundou-se debilmente na neve suja diante das grades do cemitério. Por entre as lágrimas, viu as costas do homem e a trança do cabelo enquanto ele seguia calmamente pelo cemitério em direção ao portão norte. Houve um alarme, um som pulsante, e o homem parou, arregaçou a manga da camisa e apertou um pino do relógio de pulso. O alarme parou.

Harry abriu os olhos. Estava deitado em algo macio, olhando para o teto, para o pequeno, porém espetacular lustre de cristal que Rakel trouxera para casa depois de anos de trabalho na embaixada em Moscou. Visto assim de baixo, os cristais formavam a letra S, coisa que ele nunca tinha reparado antes. Uma voz feminina chamou seu nome. Virou-se, mas não viu ninguém.

— Harry — repetiu a voz.

Ele estava sonhando. Estaria acordando? Abriu os olhos. Ainda estava sentado. Ainda estava no Schrøder.

— Harry? — Era a voz de Nina. — Visita para você.

Ele olhou para cima e deparou com o olhar preocupado de Rakel. O rosto tinha a boca de Rakel, a pele levemente acetinada de Rakel. Mas o cabelo sedoso e liso do pai russo. Não, ele ainda estava sonhando.

— Oleg — disse Harry com a voz áspera, tentou se levantar e dar um abraço no enteado, mas desistiu.

— Achei que você fosse chegar mais tarde.

— Eu cheguei em Oslo tem uma hora. — O rapaz alto se afundou na mesma cadeira que Katrine havia ocupado. Fez uma careta como se tivesse se sentado numa tachinha.

Harry olhou pela janela e descobriu, para sua surpresa, que estava escuro lá fora.

— E como você soube...

— Bjørn Holm me avisou. Eu falei com um agente funerário e marquei uma reunião para amanhã de manhã. Você vem comigo?

Harry tombou a cabeça para a frente e gemeu.

— É claro que eu vou com você, Oleg. Meu Deus! Eu aqui embriagado, e você fazendo o meu trabalho.

— Desculpa eu me meter, mas dói menos quando estou ocupado. Mantém a minha mente em coisas práticas. Comecei a me perguntar o que a gente deve fazer com a casa quando... — Ele fez uma pausa, levou a mão ao rosto e pressionou as têmporas com o polegar e o dedo do meio. — Isso é doentio, né? O corpo da mamãe nem esfriou direito e...

Seus dedos massagearam as têmporas, enquanto seu pomo de adão subia e descia.

— Não tem nada de doentio — disse Harry. — Sua cabeça está procurando um jeito de evitar a dor. Eu achei o meu, mas não recomendo.

Ele afastou a caneca vazia que estava entre eles.

— Dá para enganar a dor por um tempo, mas ela sempre vai te alcançar. É só relaxar um pouco, baixar a guarda, erguer a cabeça do fosso em que se está... Até lá, tudo bem não sentir muito.

— Anestesiado — disse Oleg. — Eu me sinto anestesiado. Ainda há pouco, percebi que não tinha comido nada hoje, então comprei um cachorro-quente com chili que enchi com a mostarda mais forte que eles tinham só para *sentir* alguma coisa. E sabe o que aconteceu?

— Eu sei. Eu sei. Nada.

— Nada — repetiu Oleg, deixando uma lágrima escapar ao fechar os olhos.

— A dor vai chegar — avisou Harry —, não precisa correr atrás. Ela vai te achar. Vai encontrar você e chegar em todos os lugares que você está tentando esconder.

— Ela já te encontrou? A dor?

— Eu ainda estou dormindo — respondeu Harry. — E tentando não acordar.

Harry olhou para as próprias mãos. Teria feito qualquer coisa para tomar para si um tanto da dor de Oleg. O que poderia dizer? Que nada no mundo será tão doloroso quanto a primeira vez que perder alguém que realmente ama? Seria mesmo verdade? Ele pigarreou.

— A casa vai ficar fechada até os peritos terminarem. Quer ficar comigo?

— Eu vou ficar com os pais da Helga.

— Tudo bem. E como a Helga está?

— Mal. Ela e Rakel se tornaram boas amigas.

Harry assentiu e perguntou:

— Quer conversar sobre o que aconteceu?

Oleg fez que não com a cabeça.

— Eu tive uma longa conversa com o Bjørn, e ele me contou o que nós sabemos. E o que não sabemos.

Nós. Harry percebeu que, depois de pouquíssimos meses de capacitação profissional, Oleg se sentia totalmente à vontade para usar "nós" ao falar da polícia como um todo. O mesmo "nós" que ele próprio jamais havia usado, mesmo depois de vinte e cinco anos na polícia. Mas a experiência lhe ensinara que o "nós" estava mais enraizado em seu íntimo do que imaginava. Porque era um lar, para o bem ou para o mal. E, quando já não há mais nada a perder, é o que sobra de bom. Torceu para que Oleg e Helga seguissem dando apoio um ao outro.

— Eu fui chamado para um interrogatório bem cedo amanhã — avisou Oleg. — Kripos.

— Certo.

— Vão fazer perguntas sobre você?

— Se trabalharem direito, sim.

— O que eu devo dizer?

Harry deu de ombros.

— A verdade nua e crua, do jeito que você a vê.

— Tá bom...

Oleg tornou a fechar os olhos e respirou fundo.

— Você vai pedir um chope para mim?

Harry suspirou.

— Como você pode ver, eu não sou grandes coisas como homem, mas pelo menos sou do tipo que tem dificuldade de quebrar promessas. É por isso que eu nunca prometi muito para a sua mãe. Mas uma coisa eu prometi a ela: por seu pai ter o mesmo gene ruim que o meu, jurei que nunca, jamais, pagaria uma bebida para você.

— Mas a mamãe pagava.

— Essa promessa foi ideia minha, Oleg, e não vou te meter em nada que não preste.

Oleg se virou e ergueu um dedo. Nina assentiu.

— Por quanto tempo você vai dormir? — quis saber Oleg.

— O máximo que conseguir.

O chope chegou, e Oleg bebeu devagar. Entre um gole e outro, baixava o copo entre os dois, como se estivessem compartilhando a bebida. Não se falaram. Não havia necessidade. Nem conseguiriam. Seus choros silenciosos eram ensurdecedores.

Quando o copo ficou vazio, Oleg pegou o celular.

— É o irmão da Helga, veio me buscar de carro, está lá fora. Quer uma carona para casa?

Harry meneou negativamente a cabeça.

— Obrigado, mas estou precisando dar uma caminhada.

— Vou te mandar uma mensagem com o endereço do agente funerário.

— Beleza.

Os dois se levantaram ao mesmo tempo. Harry percebeu que Oleg ainda era uns centímetros mais baixo que o seu um metro e noventa e dois. Então se lembrou de que a disputa havia acabado e que Oleg era um adulto.

Abraçaram-se. Um abraço apertado. O queixo apoiado no ombro um do outro. E continuaram abraçados.

— Pai?

— Sim?

— Quando você ligou e disse que era sobre a mamãe, e eu perguntei se vocês tinham reatado... foi porque eu perguntei a ela há dois dias se ela não poderia te dar outra chance.

Harry sentiu um aperto no peito.

— O quê?

— Ela disse que ia pensar no assunto no fim de semana. Mas eu sei que ela queria. Ela queria você de volta.

Harry fechou os olhos e cerrou a mandíbula com tanta força que parecia que os músculos iam estourar. *Por que você teve que aparecer e me deixar tão sozinho?* Não havia álcool suficiente no mundo para afastar essa dor.

10

Rakel o queria de volta.
Isso melhorava ou piorava as coisas?
Harry tirou o celular do bolso para desligá-lo. Viu que Oleg havia enviado uma mensagem listando algumas perguntas práticas dos agentes funerários. Três ligações perdidas que ele supôs serem de jornalistas, bem como a ligação de um número que ele reconheceu como de Alexandra, do Instituto de Medicina Forense. Será que ela queria dar os pêsames? Ou transar? Ela poderia ter enviado uma mensagem se quisesse transmitir condolências. E, se quisesse transar, também, talvez. A jovem técnica estava cansada de repetir que emoções fortes a deixavam excitada, tanto as boas quanto as ruins. Raiva, alegria, ódio, dor. Mas luto? Hum. Luxúria e remorso. A escandalizante e afrodisíaca experiência de foder com alguém de luto — provavelmente havia coisas piores. O que dizer, por exemplo, de dar uma pausa em tudo e ficar especulando sobre as possíveis fantasias sexuais de Alexandra apenas algumas horas depois de Rakel ter sido encontrada morta?

Harry apertou o botão de desligar até a tela ficar preta e enfiou o celular de volta no bolso da calça. Olhou para o microfone à sua frente na mesa da sala tão apertada quanto a de uma casa de bonecas. A luzinha vermelha indicava que estavam gravando. Então encarou a pessoa do outro lado da mesa.

— Vamos começar?

Sung-min Larsen fez que sim. Em vez de pendurar seu casaco Burberry no gancho na parede ao lado do casaco de Harry, deixou-o no encosto da única cadeira livre.

— Hoje é 13 de março, a hora é quinze e cinquenta, e nós estamos na sala de interrogatório número três da sede da polícia de Oslo. O interrogador é o detetive Sung-min Larsen, da Kripos, e o interrogado é Harry Hole...

Harry ficou escutando enquanto Larsen seguia falando, o jeito de falar tão impostado e erudito que soava como alguém numa radionovela de antigamente. Larsen manteve o olhar em Harry enquanto dizia seu número de identidade e endereço sem verificar as anotações à sua frente. Talvez os tivesse memorizado para impressionar seu colega mais famoso. Ou talvez fosse apenas sua tática de intimidação para demonstrar superioridade intelectual, de modo que o interrogado não tentasse manipular ou mentir para esconder a verdade. E, claro, havia um terceiro "talvez": que Sung-min Larsen tivesse, de fato, uma memória incrível.

— Por ser policial, presumo que conheça seus direitos — disse Larsen. — E você recusou a opção de ter um advogado presente.

— Eu sou um suspeito? — perguntou Harry, olhando através das cortinas para a sala de controle, de onde o inspetor de polícia Winter os observava sentado e de braços cruzados.

— Este é um interrogatório de rotina, você não está sob nenhuma suspeita — respondeu Larsen.

Por estar seguindo à risca o manual, ele informou a Harry que o interrogatório estava sendo gravado.

— Você pode me contar sobre sua relação com a falecida, Rakel Fauke?

— Ela é... Ela era minha esposa.

— Vocês estão separados?

— Não. Bem, sim, ela está morta.

Sung-min Larsen olhou para Harry, avaliando se essa resposta seria uma espécie de provocação.

— Então não estavam separados?

— Não, não chegamos a isso. Mas eu saí de casa.

— Pelos relatos de algumas pessoas com quem falamos, entendi que foi ela quem tomou a decisão de se separar. Qual foi o motivo do rompimento?

Ela o queria de volta.

— Diferenças de opinião. Será que dá para a gente pular para a parte em que você me pergunta se eu tenho um álibi para a hora do crime?

— Suponho que isso seja doloroso, mas...

— Obrigado por me informar como se sente, Larsen. Você acertou na mosca. É doloroso, mas o motivo do meu pedido é que não tenho muito tempo.

— Ah? Pelo que sei, você foi suspenso do serviço até segunda ordem.

— Fui mesmo. Mas é que eu ainda tenho muito para beber.

— E isso é urgente?

— Sim.

— Eu ainda gostaria de saber que tipo de contato você e Rakel Fauke tiveram durante o período que antecedeu ao crime. Seu enteado, Oleg, diz que ficou com a sensação de que nunca houve uma boa explicação, nem sua, nem da mãe, sobre o motivo da separação. Mas que provavelmente a sua busca incessante por Svein Finne, que tinha acabado de sair da prisão na época, durante seu tempo livre enquanto estava lecionando na Academia de Polícia não ajudou muito.

— Quando eu disse "pedido", foi uma forma educada de dizer não.

— Então você está se recusando a explicar seu relacionamento com a falecida?

— Eu estou recusando a opção de dar detalhes pessoais e oferecendo meu álibi para que a gente possa economizar tempo. Para que você e Winter possam se concentrar em encontrar o culpado. Acho que você deve se lembrar das suas aulas: se os casos de homicídio não forem solucionados nas primeiras quarenta e oito horas, a memória das testemunhas e as provas materiais vão se deteriorar a ponto de reduzir pela metade as chances de resolver o caso. Então, Larsen, vamos logo para a noite do assassinato?

O detetive da Kripos mirou um ponto específico da testa de Harry, enquanto tamborilava sobre a mesa com a ponta da caneta. Harry percebeu que ele queria desviar o olhar para Winter a fim de captar alguma indicação de como avançar: continuar pressionando ou fazer a vontade de Harry.

— Tudo bem — disse Larsen. — Como você preferir.

— Ótimo — respondeu Harry. — Então me diz.

— Hã?

— Me diz onde eu estava na noite do crime.

Sung-min Larsen sorriu.

— Você quer que *eu* lhe diga?

— Você decidiu interrogar outras pessoas antes de mim para garantir que estaria bem preparado. E é o que eu teria feito no seu lugar, Larsen. Isso significa que você conversou com Bjørn Holm e sabe que eu estava no Jealousy, e sabe também que ele foi me encontrar naquela noite, e que me levou para casa, e que me colocou na cama. Eu estava completamente bêbado e não me lembro de nada, menos ainda a que horas isso aconteceu. Então eu não estou em condições de lhe dar uma hora para que possa confirmar ou contradizer o que ele disse para você. Mas, com um pouco de sorte, você interrogou o dono do bar e talvez algumas testemunhas que puderam confirmar o que Holm disse. E, considerando que eu não sei a que horas a minha esposa morreu, depende de você me informar se tenho ou não um álibi, Larsen.

Larsen clicou a caneta várias vezes enquanto analisava Harry, mais parecendo um jogador de pôquer brincando com suas fichas antes de decidir a se arriscar ou não.

— Tudo bem — disse ele, deixando a caneta na mesa. — Verificamos as estações de base no perímetro do local do crime no horário em questão e nenhuma delas detectou o sinal do seu celular.

— Bem, eu tenho andado meio por fora, então acho válido perguntar: os celulares ainda enviam automaticamente um sinal para a estação base mais próxima a cada meia hora?

Larsen não respondeu.

— Das duas, uma: ou eu deixei o meu telefone em casa, ou eu fui lá e voltei em meia hora. Por isso, vou perguntar de novo: eu tenho ou não um álibi?

Dessa vez, Larsen não resistiu e se virou para a sala de controle. Do canto do olho, Harry viu Winter esfregar os dedos em sua cabeça de granito antes de assentir disfarçadamente para o detetive.

— Bjørn Holm diz que vocês dois deixaram o Jealousy às dez e meia, o que foi confirmado pelo proprietário do estabelecimento. Holm diz que ajudou você a entrar no seu apartamento e botou você na cama. Ao sair, Holm encontrou um vizinho seu, Gule, que estava voltando do turno de trabalho no bonde elétrico. Estou ciente de que Gule mora no andar abaixo do seu e de que ele afirma que ficou acordado ate as três da manhã, e que as paredes são finas e que ele teria escutado se você tivesse saído novamente antes desse horário.

— Hum. E a que horas o legista diz que a vítima morreu?

Larsen olhou para as anotações no bloco a sua frente, como se precisasse verificar a informação; Harry, porém, não tinha dúvidas de que o jovem detetive sabia de cor todos os fatos e dados pertinentes, e só estava ganhando tempo para decidir o quanto poderia, ou o quanto queria, revelar ao interrogado. Não passou desapercebido a Harry que Larsen não olhou para Winter antes de tomar a decisão.

— A perícia está baseando as conclusões na temperatura corporal versus temperatura ambiente, já que o corpo não foi removido do lugar. Ainda é difícil determinar a hora exata, já que o corpo ficou lá por um dia e meio. O mais provável é entre dez da noite e duas da madrugada.

— O que significa que oficialmente eu não sou um suspeito?

O detetive de terno assentiu devagar. Harry notou que Winter se empertigou na cadeira lá fora, como se estivesse prestes a protestar, mas Larsen o estava ignorando.

— E agora você ficou desconfiado de que talvez eu quisesse me livrar dela, mas que, é claro, por ser um detetive de homicídios e, portanto, saber que inevitavelmente ficaria sob os holofotes, arranjei um assassino e um álibi. É por isso que eu ainda estou aqui?

Larsen deslizou o dedo pelo alfinete de gravata. Harry notou que tinha o logotipo da British Airways.

— Não exatamente. Mas temos ciência da importância das primeiras quarenta e oito horas e, portanto, queríamos tirar isso do caminho antes de perguntar o que *você* acha que aconteceu.

— Perguntar a mim?

— Você não é mais um suspeito. Mas ainda é... — Larsen deixou o restante pairar no ar por um momento antes de dizer, quase exagerando na impostação: — Harry Hole.

Harry se virou para Winter. Foi por isso que ele deixou seu detetive revelar o que sabiam? Tinham chegado a um beco sem saída. Precisavam de ajuda. Ou foi iniciativa do próprio Larsen? Lá fora, a postura empertigada de Winter causava estranheza.

— Então é mesmo verdade? — perguntou Harry. — O assassino não deixou sequer uma única partícula de evidência forense na cena do crime?

Harry leu a resposta afirmativa no rosto inexpressivo de Larsen.

— Eu não faço ideia do que aconteceu — comentou Harry.

— Bjørn Holm disse que você encontrou algumas marcas não identificadas de solado de botas na propriedade.

— Sim. Mas podiam ter sido de alguém que se perdeu, esse tipo de coisa acontece.

— Será? Não há sinal de arrombamento e o legista confirmou que a sua... que a vítima foi morta onde o corpo foi encontrado. O que sugere que o assassino foi convidado a entrar. Será que a vítima deixaria um homem que ela não conhecia entrar na sua casa?

— Vocês examinaram as grades das janelas?

— Barras de ferro forjado em todas as doze janelas, mas não nas quatro janelas do porão — respondeu Larsen sem pestanejar.

— Não era paranoia, mas consequência de ser casada com um detetive com certa notoriedade.

Larsen anotou alguma coisa e disse:

— Suponhamos que o assassino fosse alguém que ela conhecia. A reconstituição do crime sugere que eles tenham ficado frente a frente. O criminoso mais perto da cozinha, a vítima mais perto da porta, quando ele a esfaqueou duas vezes na barriga.

Harry respirou fundo. Na barriga. Rakel havia sofrido antes de levar a facada na nuca que acabou com seu sofrimento.

— O fato de o assassino estar mais perto da cozinha — continuou Larsen — me fez pensar que ele havia ido para uma parte íntima da casa, como se se sentisse em casa lá. Você concorda, Hole?

— É uma possibilidade. Outra é que ele fez a volta por trás ou pela frente de Rakel para pegar a faca que estava faltando no bloco de madeira.

— Como você sabe?

— Eu consegui dar uma rápida olhada na cena antes de o seu chefe me expulsar de lá.

Larsen inclinou um pouco a cabeça e mirou Harry como se quisesse ler seus pensamentos.

— Entendi. Bem, a cozinha nos fez pensar em uma terceira possibilidade. Que foi uma mulher.

— O quê?

— Sei que não é comum, mas acabei de ler que uma mulher confessou o esfaqueamento ocorrido na Borggata. A filha. Ouviu falar disso?

— Talvez.

— Uma mulher não ficaria tão ressabiada de abrir a porta e deixar outra mulher entrar, mesmo que não se conhecessem bem. E, por alguma razão, acho mais fácil imaginar uma mulher indo direto para a cozinha da casa de outra mulher do que um homem. Tá bom, talvez eu esteja forçando a barra.

— Concordo — disse Harry sem especificar a que se referia: à primeira, à segunda, ou às duas ideias. Ou que tenha concordado no geral, que havia pensado o mesmo quando esteve na cena do crime.

— Você sabe de alguma mulher que teria motivação para atacar Rakel Fauke? — indagou Larsen. — Ciúmes ou algo assim?

Harry fez que não com a cabeça. Claro que podia ter mencionado Silje Gravseng, mas não havia por que fazer isso agora. Alguns anos antes, ela fora aluna sua na Academia de Polícia e o mais próximo que Harry teve de uma stalker. Ela o visitara em seu escritório certa noite e tentara seduzi-lo. Harry havia repelido seus avanços, e ela reagira acusando-o de estupro. Mas a história de Silje tinha tantos furos que até o advogado dela, Johan Krohn, obrigara-a a desistir da ação, e a coisa toda havia terminado com a expulsão dela da Academia de Polícia. Depois de o caso ter sido encerrado, ela foi até a casa de Rakel para fazer uma visita, não para agredi-la nem para ameaçá-la, mas para pedir desculpas. Ainda assim, no dia anterior Harry havia feito uma breve pesquisa na ficha criminal de Silje. Talvez porque ainda se lembrasse do ódio nos olhos dela quando ele a dispensara. Talvez porque a ausência de evidências materiais sugerisse que o assassino tinha informações sobre métodos de detecção de provas. Talvez porque quisesse excluir todas as outras possibilidades antes de chegar a um veredicto. E decretar a sentença final. Não demorara muito para descobrir que Silje Gravseng trabalhava como segurança em Tromsø e que estava de plantão na noite de sábado, a mil e setecentos quilômetros de Oslo.

— Voltando para a faca — disse Larsen, cansado de esperar por uma resposta. — As facas no bloco pertencem a um conjunto japonês, e o tamanho e a forma daquela que está faltando correspondem aos ferimentos das facadas. Se presumirmos que foi a arma do crime, isso sugere que o crime não foi planejado. Concorda?

— É uma possibilidade. Outra é que o assassino sabia da existência do conjunto de facas antes de entrar na casa. E ainda uma terceira, em que o criminoso usou a própria faca, mas resolveu retirá-la da cena do crime para confundir a investigação e se livrar da prova material.

Larsen fez mais algumas anotações. Harry olhou a hora e pigarreou.

— Por fim, Hole, você disse que não conhece nenhuma mulher que poderia querer matar Rakel Fauke. E quanto a homens?

Harry meneou a cabeça negativamente devagar.

— E o que me diz desse Svein Finne?

Harry deu de ombros e respondeu:

— Você vai ter que perguntar a ele.

— Não sabemos onde ele está.

Harry se levantou e pegou seu casaco de lã do gancho na parede.

— Se a gente se esbarrar, pode ficar tranquilo que eu aviso que você está atrás dele, Larsen.

Ele se virou para a janela e cumprimentou Winter com dois dedos em V. Recebeu um sorriso azedo e um dedo em resposta.

Larsen se levantou e estendeu a mão para Harry.

— Obrigado pela sua ajuda, Hole. Obviamente você não precisa que eu aponte a saída.

— A grande questão é se o seu pessoal precisa ou não — disse Harry, oferecendo a Larsen um breve sorriso e um aperto de mão ainda mais breve antes de sair.

No hall do elevador, apertou o botão e encostou a testa no metal brilhante ao lado da porta.

Ela queria você de volta.

Isso melhorava ou piorava as coisas?

Todas essas tolices de "e se isso", "e se aquilo". Todos esses autoflagelantes "eu devia ter feito isso", "eu não devia ter feito aquilo". E algo mais também, a esperança patética a que as pessoas se apegam sobre haver um lugar onde aqueles que se amam, aqueles que têm as raízes da Velha Tjikko, vão se reencontrar, porque a noção de que não é esse o caso é mesmo insuportável.

As portas do elevador se abriram. Vazio. Apenas um caixão apertado e claustrofóbico, convidando-o para levá-lo para baixo. Descer para onde? Para a completa escuridão?

De qualquer forma, Harry raramente tomava elevadores, ele não os suportava.

Hesitou, mas acabou entrando.

11

Harry acordou sobressaltado e correu os olhos pelo quarto. O eco do seu próprio grito ainda reverberava nas paredes. Olhou para o relógio. Dez horas. Da noite. Reconstituiu a sequência de fatos das últimas trinta e seis horas. Estivera bêbado quase o tempo todo, absolutamente nada havia acontecido; apesar disso, conseguira montar um cronograma realista e sem lacunas. Era algo que normalmente fazia. Contudo, a noite de sábado no Jealousy se destacava como um longo e completo apagão. Provavelmente, o excesso de álcool chegando para fazer o ajuste de contas.

Harry colocou os pés no chão enquanto tentava se lembrar do que tinha provocado o grito dessa vez. Arrependeu-se na hora. Estivera segurando o rosto de Rakel, os olhos sem vida não se voltavam *para* ele, mas o *atravessavam*. Como se ele não existisse. Uma fina camada de sangue cobria seu queixo, parecendo que ela tinha tossido e uma bolha de sangue estourado em seus lábios.

Harry pegou a garrafa de Jim Beam da mesinha de centro e tomou um gole. Parecia não funcionar mais. Tomou outro. O mais estranho era que, embora não tivesse visto o rosto dela e não tivesse a menor intenção de vê-lo antes do enterro na sexta-feira, ele era muito real em seu sonho.

Deu uma olhada na tela do celular, que estava preta, perto da garrafa de uísque na mesinha. Estava desligado desde pouco antes do interrogatório na manhã anterior. Precisava ligá-lo. Oleg devia ter telefonado. As coisas precisavam ser organizadas. Ele precisava tomar jeito. Pegou a tampa da garrafa de Jim Beam que estava no cantinho da mesa. Deu uma cheirada nela. Não tinha cheiro de nada. Atirou a tampa na parede e agarrou a garrafa pelo gargalo num aperto asfixiante.

12

Às três da tarde Harry parou de beber. Não tinha acontecido nada de especial, nenhuma promessa que o proibisse de seguir bebendo depois das quatro ou das cinco ou pelo resto do dia. Seu corpo não aguentava mais, simples assim. Ligou o celular. Ignorou as ligações perdidas e as mensagens e ligou para Oleg.
— Conseguiu voltar à superfície?
— Acho que terminei de me afogar, isso sim — respondeu Harry.
— E você?
— Ainda boiando.
— Muito bem. Quer me esculachar primeiro? Depois a gente conversa sobre questões práticas.
— Combinado. Está pronto?
— Vai fundo.

Dagny Jensen olhou o relógio. Nove horas. Ainda. E só tinham terminado de comer o prato principal. Gunnar havia assumido a maior parte da conversa; Dagny, porém, não aguentava mais ficar ali. Alegou dor de cabeça, e Gunnar foi bem compreensivo, graças a Deus. Pularam a sobremesa, e ele insistiu em levá-la para casa, embora ela tivesse lhe assegurado que não seria necessário.
— Eu sei que Oslo é segura — comentou ele. — É que gosto de caminhar.
Ele ficou tagarelando sobre coisas divertidas e irrelevantes, e ela tentou ao máximo prestar atenção e rir nos momentos certos, mesmo que por dentro se sentisse arrasada. Mas, quando passaram diante do cinema Ringen e começarem a subir a Thorvald Meyers gate, ficaram em silêncio até o quarteirão onde ela morava. E ele disse por fim:

— Você tem me parecido um pouco chateada nos últimos dias. Não quero bancar o intrometido, mas tem alguma coisa errada, Dagny?

Ela sabia que estava esperando por essa pergunta. Desejava-a. Torcia para que alguém a fizesse. Achava que isso poderia encorajá-la a ser ousada, ao contrário de todas aquelas vítimas de estupro que se calavam e lançavam mão do silêncio para encobrir a vergonha, a impotência e o receio de não serem levadas a sério. Ela achava que jamais reagiria como essas mulheres. E, na verdade, esses sentimentos nunca lhe passaram pela cabeça. Mas, então, por que estava se comportando assim? Fora por isso que, ao voltar para casa depois do ocorrido no cemitério, havia chorado por duas horas seguidas antes de ligar para a polícia, e, depois, enquanto aguardava para ser transferida para outro setor ou coisa parecida, no qual deveria registrar o estupro, de repente se descontrolara e desligara? Então adormeceu no sofá e acordou no meio da noite, e seu primeiro pensamento foi que o estupro tinha sido apenas um sonho. E sentiu um tremendo alívio. Mas então se recordou. No entanto, ainda manteve viva a remota ideia de que tudo poderia ter sido um pesadelo. E, caso convencesse a si mesma de que era esse o caso, continuaria sendo um sonho enquanto não revelasse nada a ninguém.

— Dagny?

Ela respirou ofegante e conseguiu dizer:

— Não, Gunnar, não tem nada de errado. É aqui que eu moro. Obrigada por me acompanhar até em casa. A gente se vê amanhã, Gunnar.

— Espero que até lá esteja se sentindo melhor.

— Obrigada.

Ele deve ter notado que ela recuou quando a abraçou, porque o abraço foi rápido. Ela foi caminhando para a escada D, enquanto tirava a chave da bolsa. Ao voltar a erguer os olhos, viu que alguém havia saído da escuridão para o foco da lâmpada acima da porta. Um homem magro, de ombros largos, usando uma jaqueta de camurça marrom e uma bandana vermelha em volta dos longos cabelos pretos. Ela parou abruptamente com um arquejo.

— Não tenha medo, Dagny, eu não vou te machucar. — Os olhos dele brilhavam como duas brasas no rosto enrugado. — Eu só vim checar como você e a criança estavam. Porque eu cumpro as minhas promessas. — Sua voz era baixa, um tom acima de um sussurro, mas ele não precisava falar mais alto que isso para que ela o escutasse. — Porque você ainda se lembra da minha promessa, né? Estamos noivos, Dagny. Até que a morte nos separe.

Dagny tentou respirar, mas parecia que os pulmões estavam paralisados.

— Para consumar a nossa união, vamos repetir a nossa promessa tendo Deus como testemunha, Dagny. Vamos nos encontrar na igreja católica em Vika no domingo à noite, quando seremos só nós dois lá. Às nove? E não me deixe plantado no altar — disse ele com uma risadinha, antes de continuar. — Até lá, durmam bem. Vocês dois.

Ele chegou para o lado e voltou para a escuridão novamente, e a luz da escadaria ofuscou Dagny por um instante. Foi o tempo de ela erguer a mão para proteger os olhos, e ele já havia desaparecido.

Dagny permaneceu em silêncio, enquanto lágrimas quentes escorriam pelo seu rosto. Ficou olhando para a mão que segurava a chave até os dedos pararem de tremer. Abriu a porta e entrou.

13

Os altos-cúmulos se expandiam como uma colcha de crochê no céu acima da Igreja Voksen.

— Meus pêsames — disse Mikael Bellman com a voz sentida e uma bem-estudada expressão facial.

O jovem ex-chefe de polícia, agora um igualmente jovem ministro da Justiça, cumprimentou Harry com a mão direita, enquanto apoiava a esquerda sobre o aperto de mão. Talvez para ratificar o ato. Talvez para reforçar sua manifestação de pesar. Ou talvez para garantir que Harry não afastaria a mão antes que os fotógrafos ali reunidos — e que tinham autorização para trabalhar dentro da igreja — tivessem terminado seu trabalho. Assim que Bellman conseguiu a nota "Ministro da Justiça abre espaço na agenda para comparecer ao enterro da esposa de ex-colega policial", ele desapareceu na SUV preta que o aguardava. Ele provavelmente verificou que Harry não era um suspeito antes de aparecer lá.

Harry e Oleg seguiram cumprimentando e assentindo para os rostos que se perfilavam diante deles, a maioria de amigos e colegas de Rakel. Alguns vizinhos. À exceção de Oleg, Rakel não tinha nenhum parente próximo vivo; contudo, mais da metade dos bancos da igreja estava ocupada. O agente funerário tinha dito que, se tivessem adiado o enterro para a semana seguinte, um número ainda maior de pessoas teria tido tempo de reorganizar suas agendas. Harry estava agradecido por Oleg não ter combinado nenhum coquetel para depois da cerimônia. Nenhum dos dois conhecia muito bem os colegas de Rakel nem estava disposto a ficar de papo com os vizinhos. O que precisava ser dito sobre Rakel fora declarado por Oleg, Harry e alguns amigos de infância durante a cerimônia dentro da igreja, e já estava de bom tamanho. Até mesmo o padre teve de se limitar a hinos, orações e frases litúrgicas.

— É foda. — Era Øystein Eikeland, um dos dois amigos de infância de Harry. Com lágrimas nos olhos, ele apoiou as mãos nos ombros de Harry e soprou o bafo de bebida alcoólica bem na cara dele. Talvez fosse apenas a aparência do amigo que fazia com que Harry sempre se lembrasse de Øystein quando alguém fazia alguma piada sobre Keith Richards. *Cada vez que você acende um cigarro, Deus tira de você uma hora de vida... e dá para o Keith Richards.* Harry viu o amigo profundamente concentrado antes de enfim abrir a boca, revelar caquinhos marrons no espaço reservado aos dentes e repetir com mais intensidade: — É foda.

— Obrigado — disse Harry.

— Tresko não pôde vir — avisou Øystein ainda com as mãos nos ombros de Harry. — Sabe, ele tem ataques de pânico em grupos de mais de... bem, mais de duas pessoas. Mas ele te deseja tudo de bom e mandou dizer que... — Øystein fechou bem as pálpebras, protegendo os olhos do sol matutino. — É foda.

— Umas pessoas vão se encontrar no Schrøder.

— Bebida liberada?

— No máximo três.

— Tá bom.

— Prazer, eu sou Roar Bohr. Eu era chefe da Rakel.

Harry olhou nos olhos cinza-ardósia do homem quinze centímetros mais baixo que ele, mas que dava a impressão de ser da mesma altura. E havia algo em sua atitude, além do antiquado "chefe", que fez com que Harry o enquadrasse nas Forças Armadas. O aperto de mão era firme e o olhar seguro e direto, mas também havia certo desconforto, possivelmente uma vulnerabilidade. Ou talvez fossem as circunstâncias.

— Rakel era a minha melhor colega de trabalho e uma pessoa maravilhosa. É uma grande perda para o Instituto Nacional de Direitos Humanos da Noruega e para todos que trabalham lá, sobretudo para mim, que trabalhava diretamente com ela.

— Obrigado — disse Harry, acreditando nele.

Mas talvez fosse apenas o aperto de mão caloroso. A mão cálida de alguém que trabalhava com direitos humanos. Harry ficou observando Roar Bohr caminhar até duas mulheres ali perto, e notou que Bohr olhava para o chão antes de pisar. Como alguém que, sem perceber, tentava evitar minas terrestres. Então reparou em algo familiar numa das mulheres, embora ela estivesse de costas para ele. Bohr disse alguma coisa, claramente em voz baixa, porque a mulher teve de inclinar a cabeça, e Bohr, num gesto delicado, botou a mão nas costas dela.

Então a fila para as condolências chegou ao fim. O carro fúnebre havia partido com o caixão, e algumas pessoas já tinham ido embora para suas reuniões ou afazeres do dia a dia. Harry viu Truls Berntsen sair sozinho para pegar o ônibus de volta ao escritório, provavelmente para começar mais uma partida de paciência. Outros conversavam em grupos do lado de fora da igreja. O chefe de polícia Gunnar Hagen e Anders Wyller, o jovem detetive de quem Harry alugava o apartamento em que morava, conversavam com Katrine e Bjørn, que tinham trazido o filho. Algumas pessoas provavelmente encontravam conforto no choro de um bebê durante um enterro, como um sinal de que a vida realmente continuava. Quer dizer, isso para aqueles que *desejavam* que a vida continuasse. Harry avisou a todos que ainda estavam por ali que haveria uma pequena social no Schrøder. Sis, a irmã de Harry, que tinha vindo acompanhada, aproximou-se e deu carinhosos e demorados abraços em Harry e Oleg, e logo avisou que precisavam voltar para Kristiansand. Harry lamentou que tivessem de ir, mas disse também que compreendia, embora estivesse aliviado. Tirando Oleg, Sis era a única pessoa com potencial para fazê-lo chorar em público.

Helga deu carona a Harry e Oleg até o Schrøder. Nina havia preparado uma mesa longa para eles.

Doze pessoas apareceram, e Harry estava sentado, debruçado sobre a sua xícara de café, ouvindo a conversa dos outros, quando alguém colocou a mão nas suas costas. Era Bjørn.

— Suponho que as pessoas não deem presentes em enterros — ele entregou a Harry um pacote fino e de formato quadrado —, mas isso me ajudou a sobreviver a dias difíceis.

— Obrigado, Bjørn. — Harry virou o embrulho. Não era difícil adivinhar o que havia lá dentro. — Aliás, eu queria te fazer uma pergunta.

— O quê?

— Sung-min Larsen não fez perguntas sobre a câmera de monitoramento remoto quando me interrogou. O que significa que você não mencionou nada sobre isso quando se falaram.

— Ele não me perguntou. E achei que devia ficar a seu critério mencionar ou não, caso considerasse relevante — respondeu Bjørn.

— Hum, sério? — questionou Harry.

— Como você não falou mais nada, achei que nem fosse relevante.

— Será que você não disse nada porque desconfiou que eu estava planejando ir atrás do Finne sem envolver a Kripos nem ninguém?

— Eu não ouvi nada disso, e, mesmo que tivesse ouvido, não teria a menor ideia do que você estava falando — respondeu Bjørn.

— Obrigado, Bjørn. Mais uma coisa: o que você sabe a respeito de Roar Bohr?

— Bohr? Só que ele é o chefe do lugar onde Rakel trabalhava. Alguma coisa a ver com direitos humanos, não é?

— Instituto Nacional de Direitos Humanos.

— Isso mesmo. Foi o Bohr que ligou para dizer que estavam preocupados porque a Rakel não tinha aparecido para trabalhar — explicou Bjørn.

— Hum.

Harry olhou para a porta quando ela foi aberta. E imediatamente esqueceu a pergunta que estava pensando em fazer a Bjørn. Era ela, a mulher de costas para Harry que havia conversado com Bohr. Ela parou e correu os olhos pelo lugar. Não havia mudado quase nada. As maçãs do rosto salientes, as sobrancelhas proeminentes e pretas emoldurando olhos verdes arredondados como os de uma criança, o cabelo castanho cor de mel, os lábios carnudos e a boca um pouquinho larga.

Seu olhar enfim encontrou o de Harry e ela sorriu.

— Kaja! — ele ouviu Gunnar Hagen chamar. — Vem se sentar aqui!

O chefe de polícia puxou uma cadeira.

A mulher perto da porta sorriu para Hagen e indicou que antes queria dar um olá para Harry.

A pele da mão dela continuava tão macia quanto ele se lembrava.

— Meus pêsames. Eu sinto muito por você, Harry, de verdade.

A voz também.

— Obrigado. Esse é o Oleg e essa é a Helga, namorada dele. Essa aqui é a Kaja Solness, ex-colega de trabalho.

Todos se cumprimentaram com apertos de mão.

— Então você está de volta — comentou Harry.

— Não por muito tempo.

— Hum.

Ele tentou pensar em algo para dizer. Não encontrou nada.

Ela pousou a mão de leve no braço dele.

— Com licença. Vou falar com Gunnar e o resto do pessoal.

Harry fez que sim e ficou vendo as longas pernas de Kaja ziguezaguearem entre as cadeiras até o outro lado da mesa.

Oleg se aproximou dele.

— Quem é ela? Além de uma ex-colega?

— Uma longa história.

— Isso deu para ver. E a versão resumida?

Harry tomou um gole de café.

— Eu terminei com ela para ficar com a sua mãe.

Eram três horas quando Øystein, o primeiro dos três últimos convidados, levantou-se, citou equivocadamente um verso de Bob Dylan como despedida e foi embora.

Das duas pessoas que restavam, uma foi se sentar ao lado de Harry.

— Você não tem nenhum trabalho a fazer? — indagou Kaja.

— Não, e amanhã também não. Eu fui suspenso até segunda ordem. Você?

— Estou de prontidão para a Cruz Vermelha. O que significa que estão me pagando para que eu fique em casa esperando alguma merda acontecer em algum lugar do mundo.

— O que não vai demorar, não é mesmo?

— O que não vai demorar. Quando você olha por esse lado, é um pouco como trabalhar na Homicídios. Você sai por aí praticamente torcendo para algo terrível acontecer.

— Hum. Acho que deve ter uma diferença bem grande entre a Cruz Vermelha e a Divisão de Homicídios — comentou Harry.

— Sim e não. Eu sou encarregada da segurança. Minha última mobilização foi há dois anos no Afeganistão.

— E antes disso?

— Outros dois anos. No Afeganistão.

Ela sorriu, revelando pequenos dentes salientes, uma imperfeição que acrescentava certo charme especial ao seu rosto.

— E o que tem de tão bom no Afeganistão?

Ela deu de ombros.

— Para começar, provavelmente o fato de que ser confrontado com problemas tão sérios faz seus problemas pessoais parecerem insignificantes. E de que você pode ser útil também. E, com o tempo, você passa a gostar das pessoas que conhece e com quem trabalha.

— Como Roar Bohr?

— Isso. Ele te contou que esteve no Afeganistão?

— Não, mas ele parecia um soldado empenhado em não pisar numa mina. Ele esteve nas Forças Especiais?

Kaja olhou para ele demoradamente. As pupilas no meio das íris verdes estavam dilatadas. Eles não eram de esbanjar eletricidade com iluminação no Schrøder.

— Confidencial? — perguntou Harry.

Ela voltou a dar de ombros.

— Isso, Bohr era tenente-coronel das Forças de Operações Especiais. Membro da equipe enviada a Cabul com uma lista de nomes de terroristas do Talibã que a Força de Assistência Internacional à Segurança queria que fossem eliminados.

— Hum. Um burocrata, ou ele atirava de fato nos jihadistas?

— Nós dois participamos de reuniões de segurança na Embaixada da Noruega, mas nunca fui informada dos detalhes. Tudo o que sei é que Roar e a irmã foram campeões de tiro em Vest-Agder.

— E ele deu cabo da lista?

— Presumo que sim. Vocês dois são bem parecidos, você e o Bohr. Não desistem até encontrar as pessoas que estão procurando.

— Mas, se o Bohr era tão bom no que fazia, por que sair para trabalhar com direitos humanos?

Ela ergueu uma sobrancelha, como se quisesse perguntar por que tanto interesse em Bohr. Mas pareceu concluir que Harry só precisava falar de algo diferente — qualquer coisa que não fosse Rakel, ele mesmo e sua situação atual.

— A Força Internacional foi substituída pela Força de Apoio ao Governo Afegão, o que significou uma transição das chamadas operações de manutenção da paz para operações de não combate. Então estavam proibidos de atirar. Fora isso, a esposa queria que ele voltasse para casa. Ela não aguentava mais ficar sozinha com dois filhos. Um oficial norueguês com ambição de chegar ao posto de general precisa completar pelo menos um período de serviço no Afeganistão, então, quando Roar solicitou a transferência, ele sabia que estava abrindo mão de uma posição de alta patente. E ele provavelmente perdeu o interesse. Além disso, pessoas com experiência em liderança são muito procuradas em outros ramos.

— Mas ir de atirar em pessoas para *direitos humanos*? — questionou Harry.

— Por que você acha que ele estava lutando no Afeganistão?

— Hum. Um idealista e um homem de família, então?

— Roar é o tipo de pessoa que acredita nas coisas. E que está disposta a se sacrificar por aquilo em que acredita. Como você — disse ela, fazendo uma careta e dando um sorriso rápido e ressentido. Abotoou o casaco e continuou. — E isso é digno de respeito, Harry.

— Você acha que eu sacrifiquei alguma coisa naquela época?

— Gostamos de pensar que somos racionais, mas sempre acabamos seguindo o que o nosso coração dita, não é mesmo? — Ela tirou um cartão de visita da bolsa e o colocou na mesa à frente dele. — Eu ainda moro no mesmo endereço. Se precisar de alguém para conversar, eu sei um pouco de perdas e de saudades.

O sol tinha escorregado para trás do cume, colorindo o céu de laranja, quando Harry entrou na casa de madeira. Oleg estava voltando para Lakselv depois de lhe entregar as chaves para que pudesse deixar um corretor de imóveis mostrar a propriedade uma vez por semana. Harry pedira a Oleg que pensasse duas vezes antes de decidir vender a casa, que talvez fosse conveniente voltar para lá quando completasse o período de capacitação. Um lar para ele e Helga, talvez. Oleg prometeu pensar melhor, mas deu a impressão de que estava decidido.

Os peritos tinham terminado o trabalho e limpado a cena do crime. Isso significava que a poça de sangue desaparecera, mas não o clássico contorno de giz mostrando onde o corpo estivera. Harry conseguia imaginar o nervosismo do corretor tentando encontrar uma maneira diplomática de sugerir que a linha de giz fosse removida antes da primeira visita.

Harry foi até a janela da cozinha e observou o céu perder a cor conforme a luz desaparecia. A escuridão tomando conta. Estava sóbrio havia vinte e oito horas e Rakel estava morta havia pelo menos cento e quarenta e uma.

Ele foi caminhando e parou dentro da marcação de giz. Ajoelhou-se. Correu a ponta dos dedos pelo piso de madeira áspera. Deitou-se, rastejou para o interior da linha branca e se encolheu até ficar em posição fetal, tentando se manter nos limites da marcação. Então, finalmente, chorou. Mas não havia lágrimas no começo, apenas gemidos sofridos que vieram de dentro do peito e foram crescendo e forçando caminho através da garganta apertada, até preencher toda a sala, parecendo alguém que lutava para sobreviver. Quando parou de gritar, deitou-se de costas para recuperar o fôlego. Então vieram as lágrimas. E, através das lágrimas, num ritmo semelhante ao dos sonhos, viu o lustre de cristal bem acima da sua cabeça, e viu também que os cristais formavam a letra S.

14

Os pássaros cantavam animadamente ao longo da Lyder Sagens gate. Talvez por serem nove da manhã e nada ter estragado o dia ainda. Talvez porque o sol estivesse brilhando e tudo indicasse ser um começo perfeito para o que, segundo a previsão do tempo, seria um fim de semana quente. Ou talvez porque os pássaros da Lyder Sagens gate fossem mais felizes que os de qualquer outra parte do mundo. Porque, mesmo num país que normalmente encabeçava as estatísticas dos mais felizes, essa rua, que não tinha nada de impressionante e que fora batizada com o nome de um professor de Bergen, tinha uma pontuação impressionante: quatrocentos e setenta metros de felicidade, livre não só de preocupações financeiras como do materialismo exagerado, com residências bem-construídas e despretensiosas e jardins amplos, mas não excessivamente organizados, onde os brinquedos das crianças ficavam espalhados de um jeito charmoso, o que não deixava dúvidas das prioridades das famílias de espírito alegre e livre, porém com um Audi novinho, embora não do modelo mais ostentoso, numa garagem repleta de móveis de jardim antigos, pesadões e encantadores em sua falta de praticidade, feitos de madeira de demolição. A Lyder Sagens gate podia até ser uma das ruas mais caras do país, mas o morador médio parecia ser um artista que havia herdado a casa da avó. De qualquer forma, os moradores eram geralmente de esquerda, acreditavam no desenvolvimento sustentável e tinham valores tão sólidos quanto as imensas vigas de madeira que se projetavam aqui e ali de suas casas antiquadas.

Harry abriu o portão e o rangido soou como um eco do passado. Tudo parecia igual. O rangido dos degraus que subiam até a porta. A campainha sem placa de identificação. Os sapatos masculinos tamanho 44 que Kaja Solness deixava do lado de fora para desencorajar ladrões e outros visitantes indesejados.

Kaja abriu a porta, afastou do rosto uma mecha de cabelo descolorida pelo sol e cruzou os braços.

Até o cardigã de lã um número maior que o dela e os surrados chinelos de feltro eram os mesmos.

— Harry — declarou ela.

— Você mora bem perto do meu apartamento, então pensei em fazer uma visita em vez de ligar.

— O quê? — Ela inclinou a cabeça para o lado.

— Foi o que eu disse na primeira vez que toquei a campainha da sua casa.

— Como você consegue se lembrar disso?

Porque eu fiquei um tempão pensando no que dizer e depois repeti várias vezes baixinho, pensou Harry, então sorriu.

— Memória de elefante. Posso entrar?

Ele notou um traço de hesitação no olhar dela, e se deu conta de que nem lhe passara pela cabeça que ela pudesse ter alguém. Um parceiro. Um namorado. Ou outra razão qualquer para mantê-lo do lado de fora da porta.

— Se não for nenhum incômodo, é claro.

— Bem, não... É que... foi uma surpresa.

— Eu posso voltar outra hora.

— Não. Não, por Deus. Eu disse que você podia vir a qualquer hora.

Ela chegou para o lado para que ele entrasse.

Kaja colocou a xícara de chá fumegante na mesinha diante de Harry e se sentou no sofá por cima das longas pernas. Harry olhou para o livro que estava aberto, a lombada para cima. *Jane Eyre*, de Charlotte Brontë. Lembrou-se vagamente da história, uma jovem que se apaixona por um sujeito solitário e taciturno que era separado, mas que, na verdade, mantinha a esposa trancafiada no sótão.

— Eles não me deixam investigar o assassinato — comentou ele —, mesmo que eu já não seja mais suspeito.

— Esse é um procedimento padrão em casos como esse, não?

— Não sei se existe um procedimento padrão para detetives de homicídios cujas esposas tenham sido assassinadas. E eu sei quem a matou.
— Você *sabe*?
— Tenho quase certeza.
— Você tem provas?
— Um pressentimento.
— Como todo mundo que algum dia trabalhou com você, eu sinto o maior respeito pelos seus pressentimentos, Harry, mas você tem certeza de que dá para confiar no seu instinto quando a vítima foi a sua esposa?
— Não é só um pressentimento. É que eu eliminei as outras possibilidades.
— Todas elas?
Kaja segurava a xícara como se tivesse servido chá mais para aquecer as mãos do que qualquer outra coisa.
— Acho que me lembro de um professor chamado Harry que me disse que sempre existem outras possibilidades e que conclusões baseadas em dedução não merecem a boa reputação que têm.
— Rakel não tinha outros inimigos além desse. Que não era exatamente um inimigo dela, mas meu. O nome dele é Svein Finne. Também conhecido como "O Noivo".
— Quem é ele?
— Um estuprador e assassino. Ele é chamado de "O Noivo" porque engravida as vítimas e as mata se elas não dão à luz um filho seu. Eu era um jovem detetive e trabalhava dia e noite para pegá-lo. Ele foi o meu primeiro. E eu ri de alegria quando coloquei as algemas nele. — Harry olhou para as mãos e continuou: — Acho que aquela foi a última vez que eu fiquei feliz de prender alguém.
— Mas por quê?
Os olhos de Harry passearam pelo belo e antigo papel de parede floral.
— Provavelmente existem vários motivos, e a capacidade que tenho de compreender a mim mesmo é bem limitada. Mas um deles é que, assim que cumpriu sua pena, Finne estuprou uma jovem de 19 anos e a ameaçou de morte se ela fizesse um aborto. Mesmo assim ela abortou.

Foi encontrada uma semana depois de bruços numa trilha na floresta em Linnerud. Sangue por todo lado, tinham certeza de que ela estava morta, mas, quando a viraram, ouviram um som, uma voz infantil chamando "mamãe". Ela foi levada para um hospital e sobreviveu. Não foi ela que falou. Finne havia cortado a barriga da moça, enfiado lá dentro uma boneca falante à pilha e depois dado pontos no corte.

Kaja arquejou, buscando ar.

— Me desculpa — disse ela. — Eu não estou mais acostumada com essas coisas.

Harry assentiu.

— Então eu o apanhei de novo. Montei uma armadilha e o peguei de calças arriadas. Literalmente. Tem uma foto. Com bastante flash, um pouquinho de superexposição. Fora a humilhação que o fiz passar, fui pessoalmente responsável pelos vinte anos dos mais de 70 de vida que Svein Finne, "O Noivo", passou atrás das grades. Entre outros delitos, pelo assassinato que ele diz que não cometeu. Eis aí a motivação. Eis aí a razão do meu pressentimento. Podemos ir para a varanda para fumar?

Pegaram seus casacos e se acomodaram na espaçosa varanda coberta que dava para um jardim apinhado de macieiras desfolhadas. Harry olhou para as janelas do primeiro andar da casa ao lado, na Lyder Sagens gate. Nenhuma luz acesa.

— O vizinho cansou de bisbilhotar a sua vida? — indagou Harry ao pegar o maço de cigarros.

— Greger fez 90 anos algum tempo atrás. Ele morreu no ano passado. — Kaja suspirou.

— Então agora você tem que se cuidar sozinha?

Ela deu de ombros e meneou a cabeça. Era um movimento ritmado, como uma dança.

— Tenho a sensação de que alguém está sempre cuidando de mim.

— Você se converteu?

— Não. Posso pegar um cigarro?

Harry a observou. Ela estava sentada sobre as mãos. Como costumava fazer, porque ficava com frio bem rápido.

— Lembra que a gente tinha o hábito de se sentar aqui e fazer exatamente isso? Há quantos anos, mesmo? Sete? Oito?

— Sim — disse ela —, eu me lembro.

Ela se remexeu no banco e liberou uma das mãos. Segurou o cigarro entre os dedos indicador e médio e aceitou o fogo que Harry lhe oferecia. Tragou e expeliu a fumaça cinza. O jeito como ela segurava o cigarro continuava sendo igualmente desengonçado.

Harry sentiu o sabor adocicado das recordações. Eles haviam conversado sobre o tanto que os personagens fumavam no filme *A estranha passageira*, sobre o monismo materialista, o livre-arbítrio, sobre John Fante e o prazer de roubar coisinhas. Então, como castigo por aqueles segundos sem dor, ele se sobressaltou ao ouvir o nome dela e a faca foi contorcida mais uma vez.

— Harry, você demonstrou muita segurança ao afirmar que Rakel não tinha inimigos, fora esse tal de Finne. Mas o que te faz pensar que conhecia todos os detalhes da vida dela? As pessoas podem viver juntas, dormir na mesma cama, compartilhar tudo, e nada disso significa necessariamente que compartilhem seus segredos.

Harry pigarreou.

— Eu a conhecia bem, Kaja. E ela me conhecia bem. Conhecíamos um ao outro. Não tínhamos nenhum segr... — Ele percebeu o tremor na sua voz e se calou de súbito.

— Isso é ótimo, Harry, mas eu não sei qual papel você quer que eu assuma aqui. O de ombro amigo ou de profissional?

— Profissional.

— Tá bom.

Kaja ajeitou o cigarro na beirada da mesinha de madeira.

— Então vou levantar outra possibilidade, só como exemplo. Rakel tinha se envolvido num relacionamento com outro homem. Pode ser impossível para você imaginar que ela teria agido pelas suas costas, mas, acredite, as mulheres são melhores que os homens para esconder coisas desse tipo, ainda mais se elas acreditam que existe uma boa razão para isso. Ou, para ser mais direta: os homens levam mais tempo que as mulheres para descobrir uma infidelidade.

Harry cerrou os olhos.

— Isso soa como uma grande...

— Generalização. Claro que sim. E vou te oferecer outra: as mulheres são infiéis por razões bem diferentes dos homens. Talvez Rakel soubesse que tinha que se afastar de você, mas precisava de um catalisador, algo que servisse como um empurrão. Por exemplo, uma aventura rápida. Então, assim que a aventura cumprisse seu papel e ela se visse livre de você, dispensaria o outro cara também. E, pronto, aqui você tem um homem apaixonado e humilhado com um motivo para matar.

— Tá bom — disse Harry —, mas você acredita mesmo nisso?

— Não, mas isso serve para mostrar que *poderia* haver outras possibilidades. Eu certamente não acredito na motivação que você está querendo atribuir a Finne.

— Não?

— A ideia de que ele teria matado Rakel só porque você estava cumprindo o seu dever como policial? De que ele te odeia, de que te ameaça, tudo bem. Mas homens como esse Finne são movidos pela luxúria, não pela vingança. Igual aos outros criminosos, na verdade. E eu nunca me senti ameaçada por alguém que botei na cadeia, por mais que eles falassem. Existe uma baita diferença entre soltar uma ameaça qualquer e assumir o risco de, isso sim, cometer um assassinato. Acho que teria que existir um motivo bem mais sério para Finne arriscar passar doze anos encarcerado, o que no caso dele provavelmente significaria para o resto da vida.

Harry tragou com fúria a fumaça do cigarro. Com fúria porque podia sentir cada célula de seu corpo lutando contra o que ela tinha acabado de dizer. Com fúria porque ele sabia que ela tinha razão.

— Então o que você consideraria um motivo forte o suficiente para uma vingança?

De novo aquela dança, aquele jeito pueril de demonstrar indiferença ao dar de ombros.

— Não sei. Algo pessoal? Algo parecido com o que ele acabou de fazer com você.

— Mas foi isso mesmo que eu fiz. Tirei a liberdade dele, tirei a vida que ele amava. Então ele tirou de mim o que eu mais amava.

— Rakel. — Kaja fez um beicinho e assentiu. — Para que você vivesse com a dor.

— Exatamente.

Harry notou que havia fumado até o filtro.

— Você enxerga as coisas, Kaja. Foi por isso que eu vim.

— O que você quer dizer com isso?

— Você sabe quando eu não estou raciocinando direito. — Harry tentou sorrir. — Eu me tornei, na minha própria opinião, o pior exemplo de um detetive movido a emoções, que parte de uma conclusão e sai em busca de perguntas cujas respostas ele espera que validem a ideia inicial. E é por isso que eu preciso de você, Kaja.

— Eu não estou entendendo.

— Eu fui suspenso e não tenho permissão para trabalhar com ninguém do departamento. Todos nós, detetives, precisamos de alguém para trocar ideias. Alguém para oferecer um pouco de resistência. Novas ideias. Você era uma detetive de homicídios e os seus dias estão livres.

— Não. Não, Harry.

— Escuta o que eu tenho a dizer, Kaja. — Harry se inclinou para a frente. — Eu sei que você não me deve nada. Eu sei que me afastei de você naquela época. O fato de o meu coração estar partido pode até ter sido uma explicação, mas isso não era desculpa para eu ter partido o seu. Eu sabia o que estava fazendo e faria tudo de novo. Porque eu precisava, porque eu amava a Rakel. Eu sei que estou te pedindo muito, mas vou pedir de qualquer jeito. Se não, eu vou enlouquecer, Kaja. Eu tenho que *fazer* alguma coisa, e a única coisa que sei fazer na vida é investigar homicídios. E beber. Eu posso beber até morrer, se for preciso.

Harry percebeu Kaja se contrair mais uma vez.

— Só estou dizendo como as coisas são de verdade — continuou ele. — Você não precisa responder agora, tudo que estou pedindo é que você pense a respeito. Você tem o meu número. Agora vou deixar você em paz.

Harry se levantou.

Colocou as botas, saiu porta afora, foi até a Suhms gate, passou pela Norabakken e pela Igreja Fagerborg, resistiu à tentação de entrar em dois pubs abertos com sua fiel clientela reunida em volta do bar, olhou para a entrada do Estádio Bislett, que durante uma época tinha sua própria clientela, mas que agora lembrava mais uma prisão, e olhou para o desproposito céu limpo lá no alto, onde vislumbrou um S cintilar sob o brilho do sol ao atravessar a rua. Houve um guincho estridente dos freios do bonde, que soaram como um eco do grito de Harry, quando ele se levantou de um chão e uma das suas botas escorregou em sangue.

Truls Berntsen estava sentado diante do computador assistindo ao terceiro episódio da primeira temporada de *The Shield: acima da lei*. Ele já havia assistido à série inteira duas vezes e resolveu assistir de novo. As séries de televisão eram como filmes pornôs: as melhores eram as antigas, as clássicas. Sem falar que Truls *era* Vic Mackey. Bem, não totalmente, mas Vic era o homem que Truls Berntsen *gostaria* de ser: corrupto até não poder mais; no entanto, com um código moral que colocava tudo em equilíbrio. E isso é que era tão legal. Você poder ser muito *mau*, mas só do ponto de vista em que se analisava a coisa, do ângulo que se via. Afinal de contas, nazistas e comunistas fizeram seus próprios filmes de guerra e levaram as pessoas a torcer por seus próprios facínoras. Nada era totalmente verdadeiro nem absolutamente falso. Ponto de vista. Tudo se resumia a isso. Ponto de vista.

O telefone tocou.

Mas que saco!

Fora Hagen quem insistira para que a Divisão de Homicídios funcionasse até nos fins de semana. Com apenas um policial, o que, para Truls, era conveniente; ele também ficava feliz ao cobrir as folgas dos colegas. Para começo de conversa, ele não tinha nada melhor para fazer, sem falar que precisava de dinheiro e de um bom banco de horas para a viagem que faria a Pattaya, no outono. E não havia absolutamente nada para fazer, já que era o oficial de plantão que ficava encarregado de receber todas as ligações. Às vezes, Truls duvidava de que o pessoal soubesse que havia um policial disponível na Homicídios nos fins de semana, mas não seria ele a divulgar essa informação.

E por isso essa ligação era um saco, já que na tela do computador estava escrito que era uma ligação do oficial de plantão.

Depois de cinco toques, Truls murmurou um palavrão, baixou o volume da série — sem pausar — e pegou o telefone.

— Sim? — atendeu ele, conseguindo a façanha de fazer com que essa única sílaba positiva soasse como um não.

— Aqui quem fala é o oficial de plantão. Temos uma senhora que precisa de ajuda. Ela quer ver fotos de estupradores, parece ter um estupro na história.

— Isso é trabalho da Polícia de Costumes.

— Você tem as mesmas fotos que eles, e não tem ninguém trabalhando lá no fim de semana.

— É melhor ela voltar na segunda.

— É melhor ela ver as fotos enquanto se lembra do rosto. Afinal, vocês estão funcionando ou não nos fins de semana?

— Tá bom — resmungou Truls Berntsen. — Sobe com ela.

— A gente está bem ocupado aqui embaixo, então por que você não desce?

— Eu estou ocupado também — disse Truls. Ele esperou e por fim entregou os pontos, dizendo como num lamento: — Tá bom, eu vou descer.

— Bom. E, olha, já faz um tempão que deixou de ser chamada de Polícia de Costumes. Hoje em dia é a Divisão de Crimes Sexuais.

— Vai se foder — falou Truls entre os dentes, tão baixo que mal se podia escutar, antes de desligar e apertar o botão de pause, fazendo com que a imagem de *The Shield: acima da lei* congelasse logo antes de uma das cenas favoritas de Truls Berntsen, aquela em que Vic liquidava seu colega da polícia, Terry, com uma bala logo abaixo do olho esquerdo.

— Então a gente não está falando de um estupro que você sofreu, mas de um que você viu? — disse Truls Berntsen, arrastando uma cadeira extra para perto de sua mesa. — Tem certeza de que foi mesmo um estupro?

— Não — respondeu a mulher que havia se apresentado como Dagny Jensen —, mas, se eu reconhecer um dos estupradores dos seus arquivos, aí vou ter certeza absoluta.

Truls coçou a protuberante testa frankensteiniana.

— Então você só vai registrar o boletim de ocorrência depois de reconhecer o estuprador?

— Isso mesmo.

— Não é assim que normalmente trabalhamos aqui — explicou Truls. — Mas digamos que eu coloque uma apresentação de slides de dez minutos aqui e agora... Se a gente identificar o sujeito você retorna para o oficial de plantão e faz o registro do ocorrido? É que eu estou sozinho aqui e atolado de trabalho. Combinado?

— Combinado.

— Mãos à obra então. Idade estimada do estuprador?

Três minutos depois, Dagny Jensen apontou para uma das fotos na tela.

— Quem é esse?

Ele notou o esforço que a mulher fazia para controlar o tremor na voz.

— O primeiro e único Svein Finne — respondeu Truls. — Foi esse o cara que você viu?

— O que ele fez?

— É melhor perguntar o que ele *não* fez. Vamos dar uma olhada.

Truls digitou, pressionou Enter e um registro criminal detalhado apareceu na tela.

Ele observou os olhos de Dagny Jensen se moverem pela página e seu rosto expressar um horror crescente enquanto o monstro se materializava no árido linguajar policial.

— Ele matou as mulheres que engravidou — sussurrou ela.

— Mutilação e assassinato — corrigiu Truls. — Ele cumpriu a pena, mas, se existe um homem que me deixaria feliz em receber uma nova denúncia, esse cara é o Finne.

— Você tem... Você tem certeza de que conseguiria pegá-lo?

— Claro, a gente o pegaria se tivesse um mandado de prisão. Obviamente, ter ou não uma sentença de condenação num julgamento por estupro é outra história. É sempre a palavra de uma pessoa contra a da outra em casos como esse, e provavelmente a gente acabaria tendo que liberá-lo de novo. Mas é óbvio que, com uma testemunha como você, seriam dois contra um. Com um pouco de sorte...

Dagny Jensen engoliu em seco várias vezes.

Truls bocejou e olhou a hora.

— Agora que você viu a foto, pode voltar para o oficial de plantão e preencher a papelada, tá?

— Sim — disse a mulher, olhando para o monitor. — Sim, claro que sim.

15

Harry estava sentado no sofá olhando para a parede. Não havia acendido as luzes, e a escuridão que descia lentamente foi apagando contornos e cores, até pousar em sua testa como um pano úmido. Desejou ser apagado também. Pensando bem, a vida não precisava ser tão complicada. Tudo poderia ser reduzido à questão binária proposta pelo The Clash: *should I stay or should I go?* Beber? Não beber? Ele queria morrer afogado. Sumir. Mas não podia, ainda não.

Abriu o presente que Bjørn lhe dera. Como havia imaginado, era um disco de vinil. *Road to Ruin*. Um dos três discos que Øystein afirmava categoricamente serem os únicos trabalhos realmente bons do Ramones (e, quando chegava a esse ponto, Bjørn em geral citava Lou Reed ao qualificar a música do Ramones como "uma merda"), Bjørn tinha conseguido comprar o único disco que Harry *não* tinha. Nas prateleiras atrás dele — entre o primeiro disco do Rainmakers e o disco de estreia do Rank and File's —, ele tinha *Ramones* e seu favorito, *Rocket to Russia*.

Harry retirou o disco preto da embalagem e colocou *Road to Ruin* no toca-discos.

Reconheceu uma música e colocou a agulha no começo de "I Wanna Be Sedated".

Riffs de guitarra encheram a sala. Soava bem mais produzido e *mainstream* que o disco de estreia. Harry gostou do solo de guitarra minimalista, mas teve dúvidas quanto à modulação que veio em sequência; soava como um boogie da fase mais idiota do Status Quo. Mas executado com uma segurança arrogante. Como na sua faixa favorita, "Rockaway Beach", na qual eles continuavam igualmente confiantes, andando na cola das criações do Beach Boys, como ladrões de carro dirigindo à toda pela avenida principal com as janelas abertas.

Enquanto Harry tentava decidir se gostava de "I Wanna Be Sedated" ou não e se devia ou não ir ao bar, a sala se iluminou quando a tela do celular sobre a mesinha de centro se acendeu.

Deu uma olhada na tela. Suspirou. Pensou se devia ou não atender.

— Oi, Alexandra.

— Oi, Harry. Faz tempo que estou tentando falar com você. Já passou da hora de trocar essa gravação da caixa de mensagem.

— Você acha?

— Você nem diz o seu nome. *"Se precisar, deixe uma mensagem."* Só cinco palavras que soam mais como uma bronca do que qualquer outra coisa, e depois bipe.

— Parece que cumpre seu propósito.

— Eu te liguei *tanto*.

— Eu vi, mas não estava... com disposição.

— Fiquei sabendo do que aconteceu — comentou ela, dando um suspiro profundo e um tom pesaroso, solidário, à voz. — Terrível mesmo.

— É.

Seguiu-se um silêncio, como uma pausa, um *intermezzo* marcando a transição entre os atos de uma ópera. Porque, quando Alexandra continuou, não foi nem com voz profunda e brincalhona nem com a pesarosa e solidária, mas com tom profissional.

— Descobri uma coisa para você.

Harry esfregou a mão no rosto.

— Sou todo ouvidos.

Fazia tanto tempo desde que havia entrado em contato com Alexandra Sturdza, que tinha perdido as esperanças de arrancar qualquer coisa dela. Mais de seis meses tinham se passado desde que fora ao Instituto de Medicina Forense, em Rikshospitalet, onde havia sido recebido por uma jovem que tinha acabado de sair do laboratório, o rosto severo com marcas de catapora, olhos reluzentes e um sotaque quase imperceptível. Ela o levara para seu escritório e pendurara o jaleco branco, enquanto Harry perguntava se ela poderia ajudá-lo — meio que por baixo dos panos — a comparar o DNA de Svein Finne com antigos casos de assassinato e estupro.

— Então, Harry Hole, está querendo que eu fure a fila para você?

Depois que o Parlamento norueguês, em 2014, tornou imprescritíveis os crimes de homicídio e estupro, evidentemente houve um grande afluxo de solicitações para aplicar a nova tecnologia de análise de DNA aos casos mais antigos e, portanto, os prazos de espera dispararam.

Harry chegara a pensar em reformular o pedido, mas pudera ver pela expressão nos olhos dela que não havia motivo.

— Sim.

— Interessante. Em troca do quê?

— Troca? Hum. Do que você gostaria?

— Um chope com Harry Hole seria um começo.

Sob o casaco, Alexandra Sturdza usava um vestido preto justíssimo que realçava o corpo musculoso, fazendo Harry associá-la a gatos e carros esportivos. Ele, porém, nunca se interessara muito por carros e gostava mais de cães que de gatos.

— Se essa é a condição, tudo bem, vou te pagar um chope. Mas eu não bebo. E sou casado.

— Isso a gente vai ver — dissera ela com uma risada rouca.

Ela parecia alguém que ria bastante, mas adivinhar a idade dela era espantosamente difícil. Alexandra podia ser tanto dez quanto vinte anos mais jovem que ele. Ela inclinara a cabeça e o encarara.

— Me encontra no Revolver amanhã às oito e aí a gente vê o que eu consegui para você, combinado?

Ela não teve muito a oferecer. Nem naquele dia nem desde então. Só o suficiente para se convidar para um chope de vez em quando. Mas ele mantivera uma distância segura e sempre fizera questão de que os encontros fossem curtos, objetivos e completamente profissionais. Até Rakel expulsá-lo de casa e as comportas se abrirem, deixando fluir uma enxurrada de lama, inclusive quaisquer regras morais para manter as relações de trabalho intactas.

Harry reparou que a parede havia assumido outro tom de cinza.

— Eu não consegui uma correspondência específica com um caso — começou Alexandra.

Harry bocejou; era sempre a velha história.

— Mas depois percebi que podia comparar o DNA de Svein Finne com todos os outros do banco de dados. E encontrei uma combinação parcial com um assassino.

— O que isso quer dizer?

— Isso significa que, se Svein Finne não é um assassino indiciado, ao menos é pai de um.

— Merda — respondeu Harry. E, de repente, caiu a ficha. Harry teve um mau pressentimento e disse: — Qual é o nome do assassino?

— Valentin Gjertsen.

Harry sentiu um arrepio. Valentin Gjertsen. Não que Harry tivesse mais fé nos genes que no meio, mas havia uma espécie de lógica no fato de o sêmen e os genes de Svein Finne terem colaborado para gerar um filho que se tornaria um dos piores assassinos da história criminal norueguesa.

— Você parece menos surpreso do que eu imaginava — comentou Alexandra.

— Estou menos surpreso do que *eu mesmo* imaginei que ficaria — respondeu Harry, esfregando o pescoço.

— E isso ajuda em alguma coisa?

— Sim — disse Harry —, com certeza ajuda. Obrigado, Alexandra.

— O que você vai fazer agora?

— Boa pergunta.

— Quer vir aqui em casa?

— Como eu já disse, não estou realmente com...

— A gente não precisa fazer nada. Acho que vai ser bom para nós dois ter alguém deitado do nosso lado por um tempo. Você lembra onde eu moro?

Harry fechou os olhos. Tinha havido tantas camas, portas e pátios desde que as comportas se abriram... e o álcool havia colocado um véu sobre rostos, nomes e endereços. E, agora, a imagem de Valentin Gjertsen bloqueava praticamente tudo que lhe restava de lembranças.

— Que inferno, Harry. Você estava bêbado, mas não podia *pelo menos* fingir que se lembrava?

— Grünerløkka — disse Harry. — Seilduksgata.

— Garoto esperto. Daqui a uma hora?

Ao desligar e ligar para Kaja Solness, Harry teve um insight. O fato de ele ter se lembrado da Seilduksgata por mais bêbado que estivesse... Ele sempre se lembrava de alguma coisa, sua memória nunca ficava *cem por cento* em branco. Talvez não tenham sido os efeitos a longo prazo do álcool o motivo para não se lembrar daquela noite no Jealousy, talvez houvesse algo que *não* quisesse lembrar.

Oi, você acessou a caixa de mensagem de Kaja.

— Eu tenho a motivação que você queria — avisou Harry após o bipe. — O nome dele é Valentin Gjertsen, e acontece que ele era filho de Svein Finne. Valentin Gjertsen está morto. Foi assassinado. Por mim.

16

Alexandra Sturdza deu um longo bocejo enquanto se espreguiçava com os braços esticados acima da cabeça para que os dedos das mãos e os pés nus tocassem a armação da cama de latão de cada ponta do colchão. Depois rolou para o lado, ajeitou o edredom entre as coxas e colocou um dos grandes travesseiros brancos debaixo da a cabeça. Ela sorria tanto que seus olhos escuros quase desapareciam em seu rosto severo.

— Fiquei feliz por você ter vindo — disse ela, apoiando a mão no peito de Harry.

— Hum.

Harry estava deitado de costas, olhando para a luz forte do *plafonnier*. Ela estava usando uma camisola longa de seda quando abrira a porta, segurara a mão dele e o levara direto para o quarto.

— Você está se sentindo culpado? — perguntou ela.

— Sempre.

— Eu quis dizer por estar aqui.

— Não especificamente. Isso só se encaixa na lista de indicadores.

— Indicadores do quê?

— De que eu sou um homem ruim.

— Se você já está se sentindo culpado, podia aproveitar e tirar a roupa de uma vez.

— Então não há dúvida de que Valentin Gjertsen era mesmo filho de Svein Finne?

Harry cruzou as mãos atrás da cabeça.

— Não.

— Deus do céu, é uma verdadeira sequência absurda de eventos. Imagina uma coisa dessas. É provável que Valentin Gjertsen fosse produto de um estupro.

— E quem não é?

Ela roçou a virilha na coxa dele.

— Você sabia que Valentin Gjertsen estuprou a dentista da prisão durante uma consulta? Depois ele enfiou as meias de náilon na cabeça dela e ateou fogo.

— Cala a boca, Harry, eu quero você. Tem camisinha na gaveta da mesa de cabeceira.

— Não, obrigado.

— Não? Você não está querendo outro filho, né?

— Eu não estava falando das camisinhas.

Harry botou a mão sobre as dela, que estavam prestes a desafivelar seu cinto.

— Que merda é essa? — explodiu ela. — Por que isso se você não quer transar?

— Boa pergunta.

— Por que você não quer?

— Baixo nível de testosterona, suponho.

Bufando, Alexandra se deitou de costas.

— Ela não é só sua ex-mulher, Harry, ela está *morta*. Quando você vai aceitar isso?

— Você acha mesmo que cinco dias de celibato é demais?

Alexandra olhou bem para ele.

— Engraçado... mas você não está lidando tão bem com isso quanto finge estar, certo?

— Fingir é meio caminho andado — retrucou Harry erguendo os quadris e pegando o maço de cigarro do bolso da calça. — Pesquisas comprovam que o humor tende a melhorar se você exercitar os músculos do sorriso. Se você quiser chorar, dá uma risada. Eu durmo. Quais as regras quanto a fumar no seu quarto?

— Pode tudo. Mas, quando alguém fuma na minha frente, exerço o direito de ler o que diz no maço. Fumar mata, meu amigo.

— Hum. Gostei do "meu amigo".

— É para você perceber que não é só uma coisa que está fazendo a si próprio, mas a todos que gostam de você.

— Saquei. Então, mesmo com o risco de um câncer e de me sentir ainda mais culpado, estou aqui acendendo um cigarro.

Harry tragou e soprou a fumaça para o *plafonnier*.

— Você gosta de luzes — comentou ele.

— Eu cresci em Timisoara.

— Hã?

— A primeira cidade da Europa a ter iluminação pública elétrica. Só Nova York saiu na frente da gente — explicou ela.

— E é por isso que gosta de luzes?

— Não, mas você gosta de curiosidades.

— Gosto?

— Gosta, Harry. Como o fato de Finne ter tido um filho que era estuprador.

— Isso é um pouco mais que uma curiosidade.

— Por quê?

Harry deu uma tragada. Não sentiu gosto de nada.

— Porque o filho dá a Finne um motivo forte o suficiente para se vingar. Eu comecei uma caçada ao filho dele por causa da sua conexão com inúmeras investigações de homicídio. E elas acabaram quando atirei nele.

— Você...?

— Valentin Gjertsen estava desarmado, mas me levou a atirar quando fingiu que ia sacar uma arma. Infelizmente eu fui a única testemunha, e a corregedoria achou problemático o fato de eu ter disparado três tiros. Mas eu saí limpo dessa. Eles não conseguiram, nas suas próprias palavras, provar que eu não tinha agido em legítima defesa.

— E Finne ficou sabendo disso? E você acha que por isso ele matou a sua ex-mulher?

Harry assentiu devagar.

— Olho por olho, dente por dente.

— Pela lógica ele devia ter matado o Oleg.

Harry ergueu uma sobrancelha.

— Então você sabe o nome dele?

— Você abre muito o bico quando fica bêbado, Harry. Ainda mais sobre a sua ex-mulher e o rapaz.

— Oleg não é sangue do meu sangue. É do primeiro casamento de Rakel.

— É, você também me contou, mas isso não é só biologia?

Harry fez que não com a cabeça.

— Não para Svein Finne. Ele não amava Valentin Gjertsen como pessoa; na verdade, mal o conhecia. O amor que sentia por Valentin era pelo simples fato de ele carregar seus genes. O que motiva Finne é espalhar seu sêmen e botar crianças no mundo. Biologia é tudo para ele. Foi a forma que ele encontrou para alcançar a vida eterna.

— Isso é doentio.

— É mesmo? — disse Harry, cravando os olhos no cigarro. Ele se perguntou qual seria a posição do câncer de pulmão na lista de coisas que o destruiriam e continuou: — Talvez estejamos mais agarrados à biologia do que gostaríamos de admitir. Talvez todos nós sejamos descendentes de antepassados xenofóbicos, racistas e nacionalistas, que tinham um desejo instintivo de dominar o mundo por meio das suas próprias famílias. E com o tempo aprendemos a ignorar esse instinto, uns mais que os outros. A maioria de nós, pelo menos.

— A gente ainda quer saber de onde veio em termos puramente biológicos. Você sabia que, nos últimos vinte anos, presenciamos, no Instituto de Medicina Forense, um aumento de trezentos por cento no número de testes de DNA de pessoas que queriam saber quem era seu pai ou se o filho era de fato seu? — comentou ela.

— É uma boa curiosidade.

— Que nos revela o quanto a nossa identidade está ligada à nossa herança genética.

— Você acha?

— Acho — respondeu ela, pegando a taça de vinho que havia deixado sobre a mesa de cabeceira. Continuou: — Se não achasse, eu não estaria aqui.

— Na cama comigo?

— Na Noruega. Eu vim para cá para achar o meu pai. Como minha mãe não gostava de falar dele, eu só sabia que ele era norueguês. Depois que ela morreu, comprei uma passagem e vim para cá atrás dele. Naquele primeiro ano tive três empregos diferentes. Eu desconfiava de que o meu pai fosse inteligente, porque a minha mãe era mediana, mas eu sempre tirava notas altas na Romênia e levei só seis meses para conseguir falar norueguês fluentemente. No fim, não consegui encontrar o meu pai. Depois, ganhei uma bolsa para estudar química na Universidade de Ciência e Tecnologia da Noruega, e consegui um emprego no Instituto de Medicina Forense, trabalhando em análise de DNA.

— Onde pôde continuar procurando — completou ele.
— Isso mesmo.
— E?
— Encontrei.
— Jura? Você deve ter tido muita sorte, porque, até onde eu sei, vocês deletam os perfis de DNA recolhidos em casos de testes de paternidade depois de um ano.
— Em casos de testes de paternidade, sim.
Então a ficha caiu para Harry.
— Você encontrou o seu pai no banco de dados da polícia. Ele tinha ficha criminal?
— Sim.
— E o que ele...

O bolso da calça de Harry vibrou. Ele olhou o número. Pressionou Atender.

— Oi, Kaja. Recebeu a minha mensagem?
— Sim.
A voz dela era suave aos seus ouvidos.
— E...?
— E eu concordo, acho que você encontrou a motivação de Finne.
— Isso significa que vai me ajudar?
— Não sei ainda.

No silêncio que se seguiu, ele pôde escutar a respiração de Kaja num ouvido e a de Alexandra no outro.

— Você parece estar deitado, Harry. Está em casa?
— Não, ele está na casa da Alexandra. — A voz de Alexandra atravessou o ouvido de Harry.
— Quem é essa? — quis saber Kaja.
— Essa... — disse Harry — ... era a Alexandra.
— Sendo assim, não vou te incomodar. Boa noite.

— Você não está me incomodando...

Kaja já havia desligado.

Harry olhou para o celular e enfiou o aparelho de volta no bolso. Apagou o cigarro na luminária em formato de cubo na mesa de cabeceira e balançou as pernas como pêndulos para sair da cama.

— Aonde você vai?

— Casa — respondeu Harry.

Ele se inclinou e deu um beijo na testa de Alexandra.

Harry caminhava a passos largos para o oeste, enquanto seu cérebro ia a mil por hora. Pegou o celular e ligou para Bjørn Holm.

— Harry?

— Foi o Finne.

— A gente vai acordar o bebê, Harry. Pode deixar para amanhã?

— Svein Finne é pai de Valentin Gjertsen.

— Puta que pariu!

— A motivação? Vingança de sangue. Tenho certeza. Você tem que fazer circular um alerta para o Finne, e, assim que descobrir o endereço dele, precisa conseguir um mandado de busca e apreensão. Caso você encontre a faca, é caso solucionado...

— Estou te escutando, Harry. Mas o Gert finalmente dormiu, e eu também preciso descansar. E não sei se a gente ia conseguir um mandado com base nisso. Certamente vão exigir algo mais concreto.

— Mas *foi* uma vingança de sangue, Bjørn. É da natureza humana. Você não faria o mesmo se alguém tivesse matado o Gert?

— Que porra de pergunta é essa?

— Pensa nisso.

— Ai, não sei, não, Harry.

— Não *sabe*?

— Amanhã. Tá bom?

— Claro. — Harry fechou os olhos e praguejou baixinho para si mesmo. — Foi mal se estou me comportando feito um idiota, Bjørn, mas eu não suporto...

— Não tem problema, Harry. A gente se fala amanhã. E, enquanto estiver suspenso das suas funções, seria melhor não comentar com ninguém que estamos conversando sobre o caso.

— É claro. Vê se descansa, meu parceiro.

Harry abriu os olhos e colocou o celular de volta no bolso. Noite de sábado. Na calçada a sua frente estava uma jovem embriagada que soluçava de tanto chorar com a cabeça apoiada na parede. Havia um homem de pé atrás dela com a cabeça baixa alisando as costas da moça como se a consolasse.

— Ele está trepando com outras mulheres! — gritou ela. — Ele não dá a mínima para mim! Ninguém se importa comigo!

— *Eu* me importo — disse baixinho o rapaz.

— Ah, *você*, claro — retrucou ela com uma bufada irônica, então voltou a chorar.

Harry trocou olhares com o rapaz ao passar por eles.

Noite de sábado. Havia um bar neste lado da rua a cem metros. Talvez fosse mais conveniente atravessar a rua para evitá-lo. Não havia muito tráfego, apenas alguns táxis. Na verdade, dezenas de táxis. E eles formavam um paredão de carros pretos, impossibilitando atravessar a rua. Que inferno!

Truls Berntsen estava assistindo à sétima e última temporada de *The Shield: acima da lei*. Cogitou dar uma olhadinha rápida no Pornhub, mas achou melhor não: alguém do TI provavelmente mantinha um registro de por onde a equipe andava surfando na internet. As pessoas ainda diziam "surfar na internet"? Truls olhou a hora outra vez. A internet era mais lenta em casa e estava na hora de ir para a cama. Colocou o casaco e fechou o zíper. Mas algo o incomodava. Ele não fazia ideia do que poderia ser depois de passar o dia às custas dos contribuintes sem ter feito nada de útil, um dia em que ele poderia ir para a cama tranquilo, sabendo que o balanço patrimonial estava mais uma vez a seu favor.

Truls Berntsen olhou para o telefone.

Era uma estupidez, mas, se isso fizesse com que parasse de pensar no assunto, ótimo.

— Oficial de plantão falando.

— Aqui é o Truls Berntsen. Aquela mulher que você mandou para cá, ela prestou uma denúncia contra Svein Finne quando voltou para você?

— Ela nunca voltou para falar comigo.
— Ela simplesmente foi embora?
— Deve ter ido.

Truls Berntsen desligou. Pensou por alguns segundos. Pegou o telefone de novo e ligou. Esperou.

— É o Harry.

Truls mal conseguia escutar a voz do colega com a música alta e a algazarra ao fundo.

— Você está numa festa?
— Num bar.
— Botaram Motörhead para tocar — disse Truls.
— E essa é a única coisa boa que tenho para falar sobre esse lugar. O que você quer?
— Svein Finne. Você tem tentado manter o cara sob seu radar.
— E...?

Truls lhe falou da visita no início do expediente.

— Você pegou o nome dela e o número do telefone?
— Dagny alguma coisa. Jensen, talvez. Você pode perguntar ao oficial de plantão se ele anotou algum detalhe, mas eu duvido.
— Por quê?
— Acho que ela ficou com medo que o Finne descobrisse que ela esteve aqui.
— Tudo bem. Eu não posso ligar para o oficial de plantão. Estou suspenso. Pode fazer isso por mim?
— Eu já estava de saída para casa.

Truls ficou ouvindo o silêncio do outro lado da linha. Lemmy estava cantando "Killed by Death".

— Tá bom — resmungou Truls.
— Mais uma coisa. Meu cartão de identificação foi desativado, então não consigo entrar no escritório. Você pode pegar a minha pistola de serviço na minha última gaveta e me encontrar do lado de fora do Olympen em vinte minutos?
— Sua pistola? Para que você quer isso?
— Para me proteger dos males do mundo.
— Suas gavetas estão trancadas.
— Mas você tem uma cópia da chave.

— O quê? De onde você tirou essa ideia?

— Notei que você andou remexendo as minhas coisas. E numa ocasião você usou a minha gaveta para guardar um pouco do haxixe que o pessoal da Narcóticos havia apreendido, pelo que vi na embalagem. Assim, não iam encontrar nada nas *suas* gavetas se começassem a procurar.

Truls não respondeu.

— Então?

— Quinze minutos. — Truls rosnou. — Exatamente quinze minutos, porque eu não vou ficar parado na rua congelando.

Em pé de braços cruzados, Kaja Solness olhava para o mundo pela janela da sala de estar. Ela estava congelando, como sempre. Sentia frio o tempo todo. Em Cabul, onde a temperatura alternava entre cinco graus negativos e mais de trinta, podia sentir arrepios noturnos tanto em julho quanto em dezembro, e não havia muito a ser feito além de esperar amanhecer, quando o sol do deserto a aqueceria outra vez. Com seu irmão era a mesmíssima coisa; certa vez ela perguntou se ele achava que tinham nascido como animais de sangue frio, incapazes de regular a própria temperatura corporal e dependendo do calor externo para evitar que congelassem até a morte, como répteis. Por muito tempo, ela achou que isso fosse verdade, que não estava no controle, que dependia totalmente do ambiente que a rodeava, que dependia dos outros.

Ela encarou a escuridão. Deixou o olhar deslizar pela linha que margeava a cerca do jardim.

Será que ele estava parado lá fora em algum lugar?

Era impossível saber. A escuridão era impenetrável, e um homem como ele sabia muito bem se manter invisível.

Ela tremia de frio, mas não sentia medo. Porque agora tinha certeza de que não precisava de ninguém. Podia cuidar da própria vida.

Recordou-se do som da voz da outra mulher.

Não, ele está na casa da Alexandra.

Sua própria vida. E a vida das outras pessoas.

17

Dagny Jensen parou de repente. Ela havia saído para a caminhada de domingo às margens do rio Akerselva. Alimentar os patos. Sorrir para famílias com crianças pequenas e cachorros. Procurar pelas primeiras florezinhas. Qualquer coisa para desanuviar a mente. Havia passado a noite em claro, pensando, e agora só queria esquecer.

Mas ele não a deixava em paz. Olhou para o vulto na frente da portaria do prédio. Ele batia os pés no chão como se quisesse se aquecer, como se estivesse esperando havia muito tempo. Ela estava prestes a se virar e se afastar quando percebeu que não era ele. Aquele sujeito era mais alto que Finne.

Dagny se aproximou devagar.

Ele também não tinha cabelos longos; os dele eram claros e bagunçados. Ela se aproximou um pouco mais.

— Dagny Jensen? — perguntou o homem.

— Sim?

— Eu sou Harry Hole, Polícia de Oslo.

As palavras soavam como se ele as reproduzisse mecanicamente.

— Como posso ajudá-lo?

— Ontem você quis denunciar um estupro.

— Mudei de ideia.

— Entendo. Você está com medo.

Dagny o encarou. Barba por fazer, olhos injetados e uma cicatriz carmim atravessando um lado do rosto como uma placa de "proibida a entrada". Mas, mesmo que seu rosto tivesse os mesmos sinais de brutalidade de Svein Finne, havia algo que o suavizava, algo que o tornava quase bonito.

— Estou?

— Sim, e eu vim pedir a sua ajuda para capturar o homem que a estuprou.

Dagny se encolheu.

— Que *me* estuprou? Você se confundiu, Hole. Não fui eu que fui estuprada, se é que de fato foi um estupro.

Hole ficou em silêncio. Limitou-se a encarar o olhar dela. Agora era ele que olhava duro para ela.

— Ele tentou engravidar você — disse o policial —, e, agora que está na expectativa de que você esteja carregando um filho dele, não para de te vigiar. Não é?

Dagny piscou duas vezes.

— Como você sabe...

— É o que ele sempre faz. Ele fez ameaças caso tentasse abortar?

Dagny Jensen engoliu em seco. Estava prestes a pedir a ele que fosse embora, mas percebeu que hesitava. Também não tinha certeza de que podia confiar no que ele disse sobre capturar Finne, precisaria de mais provas para isso. Mas esse policial tinha algo que faltava aos outros. Determinação. Havia certa firmeza nele. Talvez um pouco parecido com os padres, pensou Dagny; acreditamos neles porque queremos desesperadamente que aquilo que eles dizem seja verdade.

Dagny serviu duas xícaras de café na mesinha dobrável da cozinha.

O policial alto se espremia na cadeira entre a bancada e a mesa.

— Então Finne quer que você o encontre na igreja católica em Vika hoje à noite? Às nove?

Ele não a interrompera enquanto ela falava nem anotara nada, mas seus olhos injetados não desgrudaram dela nem por um segundo, dando a impressão de que absorvia cada palavra e que conseguia visualizar — assim como ela — a sequência quadro a quadro do curto filme de terror que se repetia sem cessar na cabeça de Dagny.

— Isso — respondeu ela.

— Bem, é claro que poderíamos prendê-lo na igreja. Interrogá-lo.

— Mas você não tem nenhuma prova.

— Pois é. Sem provas teríamos que deixá-lo ir embora, e ele saberia que foi você quem nos contou...

— ... E eu estaria correndo mais perigo que agora.

O policial assentiu.

— Foi por isso que eu não prestei a queixa — explicou Dagny. — É como atirar num urso, né? Se não o derrubar no primeiro tiro, não vai ter tempo para recarregar a arma antes de ele te pegar. Ou seja, o mais sensato é nunca dar o primeiro tiro.

— Hum. Por outro lado, até mesmo o maior urso do mundo pode ser abatido por um único tiro certeiro.

— Como?

O policial envolveu sua xícara de café com uma das mãos.

— Existem várias maneiras. Uma é usar você como isca. Com um microfone escondido. Fazer com que ele fale do estupro.

Ele pousou os olhos na mesa.

— Continua — pediu ela.

Ele ergueu a cabeça. O azul de suas íris parecia desbotado.

— Você teria que perguntar quais seriam as consequências se não fizer o que ele manda. Assim a gente ia conseguir as ameaças. Isso e mais uma conversa em que ele, mesmo que indiretamente, confirme o estupro, e vamos ter o bastante na fita para indiciá-lo.

— Vocês ainda usam fita?

O policial levou a xícara de café à boca.

— Desculpa — disse Dagny. — É que eu estou tão...

— É claro. E eu compreenderia se você se negasse...

— Você disse que existem várias maneiras.

— Sim — confirmou ele. Depois se calou e ficou bebericando o café.

— Mas?

O policial deu de ombros.

— Por muitas razões, uma igreja é o local ideal. Sem barulho, nada que nos impeça de ter uma gravação de boa qualidade. E vocês estariam num lugar público onde ele não poderia te atacar...

— A gente estava num local público da última vez...

— ... e poderíamos estar lá monitorando a situação.

Dagny o observou melhor. Havia algo naqueles olhos que ela reconhecia. E agora percebia o que era. A mesma coisa que tinha visto nos próprios olhos e que a princípio achava que fosse uma imperfeição no espelho, um defeito. Algo que havia se quebrado. E alguma coisa na voz do policial lhe trazia à memória as vozes inseguras dos alunos despejando desculpas mentirosas a torto e a direito por não terem feito o dever de casa. Aproximou-se do fogão, deixou de lado a xícara de café e olhou pela janela. Dava para ver as pessoas caminhando lá embaixo, mas não conseguia vê-lo. O mundo continuava girando ao seu redor, mas, para ela, o desenrolar da vida parecia algo pesaroso agora, um devaneio doloroso. Dagny jamais havia pensado dessa forma antes, e acabara de entender que era assim que devia ser.

Voltou e se sentou na cadeira da cozinha.

— Se eu topar fazer isso, preciso de garantias de que ele não vai voltar a me perturbar. Você entende isso, Hole?

— Sim, eu entendo. E você tem a minha palavra de que nunca mais vai ver Svein Finne. Nunca mais. Ok?

Nunca. Ela sabia que não era verdade, do mesmo modo que sabia que a pastora mentia quando pregava sobre a salvação. Eram apenas palavras de consolo. Ainda assim funcionavam. E, mesmo que não nos deixássemos iludir com o "nunca" e com a "salvação", essas palavras eram as senhas que abriam as portas do coração, e o coração acreditava no que desejava acreditar. Dagny sentia que já respirava mais relaxada. Ela semicerrou os olhos. E, ao vê-lo desse jeito, com a luz do dia entrando pela janela e formando um halo em volta da cabeça dele, já não via mais a dor nos olhos do policial nem a nota de mentira em sua voz.

— Certo — disse ela. — Me diz o que a gente vai fazer.

Harry parou na calçada diante da casa de Kaja Solness e ligou para ela pela terceira vez. Deu no mesmo: *"O número para o qual você ligou está desligado ou fora..."*

Abriu com um rangido o portão de ferro forjado e seguiu em direção à casa.

Era loucura. Claro que era loucura. Mas o que mais ele poderia fazer?

Tocou a campainha. Aguardou. Tocou de novo.

Encostou o olho no vidro do olho mágico da porta e viu, pendurado num gancho, o casaco que ela havia usado no velório. Viu também as botas pretas de cano alto na sapateira logo abaixo.

Deu uma volta pela casa. Ainda havia montinhos de neve na grama murcha e achatada na área coberta pela sombra na face norte.

Ele olhou para cima e viu a janela do que tinha sido o quarto dela; talvez ela tivesse trocado por um dos outros. Quando se abaixou para juntar neve o suficiente para fazer uma bola, ele viu uma pegada. De bota. Seu cérebro começou a vasculhar seus bancos de dados. Encontrou o que procurava. Uma pegada de bota na neve do lado de fora da casa em Holmenkollen.

Enfiou a mão dentro do casaco. É claro que podia ser uma pegada completamente diferente. É claro que Kaja podia ter saído de casa. Segurou firme o cabo de sua pistola, uma Heckler & Koch P30L, curvou-se e caminhou, a passos largos e silenciosos, de volta aos degraus da frente. Trocou a mão de posição e segurou a pistola pelo cano para que pudesse quebrar o vidro do olho mágico, mas antes tentou a maçaneta.

A porta estava aberta.

Entrou. Parou para ouvir melhor. Silêncio. Deu uma fungada. Só sentiu cheiro de perfume — de Kaja —, provavelmente vindo do cachecol pendurado num gancho ao lado do casaco.

Seguiu pelo corredor com a pistola à frente.

A porta da cozinha estava aberta e o botão da cafeteira, vermelho. Harry segurou o cabo com mais firmeza e pôs o dedo no gatilho. Deu mais alguns passos para o interior da casa. A porta da sala estava entreaberta. Um zumbido. Como moscas. Harry foi empurrando a porta com o pé, ainda empunhando a pistola.

Ela estava deitada no chão. Olhos fechados, braços cruzados sobre o peito naquele cardigã de lã grande demais para ela. O corpo e o rosto pálidos eram banhados pelo sol que entrava pela janela.

Harry bufou de alívio. Abaixou a arma e se agachou. Por cima do chinelo velho dela, deu-lhe um beliscão no dedão do pé.

Kaja se assustou, gritou e arrancou os fones de ouvido.

— Mas que inferno, Harry!

— Foi mal, mas eu tentei falar com você. — Ele se sentou no tapete ao lado dela. — Preciso de ajuda.

Kaja fechou os olhos e levou a mão ao peito, ainda ofegante.

— Foi o que você disse.

O que antes era só um zumbido vindo dos fones de ouvido agora era claramente um hard rock familiar no volume máximo.

— E você me ligou porque queria que eu a convencesse a dizer sim? — disse ele, pegando o maço de cigarro.

— Não sou do tipo que se deixa persuadir, Harry.

Ele indicou os fones de ouvido com um aceno de cabeça.

— Você se deixou persuadir a escutar Deep Purple...

Ele viu mesmo um toque de rubor nas bochechas dela?

— Só porque você disse que era a melhor banda desse estilo de música "involuntariamente ridículo, mas bom mesmo assim".

— Hum — disse Harry, levando um cigarro apagado aos lábios. Ele continuou: — Já que esse plano pertence à mesma categoria, estou torcendo para que ele seja interessante e...

— Harry...

— E tenha em mente que, ao me ajudar a colocar um notório estuprador atrás das grades, você estaria ajudando todas as mulheres da cidade. E estaria ajudando o Oleg, fazendo com que o homem que matou a mãe dele fosse punido. E você estaria me ajudando...

— Para, Harry.

— ... a me livrar de um problema que eu mesmo criei e pelo qual sou o único responsável.

Ela ergueu uma das sobrancelhas escuras.

— Hã?

— Eu recrutei uma das vítimas de estupro de Svein Finne para agir como isca e tentar pegá-lo em flagrante. Persuadi uma mulher inocente a usar um microfone e gravar o encontro com ele. Ela acha que isso é parte de uma operação policial, quando na verdade é uma performance solo protagonizada por um policial suspenso. E uma cúmplice, uma ex-colega. Você, no caso.

Kaja o encarou.

— Você está de brincadeira.

— Não — respondeu Harry. — Acontece que eu não tenho limites morais quando se trata do quão longe estou disposto a ir para pegar Svein Finne.

— Essas eram exatamente as palavras que eu ia usar.

— Eu preciso de você, Kaja. Você está comigo?

— Por que diabos eu faria isso? É loucura.

— Quantas vezes sabíamos quem era o culpado, mas não podíamos fazer nada porque precisávamos seguir as regras? Bom, você não está na polícia, então não precisa seguir regra nenhuma.

— Mas você, sim, mesmo suspenso. Você não vai arriscar só o seu emprego, mas a sua liberdade. Você vai ser o único que vai acabar na cadeia.

— Eu não estou arriscando nada, Kaja. Não tenho nada a perder.

— E quanto ao seu sono? Você percebe os riscos a que está expondo essa mulher?

— Também não vou perder o sono. Dagny Jensen sabe que isso não está nas normas, ela viu isso através de mim.

— Ela disse isso?

— Não. E vamos deixar as coisas assim. Desse jeito, no futuro ela pode alegar que achava que fosse uma operação policial legítima e não vai correr risco nenhum. Ela quer ver o fim de Svein Finne tanto quanto eu.

Kaja virou de bruços e ergueu o tronco apoiada nos cotovelos. As mangas de seu cardigã deslizaram por seus braços longos e finos.

— *Fim*. O que exatamente você quer dizer com isso?

Harry deu de ombros.

— Fora de circulação. Removido.

— Removido de...?

— Das ruas, da vida pública.

— Atrás das grades, então?

Harry olhou para ela enquanto tragava do cigarro apagado. Assentiu e disse:

— Essa é uma das possibilidades.

Kaja fez que não com a cabeça.

— Não sei se tenho coragem, Harry. Você está... diferente. Você sempre se arriscou, mas isso não parece o seu tipo de coisa. Não parece o *nosso* tipo de coisa. Isso é... — Ela meneou negativamente a cabeça.

— Pode dizer — insistiu Harry.

— Isso é ódio. Uma mistura assustadora de ódio e dor.

— Você está certa — disse Harry, tirando o cigarro da boca e colocando-o de volta no maço. — E eu estava errado. Eu *não* perdi tudo. Ainda tenho o ódio.

Ele se levantou e saiu da sala, ouvindo o zumbido enquanto Ian Gillan gritava em seu vibrato estridente que ia tornar a vida difícil para você, que você deveria... A frase permaneceu inacabada, a guitarra de Ritchie Blackmore assumiu antes de Gillan proferir o final: *into the fire*... Harry foi embora, descendo os degraus para a luz ofuscante de um dia ensolarado.

Pia Bohr bateu à porta do quarto da filha.

Esperou. Não houve resposta.

Abriu a porta. Ele estava sentado na cama de costas para a porta. Ainda de farda camuflada. Sobre a colcha a pistola, o punhal na bainha e os óculos de visão noturna.

— Você tem que parar — disse ela. — Está me ouvindo, Roar? Isso não pode continuar assim.

Ele se virou para ela.

Os olhos vermelhos e o rosto inchado indicavam que estivera chorando. E que provavelmente não havia dormido.

— Onde você esteve ontem à noite? Roar? Pode me dizer?

Seu marido, ou o homem que um dia fora seu marido, deu-lhe as costas. Pia Bohr suspirou. Ele nunca dizia aonde havia ido, mas os torrões de lama espalhados pelo piso sugeriam que poderia ter estado numa floresta. Ou num campo. Ou num lixão.

Ela se sentou na outra ponta da cama. Precisava manter distância. A mesma distância que qualquer pessoa gostaria de manter de um estranho.

— O que você fez? — perguntou ela. — O que foi que você fez, Roar?

Esperou pela resposta com medo. Cinco segundos depois, como ele ainda não havia respondido, ela se levantou e saiu às pressas. Quase aliviada. Não importava o que ele tinha feito, ela era inocente. Perguntara três vezes. O que mais se poderia exigir dela?

18

Dagny olhou para seu relógio sob a claridade da lâmpada na entrada da igreja católica. Nove horas. E se Finne não aparecesse? Ela conseguia ouvir o ronco do motor dos carros na Drammensveien e na Munkedamsveien, mas, quando olhou para a rua estreita que dava para o Slottsparken, não viu carros nem pessoas. Nem na direção do Aker Brygge nem na do fiorde. O olho da tempestade, o ponto cego da cidade. A igreja ficava espremida entre dois quarteirões de prédios comerciais e mal dava para perceber que era uma casa de Deus. É verdade que o prédio da igreja se estreitava conforme se erguia e culminava numa torre em espiral; contudo, não havia uma cruz na fachada, nem imagens de Jesus ou de Maria, nem citações em latim. Os desenhos entalhados na porta de madeira sólida — alta, larga e destrancada — talvez despertassem conceitos religiosos. Fora isso, todo o resto poderia ser, até onde Dagny sabia, a entrada de uma sinagoga, de uma mesquita ou de um templo de outra pequena congregação. Mas, se a pessoa se aproximasse, dava para ler um aviso num armário com portinholas de vidro ao lado da entrada principal que informava os horários das missas matutinas daquele domingo. Em norueguês, inglês, polonês e vietnamita. A última — em polonês —, havia terminado meia hora antes. O barulho do tráfego nas redondezas não cessava, mas na rua da igreja reinava o silêncio. Estaria mesmo sozinha? Dagny não perguntara a Harry Hole quantos colegas ele tinha posicionado para ficar de olho nela, nem se alguns ficariam do lado de fora ou se todos estariam dentro da igreja. Provavelmente não perguntou porque não queria saber, com medo de acabar estragando o plano. Olhou para as janelas e para os portais do outro lado da rua com esperança. Mas também sem esperança. Porque, em seu íntimo, tinha a sensação de que seria apenas Hole. Ele e ela. Era isso que Hole havia tentado lhe passar com aquele olhar. E, depois que ele saíra, ela fora pesquisar na internet e encontrara a confirmação do que havia suspeitado que tivesse lido nos jornais. Harry Hole era um policial famoso, marido da pobrezinha que fora assassinada recentemente. Com uma faca. Isso explicava a expressão nos olhos dele, de algo que havia se quebrado, uma rachadura no espelho. Mas agora era tarde demais. Fora ela quem havia começado essa história, e ela poderia ter dado um fim a tudo isso. Mas não tinha sido capaz. Não, ela provavelmente estava sendo tão verdadeira consigo mesma quanto Hole havia sido. Ela vira a pistola dele.

Ela estava congelando, devia ter colocado roupas mais quentes. Dagny olhou para a hora outra vez.

— É por mim que você está esperando?

O coração de Dagny disparou.

Como ele conseguiu aparecer tão de surpresa?

Ela assentiu.

— A gente está sozinho?

Ela assentiu mais uma vez.

— Mesmo? Não apareceu ninguém para comemorar as nossas núpcias?

Dagny abriu a boca para falar, mas não conseguiu dizer nada.

Svein Finne sorriu, e seus lábios grossos e úmidos cobriram os dentes amarelados.

— Você precisa respirar, querida. Não queremos que o nosso filho sofra danos cerebrais por falta de oxigênio, não é mesmo?

Dagny fez o que ele mandou: respirou.

— Precisamos conversar — começou ela com a voz trêmula. — Acho que estou grávida.

— É claro que está.

Dagny só conseguiu parar de dar passinhos para trás quando ele ergueu o braço e, por um segundo, ela viu a luz da luminária acima da porta da igreja atravessar o buraco na mão quente e seca dele, que acabou em sua bochecha. Ela se lembrou de respirar e engoliu em seco.

— A gente precisa conversar sobre assuntos práticos. Podemos entrar? — disse ela.

— Entrar?
— Na igreja. Está frio aqui fora.
— Certo. Afinal, estamos nos casando. Não temos tempo a perder.

Ele correu a mão pela lateral do pescoço dela. Dagny tinha usado fita adesiva para prender o microfone minúsculo no sutiã, entre as taças, por baixo do suéter fino e do casaco. Hole dissera que não poderiam ter certeza de conseguir uma gravação decente até que ela o levasse para dentro da igreja, longe do ruído da cidade ao fundo, e onde ela teria um motivo aceitável para tirar o casaco que abafava o som. Ele não seria capaz de escapar de lá de dentro, e eles pegariam Finne assim que tivessem provas suficientes para que fosse indiciado.

— Vamos entrar então? — sugeriu Dagny, afastando-se. Ela enfiou as mãos nos bolsos e conseguiu fingir um arrepio que saltava à vista.

Finne não se moveu. Fechou os olhos, inclinou a cabeça para trás e fungou.

— Sinto um cheiro.
— Cheiro?

Ele abriu os olhos e olhou para ela novamente.

— Sinto cheiro de tristeza, Dagny. Desespero. Dor.

Dessa vez, Dagny não precisou fingir arrepio nenhum.

— Você não cheirava assim da última vez. Recebeu alguma visita?
— Visita?

Ela ensaiou uma risada que soou como um pigarro.

— Visita de quem?
— Não sei. Mas acho que já senti esse cheiro antes. Vou vasculhar a minha memória...

Ele botou a ponta de um dedo no queixo. Franziu a testa. Olhou insistentemente para ela.

— Dagny, não me diga que você... Você não... Você... se encontrou... Dagny?
— Eu o quê? — Ela tentou controlar o pânico que crescia por dentro.

Ele meneou a cabeça expressando tristeza.

— Você lê a Bíblia, Dagny? Você conhece a parábola do semeador? A semente dele é a palavra. A promessa. E, se a semente não criar raízes, Satanás virá devorá-la. Satanás levará a nossa fé. Levará o nosso filho, Dagny. Porque eu sou o semeador. A questão é: você se encontrou com Satanás?

Dagny engoliu em seco e mexeu a cabeça sem ter certeza se estava afirmando ou negando.

Svein Finne suspirou.

— Você e eu concebemos uma criança num ato de amor perfeito. Mas talvez você esteja arrependida, talvez simplesmente não queira um filho. Mas não consegue consumar o assassinato a sangue-frio por saber que a criança é fruto de um amor verdadeiro, então está buscando alguma coisa que faça com que se livre do feto.

Ele falava alto, e seus lábios macios enunciavam as palavras com clareza. Como um ator no palco, pensou ela. E num volume e com uma dicção que faziam com que cada palavra pudesse ser ouvida mesmo na última fileira de um teatro se fosse o caso.

— Então você está mentindo para a sua própria consciência, Dagny. Você diz a si mesma que não foi isso que aconteceu, que você não queria, mas que foi forçada. E você diz a si mesma que pode fazer a polícia acreditar nisso. Porque aquele homem, aquele Satã, disse a você que eu cumpri pena na prisão por outros supostos estupros.

— Você está errado — interveio Dagny, desistindo de qualquer tentativa de controlar o tremor da voz. — Vamos entrar?

Ela conseguia ouvir a própria voz implorando. Finne inclinou a cabeça para o lado, como um pássaro avaliando sua presa antes de avançar, de um jeito meio contemplativo, ainda sem saber se deve ou não deixar a presa viver.

— O voto marital é uma coisa séria, Dagny. Eu não quero que você faça isso sem muita convicção ou às pressas. E você parece... insegura. Talvez devêssemos esperar um pouco.

— Vamos conversar sobre isso? Lá dentro.

— Sempre que não estou absolutamente convencido — disse Finne —, deixo o meu pai decidir por mim.

— Seu pai?

— Sim. O destino — respondeu ele, então remexeu o bolso da calça e pegou um objeto, segurando-o entre o polegar e o indicador. De metal cinza-azulado. Um dado.

— Esse é o seu pai?

— O destino é o pai de todos nós, Dagny. Um ou dois significa que nos casamos hoje. Três ou quatro, que esperamos outro dia. Cinco ou seis significa... — ele se inclinou para a frente e sussurrou no ouvido dela — que você me traiu e eu vou ter que cortar a sua garganta aqui e agora. E você vai ficar aí muda e obediente como o cordeiro a ser sacrificado e vai só deixar acontecer. Estende a mão.

Finne se empertigou. Dagny o encarou. Não havia nenhuma emoção nos olhos dele ou, pelo menos, nada que ela reconhecesse como emoção: nem raiva, nem simpatia, nem excitação, nem nervosismo, nem diversão, nem ódio, nem amor. Tudo o que ela viu foi determinação. A determinação dele. Uma força hipnótica e dominante que não demandava nem intenção, nem lógica. Ela quis gritar. Quis correr. Em vez disso, estendeu a mão.

Finne sacudiu o dado nas mãos em concha. Depois, virou a mão para baixo e a colocou sobre a palma de Dagny. Ela sentiu a pele quente e seca dele tocar a sua e estremeceu.

Ele recolheu a mão. Olhou para a dela. Seus lábios se esticaram num sorriso largo.

Dagny parou de respirar novamente. Ela recolheu a mão. O dado exibia três pontos pretos.

— Até breve, minha querida — disse Finne. — Minha promessa ainda é verdadeira.

Num gesto automático, Dagny olhou para o céu, onde as luzes da cidade coloriam as nuvens de amarelo. Quando voltou os olhos para baixo, Finne havia desaparecido. Ela ouviu um barulho vindo de uma passagem do outro lado da rua.

Ela empurrou a porta com o cotovelo e entrou. Era como se as derradeiras notas do órgão da última missa ainda pairassem na grande nave. Caminhou até um dos dois confessionários nos fundos e se sentou lá dentro. Fechou a cortina.

— Ele foi embora.

— Para onde? — perguntou a voz do outro lado da treliça.

— Não sei. De qualquer forma, é tarde demais.

— Cheiro? — perguntou Harry, e ouviu a palavra ecoar pela igreja. E, ainda que tivesse certeza de que estavam sozinhos ali dentro, sentados na última fileira, baixou a voz e disse: — Ele disse que podia sentir o *cheiro*? E jogou um dado?

Dagny assentiu e apontou para o equipamento de gravação que ela havia colocado entre eles no banco.

— Está tudo aí.

— E ele não confessou nada?

— Nada. Só disse que era o semeador. Você pode ouvir quando quiser.

Harry conseguiu parar de xingar baixinho e se recostou com tanta força no banco, que ele bambeou.

— O que a gente faz agora? — perguntou Dagny.

Harry esfregou o rosto. Como Finne teria ficado sabendo? Além dele e de Dagny, Kaja e Truls eram as únicas pessoas que sabiam do plano. Será que ele conseguira ler alguns sinais no rosto e na linguagem corporal de Dagny? Essa era sempre uma possibilidade, o medo amplificar as emoções e deixar as coisas óbvias. De qualquer modo, o que eles iam fazer agora era uma ótima pergunta.

— Eu preciso ver ele morrer — declarou Dagny.

Harry assentiu.

— Finne é velho e muitas coisas podem acontecer. Eu te aviso assim que ele morrer.

Dagny meneou negativamente a cabeça.

— Você não entendeu. Eu preciso *ver* a morte dele. Se eu não fizer isso, meu corpo não vai aceitar que ele se foi, e ele vai assombrar os meus sonhos. Que nem a minha mãe.

Uma única vibração anunciou a chegada de uma mensagem, e Dagny tirou o celular prateado do bolso.

Harry se deu conta de que Rakel não havia assombrado seus sonhos depois que ele a viu morta. Ainda não, pelo menos não que pudesse se lembrar ao acordar. Por que não? Ele sonhara com o rosto dela, sem vida, morto. Então percebeu que queria *mesmo* que ela o assombrasse; era preferível um rosto morto com larvas rastejando ao sair da boca do que esse vazio gélido.

— Meu Deus! — sussurrou Dagny.

O rosto dela foi iluminado pela tela do celular. A boca aberta, os olhos esbugalhados. O celular caiu no chão e ficou lá, a tela para cima.

Harry se abaixou. O vídeo parou e congelou no quadro final, um relógio com números vermelhos luminosos. Harry apertou o play e o vídeo começou de novo. Não havia som, a imagem era granulada e a câmera em movimento, mas dava para ver que era um close de um estômago branco com sangue escorrendo de uma ferida. Um dorso de mão coberto de pelos e uma pulseira cinza de relógio entrou em cena. Tudo muito rápido. A mão desapareceu dentro da ferida, só ficando de fora o mostrador do relógio que se ativou e se iluminou enquanto mais sangue escorria para fora. A câmera deu zoom no relógio e a imagem congelou. O vídeo acabou. Harry tentou suprimir o enjoo.

— O que... O que foi isso? — gaguejou Dagny.

— Não sei — disse Harry, os olhos pregados na última imagem do relógio, então repetiu: — Não sei.

— Eu não aguento... — começou Dagny. — Ele vai me matar também, e você não vai conseguir dar um fim nele sozinho. Porque você está sozinho, não é?

— Sim. Eu estou sozinho.

— Então vou ter que procurar ajuda em outro lugar. Eu tenho que pensar em mim mesma.

— Faça isso — disse Harry.

Ele não conseguia tirar os olhos da imagem congelada. A qualidade da imagem era muito baixa para que tanto o estômago quanto a mão servissem para identificar alguém. Mas o mostrador do relógio estava nítido o suficiente. E a hora. E a data.

03:00. A madrugada em que Rakel foi assassinada.

19

O raio de sol que entrava pela janela fazia luzir a pilha de folhas brancas sobre a mesa de Katrine Bratt.

— Dagny Jensen declarou que foi induzida por você a atrair Svein Finne para uma armadilha — disse Katrine.

Ela ergueu os olhos do documento e deparou com as longas pernas que começavam perto de sua mesa e iam dar no homem quase deitado na cadeira à sua frente. Os Ray-Ban com uma haste presa com fita isolante preta ocultavam cintilantes olhos azuis. Ele estivera bebendo. Porque não era só o cheiro pungente de bebida velha que exalava das roupas e do corpo dele — o que lhe trouxe à memória o odor de amálgama, o ranço dos lares de idosos, o fedor de amoras podres — mas também o hálito refrescante e purificante da bebida recente. Em resumo: o cara sentado diante dela era um alcoólatra parcialmente recuperado e parcialmente dominado por uma nova onda de bebedeira.

— Foi isso mesmo, Harry?

— Foi — respondeu ele, e tossiu sem cobrir a boca.

Ela viu um perdigoto reluzir ao sol no braço da cadeira em que ele se sentava.

— Você descobriu quem enviou o vídeo?

— Sim — respondeu Katrine. — Um celular pré-pago. Que agora está morto e impossível de ser rastreado.

— Svein Finne. Ele enviou. Foi ele que filmou, e foi ele que enfiou a mão na barriga dela.

— Pena ele não ter usado a mão com o buraco. Teríamos uma identificação definitiva.

— É ele. Você notou a hora e a data no relógio?

— Sim. E é claro que a data ser a mesma do assassinato levanta suspeitas. Mas é uma hora depois do intervalo de tempo que os legistas supõem que Rakel morreu.
— A palavra-chave aí é "supõem" — disse Harry. — Você sabe tão bem quanto eu que eles não conseguem determinar a hora com total precisão.
— Você consegue identificar a barriga como a de Rakel?
— Qual é?! A imagem é granulada e o vídeo foi gravado com uma câmera em movimento.
— Então pode ser de qualquer pessoa. Até mesmo uma imagem que Finne encontrou on-line e enviou para Dagny Jensen para assustá-la.
— Ah, que ótimo então. Deve ser isso mesmo — disse Harry, apoiando as mãos nos braços da cadeira e começando a se levantar.
— Senta! — ordenou Katrine.
Harry se sentou.
Ela deu um suspiro profundo.
— Dagny está sob proteção policial.
— Vinte e quatro horas?
— Sim.
— Ótimo. Algo mais?
— Sim. Acabei de ser informada pelo Instituto de Medicina Forense que Valentin Gjertsen era filho biológico de Svein Finne. E que você já sabia disso há algum tempo.
Katrine aguardou algum tipo de reação, mas não viu nada a não ser o próprio reflexo nas lentes espelhadas dos óculos de sol de Harry.
— Então — prosseguiu ela — você está convencido de que Svein Finne matou Rakel para se vingar. Você ignorou todos os protocolos a serem seguidos pela polícia, colocou uma civil, uma vítima de estupro, em perigo para conseguir algo do seu interesse particular. Isso não é apenas um erro nojento praticado em serviço, Harry, é crime.
Katrine ficou em silêncio. Para onde ele estava olhando por trás daqueles malditos óculos escuros? Para ela? Para o quadro na parede atrás dela? Para as próprias botas?
— Você já está suspenso, Harry. Eu não tenho outras sanções disponíveis além de demiti-lo de vez. Ou denunciá-lo. O que também acarretaria a sua demissão se fosse considerado culpado. Está me entendendo?

— Sim.

— Sim?

— Sim, não é assim tão complicado. Posso ir?

— Não! Sabe o que eu disse a Dagny Jensen quando ela pediu proteção policial? Eu disse a ela que sim, mas que os policiais que vão cuidar dela são pessoas como outras quaisquer e que rapidinho iam perder a disposição de cumprir seu trabalho se soubessem que a mulher que estão protegendo registrou queixa contra um colega por ele ter se empolgado demais. Eu a pressionei, Harry, uma vítima inocente. Para o seu bem! O que você tem a dizer sobre isso?

Harry assentiu devagar.

— Bem... que tal: posso ir agora?

— *Ir*? — Katrine jogou as mãos para o alto. — Tem certeza? Isso é tudo que você tem a dizer?

— Não, mas é melhor eu ir antes que eu abra a boca.

Katrine gemeu de indignação. Colocou os cotovelos na mesa, juntou as mãos e apoiou a testa nelas.

— Tudo bem. SOME DAQUI!

Harry fechou os olhos. Ele sentia às suas costas o tronco grosso de uma bétula e o sol forte da primavera aquecendo seu rosto. À sua frente, uma cruz de madeira marrom simples com o nome Rakel e só, nem sequer uma data. A mulher no escritório da funerária chamara aquela cruz de "marcador provisório", que normalmente era usada enquanto esperavam que a lápide definitiva ficasse pronta; Harry, porém, não se conteve e deu a própria interpretação: era apenas provisória, porque Rakel estava esperando por ele.

— Eu ainda estou dormindo, espero que não se importe. Porque, se eu acordar, vou desmoronar e não vou conseguir pegar ele. E eu vou, juro que vou. Você lembra como teve medo dos zumbis comedores de carne de *A noite dos mortos-vivos*? Bem... — disse Harry, erguendo sua frasqueira. — Agora eu sou um deles.

Harry tomou um longo gole. Provavelmente por estar tão embriagado, o álcool parecia não oferecer mais nenhum consolo; ele foi deslizando o corpo pelo tronco da bétula até se sentar, sentindo a neve debaixo da bunda e das coxas.

— Aliás, corre o boato de que você me queria de volta... Foi a Velha Tjikko? Você não precisa responder.

Tornou a levar a frasqueira à boca, mas desistiu. Abriu os olhos.

— É solitário — disse ele. — Antes de te conhecer, eu ficava muito sozinho, mas nunca me senti solitário. Essa solidão é algo novo, é... estranho. A gente não estava preenchendo nenhum vazio quando decidiu ficar junto, mas você deixou uma lacuna imensa quando foi embora. Com certeza deve ter gente que acredita que o amor é um processo de perda. O que você acha?

Voltou a fechar os olhos. Ficou apenas escutando.

A luz do outro lado das suas pálpebras ficou mais fraca, e a temperatura caiu. Harry sabia que devia ser uma nuvem passando diante do sol e esperou o calor voltar enquanto adormecia. Até que algo o deixou tenso. Ele prendeu a respiração. Dava para ouvir alguém respirando. Não era uma nuvem. Alguém ou algo estava diante dele. Mas Harry não tinha ouvido nenhum passo, embora houvesse neve ao seu redor. Abriu os olhos.

A luz do sol criava um círculo brilhante em torno do vulto à sua frente.

A mão de Harry foi direto para dentro do casaco.

— Andei procurando você — disse o vulto baixinho.

Harry parou.

— Você me achou — respondeu Harry. — E agora?

O vulto chegou para o lado, e por um segundo o sol o ofuscou.

— Agora a gente volta para a minha casa — disse Kaja Solness.

— Obrigado, mas eu preciso mesmo? — perguntou Harry com uma careta ao cheirar o chá na caneca que Kaja lhe entregara.

— Não sei — disse Kaja, sorrindo. — E a água do chuveiro estava boa?

— Morna.

— Porque você passou quarenta e cinco minutos lá.

— Foi mesmo? — Harry se recostou no sofá, as mãos envolvendo a caneca. — Foi mal.

— Sem problema. As roupas serviram?

Harry deu uma olhada na calça e no suéter.

— Meu irmão era um pouco menor que você — comentou ela, sorrindo de novo.

— Então você mudou de ideia e decidiu finalmente me ajudar?

Harry provou o chá. Era amargo e fez com que se lembrasse do chá de rosa-mosqueta que costumavam lhe dar quando era criança e pegava um resfriado. Ele sempre odiou o gosto, mas sua mãe dizia que fortalecia o sistema imunológico e que uma xícara continha mais vitamina C que quarenta laranjas. Talvez aquelas overdoses fossem o motivo para nunca ter tido um resfriado desde então nem nunca ter comido uma laranja.

— É, eu quero *te* ajudar — disse ela ao se sentar na poltrona diante de Harry. — Mas não na investigação.

— Não?

— Sabia que você está dando todos os sinais clássicos de um TEPT?

Harry arregalou os olhos para ela.

— Transtorno de estresse pós-traumático — explicou Kaja.

— Eu sei o que é.

— Ótimo. Mas sabe também quais são os sintomas?

Harry deu de ombros e respondeu:

— Experiência repetida do trauma. Sonhos, flashbacks. Resposta emocional limitada. Você se torna um zumbi. Você se *sente* como um zumbi, um estranho movido a pílulas de felicidade, vazio e sem interesse em nada além do absolutamente necessário. O mundo parece irreal, a percepção da passagem do tempo se altera. Como mecanismo de defesa, a pessoa fragmenta o trauma e se recorda apenas de detalhes específicos, mas deixa cada uma dessas partezinhas separadas, assim a totalidade da experiência e o contexto permanecem ocultos.

Kaja assentiu e completou:

— Não se esqueça da hiperatividade. Ansiedade, depressão. Irritabilidade e agressividade. Problemas para dormir. Como você sabe tanto sobre isso?

— Nosso psicólogo residente me falou a respeito.

— Ståle Aune? E ele *não considerou* que você estivesse com estresse pós-traumático?

— Bem, ele não riscou da lista. Mas, convenhamos, eu venho tendo esses sintomas desde a adolescência. E, como eu não consigo me lembrar de ter sido minimamente diferente, ele disse que talvez fosse só a minha personalidade. Ou que começou quando eu era menino, quando minha mãe morreu. Aparentemente, é comum confundir luto com estrese pós-traumático.

Kaja meneou a cabeça negativamente com vigor.

— Eu já passei por isso, Harry, e sei muito bem o que é o luto. E você me lembra muito dos soldados que vi deixarem o Afeganistão com estresse pós-traumático. Alguns passaram para a reserva, outros se suicidaram. Mas quer saber de uma coisa? Os piores casos foram os que voltaram. Aqueles que conseguiram passar pelo crivo dos psicólogos e foram largados como bombas não detonadas, um perigo para eles mesmos e para os outros soldados.

— Eu não estive na guerra, só perdi uma pessoa.

— Você esteve na guerra, sim, Harry. E esteve na guerra por tempo demais. Você é um dos poucos policiais que precisou matar várias vezes ao longo da carreira. E, se tem uma coisa que aprendemos no Afeganistão, é o que o ato de matar pode fazer com uma pessoa.

— E eu vi o que isso *não* faz com uma pessoa. Pessoas que só viram as costas como se não fosse nada. Ou as que apenas esperam a próxima oportunidade.

— É claro que você está certo, porque reagimos de maneiras muito diferentes à experiência de matar. Mas, para pessoas relativamente normais, a razão pela qual tiveram que matar também importa. Uma pesquisa da Rand Corporation mostra que pelos menos vinte ou até mais de trinta por cento dos soldados americanos que serviram no Afeganistão ou no Iraque sofriam de transtorno de estresse pós-traumático. Mesma coisa para os soldados americanos no Vietnã. Por outro lado, o percentual equivalente para os soldados aliados na Segunda Guerra Mundial parece ter sido apenas metade disso. Psicólogos creditam esses números ao fato de os soldados *não* entenderem os motivos que os levaram às guerras do Vietnã, do Iraque e do Afeganistão. Por outro lado, todos entendiam por que Hitler tinha que ser combatido. Os soldados que estiveram no Vietnã, no Iraque e no Afeganistão voltavam para casa sem que a sociedade tivesse organizado desfiles, e até mesmo eram vistos com certa desconfiança. Eles, por sua vez, não conseguiam encaixar suas ações em uma narrativa que as legitimasse. Por causa disso, é mais fácil matar por Israel. Lá o percentual de TEPT está abaixo de oito por cento. Não que a violência seja menos grotesca, mas porque os soldados podem dizer a si mesmos que estão defendendo um pequeno país cercado por inimigos, e têm pleno apoio da população nas suas ações. Isso lhes dá uma razão simples e eticamente justificável para matar. O que eles fazem é necessário e tem um significado.

— Você está dizendo que eu estou traumatizado, mas as pessoas que matei, matei por necessidade. E, sim, elas me assombram à noite, mas eu ainda puxo o gatilho sem hesitar. De novo e de novo.

— Você pertence aos oito por cento dos diagnosticados com transtorno de estresse pós-traumático que, mesmo podendo justificar suas ações — disse Kaja —, não justificam. Aqueles que estão inconscientemente, mas o tempo todo, procurando uma maneira de culpar a si mesmos. Do mesmo jeito como agora você está tentando se culpar pela...

— Tá bom, vamos abrir o jogo — cortou Harry.

— Morte de Rakel — terminou Kaja.

O silêncio tomou conta da sala. Harry encarava o vazio e piscava para disfarçar as lágrimas.

Kaja engoliu em seco.

— Me desculpa, não foi isso que eu quis dizer. Ou, melhor, eu não queria ter dito *desse* jeito — justificou ela.

— Você está certa, tirando a parte de *procurar* um jeito de me culpar. A culpa foi minha. Isso é fato consumado. Se eu não tivesse matado o filho de Svein Finne...

— Era a sua obrigação.

— ... Rakel ainda estaria viva.

— Eu conheço profissionais especializados em estresse pós-traumático. Você precisa de ajuda, Harry.

— Sim, preciso de ajuda para pegar o Finne.

— Esse não é o seu maior problema.

— É, sim.

Kaja suspirou.

— Quanto tempo você levou para encontrar o filho dele?

— E quem está cronometrando? Eu o encontrei, é isso que importa.

— Ninguém pega o Finne, ele é como um fantasma.

Harry olhou para o teto.

— Eu trabalhei na Unidade de Crimes Sexuais dentro da Divisão de Homicídios — retomou Kaja —, li os relatórios sobre Svein Finne, que faziam parte do currículo, do material de estudo.

— Um fantasma — repetiu Harry.

— O quê?

— É isso que estamos procurando. — Ele se levantou. — Obrigado pelo banho quente. E pela dica.

— Dica?

O velho encarava o vestido azul que balançava e boiava com a correnteza do rio. A vida é como a dança das libélulas. Você fica parado num salão cheio de testosterona e perfume, remexendo os pés no compasso da música e sorrindo para a mulher mais bonita, achando que ela foi feita para você. Até que você a convida para dançar e ela recusa e olha por cima do seu ombro para outro cara, um cara que não é você. Então, assim que você junta os cacos do coração partido, baixa as expectativas e convida a segunda mais bonita para dançar. E aí a terceira. Até achar aquela que diz sim. E, se estiver com sorte e vocês dançarem bem juntos, você a convida para dançar a música seguinte. E a seguinte. Até que a noite termina, e você pergunta se ela gostaria de viver por toda a eternidade com você.

— Sim, meu amor, mas nós somos libélulas — diz ela, e morre.

E, então, vem a noite, a verdadeira noite, e a única coisa que lhe restou são algumas lembranças, um vestido azul acenando para você com ar sedutor e a promessa de que não vai levar mais de um dia até você poder ir ao encontro dela. O vestido azul é a única coisa que possibilita sonhar que um dia você vai dançar outra vez.

— Eu estou procurando uma câmera de monitoramento remoto.

A voz grossa e rouca veio do outro lado do balcão.

O velho se virou. Era um homem alto, de ombros largos, porém magro.

— Temos diversos modelos... — respondeu Alf.

— Eu sei, comprei uma aqui faz um tempinho. Quero uma mais moderna dessa vez. A que envia mensagens para o celular quando aparece alguém. Do tipo que fica camuflada.

— Entendi. Vou buscar uma que acho que vai servir.

O genro do velho foi até as prateleiras de câmeras de monitoramento remoto, e o homem alto se virou e encarou os olhos do velho. O velho se recordou daquele rosto; não só por já tê-lo visto na loja mas por não ter sido capaz, naquela ocasião, de determinar se o rosto era de um herbívoro ou de um carnívoro. Que estranho, porque dessa vez não teve dúvida. O sujeito era um carnívoro. Mas havia mais alguma coisa que lhe pareceu familiar. O velho semicerrou os olhos. Alf estava de volta e o homem alto se virou.

— Quando a câmera detecta movimento diante das lentes, ela tira a foto e envia diretamente para o número de telefone que foi instalado...

— Obrigado, vou levar.

Quando o homem alto saiu da loja, o velho se virou para a tela da televisão. Um dia, todos os vestidos azuis terão virado farrapos e serão levados pela correnteza; as lembranças se desprenderão da memória e se apagarão. Todos os dias ele via no espelho as cicatrizes de suas perdas e consequente resignação ao destino. E fora isso que encontrara no rosto do homem alto. Perda. Mas não resignação. Não ainda.

Harry ouviu o barulho do cascalho sob suas botas e pensou que era isso que acontecia quando se ficava velho, começava-se a passar cada vez mais tempo em cemitérios. Aproveitava-se para conhecer os futuros vizinhos do local onde iria passar a eternidade. Parou diante da pequena pedra preta. Ficou de cócoras, fez um buraco na neve e encaixou um vaso de lírios brancos ali. Juntou uma camada de neve em torno do vaso para que ficasse estável e arrumou os talos das flores. Deu um passo atrás para ter uma visão melhor do resultado. Deu uma boa olhada nas lápides ao redor. Se a regra fosse que a pessoa devia ser enterrada no cemitério mais próximo de sua casa, Harry acabaria aqui, num buraco qualquer, e não ao lado de Rakel, que estava no Cemitério Voksen. Tinha levado sete minutos de caminhada de seu apartamento; se tivesse apressado o passo, seriam três e meio, mas ele viera devagar. Os túmulos só podiam ser ocupados por vinte anos; passado esse tempo, novos caixões seriam enterrados no mesmo terreno, ao lado dos que já estavam lá. Então, se o destino lhes fosse favorável, os dois *poderiam* vir a se reunir na morte. Mesmo de casaco,

Harry estremeceu quando um arrepio frio percorreu seu corpo. Olhou a hora. Então correu para a saída.

— Como você tem andado?
— Bem — respondeu Oleg.
— Bem?
— Mais ou menos.
— Hum.

Harry pressionou o celular na orelha, como se assim pudesse reduzir a distância entre eles, entre um apartamento na Sofies gate, onde Bruce Springsteen cantava "Stray Bullet" na escuridão da noite, e a casa dois mil quilômetros ao norte, de onde Oleg podia ver a base da Força Aérea e o fiorde Porsanger.

— Estou ligando para te dizer que é para você tomar cuidado.
— Tomar cuidado?

Harry contou o que tinha acontecido com Svein Finne.

— Se o Finne estiver atrás de vingança por eu ter matado o filho dele, isso põe você na mira também.
— Estou indo para Oslo — declarou Oleg em tom inflamado.
— Não!
— Não? Se ele matou a mamãe, você acha que eu deveria apenas ficar sentado aqui e...
— Primeiro, a Homicídios não vai deixar você chegar nem perto da investigação. Para e pensa no que um advogado de defesa poderia lançar mão para avacalhar uma investigação na qual você, o filho da vítima, tenha participado. E, segundo, é bem provável que ele tenha escolhido a sua mãe e não você porque você está bem longe do território em que ele costuma atuar.
— Eu vou agora.
— Me escuta! Se ele for atrás de você, quero que você esteja aí por dois motivos. Ele não vai dirigir dois mil quilômetros de carro, então teria que pegar um avião para um aeroporto pequeno, onde você poderia tirar fotos e entregar para o pessoal da Homicídios. Svein Finne não é o tipo de pessoa que passa despercebida em ambientes pequenos. Ficando onde você está, a gente aumenta as chances de pegá-lo. Entendeu?

— Mas...

— Em segundo lugar, imagina se você *não* está em casa quando ele chega. E ele encontra Helga em casa sozinha.

Silêncio. Apenas Springsteen e um piano.

Oleg pigarreou.

— Você vai me manter informado conforme as coisas forem progredindo?

— Tá certo. Beleza?

Depois de desligar, Harry se sentou e ficou olhando para o telefone que havia deixado na mesinha de centro. Springsteen estava no meio de outra música que não tinha entrado no seu quinto álbum, *The River*: "The Man Who Got Away".

Ele não ia escapar nem a pau. Não dessa vez.

O celular continuava frio e sem vida sobre a mesinha.

Quando deu onze e meia, ele não aguentou mais ficar parado.

Calçou as botas, pegou o celular e seguiu para o corredor. Como as chaves do carro não estavam na cômoda onde normalmente as guardava, teve de sair à caça delas nos bolsos de todas as calças e casacos até encontrá-las no jeans ensanguentado que havia socado no cesto de roupa suja. Entrou no Ford Escort, ajustou o banco e o encosto e virou a chave na ignição; estava prestes a ligar o rádio, mas mudou de ideia. Ele mantinha o rádio sintonizado na Stone Hard FM, porque havia pouca conversa e muito hard rock, *hard* o bastante para desligar o cérebro e entorpecer a dor vinte e quatro horas por dia. Mas o que ele não precisava naquela hora era de algo que entorpecesse a dor. Ele precisava da dor. Então dirigiu em silêncio pelas ruas sonolentas do centro da cidade de Oslo e subiu as estradas que serpenteavam morro acima, passando por Sjømannsskolen até Nordstrand. Parou no acostamento, pegou a lanterna no porta-luvas, saiu do carro e ficou olhando para o fiorde de Oslo banhado pelo luar, com cores que iam do preto ao castanho-acobreado mais ao sul, para os lados da Dinamarca e do mar aberto. Abriu a mala do carro e tirou de lá o pé de cabra. Parou e olhou para a ferramenta por um instante. Tinha algo errado, algo em que não havia pensado, mas que era tão minúsculo, como um fragmento flutuando diante da retina, que agora o havia esquecido. Tentou mordiscar o dedo falso e sentiu um arrepio quando o dente entrou em contato com o titânio. Mas não adiantou, tinha desaparecido, como um sonho que escapava da mente.

Harry foi vadeando pela neve até a beirada da colina, até os antigos bunkers onde ele, Øystein e Tresko costumavam beber até cair, enquanto seus colegas de turma comemoravam a formatura, o Dia da Pátria, o solstício de verão ou qualquer outra coisa que costumassem comemorar.

A prefeitura havia decidido botar cadeados nas portas desses bunkers depois de uma série de reportagens num jornal da cidade. Não que não fosse de conhecimento geral que aqueles lugares eram usados por viciados e prostitutas, fotos já tinham sido publicadas antes. Imagens de jovens injetando heroína em braços repletos de cicatrizes e mulheres de outras partes do mundo usando roupas sujas, deitadas em colchões imundos. O que desencadeou a reação dessa vez foi uma única foto. Que nem era especialmente abominável. Um jovem sentado num colchão com a parafernália para o uso de drogas ao lado. O sujeito encarava a câmera com olhos que lembravam um cachorrinho. O que chocou a todos e provocou a reação foi o rapaz parecer um jovem norueguês qualquer: olhos azuis, suéter e bermuda comuns e cabelos curtos e penteados. Imaginava-se que a foto tivesse sido tirada num feriado de Páscoa na cabana da família. No dia seguinte, a prefeitura instalou fechaduras em todas as portas e afixou placas alertando sobre invasão de domicílio e dizendo que os bunkers eram patrulhados regularmente. Harry sabia que era uma ameaça vazia — o chefe de polícia não tinha dinheiro ou pessoal suficientes nem para investigar arrombamentos em que coisas eram, de fato, *roubadas*.

Ele encaixou o pé de cabra na fresta da porta.

Precisou de toda a sua força para a fechadura ceder.

Harry entrou no bunker. O único som que quebrava o silêncio era o eco de uma goteira nas profundezas da escuridão, que lhe trouxe à memória o pulsar de um sonar de submarino. Tresko havia lhe contado que tinha baixado da internet o som do pulsar de sonares e que agora ouvia isso na hora de dormir. Ele dizia que a sensação de estar submerso o tranquilizava.

Harry conseguia identificar apenas três componentes do fedor: mijo, gasolina e concreto molhado. Acendeu a lanterna e entrou mais fundo no bunker. O raio de luz iluminou um banco de madeira, que parecia ser roubado do parque nas redondezas, e um colchão escurecido por causa da umidade e do mofo. Tábuas de madeira tinham sido pregadas para cobrir os buracos na parede que dava para o fiorde.

Era — como havia previsto — o lugar perfeito.

E não pôde resistir à tentação.

Apagou a lanterna.

Fechou os olhos. Queria experimentar a sensação agora, com antecedência.

Tentou visualizar as imagens à sua frente, mas nada aconteceu.

Por que não? Talvez precisasse alimentar o ódio.

Pensou em Rakel. Rakel no chão frio. Em Svein Finne por cima dela. Alimente o ódio.

Então aconteceu.

Harry gritou como um louco para a escuridão e abriu os olhos.

Que droga! O que estava acontecendo? Por que seu cérebro insistia em armazenar imagens de seu próprio corpo coberto de sangue?

Svein Finne foi acordado por um barulho parecido com o de um galho sendo partido.

Num segundo já estava totalmente vigilante, vasculhando a escuridão e o teto de sua tenda para dois.

Será que o descobriram? Logo ali, tão distante dos prédios mais próximos, numa floresta densa de pinheiros e num terreno tão acidentado, que até mesmo os cães teriam dificuldade de atravessar?

Ficou atento aos sons, tentando identificar de onde vinham. Uma bufada. Mas não de um ser humano. Passos pesados no chão da floresta. Tão pesados que dava para sentir uma leve vibração. Um animal de grande porte. Um alce, talvez. Quando jovem, Svein Finne frequentemente ia para a floresta levando a própria tenda e passava a noite em Maridalen ou em Sørkedalen. As florestas de Oslo eram vastas e proporcionavam liberdade e refúgio para um rapaz que muitas vezes se metia em encrencas, não se enturmava e, em geral, era discriminado e rejeitado. As pessoas geralmente reagiam assim quando viam algo que as amedrontava. Svein Finne jamais foi capaz de entender como elas percebiam. Afinal, ele mantinha isso escondido delas. Ele só havia revelado quem era para pouquíssimas pessoas. E percebia que elas ficavam com medo. Ele se sentia mais em casa na floresta, na companhia dos animais, do que na cidade que ficava a apenas algumas horas a pé. E havia mais animais aqui, bem à porta de suas casas, do que a maioria dos moradores de Oslo poderia supor. Veados, lebres, martas. Raposas, é claro; elas prosperavam no lixo humano. Um esporádico veado-vermelho. Numa noite de luar, ele havia visto um lince passar sorrateiramente do outro lado do lago. E pássaros. Águias-pesqueiras. Corujas-marrons e corujas-boreais. Ele nunca mais viu um falcão, um açor ou um gavião, que eram comuns em sua juventude. Mas um abutre tinha passado entre as árvores acima dele uma vez.

O alce estava mais próximo. Tinha parado de esmagar gravetos. Alces quebram gravetos. Pressionou o focinho na lateral da tenda, farejando para cima e para baixo. Um focinho procurando comida. No meio da noite. Não era um alce.

Ainda dentro do saco de dormir, Finne rolou para o outro lado, pegou a lanterna e bateu com ela no focinho. O animal deu para trás com uma fungada profunda. Então o focinho estava de volta e, dessa vez, pressionou com força. Quando Finne acendeu e apagou a lanterna quase num único movimento, pôde ver o que era. O contorno de uma cabeça e uma mandíbula imensas. Depois vieram sons de arranhões; de garras rasgando o tecido da tenda. Finne, rápido como um raio, pegou a faca que sempre guardava ao lado do forro, abriu o zíper e escapou, tomando o cuidado de não dar as costas ao animal. Ele havia montado a tenda em alguns metros quadrados de terreno sem neve, em uma encosta, diante de uma grande rocha que servia de divisor das águas do degelo, fazendo com que escorressem pelas laterais da tenda como dois arroios, e agora ele descia a encosta nu e aos tropeços. Não sentiu nenhuma dor quando galhos e pedras cortaram sua pele, de tão concentrado que estava em escutar os ruídos que o urso emitia ao correr pelo mato atrás dele. O animal havia percebido que ele fugira, o que despertara seus instintos de caça. Svein Finne sabia que ninguém conseguiria correr mais que um urso, não neste terreno. E não tinha a menor intenção de tentar fazê-lo. Nem de deitar e se fingir de morto, o que algumas pessoas diziam ser uma boa estratégia caso viesse a dar de cara com um urso. Um urso que acabou de sair da hibernação está desesperado de fome e ficaria mais do que feliz em comer até mesmo um cadáver. Idiotas do caralho. Finne chegou à base da encosta, fincou os pés no chão, pressionou as costas num tronco de árvore e se aprumou. Acendeu a lanterna e apontou a luz na direção de onde vinham os bramidos.

O animal parou de repente quando a luz o ofuscou. Cego, ergueu-se nas patas traseiras e se debateu com as dianteiras. Era um urso-pardo. Com cerca de dois metros. Podia até ser maior, pensou Finne ao prender a bainha entre os dentes e desembainhar a faca *puukko*. O avô de Finne lhe dissera que o último urso a ser capturado nas florestas ao redor de Oslo, em 1882, pelo guarda florestal Kjelsås, ao lado de uma árvore derrubada em Grønnvollia, embaixo do Opkuven, tinha quase dois metros e meio de altura.

O urso caiu de quatro. A pelagem pendia dele. O animal ofegava e balançava a cabeça de um lado para o outro, ora na direção da floresta, ora para a luz, sem conseguir se decidir.

Finne empunhou a faca à frente do corpo.

— Não quer ter trabalho para caçar sua comida, grandalhão? Está se sentindo fraquinho hoje à noite?

O urso rugiu como se expressasse frustração, e a gargalhada de Finne foi tão estridente que ecoou rocha acima.

— Meu avô foi um dos homens que devoraram o seu avô em 1882 — disse. — Ele contou que tinha um gosto horroroso, mesmo com bastante tempero. Mas consigo me imaginar dando uma mordida em você mesmo assim. Então vem cá, grandalhão! Vem, bicho idiota, filho da puta!

Finne deu um passo na direção do urso, que recuou um pouco, deslocando o peso de um lado para o outro. Parecia confuso, quase intimidado.

— Eu sei como você se sente — comentou Finne. — Você passou muito tempo confinado e de repente saiu e encontrou muita luz e pouca comida e está sozinho. Não por ter sido expulso, mas porque você não é como eles, você não é um animal de manada, você é quem bota a manada para correr. — Finne deu mais um passo em direção ao animal. — Mas isso não significa que você não se sinta solitário, não é mesmo? Espalha o seu sêmen, grandalhão, faz outros como você, outros que compreendam você. Que saibam honrar os seus pais! Haha! Some daqui, porque não tem fêmeas em Sørkedalen. Se manda, esse aqui é o meu território, seu urso imprestável e faminto, seu filho da puta! Tudo o que você vai encontrar aqui é solidão.

O urso forçou as patas dianteiras como se estivesse prestes a se erguer, mas não conseguiu.

Então Finne percebeu. O urso era velho. Talvez estivesse doente. E Finne detectou um odor inconfundível. O cheiro de medo. Não era o ser de menor estatura e bípede à sua frente que o aterrorizava, mas o fato de essa criatura não exalar o mesmo cheiro de medo. Não ter medo de nada. Louco. Capaz de qualquer coisa.

— E aí, seu grandalhão velhote?

O urso rosnou, revelando dentes amarelos.

Depois se virou e foi embora para a escuridão.

Svein Finne se empertigou e ficou escutando o som de gravetos partidos se afastando.

O urso voltaria. Quando estivesse ainda mais faminto ou quando se sentisse forte o suficiente depois de encontrar comida para reconquistar seu território. Amanhã ele teria de começar a procurar um lugar que fosse ainda menos acessível, possivelmente um espaço com paredes que pudessem manter um urso do lado de fora. Mas primeiro tinha de ir até a cidade e comprar uma armadilha. E visitar o túmulo. Seu rebanho.

Katrine não conseguia pegar no sono. Mas o filhinho deles estava dormindo no berço perto da janela, e isso era o que importava.

Ela se virou na cama e contemplou o rosto pálido de Bjørn. Os olhos dele estavam fechados, mas ele não roncava, sinal de que também não estava dormindo. Estudou as feições do marido. As pálpebras finas e avermelhadas com veias visíveis, as sobrancelhas claras e a pele esbranquiçada. Era como se ele tivesse engolido uma lâmpada acesa. Inflado e iluminado de dentro para fora. Foi uma surpresa para muitos quando eles formaram um casal. Ninguém perguntara abertamente — é claro —, mas ela havia percebido o questionamento em seus rostos: o que leva uma mulher bonita e autossuficiente a escolher alguém menos atraente que a média e sem dinheiro? Certa vez, uma parlamentar do Comitê de Justiça a chamara para um canto num coquetel de networking para "mulheres em posições importantes" e foi logo dizendo que achava o máximo ela ter se casado com um colega em posição inferior. Katrine respondeu que Bjørn era muito bom de cama e perguntou à parlamentar se ela não tinha vergonha de ter um marido de alto prestígio que ganhava mais que ela e quais eram as chances de o próximo marido ser alguém de status inferior. Katrine não fazia ideia de quem era o marido daquela mulher, mas, pela expressão no rosto dela, suspeitou que havia acertado quase na mosca. A questão é que ela tinha horror a essas reuniões de "mulheres influentes". Não por não ser a favor da causa nem porque não considerasse importante lutar por igualdade, mas porque não conseguia engolir essa sororidade forçada nem a retórica com apelo emocional. Às vezes sentia vontade de mandá-las calar a boca e se concentrarem em bandeiras como oportunidades e salários iguais para trabalhos iguais. Claro, mudanças já deviam ter acontecido há muito tempo, e não só quando se tratava de assédio sexual mas também das formas indiretas e muitas vezes intangíveis de controle dos homens. Mas essas bandeiras não deviam ocupar o primeiro lugar da luta nem desviar a atenção do que a igualdade realmente significava. As mulheres só iam acabar prejudicadas mais uma vez se priorizassem ressentimentos e mágoas em vez do tamanho de seus salários. Porque só salários melhores e maior poder econômico as tornariam invulneráveis.

Talvez ela se sentisse diferente se fosse a pessoa mais vulnerável naquele quarto. Ela havia procurado Bjørn quando estava em seu pior momento, abalada e precisando de alguém que a amasse incondicionalmente. E o perito técnico um tanto rechonchudo mas gentil e charmoso mal conseguira acreditar em sua sorte e reagira proclamando-a sua rainha a ponto de quase se anular. Ela dissera a si mesma que não tiraria proveito disso, que tinha visto pessoas demais — mulheres e homens — se transformarem em verdadeiros monstros a convite do parceiro. E ela havia tentado. Havia tentado de verdade.

Ela fora testada antes, mas, quando o teste definitivo chegou — uma terceira pessoa, o bebê —, o instinto de sobrevivência que a fazia perseverar ao longo do dia foi maior que o resto e a atenção destinada ao parceiro deixou de ser prioridade.

A terceira pessoa. Aquela a quem amava mais que ao parceiro.

Só que, no caso de Katrine, a terceira pessoa estivera lá o tempo todo.

Uma vez. Apenas uma vez ela ficara deitada assim, nesta mesma cama, com ele, a terceira pessoa. Ouvindo-o respirar enquanto uma tempestade de outono fazia as janelas tremerem, as paredes rangerem, e seu mundo desmoronava. Ele pertencia a outra mulher e estava só sendo emprestado a ela, mas, se aquilo era tudo que poderia ter, então ela aproveitaria. Se ela se arrependia daquele momento de loucura? Sim. Sim, é claro que sim. Aquele foi o momento mais feliz de sua vida? Não. Foi um misto de desespero e de um torpor peculiar. Aquilo tudo podia ter sido evitado? De forma nenhuma.

— No que você está pensando? — sussurrou Bjørn.

E se ela dissesse? E se ela lhe contasse tudo?

— Na investigação.

— É mesmo?

— Como você pode não ter absolutamente nada?

— Foi como eu disse, o criminoso limpou tudo antes de sair. É na investigação que você está pensando ou é... em outra coisa?

Na escuridão, Katrine não conseguia ver a expressão em seus olhos, mas a ouvia em sua voz. Ele sempre soube da terceira pessoa. Bjørn Holm era seu confidente na época em que não passava de um amigo e ela havia acabado de ser transferida para a sede da polícia quando sentiu uma paixão tola e desesperada por Harry. Fazia tanto tempo. Mas ela nunca lhe contara daquela noite.

— Um casal que mora em Holmenkollen estava voltando para casa na noite do crime — disse Katrine. — Eles avistaram um homem seguindo a Holmenkollveien às quinze para a meia-noite.

— O que se encaixa na suposta hora do assassinato, entre dez da noite e duas da manhã — disse Bjørn.

— Adultos sóbrios em Holmenkollen dirigem carros. O último ônibus já tinha partido, e nós verificamos as câmeras de segurança na estação de metrô. Um trem chegou às onze e quarenta e cinco, mas a única pessoa que saiu era uma mulher. O que um pedestre fazia lá tão tarde da noite? Se ele estivesse voltando para casa de um bar na cidade, estaria subindo a ladeira e, se estivesse voltando para a cidade, teria ido para a estação de metrô, não acha? A menos que ele quisesse evitar câmeras de segurança.

— Um homem caminhando por aí. É um pouco fraco, não acha? Deram uma descrição?

— A de sempre. Estatura mediana, entre 25 e 60 anos, etnia desconhecida, mas de pele bem escura.

— Então você ficou presa nisso porque...

— ... é a única informação de algum valor.

— Você não conseguiu nada de útil com a vizinha?

— A sra. Syvertsen? O quarto dela fica nos fundos da casa e a janela estava aberta. Mas ela disse que dormiu como um bebê a noite inteira.

Por uma dessas ironias da vida, veio um chorinho leve do berço. Eles se entreolharam e quase caíram na gargalhada.

Katrine se virou de costas para Bjørn e pressionou a orelha no travesseiro, mas não o suficiente para bloquear o bebê choramingando mais duas vezes e, depois da pausa de sempre, a barulheira. Ela sentiu o colchão se mover quando Bjørn saiu da cama.

Ela não estava pensando no bebê. Ela não estava pensando em Harry. Nem na investigação. Pensava em dormir. O sono profundo dos mamíferos, do tipo com os dois lados do cérebro desligados.

Kaja correu a mão pelo cabo áspero e rígido da pistola. Ela havia desligado todas as fontes de ruído na sala de estar e escutava o silêncio. Ele estava lá fora, ela o ouvira. Ela havia providenciado uma pistola depois do que aconteceu com Hala em Cabul.

Hala e Kaja eram duas das nove mulheres que compunham o grupo de vinte e três profissionais que dividiam o alojamento, a maioria trabalhando para o Crescente Vermelho ou para a Cruz Vermelha, enquanto algumas ocupavam cargos civis nas forças de manutenção da paz. Hala era uma pessoa especial com um histórico incomum, mas o que realmente a diferenciava das demais era o fato de ela não ser estrangeira, mas afegã. O alojamento não ficava longe do hotel Cabul Serena nem do Palácio Presidencial Afegão. O ataque talibã ao Serena provou que nenhum lugar era totalmente seguro em Cabul, mas tudo era relativo e eles se sentiam protegidos pela equipe de segurança e pelas grades altas. À tarde, Hala e Kaja subiam na laje e empinavam a pipa que tinham comprado no Strand Bazaar por 1 ou 2 dólares. Kaja presumira que era só um clichê de um livro best-seller — a ideia de que a presença de pipas nos céus de Cabul indicavam que a cidade estava livre do domínio talibã, que proibira soltar pipas nos anos noventa porque desviava a atenção das orações —, mas agora, nos fins de semana, eram centenas, milhares de pipas no céu. E, de acordo com Hala, as cores das pipas eram ainda mais brilhantes do que antes do Talibã por causa de uma nova tinta à venda nos mercados. Hala sabia operar direitinho a pipa em dupla — uma cuidava da direção e a outra observava a linha —, caso contrário alguém poderia cortar sua linha ou sua própria pipa com suas linhas com cerol. Não era difícil fazer uma analogia com a missão autoimposta do Ocidente no Afeganistão, mas ainda assim era uma brincadeira. Se perdessem uma pipa, elas simplesmente empinavam outra. E mais encantador que as pipas no céu era o brilho nos belos olhos de Hala quando ela as observava.

Passava da meia-noite quando Kaja ouviu as sirenes e viu as luzes azuis da viatura pela janela da sala de estar. Ela já estava preocupada porque Hala não tinha chegado, então botou uma roupa e foi para a rua. As viaturas estavam estacionadas num beco. Não havia nenhuma fita delimitando nada, embora já houvesse uma multidão de espectadores reunida. Jovens afegãos de jaqueta de couro, falsificações da Gucci e da Armani, eram praticamente o único tipo de pessoa nas ruas àquela hora da noite. De quantas cenas de crime Kaja havia participado como detetive da Divisão de Homicídios? Mesmo assim, ainda acordava com pesadelos daquela noite. A faca tinha feito grandes talhos no *shalwar kameez* de Hala, expondo a pele por baixo, e sua cabeça estava inclinada para trás num ângulo impossível, como se o pescoço estivesse quebrado, o que fazia com que o corte no pescoço se esgarçasse, deixando à mostra as entranhas rosadas e já ressequidas. Quando Kaja se agachou perto do corpo, um enxame de mutucas escapou da ferida como espíritos malignos emergindo de uma lamparina e Kaja agitou os braços, afastando o horror.

O exame *post-mortem* revelou que Hala havia tido relações sexuais antes do assassinato e, mesmo que as evidências físicas não descartassem a possibilidade de ter sido consensual, todos presumiram — considerando as circunstâncias e o fato de que ela era uma jovem solteira que seguia as regras estritas dos hazarajats — que fosse um estupro. A polícia nunca encontrou o criminoso ou os criminosos. O que se ouvia era que o risco de ser estuprada numa rua em Cabul era uma fração do risco de ser explodido por uma bomba caseira. E, mesmo que o número de estupros tivesse aumentado desde a queda do Talibã, a polícia tinha uma teoria de que o Talibã estava por trás do ataque para mostrar o que aconteceria às mulheres afegãs que trabalhavam para a Força Internacional de Apoio à Segurança, o Apoio Resoluto e as demais organizações ocidentais. Apesar disso, o estupro e o assassinato em Cabul deixaram as outras mulheres do grupo apavoradas. Kaja lhes ensinara a manusear uma arma. E, de uma maneira estranha, esta mesma pistola — que era passada como um bastão sempre que uma delas tinha de sair depois que escurecia — as unia como um time. Um time de empinadoras de pipa.

Kaja sentiu o peso da pistola. Na polícia, sempre que segurava uma pistola carregada sentia um misto de medo e segurança. No Afeganistão, ela havia começado a pensar na arma como uma ferramenta necessária, algo que se valorizava ter por perto. Como a faca. Foi Anton quem lhe ensinara a usá-la. Quem lhe ensinara que, mesmo na Cruz Vermelha — ao menos na Cruz Vermelha dele —, servia para defender a própria vida, nem que para isso fosse preciso matar. Lembrou-se de que, quando conheceu Anton, julgou que o suíço alto, refinado e divertido — e quase bonito demais — não era para ela. Estava errada. E certa. Mas, quando se tratava do assassinato de Hala, não julgara errado, mas certo.

O Talibã não estava por trás do crime.

Ela sabia quem estava, mas não tinha provas.

Kaja segurou o cabo da pistola com firmeza. Prestou atenção. Respirou. Esperou. Entorpecida. E isso era tão estranho: seu coração batia num ritmo próximo ao de um ataque de pânico; entretanto, sentia-se indiferente a tudo. Com medo de morrer, mas não tão interessada assim em viver. Mesmo assim, ela havia saído viva da conversa com o psicólogo, quando pararam em Tallinn a caminho de casa. E desde então se manteve longe das atenções.

20

Harry acordou, e tudo continuava igual. Precisou de alguns segundos para lembrar e perceber que não era um pesadelo, antes que a realidade caísse sobre ele como um soco na boca do estômago. Virou-se de lado e deu com a foto sobre a mesa. Rakel, Oleg e ele, sorridentes, sentados numa rocha e rodeados de folhas de outono, numa daquelas *caminhadas* que Rakel gostava tanto e que Harry desconfiava de que estava começando a apreciar. E pela primeira vez pensou nisto: se este fosse o começo de um dia que só iria piorar, por quantos dias mais conseguiria aguentar? Estava no processo de elaborar uma resposta para si mesmo quando percebeu que não tinha sido acordado pelo despertador. Seu celular, ao lado da foto, vibrava quase em silêncio, como o chilrear de um beija-flor. Pegou-o.

Uma mensagem com uma foto.

O coração de Harry acelerou.

Deu dois toques na tela e teve a sensação de que seu coração havia parado.

Era Svein Finne, "O Noivo", de pé com a cabeça abaixada, olhando para a câmera, os olhos focados num ponto logo acima. O céu ao fundo tinha um brilho avermelhado.

Harry pulou da cama, pegou a calça largada no chão e a vestiu. Enfiou a camiseta enquanto ia para a porta, puxou o casaco e foi calçando as botas já correndo para as escadas. Meteu as mãos nos bolsos para ver se tudo que tinha guardado na véspera continuava no mesmo lugar: chaves do carro, algemas e a pistola Heckler & Koch.

Disparou porta afora, respirou fundo o ar frio da manhã e seguiu em direção ao Escort estacionado ao longo do meio-fio. Três minutos e meio se corresse pelas ruas. Mas precisava do carro para a fase dois. Harry resmungou um palavrão para o motor quando não conseguiu ligar o carro na primeira virada de chave. Não passaria na próxima vistoria anual. Virou a chave de novo e acelerou. *Isso!* Harry foi derrapando pelos paralelepípedos molhados da quase deserta Stensberggata tão cedo de manhã. Quanto tempo as pessoas ficam diante dos túmulos? Livrou-se do comecinho do engarrafamento matutino pegando a Ullevålsveien e estacionou na calçada da Akersbakken, bem em frente ao portão norte do Cemitério Vår Frelsers. Deixou o carro destrancado com seu distintivo da polícia bem à vista sobre o painel.

Ele correu, mas parou quando chegou ao portão. De onde estava, no topo do cemitério em declive, avistou na hora um homem sozinho diante de um túmulo. A cabeça curvada, e uma trança típica dos nativos americanos, longa e grossa, pendia de suas costas.

Harry apertou o cabo da pistola escondida no bolso do casaco e começou a caminhar. Nem rápido nem devagar. Parou a três metros das costas do homem.

— O que você quer?

Harry estremeceu ao som daquela voz. Na última vez que escutara a voz grave e eloquente de padre de Svein Finne os dois estavam sentados em uma cela na prisão de Ila, quando Harry procurava ajuda para apanhar o homem que agora ocupava o túmulo diante deles. Naquela ocasião, Harry não fazia ideia de que Valentin Gjertsen fosse filho de Svein Finne. Sabendo o que sabia agora, não dava para Harry não admitir que devia ter suspeitado de alguma coisa. Devia ter desconfiado que aquelas fantasias doentias e violentas tinham a mesma fonte.

— Svein Finne — respondeu Harry, percebendo o tremor em sua voz —, você está preso.

Ele não ouviu a risada de Finne; apenas viu os ombros dele se agitarem.

— Essa parece ser a frase padrão que você usa quando me vê, Hole.

— Coloca as mãos nas costas.

Finne suspirou profundamente. Levou as mãos às costas com indiferença, como se fosse a posição mais cômoda do mundo.

— Eu vou te algemar. E, antes que pense em fazer alguma besteira, saiba que tenho uma pistola apontada para a base da sua coluna.

— Você atiraria na base da *coluna*, Hole?

Finne virou a cabeça e sorriu. Aqueles olhos castanhos. Os lábios grossos e úmidos. Harry respirou pelo nariz. Calma. Ele precisava ficar calmo agora, sem pensar nela. Devia pensar no que ia fazer, só isso. Coisas simples e práticas.

— Você acha mesmo que tenho mais medo de ficar paralítico do que de morrer?

Harry respirou fundo numa tentativa de parar de tremer.

— Porque eu quero uma confissão *antes* de você morrer.

— Do mesmo jeito que arrancou do meu menino? E depois deu um tiro nele?

— Eu tive que atirar porque ele resistiu à prisão.

— Sim, eu me atrevo a dizer que é assim que você prefere se lembrar. Provavelmente vai ser desse mesmo jeito que vai se lembrar de ter atirado em mim.

Harry viu o buraco na palma da mão de Svein Finne, igualzinho à Torghatten, a montanha com um buraco tão largo que dá para ver a luz do dia do outro lado. Consequência da bala disparada durante uma apreensão no início da carreira policial de Harry. Mas foi a outra mão que chamou sua atenção. A pulseira de relógio cinza no pulso de Finne. Sem baixar a pistola, agarrou o pulso de Finne com a mão livre e o virou em sua direção. Pressionou o mostrador do relógio. Números vermelhos indicavam a hora e a data.

O clique das algemas soou como um beijo molhado no cemitério vazio.

Harry girou a chave na ignição no sentido anti-horário e o motor morreu.

— Uma bela manhã — comentou Finne, olhando para o fiorde lá embaixo pelo para-brisa do Escort. — Mas por que a gente não está na sede da polícia?

— Pensei em te oferecer uma opção — respondeu Harry. — Você pode confessar tudo aqui e agora e a gente toma o café da manhã numa cela quentinha na sede da polícia. Ou pode recusar, e você e eu podemos dar um passeio pelos bunkers da guerra.

— Rá! Eu gosto de você, Hole. Gosto de verdade. Odeio você como pessoa, mas gosto da sua personalidade. — Finne umedeceu os lábios. — E eu vou confessar, óbvio. Ela...

— Espera até eu começar a gravar — disse Harry, retirando o celular do bolso do casaco.

— ... foi uma parceira bem disposta. — Finne deu de ombros e acrescentou: — Acho que ela gostou mais que eu.

Harry engoliu em seco. Fechou os olhos por um segundo.

— Ela *gostou* de ter uma faca enfiada no estômago?

— Uma faca? — Finne se virou e olhou para Harry. — Eu a peguei perto das grades, logo atrás de onde você acabou de me prender. Claro que sei que é contra a lei trepar num cemitério, mas, como ela insistiu que queria mais, acho que é mais que justo que ela pague a maior parte da multa. Ela realmente registrou a denúncia? Presumo que ela tenha se arrependido do ato pecaminoso. É, isso não me surpreenderia. A não ser, é claro, que ela acredite no que está relatando. A vergonha nos leva a distorcer as coisas. Sabe, tinha um psicólogo na prisão que tentou me explicar o conceito da bússola da vergonha de Nathanson. Ele dizia que eu estava tão envergonhado de ter matado a garota, que foi o que você afirmou que eu tinha feito, que acabei reprimindo completamente a vergonha, negando que isso tinha acontecido. É isso que está acontecendo nesse caso. Dagny ficou tão envergonhada por ter gostado do que aconteceu no cemitério que, em sua memória, transformou o ato consentido num estupro. Você já ouviu falar disso, não é, Hole?

Harry estava prestes a responder quando uma ânsia de vômito cresceu em suas entranhas. Vergonha. Repressão.

As algemas chocalharam quando Finne se inclinou para a frente.

— Seja como for, você sabe o que acontece nos casos de estupro, é a palavra de um contra a do outro, sem testemunhas ou provas admissíveis pela justiça. Eu vou me safar, Hole. Isso é tudo? Você está ciente de que a única maneira de me condenar por estupro é arrancando uma confissão de mim? Desculpa, Hole. Mas, como eu disse, confesso que pratiquei sexo num lugar público, então, pelo menos, você tem algo de que sou culpado. O café da manhã ainda está de pé?

* * *

— Eu disse algo errado? — Finne ria enquanto tropeçava pela neve lamacenta. Ele caiu de joelhos, e Harry o levantou e o empurrou para os bunkers.

Harry se agachou diante do banco de madeira. No chão à sua frente estava tudo que havia encontrado quando revistara Svein Finne. Um dado de metal azul-acinzentado. Algumas notas de 100 coroas, moedas, mas nada de bilhetes de ônibus ou de trem. Uma faca na bainha. A faca tinha cabo de madeira marrom e lâmina curta. Afiada. Poderia ter sido a arma do crime? Não havia resquícios de sangue. Harry olhou para cima. Ele havia retirado uma das tábuas que cobriam as fendas de disparo para deixar entrar alguma luz no bunker. Corredores até poderiam passar pela trilha de acesso, mas isso só depois que a neve tivesse secado. Ninguém ouviria os gritos de Svein Finne.

— Bela faca — comentou Harry.

— Eu coleciono facas — disse Finne. — Cheguei a ter vinte e seis que você tomou de mim, lembra? Nunca as recebi de volta.

A luz do sol baixo da manhã atingia o rosto e a parte superior do corpo musculoso de Svein Finne. Não aquele corpo grandalhão que os presidiários conseguiam levantando peso num ginásio abarrotado, mas magro e em forma. Como o corpo de um bailarino, pensou Harry. Ou como o do Iggy Pop. Sadio. Finne estava sentado com as algemas dando a volta no encosto do banco. Harry havia tirado os sapatos dele, mas o deixara de calça.

— Eu me lembro das facas — disse Harry. — Para que serve o dado?

— Para tomar decisões difíceis na vida.

— Luke Rhinehart. Então você leu *O homem dos dados*.

— Eu não leio, Hole. Mas pode ficar com o dado, um presente meu para você. Assim você pode deixar o destino decidir quando não souber o que fazer. Vai ver como é libertador. Pode acreditar em mim.

— Quer dizer que o destino é mais libertador que tomar as próprias decisões?

— É claro. Suponha que você resolva matar alguém, mas ainda tem dúvidas, não consegue se decidir. Então precisa de ajuda. Do destino.

E, se o dado mandar você matar, a responsabilidade é do destino; isso *liberta* você e seu livre-arbítrio. Viu? Só é preciso jogar o dado.

Harry verificou se estava tudo em ordem com o sistema de gravação antes de botar o celular no banco. Respirou fundo.

— Você jogou o dado antes de matar Rakel Fauke?

— Quem é Rakel Fauke?

— Minha mulher — respondeu Harry. — O crime aconteceu na cozinha da nossa casa em Holmenkollen, dez dias atrás.

Ele viu alguma coisa começar a se agitar nos olhos de Finne.

— Meus pêsames.

— Cala a boca e me responde!

— Senão o quê? — Finne suspirou, como se estivesse entediado. — Você vai pegar os cabos da bateria do carro e usar nos meus testículos?

— Usar cabos de bateria de um carro para torturar alguém é mito — retrucou Harry. — Não têm potência suficiente.

— Como você sabe disso?

— Eu pesquisei na internet métodos de tortura ontem à noite — respondeu Harry, deslizando a ponta afiada da faca pela pele do polegar. — Aparentemente, não é a dor em si que faz com que as pessoas confessem, mas o *medo* da dor. E, obviamente, o medo precisa ser bem construído. O torturador tem que convencer a vítima de que a dor que ele está disposto a causar é limitada apenas pela sua imaginação. E, se tem uma coisa que eu tenho de sobra agora, Finne, é imaginação.

Svein Finne umedeceu os lábios grossos.

— Entendi. Você quer os detalhes?

— Os mínimos detalhes.

— O único detalhe que tenho para você é que não fui eu.

Harry cerrou o punho em torno do cabo da faca e lhe deu um soco. Sentiu a cartilagem do nariz de Finne quebrar, sentiu o golpe nas juntas dos dedos e o calor do sangue nas costas da mão. Os olhos de Finne se encheram de lágrimas de dor e os lábios se abriram, revelando, num sorriso largo, dentes grandes e amarelos.

— Todo mundo mata, Hole — disse Finne com uma voz diferente, mais nasalada. — Você, seus colegas, seus vizinhos. Menos eu. Eu crio novas vidas, eu conserto o que vocês destroem. Eu me espalho pelo mundo, espalho pessoas como eu, pessoas que querem o bem. — Ele inclinou a cabeça. — Eu não entendo por que as pessoas se esforçam para criar algo que não é delas. Como você faz com o seu filho bastardo. Oleg. Esse é o nome dele, não é? Será que o seu esperma é fraco, Hole? Ou você não fodeu a Rakel bem o suficiente para fazer com que ela quisesse dar à luz um filho seu?

Harry deu mais um soco. No mesmo lugar. Ele se perguntou se os estalidos vinham do nariz de Finne ou se eram fruto da sua imaginação. Finne jogou a cabeça para trás e riu para o telhado.

— Mais!

Harry estava sentado no chão, as costas na parede de concreto, escutando o som de sua respiração profunda e os arquejos que ecoavam do banco de madeira. Ele havia enrolado a camisa de Finne na mão, mas a dor era sinal de que a pele, ao menos numa das juntas, estava cortada. Quanto tempo ficaram nisso? Quanto tempo ainda teriam pela frente? No site sobre tortura estava escrito que ninguém, absolutamente ninguém, conseguia resistir à tortura no longo prazo, que o torturado lhe diria o que você queria saber ou, mais provavelmente, o que ele *achava* que você queria ouvir. Svein Finne meramente repetia a mesma palavra: *mais*. E conseguia o que pedia.

— Facas. — A voz não era mais aquela que ele reconheceria como de Finne.

Quando Harry ergueu os olhos, também não reconheceu o homem. O inchaço no rosto forçava seus olhos a ficarem fechados, e filetes de sangue escorriam como uma barba vermelha gotejante.

— As pessoas usam facas.

— Facas? — repetiu Harry num sussurro.

— As pessoas têm cravado facas umas nas outras desde a Idade da Pedra, Hole. O medo das lâminas está incrustado em nossos genes. A noção de que algo pode furar sua pele, atravessá-la, arrebentar tudo lá dentro, que é o que você *é*... Mostra uma faca para uma pessoa e ela vai fazer o que você quiser.

— Quem faz o que você quer?

Finne tossiu e cuspiu uma saliva vermelha no piso.

— Todo mundo. Mulheres, homens. Você. Eu. Sabe que em Ruanda foi oferecida aos tutsis a oportunidade de comprarem munição para que fossem mortos à bala, em vez de serem esquartejados a golpes de facão. E o que aconteceu? Eles pagaram.

— Tá bom, eu tenho uma faca — disse Harry, apontando para a faca no chão, entre os dois.

— E onde você vai enfiá-la?

— Estava pensando no mesmo lugar que você esfaqueou minha mulher. No estômago.

— Um péssimo blefe, Hole. Se você esfaquear meu estômago, não vou poder falar, e eu sangraria até a morte antes de você ter sua confissão.

Harry não respondeu.

— Ah, mas espera aí — disse Finne, ajeitando a cabeça ensanguentada. — Será que você, que fez suas pesquisas sobre tortura, está conduzindo essa luta de boxe inútil porque lá no fundo não quer uma confissão? — Finne deu uma fungada. — Sim, é isso. Você não quer que eu confesse para ter uma desculpa para me matar. Na verdade, você *teria* que me matar para fazer justiça. Você só precisava de um precursor para o assassinato. Porque aí vai poder dizer a si mesmo que tentou, que não era isso que queria. Que você não é desse tipo de gente que mata por prazer. — A risada de Finne se transformou numa tosse gorgolejante. — Sim, eu menti. Eu sou um assassino também. Porque matar uma pessoa *é* fantástico, não acha, Hole? Assistir a um parto, saber que é sua própria criação só pode ser melhor que uma coisa: remover uma pessoa desse mundo. Acabar com uma vida, assumir o papel do destino, ser o dado de uma pessoa. Porque aí você é Deus, Hole, e pode negar o quanto quiser, mas é exatamente esse o sentimento que tem agora. E é bom, não é?

Harry se levantou.

— Bem, sinto muito ter bagunçado essa execução, Hole, mas eu declaro: *mea culpa*, Hole. Eu matei a sua esposa, Rakel Fauke.

Harry congelou.

Finne olhou para o teto.

— Com uma faca — murmurou ele —, mas não com essa que está na sua mão. Ela gritava enquanto estava morrendo. Gritava o seu nome. *Haarr-y. Haarr-yy...*

Harry sentiu um tipo diferente de raiva. Do tipo frio, do tipo que o fez se acalmar. E enlouquecer. A raiva que ele temia que viesse, e que ele não deveria permitir que o controlasse.

— Por quê? — perguntou Harry, a voz de repente tranquila, a respiração normal.

— Por quê?

— A motivação.

— Isso é óbvio, não acha? A mesma que a sua agora, Hole. Vingança. Nós estamos envolvidos numa disputa clássica e sangrenta. Você matou o meu filho, eu mato a sua esposa. É o que fazemos, é o que nos diferencia dos animais: nós nos *vingamos*. É racional, mas não precisamos pensar se faz sentido ou não, apenas sabemos que faz bem. Não é isso que você sente agora, Hole? Você está transformando a sua dor na dor de outra pessoa, alguém que você está convencido de que é o responsável pela dor que sente.

— Prova.

— Provar o quê?

— Que você a matou. Diz alguma coisa que não teria como saber sobre o assassinato ou a cena do crime.

— *ParaHarri*. Com "i".

Harry fechou os olhos por um segundo.

— *De* Oleg — continuou Finne. — Gravado numa tábua de pão pendurada na parede da cozinha, entre os armários superiores e a cafeteira

O único som em meio ao silêncio era o de uma goteira que pingava feito a contagem de um metrônomo.

— Aí está a confissão — declarou Finne, tossindo e cuspindo novamente. — O que te dá duas opções. Você pode me levar sob custódia e me condenar de acordo com a Constituição Norueguesa, que é o dever de um policial. Ou pode fazer o que assassinos fazem.

Harry fez que sim e se agachou. Pegou o dado. Juntou as mãos em concha e o sacudiu antes de fazê-lo rolar pelo piso de concreto. Olhou demoradamente para a face numerada. Pôs o dado no bolso, pegou a faca e se levantou. Um raio de sol atravessava o vão entre as tábuas e refletiu na lâmina. Foi para trás de Finne, passou o braço esquerdo pela testa dele e apertou-lhe a cabeça contra o peito.

— Hole? — A voz um pouco mais alta agora. — Hole, não...

Finne tentou se livrar das algemas com um tranco, e Harry notou que o corpo dele tremia.

Enfim um sinal de aflição diante da morte.

Harry respirou e colocou a faca no bolso do casaco. Ainda prendendo com força a cabeça de Finne, tirou um lenço do bolso da calça e esfregou no rosto de Finne. Limpou o sangue ao redor do nariz, da boca e do queixo. Finne bufou e praguejou sua raiva, mas não tentou se desvencilhar. Harry rasgou duas tiras do lenço e as enfiou nas narinas de Finne. Colocou o resto do lenço de volta no bolso, caminhou em torno do banco e examinou o resultado. Finne ofegava tanto que parecia ter acabado de correr quatrocentos metros rasos. E, como Harry envolvera o punho com a camisa de Finne para esmurrá-lo, não havia cortes, apenas inchaço e sangue escorrendo das narinas.

Harry saiu e colocou um pouco de neve na camiseta, entrou de volta e cobriu de gelo o rosto de Finne.

— Tentando me deixar apresentável para você poder fingir que isso nunca aconteceu? — questionou Finne, já mais calmo.

— Provavelmente é tarde demais para isso — respondeu Harry. — Mas qualquer punição que me derem vai ser baseada no total de dano causado, então vamos chamar isso de política de redução de danos. E você me provocou, porque queria que eu batesse em você.

— Eu queria, não?

— Claro que sim. Você queria ter alguma evidência física para provar para o seu advogado que foi agredido enquanto estava sendo interrogado pela polícia. Afinal, um juiz se recusaria a admitir que a polícia apresentasse provas obtidas por meios ilegais. E foi por isso que você confessou. Porque presumiu que a confissão ia tirar você daqui e, ainda assim, não lhe custaria nada posteriormente.

— Pode ser, mas pelo menos você não está pensando em me matar.

— Não?

— Você já teria me matado a essa altura. Ou talvez eu esteja errado, talvez você não tenha isso em você no fim das contas.

— Você está sugerindo que eu deveria te matar?

— Como você mesmo disse, agora é tarde demais, um monte de neve não vai resolver. E vou acabar me livrando de tudo isso.

Harry pegou o celular no banco. Parou a gravação e ligou para Bjørn Holm.

— Alô?

— É o Harry. Peguei o Svein Finne. Ele acabou de confessar que assassinou Rakel, e eu gravei tudo.

Harry ouviu o choro de um bebê na pausa que se seguiu.

— Sério? — disse Bjørn devagar.

— Sério. Quero que você venha prendê-lo.

— Como assim? Você não acabou de dizer que o prendeu?

— Prender não — disse Harry, olhando para Finne. — Eu estou suspenso, não é? Então, no momento, sou apenas um cidadão comum que tem outro cidadão aqui contra a vontade dele. O Finne sempre vai ter o direito de registrar uma queixa, mas tenho certeza de que eu vou ser tratado de forma bastante indulgente, já que ele é o assassino da minha esposa. O importante agora é que ele seja preso e interrogado adequadamente pela polícia.

— Entendi. Onde vocês estão?

— Nos bunkers alemães, depois da Sjømannsskolen. Finne está sentado, algemado num banco.

— Entendi. E você?

— Hum.

— Não, Harry.

— Não o quê?

— Eu não estou a fim de tirar você carregado de um bar hoje à noite.

— Eu vou mandar o arquivo de áudio para o seu e-mail.

Mona Daa parou na porta da sala do editor. Ele estava ao telefone.

— Prenderam alguém pelo assassinato de Rakel Fauke — avisou ela em voz alta.

— Tenho que ir — disse o editor antes de desligar sem esperar uma resposta. — Você está em cima disso, Daa?

— Já está escrito — respondeu Mona.

— Põe na rua! Alguém mais já publicou?

— A gente recebeu a notificação há cinco minutos, está marcada uma coletiva de imprensa às quatro. O que eu queria falar com você é se devemos ou não dar nome ao suspeito.

— Eles liberaram o nome na notificação?
— É claro que não.
— Então como você conseguiu?
— Porque eu sou uma das suas melhores repórteres.
— Mas você conseguiu tudo em *cinco* minutos?
— Tá bom, *a* melhor.
— Quem é?
— Svein Finne. Condenações anteriores por agressão e estupro, e uma ficha criminal tão longa quanto um ano difícil. Então, publicamos o nome dele ou não?

O editor passou a mão no cabelo ralo.
— É complicado.

Mona estava a par do dilema. Nos termos do parágrafo 4.7 do Código de Ética dos Jornalistas Noruegueses, a imprensa concordava em ter um pouco mais de sensibilidade ao publicar nomes em casos criminais, sobretudo durante as primeiras fases da investigação. Qualquer identificação devia ser justificável exclusivamente em razão de interesse público. Por outro lado, o jornal em que ela trabalhava, o VG, havia publicado o nome de um professor cujo crime tinha sido enviar mensagens impróprias para mulheres. Todos concordaram que o cara era nojento, mas, até onde sabiam, nenhuma lei havia sido violada e era complicado afirmar que o público *precisava* saber o nome do tal professor. No caso de Finne, eles certamente poderiam justificar a publicação do nome, alegando que as pessoas precisavam saber em quem elas deveriam ficar de olho. Por outro lado, será que havia alguma chance de o que o Código chamava de "perigo iminente de crimes contra pessoas inocentes, com atos criminosos graves e repetidos" acontecer enquanto Finne estivesse sob custódia?

— Não vamos mencionar o nome dele — disse o editor —, mas inclua a ficha criminal e diga que o VG sabe quem ele é. Aí, pelo menos, vamos receber uma estrela de ouro da Associação de Imprensa.

— Foi isso que eu fiz! Então está pronto. E também conseguimos uma foto inédita de Rakel.

— Fantástico.

O editor dela não se equivocara. Depois de uma semana e meia de intensa cobertura da mídia sobre o assassinato, a seleção de fotos de Rakel estava ficando bastante repetitiva.

— Mas que tal usar a foto do marido, o policial, abaixo do título? Mona franziu a testa.

— Você quer dizer a foto de Harry Hole logo abaixo do título SUSPEITO PRESO PELO ASSASSINATO DE RAKEL? Não é um pouco ambíguo?

O editor deu de ombros.

— Eles vão descobrir assim que lerem o artigo.

Mona assentiu devagar. A foto do rosto de feições brutas porém atraentes do seu amigo Harry Hole abaixo desse título com certeza atrairia mais cliques que uma nova foto de Rakel. E seus leitores perdoariam o mal-entendido claramente não intencional; eles sempre perdoavam. Ninguém gosta de ser abertamente enganado, mas, contanto que pudessem ser entretidas, as pessoas não tinham nada contra serem enganadas. Então por que Mona odiava tanto essa parte do trabalho embora adorasse todo o resto?

— Mona?

— Pode deixar — disse ela, afastando-se da porta. — Isso vai ser bombástico.

21

Katrine Bratt conteve um bocejo e torceu para que nenhuma das três pessoas ao redor da mesa no escritório do chefe de polícia tivesse percebido. Ontem fora um dia muito longo após a coletiva de imprensa sobre a prisão no caso de Rakel. E, quando enfim voltou para casa e foi para a cama, o filho a manteve acordada praticamente a noite inteira.

Mas havia uma chance de que o dia de hoje não se transformasse numa maratona. Como o nome "Svein Finne" não tinha sido publicado pela mídia, surgira um vácuo, o olho da tempestade em que — por enquanto, pelo menos — as coisas estavam realmente calmas. Mas ainda era cedo demais para saber o que o dia reservava.

— Obrigado por aceitar nos receber em cima da hora — disse Johan Krohn.

— Sem problema — respondeu o chefe de polícia Gunnar Hagen com um aceno de cabeça.

— Ótimo. Então vou direto ao assunto.

A frase padrão para um homem que se sente em casa "indo direto ao assunto", pensou Katrine. Porque, mesmo que Krohn apreciasse os holofotes, ele era acima de tudo um nerd. Um agora renomado advogado de defesa de quase 50 anos que ainda parecia um menino, alguém que costumava ser alvo de bullying e que agora usava a reputação profissional e a recém-adquirida autoconfiança como uma armadura. Katrine tinha tomado conhecimento do bullying numa entrevista para uma revista. Nada parecido com a criação à base de repetidas surras que ela havia recebido, mas as provocações de baixo nível, a ausência de convites para festas de aniversário e para participar das brincadeiras, dos times, o tipo de bullying que toda celebridade hoje em dia alegava ter sofrido para receber aplausos por sua sinceridade. Krohn havia declarado que tornara público o bullying que sofrera para tornar mais fáceis as coisas para as crianças espertas que estivessem passando pelo mesmo. Katrine achou estranho que o almejado desejo de justiça do advogado fosse compensado por sua falta de empatia.

Tá bom, Katrine sabia que não estava sendo justa. Eles sempre estiveram — como estavam naquele momento — em lados opostos da mesa, e não era o papel de Krohn sentir empatia pelas vítimas. Talvez fosse um pré-requisito para o sistema judiciário que os advogados de defesa tivessem a capacidade de desconectar sua simpatia pelas vítimas para se concentrar apenas no que seria melhor para seus clientes. Que foi um pré-requisito para o sucesso pessoal de Krohn. Provavelmente era isso que a deixava irritada. Isso e o fato de que havia perdido casos demais contra ele.

Krohn olhou para o relógio Patek Philippe no pulso esquerdo enquanto esticava a mão direita para a jovem sentada ao seu lado que usava um terninho discreto e ridiculamente caro da Hermès e presumivelmente equipada com notas altas na faculdade de direito. Katrine se deu conta de que os biscoitos dinamarqueses ressecados que havia resgatado da reunião de ontem também não seriam comidos hoje.

Com um movimento treinado à exaustão — como uma enfermeira passando o bisturi para o cirurgião —, a jovem pôs uma pasta amarela na mão de Krohn.

— Esse caso obviamente atraiu muita atenção da mídia — comentou Krohn —, o que não é bom para os senhores nem para o meu cliente.

Mas é bom para você, pensou Katrine, perguntando-se se era esperado que ela servisse café para as visitas e para o chefe de polícia.

— Então presumo que seja do interesse de todos chegarmos a um acordo o mais rápido possível.

Krohn abriu a pasta, mas não olhou para o conteúdo. Katrine não sabia se era verdade ou mito que Krohn possuía memória fotográfica e que sua brincadeira favorita na faculdade de direito era pedir aos colegas que lhe dessem um número de página de 1 a 3.760 que ele recitaria de cor e por inteiro o que havia nessa página da Constituição Norueguesa. O jeitinho nerd de fazer uma festa. O único tipo de festa para a qual Katrine havia sido convidada quando estudante. Isso porque era bonita, mas ainda assim uma intrusa, com roupas de couro e penteado punk. Ela não se enturmava com os punks nem com os alunos certinhos e bem-vestidos. Por isso os nerds tímidos a convidaram para o grupo. Mas ela recusara, porque não queria cumprir o papel clássico de "menina atraente que se junta aos nerds bonitinhos mas socialmente desajeitados". Katrine Bratt já tinha coisas suficientes com que lidar. *Mais* que suficientes, na verdade. Ela fora bombardeada com diagnósticos psiquiátricos. Mas de algum jeito conseguiu lidar com tudo isso.

— Na esteira da prisão do meu cliente por suspeita do assassinato de Rakel Fauke, três acusações de estupro vieram à tona — disse Krohn. — A primeira foi de uma viciada em heroína que já foi indenizada duas vezes por ter sido vítima de estupro com base em, convenhamos, evidências frágeis sem nenhuma fundamentação nos dois casos. A segunda, de acordo com a informação recebida hoje, pediu para retirar a queixa. A terceira, Dagny Jensen, não tem como prestar queixa, porque não apresentou provas aceitas pela justiça, e a explicação do meu cliente é de que o coito foi totalmente consensual. Os senhores não acham que mesmo um homem com histórico criminal deve ter o direito de ter uma vida sexual sem que se transforme num alvo fácil para a polícia e para qualquer mulher que se sinta culpada depois do ato?

Katrine procurou sinais de reação na jovem ao lado de Krohn, mas não viu nada.

— Sabemos o quanto dos recursos da polícia são engolidos em casos de estupro tão ambíguos quanto esses três que temos aqui — continuou Krohn, os olhos focados em um ponto à sua frente, como se um roteiro invisível pairasse no ar. — É meu dever defender os interesses da sociedade, mas, nesse caso específico, acredito que nossos interesses talvez coincidam. Meu cliente se declarou disposto a confessar o assassinato se nenhuma acusação de estupro for apresentada. E essa é uma investigação de assassinato em que, até onde sei, tudo que os senhores têm é... — Krohn baixou os olhos para sua papelada, como se precisasse verificar se o que ele estava prestes a dizer era verdade — uma tábua de cortar pão, uma confissão tomada sob tortura e um vídeo que poderia ser de qualquer pessoa e até retirado de um filme.

Krohn voltou a erguer os olhos com uma expressão de interrogação. Gunnar Hagen se virou para Katrine.

Katrine pigarreou.

— Aceitam café? — ofereceu ela.

— Não, obrigado — respondeu Krohn, coçando ou talvez penteando cuidadosamente uma sobrancelha com o dedo indicador. — Meu cliente estaria inclusive, caso cheguemos a um acordo, disposto a retirar a acusação contra o inspetor Harry Hole por encarceramento ilegal e agressão física.

— O título de inspetor é irrelevante nas atuais circunstâncias — murmurou Hagen. — Harry Hole agiu como um cidadão comum. Se algum dos nossos policiais violasse a Constituição Norueguesa enquanto estivesse em serviço, eu mesmo o denunciaria.

— Naturalmente — comentou Krohn. — Não foi minha intenção duvidar da integridade da polícia, apenas mencionei que parece indecoroso.

— Então certamente também está ciente de que não é prática usual da polícia norueguesa se envolver no tipo de barganha que o senhor está sugerindo. Negociações para a redução de sentenças são sempre uma possibilidade. Mas desconsiderar uma acusação de estupro...

— Compreendo que os senhores tenham suas objeções, mas me permita lembrá-los de que meu cliente tem mais de 70 anos e, caso seja considerado culpado das acusações, muito provavelmente vai morrer na prisão. E, honestamente, não consigo enxergar que diferença faz, a essa altura, se ele for preso por homicídio ou estupro. Então, em vez de se agarrar a princípios que não beneficiam ninguém, que tal perguntar às pessoas que acusaram meu cliente de estupro o que elas preferem: que Svein Finne morra numa cela em algum momento nos próximos doze anos ou que elas tornem a vê-lo passeando livre pelas ruas daqui a quatro anos? No que diz respeito à indenização das vítimas de estupro, tenho certeza de que meu cliente e as supostas vítimas poderão chegar a um acordo justo fora do processo judicial.

Krohn passou a pasta de volta para a advogada, e Katrine viu o jeito como ela olhou para ele, um misto de medo e paixão. Tinha quase certeza de que os dois fizeram uso dos móveis estofados de couro escuro do escritório de advocacia depois do expediente.

— Obrigado — disse Hagen, levantando-se e estendendo a mão por cima da mesa. — O senhor receberá notícias nossas em breve.

Katrine se levantou e trocou um aperto de mão com Krohn e sua mão surpreendentemente grudenta e macia.

— E como vai o seu cliente?

Krohn olhou para ela bem sério.

— Naturalmente está sendo bem difícil para ele.

Katrine sabia que não devia, mas não se conteve.

— O senhor não quer levar esses biscoitos para dar uma animada nele? Eles vão acabar indo para o lixo se ninguém comer.

Krohn deu uma boa olhada nela antes de se virar para o chefe de polícia.

— Bem, espero receber notícias suas ainda hoje.

Katrine notou que o complemento feminino de Krohn estava usando uma saia tão justa que ela precisava dar no mínimo três passos para cada um deles enquanto saíam do escritório do chefe de polícia. Ela considerou por um milésimo de segundo as possíveis consequências de jogar os biscoitos dinamarqueses neles da janela do sexto andar quando estivessem saindo da sede da polícia.

— Então? — perguntou Gunnar Hagen quando a porta se fechou após a saída das visitas.

— Por que os advogados de defesa sempre parecem ser os únicos defensores da justiça?

— Eles são o contrapeso necessário para a polícia, Katrine, e a objetividade nunca foi seu ponto forte. Ou o autocontrole — resmungou Hagen.

— Autocontrole?

— *Dar uma animada nele?*

Katrine deu de ombros e perguntou:

— O que você acha da proposta dele?

Hagen passou a mão no queixo.

— É problemática. Mas a questão é que a pressão no caso de Rakel Fauke está aumentando a cada dia que passa, e, se a gente não conseguir a condenação de Finne, seria a maior derrota da década. Mas, por outro lado, há todos os relatos de estupradores sendo libertados nos últimos anos e estaríamos descartando mais três casos... O que você acha, Katrine?

— Eu odeio o cara, mas a proposta dele faz sentido. Acho que a gente precisa ser pragmático e examinar o contexto geral. Pode deixar que eu converso com as mulheres que o denunciaram.

— Tá bom. — Hagen pigarreou, hesitante. — E, falando em ser pragmático...

— Sim?

— Sua opinião não está de alguma forma sendo afetada pelo fato de que isso significaria que Harry sairia ileso dessa também?

— O quê?

— Vocês trabalharam bem próximos e...

— E...?

— Eu não sou cego, Katrine.

Katrine foi até a janela e olhou para o caminho que saía da sede da polícia, atravessava o Botsparken, onde já não havia mais neve, e seguia em direção ao trânsito lento da Grønlandsleiret.

— Você já fez alguma coisa da qual se arrependeu, Gunnar? Quero dizer, se arrependeu *mesmo*?

— Hum. Ainda estamos falando profissionalmente?

— Não necessariamente.

— Você quer me contar alguma coisa?

Katrine pensou em como seria libertador abrir seu coração. Que *alguém mais* soubesse. Ela havia imaginado que esse peso, o segredo, se tornaria mais fácil de carregar com o passar do tempo, mas era o contrário; parecia mais pesado a cada dia que passava.

— Eu o entendo — disse ela baixinho.

— Krohn?

— Não, Svein Finne. Eu entendo por que ele quer confessar.

22

Dagny Jensen espalmou as mãos sobre o tampo da mesa fria e olhou para a policial de cabelos escuros sentada na carteira escolar à sua frente. Era hora do recreio, e ela conseguia ouvir os gritinhos e as risadas dos alunos no playground do outro lado das janelas.

— Eu entendo que essa não seja uma decisão fácil — disse a mulher. Ela havia se apresentado como Katrine Bratt, chefe da Divisão de Homicídios da Polícia de Oslo.

— Dá a impressão de que já tomaram a decisão por mim — comentou Dagny.

— Evidentemente, não podemos forçá-la a retirar a queixa — disse Bratt

— Mas, na prática, é isso que vocês estão fazendo — retrucou Dagny. — Estão transferindo para mim a responsabilidade de ele ser condenado por assassinato.

A policial baixou os olhos para a mesinha.

— Você sabe qual é o principal objetivo do sistema educacional norueguês? — indagou Dagny. — Ensinar os alunos a se tornarem cidadãos responsáveis. E isso é tanto uma responsabilidade quanto um privilégio. É claro que eu vou retirar a queixa se isso significa que Svein Finne vai passar o resto da vida na prisão.

— Quanto à indenização à vítima de estupro...

— Eu não quero dinheiro nenhum. Só quero esquecer o que aconteceu.

Dagny olhou para o relógio. Faltavam quatro minutos para a próxima aula. Ela era feliz. Sim, feliz. Mesmo após dez anos dando aula, continuava feliz, feliz por poder dar aos jovens algo que ela achava, do fundo do coração, que os ajudaria a ter um futuro melhor. Fazia sentido, mesmo que de um jeito não tão direto. E isso era tudo o que ela queria. Isso e esquecer.

— Você pode me prometer que vai condená-lo?

— Eu prometo — disse a policial antes de se levantar.

— E o Harry Hole? — indagou Dagny. — O que vai acontecer com ele?

— Não sei, mas torço para que o advogado de Finne desista da acusação de sequestro.

— Torce?

— O que ele fez sem dúvida foi ilegal, e agiu em desacordo com o regimento interno — explicou Katrine —, mas ele se sacrificou para garantir que Finne fosse pego.

— Assim como ele me sacrificou para conseguir sua vingança pessoal?

— Como eu disse, não posso defender o comportamento de Harry Hole nessa questão, mas o fato é que, sem ele, não há dúvida de que Svein Finne continuaria aterrorizando você e outras mulheres.

Dagny assentiu lentamente.

— Eu tenho que me preparar para uma entrevista. Obrigada por concordar em nos ajudar. Prometo que não vai se arrepender.

23

— Não, a senhora não está me incomodando, sra. Bratt — disse Johan Krohn, firmando o celular entre a orelha e o ombro enquanto abotoava a camisa. — Então as três acusações foram retiradas?

— Em quanto tempo o senhor e Finne conseguem se aprontar para o interrogatório?

Johan Krohn gostava de ouvi-la pronunciando os erres reverberantes do sotaque de Bergen. O sotaque de Bratt não era pesado, mas ainda havia um resquício. Como uma saia longa que não fosse longa demais. Krohn gostava de Katrine Bratt. Ela era bonita, inteligente e oferecia alguma resistência. O fato de ela ter uma aliança de casamento no dedo não importava muito. Ele próprio era prova disso. E achou bastante excitante ela soar tão nervosa. O mesmo nervosismo de um comprador depois de passar o dinheiro e aguardar que o traficante lhe entregue a droga. Krohn foi até a janela, colocou o polegar e o indicador entre as ripas da persiana, abriu um vão e olhou para a Rozenkrantz gate, seis andares abaixo do escritório de advocacia. Tinha acabado de passar das três, o que em Oslo significava trânsito intenso. A não ser que se trabalhasse na justiça. Krohn às vezes se perguntava o que aconteceria quando o petróleo acabasse e o povo norueguês voltasse a enfrentar as demandas do mundo real. Seu otimismo dizia que ficaria tudo bem, que as pessoas se adaptariam às novas circunstâncias mais rapidamente do que se imaginava. Bastava olhar para os países que estiveram em guerra. Mas a parte realista que havia dentro dele dizia que, em um país sem nenhuma tradição de inovação e ideias avançadas, haveria um retorno inevitável ao lugar de onde a Noruega viera: à camada inferior da pirâmide econômica europeia.

— Podemos chegar aí em duas horas — respondeu Krohn.
— Ótimo.
— Até lá, sra. Bratt.

Krohn desligou e ficou imóvel por um instante, sem saber onde botar o celular.

— Aqui — disse uma voz vindo da escuridão do sofá chesterfield. Ele foi até lá e pegou sua calça. — E aí?

— Eles morderam a isca — disse Krohn, verificando se havia alguma mancha na calça antes de vesti-la.

— É uma isca? Você quer dizer que eles caíram numa armadilha?

— Não adianta me perguntar, estou só seguindo as instruções do meu cliente. Por enquanto.

— Mas você acha que tem uma armadilha nessa história?

Krohn deu de ombros e foi procurar os sapatos.

— Conhece-te a ti mesmo e conhecerás os outros, eu acho.

Sentou-se à mesa robusta feita de carvalho escuro que herdara do pai. Ligou para um número que estava salvo nos favoritos.

— Mona Daa. — A voz enérgica da repórter investigativa do *VG* saiu do viva-voz e crepitou pelo escritório.

— Boa tarde, srta. Daa. Aqui é Johan Krohn. Normalmente é você que me liga, mas achei que dessa vez eu devia ser um pouco proativo. Tenho uma informação que acho que pode significar uma matéria no seu jornal.

— É sobre Svein Finne?

— É, sim. Eu acabei de receber a confirmação da polícia de Oslo de que eles vão encerrar a investigação das acusações de estupro infundadas que foram jogadas no caos em torno da acusação de assassinato.

— E posso citar o seu nome nesse caso?

— Sim, como a pessoa que confirmou os rumores que foram espalhados sobre o assunto, que eu presumo ter sido a razão para a senhorita ter me ligado.

Uma pausa.

— Entendo, mas eu não posso escrever isso, Krohn.

— Então diz que eu tornei isso público para antecipar os rumores. Se a senhorita ouviu ou não os rumores, é irrelevante.

Outra pausa.

— Tudo bem — disse Daa. — Pode me passar alguns detalhes do...

— Não! — interrompeu Krohn. — Você vai ter mais detalhes à noite. E adia a publicação de qualquer coisa para depois das cinco de hoje.

— Combinado, sr. Krohn. Se eu puder ter exclusividade sobre isso...

— Isso é só seu, minha querida. A gente se fala.

— Só uma última coisa. Como o senhor conseguiu o meu número? Ele não está disponível em lugar nenhum.

— Como eu já disse, você ligou para o meu celular antes, então o seu número apareceu na tela.

— Então você o salvou?

— É, deve ter sido isso.

Ele desligou e se virou para o sofá de couro.

— Alise, minha amiguinha, que tal colocar a blusa? A gente tem trabalho a fazer.

Bjørn Holm estava de pé na calçada do Jealousy na Grünerløkka. Abriu a porta e, pela música que tocava, podia afirmar que iria encontrá-lo aqui. Puxou o carrinho de bebê até o bar quase vazio. Era um pub no estilo inglês, de tamanho médio, com mesas de madeira simples em frente a um bar comprido e reservados ao longo das paredes. Ainda eram cinco da tarde; ficaria mais movimentado de noitinha. Durante o curto período em que Øystein Eikeland e Harry administraram o bar, eles conseguiram algo raro: um pub aonde as pessoas iam para ouvir a música do lugar. Nada de DJs sofisticados, apenas uma música atrás da outra, escolhidas de acordo com as noites temáticas anunciadas na lista semanal na porta. Bjørn fora autorizado a atuar como consultor nas noites de country e Elvis. E — o mais memorável — quando montavam a playlist de músicas com pelo menos quarenta anos de idade, de artistas e bandas de estados americanos que começavam com a letra eme.

Harry estava sentado ao bar de cabeça baixa, as costas para Bjørn. Atrás do balcão, Øystein Eikeland ergueu uma caneca de meio litro cumprimentando o recém-chegado. Não era um bom sinal. Mas pelo menos Harry estava sentado.

— A idade mínima é 20 anos, parceiro! — gritou Øystein para ser ouvido acima da música: "Good Time Charlie's Got the Blues", início dos anos setenta, o único hit de verdade de Danny O'Keefe. Não um exemplo clássico do gosto de Harry, mas uma música típica para Harry tirar a poeira e tocar no ali no Jealousy.

— Mesmo quando acompanhado de um adulto? — perguntou Bjørn, estacionando o carrinho na frente do sofá de um dos reservados.

— E desde quando você é um adulto, Holm?

Øystein baixou a caneca.

Bjørn sorriu.

— Você se torna um adulto quando vê o seu filho pela primeira vez e percebe que ele está totalmente desamparado. E vai precisar de ajuda pra caralho dos adultos. Igual a esse cara. — Bjørn colocou a mão no ombro de Harry e notou que ele estava sentado de cabeça baixa com os olhos no celular.

— Viu a manchete do *VG* sobre a prisão? — perguntou Harry, pegando uma xícara à sua frente. Café, observou Bjørn.

— Sim. Eles usaram uma foto sua.

— Eu não estou nem aí para isso. Olha o que eles acabaram de publicar.

Harry ergueu o celular para Bjørn ler.

— Dizem que fizemos um acordo — disse Bjørn. — Assassinato em troca de estupro. Não é comum, mas acontece.

— Mas não costuma aparecer na imprensa — retrucou Harry. — E, quando aparece, só mesmo depois de tudo estar sacramentado.

— Você acha que ainda não foi formalizado?

— Quando se faz um acordo com o diabo, é preciso perguntar a si mesmo por que o diabo acha que é um bom negócio.

— Você não está sendo um pouco paranoico, Harry?

— Só espero que a gente tenha uma confissão num interrogatório oficial. Aquilo tudo que eu gravei no bunker seria destruído por um advogado de defesa como o Krohn.

— Agora que a imprensa publicou, ele vai ter que confessar. Se não, vamos denunciá-lo por estupro. Ele está sendo interrogado por Katrine agora.

— Hum. — Harry digitou no celular e levou o aparelho à orelha. — Preciso botar o Oleg a par de tudo isso. Aliás, o que você está fazendo aqui, afinal?

— Eu... é... prometi à Katrine que ia ver se estava tudo bem com você. Você não estava nem em casa nem no Schrøder... Para ser sincero, achei que você ia ser barrado de entrar aqui depois da briga da última vez...

— Verdade, mas aquele idiota não está trabalhando agora. — Harry acenou com a cabeça para o carrinho. — Posso dar uma olhada?

— Ele normalmente nota a presença de alguém e acorda.

— Tá bom. — Harry afastou o celular da orelha, a linha estava ocupada. — Alguma sugestão para a playlist da próxima quinta?

— Qual o tema?

— Covers melhores que os originais.

— Joe Cocker e "With a Little..."

— Essa já está na lista. Que tal a versão de "Can't Tell Me Nothing" de Francis and the Lights?

— Kanye West? Você está doente, Harry?

— Tá bom. E uma música de Hank Williams, então?

— Ficou doido? Ninguém toca Hank melhor que o Hank.

— E a versão do Beck de "Your Cheatin' Heart"?

— Você quer que eu te dê um soco?

Harry e Øystein caíram na gargalhada, e Bjørn percebeu que o estavam provocando. Harry passou um braço pelos ombros de Bjørn.

— Eu estou sentindo a sua falta. Vamos combinar de solucionar um homicídio terrível juntos?

Bjørn fez que sim enquanto, surpreso, via um sorriso no rosto de Harry. O brilho inusitado e intenso no olhar. Será que ele tinha se recuperado? Talvez o luto o tivesse levado ao extremo. Então foi como se o sorriso de Harry se partisse de repente, como gelo numa manhã de outubro, e Bjørn se viu encarando mais uma vez as profundezas escuras de uma dor desesperadora. Talvez Harry só quisesse sentir um gostinho de felicidade. Então a cuspiu fora.

— Sim — respondeu Bjørn em voz baixa —, eu tenho certeza de que a gente pode arranjar isso.

Katrine olhou para a luz vermelha acima do microfone que indicava que a gravação estava em andamento. Ela sabia que, se erguesse os olhos, daria com os de Svein Finne, "O Noivo". E isso estava fora de cogitação. Não porque ele tivesse algum poder de influenciá-la, mas porque poderia influenciá-lo. Eles haviam debatido se deveriam usar um interrogador do sexo masculino, dada a atitude pervertida de Finne em relação às mulheres. Porém, quando leram as transcrições dos interrogatórios com Finne, tiveram a impressão de que ele parecia se abrir mais para as interrogadoras. Katrine só não sabia se tinha sido com ou sem contato visual.

Escolheu uma blusa que não parecesse provocante nem passasse a ideia de que tinha medo de que ele olhasse para ela. Voltou os olhos para a sala de controle, onde um policial cuidava do equipamento de gravação. Lá estavam também Magnus Skarre, da equipe de investigação, e Johan Krohn, que, ainda relutante, saíra da sala de interrogatório depois de o próprio Finne pedir para falar com Katrine a sós.

Katrine acenou com a cabeça para o policial, que acenou em resposta. Ela leu o número do processo, os nomes dela e de Finne, a localização, a data e a hora. Uma reminiscência da época em que as fitas de áudio podiam se perder, mas que também servia como um aviso de que a parte formal do interrogatório havia começado.

— Sim — respondeu Finne com um leve sorriso e uma dicção exageradamente articulada quando Katrine perguntou se ele estava ciente de seus direitos e do fato de que o interrogatório estava sendo gravado.

— Vamos começar pela noite de 10 de março e início da manhã de 11 de março — disse Katrine —, doravante referidos como a noite do assassinato. O que aconteceu?

— Eu tinha tomado uns comprimidos — declarou Finne.

Katrine olhou para baixo enquanto fazia anotações.

— Valium. Stesolid. Ou Rohypnol. Talvez um pouco de tudo.

A voz dele a fez pensar no som das rodas do trator do avô no caminho de cascalho em Sotra.

— Então as coisas podem estar um pouco incertas para mim — continuou Finne.

Katrine parou de escrever. *Incertas?* Ela detectou um gosto metálico no fundo da garganta, o sabor do pânico. Ele estava planejando retirar a confissão?

— A não ser que seja porque eu sempre fico um pouco confuso quando sinto tesão.

Katrine olhou para a frente. Svein Finne captou seu olhar. Parecia que algo perfurava sua cabeça.

Ele umedeceu os lábios. Sorriu.

— Mas eu sempre me lembro das coisas mais importantes. É por isso que fazemos as coisas, né? Para que possamos levá-las conosco e usá-las em momentos de solidão, certo? — perguntou ele com uma voz suave.

Katrine chegou a ver a mão direita de Finne subindo e descendo, como se ilustrasse o que havia lhe dito, antes de se voltar para suas anotações.

Skarre insistiu para que algemassem Finne, mas Katrine foi contra. Ela argumentara que isso daria a ele uma vantagem mental caso desconfiasse de que o temiam. Que isso poderia despertar nele o desejo de brincar com a polícia. E, agora, com um minuto de interrogatório, era exatamente isso que estava fazendo.

Katrine folheou os arquivos à sua frente.

— Se a sua memória não estiver boa, talvez possamos falar dos três processos de estupro que tenho aqui com declarações de testemunhas que podem ajudar a despertar a sua memória.

— *Touché* — disse Finne, e, sem sequer erguer os olhos, ela sabia que ele ainda sorria. — Como já disse, eu me recordo dos detalhes mais importantes.

— Vamos ouvi-los.

— Eu cheguei por volta das nove da noite. Ela estava com dor na barriga e bastante pálida.

— Espera aí. Como foi que você entrou?

— A porta estava aberta, então eu entrei direto. Ela gritou e gritou. Ela estava muito assustada. Então eu a imo-imobilizei.

— Um estrangulamento? Ou contendo os braços dela ao lado do corpo?

— Eu não me lembro.

Ela sabia que estavam avançando rápido demais, que precisava de mais detalhes, mas o propósito ali era, principalmente, arrancar uma confissão dele, antes que mudasse de ideia.

— O que aconteceu depois?

— Ela estava com muita dor. Escorria sangue dela. Eu usei uma fa-faca...

— Uma faca sua?

— Não, uma mais afiada, do bloco de facas.

— E em que parte do corpo dela você usou a faca?

— A-Aqui.

— O interrogado está apontando para a própria barriga — relatou Katrine.

— O umbigo dela — disse Finne imitando a voz afetada de uma criança. — O umbigo dela.

— O umbigo dela — repetiu Katrine engolindo uma onda de náusea. Engolindo a sensação de vitória. Aí estava a confissão. O resto era só a cereja do bolo.

— Pode descrever Rakel Fauke? E a cozinha?

— Rakel? Linda. Como você, Ka-Katrine. Vocês são bem parecidas.

— Com que roupa ela estava?

— Não me lembro. Alguém já comentou que vocês são muito parecidas? Como ir-irmãs.

— Descreva a cozinha.

— Uma prisão. Grades nas janelas. Talvez eles tivessem medo de alguma coisa. — Finne deu uma risada. — Vamos encerrar por hoje, Katrine?

— O quê?

— Eu tenho co-coisas para fazer.

Katrine sentiu uma leve onda de pânico.

— Mas a gente acabou de começar.

— Dor de cabeça. É difícil passar por situações tão traumáticas quanto essa, tenho certeza de que você consegue entender.

— Só me diz...

— Na verdade, isso não foi uma pergunta, minha querida. Eu parei por hoje. Se você quiser saber mais, vai ter que aparecer na minha cela, hoje à noite. Eu vou estar livre nesse horário.

— O vídeo que Dagny Jensen recebeu. Foi você que enviou? E mostra a vítima?

— Sim — disse Finne, levantando-se.

Pelo canto do olho, Katrine viu que Skarre já se aproximava. Ela ergueu a mão para a janela. Olhou para a pasta com perguntas. Tentou pensar. Poderia insistir. E assumir o risco de Krohn conseguir invalidar a confissão, apontando, como justificativa, métodos de interrogatório desnecessariamente rigorosos. Ou ela poderia se contentar com o que tinha conseguido, o que já era mais que suficiente para fazer o promotor formalizar uma acusação. Eles poderiam obter os detalhes mais tarde, antes do julgamento. Olhou para o relógio que Bjørn lhe dera no primeiro aniversário de casamento.

— Interrogatório concluído às dezessete horas e trinta e um minutos — disse ela.

Ao olhar para cima, viu que um Gunnar Hagen de rosto enrubescido havia entrado na sala de controle e conversava com Johan Krohn. Skarre entrou na sala de interrogatório e colocou as algemas em Finne para levá-lo de volta à cela na unidade de custódia. Katrine viu Krohn dar de ombros enquanto falava alguma coisa, e o rosto de Hagen ficou ainda mais vermelho.

— Até mais, sra. Bratt.

As palavras foram ditas tão perto de seu ouvido que ela sentiu os perdigotos que as acompanhavam. Então Finne e Skarre foram embora. Ela viu Krohn partir atrás deles.

Katrine limpou o rosto com um lenço de papel antes de ir até Hagen.

— Krohn revelou ao *VG* o nosso acordo. Já está no site deles.

— E o que ele tem a dizer em sua defesa?

— Que nenhuma das partes fez qualquer tipo de promessa de manter isso em segredo. Então ele perguntou se eu achava que tínhamos feito um acordo que não resistia a uma exposição. Porque ele prefere evitar esse tipo de acordo, aparentemente.

— Hipócrita filho da puta! Ele só está querendo nos mostrar do que é capaz.

— Vamos torcer para que seja esse o caso.

— Como assim?

— Krohn é um advogado de defesa esperto e desonesto. Mas tem alguém ainda mais desonesto que ele.

Katrine olhou para Hagen. Mordiscou o lábio inferior.

— O cliente dele, você quer dizer?

Hagen assentiu, e ambos se viraram e olharam para a porta aberta do corredor. Viram Finne, Skarre e Krohn esperando o elevador.

— Você *nunca* me liga na hora errada, Krohn — disse Mona Daa, ajustando o fone de ouvido enquanto se avaliava no espelho da academia. — Você já deve ter percebido que eu estive tentando falar com você. Eu e todos os outros jornalistas da Noruega, ouso dizer.

— É, quase isso. Vou direto ao assunto. A gente está prestes a fazer uma declaração à imprensa sobre a confissão, na qual estamos considerando anexar uma foto de Finne tirada há apenas algumas semanas.

— Que bom, as fotos que temos dele devem ter sido tiradas dez anos atrás.

— Vinte, na verdade, e a condição de Finne para permitir o uso dessa foto é que você a publique na capa do jornal.

— Oi?

— Não me pergunte por quê. É a condição dele.

— Você sabe muito bem que eu não posso fazer esse tipo de promessa.

— Claro que estou ciente da integridade jornalística, assim como tenho certeza de que você está ciente do quanto vale uma foto como essa.

Mona inclinou a cabeça e analisou o próprio corpo. O cinturão largo que usava quando levantava pesos fazia com que seu corpo em formato de pinguim (a associação provavelmente tinha mais a ver com seu jeito de andar, consequência de um defeito de nascença no quadril) lembrasse, num primeiro momento, uma ampulheta. Às vezes Mona suspeitava que o cinturão, que jamais deveria ser usado para qualquer coisa além do inútil treinamento com peso, fosse a verdadeira razão pela qual passava horas em inúteis treinamentos com peso. Da mesma forma como o reconhecimento pessoal era mais importante no seu trabalho do que ser o cão de guarda da sociedade, defendendo a liberdade de expressão, a curiosidade jornalística e toda essa bobagem que anunciavam anos após anos nos prêmios para a imprensa. Não que ela não acreditasse nesse tipo de coisa, mas isso ficava em segundo lugar, *depois* dos holofotes, de ver seu nome nos créditos e de fazer as pazes com o espelho. Visto por essa ótica, Finne não estava sendo nem mais nem menos pervertido por querer uma foto bem grande na capa do jornal, mesmo que fosse como estuprador e assassino em série. Foi isso que Finne fez a vida inteira, afinal; então talvez fosse compreensível que ele quisesse ser, no mínimo, um assassino famoso. Se as pessoas não conseguem ser amadas, é de conhecimento geral que a alternativa é serem temidas.

— Seja como for, esse é um dilema hipotético — disse Mona. — Se a imagem for de boa qualidade, então obviamente pretendemos ampliá-la para um tamanho decente. Sobretudo se você nos der uma hora antes de enviá-la para os outros jornais, combinado?

Roar Bohr apoiou seu fuzil, um Blaser R8 Professional, no peitoril da janela e espiou pela mira Swarovski X5i. A casa deles ficava numa encosta no lado oeste do Ring 3, logo abaixo do entroncamento Smestad. Da janela aberta do porão ele tinha uma visão do bairro residencial do outro lado da autoestrada e do Smestaddammen, um pequeno lago artificial de águas rasas, construído em 1800 para fornecer gelo à região mais rica da cidade.

O ponto vermelho da mira identificou e parou num grande cisne branco que deslizava indolentemente pela superfície da água, como se movido a vento. Estava a quatrocentos ou quinhentos metros, quase meio quilômetro, bem acima do que seus aliados americanos nas forças de coalizão chamavam de "alcance máximo de um tiro à queima-roupa". Ele colocou o ponto vermelho na cabeça do cisne. Bohr baixou o visor até o ponto vermelho estar na água logo acima do cisne. Focou na própria respiração. Aumentou a pressão no gatilho. Mesmo os recrutas mais novatos em Rena compreendiam que as balas voavam em arco, porque mesmo a bala mais rápida é influenciada pela gravidade; então é óbvio que, quanto mais afastado o alvo estiver, mais para o alto é preciso mirar. Também sabiam que, se o alvo estiver num terreno mais elevado, é preciso mirar ainda mais alto, porque a bala tem de viajar "ladeira acima". Mas era comum que resistissem a aceitar quando eram informados que, mesmo quando o alvo está num nível inferior ao seu, ainda assim tinham de mirar mais para cima, não mais para baixo, do que em terrenos planos.

Roar Bohr podia perceber, pelas folhas das árvores, que não estava ventando. A temperatura girava em torno de dez graus. O cisne se movia, em média, a um metro por segundo. Ele imaginou a bala explodindo aquela cabecinha. O pescoço perdendo a tensão e se dobrando como uma cobra por cima do corpo totalmente branco do cisne. Seria um tiro desafiador, mesmo para um atirador de elite das Forças Especiais. Mas não mais do que ele e seus colegas esperariam de Roar Bohr. Expirou todo o ar dos pulmões e moveu o visor para a pequena ilha perto da ponte. Era lá que a fêmea e seus filhotes estavam. Vasculhou a ilha, depois o restante do lago, mas não viu nada. Suspirou, deixou o fuzil encostado na parede e foi até a impressora barulhenta, de onde surgia a ponta de uma folha A4. Ele havia salvado a foto que acabara de ser publicada no site do *VG*, e agora analisava o rosto que aos poucos saía da impressora. Nariz largo e achatado. Lábios grossos num leve sorriso de escárnio. Cabelo bastante repuxado para trás, provavelmente preso numa trança na nuca, o que certamente era o motivo para Svein Finne ter aqueles olhos estreitos e o ar hostil.

A impressora expulsou o restante da folha com um gemido final, como se quisesse mandar esse homem execrável para longe. Um homem que acabara de confessar, com arrogância e satisfação, o assassinato de Rakel Fauke. Como os talibãs faziam ao aceitar a responsabilidade por qualquer bomba que explodia no Afeganistão, ou pelo menos quando o ataque era bem-sucedido. *Reivindicavam* a autoria do mesmo jeito que algumas tropas do Afeganistão faziam se surgisse a oportunidade de "roubar" uma morte. Às vezes parecia o mesmo que pilhar uma sepultura. Depois de combates frenéticos, Roar testemunhara soldados reivindicando mortes por disparos que o oficial superior — depois de verificar as imagens nas câmeras dos capacetes de seus próprios mortos — concluía terem sido feitos por soldados tombados.

Roar Bohr pegou a folha de papel e foi até a outra extremidade do espaçoso porão. Fixou-a num dos alvos pendurados na frente da caixa de metal que capturava as balas. Voltou para o lugar de antes. A distância era de dez metros e meio. Fechou a janela que havia equipado com três camadas de vidro à prova de som e botou os protetores de ouvido. Então pegou a pistola, uma High Standard HD 22, que estava perto do computador, não se concedeu mais tempo para mirar do que teria em uma situação de pressão, apontou a pistola para o alvo e atirou. Uma. Duas. Três vezes.

Bohr tirou os protetores de ouvido, pegou o silenciador e começou a atarraxá-lo no cano da sua High Standard. O silenciador alterou o ponto de equilíbrio; era como treinar com duas armas diferentes.

Ouviu o barulho de passos nos degraus da escada do porão.

— Droga — murmurou ele, fechando os olhos.

Ao abri-los, deu de cara com o rosto pálido, tenso e furioso de Pia.

— Você quase me matou de susto! Achei que estivesse sozinha em casa!

— Desculpa, Pia, eu também achei.

— Isso não faz diferença, Roar! Você prometeu que não ia dar mais tiros dentro de casa! Eu acabei de chegar em casa vindo do mercado, estava cuidando das minhas coisas bem tranquila quando de repente... Aliás, por que você não foi para o trabalho? E por que está pelado? E o que é isso no seu rosto?

Roar Bohr baixou os olhos. Ah, sim. Estava pelado. Passou o dedo no rosto. Olhou para a ponta do dedo. Tinta preta de camuflagem das Forças Especiais.

Colocou a pistola na mesa e apertou uma tecla qualquer do teclado.

— Home office.

Eram oito da noite, e a equipe de investigadores se reunia no Justice, o bar de sempre da Divisão de Homicídios, o que valia tanto para os bons quanto para os maus momentos. Fora ideia de Skarre celebrar a conclusão do caso, e Katrine não tinha conseguido encontrar uma boa desculpa para não ir nem para ir. Era tradição celebrar vitórias, um jeito de uni-los como um time, e ela, como chefe da Divisão de Homicídios, devia ter sido a primeira a convocar a equipe para uma ida ao Justice após terem obtido a confissão de Finne. O fato de terem encontrado a solução bem debaixo do nariz da Kripos só aumentava os motivos para a celebração. E isso havia levado a uma conversa por telefone de meia hora com Winter, que disse que a Kripos deveria ter sido a responsável pelo interrogatório de Finne, já que eram eles a principal unidade investigando o caso. Embora relutante, ele acabou aceitando a explicação de Katrine, de que o caso estava vinculado a três acusações de estupro sob a alçada do Departamento de Polícia de Oslo, e que apenas eles poderiam ter feito o acordo. É difícil argumentar contra o sucesso.

Então por que ela se sentia desconfortável? Tudo fazia sentido, mas ainda havia uma coisa, algo que Harry costumava chamar de a única nota dissonante de uma orquestra sinfônica. Dá para se ouvir, mas não se consegue descobrir de onde vem.

— Caiu no sono, chefe?

Katrine se sobressaltou e ergueu o copo de chope para a fileira de copos erguida por seus colegas ao longo da mesa.

Todo mundo estava lá. À exceção de Harry, que não atendeu à sua ligação. Como se respondesse ao seu pensamento, ela sentiu o celular vibrar e o pegou avidamente. Viu na tela que era Bjørn. E, por um breve momento, o pensamento herege surgiu em sua mente. Fingir que não viu. Explicar depois, com sinceridade, que havia recebido uma enxurrada de ligações depois da divulgação do comunicado de imprensa sobre a confissão, e que só mais tarde tinha visto o nome dele na lista de ligações perdidas. Mas então, é claro, o instinto materno infernal entrou em ação. Ela saiu da mesa, afastou-se da barulheira, entrou no banheiro e atendeu.

— Algo errado?

— Não, tudo bem — respondeu Bjørn. — Ele está dormindo. Eu só queria...

— Só queria...?

— Saber a que horas você vai voltar.

— Só vou ficar o quanto for preciso. Não dá para ir embora assim.

— Não, claro que não. Eu sei disso. Quem mais está aí?

— Quem está aqui? A equipe que trabalhou no caso, é claro.

— Só o seu pessoal? Ninguém ... de fora?

Katrine se empertigou. Bjørn era um homem gentil e cauteloso. E era apreciado por todos, porque também era charmoso e inspirava solidez e confiança. Mas, mesmo que não conversassem a respeito, ela não tinha dúvidas de que de tempos em tempos ele se perguntava como havia conseguido a garota que metade dos homens — e também algumas mulheres — da Homicídios desejava, ao menos até ela se tornar chefe deles. Provavelmente um dos motivos pelo qual ele jamais havia trazido o assunto à tona era porque sabia que poucas coisas são mais broxantes que um parceiro inseguro e cronicamente ciumento. E ele conseguira disfarçar isso, inclusive quando ela o abandonara um ano e meio atrás e eles passaram um curto período separados antes de reatar. Mas era difícil manter o fingimento por muito tempo, e ela começou a perceber que algo havia mudado entre eles nos últimos meses. Talvez porque ele estivesse em casa com o bebê, talvez fosse simplesmente privação de sono. Ou talvez ela estivesse apenas um sensível demais depois de tudo com que teve de lidar nos últimos seis meses.

— Só a gente — respondeu ela. — Eu vou estar em casa antes das dez.

— Fica um pouco mais, eu só queria checar.

— Antes das dez — repetiu ela, e olhou para a porta. Para o homem alto que estava de pé, passando o olho pelo bar.

Ela desligou.

Ele tentava transparecer tranquilidade, mas ela conseguia perceber a tensão em seu corpo e o olhar assombrado. Então ele a viu, e ela reparou como os ombros dele relaxaram.

— Harry! — chamou ela. — Você veio!

Ela lhe deu um abraço. Aproveitou o breve momento para sentir o cheiro que lhe era ao mesmo tempo familiar e estranho. E mais uma vez confirmou sua impressão de que a melhor coisa sobre Harry Hole era o cheiro. Não era como o aroma das pradarias e dos bosques. Às vezes cheirava a bebida velha e, ocasionalmente, ela detectava o fedor de suor. Mas, em geral, era um cheiro bom, difícil de definir. Era o cheiro *dele*. Esse não era um sentimento que devia fazê-la se sentir culpada, era?

Magnus Skarre se aproximou deles, os olhos um pouco vidrados e um sorriso de felicidade.

— Eles disseram que é a minha rodada. — Ele apoiou uma das mãos num ombro de Harry e a outra num de Katrine. — Chope, Harry? Ouvi dizer que você foi o único que conseguiu pegar o Finne. É isso aí, cara!

— Só uma Coca — disse Harry, delicadamente afastando a mão de Skarre.

Skarre foi para o bar.

— Isso quer dizer que você está sóbrio de novo — comentou Katrine.
Harry assentiu.
— Por um tempo.
— Por que você acha que ele confessou?
— Finne?
— É claro que eu sei que é porque ele recebe uma pena reduzida ao confessar, e ele percebeu que tínhamos um caso consistente contra ele, com aquele vídeo que ele mandou. E é claro que ele evitou ser acusado de estupro, mas será que isso é *tudo*?
— Aonde você quer chegar?
— Você não acha que pode ser também o que todos nós queremos, uma *necessidade* que todos nós temos? De confessar os nossos pecados.
Harry olhou para ela. Umedeceu os lábios.
— Não — respondeu ele.
Katrine notou um homem de paletó elegante e camisa azul debruçado sobre a longa mesa deles, e alguém apontou para ela e Harry. O homem assentiu e seguiu até eles.
— Alerta de jornalista — disse Katrine, suspirando.
— Jon Morten Melhus — apresentou-se o homem. — Estou tentando entrar em contato com você a noite inteira, Bratt.
Katrine deu uma boa olhada no sujeito. Jornalistas não costumavam ser tão educados.
— No fim, eu acabei falando com alguém na delegacia, expliquei por que estava ligando e fui informado de que provavelmente encontraria você aqui.
Ninguém na sede da polícia revelaria seu paradeiro a um desconhecido.
— Eu sou cirurgião no Hospital Ullevål. Liguei porque tivemos uma ocorrência bastante dramática um tempo atrás. Surgiram complicações durante um parto e tivemos que realizar uma cesariana de emergência. A mulher estava acompanhada de um homem que disse ser o pai da criança, o que a mulher confirmou. A princípio, parecia que ele ia ser útil. Quando a mulher soube que teríamos que fazer uma cesariana, ela ficou bastante preocupada, e o homem se sentou ao lado dela, fez carinho em sua testa, confortando-a e garantindo que tudo seria muito rápido. E é verdade, geralmente não leva mais de cinco minutos para

retirar o bebê. Eu me lembro do ocorrido porque o ouvi dizer: "Uma facada na barriga e pronto, acabou." Ele não estava errado, mas uma escolha de palavras bem incomum. E eu não pensei mais nisso naquela época, já que ele a beijou logo em seguida. O que achei estranho foi ele ter limpado os lábios dela depois do beijo. E ter filmado a cirurgia. Mas o mais esquisito mesmo foi ele de repente abrir caminho até a mulher e querer remover o bebê ele mesmo. E, quando tentamos detê-lo, ele inseriu a mão na incisão que havíamos feito.

Katrine fez uma careta.

— Droga — murmurou Harry. — Droga, droga.

Katrine olhou para ele. Algo se revelava aos poucos em sua mente, embora continuasse confusa.

— Nós conseguimos arrastá-lo para fora e finalizamos a cirurgia — disse Melhus. — Felizmente não havia sinais de infecção na mãe.

— Svein Finne. Foi Svein Finne.

Melhus olhou para Harry e assentiu lentamente.

— Mas ele nos deu um nome diferente.

— É claro — disse Harry. — Aí você viu a foto dele publicada no *VG* nessa tarde.

— Sim, e não tenho dúvidas de que era o mesmo homem. Ainda mais depois que vi o quadro na parede dos fundos. A foto foi tirada na sala de espera da nossa maternidade.

— Então por que você demorou tanto para registrar o incidente, e por que vir até mim pessoalmente? — perguntou Katrine.

Melhus pareceu momentaneamente confuso.

— Mas eu não estou registrando o incidente.

— Não?

— Não. Não é incomum as pessoas se comportarem de maneiras imprevisíveis sob o estresse mental e físico de um parto complicado. E ele definitivamente não dava a impressão de querer fazer mal à mulher, só que só tinha olhos para a criança. Tudo se acalmou e estava tudo bem, como eu já disse. Inclusive foi ele que cortou o cordão umbilical.

— Com uma faca — completou Harry.

— Isso mesmo.

Katrine franziu a testa.

— O que foi, Harry? Eu não estou conseguindo acompanhar o seu raciocínio.

— A data e a hora — disse Harry ainda olhando para Melhus. — Você leu sobre o assassinato e veio avisar que Svein Finne tem um álibi. Ele estava na maternidade naquela noite.

— Nós estamos numa zona cinzenta quando se trata do Juramento de Hipócrates, e por isso eu queria falar pessoalmente com você, Bratt. — Melhus olhou para Katrine com a expressão simpática de alguém treinado para dar más notícias. — Eu conversei com a parteira e ela afirmou que esse homem estava presente desde o momento em que a mãe deu entrada no hospital, por volta das nove e meia, até o nascimento, às cinco da manhã seguinte.

Katrine levou a mão ao rosto.

Da mesa veio o som de risadas alegres, seguidas pelo tilintar dos copos de chope. Alguém deve ter contado uma boa piada.

Parte Dois

24

Era quase meia-noite quando o *VG* divulgou a notícia de que a polícia havia libertado Svein Finne, "O Noivo".

Johan Krohn declarou ao mesmo jornal que a confissão de seu cliente ainda era válida, mas que a polícia havia concluído, por iniciativa própria, que provavelmente não tinha relação com Rakel Fauke, mas com outro crime no qual seu cliente pode ter prejudicado uma mulher em trabalho de parto e o bebê recém-nascido. Houve testemunhas e até provas em vídeo, mas nenhuma queixa fora protocolada sobre o incidente. Porém a confissão havia sido feita, e seu cliente tinha honrado sua parte no acordo, e Krohn advertiu a polícia das consequências caso o combinado fosse descumprido e não desistissem da ação relacionada às inconsistentes e infundadas alegações de estupro.

O coração de Harry não parava de martelar.

Ele estava de pé com água nos tornozelos, recuperando o fôlego. Estivera correndo. Correndo pelas ruas da cidade até não restarem mais ruas, e então fora parar ali.

Não era por isso que o coração dele estava tão descompassado. Havia começado quando ele saíra do Justice. O frio paralisante foi subindo por suas pernas e avançou joelho acima em direção à virilha.

Harry estava de pé na praça da Ópera de Oslo. À sua frente, o terreno inclinado revestido de mármore branco descia para o fiorde como uma calota de gelo derretendo, um prenúncio de um desastre iminente.

* * *

Bjørn Holm acordou. Ficou deitado na cama, escutando.

Não era o bebê. Nem Katrine, que tinha vindo para a cama e deitado de costas para ele, deixando claro que não estava a fim de papo. Ele abriu os olhos. Viu um reflexo luminoso no teto branco do quarto. Estendeu a mão para a mesa de cabeceira e viu na tela do celular quem estava ligando àquela hora. Hesitou em atender. Depois escapuliu da cama e foi para o corredor. Atendeu.

— É madrugada — sussurrou ele.

— Obrigado por avisar, eu não sabia — disse Harry secamente.

— Não tem de quê. Boa noite.

— Não desliga. Eu não consigo acessar os arquivos do caso da Rakel. Parece que o meu código de acesso foi bloqueado.

— Isso você tem que resolver com a Katrine.

— Katrine é a chefe e tem que seguir o regulamento, a gente já sabe disso. Mas eu tenho o seu código e acho que consigo adivinhar a sua senha. E é óbvio que você não poderia me *passar* porque seria contra os regulamentos.

Uma pausa.

— Mas? — Bjørn suspirou.

— Mas você poderia me dar umas dicas.

— Harry...

— Eu preciso fazer isso, Bjørn. Preciso pra caralho. O fato de não ter sido o Finne significa que foi outra pessoa. Vamos, a Katrine também precisa disso, porque eu sei que nem você nem a Kripos fizeram porra nenhuma.

— Por que você então?

— Você sabe por quê.

— Eu sei?

— Porque, em terra de cegos, quem tem um olho sou eu.

Outra pausa.

— Duas letras, quatro números — disse Bjørn. — E, se tivesse escolha, eu gostaria de morrer como ele. Num carro, no começo do ano-novo.

Ele desligou.

25

— De acordo com o professor Paul Mattiuzzi, a maioria dos homicidas se encaixa em uma das oito categorias — disse Harry. — Primeira: indivíduos cronicamente agressivos. Pessoas com pouco controle dos impulsos e que se frustram facilmente, se ressentem da autoridade, têm certeza de que a violência é uma resposta legítima e que, no fundo, gostam de encontrar uma maneira de expressar sua raiva. É o tipo que dá para perceber quando vai fazer alguma coisa.

Harry levou um cigarro à boca.

— Segunda: hostilidade controlada. Pessoas que raramente cedem à raiva, que são emocionalmente rígidas e parecem educadas e sérias. Seguem as regras e se consideram defensoras da justiça. Podem ser generosas, mas de um jeito que acabam sendo exploradas. Verdadeiras panelas de pressão que não demonstram nada até explodir. Aquele tipo que é descrito pelos vizinhos como: "Sempre pareceu um cara tão legal..."

Harry pegou o isqueiro, acendeu o cigarro e deu uma tragada.

— Terceira: indivíduos ressentidos. Pessoas que se sentem pisadas pelos outros, que acham que nunca recebem o que merecem e que, se não tiverem sucesso na vida, atribuem a culpa aos outros. Guardam rancor, sobretudo daqueles que as criticaram ou repreenderam. Assumem o papel de vítimas, são psicologicamente frágeis e, quando recorrem à violência por não conseguirem se controlar, geralmente seus ataques são direcionados às pessoas contra as quais têm ressentimentos. E quarta categoria: Os traumatizados...

Harry soltou a fumaça pela boca e pelo nariz.

— O assassinato é uma resposta a um único ataque à identidade do homicida, algo tão ofensivo e insuportável que o priva da sensação de poder pessoal. A matança é necessária para não destruir completamente o núcleo da existência traumatizada ou a masculinidade. Se você conhece as circunstâncias com antecedência, essa morte pode ser previsível e evitada.

Harry segurou o cigarro entre os dedos indicador e médio, enquanto via seu reflexo na poça emoldurada por terra marrom e cascalho cinza.

— Então existem as outras categorias. Quinta: narcisistas obsessivos e imaturos. Sexta: indivíduos paranoicos e ciumentos, beirando a insanidade. Sétima: pessoas que ultrapassaram, e muito, a barreira da insanidade.

Harry colocou o cigarro de volta entre os lábios e olhou para cima. Deixou os olhos deslizarem pela construção de madeira. O local do crime. O sol da manhã cintilava nas janelas. Não havia nada de diferente na casa, a não ser o grau de abandono. O interior continuava o mesmo. Uma espécie de palidez, como se a quietude tivesse sugado a cor das paredes e das cortinas, os rostos das fotos e as memórias dos livros. Ele não vira nada que não tivesse visto da última vez nem pensara em nada que não tivesse pensado antes; estavam de volta ao lugar onde haviam terminado na noite anterior: de volta ao começo, com as ruínas fumegantes de prédios e hotéis atrás deles.

— E a oitava categoria? — indagou Kaja, apertando ainda mais o sobretudo em volta do corpo e batendo os pés no cascalho para se aquecer.

— O professor Mattiuzzi os chama de "basicamente maus e irritados", o que é uma combinação das outras sete.

— E você acha que o assassino que está procurando se enquadra numa das oito categorias inventadas por esse tal psicólogo americano?

— Hum.

— E que Svein Finne é inocente?

— Não. Quer dizer, do assassinato da Rakel, sim.

Harry tragou tão forte e tão fundo a fumaça do Camel que sentiu o calor dela na garganta. Por mais estranho que pudesse parecer, não se surpreendeu com o fato de a confissão de Finne ser falsa. Tivera a impressão de que havia alguma coisa errada desde que estiveram no bunker. Como se Finne estivesse um pouco feliz com a situação. Ele havia deliberadamente incitado a violência física, de modo que não importava o que confessasse sobre o assassinato ou estupros, nada poderia ser usado no tribunal. E se Finne soubesse desde o começo que o assassinato de Rakel havia acontecido na noite em que ele estava na maternidade? Será que ele sabia que a gravação poderia ser mal-interpretada? Ou foi só mais tarde, antes do interrogatório na sede da polícia, que ele percebeu essa ironia do destino, que as circunstâncias tinham preparado o cenário de uma tragicomédia? Harry olhou pela janela da cozinha, para onde em abril do ano anterior ele e Rakel recolheram folhas e galhos enquanto limpavam o jardim. Isso foi logo depois de Finne sair da prisão, ameaçando, veladamente, fazer uma visita à família de Harry. Se Finne tivesse estado naquele trailer em alguma noite, poderia ter visto através das grades da janela da cozinha a tábua de cortar pão na parede e inclusive lido a mensagem de Oleg, caso enxergasse bem. Finne havia descoberto que a casa era uma fortaleza. E bolara seu plano.

Harry duvidava de que Krohn estivesse por trás da decisão de usar a confissão enganosa para se livrar das acusações de estupro. Krohn sabia mais que qualquer um que qualquer coisa que ganhasse a curto prazo numa manobra dessas seria ninharia comparado ao dano a sua credibilidade que — mesmo para um advogado de defesa com liberdade para ser manipulador — era sua verdadeira qualidade.

— Você percebe que essas categorias não exatamente limitam as opções? — disse Kaja. Ela havia se virado e olhava para a cidade.

— Em algum momento da vida, todos nos encaixamos numa dessas descrições.

— Hum. Mas quantos de nós vão em frente e executam um assassinato premeditado e a sangue-frio?

— Por que você está perguntando se já sabe a resposta?

— Talvez eu só queira ouvir alguém mais dizer isso.

Kaja deu de ombros.

— Matar é só uma questão de contexto. Não há problema em tirar uma vida se você se considera o respeitado açougueiro da cidade, o heroico soldado da pátria ou o longo braço da lei. Ou, potencialmente, o virtuoso vingador da justiça.

— Obrigado.

— Não há de quê. Isso veio da sua palestra na Academia de Polícia. Então quem matou Rakel? Alguém com traços de personalidade de uma dessas categorias, que mata independentemente do contexto, ou uma pessoa normal matando por um motivo que ela mesma inventou?

— Bem, eu acho que até um louco precisa de algum tipo de contexto. Mesmo em explosões de raiva, há um momento em que conseguimos nos convencer de que estamos agindo de um jeito justificável. A loucura é um diálogo solitário em que damos a nós mesmos as respostas que queremos. E todos nós já passamos por isso.

— Já mesmo?

— Eu sei que eu já — respondeu Harry, olhando para o caminho onde os pinheiros escuros vigiavam as duas margens. — Mas para responder à sua pergunta: acho que o processo de filtrar os possíveis suspeitos começa aqui. É por isso que eu queria que você visse a cena. Tudo foi limpo. Mas assassinatos são bagunçados, movidos pela emoção. É como se estivéssemos enfrentando um assassino experiente e ao mesmo tempo sem experiência. Ou talvez experiente, mas emocionalmente instável, típico de um homicídio motivado por frustração sexual ou desavenças pessoais.

— E, por não haver sinais de agressão sexual, você chegou à conclusão de que estamos lidando com ódio?

— Sim. É por isso que Svein Finne parecia o suspeito perfeito. Um homem acostumado a usar a violência e que quer vingar a morte do filho.

— Nesse caso, ele deveria ter matado *você*, não? — perguntou ela.

— Eu deduzi que Svein Finne sabia que viver depois de perder quem se ama é pior que morrer. Mas parece que eu estava errado.

— O fato de você ter pegado a pessoa errada não significa necessariamente que você tenha entendido errado.

— Hum. Você quer dizer que é difícil encontrar alguém que odiasse a Rakel, mas que é fácil encontrar alguém que me odeie?

— É só uma ideia — comentou Kaja.

— Bem. Isso poderia ser um ponto de partida.

— Talvez a equipe de investigação tenha algo que não sabemos.

Harry fez que não com a cabeça.

— Eu examinei os arquivos ontem à noite e tudo o que eles têm são detalhes independentes. Nenhuma linha definida de investigação ou prova concreta.

— Eu achava que você não podia ter acesso aos relatórios da investigação...

— Eu sei o login de uma pessoa que tem acesso. Eu descobri porque ele fez piada com o pessoal do TI por ter dado o login mais óbvio do mundo, é BH123. E a senha eu adivinhei.

— A data de nascimento dele?

— Quase. HW1953

— Que é...

— O ano em que Hank Williams foi encontrado morto num carro na virada do ano-novo.

— Então nada além de ideias aleatórias. A essa altura era de se esperar que eles tivessem bem mais que isso?

— Ã-hã — disse Harry, prestes a dar uma última tragada no cigarro.

— Espera — disse Kaja, estendendo a mão. — Posso?

Harry olhou para ela antes de lhe passar o cigarro. Não era como se ele tivesse enfim aberto os olhos depois de tudo o que havia acontecido. Ele estava mais cego que qualquer um deles, cego pelas lágrimas, mas agora era como se tivesse conseguido afastá-las dando umas piscadelas e, pela primeira vez desde que se reencontraram, conseguiu ver Kaja Solness *de fato*. Foi o cigarro. E as lembranças voltaram de repente, inesperadamente. A jovem policial que tinha viajado para Hong Kong para trazer Harry de volta para casa para que ele pudesse caçar um serial killer que a polícia de Oslo não havia conseguido capturar. Ela o encontrara num colchão no Chungking Mansions, numa espécie de limbo entre embriaguez e indiferença. E não estava muito claro quem precisava mesmo ser resgatado: a polícia de Oslo ou Harry. Mas aqui estava ela outra vez. Kaja Solness, que abria mão da própria beleza mostrando os dentes afiados e irregulares com a maior frequência possível, estragando assim a perfeição de seu rosto. Ele se lembrou das primeiras horas da manhã que haviam passado em uma casa grande e vazia, dos cigarros compartilhados. Rakel costumava querer a primeira tragada, Kaja sempre queria a última.

Ele havia abandonado as duas e fugido de novo para Hong Kong. Mas voltara para uma delas. Rakel.

Harry viu os lábios cor de framboesa de Kaja se fecharem ao redor do filtro entre o marrom e o amarelo e ficarem tensos por um breve instante enquanto ela tragava. Então deixou cair a guimba na terra molhada entre a poça e o cascalho, apagou-a com a sola do sapato e partiu em direção ao carro. Harry estava prestes a segui-la, mas parou.

Seus olhos foram atraídos pela guimba esmagada.

Ele pensou em reconhecimento de padrões. Dizem que a capacidade do cérebro humano de reconhecer padrões é o que nos distingue dos animais, que a nossa automática e infindável busca por padrões repetitivos foi o que permitiu que nossa inteligência se desenvolvesse e tornasse possível a civilização. E ele reconheceu o padrão na marca da sola no chão. Das fotos do arquivo "Fotos da cena do crime", no material da equipe de investigação. Um pequeno bilhete anexado à foto dizia que eles não tinham encontrado uma correspondência na base de dados da Interpol que fosse compatível com os padrões da sola dos sapatos.

Harry pigarreou.

— Kaja?

Ele viu as costas dela se aprumarem enquanto ela seguia para o carro. Só Deus saberia por quê; talvez ela tenha percebido algo na voz dele que ele mesmo não percebera. Kaja se virou para ele. Seus lábios num sorriso deixaram à mostra aqueles dentes afiados.

26

— Todos os soldados de infantaria têm cabelo preto — disse o homem atarracado e de boa aparência, sentado na poltrona baixa numa das pontas da mesinha de centro. A cadeira de Erland Madsen estava posicionada num ângulo de noventa graus em relação a Roar Bohr, em vez de diretamente à frente. Dessa forma, os pacientes de Madsen poderiam decidir por conta própria se queriam ou não olhar para ele. Não ter de encarar a pessoa com quem se está falando produzia o mesmo efeito de falar em um confessionário: dava ao paciente a sensação de conversar sozinho. Quando não se veem as reações do ouvinte, seja na linguagem corporal, seja nas expressões faciais, não se limita tanto o que é dito. Ele chegou a flertar com a ideia de comprar um divã, ainda que fosse um clichê, uma espécie de ícone da terapia.

Madsen baixou os olhos para o bloco de anotações. Pelo menos eles tiveram permissão de mantê-los em uso.

— Você poderia elaborar mais?

— Elaborar mais sobre cabelos pretos? — Roar Bohr sorriu. E, quando o sorriso alcançou aqueles olhos cinza-ardósia, foi como se as lágrimas, secas e silenciosas que lá estavam, enfatizassem o sorriso, do mesmo jeito que o sol brilha com mais intensidade quando está na ponta de uma nuvem. — Eles têm cabelo preto e são bons em colocar uma bala na sua cabeça a algumas centenas de metros de distância. Mas o jeito de reconhecê-los quando você se aproxima de um posto de controle é que eles têm cabelo preto e são amigáveis. Mortos de medo e amigáveis. É o trabalho deles. Não matar o inimigo, como foram treinados, e o exato oposto do que acharam que precisariam fazer quando entraram no Exército e tiveram que ralar muito para entrar para a Força de Operações Especiais: sorrir e ser gentil com os civis que cruzavam um posto de controle que havia ido pelos ares depois de dois ataques de homens-bomba no ano anterior. O objetivo era se aproximar da população local para conseguir as coisas, não chegar matando todo mundo.

— E conseguiram alguma coisa?

— Não — respondeu Bohr.

Como especialista em transtorno de estresse pós-traumático, Madsen havia se tornado uma espécie de Dr. Afeganistão, o psicólogo a quem as pessoas que sofriam por causa das experiências vividas em áreas devastadas pela guerra procuravam. Porém, mesmo que Madsen tenha aprendido muito a respeito da vida e dos sentimentos de que eles falavam, também sabia, por experiência própria, que era melhor ser uma página em branco. Permitir que os pacientes falassem o quanto quisessem sobre coisas concretas e simples. Nenhum detalhe podia ser subestimado, ele precisava levá-los a perceber que tinham de dar *todo* o contexto para ele. Seus pacientes nem sempre sabiam quais eram os pontos problemáticos; às vezes, o problema estava em coisas que os próprios pacientes consideravam normais e sem importância; coisas que, se o momento fosse outro, talvez nem fossem levadas em consideração; coisas que seus inconscientes processavam em segredo, longe dos olhos. Mas, agora, era uma espécie de "aquecimento dos motores".

— E não conquistaram nada com a simpatia? — perguntou Madsen.

— Ninguém no Afeganistão entendia de fato por que a Força Internacional de Apoio à Segurança estava lá. Tinha gente na própria ISAF que não sabia. Mas ninguém caía na conversa de que a ISAF só estava lá para levar democracia e felicidade para um país que não sabe nada de democracia nem tem o menor interesse nos valores que ela representa. Os afegãos dizem o que acham que a gente quer ouvir, qualquer coisa que nos faça continuar fornecendo ajuda com água potável, suprimentos e remoção de minas terrestres. Fora isso, eles querem mais é que a gente vá para o inferno. E não estou me referindo apenas aos simpatizantes do Talibã.

— Então por que você foi?

— Se quiser entrar para o Exército, precisa fazer parte da ISAF.

— E você quis continuar?

— Não tem jeito. Se você parar, morre. O Exército tem uma morte lenta, dolorosa e humilhante reservada para quem acha que pode parar de se esforçar para seguir em frente.

— Me conta de Cabul.

— Cabul. — Bohr se ajeitou na cadeira. — Animais de rua.

— Animais de rua?

— Estão por toda a parte. Vira-latas.

— Você quer dizer literalmente, não...

Bohr meneou a cabeça com um sorriso. Não havia nenhum brilho em seus olhos naquele momento.

— Os afegãos têm muitos senhores. Os cachorros vivem do lixo. Tem muito lixo. A cidade tem cheiro de fumaça de escapamento. E de incêndios. Eles queimam tudo para tentar se aquecer. Lixo, combustível, madeira. Neva em Cabul. A neve sempre dava a impressão de que a cidade ficava mais acinzentada. Existem alguns prédios decentes, é claro. O Palácio Presidencial. O hotel Serene é um cinco estrelas, pelo que dizem. Os jardins Babur são bonitos. Mas o que mais se vê quando se dirige pela cidade são construções simples e em ruínas, de um ou dois andares, e lojas que vendem todo tipo de coisa. Ou prédios de arquitetura russa no seu período mais deprimente. — Bohr meneou a cabeça. — Eu vi fotos de Cabul antes da invasão soviética. E o que eles dizem é verdade: Cabul era mesmo bonita.

— Mas não quando você morou lá?

— A gente não morava exatamente em Cabul, mas em tendas fora do perímetro da cidade. Em tendas muito boas, eram quase casas. Mas os nossos escritórios ficavam em prédios comuns. A gente não tinha ar-condicionado nas tendas, só ventiladores. Mas que, de qualquer jeito, quase não eram ligados, já que fazia frio à noite. Porém, durante o dia, podia ficar tão quente que era impossível sair de casa. Não tão ruim quanto os cinquenta graus úmidos em Basra, no Iraque; mas, ainda assim, Cabul no verão podia ser um inferno.

— E mesmo assim você voltou... — Madsen olhou para as anotações. — Três vezes? Em turnos de doze meses?

— Um de doze, dois de seis — corrigiu Bohr.

— Você e sua família estavam cientes dos riscos de entrar em uma zona de guerra, é claro, no que diz respeito à saúde mental e relacionamentos pessoais.

— Sim, me falaram disso. Que as únicas coisas que você consegue no Afeganistão são nervos em frangalhos, divórcio e uma promoção para coronel antes de se aposentar, caso consiga evitar o alcoolismo.

— Mas...

— Minha trajetória estava sob vigilância. Investiram em mim. Formação de oficiais na Academia Militar. Não há limites para o que as pessoas estão dispostas a fazer se você der a elas a sensação de que foram escolhidas para alguma coisa. Ser enviado para a Lua numa lata de metal nos anos sessenta era praticamente uma missão suicida, e todos sabiam disso. A NASA pediu que só os melhores pilotos se oferecessem como voluntários para o programa de astronautas, justamente aqueles que tinham perspectivas maravilhosas numa época em que pilotos, tanto civis como militares, tinham o status de astros do cinema e jogadores de futebol. Eles não pediram jovens pilotos mais destemidos e mais ávidos por emoções, mas os mais experientes e sensatos. Aqueles que conheciam os riscos e que não tinham a mínima vontade de correr atrás deles. Pilotos casados que talvez tivessem um ou mais filhos ainda pequenos. Em resumo: aqueles com tudo a perder. Quantos deles você acha que recusaram a oferta de seu país de cometer suicídio em público?

— Foi por isso que você foi?

Bohr deu de ombros.

— Deve ter sido uma mistura de ambição pessoal e idealismo. Mas eu não me lembro mais o quanto de cada.

— Do que você mais lembra sobre voltar para casa?

Bohr deu um sorrisinho.

— De que a minha esposa sempre tinha que me treinar. Lembrar que eu não precisava dizer "entendido" quando ela me pedia para comprar leite. Que eu devia me vestir direito. Quando você passa anos sem usar nada além de uma farda de campo por causa do calor, um terno parece mesmo uma... mortalha. E que em eventos sociais você deve trocar apertos de mão com mulheres, mesmo que elas estejam usando *hijabs*.

— Podemos conversar sobre matar?

Bohr endireitou a gravata e olhou a hora. Respirou fundo, bem devagar.

— Podemos?

— Ainda temos tempo.

Bohr fechou os olhos por um momento. Tornou a abri-los.

— Matar é complicado. E extremamente simples. Quando selecionamos soldados para uma unidade de elite como as Forças Especiais, eles não precisam apenas preencher um conjunto de critérios físicos e mentais. Também têm que ser capazes de matar. Por isso procuramos pessoas com capacidade de manter um distanciamento suficiente para matar. Você provavelmente já viu filmes e programas de tevê sobre recrutamento para unidades especializadas, como os Rangers, que se trata basicamente de saber lidar com o estresse, solucionar tarefas privado de comida e sono, sempre mantendo a pose de soldado mesmo sob estresse emocional e físico. Quando eu era recruta, matar não era muito o foco, essa habilidade do indivíduo de tirar uma vida e saber lidar com isso. Agora sabemos bem mais sobre isso. Sabemos que as pessoas que vão matar têm que conhecer a si mesmas. Elas não podem se surpreender com os próprios sentimentos. Não é verdade que vá contra a natureza matar um membro da mesma espécie. É totalmente natural. Isso acontece na natureza o tempo todo. A maioria das pessoas obviamente sente certa relutância, o que também faz sentido olhando por uma perspectiva evolucionária. Mas essa relutância pode ser superada quando as circunstâncias o exigem. Na verdade, ser capaz de matar é um sinal de boa saúde, porque demonstra capacidade de autocontrole. Se tem uma coisa que os meus soldados nas Forças Especiais tinham em comum era como todos lidavam muito bem com a ideia de ter que matar. Mas eu daria com muita alegria um tapa na cara de qualquer um que acusasse um deles de ser psicopata.

— Só um tapa? — perguntou Madsen com um sorrisinho irônico.

Bohr não respondeu.

— Gostaria que você falasse um pouco mais objetivamente sobre o seu problema — pediu Madsen. — A prática do homicídio. Vi nas minhas anotações que você se autodenominou um louco da última vez. Mas não quis se aprofundar muito.

Bohr assentiu.

— Vejo que você está preocupado, mas vou repetir mais uma vez: tudo o que você disse aqui é confidencial — avisou Madsen.

Bohr esfregou a mão na testa.

— Eu sei disso, mas estou quase me atrasando para uma reunião de trabalho.

Madsen assentiu. Para além do interesse puramente profissional, que era o de identificar a natureza do problema, raramente tinha curiosidade pelas histórias pessoais dos pacientes. Mas esse aqui era diferente, e ele esperava que seu rosto não demonstrasse como estava desapontado.

— Bem, vamos encerrar por hoje então. E, se você preferir não falar disso de jeito algum...

— Eu *quero* conversar sobre isso, eu... — Bohr fez uma pausa; abotoou o casaco. — Eu *preciso* falar sobre isso com alguém. Senão...

Madsen esperou, mas Bohr não continuou.

— Então nos vemos na segunda, no mesmo horário? — perguntou Madsen.

Sim, estava resolvido, ele ia arranjar um divã. Talvez até mesmo um confessionário.

— Espero que você goste de café forte — gritou Harry para a sala de estar enquanto servia a água da chaleira nas xícaras.

— Quantos discos você tem? — indagou Kaja.

— Acho que uns mil e quinhentos.

O calor queimou as juntas de Harry quando ele enfiou os dedos na alça das xícaras. Com três passadas rápidas e longas, ele já estava na sala de estar. Kaja estava ajoelhada no sofá olhando para os discos.

— Você acha?

Harry retorceu o canto da boca numa espécie de sorriso.

— Mil quinhentos e trinta e seis.

— E, como a maioria dos neuróticos, você certamente deve ter organizado tudo por ordem alfabética pelo nome do artista, mas posso ver que, pelo menos, não arrumou os discos por data de lançamento.

— Não — disse Harry, colocando as xícaras ao lado do computador na mesa e soprando os dedos. — Só na ordem em que foram comprados. Os mais recentes sempre na extremidade esquerda.

Kaja riu.

— Vocês são todos uns malucos.

— Acho que sim. Mas Bjørn diz que eu sou o único doido porque *todo mundo* organiza os discos por data de lançamento.

Ele se sentou no sofá e ela deslizou para o lado dele e tomou um gole de café.

— Bom.

— Secagem por congelamento a vácuo, de uma embalagem que eu acabei de abrir — disse Harry.

— Eu tinha me esquecido de como isso é gostoso. — Ela riu.

— Como assim? Quer dizer que ninguém mais serviu um café desses para você desde a última vez que fiz isso?

— Como podemos ver, você é o único que sabe como tratar uma mulher, Harry.

— E não se esqueça disso — comentou Harry, então apontou para a tela. — Aqui está a foto da pegada na neve do lado de fora da casa de Rakel. Consegue ver que é a mesma?

— Sim — disse Kaja, olhando para a própria bota. — Mas a marca na foto é de um tamanho maior, não é?

— Provavelmente 42 — disse Harry.

— A minha é 36. Comprei num brechó em Cabul. Eram as menores que tinham.

— São botas militares soviéticas da época da ocupação?

— Isso.

— Então elas devem ter mais de trinta anos.

— Impressionante, não? Um tenente-coronel norueguês em Cabul costumava dizer que, se os fabricantes dessas botas estivessem no controle, a União Soviética nunca teria entrado em colapso.

— Você está falando do tenente-coronel Bohr?

— Ã-hã.

— Então isso quer dizer que ele também tem uma dessas botas?

— Não me lembro, mas elas eram bem populares. E baratas. Por que a pergunta?

— O número de Roar Bohr aparece com tanta frequência no registro do celular de Rakel que foram verificar se ele tinha um álibi para a noite do assassinato.

— E...?

— A esposa diz que ele estava em casa a noite toda. O que me chamou a atenção nessas ligações é que ele parece ter ligado três vezes mais para ela do que ela para ele. O que não quer dizer que era perseguição, mas um subordinado não retornaria as ligações do chefe com mais frequência?

— Não sei. Você está sugerindo que o interesse de Bohr por Rakel poderia ser algo mais que apenas profissional?

— O que você acha?

Kaja coçou o queixo. Harry não soube por que, mas lhe pareceu um gesto masculino, provavelmente algo que se faria com uma barba por fazer.

— Bohr é um chefe ligado em tudo o que acontece o tempo todo — disse Kaja —, o que às vezes o faz parecer engajado demais, impaciente demais. Eu consigo imaginá-lo ligando três vezes antes mesmo que você conseguisse retornar a primeira ligação.

— À uma da madrugada?

Kaja fez uma careta.

— Você quer que eu contra-argumente ou...

— Seria o ideal.

— Rakel era diretora assistente da NHRI, se entendi direito.

— Diretora técnica. Mas sim.

— E o que ela fazia?

— Prestação de contas às organizações das convenções da ONU. Palestras. Consultoria a políticos.

— Então, no Instituto Nacional de Direitos Humanos da Noruega você tem que se adequar às horas de trabalho e aos prazos das outras pessoas. A sede da ONU está seis horas antes de nós. Por isso não é tão incomum que seu chefe te ligue um pouco tarde de vez em quando.

— Onde... Qual é o endereço de Bohr?

— Em algum lugar em Smestad. Acho que é a casa em que ele cresceu.

— Hum.

— No que você está pensando?

— Nada de especial.

— Qual é?

Harry esfregou a nuca.

— Como estou suspenso, não posso ligar para ninguém para interrogar, requisitar um mandado de busca ou fazer qualquer coisa que venha a atrair a atenção da Kripos ou da Homicídios. Mas a gente *pode* fuçar um pouco num ponto cego, onde eles não conseguem nos ver.

— Tipo...?

— Essa é a hipótese: Bohr matou Rakel. Depois foi direto para casa e se livrou da arma do crime no caminho. Nesse caso, ele provavelmente fez o mesmo trajeto que fizemos para voltar para cá, vindo de Holmenkollen. Agora, se você quisesse se livrar de uma faca entre Holmenkollveien e Smestad, que lugar você escolheria?

— O Holmendammen fica literalmente às margens da estrada.

— Ok — disse Harry. — Mas os registros dizem que o lago já foi verificado, e a profundidade média é de apenas três metros, de modo que teriam encontrado.

— Então onde mais?

Ele fechou os olhos, recostou a cabeça na parede de discos logo atrás e reconstruiu mentalmente a estrada pela qual dirigira tantas vezes. O caminho de Holmenkollen para Smestad. Não devia ter mais de três ou quatro quilômetros. Mas ainda assim oferecia infinitas possibilidades para se livrar de um objeto pequeno. Principalmente em gramados. Um matagal pouco antes de Stasjonsveien seria uma possibilidade. Ele ouviu o gemido metálico de um bonde ao longe e um grito de lamúria de outro logo ali fora. Viu-o de relance. Verde, dessa vez. Com um fedor de morte.

— Lixo — disse ele. — A caçamba.

— A caçamba de lixo?

— No posto de gasolina logo depois da Stasjonsveien.

Kaja riu.

— Uma das mil possibilidades e você parece ter *tanta* certeza.

— Claro. Foi a primeira coisa que me veio à mente quando pensei no que eu teria feito.

— Você está se sentindo bem?

— Por que a pergunta?

— Você está muito pálido.

— Falta de ferro — respondeu Harry, levantando-se.

* * *

— A empresa que fornece os serviços de caçamba faz a coleta quando fica cheio — disse a mulher de óculos e pele escura.

— E quando foi a última vez que isso aconteceu? — perguntou Harry, olhando para o grande recipiente cinza ao lado do prédio do posto de gasolina.

A mulher, que havia se apresentado como gerente, explicou que a caçamba era para uso do posto de gasolina, principalmente para embalagens, e que não conseguia se lembrar de ter visto alguém despejando lixo nela. A caçamba tinha uma boca de metal aberta numa das extremidades, e a mulher pressionara um botão vermelho para demonstrar como as pás compactavam o lixo e o comprimiam para as entranhas da caçamba. Kaja estava a poucos metros de distância, anotando o nome e o número de telefone da locadora de caçamba, impressos no aço cinza.

— A última vez que foram substituídas deve ter sido há um mês, mais ou menos — respondeu a gerente.

— A polícia abriu e olhou lá dentro? — quis saber Harry.

— Pensei que você fosse da polícia — disse a gerente.

— A mão direita nem sempre sabe o que a mão esquerda está fazendo em uma investigação tão grande. Você poderia abrir para nós? Queremos dar uma olhada no que tem lá dentro.

— Não sei, eu teria que ligar para o meu chefe.

— Pensei que você fosse a chefe — retrucou Harry.

— Eu disse que era a gerente desse posto de gasolina, isso não significa...

— A gente entende. — Kaja sorriu. — Se você pudesse ligar para ele, ficaríamos muito agradecidos.

A mulher se virou e desapareceu dentro do prédio vermelho e amarelo. Harry e Kaja ficaram parados olhando para o gramado artificial onde dois garotos praticavam os últimos truques de bola do Neymar, que com certeza viram no YouTube.

Passado um tempinho, Kaja olhou para o relógio.

— Vamos lá dentro para ver o que está acontecendo?

— Não — disse Harry.

— Por que não?
— A faca não está na caçamba.
— Mas você disse...
— Eu me enganei.
— E como você pode ter certeza?
— Olha — disse Harry, apontando para as câmeras de segurança.
— É por isso que ninguém despeja nada aqui. E um assassino que se deu ao trabalho de remover uma câmera de monitoramento remoto que estava bem camuflada na área externa do local do crime não vai sair correndo para um posto de gasolina com câmeras de segurança para se livrar da arma que usou.

Harry foi caminhando para o campo de futebol.
— O que você está fazendo? — gritou Kaja atrás dele.

Harry não respondeu. Primeiro porque não tinha uma resposta. Não até chegar aos fundos do posto de gasolina e ver um prédio com o logotipo do Esporte Clube Ready acima da entrada. Havia seis lixeiras verdes de plástico ao lado do prédio. Fora do alcance das câmeras. Harry abriu a tampa da maior delas e foi atingido pelo cheiro rançoso de comida podre.

Ele inclinou a lixeira para que ficasse sobre as duas rodas na parte traseira e a empurrou para o espaço aberto. Chegando lá, inclinou por completo, despejando o conteúdo.

— Que cheiro horroroso — comentou Kaja.
— Isso é bom.
— Bom?
— Significa que faz um tempo que não é esvaziada — explicou Harry, agachando-se e começando a mexer no lixo. — Você pode checar uma das outras?
— Não havia nada sobre fuçar lixo na descrição do cargo.
— Considerando o salário baixo, você devia ter adivinhado que lixo iria surgir em algum momento.
— Você não está me pagando salário nenhum — retrucou Kaja enquanto virava a lixeira menor.
— Isso mesmo. E a sua não fede tanto quanto a minha.
— Ninguém pode dizer que você não sabe motivar a sua equipe.

Kaja se agachou, e Harry percebeu que ela começou pelo canto superior esquerdo, do jeito que ensinam na Academia de Polícia.

Um homem havia saído do prédio e estava de pé abaixo do logotipo do Ready. Usando um jeans com o logotipo do Ready.

— Que diabos vocês pensam que estão fazendo?

Harry se levantou, foi até o sujeito e mostrou sua documentação da polícia.

— Você sabe se alguém foi visto aqui na noite de 10 de março?

O homem olhou para o documento, depois de volta para Harry com a boca entreaberta.

— Você é o Harry Hole.

— Isso mesmo.

— O superdetetive em pessoa?

— Não acredite em...

— E você está remexendo no nosso lixo.

— Desculpe desapontá-lo.

— Harry — chamou Kaja.

Harry se virou. Ela estava segurando algo entre o polegar e o indicador. Lembrava um pedacinho de plástico preto.

— O que é isso? — perguntou ele, cerrando os olhos ao sentir o coração disparar.

— Não tenho certeza, mas acho que é um daqueles...

Cartões de memória, pensou Harry. Do tipo que se usa em câmeras de monitoramento remoto.

O sol brilhava na cozinha da casa na Lyder Sagens, onde Kaja, de pé, removia o cartão de memória do que parecia ser, para Harry, uma câmera simples, mas que Kaja dissera se tratar de uma Canon G9, comprada em 2009 por uma pequena fortuna, e que realmente havia resistido ao teste do tempo. Ela inseriu o cartão de memória encontrado no lixo, conectou a câmera ao MacBook com um cabo e clicou na pasta Imagens. Uma série de miniaturas surgiu. Algumas mostravam a casa de Rakel sob diferentes níveis de intensidade de luz do dia. Algumas foram tiradas na escuridão, e tudo o que Harry pôde ver foi a luz da janela da cozinha.

— Aí está — disse Kaja, então foi até a máquina de espresso que aprontava a segunda xícara, mas Harry percebeu que era mais para deixá-lo em paz.

As miniaturas tinham datas.

A penúltima era de 10 de março, e a última, de 11 de março. A noite do assassinato.

Ele respirou fundo. O que ele queria ver? O que estava com medo de ver? E o que tinha esperanças de ver?

O cérebro dele parecia um vespeiro sendo atacado, então era melhor acabar logo com isso.

Ele clicou em Play na miniatura de 10 de março.

Apareceram quatro miniaturas menores, com a hora marcada.

A câmera havia sido ativada quatro vezes antes da meia-noite na noite do assassinato.

Harry clicou na primeira gravação com a marcação *20:02:10*.

Escuridão. Luz do outro lado da cortina na janela da cozinha. Mas alguém, ou alguma coisa, estava se movendo na escuridão e acionou a gravação. Droga, devia ter seguido o conselho do cara da loja e comprado uma câmera mais cara com tecnologia Zero Blur. Ou era No Glow? Qualquer que fosse o nome, era algo que significava que você podia ver o que estava diante da câmera, inclusive no meio da noite. De repente, os degraus se iluminaram quando a porta da frente foi aberta e apareceu um vulto que só podia ser Rakel. Ela ficou lá por alguns segundos antes de deixar entrar outro vulto. Então a porta se fechou atrás deles.

Harry respirava pelo nariz com dificuldade.

Longos segundos se passaram, então a imagem congelou.

A próxima gravação começava às 20:29:25. Harry clicou nela. A porta da frente estava aberta, mas as luzes da sala e da cozinha estavam apagadas ou tinham sido diminuídas, de modo que mal dava para ver o vulto que saía, fechava a porta atrás de si e descia os degraus antes de desaparecer na escuridão. Mas eram oito e meia da noite, uma hora e meia antes da janela de tempo sugerida pelos legistas. Os vídeos seguintes seriam os mais importantes.

Harry sentia as palmas úmidas enquanto clicava na terceira miniatura, marcada *23:21:09*.

Um carro corria pela entrada. Os faróis iluminaram a parede da casa antes de pararem em frente aos degraus e serem desligados. Harry olhou para a tela, tentando em vão fazer com que seus olhos penetrassem a escuridão.

Os segundos corriam, mas nada acontecia. O motorista estava sentado dentro do carro esperando alguém? Não, porque a gravação não parou, então o sensor da câmera ainda estava detectando movimento. Então, por fim, Harry viu alguma coisa. Uma luz fraca atravessou os degraus quando a porta da frente se abriu e o que parecia ser um corpo curvado entrou. A porta se fechou e a imagem ficou mais uma vez escura. E congelou alguns segundos depois.

Ele clicou na última gravação antes da meia-noite. 23:38:21.

Escuridão.

Nada.

O que o sensor PIR da câmera detectou? Algo que estava se movendo e pulsava, pelo menos; uma temperatura diferente de todo o resto.

Depois de trinta segundos, a gravação parou.

Podia ter sido alguém se movendo na rua diante da casa. Mas também um pássaro, um gato, um cachorro. Harry esfregou o rosto com força. Qual era a vantagem de uma câmera de monitoramento remoto com sensores muito mais sensíveis que a lente? Vagamente se recordou do vendedor da loja falando algo nesse sentido enquanto tentava persuadi-lo a gastar um pouco mais em outra câmera. Mas isso foi na época em que Harry começou a ter problemas para pagar a bebida e manter um teto para morar.

— Conseguimos alguma coisa? — perguntou Kaja, colocando uma das xícaras diante de Harry.

— Alguma coisa, mas não o bastante.

Harry clicou na miniatura de 11 de março. Uma gravação. 02:23:12.

— Cruza os dedos — disse ele, e clicou em Play.

A porta da frente foi aberta e um vulto podia ser visto sob a fraca luz acinzentada do corredor. Ficou ali por alguns segundos, parecia oscilar para a frente e para trás. Então a porta se fechou e tudo voltou a ficar completamente escuro.

— Ele está indo embora — comentou Harry.

Luz.

Os faróis do carro se acenderam; as lanternas traseiras também. A luz de ré se acendeu. De repente, tudo ficou escuro outra vez.

— Ele desligou o motor de novo — disse Kaja. — O que será que está acontecendo?

— Não sei. — Harry se inclinou para a tela. — Tem alguém se aproximando, consegue ver?

— Não.

A imagem deu um tranco e o contorno da casa ficou torto. Outro solavanco, e ficou mais torta ainda. Então a gravação parou.

— O que foi isso?

— Ele arrancou a câmera — respondeu Harry.

— Não era para o termos visto caminhando do carro até a câmera?

— Ele foi pela lateral — explicou Harry. — Deu para ver que ele se aproximou pela esquerda.

— Por que fazer essa volta? Quero dizer, já que ele ia se livrar das gravações.

— Ele estava evitando a área com mais neve. Menos trabalho para apagar as pegadas depois.

Kaja assentiu lentamente.

— Ele deve ter feito o reconhecimento da área com antecedência e sabia da câmera.

— Sim. E ele fez tudo com uma precisão quase militar.

— *Quase?*

— Ele entrou no carro primeiro e por pouco não se esqueceu da câmera.

— Então ele não planejou nada?

— Planejou — retrucou Harry, levando a xícara de café à boca. — Tudo foi planejado até os mínimos detalhes, como o fato de as luzes internas do carro não se acenderem quando ele entrou e saiu do carro. Tinha desligado de antemão, para o caso de algum vizinho ouvir o carro e olhar para ver quem era.

— Mas ainda assim teriam visto o carro.

— Duvido que fosse o carro dele. Se fosse, ele teria estacionado mais longe. Deu a impressão de que era quase como se ele *quisesse* que o carro estivesse na cena do crime.

— Para que os relatos de uma eventual testemunha pudessem despistar a polícia?

— Hum. — Harry tomou um gole de café e fez uma careta.

— Desculpa, eu não tenho nenhum café com secagem por congelamento a vácuo — disse Kaja. — Então, afinal, foi executado com perfeição ou não?

— Não sei. — Harry se recostou e tirou o maço de cigarros do bolso da calça. — Quase esquecer a câmera não se encaixa no restante da ação. E deu a impressão de que ele oscilava no vão da porta, você notou? Quase como se a pessoa que saía não fosse a mesma que tinha entrado. E o que ele ficou fazendo lá durante duas horas e meia?

— O que você acha?

— Acho que ele estava chapado. Drogas ou bebida. Roar Bohr toma algum comprimido?

Kaja meneou a cabeça e fixou o olhar na parede atrás de Harry.

— Isso foi um não? — perguntou Harry.

— Foi um eu-não-sei.

— Quer dizer que você não descarta a possibilidade?

— Descartar a possibilidade de um oficial das Forças Especiais que esteve em três turnos de serviço no Afeganistão estar tomando entorpecentes? Com certeza, não.

— É... Dá para você remover o cartão de memória? Vou levá-lo para o Bjørn, talvez a Unidade de Perícia consiga maiores informações dessas imagens.

— Claro. — Kaja pegou a câmera. — E o que você anda pensando sobre a faca? Por que ele não se livrou dela no mesmo local do cartão de memória?

Harry inspecionou o que havia restado de café na xícara.

— A cena do crime indica que ele tem uma ideia de como a polícia trabalha. Então provavelmente também sabe como vasculhamos a área em torno da cena do crime em busca de uma provável arma do crime e que as chances de encontrarmos uma faca em uma lata de lixo a menos de um quilômetro da cena são relativamente grandes.

— Já um cartão de memória... — disse Kaja.

— ... tudo bem se livrar disso. Ele sequer imaginava que fôssemos procurar pelo cartão. Quem ia saber que Rakel tinha uma câmera de monitoramento remoto camuflada no jardim?

— Então onde está a faca?

— Não sei. Mas eu diria que está na casa do assassino.

— Por quê? — perguntou Kaja, enquanto olhava para a tela da câmera. — Se for encontrada lá, é praticamente uma condenação.

— Porque ele não se considera um suspeito. Uma faca não apodrece, não derrete, só precisa estar escondida num lugar que *jamais* seja descoberto. E o primeiro lugar onde se consegue pensar em bons esconderijos é a própria casa. Manter a arma do crime por perto também dá a sensação de estar no controle do próprio destino.

— Mas, se ele usou uma faca que pertencia à cena do crime e limpou as impressões digitais, a única coisa que poderia ligá-lo ao crime seria se fosse encontrada dentro da própria casa. A casa é o último lugar que eu teria escolhido.

Harry assentiu.

— Você está certa. Como eu disse, não sei direito, estou fazendo suposições. É só... — Ele tentou encontrar a palavra certa.

— Um pressentimento?

— Sim. Não. — Ele pressionou as têmporas com os dedos. — Não sei. Você se lembra das advertências que a gente recebia quando era jovem, antes de experimentar LSD? Que seria possível ter flashbacks e voltar a ter a sensação de estar drogado do nada, sem nenhum aviso, quando ficasse mais velho?

Kaja desviou os olhos da câmera e o encarou.

— Eu nunca tomei nem nunca ninguém me ofereceu LSD.

— Garota esperta. Eu já não fui um carinha tão esperto. Já ouvi dizer que esses flashbacks podem ser estimulados. Estresse. Alcoolismo. Traumas. E que às vezes esses flashbacks são na verdade efeitos da droga que permaneceu no organismo, já que o LSD é sintético e não se desintegra da mesma maneira que a cocaína, por exemplo.

— Então agora você está se perguntando se está numa viagem de LSD?

Harry deu de ombros.

— LSD aumenta o nível de percepção. Faz o cérebro funcionar na velocidade máxima, interpretar informações com tantos detalhes que você sente que tem uma percepção cósmica. Esse é o único jeito que posso explicar por que senti que a gente tinha que verificar essas lixeiras verdes. Convenhamos, você não encontra um pedaço pequeno de plástico no primeiro lugar estranho que procura e a um quilômetro da cena do crime por *acaso*, não é?

— Talvez não — disse Kaja, voltando a olhar para a tela da câmera.

— Tudo bem, e essa mesma percepção cósmica está me dizendo que Roar Bohr não é o homem que estamos procurando, Kaja.

— E se eu lhe disser que a minha percepção cósmica está dizendo que você está errado?

Harry deu de ombros.

— Quem tomou LSD fui eu, não você.

— Mas eu fui a única que assistiu às gravações anteriores a 10 de março, não você.

Kaja virou a câmera e segurou a tela diante dos olhos de Harry.

— É a semana anterior ao assassinato — disse ela —, e a pessoa claramente vem por um caminho por trás da câmera, então, quando a gravação começa, nós só vemos as costas. Ele para bem na frente da câmera, mas infelizmente não se vira para mostrar o rosto. Nem quando sai, duas horas depois.

Harry viu uma grande lua cintilando bem acima do telhado da casa. E, formando uma silhueta contra a lua, Harry visualizou todos os detalhes do cano de um fuzil e uma parte da coronha apoiada no ombro de alguém parado entre a câmera e a casa.

— A não ser que eu esteja enganada — disse Kaja, e Harry já sabia que ela não estava —, essa arma é um Colt Canada C8. Não exatamente um fuzil padrão, para dizer o mínimo.

— Bohr?

— Bem, é do tipo que as Forças Especiais usavam no Afeganistão.

— Você tem ideia da situação em que me colocou? — perguntou Dagny Jensen.

Ela continuava de casaco e estava sentada na cadeira diante da mesa de Katrine Bratt, abraçando a bolsa de encontro ao peito.

— Svein Finne se livrou de todas as acusações e não precisa nem se esconder. E agora ele sabe que eu prestei uma queixa de estupro — continuou ela.

Do outro lado da porta, Katrine viu a musculosa Kari Beal. Ela era uma das três policiais que se revezavam em turnos para proteger Dagny Jensen.

— Dagny... — começou Katrine.

— Jensen — cortou a mulher. — Srta. Jensen.

Então ela cobriu o rosto com as mãos e começou a chorar.

— Ele está livre para sempre e você não pode me proteger por tanto tempo. Mas *ele*... ele vai ficar me observando como... como um fazendeiro observando uma vaca prenhe!

O choro se transformou em soluços, e Katrine se perguntou o que deveria fazer. Dar a volta na mesa e tentar confortar a mulher ou deixá-la em paz? Não fazer nada. Esperar para ver se passa. Isso se passar algum dia.

Katrine pigarreou.

— Estamos examinando a possibilidade de acusar Finne pelos estupros. Para colocá-lo atrás das grades.

— Você nunca vai conseguir isso, ele tem aquele advogado. E ele é mais esperto que todos vocês. Qualquer um pode ver isso!

— Ele pode ser mais esperto, mas está do lado errado.

— E você está do lado certo? Do lado de Harry Hole?

Katrine não respondeu.

— Você me persuadiu a não apresentar a queixa — declarou Dagny.

Katrine abriu a gaveta da escrivaninha e entregou um lenço de papel a Dagny.

— É claro que fica a seu critério mudar de ideia quanto a isso, srta. Jensen. Se você quiser prestar uma queixa contra Hole por alegar ser um policial em serviço e pela maneira como ele a colocou em perigo, tenho certeza de que ele seria demitido e condenado e a senhorita ficaria plenamente satisfeita.

Katrine viu, pela expressão de Dagny Jensen, que isso havia soado mais cruel do que pretendia.

— Você não entende, Bratt. — Dagny limpou o rímel que escorria dos olhos. — Você não sabe como é dar à luz uma criança que você não quer...

— Podemos ajudar a marcar uma consulta com um médico que...

— Me deixa terminar!

Katrine fechou a boca.

— Desculpa — sussurrou Dagny. — Eu estou tão exausta. Eu ia dizer que você não sabe como é — ela deu um suspiro de tristeza — ainda assim querer o bebê de qualquer jeito.

No silêncio que se seguiu, Katrine pôde ouvir passos apressados indo e vindo pelo corredor do lado de fora da sala. Mas eles estavam mais apressados ontem. Pés cansados.

— Eu não sei mesmo? — disse Katrine.

— O quê?

— Nada. É claro que eu não poderia saber como a senhorita se sente. Olha, eu quero o Finne preso, tanto quanto a senhorita. E vamos prendê-lo. O fato de ele ter nos enganado com esse acordo não vai nos impedir. Isso é uma promessa.

— Da última vez que alguém me fez uma promessa ela veio de um policial, veio de Harry Hole.

— Dessa vez a promessa é *minha*. Dessa instituição. Desse prédio, dessa cidade.

Dagny Jensen pôs o lenço na mesa e se levantou.

— Obrigada.

Quando ela se foi, Katrine percebeu que nunca tinha ouvido uma única palavra expressar tanto e tão pouco. Tanta resignação. Tão pouca esperança.

Harry olhou para o cartão de memória que havia colocado no balcão do bar.

— O que deu para ver? — perguntou Øystein Eikeland.

Ele tinha botado para tocar *To Pimp a Butterfly*, de Kendrick Lamar. De acordo com Øystein, esse era o nível mais baixo que o bar podia chegar para velhotes que queriam superar seus preconceitos contra o hip-hop.

— Gravações noturnas — respondeu Harry.

— Agora você está parecendo o St. Thomas quando encosta uma fita cassete na orelha e diz que consegue escutar. Você assistiu ao documentário?

— Não. É bom?

— A música é. E tem alguns clipes e umas entrevistas interessantes. Mas é longo demais. Parece que eles tinham material demais e acabaram perdendo o foco.

— A mesma coisa aqui — disse Harry, virando o cartão de memória.

— Que falta faz um bom diretor...

Harry assentiu lentamente.

— Tenho que esvaziar o lava-louças — disse Øystein, desaparecendo por uma porta dos fundos.

Harry fechou os olhos. A música. As referências. As lembranças. Prince. Marvin Gaye. Chick Corea. Discos de vinil, o arranhar de uma agulha, Rakel deitada no sofá em Holmenkollveien, sonolenta, sorrindo enquanto ele sussurrava.

— Ouve agora, essa parte...

Talvez ela estivesse deitada no sofá quando ele chegou.

Quem era ele?

Talvez não fosse um ele; nem isso foi possível descobrir pelas gravações.

Mas a pessoa que foi lá primeiro, que chegou a pé às oito e saiu meia hora depois, era mesmo um homem, disso Harry tinha certeza. E foi uma visita inesperada. Ela abriu a porta e ficou lá por dois ou três segundos antes de deixá-lo entrar. Talvez ele tenha perguntado se podia entrar, e ela deixara sem hesitar. Então ela o conhecia bem. Mas quão bem? O suficiente para que saísse sozinho meia hora depois sem que ela o acompanhasse até a porta. Talvez essa visita não tenha nada a ver com o assassinato, mas Harry não conseguiu evitar que as perguntas surgissem: o que um homem e uma mulher podem fazer em menos de meia hora? Por que as luzes da cozinha e da sala estavam apagadas quando ele foi embora? Que inferno! Não tinha tempo para deixar seus pensamentos vagarem nessa direção, não agora. Então resolveu avançar.

O carro que havia chegado três horas depois.

Estacionara bem diante dos degraus. Por quê? Uma caminhada rápida até a casa, menos chance de ser visto. Sim, isso condizia com o fato de a luz automática de dentro do carro estar desligada.

Mas havia um espaço de tempo um pouco longo demais entre a chegada do carro e a porta da frente da casa ter sido aberta.

Talvez o motorista estivesse procurando algo dentro do carro.

Luvas. Um pano para limpar as impressões digitais. Talvez ele tivesse parado para verificar se a trava de segurança da pistola que ele iria usar para ameaçá-la estava no lugar. Porque ele não iria matá-la com uma arma de fogo de jeito nenhum, já que a análise balística consegue identificar a pistola, o que identifica o proprietário. Usaria uma faca que estava na cena do crime. A faca perfeita, aquela que o assassino sabia de antemão que encontraria no bloco de facas na bancada da cozinha.

Ou será que ele havia improvisado? Será que a faca foi um acaso?

O pensamento surpreendeu Harry, porque parecia um descuido gastar tanto tempo no carro em frente aos degraus. Rakel podia ter acordado e ficado de sobreaviso, os vizinhos podiam ter olhado pela janela. E, quando o homem enfim abriu a porta da frente, o corpo estranhamente curvado foi iluminado antes de sumir dentro da casa. O que seria aquilo? Um bêbado, um drogado? Isso poderia explicar a forma desajeitada de estacionar e o fato de ter levado tanto tempo para chegar à porta, mas não justificava a falta de luz dentro do carro e o esmero na limpeza da cena do crime.

Um misto de planejamento, drogas e sorte?

A pessoa em questão tinha passado quase três horas dentro da casa, desde pouco antes da meia-noite até mais ou menos duas e meia da manhã. De acordo com a estimativa da perícia técnica para a hora do óbito, ela ficou lá dentro por muito tempo depois de ter cometido o homicídio, e não teve pressa alguma para limpar quaisquer evidências.

Será que a pessoa que tinha estado lá mais cedo naquela noite voltou depois de carro?

Não.

As imagens não eram muito nítidas, mas havia algo incompatível no formato dos corpos. A pessoa que estava curvada quando entrou parecia mais forte. Mas, por outro lado, isso poderia ser graças à troca de roupa ou até mesmo a uma sombra.

A pessoa que tinha saído às 02:23 havia passado alguns segundos à porta e parecia oscilar. Será que estava ferida? Drogada? Será que ficou tonta de repente?

Ele entrou no carro, as luzes se acenderam e depois se apagaram. Ele havia caminhado por trás da câmera de monitoramento remoto. Fim da gravação.

Harry esfregou o cartão de memória, esperando que um gênio aparecesse.

Ele estava seguindo o raciocínio errado. Tudo errado! Droga, droga. Precisava de uma pausa. Precisava de um... café. Um café forte, turco. Harry esticou o braço para o outro lado do balcão, para o *cezve*, a cafeteira turca que Mehmet havia deixado, e percebeu que Øystein havia trocado a música. Ainda hip-hop, mas o jazz e a intrincada linha de baixo desapareceram.

— O que é isso, Øystein?

— Kanye West, "So Appalled" — gritou Øystein dos fundos.

— Logo quando você estava quase me conquistando, por favor, desliga isso.

— Mas é bom, Harry! Tenta mais um pouco. Não podemos deixar os nossos ouvidos ficarem estagnados.

— Por que não? Existem milhares de discos do último milênio que eu nunca ouvi, e isso é o suficiente para o resto da minha vida.

Harry engoliu em seco. Que alívio tirar um descanso das coisas pesadas com esse papo sem sentido, leve, com alguém que você conhece como a palma da mão, como tênis de mesa com uma bola de três gramas.

— Você precisa se esforçar mais.

Øystein voltou ao balcão com um sorriso largo e desdentado. Ele havia perdido o último dente da frente num bar em Praga fazia pouco tempo. E, mesmo só tendo percebido a falha quando já estava no banheiro do aeroporto e que tivesse ligado para o bar e pedido que mandassem o dente amarelo-amarronzado de volta para ele pelo correio, não havia mais nada que pudesse ser feito. Não que Øystein parecesse incomodado.

— Esses vão ser os clássicos que os fãs de hip-hop vão escutar na velhice, Harry. Não é apenas forma, é *conteúdo*.

Harry ergueu o cartão de memória contra a luz e assentiu devagar.

— Você está certo, Øystein.

— Eu quero é novidade.

— Eu estou no caminho errado porque só estou pensando na forma, no jeito como o homicídio foi realizado. E ignorando o que sempre ensinei aos meus alunos. *O porquê*. A motivação. O conteúdo.

A porta se abriu atrás deles.
— Merda — sussurrou Øystein.
Harry deu uma olhada no espelho à sua frente. Um homem se aproximava. Baixo, passos leves, mexendo a cabeça, com um sorriso sob a franja preta e ensebada. O tipo de sorriso que se vê em jogadores de golfe ou futebol depois que lançam a bola para o alto das arquibancadas, um sorriso que provavelmente sugere que foi uma merda tão grande que tudo que lhes resta a fazer é sorrir.
— Hole — disse uma voz estridente e perturbadoramente amigável.
— Ringdal — respondeu Harry com uma voz nem tão estridente nem tão perturbadoramente amigável.
Harry viu Øystein estremecer, como se a temperatura no bar tivesse acabado de cair abaixo de zero.
— Então, o que você está fazendo no meu bar, Hole?
Ouviu-se um tilintar de chaves e moedas dos bolsos de Ringdal quando ele tirou a jaqueta azul da Catalina e o pendurou no gancho atrás da porta da sala dos fundos.
— Bom — disse Harry —, será que "ver como a herança está indo" é uma boa resposta?
— A única boa resposta é "dando o fora".
Harry colocou o cartão de memória no bolso e desceu do banco do balcão.
— Você não parece tão machucado quanto eu esperava, Ringdal.
Ringdal estava dobrando as mangas da camisa.
— Machucado?
— Para merecer ser banido daqui pelo resto da vida, eu deveria, no mínimo, ter quebrado o seu nariz. Mas talvez você não tenha ossos no nariz.
Ringdal riu como se realmente achasse Harry engraçado.
— Você acertou o primeiro soco porque eu não estava esperando, Hole. Um pouquinho de sangue, mas não o suficiente para quebrar nada, sinto lhe dizer. E, depois do primeiro, você não acertou nada além do ar. E aquela parede ali. — Ringdal encheu um copo com água da torneira atrás do balcão. Talvez fosse paradoxal um ex-alcoólatra ser dono de um bar. Talvez não. — Mas parabéns por tentar, Hole. Talvez você devesse estar um pouco menos bêbado da próxima vez que tentar se tornar campeão norueguês de judô.

— Aí está — disse Harry.

— O quê?

— Você já ouviu falar de alguém envolvido em judô que tivesse bom gosto para música?

Ringdal suspirou, Øystein ergueu as sobrancelhas e Harry percebeu que tinha acabado de dar uma bola fora.

— Dando o fora — disse Harry ao se levantar.

— Hole.

Harry parou e se virou.

— Eu sinto muito pela Rakel — disse Ringdal erguendo o copo de água com a mão esquerda como se estivesse brindando. — Ela era uma pessoa maravilhosa. Uma pena ela não ter tido tempo de continuar.

— Continuar?

— Ah, ela não te contou? Eu a tinha convidado para ficar como conselheira, depois que você saiu. Bom, vamos esquecer tudo o que aconteceu, Harry. Você é bem-vindo aqui, e prometo prestar mais atenção no que Øystein disser quando formos escolher as músicas. Eu notei que os lucros caíram um pouco, embora, é claro, isso possa ter outro motivo que não apenas a nossa política... — ele procurou as palavras certas — ... não tão radical em relação à música.

Harry fez que sim e abriu a porta.

Parou na soleira e deu uma olhada ao redor.

Grünerløkka. O som áspero das rodas de um skate sendo manobrado por um sujeito mais perto dos 40 que dos 30, usando Converse e camisa de flanela. Harry pensou numa agência de design, numa boutique de roupas ou numa hamburgueria hipster que Helga, namorada de Oleg, tinha dito que vendia a mesma merda no mesmo tipo de embalagem de qualquer outro lugar, mas que, porque colocava trufas nas batatas fritas, podia triplicar o preço e ainda estar na moda.

Oslo. Um jovem com uma barba impressionante e descuidada — como um profeta do Antigo Testamento — dependurada feito um babador peludo sobre a gravata e o terno impecáveis, o casaco da Burberry desabotoado. Dinheiro? Ironia? Ou apenas confusão?

Noruega. Um casal usando um conjunto de Lycra correndo com esquis e bastões nas mãos, cera de esqui de 1.000 coroas, energéticos e barras de proteína na pochete, a caminho das últimas áreas com neve nas regiões mais altas e cobertas de sombras de Nordmarka.

Harry pegou o telefone e ligou para Bjørn.
— Harry?
— Achei o cartão de memória da câmera.
Silêncio.
— Bjørn?
— Eu só estava me afastando do pessoal aqui. Que incrível! E o que dá para ver?
— Não muito, infelizmente. Eu queria saber se você poderia me ajudar a fazer uma análise. A gravação é escura, mas vocês têm técnicas para tirar maior proveito das imagens que eu. Tem alguns vultos e silhuetas e pontos de referência, a altura do batente da porta, esse tipo de coisa. Um especialista em 3-D talvez consiga uma descrição mais minuciosa. — Harry esfregou o queixo. Sentia uma coceira, mas simplesmente não sabia onde.
— Posso tentar — disse Bjørn. — Posso usar um especialista externo. Porque imagino que você queira que isso seja feito com a maior discrição.
— Se tiver alguma chance de seguir essa linha de investigação sem ser perturbado, a resposta é sim.
— Você fez cópias das gravações?
— Não, está tudo num cartão de memória.
— Beleza. Deixa dentro de um envelope no Schrøder que eu passo lá para apanhar mais tarde, ainda hoje.
— Obrigado, Bjørn.

Harry desligou. Tocou na letra R, de Rakel. As outras entradas em seus contatos eram O, de Oleg, Ø de Øystein, K de Katrine, B de Bjørn, S de Sis e A de Ståle Aune. Era isso. O bastante para Harry, ainda que Rakel tivesse dito a Ståle que Harry estava aberto para conhecer pessoas novas. Mas só se essas letras já não tivessem sido tomadas.

Ele digitou o número do trabalho de Rakel, excluindo o ramal dela.
— Roar Bohr? — disse Harry assim que a recepcionista atendeu.
— Parece que Bohr não veio hoje.
— Onde ele está e quando vai estar de volta?
— Não tem nenhum recado aqui. Mas eu tenho o número do celular.

Harry anotou o número no aplicativo de busca no catálogo telefônico. A resposta veio com um endereço entre Smestad e Huseby, e um número fixo. Olhou a hora. Uma e meia. Ligou.

— Sim? — atendeu uma voz feminina depois do terceiro toque.
— Desculpa, foi engano.

Harry desligou e seguiu para a estação de metrô no topo do Birkelunden. Coçou o braço. Também não era ali que a coceira estava. Até que se sentou no vagão do metrô para Smestad e percebeu que a coceira provavelmente estava em sua mente. E que sem dúvida foi provocada pelo gesto possivelmente bem-intencionado e possivelmente calculado de Ringdal. E que teria preferido ter sido barrado de entrar no bar em vez de ser o destinatário de uma benevolência irritante e indulgente. E que ele provavelmente subestimava o judô.

A mulher que abriu a porta da casa amarela exalava uma vitalidade espirituosa típica das mulheres entre os 30 e os 50 anos da classe alta da zona oeste da cidade. Era difícil saber se era um ideal que elas tentavam alcançar ou se era seu nível de energia mesmo. Harry, porém, suspeitava que fosse algo relacionado ao status, ao jeito espontâneo e espalhafatoso de dar ordens aos dois filhos, ao cão de caça e ao marido, preferencialmente em público.

— Pia Bohr?
— Pois não? — disse ela, sem confirmar a identidade, mas com uma polidez desdenhosa e um sorriso grande. Ela era baixinha, não usava maquiagem, e suas rugas sugeriam estar mais perto dos 50 que dos 40. Mas era tão magra quanto uma adolescente. Horas na academia e muita vida ao ar livre, supôs Harry.
— Polícia. — Ele mostrou sua identificação.
— Mas é claro, você é Harry Hole — disse ela sem dirigir os olhos para o documento. — Eu vi o seu rosto no jornal. Você era o marido de Rakel Fauke. Meus pêsames.
— Obrigado.
— Presumo que tenha vindo falar com Roar. Ele não está.
— Quan...
— Hoje à noitinha, talvez. Deixa o seu número e eu peço a ele que ligue para você.
— Hum. Será que eu posso conversar um pouco com a senhora, sra. Bohr?
— Comigo? Para quê?

— Não vai demorar. Só umas coisinhas que preciso saber. — Os olhos de Harry vagaram pela sapateira atrás dela. — Posso entrar?

Harry percebeu certa hesitação. E encontrou o que estava procurando na prateleira inferior da sapateira. Um par de botas militares soviéticas pretas.

— Agora não é uma boa hora, estou no meio de... algo.

— Posso esperar.

Pia Bohr deu um breve sorriso. Uma beleza não óbvia, mas lindinha, concluiu Harry. Possivelmente o que Øystein chamaria de Toyota: não a primeira da lista dos rapazes, quando adolescentes, mas aquela que se manteria em forma, mesmo com o passar dos anos.

Ela olhou para o relógio.

— Eu preciso buscar uma coisa na farmácia. A gente pode conversar enquanto caminha, pode ser?

Ela tirou um casaco do gancho, saiu para os degraus da entrada e fechou a porta ao sair. Harry notou que a fechadura era do mesmo tipo que a de Rakel, sem mecanismo de tranca automática, mas Pia Bohr nem se incomodou em procurar uma chave. Vizinhança segura. Nenhum homem estranho entraria em sua casa.

Passaram diante da garagem, atravessaram o portão e seguiram pela rua, onde os primeiros carros da Tesla roncavam na volta para casa depois da curta jornada de trabalho.

Harry encaixou um cigarro apagado entre os lábios.

— Vai pegar os comprimidos para dormir?

— Hã?

Harry deu de ombros.

— Insônia. Você disse ao nosso detetive que o seu marido passou a noite de 10 para 11 de março em casa. Para ter tanta certeza, você não deve ter dormido muito.

— Eu... É, isso mesmo, são comprimidos para dormir.

— Precisei tomar comprimidos para dormir depois que Rakel e eu nos separamos. A insônia devora a nossa alma. O que eles te receitaram?

— Foi... Imovane e Somadril.

Pia apertou o passo. Harry alongou as passadas enquanto friccionava o isqueiro que apenas soltava faíscas.

— Os mesmos que eu. Usei por dois meses, e você?
— Por aí, também.
Harry enfiou o isqueiro no bolso.
— Por que você está mentindo, Pia?
— Como é?
— Imovane e Somadril são remédios pesados. Se tomar por dois meses, fica viciada. E, se ficar viciada, toma sem falta *toda* noite. Porque eles funcionam. E funcionam tão bem que, se os tivesse tomado naquela noite, teria entrado em coma medicamentoso e não faria a menor ideia do que o seu marido estava fazendo. Mas você não me parece o tipo de pessoa viciada em sedativos. Você é um pouco empolgada demais, perspicaz demais.
Pia Bohr diminuiu o passo.
— Mas é claro que você poderia facilmente me convencer de que estou errado mostrando a receita.
Pia parou. Colocou a mão no bolso de trás do jeans apertado e retirou e desdobrou uma folha de papel azul.
— Está vendo? — perguntou ela com um leve vibrato na voz, enquanto erguia o papel e apontava com o dedo. — So-ma-dril.
— Estou vendo — disse Harry surrupiando o papel antes que Pia conseguisse reagir. — E, olhando mais de perto, vejo que foi receitado para Bohr. Roar Bohr. Ele certamente não te contou como a medicação que toma é forte.
Harry lhe devolveu a receita.
— Vai ver ele deixou de te contar outras coisas, Pia.
— Eu...
— Ele estava em casa naquela noite?
Ela engoliu em seco. O rosto empalideceu, e toda a energia que ela aparentava ter se dissipou. Harry reajustou a estimativa da idade de Pia em cinco anos.
— Não — sussurrou ela —, ele não estava em casa.

Não entraram na farmácia. Caminharam até Smestaddammen, então se sentaram num dos bancos no declive ao leste, com vista para uma ilhota onde cabia apenas um único salgueiro-chorão.

— Dá para acreditar que estamos na primavera? No verão é tão verde aqui. Uma explosão verdejante. Uma profusão de insetos. Peixes, sapos. Tanta vida. E, quando as árvores ganham as folhas e o vento brinca de vagar pelos galhos inclinados do salgueiro, elas se remexem e sussurram tão alto que abafam o vai e vem da autoestrada — comentou ela com um sorrisinho triste. — E o outono em Oslo....

— O melhor outono do mundo — disse Harry, acendendo o cigarro.

— Até o inverno é melhor que a primavera — disse Pia. — Pelo menos costumava ser, quando dava para contar com frio de verdade e com gelo de verdade. A gente costumava trazer as crianças para cá para patinar. Elas adoravam.

— Quantos filhos?

— Dois. Uma menina e um menino. Agora com 28 e 25. June é bióloga marinha em Bergen e Gustav estuda nos Estados Unidos.

— Você começou cedo...

Ela deu sorriso irônico.

— Roar tinha 23 anos e eu 21 quando tivemos a June. Casais que vão de um lugar para o outro do país pelo Exército normalmente têm filhos mais cedo. Para que as esposas tenham algo para fazer, suponho. Como esposa de um oficial, você tem duas opções. Aceitar ser domesticada e concordar em levar a vida de vaca reprodutora. Ficar quietinha no estábulo, dar à luz os bezerros, dar leite e continuar pastando.

— E a segunda opção?

— Não se tornar a esposa de um oficial.

— Mas você escolheu a opção número um?

— Parece que sim.

— Olha... por que você mentiu sobre aquela noite?

— Para nos poupar das perguntas. Evitar que nos tornássemos o centro das atenções. Acho que você consegue imaginar como isso teria prejudicado a reputação de Roar se ele tivesse sido chamado para interrogatório em uma investigação de assassinato, não é? Ele não precisa disso, se me permite dizer.

— Por que ele não precisa disso?

Ela deu de ombros.

— Ninguém precisa disso, concorda? Não no bairro onde a gente mora, ainda por cima.

— Então onde ele estava?
— Eu não sei. Ele saiu.
— Saiu?
— Ele não consegue dormir.
— Somadril.
— Foi ainda pior quando ele voltou para casa do Iraque; ele estava tomando Rohypnol para a insônia naquela época. Ficou viciado em duas semanas e começou a ter apagões. Agora ele se recusa a aceitar qualquer coisa. Ele coloca a farda e diz que tem que sair para fazer reconhecimento de campo. Ficar de sentinela. Vigiando. Diz que caminha de um lugar para o outro como uma patrulha noturna, sempre sem ser visto. Suponho que seja um comportamento típico de pessoas com transtorno de estresse pós-traumático que estejam amedrontadas o tempo todo. Ele geralmente chega em casa e dorme algumas horas antes de ir para o trabalho.
— E ninguém no trabalho percebe nada?
— Nós vemos o que queremos ver. E Roar sempre foi bom em passar a impressão que quisesse dar. Ele é o tipo de homem em quem as pessoas confiam.
— Você também?
Ela suspirou.
— Meu marido não é uma pessoa ruim. Mas às vezes até pessoas boas entram em colapso.
— Ele leva uma arma quando sai em patrulha noturna?
— Não sei. Ele sai depois que eu vou dormir.
— Você sabe onde ele estava na noite do crime?
— Eu perguntei a ele depois que você me perguntou. Ele disse que dormiu no quarto que tinha sido da June.
— Mas você não acreditou nele?
— Por que está dizendo isso?
— Porque então você teria dito à polícia que ele dormiu em outro quarto. Você mentiu porque estava preocupada que tivéssemos outra informação. Algo que significasse que ele precisava de um álibi mais forte que a verdade.
— Você está sugerindo que suspeita seriamente de Roar, Hole?

Harry olhou para um par de cisnes que vinha na direção deles. Viu de relance um flash de luz da encosta para além da estrada. Uma janela sendo aberta, talvez.

— Transtorno de estresse pós-traumático — disse Harry. — Qual foi o trauma?

Ela suspirou.

— Não sei. Uma combinação de coisas. Dificuldades na infância. E no Iraque. Afeganistão. Mas, quando ele voltou para casa dessa última vez e me avisou que tinha deixado o Exército, percebi que algo havia acontecido. Ele estava diferente. Mais isolado. Depois de muita insistência, finalmente consegui que ele contasse que tinha matado uma pessoa no Afeganistão. Claro que é para isso que eles são enviados para lá, mas essa morte parece ter mexido com ele, e Roar se recusa a falar disso. Mas ele era capaz de trabalhar, pelo menos.

— E agora não?

Ela olhou para Harry com os olhos de alguém destroçada. E Harry compreendeu por que ela se abrira com ele, um estranho, tão facilmente. *Não no bairro onde a gente mora.* Era o que ela queria, ansiava desesperadamente por isso, só não havia tido ninguém com quem abrir o coração até agora.

— Depois de Rakel Fauke... Depois da morte da sua esposa, ele ficou totalmente destruído. Ele... Ele não está funcionando direito.

Aquele flash de novo. E lhe ocorreu que devia estar vindo mais ou menos da mesma área da encosta onde ficava a casa da família Bohr. Harry se aprumou. Tinha visto algo pelo canto do olho, algo entre ele e Pia, no encosto branco do banco, algo trêmulo que se moveu e desapareceu, como um inseto ágil, vermelho e silencioso. Mas não havia insetos aqui em março.

Harry se inclinou para a frente na mesma hora, fincou os calcanhares no chão em declive e jogou o peso do corpo nas costas do banco. Pia Bohr deu um berro quando o banco tombou e eles caíram para trás. Harry abraçou a mulher quando seus corpos se afastaram do encosto, pressionando-a de encontro à vala atrás do banco. Então ele foi se arrastando pela lama, carregando Pia consigo. Parou e olhou para a encosta. Viu que o salgueiro se interpunha entre eles dois e o ponto em que havia visto o foco de luz. Um pouco mais afastado, um homem de suéter com capuz levando um rottweiler pela coleira havia parado e parecia considerar se devia se envolver na situação ou não.

— Polícia! — gritou Harry. — Dá meia-volta! É um franco-atirador!

Harry viu uma idosa se virar e fugir; o homem do rottweiler, porém, não se mexeu.

Pia tentou escapulir, mas Harry se deitou com todo o seu peso em cima da mulher, de modo que estavam deitados cara a cara.

— Parece que o seu marido está em casa, afinal de contas — disse ele, pegando o celular. — Foi por isso que você não me deixou entrar e que não trancou a porta quando saímos.

Harry fez uma ligação.

— Não! — implorou Pia.

— Central — disse uma voz ao telefone.

— Aqui é o inspetor Harry Hole, relatando um homem armado...

O telefone foi arrancado de sua mão.

— Ele só está usando a mira do fuzil como telescópio!

Pia Bohr levou o celular ao ouvido.

— Desculpa, foi engano. — Ela desligou e devolveu o telefone para Harry. — Não foi isso que você disse quando me ligou?

Harry não se mexeu.

— Você é bem pesado, Hole, poderia...

— E como eu sei que não vou levar um tiro na testa quando me levantar?

— Porque você teve um ponto vermelho na testa desde que a gente se sentou nesse banco.

Harry olhou para ela. Então apoiou as mãos na lama fria e se levantou. Ficou de pé. Semicerrou os olhos na direção da encosta. Virou-se para oferecer ajuda, mas Pia já estava de pé. Seus jeans e sua jaqueta estavam imundos e respingando lama. Harry puxou um cigarro amassado do maço de Camels.

— Seu marido vai desaparecer agora?

— Acredito que sim. — Ela suspirou. — Você precisa entender que ele está mentalmente doente e muito agitado agora.

— Para onde ele vai?

— Não sei.

— Você sabe que pode sofrer um processo por obstrução de justiça, sra. Bohr?

— Você está falando de mim ou do meu marido? — perguntou ela, espanando com a mão a sujeira da roupa. — Ou de você mesmo?

— Hã?

— Dificilmente você teria autorização para investigar o assassinato da sua esposa, Hole. Você está aqui como detetive particular. Ou deveríamos dizer detetive *pirata*?

Harry arrancou a ponta amassada do cigarro e acendeu o que restava. Olhou para suas roupas imundas. E o casaco tinha um rasgo agora onde um dos botões havia sido arrancado.

— Você vai me avisar se o seu marido voltar?

Pia apontou para a água.

— Cuidado com esse aí, ele odeia homens.

Harry se virou e viu que um dos cisnes vinha na direção deles.

Ao se virar de volta, Pia Bohr já subia a encosta.

— Detetive *pirata*?

— Pois é — disse Harry segurando a porta do Bjølsenhallen para Kaja entrar.

O ginásio ficava espremido entre prédios comuns. Kaja tinha dito que o Clube de Tênis de Mesa Kjelsås ficava acima do grande supermercado no térreo.

— Ainda com medo desse negócio chamado elevador? — perguntou Kaja enquanto bufava para acompanhar o ritmo de Harry subindo a escada.

— Não é do negócio que eu tenho medo, é do tamanho — disse Harry. — Como você soube desse oficial da polícia militar?

— Não havia muitos noruegueses em Cabul, e conversei com quase todos que conheço. Glenne me deu a impressão de ser o único que tem algo a nos dizer.

A moça da recepção apontou a direção para eles. O barulho dos sapatos no piso duro e o quicar das bolas de pingue-pongue chegaram até eles antes que dobrassem num corredor e se vissem numa sala grande e aberta onde algumas pessoas, a maioria homens, balançavam, se agachavam e se dobravam nas pontas das mesas verdes de tênis de mesa.

Kaja partiu para uma delas.

Dois homens acertavam a bola na diagonal para o outro lado da rede, a mesma trajetória todas as vezes, *forehand* com efeito para cima. Eles mal se mexiam, apenas repetiam o movimento, golpeando a bola com os braços flexionados e um movimento do pulso, acompanhados por uma passada firme com um dos pés. A bola ia e vinha tão rápido que parecia uma linha branca entre os jogadores focados no duelo, como um jogo de computador travado.

De repente, um deles usou força demais e a bolinha foi saltitando até parar no piso entre as mesas.

— Droga — reclamou o jogador. Era um homem atraente de 40 ou 50 anos, com uma bandana preta prendendo o cabelo grisalho, quase prateado.

— Você não está prestando atenção na trajetória da bola — disse o outro homem quando foi buscar a bola.

— Jørn — chamou Kaja.

— Kaja! — O homem de bandana sorriu e disse: — Aceita um soldado suado? — Eles se abraçaram, e Kaja o apresentou a Harry.

— Obrigado por nos receber — disse Harry.

— Ninguém diz não a um encontro com essa moça — comentou Jørn Glenne com o sorriso ainda nos olhos, trocando um aperto de mão com Harry com força suficiente para que fosse entendido como um desafio. — Mas, se eu soubesse que ela ia trazer reforços...

Kaja e Glenne riram.

— Vamos tomar um café — disse Glenne, colocando a raquete na mesa.

— E o seu parceiro? — indagou Kaja.

— Meu instrutor, contratado e muito bem pago — disse ele, indicando o caminho. — Connolly e eu vamos nos encontrar em Juba no próximo outono. Preciso entrar em forma.

— Um colega americano — explicou Kaja para Harry. — Eles se envolveram num torneio de tênis de mesa que não terminava nunca quando a gente estava em Cabul.

— Gostaria de vir conosco? — indagou Glenne. — Tenho certeza de que o seu pessoal poderia encontrar um emprego para você lá.

— Sudão do Sul? — perguntou Kaja. — Como estão as coisas lá agora?

— Tudo igual. Guerra civil, fome, os dincas, os nuers, canibalismo, estupro coletivo e mais armas do que em todo o Afeganistão.

— Vou pensar — disse Kaja, e Harry pôde ver pela expressão dela que estava falando sério.

Eles tomaram café numa cafeteria que parecia um refeitório e se sentaram a uma mesa ao lado de uma janela imunda com vista para o Bjølsen Valsemølle e o Akerselva. Jørn Glenne começou a falar antes que Harry e Kaja tivessem a chance de fazer qualquer pergunta.

— Concordei em conversar com vocês porque me desentendi com Roar Bohr em Cabul. Uma mulher foi estuprada e assassinada; ela era a intérprete pessoal de Bohr. Uma mulher hazara. Os hazaras são em sua maioria camponeses, gente pobre, simples, sem instrução. Mas essa jovem, Hela...

— Hala — corrigiu Kaja. — O nome significa o círculo ao redor da lua cheia.

— ... aprendeu inglês e francês praticamente sozinha. E estava no processo de aprender norueguês também. Ótima com idiomas. Ela foi encontrada em frente à casa onde morava com outras mulheres que trabalhavam para a coalizão e várias agências de cooperação. Claro, você também morava lá, Kaja.

Kaja assentiu.

— A gente suspeitou que fosse obra do Talibã ou de alguém do distrito da família de Hala. Obviamente, a honra é um princípio importantíssimo para os muçulmanos sunitas, e mais ainda para os hazaras. O fato de ela estar trabalhando para nós, infiéis, socializando com homens e usando roupas ocidentais pode ter sido o suficiente para alguém querer usá-la como exemplo.

— Eu ouvi falar sobre crimes de honra — disse Harry —, mas estupro de honra?

Glenne deu de ombros.

— Um pode ter levado ao outro. Mas não teria como saber. Bohr nos proibiu de investigar.

— Sério?

— O corpo dela foi encontrado a poucos passos de uma casa cuja responsabilidade pela segurança era nossa. Basicamente uma área que estava sob o nosso controle. Apesar disso, Bohr entregou a investigação à polícia local afegã. Quando fui contra, ele esclareceu que a polícia militar que, nesse caso, significava eu e outro sujeito, estava sob o comando dele e encarregada da segurança das tropas norueguesas no país e ponto final. Mesmo ele sabendo muito bem que a polícia afegã não tinha nem recursos nem instrumentos forenses como os que já estamos cansados de usar aqui. Impressão digital era um conceito novo e teste de DNA praticamente um sonho.

— Bohr teve que levar em conta as implicações políticas — disse Kaja. — Já havia muito ressentimento contra as forças ocidentais por estarem assumindo cada vez mais controle e Hala era afegã.

— Ela era *hazara* — resmungou Glenne. — Bohr sabia que o caso não receberia a mesma prioridade se ela fosse uma pashtun. Tudo bem que houve uma perícia *post-mortem* e eles encontraram traços de fluni... alguma coisa. Um troço que os homens colocam na bebida das mulheres se querem estu...

— Flunitrazepam — disse Kaja —, também conhecido como Rohypnol.

— Isso. E você acha que algum afegão gastaria dinheiro para drogar uma mulher antes de um estupro? Não, caramba, foi um estrangeiro! — Glenne deu um soco na mesa. — E vocês acham que o caso chegou a ser resolvido? Claro que não.

— Você acha... — Harry tomou um gole de café. Tentou encontrar uma alternativa, um jeito bem disfarçado de formular a pergunta, mas mudou de ideia quando ergueu os olhos e deu de cara com os olhos de Jørn Glenne. —... que Roar Bohr poderia estar por trás desse assassinato e fez de tudo para que só pessoas com chances mínimas de resolver o caso fossem responsáveis pela investigação? Foi por isso que você quis conversar com a gente?

Glenne piscou e abriu a boca, mas não disse nada.

— Olha, Jørn — disse Kaja. — A gente sabe que Bohr contou à esposa que matou alguém no Afeganistão. E eu falei com Jan...

— Jan?

— O instrutor das bases de treinamento das Forças Especiais. Alto, loiro...

— Ah, ele! Também era doido por você!

— Deixa isso pra lá — disse Kaja desviando os olhos, e Harry suspeitou que ela estivesse encenando timidez para dar ao risonho Glenne o que ele queria. — Jan diz que eles não têm registro de nenhuma morte confirmada ou atribuída a Roar. Como oficial em comando, Roar obviamente não atuava muito na linha de frente, mas o fato é que ele não tem nenhuma morte desde o início da carreira, quando estava na linha de frente.

— Eu sei disso — disse Glenne. — Oficialmente, as Forças Especiais não estavam em Basra, mas Bohr estava lá para treinar com uma unidade americana. Segundo boatos, ele viu muita ação, mas ainda assim continuou virgem de mortes. E o mais perto que chegou da ação no Afeganistão foi naquela vez que o sargento Waage foi levado pelo Talibã.

— Sim, isso mesmo — disse Kaja.

— O que aconteceu? — indagou Harry.

Glenne deu de ombros.

— Bohr e Waage estavam fazendo uma longa viagem e pararam no deserto para o sargento cagar. Ele foi para trás de algumas pedras, e, depois de vinte minutos sem aparecer e sem responder quando era chamado, Bohr afirmou no relatório que saiu do carro para ir atrás dele. Mas tenho certeza de que ele nem se deu ao trabalho.

— Por que você acha isso?

— Porque não tem muito o que se possa fazer no deserto. E porque um ou dois fazendeiros do Talibã com fuzis simples e uma faca estavam sentados atrás das pedras esperando que Bohr fosse procurar o parceiro. E Bohr sabia disso. E ele estava em segurança no carro à prova de balas, com terreno aberto entre ele e as rochas. E sabia que não haveria testemunhas para provar se ele estava mentindo. Então ele trancou todas as portas e ligou para o acampamento. Responderam que era uma viagem de cinco horas até lá. Dois dias depois, uma unidade afegã encontrou um rastro de sangue com vários quilômetros de comprimento a algumas horas de carro mais ao norte. Às vezes, os talibãs torturam prisioneiros rebocando seus corpos amarrados a um cabo na traseira de um carro. E, do lado de fora de uma aldeia, também mais ao norte, foi encontrada uma cabeça numa estaca fincada no chão ao lado da estrada. O rosto havia sido arrastado pelo asfalto e estava irreconhecível, mas a análise de DNA realizada em Paris confirmou que era do sargento Waage, é claro.

— Hum. — Harry remexeu a xícara de café. — Você acha que foi isso que aconteceu com Bohr porque você teria feito a mesma coisa se tivesse acontecido com você, Glenne?

O policial militar deu de ombros.

— Eu não me iludo. Nós somos humanos, todos nós seguimos o caminho com menos obstáculos. Mas não fui eu.

— Então?

— Então eu julgo as pessoas com o mesmo rigor que julgo a mim mesmo. E talvez Bohr também tenha feito isso. É duro para um comandante perder qualquer um em suas tropas. Bohr nunca mais foi o mesmo depois daquilo.

— Então você acha que ele estuprou e assassinou a própria intérprete, mas o que acabou com ele foi o fato de o Talibã levar seu sargento?

Glenne deu de ombros novamente.

— Como eu já disse, não tive permissão para investigar, então tudo que tenho são teorias.

— E qual é a sua melhor?

— Que a história do estupro foi uma cortina de fumaça para dar a impressão de um assassinato com motivação sexual. E induzir a polícia a procurar os suspeitos e pervertidos de sempre. Que é um arquivo bem fino em Cabul.

— Uma armação para encobrir o quê?

— A verdadeira intenção de Bohr. Matar alguém.

— *Alguém*?

— Bohr tinha um problema com matar, como vocês já sabem agora. E, quando se está nas Forças Especiais, isso se torna um *problemão*.

— É mesmo? Não imaginava que fossem *tão* sanguinários assim.

— Eles não são, mas... Como eu posso explicar? — Glenne meneou a cabeça. — Os membros da velha guarda das Forças Especiais, aqueles que passaram pelo treinamento de paraquedista, foram escolhidos por terem passado longos períodos coletando informações de inteligência por trás das linhas inimigas, onde paciência e resiliência são as qualidades mais importantes. Eles eram os maratonistas do Exército, sabe? E era aí que Bohr se encaixava. Nos últimos tempos, o foco está no antiterrorismo em ambientes urbanos. E sabe de uma coisa? As novas Forças Especiais parecem jogadores de hóquei no gelo, se é que você me entende. E, nesse novo ambiente, circulou o boato de que Bohr era...

Glenne fez uma careta, como se odiasse o sabor da palavra na língua.

— Um covarde? — indagou Harry.

— Incapaz. Imaginem a vergonha. Você está no comando, mas ainda é virgem. E não um virgem por nunca ter tido a oportunidade, porque ainda existem soldados nas Forças Especiais que nunca se viram numa situação onde foram obrigados a matar. Mas porque não conseguia agir quando era necessário. Entendem o que eu quero dizer?

Harry assentiu.

— Por ser um veterano, Bohr sabia que a primeira morte era a mais difícil — continuou Glenne. — Depois da primeira morte tudo fica mais fácil. Muito fácil. Por isso ele escolheu uma primeira vítima fácil. Uma mulher que não ia reagir, que confiava nele e não suspeitava de nada. Uma das desprezadas hazaras, uma xiita num país muçulmano sunita, alguém que muitas pessoas poderiam ter bons motivos para matar. E, depois, talvez ele tenha tomado gosto pela coisa. Matar é uma sensação muito especial. Melhor que sexo.

— É mesmo?

— É o que dizem. Pergunta ao pessoal das Forças Especiais. E pede para responderem com sinceridade.

Harry e Glenne se entreolharam por uns instantes, antes de Glenne se virar para Kaja.

— Tudo isso eu pensei comigo mesmo. Mas, se Bohr admitiu para a esposa que matou Hela...

— Hala.

— ... então podem contar com a minha ajuda — disse Glenne, terminando o café. — Olha, o Connolly não descansa nunca. Eu preciso voltar para os meus treinos.

— E aí? — perguntou Kaja quando ela e Harry estavam na rua. — O que você achou de Glenne?

— Achei que ele bate forte demais porque não presta atenção no efeito da bola.

— Engraçadinho.

— Metaforicamente. Ele está tirando conclusões exageradas da trajetória da bola, sem analisar o que o oponente acabou de fazer com a raquete.

— E com isso eu deveria subentender que você sabe tudo sobre tênis de mesa?

Harry deu de ombros.

— A gente jogava no porão da casa do Øystein desde os 10 anos. Ele, eu e o Tresko. E o King Crimson. Para ser sincero, quando tínhamos 16 anos, sabíamos mais sobre gente maluca e rock progressivo que sobre garotas. A gente... — Harry parou de repente e fez uma careta.

— O quê? — perguntou Kaja.

— Eu estou tagarelando, eu... — Ele fechou os olhos. — Eu estou tagarelando para não acordar.

— Acordar?

Harry respirou fundo.

— Eu estou dormindo. Enquanto eu estiver dormindo, contanto que consiga ficar no sonho, posso continuar procurando por ele. Mas de vez em quando tudo começa a desaparecer aos poucos. Eu preciso me concentrar em dormir, porque, se eu acordar...

— Se você acordar, o que acontece?

— Aí eu vou saber que é verdade. E aí eu vou morrer.

Harry parou para ouvir. O matraquear dos cravos nos pneus para neve cortando o asfalto. O som de uma pequena cachoeira no Akerselva.

— Está parecendo o que o meu psicólogo chamava de sonho lúcido — ele ouviu Kaja dizer. — Um sonho que você controla totalmente. E é por isso que fazemos todo o possível para que ele não acabe nunca.

Harry fez que não com a cabeça.

— Eu não consigo controlar nada. A única coisa que quero é encontrar o homem que matou Rakel. E, então, eu vou acordar. E morrer.

— Por que não tentar dormir de verdade? — A voz dela era suave. — Acho que seria bom se descansasse um pouco, Harry.

Harry abriu os olhos novamente. Kaja havia erguido a mão, provavelmente para apoiá-la no ombro dele, mas em vez disso afastou uma mecha de cabelo do rosto quando viu a expressão nos olhos dele.

Ele pigarreou.

— Você disse que tinha encontrado uma coisa no registro de imóveis.

Kaja piscou algumas vezes.

— Sim — disse Kaja —, uma cabana registrada em nome de Roar Bohr. Em Eggedal. A uma hora e quarenta e cinco minutos de distância de acordo com o Google Maps.

— Ótimo. Vou ver se o Bjørn pode ir de carro.

— Tem certeza de que não prefere falar com Katrine e colocar um alerta para ele?

— Para quê? Para informar que a esposa de Roar não viu com os próprios olhos que ele estava dormindo no antigo quarto da filha naquela noite?

— Se ela não acha que o que temos é suficiente, por que você acha que sim?

Harry abotoou o casaco e pegou o celular.

— Porque eu tenho um pressentimento que já prendeu mais homicidas que qualquer outro pressentimento nesse país.

Ele sentiu o olhar de espanto de Kaja enquanto ligava para Bjørn.

— Eu posso dirigir, sim — disse Bjørn depois de uma breve pausa para pensar.

— Obrigado.

— Outra coisa. Aquele cartão de memória...

— Sim, o que tem?

— Eu encaminhei o envelope no seu nome para Freund, nosso especialista externo em 3-D. Eu não falei com ele, mas enviei um e-mail para você com os detalhes do contato para que possa falar diretamente com ele.

— Entendo. Você prefere não ter o seu nome envolvido nesse assunto.

— Esse trabalho é a única coisa que eu sei fazer, Harry.

— Eu já disse que entendo.

— Se eu for demitido agora, com o filho e tudo mais...

— Chega, Bjørn, não é você que devia se desculpar, mas eu, por te envolver nessa merda toda.

Uma pausa. Apesar do que tinha acabado de dizer, Harry quase sentia a consciência culpada de Bjørn ao telefone.

— Vou aí te buscar — disse Bjørn.

* * *

O detetive inspetor Felah estava sentado com o ventilador nas costas, mas a camisa continuava colada na pele. Ele odiava o calor, odiava Cabul, odiava esse seu escritório à prova de bombas. Mas, acima de tudo, odiava as mentiras que tinha de ouvir todo santo dia. Como as daquele hazara desprezível, analfabeto, viciado em ópio, sentado à sua frente naquele momento.

— Você foi trazido até mim por ter garantido durante o interrogatório que poderia nos dar o nome de um assassino — disse Felah.
— Um estrangeiro.
— Só se vocês me derem proteção — disse o homem.

Felah deu uma olhada no homem acovardado à sua frente. O boné surrado que o hazara esfregava entre as mãos não era um *pakol*, mas ao menos servia para cobrir a imundice do cabelo. Shia, esse ignorante e babão, com certeza achava que escapar da pena de morte e receber uma pena de décadas na prisão era um ato de misericórdia. Uma sentença de morte lenta e dolorosa, era disso que se tratava. Se estivesse no lugar de Shia, ele próprio teria escolhido, sem hesitar, uma morte instantânea por enforcamento.

Felah secou a testa com o lenço.

— Isso depende do que você tem para me contar. Fala de uma vez.
— Ele matou... — disse o hazara com voz trêmula. — Ele achou que ninguém tinha visto, mas eu vi. Com os meus próprios olhos, eu juro, Alá é minha testemunha.
— Um soldado estrangeiro, você disse.
— Sim senhor. Mas não foi numa batalha, foi assassinato. Assassinato, pura e simplesmente.
— Entendo. E quem era esse militar estrangeiro?
— O chefe dos noruegueses. Eu sei disso porque o reconheci. Ele esteve na nossa aldeia dizendo que estavam aqui para nos ajudar, que teríamos democracia e empregos... falando o de sempre.

Felah ansiou por um instante de empolgação.

— Você quer dizer o major Jonassen?
— Não, o nome dele não era esse. Tenente-coronel Bo.
— Quer dizer Bohr?

— Sim, é isso, senhor.
— E você o viu assassinar um homem afegão?
— Não, não foi isso.
— O que foi então?

Felah ouviu enquanto sentia que a empolgação e o interesse se esvaíam. Em primeiro lugar, o tenente-coronel Bohr tinha voltado para casa e as chances de conseguir uma extradição eram tão boas quanto inexistentes. Em segundo lugar, um comandante que estava fora do jogo já não era uma peça de xadrez particularmente valiosa nas disputas políticas de Cabul, as quais Felah odiava mais que tudo. Em terceiro lugar, a vítima era alguém que não se qualificava para receber a quantidade de recursos necessários para investigar as alegações desse viciado em ópio. E depois havia a quarta razão. Era mentira. Claro que era mentira. Todo mundo estava determinado a salvar a própria pele. E, quanto mais detalhes o homem dava sobre o assassinato, os quais Felah tinha certeza de que se encaixavam ao pouco que já sabiam, mais convencido ficava de que o sujeito descrevia um homicídio que ele mesmo praticara. Um plano maluco, e Felah não estava a fim de usar os poucos recursos de que dispunha para investigar uma hipótese. Viciado em ópio ou assassino — de um jeito ou de outro, era impossível enforcar alguém mais de uma vez.

27

— Tem certeza de que não pode ir mais rápido? — indagou Harry, olhando para a escuridão além do asfalto coberto de neve derretida e dos limpadores de para-brisa no máximo.

— Posso, mas prefiro não sair da estrada com tanta capacidade intelectual insubstituível no carro. — Como sempre, Bjørn tinha chegado o banco tão para trás que estava mais deitado que sentado. — Especialmente num carro com cintos de segurança ultrapassados e sem airbags.

Um caminhão que fazia uma curva no sentido oposto na rodovia 287 passou tão colado que o Volvo Amazon 1970 de Bjørn chegou a sacudir.

— Até eu tenho airbags — comentou Harry, olhando pela janela de Bjørn para a mureta e para o rio ainda congelado que já os acompanhava ao lado da rodovia há uns dez quilômetros. Era o rio Haglebu, de acordo com o GPS no celular sobre sua perna. Ao olhar para o lado oposto, viu encostas íngremes cobertas de neve e uma floresta escura de abetos. À frente, o asfalto que engolia a luz dos faróis e seguia previsivelmente sinuoso e estreito rumo às montanhas, às florestas e ao descampado. Ele havia lido que era possível encontrar ursos-pardos por essas paragens.

E, quando as encostas do vale se elevavam como verdadeiros paredões, o locutor do rádio, que entre uma faixa e outra anunciava que eles estavam sintonizados na Rádio P10 Country, com cobertura *nacional*, perdeu toda a credibilidade quando sua voz foi substituída por uma estática intermitente até sumir por completo.

Harry desligou o rádio.

Bjørn tornou a ligá-lo. Ajustou a frequência. Estalos, estalidos e a sensação de um espaço pós-apocalíptico e vazio.

— A digitalização matou as rádios FM — comentou Harry.

— De jeito nenhum — retrucou Bjørn. — Eles têm uma estação local aqui.

O som afiado de uma guitarra cortou a estática de repente.

— Está vendo? — Bjørn deu um sorriso. — Rádio Hallingdal, a melhor estação de música country da Noruega.

— Quer dizer que você ainda não consegue dirigir sem ter música country tocando?

— Ah, você sabe, dirigir e escutar música country combinam como gim e água tônica — respondeu Bjørn. — E eles têm um bingo de rádio todo sábado. Só ouve!

A guitarra desapareceu e, como era de esperar, uma voz avisou para que os ouvintes preparassem os cartões de bingo, especialmente em Flå, onde, pela primeiríssima vez, todos os cinco vencedores do sábado retrasado moravam. Então a guitarra estava de volta ao volume máximo.

— Podemos diminuir um pouco? — pediu Harry, olhando para a tela acesa de seu celular.

— Eu sei que você consegue aguentar um pouco de country, Harry. Eu te dei o disco do Ramones porque é country disfarçado. Você precisa mesmo ouvir "I Wanted Everything" e "Don't Come Close".

— Kaja está ligando.

Bjørn desligou o rádio, e Harry levou o aparelho ao ouvido.

— Oi, Kaja.

— Oi! Onde vocês estão?

— Eggedal.

— Onde em Eggedal?

Harry olhou para fora.

— Perto do vale.

— Vocês não sabem?

— Não.

— Tá bom. Olha, eu não descobri nada específico sobre Roar Bohr. Ele não tem antecedentes criminais, e nenhuma das pessoas com quem conversei insinuou nada que pudesse sugerir que ele seja um assassino em potencial. Longe disso. Na verdade, todos o descreveram como um homem muito atencioso. Quase superprotetor quando se tratava dos próprios filhos e das tropas. Entrei em contato com um funcionário do Instituto Nacional de Direitos Humanos e ele disse o mesmo.

— Espera aí! Como conseguiu que eles falassem?

— Eu disse que estava trabalhando para a revista da Cruz Vermelha, escrevendo um artigo em homenagem ao perfil da equipe de Roar Bohr no Afeganistão.

— Então você está mentindo para eles?

— Na verdade, não. Talvez eu venha a trabalhar nesse artigo. Só que eu ainda não perguntei à Cruz Vermelha se estão interessados.

— Fingida! E aí?

— Quando perguntei à funcionária do NHRI como Bohr havia reagido ao assassinato de Rakel Fauke, ela disse que ele pareceu ter ficado triste e desanimado, e que havia tirado muitos dias de folga e hoje tinha avisado que estava doente. Perguntei como era a convivência entre Bohr e Rakel, e ela disse que Bohr mantinha um olho extra nela.

— Um olho extra? Ela quis dizer que ele cuidava dela?

— Não sei, foi o que ela disse.

— Você disse que não tinha nada *específico* sobre Bohr. Isso significa que tem algo não específico?

— Sim. Como eu já disse, Bohr não tem ficha criminal, mas encontrei uma antiga ação judicial quando procurei pelo nome dele nos arquivos. Acontece que uma tal de Margaret Bohr foi à polícia em 1988 porque sua filha Bianca, de 17 anos, havia sido estuprada. A mãe alegou que a filha estava tendo o comportamento típico de uma vítima de estupro e tinha cortes na barriga e nas mãos. A polícia interrogou Bianca, mas ela negou ter sido estuprada e informou que ela mesma havia se cortado. De acordo com o registro, havia suspeitas de incesto, e o pai de Bianca e o irmão mais velho dela, Roar Bohr, que tinha vinte e poucos anos na época, estavam entre os suspeitos. Mais tarde, tanto o pai quanto a própria Bianca deram entrada num hospital para um breve tratamento psiquiátrico. Mas nunca se descobriu o que realmente aconteceu, se é que havia alguma coisa para ser descoberta. Quando pesquisei o nome de Bianca Bohr, apareceu um registro da Delegacia de Polícia de Sigdal, de cinco anos depois. Bianca Bohr havia sido encontrada morta sobre uma rocha, na base da cachoeira de Norafossen, que tem vinte metros de altura. A cabana da família Bohr fica quatro quilômetros rio acima.

— Sigdal. É para essa cabana que estamos indo?

— Acredito que sim. O laudo da necropsia mostrou que Bianca morreu por afogamento. A polícia concluiu que ela poderia ter caído no rio por acidente, mas o mais provável era que tivesse se suicidado.

— Por quê?

— Uma testemunha tinha visto Bianca correndo descalça pela neve no caminho que liga a cabana ao rio usando apenas um vestido azul. São centenas de metros da cabana ao rio. E ela estava nua quando foi encontrada. Seu psiquiatra também confirmou que ela havia demonstrado tendências suicidas. Consegui encontrar o número do telefone dele e deixei uma mensagem na secretária eletrônica.

— Tá bom.

— Ainda em Eggedal?

— Provavelmente.

Bjørn ligou o rádio outra vez, e uma voz monótona declamava números, repetindo-os dígito por dígito, até se fundir com o barulho estridente dos rebites dos pneus de neve no asfalto. A floresta e a escuridão pareciam ficar mais densas, e as laterais do vale mais íngremes.

Bohr apoiou o fuzil no galho mais baixo e mais grosso e olhou através da mira telescópica. Viu o ponto de luz vermelha dançar pela parede de madeira antes de encontrar a janela. Estava escuro lá dentro, mas o homem estava a caminho. O homem que precisava ser detido antes de arruinar tudo estava por vir. Bohr sabia disso. Era só uma questão de tempo. E tempo era a única coisa que restava a Roar Bohr.

— É logo ali em cima — avisou Harry, olhando para a tela do celular, onde um símbolo vermelho em forma de lágrima marcava as coordenadas que Kaja lhe dera. Eles estavam estacionados no acostamento, e Bjørn havia desligado o motor e os faróis. Harry se inclinou para a frente e olhou através do para-brisa, onde uma chuva leve tinha começado a cair. Não havia luzes em nenhum lugar da encosta escura como breu. — Não parece um lugar muito movimentado.

— É melhor levar alguns presentes para os nativos — sugeriu Bjørn, pegando no porta-luvas a lanterna e a pistola de uso exclusivo em serviço.

— Eu estava planejando ir lá sozinho — disse Harry.

— E me deixar aqui abandonado, mesmo sabendo que tenho medo de escuro?

— Você se lembra do que eu disse sobre miras a laser? — Harry levou o dedo indicador à testa de Bjørn. — Eu estou marcado depois da confusão no Smestaddammen. Essa é a minha missão, e você está em licença-paternidade.

— Você já viu aqueles filmes em que a mulher discute com o herói para poder ir junto fazer alguma coisa perigosa?

— Sim...

— Normalmente eu pulo essas partes, porque já sei quem vai ganhar a discussão. Vamos indo?

28

— Tem certeza de que a cabana é essa? — perguntou Bjørn.
— De acordo com o GPS, sim — respondeu Harry, que cobria o celular com o casaco, em parte para protegê-lo da chuva que caiu depois das pancadas de neve, mas em boa parte para impedir que o brilho da tela revelasse suas posições se Bohr estivesse observando-os. Porque, *se* ele estava mesmo na cabana, a escuridão lá dentro sinalizava que era exatamente isso que estava fazendo. Harry forçou a vista. Eles tinham encontrado uma trilha que corria parcialmente pelo chão descoberto, e as marcas marrons nos trechos onde havia neve indicavam que ela havia sido percorrida recentemente. Não demoraram mais de quinze minutos para encontrá-la. A neve no chão refletia a luz, mas ainda assim estava escuro demais para que pudessem distinguir a cor da cabana. Harry podia apostar que era vermelha. A chuva havia abafado os sons da aproximação deles; agora, porém, também encobria qualquer ruído que viesse de dentro da cabana.

— Vou entrar, espera aqui — disse Harry.

— Eu preciso de um pouco mais de instruções, estou há tempo demais na Unidade de Perícia.

— Atira se vir alguém que não seja eu atirando — disse Harry antes de sair de sua posição debaixo de galhos rasteiros e encharcados e tomar o caminho da cabana.

Havia protocolos definindo como entrar em um recinto, caso houvesse a possibilidade de resistência armada. Harry conhecia alguns deles. Roar Bohr provavelmente conhecia todos. Portanto, não tinha por que se preocupar muito. Harry caminhou até a porta e tentou girar a maçaneta. Trancada. Postou-se ao lado da porta e bateu duas vezes.

— Polícia!

Encostou a orelha na parede. A única coisa que escutou foi a chuva persistente. E um galho se partindo em algum lugar. Mirou a escuridão, mas era como um paredão de piche. Contou até cinco e então quebrou a vidraça ao lado da porta com a coronha da pistola. O vidro se espatifou. Passou a mão por dentro e liberou o trinco da janela. O batente estava empenado e ele teve de segurá-lo com força e puxar. Conseguiu entrar. Sentiu o aroma de madeira e o cheiro das cinzas na lareira. Acendeu a lanterna, afastando-a do corpo, caso alguém decidisse usá-la como alvo. Num gesto amplo passou o facho pelo cômodo até encontrar o interruptor perto da porta. Ligou-o e a luz do teto acendeu, então correu para se posicionar de costas na parede entre as janelas. Olhou ao redor, da esquerda para a direita, como faria em uma cena de crime. Era uma sala de estar com duas portas que davam para quartos com beliches. Não havia banheiro. Uma bancada de cozinha com pia e um rádio num canto da sala. Uma lareira. Móveis de pinho, típicos das cabanas norueguesas, um baú de madeira pintada, uma submetralhadora e um fuzil automático encostados na parede. Uma mesa coberta por uma toalha de crochê e castiçais, uma revista de esportes, duas facas de caça reluzentes e um jogo de dados. Folhas impressas em tamanho A4 estavam presas nas paredes da sala. Harry prendeu a respiração ao ver a imagem de Rakel ao lado da lareira. Ela estava de pé atrás de uma janela gradeada. A janela da cozinha em Holmenkollveien. A foto deve ter sido tirada bem na frente da câmera de monitoramento remoto.

Harry se esforçou para aguentar firme e olhar o resto.

Suspensos do teto sobre a mesa de jantar, havia fotos de mais mulheres, algumas com recortes de jornal embaixo. E, quando Harry se virou para a parede atrás de si, viu mais fotos. De homens. Umas doze, fixadas em três colunas, numeradas de acordo com algum tipo de classificação. Reconheceu três deles na hora. O número 1 era Anton Blix, condenado, dez anos antes, por vários estupros e duplo assassinato. O número 2 era Svein Finne. E, mais abaixo, no número 6, Valentin Gjertsen. E, então, Harry percebeu que reconhecia alguns dos outros. Criminosos famosos por seus crimes violentos, ao menos um deles morto e outros ainda na prisão, pelo que ele conseguia lembrar.

Contemplou os recortes de jornal do outro lado da sala e conseguiu distinguir uma manchete em negrito: ESTUPRADA NO PARQUE. Os demais tinham letras bem pequenas.

Não podia chegar mais perto sob o risco de se expor a ser visto de fora. Mas, é claro, poderia apagar a lâmpada e usar a lanterna. Os olhos de Harry se voltaram para o interruptor, mas deram, de novo, com a foto de Rakel.

Não dava para ver o rosto dela, mas havia alguma coisa no jeito como ela estava parada de pé do lado de dentro da janela. Como um cervo com a cabeça erguida e as orelhas em pé. Sentindo cheiro de perigo. Talvez por isso ela parecia tão solitária. Enquanto esperava por mim, pensou Harry. Do mesmo jeito como esperei por ela. Nós dois, esperando.

Harry percebeu que sem querer estava no meio da sala, seu corpo iluminado, exposto à vista de qualquer um. O que diabos estava fazendo? Fechou os olhos.

E esperou.

Roar Bohr apontava para as costas da pessoa na sala iluminada. Tinha desligado a mira a laser que havia denunciado sua presença quando Pia e Hole estavam sentados no banco perto do Smestaddammen. As gotas de chuva estalavam nos ramos das árvores acima dele e caíam na aba do seu boné. Ele aguardou.

Nada aconteceu.

Harry abriu os olhos. Voltou a respirar.

E leu os recortes de jornal.

Alguns tinham amarelado com o tempo, enquanto outros deviam ser de apenas alguns anos atrás. Relatos de estupros. Sem nomes, apenas idades, locais e um resumo do ocorrido. Em Oslo, em Østlandet. Um deles em Stavanger. Sabe-se lá como Bohr conseguira as fotos, mas Harry não tinha dúvidas de que eram das vítimas de estupro. Mas o que dizer das fotos dos homens? Uma espécie de lista dos dez piores — ou melhores — estupradores da Noruega? Algo para Roar Bohr tomar como exemplo ou seria para se comparar com a concorrência?

Harry destrancou a porta da frente e a abriu.

— Bjørn! A barra tá limpa!

Olhou para a foto pregada ao lado da porta. Sol forte batendo diretamente em olhos semicerrados, dedos afastando um cacho de cabelo castanho, colete branco estampado com uma cruz vermelha, paisagem desértica, Kaja sorrindo com aqueles dentes pontiagudos.

Harry olhou para baixo. Viu as mesmas botas militares que ele tinha visto no hall de entrada da casa de Bohr.

As pedras no deserto. O Talibã de tocaia, aguardando o número dois sair do carro à prova de balas.

— Não, Bjørn! Não!

— Kaja Solness — repetiu a voz grave em falsete que vinha de perto do painel de mármore preto na lateral do fogão.

— Oficial da Polícia de Oslo — disse Kaja bem alto enquanto vasculhava, em vão, as prateleiras da geladeira em busca de comida.

— Pois não. Como posso ajudá-la, policial Solness?

— Estamos procurando um serial killer. — Ela se serviu de um copo de suco de maçã na esperança de aumentar um pouco o nível de açúcar no sangue. Verificou a hora. Um restaurante informal tinha sido inaugurado na Vibes gate enquanto ela esteve fora. — Obviamente, estou ciente de que, como psiquiatra, você está sob juramento de confidencialidade quando se trata de pacientes que ainda estão vivos, mas estou falando de um paciente falecido...

— As mesmas regras.

— ... que suspeitamos ter sido, talvez, estuprado por alguém que queremos impedir que estupre outras pessoas.

Houve silêncio do outro lado.

— Me avisa quando terminar de pensar, London. — Ela não sabia por que o sobrenome do sujeito, que remetia a uma das maiores cidades do mundo, parecia sugerir solidão. Kaja desativou a função viva-voz do celular e levou o copo de suco de volta à sala de estar.

— Segue em frente e pergunta, e aí vamos ver — disse ele.

— Obrigada. Você se lembra de uma paciente chamada Bianca Bohr?

— Sim. — Ele respondeu num tom de voz que mostrava que também se lembrava do que havia acontecido a ela.

— Quando a atendia como paciente, você chegou a pensar que ela havia sido estuprada?

— Não sei.

— Tá bom. Ela demonstrou algum comportamento que pudesse indicar...

— O comportamento de pacientes psiquiátricos pode indicar várias coisas. Eu não descartaria estupro. Ou lesão corporal. Ou outros traumas. Mas são apenas especulações.

— O pai dela também foi internado por problemas mentais. Ela alguma vez conversou sobre o pai?

— Durante as conversas entre psiquiatras e pacientes, quase sempre é mencionado o relacionamento deles com os pais, mas não me lembro de nada específico que tenha chamado a minha atenção.

— Entendo. — Kaja pressionou uma tecla no computador e a tela se iluminou. A imagem congelada era de um vulto saindo da casa de Rakel. — E o que você tem a dizer sobre o irmão mais velho de Bianca, Roar?

Outra longa pausa. Kaja aproveitou para tomar outro gole do suco e olhou para o jardim.

— Nós estamos falando de um serial killer que ainda está à solta?

— Sim — respondeu Kaja.

— Durante o período em que Bianca ficou internada sob nossos cuidados, uma das enfermeiras notou que ela gritava um nome repetidamente enquanto dormia. O nome que você acabou de mencionar.

— Você acha que Bianca pode ter sido estuprada não pelo pai, mas pelo irmão mais velho?

— Como eu disse, Solness, não posso descartar...

— Mas você pensou nisso, não foi?

Kaja ficou atenta ao som da respiração de London na esperança de interpretá-la, mas tudo o que ouviu foi a chuva lá fora.

— Bianca chegou a me contar alguma coisa, mas tenho que salientar que ela era psicótica e, quando se sofre com a psicose, os pacientes dizem todo tipo de coisa.

— E o que ela disse?

— Que o irmão fez um aborto nela na cabana da família.

Kaja sentiu um calafrio.

— Mas é preciso que fique claro que isso não significa que necessariamente aconteceu — prosseguiu London —, mas eu me lembro de um desenho que ela colocou em cima da cama no quarto dela. De uma grande águia atacando um garotinho. E do bico do pássaro saíam as letras R-O-A-R.

— Como o verbo em inglês?

— Sim, foi essa a interpretação que dei naquela época.

— E agora, em retrospectiva?

Kaja o ouviu suspirar alto, lá na telefonelândia.

— É bem típico que, quando um paciente tira a própria vida, você fique imaginando que interpretou tudo errado, que tudo o que fez e pensou não fazia sentido. Na época em que Bianca morreu, nós achávamos que ela estava realmente melhorando. Então fui olhar as minhas anotações para ver o que eu havia perdido, onde eu tinha errado. E descobri que em duas ocasiões ela me disse que eles haviam matado o irmão mais velho, o que eu achei que fosse baboseira psicótica.

— Quem são "eles"?

— Ela e o irmão mais velho.

— O que isso quer dizer? Que Roar participou do próprio assassinato?

Roar Bohr abaixou a coronha do fuzil, mas deixou o cano apoiado no galho.

A pessoa que ele tinha sob sua mira se afastou da janela iluminada.

Roar captou os sons da escuridão ao seu redor.

Chuva. Não muito longe, o som de pneus no asfalto molhado. Concluiu que era um Volvo. Eles apreciavam os Volvos aqui na Lyder Sagens gate. E os Volkswagens. As SUVs. Os modelos caros. Em Smestad, havia mais Audis e BMWs. Os jardins aqui não eram tão perfeitos como no bairro onde morava, mas o visual mais descontraído não necessariamente demandava menos trabalho e planejamento. A exceção era o jardim de Kaja, um labirinto de plantas onde reinava a anarquia. Em sua defesa, podia-se dizer que ela quase não morou na casa nos últimos anos. Ele não estava reclamando. Os arbustos enormes e as árvores lhe permitiam ficar mais bem camuflado que em Cabul. Certa vez ele teve de se esconder atrás de destroços de carro em cima do telhado de uma garagem, e tinha ficado muito à vista, mas era o único lugar de onde podia ter uma visão completa do alojamento feminino. Ele havia passado horas seguidas lá observando Kaja através da mira do fuzil para saber que, a menos que tivesse coisas mais importantes a fazer, ela não descuidaria do jardim. E tinha mesmo. As pessoas fazem tantas bizarrices quando acham que não estão sendo observadas, e Roar Bohr sabia de coisas sobre Kaja Solness que outras pessoas sequer imaginavam. Com a mira Swarovski do fuzil, conseguia ler facilmente o texto na tela do computador sobre a escrivaninha, quando Kaja não atrapalhava a visão. E agora ela havia acabado de tocar numa tecla para iluminar a tela. Havia uma foto. Tirada à noite, era uma casa com uma janela iluminada.

Bohr levou alguns instantes para perceber que aquela era a casa de Rakel.

Ajustou a mira e a imagem na tela ficou nítida. Reparou que não era uma foto, mas um vídeo. Deve ter sido filmado de onde ele costumava ficar. Que merda é essa? Então a porta da casa de Rakel se abriu e apareceu o contorno de um corpo no vão. Bohr prendeu a respiração para que o fuzil ficasse completamente imóvel e ele conseguisse ler a data e a hora na base da gravação.

Era da noite do homicídio.

Roar Bohr expirou todo o ar dos pulmões e encostou o fuzil no tronco de uma árvore.

Será que a imagem tinha qualidade suficiente para que a pessoa fosse identificada?

Correu a mão esquerda pelo quadril, onde guardava a faca *karambit*. Pensa. Pensa, antes de agir.

A ponta de seu dedo deslizou sobre a borda fria e serrilhada da lâmina. Para cima e para baixo. Para cima e para baixo.

— Cuidado — avisou Harry.
— O que foi agora? — indagou Bjørn.

Harry não sabia se Bjørn se referia ao grito que ele deu na cabana e que acabou sendo um alarme falso.

— O chão está congelado.
— Estou vendo — disse Bjørn, e foi freando suavemente antes de entrar na ponte à frente.

Tinha parado de chover, mas o asfalto estava coberto por uma camada brilhante de gelo. Depois de atravessarem a ponte, pegaram uma reta, então Bjørn acelerou. Uma placa de sinalização: *Oslo 85 quilômetros*. A estrada estava pouco movimentada, e, se tivessem sorte de pegar um pouco de asfalto seco sob os pneus, poderiam estar de volta à cidade em pouco mais de uma hora.

— Você tem *certeza* de que não quer emitir um alerta? — perguntou Bjørn.

— Tenho. — Harry fechou os olhos. Roar Bohr tinha passado na cabana recentemente, o jornal na cesta de madeira era de seis dias antes. Mas não estava lá agora. Nenhuma pegada sobre a neve no caminho para a porta. Nem comida. Bolor na xícara de café em cima da mesa. As botas perto da porta estavam secas, ele deve ter vários pares. — Eu liguei para o especialista em 3-D, Freund. O primeiro nome dele é Sigurd, inclusive.

Bjørn deu uma risadinha.

— Katrine sugeriu que a gente registrasse o pequeno com o nome de Brett, em homenagem ao vocalista do Suede. Brett. Brett Bratt. O que Freund disse?

— Que ia examinar o cartão de memória e que eu poderia esperar uma resposta no fim de semana. Expliquei o que havia no cartão, e ele respondeu que não tinha muito o que fazer quanto à pouca luz. Mas que, pela altura da porta e profundidade dos degraus que dão para a Holmenkollveien, ele julgava possível determinar a altura da pessoa quase que com precisão. Se eu disser que temos que indiciar Bohr com base no que descobrimos depois de invadir a cabana dele sem um mandado de busca, você também vai se meter em encrenca, Bjørn. Faz mais sentido dizer que a altura do sujeito na porta é igual à de Bohr, porque aí é mais difícil associar você àquelas imagens. Vou chamar a Kripos, explicar que tenho fotos que provam que Bohr estava na cena do crime e sugerir que eles façam uma busca na cabana dele. Vão encontrar a janela quebrada, mas qualquer um pode ter feito isso.

Harry viu luzes azuis piscando no final do trecho reto da estrada à frente deles. Passaram por um triângulo de sinalização. Bjørn diminuiu a velocidade.

Um caminhão articulado estava estacionado no acostamento. Do lado oposto, os destroços de um carro próximo à mureta que dava para o rio. O que antes tinha sido um carro, agora lembrava a Harry uma latinha amassada.

Um policial sinalizou para que seguissem em frente.

— Espera — pediu Harry, baixando o vidro da janela. — A placa do carro é de Oslo.

Bjørn parou o Amazon perto de um policial com o rosto parecido com o focinho de um bulldog, pescoço e braços muito curtos se projetando do tronco volumoso.

— O que aconteceu? — perguntou Harry, mostrando sua documentação.

O policial olhou para ele e assentiu.

— O motorista do caminhão está sendo interrogado, logo vamos saber. O asfalto está coberto de gelo, então *pode* ser só um acidente.

— É um trecho bem reto para isso, não acha?

— Pois é — disse o policial exibindo no rosto uma expressão sombria e profissional. — No pior dos cenários, temos um por mês. A gente chama esse trecho da estrada de "corredor da morte". Sabe, aquela última caminhada que os condenados à morte nos Estados Unidos fazem quando estão indo para a cadeira elétrica.

— Hum. Estamos procurando por um sujeito que mora em Oslo, então temos interesse em saber quem estava na direção do carro.

O policial respirou fundo.

— Para ser honesto, quando um carro que pesa mil e trezentos quilos colide a oitenta ou noventa quilômetros por hora de frente com um caminhão de quase cinquenta toneladas, cintos de segurança e airbags não servem para quase nada. Num acidente desses, eu não conseguiria reconhecer o motorista nem se o cara fosse meu irmão. Ou irmã. Mas o carro está registrado no nome de Stein Hansen. Por enquanto, estamos trabalhando com a hipótese de que seja ele.

— Obrigado — disse Harry, e subiu o vidro da janela.

Seguiram em silêncio.

— Você parece aliviado — comentou Bjørn depois de um tempo.

— Pareço? — disse Harry, pego de surpresa.

— Você acha que seria fácil demais se Bohr tivesse se safado assim, não é?

— Morrendo num acidente de carro?

— Eu quis dizer abandonando você nesse mundo para sofrer sozinho todos os dias. O que não seria justo, não é mesmo? Você quer que ele sofra do mesmo jeito.

Harry olhou para fora pela janela. O luar brilhava entre nuvens esgarçadas, colorindo de prata a superfície congelada do rio.

Bjørn ligou o rádio.

The Highwaymen.

Harry ficou escutando por um tempo, depois pegou o celular e ligou para Kaja.

Ela não atendeu.

Estranho.

Tentou de novo.

Aguardou a secretária eletrônica. A voz dela. Saudades da mensagem de Rakel. O bipe. Harry pigarreou.

— Sou eu. Liga para mim.

Ela provavelmente estava com os fones escutando música no máximo. De novo.

Os limpadores de para-brisa secavam o vidro. De novo e de novo. Um novo começo, uma página em branco a cada três segundos. O incansável perdão dos pecados.

Tirolesa em dois tons e banjos tocando músicas no rádio.

29

Dois anos e meio antes...
Roar Bohr secou o suor da testa e olhou para o céu do deserto.

O sol havia derretido e por isso não conseguia vê-lo. Havia se dissolvido, espalhando uma camada de cobre amarelo pelo azul enevoado. E embaixo dele: um abutre, com envergadura de três metros estampando uma cruz preta no cobre amarelo.

Bohr voltou a olhar ao redor. Só eles dois estavam ali. Os dois e o deserto descampado, desabitado, pedregoso, com encostas em declive e afloramentos rochosos. Era óbvio que tinha sido um desrespeito aos manuais de segurança operacional sair a campo sem proteção extra, apenas dois homens e um veículo. Mas no relatório justificaria a atitude como uma gentileza para com o vilarejo da família de Hala, um agrado aos corações afegãos, que o chefe de Hala havia levado pessoalmente o corpo dela de volta para casa, sem nenhuma proteção além da que tinha sido oferecida a ela.

Em um mês voltaria para casa, após sua terceira e última missão no Afeganistão. Ansiava ir para casa, sempre ansiava ir para casa, mas não estava feliz. Sabia que, depois de apenas duas ou três semanas em casa, ficaria louco para voltar.

Mas não haveria mais missões no exterior, ele havia requisitado o posto de chefe do recém-criado Instituto Nacional de Direitos Humanos, o NHRI, em Oslo, e seu pedido fora deferido. O NHRI se reportava ao Parlamento, embora operasse como órgão independente, investigando questões de direitos humanos, fornecendo informações e recomendações à Assembleia Nacional, embora, tirando esses compromissos, as demais atribuições fossem bastante vagas. Mas isso significava que ele e os dezoito membros da equipe teriam condições de contribuir para a definição dos propósitos do instituto. De certa forma, era uma espécie de continuação do que ele vinha fazendo no Afeganistão, só que sem armas. Então ele ocuparia o cargo. De qualquer forma, para ele estava descartado o posto de general. Disseram-lhe isso de forma muito respeitosa e discreta. Que ele não era um dos poucos escolhidos. Mas não foi por isso que ele teve de deixar o Afeganistão.

Ele se lembrava do corpo de Hala estendido no asfalto. Ela geralmente usava roupas ocidentais e um *hijab* recatado, mas naquela noite vestia uma túnica *shalwar kameez* azul, que havia sido erguida até a altura da cintura. Bohr se recordou dos quadris e da barriga nus, a pele com um brilho que desapareceria lentamente. Da mesma forma que a vida havia desaparecido daqueles lindos, lindos olhos. Até mesmo morta ela se parecia com Bianca. Ele havia percebido, quando ela se apresentou como intérprete, que Bianca o mirava através daqueles olhos, que ela havia voltado dos mortos, voltado do rio para estar com ele outra vez. Mas é óbvio que Hala não podia saber de nada disso, era o tipo de coisa que ele jamais poderia ter lhe explicado. E agora ela também se fora.

Mas ele tinha encontrado outra moça que se parecia com Bianca. A chefe de segurança da Cruz Vermelha. Kaja Solness. Será que era dentro dela que Bianca habitava agora? Ou seria em outra mulher? Ele precisava ficar de olhos bem abertos.

— Por favor, não faz isso — implorou o homem ao se ajoelhar no asfalto atrás do Land Rover estacionado no acostamento. Sua farda camuflada de cores neutras tinha três listras no peito, indicando ser sargento, e no braço esquerdo havia a insígnia da Divisão de Forças Especiais, representada por uma adaga alada. As mãos estavam entrelaçadas, talvez unicamente porque seus pulsos estavam amarrados com as abraçadeiras brancas que usavam nos prisioneiros de guerra. Uma corrente de cinco metros de comprimento ia das abraçadeiras até um gancho na parte traseira do Land Rover. — Me deixa ir, Bohr. Eu tenho dinheiro. Uma herança. Posso ficar calado. Ninguém precisa saber o que aconteceu, jamais.

— E o que aconteceu? — perguntou Bohr, sem afastar o cano do fuzil Colt Canada C8 da testa do sargento.

O oficial engoliu em seco.

— Uma afegã. Uma hazara. Todo mundo sabe que você e ela eram próximos, mas, enquanto ninguém fizer disso um drama, logo vai ser esquecido.

— Você não devia ter dito para ninguém o que viu, Waage. É por isso que eu tenho que te matar. Você nunca ia esquecer. Eu nunca ia esquecer.

— Dois milhões. Dois milhões de coroas, Bohr. Não, dois milhões e meio. Em dinheiro vivo, quando a gente chegar à Noruega.

Roar Bohr começou a caminhar em direção ao Land Rover.

— Não! Não! — gritou o soldado. — Você não é um assassino, Bohr!

Bohr entrou no carro, ligou o motor e partiu. Não notou nenhuma resistência quando a corrente deu um solavanco no sargento, que começou a correr atrás do veículo.

Bohr diminuiu a velocidade. Tornou a acelerar quando a corrente afrouxou um pouco. Ficou vendo o sargento se deslocar num tipo de corrida de obstáculos, as mãos estendidas como em oração.

Quarenta graus. Mesmo numa caminhada o sargento logo ficaria desidratado. Não conseguiria ficar de pé, sofreria um colapso. Um fazendeiro numa carroça puxada a cavalo vinha pela estrada na direção oposta à deles. Ao se cruzarem, o sargento gritou, implorando ajuda, mas o homem apenas deu um leve aceno com a cabeça coberta por um turbante e voltou a cuidar das suas rédeas. Estrangeiros! Talibã. Essa guerra não era dele. Sua guerra era contra a seca, contra a fome, contra as intermináveis demandas e tristezas da vida cotidiana.

Bohr se inclinou para a frente e ergueu os olhos para o céu.

O abutre os seguia.

Nenhuma prece foi ouvida. Nenhuma.

— Tem certeza de que não quer que eu espere? — perguntou Bjørn.

— Vai para casa, estão te esperando — disse Harry, espiando a casa de Kaja pela janela do carro. As luzes da sala estavam acesas.

Harry saiu e acendeu o cigarro que não pôde fumar dentro do carro.

— Novas regras com crianças — havia explicado Bjørn. — Katrine não quer nenhum resquício de fumaça em lugar nenhum.

— É... Elas meio que assumem o controle no instante em que se tornam mães, não é?

Bjørn dera de ombros.

— Não sei nada sobre "assumir". Katrine praticamente já tinha todo o poder.

Harry deu quatro tragadas profundas. Então arrancou a ponta e colocou o que sobrou do cigarro de volta no maço. O portão rangeu quando foi aberto. Respingou água das grades de ferro; havia chovido ali também.

Caminhou até a porta e tocou a campainha. Esperou.

Após dez segundos de silêncio, tentou girar a maçaneta. Destrancada, como da última vez. Com a sensação de *déjà vu*, entrou, passou em frente à porta aberta da cozinha. Viu um celular carregando na bancada da cozinha. Isso explicava por que ela não atendera às suas ligações. Era uma possibilidade. Abriu a porta da sala de estar.

Vazia.

Estava prestes a chamar o nome de Kaja quando seu cérebro registrou um som vindo de trás, um rangido no assoalho. Em um nanossegundo, seu cérebro tinha concluído que era Kaja descendo as escadas ou saindo do banheiro, e foi por isso que seu alarme interno não tocou.

Não até levar uma chave de pescoço e um pano ser pressionado sobre sua boca e nariz. Ao registrar o perigo, seu cérebro enviou um comando automático para que respirasse fundo antes que o tecido bloqueasse o suprimento de ar. E, quando seu processo cognitivo mais lento lhe disse que esse era exatamente o objetivo do pano, era tarde demais.

30

Harry olhou ao redor. Ele estava num salão de festas. Uma orquestra tocava uma valsa arrastada. Ele a viu de relance. Ela estava sentada à mesa coberta por uma toalha branca, embaixo de um dos lustres de cristal. Os dois sujeitos de smoking, um de cada lado da mesa, tentavam chamar a atenção dela que, no entanto, só tinha olhos para ele, para Harry. Eles lhe diziam que se apressasse. Ela usava o vestido preto, um dos vários vestidos pretos que ela chamava de o vestido preto. E, quando baixou os olhos, percebeu que estava usando o terno preto, o único que tinha, o mesmo que usava em batizados, casamentos e velórios. Colocou um pé na frente do outro e avançou por entre as mesas, mas tudo acontecia devagar, como se o salão estivesse coberto de água. Devia haver grandes ondas na superfície, porque ele era empurrado para a frente e para trás, e os lustres de cristal em forma de S iam e vinham ao ritmo da valsa. Quando enfim chegou aonde queria, quando estava prestes a dizer algo e largar a mesa em que se firmava, seus pés foram erguidos do chão e ele ficou pairando no ar. Ela estendeu a mão, mas ele estava fora de alcance, e, mesmo se ela ficasse em pé na cadeira e se esticasse toda, ela não saía do lugar, enquanto ele subia e subia. E então ele descobriu que a água estava começando a ficar vermelha, tão vermelha que a imagem dela foi sumindo de vista, vermelha e quente, e a pressão na cabeça dele começou a aumentar. A princípio ele não se deu conta de que não conseguia respirar — era evidente que não conseguia —, e começou a se debater, tinha de chegar à superfície.

— Boa noite, Harry.

Harry abriu os olhos e tornou a fechá-los quando a luz atingiu sua retina como uma facada.

— Triclorometano. Mais conhecido como clorofórmio. Um pouco à moda antiga, é claro, mas eficaz. A gente usava no E14 sempre que alguém precisava ser sequestrado.

Harry abriu um pouco os olhos. Uma lâmpada apontava diretamente para o seu rosto.

— Você provavelmente tem várias perguntas. — A voz vinha da escuridão atrás da lâmpada. — Tipo "o que aconteceu?", "onde eu estou?" e "quem é ele?".

Eles trocaram poucas palavras no velório, mas ainda assim Harry reconheceu a voz e os erres enrolados.

— Mas vou responder a sua principal pergunta Harry: "o que ele quer comigo?"

— Bohr — disse Harry com voz rouca. — Cadê a Kaja?

— Não se preocupa com isso, Harry.

Harry percebeu pela acústica que estava sentado num cômodo bem amplo. Provavelmente com paredes de madeira. Não podia ser um porão. Mas fazia frio e parecia vazio, como se não estivesse em uso. O cheiro era tão neutro quanto uma sala de reuniões ou um escritório de plano aberto. Isso poderia fazer algum sentido. Seus braços estavam amarrados com fita adesiva nas laterais e os pés na base de uma cadeira de escritório com rodinhas. Nenhum cheiro de tinta nem de material de construção, mas ele viu o reflexo da luz no plástico transparente que havia sido colocado sobre o assoalho de taco debaixo e à frente da cadeira.

— Você matou a Kaja também, Bohr?

— Também?

— Como a Rakel. E as outras mulheres nas fotos na sua cabana.

Harry ouviu os passos do outro homem atrás da lâmpada.

— Eu tenho uma confissão a fazer, Harry. Matei. Nunca imaginei que pudesse chegar a isso, mas estava errado. — Os passos cessaram. — E dizem que, quando se começa...

Harry esticou a cabeça para trás e olhou para o teto. Um dos painéis havia sido removido, e havia um monte de cabos cortados saindo do buraco. Coisas de TI, provavelmente.

— Fiquei sabendo que um dos meus soldados das Forças Especiais, Waage, sabia alguma coisa sobre a morte da minha intérprete, Hala.

Fui verificar e, quando descobri o que ele sabia, percebi que teria que matá-lo.

Harry tossiu.

— Ele estava no seu pé. Então você o matou. E agora você está planejando me matar. Eu não sou padre e não tenho a menor vontade de ouvir a sua confissão, Bohr, então anda logo com isso.

— Você não está me entendendo, Harry.

— Quando ninguém nunca te entende, Bohr, é hora de se perguntar se não é você mesmo que é maluco. Anda logo, seu desgraçado de merda, eu já estou de saco cheio.

— Você está com muita pressa.

— Talvez seja melhor lá do que aqui. A companhia deve ser melhor também.

— Você não está me entendendo, Harry. Vou te explicar.

— Não! — Harry deu um solavanco na cadeira, mas a fita adesiva o conteve.

— Me ouve, por favor. Eu não matei a Rakel.

— Eu *sei* que você matou a Rakel, Bohr, e não quero ouvir nem uma palavra sobre isso nem escutar desculpas patéticas...

Harry parou quando o rosto de Roar Bohr apareceu de repente, iluminado por baixo como num filme de terror. Harry levou um instante para perceber que a luz estava vindo da tela de um celular que tocava sobre a mesa entre eles.

Bohr deu uma olhada.

— Seu telefone, Harry. É a Kaja Solness.

Bohr tocou a tela, pegou o celular e o encostou na orelha de Harry.

— Harry? — Era a voz de Kaja.

Harry pigarreou.

— Cadê... Cadê você?

— Acabei de chegar. Vi que você tinha ligado, mas precisava comer alguma coisa, então fui até um novo restaurante aqui perto e deixei o celular carregando em casa. Mas me diz, você esteve aqui?

— Aqui onde?

— Meu computador estava na escrivaninha e foi parar na mesa da sala de estar. Me diz que foi você senão eu vou ficar preocupada.

Harry olhou para a lâmpada.

— Harry? Onde você está? Você está soando tão...

— Fui eu — respondeu Harry —, não precisa se preocupar. Olha só, estou no meio de uma coisa. Ligo para você depois, pode ser?

— Tá bom — disse ela, hesitante.

Bohr tocou na tela para terminar a ligação e colocou o celular na mesa.

— Por que você não deu o sinal de alarme?

— Se tivesse algum motivo para fazer isso, você não teria deixado que eu falasse com ela.

— Acho que é por que você acreditou em mim, Harry.

— Você me prendeu à cadeira com uma fita adesiva. O que eu acho ou deixo de achar é completamente irrelevante.

Bohr voltou para a área iluminada. Ele segurava uma faca. Harry tentou engolir em seco, mas sua boca estava seca demais. Bohr aproximou o facão de Harry, até o lado direito da cadeira. Cortou. Fez a mesma coisa com a fita adesiva no lado esquerdo. Harry ergueu os braços e pegou a faca.

— Eu prendi você na cadeira para que não me atacasse até escutar tudo — disse Bohr, enquanto Harry cortava a fita adesiva ao redor dos tornozelos. — Rakel me falou dos problemas que vocês tinham com relação a algumas investigações de homicídio. Com indivíduos que estavam em liberdade. Então fiquei de olho em vocês dois.

— Em nós?

— Principalmente nela. Fiquei vigiando. Do jeito que vigiei Kaja em Cabul depois que Hala foi estuprada e assassinada. E agora em Oslo.

— Você sabe que isso se chama paranoia?

— Sim.

— Hum. — Harry se aprumou e massageou os braços. Ainda segurava a faca. — Vai, me conta tudo.

— Por onde quer que eu comece?

— Comece pelo sargento.

— Entendido. Ninguém é idiota nas Forças Especiais. Os critérios de admissão são muito rígidos. Mas o sargento Waage era um daqueles soldados com mais testosterona que cérebro, se me permite dizer. Nos dias que se seguiram à morte de Hala, quando todo mundo só falava disso, ouvi rumores sobre Hala gostar tanto da Noruega que tinha uma palavra em norueguês tatuada no corpo. Fui pesquisar, e descobri que tinha sido o sargento Waage que havia espalhado esse boato depois de algumas bebidas num bar. Mas Hala estava sempre coberta, e essa tatuagem ficava logo acima do coração. Não fazia o menor sentido ela se envolver com Waage. E sei que Hala mantinha a tatuagem em segredo. Mesmo que o uso de henna seja bem difundido, muitos muçulmanos consideram tatuagens permanentes um "pecado da pele".

— Mas a tatuagem não era um segredo para você?

— Não. Eu era a única pessoa além do tatuador que sabia. Antes de fazer a tatuagem, Hala me perguntou sobre a grafia correta e quaisquer duplos sentidos que ela não soubesse.

— E qual era a palavra?

Bohr deu um sorriso triste.

— "Amiga". Ela era tão interessada em línguas que queria saber se a palavra tinha uma conotação que ela desconhecia.

— Waage podia ter ouvido falar da tatuagem pelas pessoas que a encontraram ou por quem realizou a necropsia.

— Essa é a questão — disse Bohr. — Duas das facadas... — Ele parou e respirou fundo, estremecendo. — Duas das *dezesseis* facadas perfuraram a tatuagem, tornando a palavra ilegível, a não ser que já se soubesse o que estava escrito.

— A não ser que fosse você o homem que a estuprou e viu a tatuagem antes de esfaqueá-la.

— Isso.

— Entendo, mas isso não se qualifica como prova, Bohr.

— Eu sei. De acordo com as regras sobre imunidade que se aplicam às Forças Internacionais, Waage teria sido mandado de volta para a Noruega, onde qualquer advogado mais ou menos esperto o livraria da punição.

— Então você se autoproclamou juiz e júri?

Roar Bohr assentiu.

— Hala era minha intérprete. Minha responsabilidade. Igual ao sargento Waage. Minha responsabilidade. Eu entrei em contato com os pais de Hala e avisei que ia pessoalmente levar os restos mortais dela para a aldeia deles. Cinco horas de viagem partindo de Cabul, a maior parte do tempo num deserto sem nada nem ninguém pelo caminho. Dei ordem para que o Waage assumisse a direção. Depois de algumas horas, mandei que parasse, encostei o cano da pistola na cabeça dele e ele confessou. Aí o amarrei ao Land Rover e saí dirigindo. O denominado A e E.

— A e E?

— Arrastar e esquartejar. O castigo por alta traição na Inglaterra entre 1283 e 1870. O condenado era enforcado e ficava pendurado quase até a morte. Depois, cortavam a barriga, arrancavam as entranhas e as atiravam numa fogueira para assar, enquanto o condenado observava. Depois o decapitavam. Mas, antes de tudo isso, o sujeito era arrastado por uma corda presa a um cavalo até o cadafalso. E, se a distância entre a prisão e a forca fosse longa, o condenado talvez tivesse a sorte de morrer no caminho. Porque, quando ele não conseguia mais andar nem correr atrás do cavalo, caía de frente e seu corpo acabava esfolado, camada por camada. Era uma morte lenta e extremamente dolorosa.

Harry se recordou do longo rastro de sangue que encontraram no asfalto.

— A família ficou extremamente agradecida por ter o corpo de Hala de volta em casa — continuou Bohr. — Ainda mais acompanhado do cadáver de seu assassino. Ou o que restou dele. Foi um velório lindo.

— E o corpo do sargento?

— Não sei o que eles fizeram. O esquartejamento é um castigo tipicamente inglês. Mas a decapitação é internacional, porque a cabeça do sargento foi parar espetada numa vara do lado de fora da aldeia.

— E você informou que o sargento desapareceu na volta?

— Isso.

— Hum. Por que você vigia essas mulheres?

Silêncio. Bohr havia se sentado na beirada da mesa, e Harry tentou ler a expressão do rosto dele.

— Eu tinha uma irmã — começou ele com uma voz vazia. — Bianca. Minha irmã mais nova. Ela foi estuprada quando tinha 17 anos. Eu devia estar cuidando dela naquela noite, mas queria assistir a *Duro de matar* no cinema. Proibido para menores de 18 anos. Foi só muitos anos depois que ela me contou que tinha sido estuprada naquela noite. Enquanto eu via o Bruce Willis.

— Por que ela não contou para você na hora?

Bohr respirou fundo.

— O estuprador ameaçou me matar, o irmão mais velho, se ela dissesse alguma coisa. Ela não entendeu como o estuprador sabia que ela tinha um irmão mais velho.

— Qual era a aparência do estuprador?

— Ela não conseguiu dar uma boa olhada nele, porque estava muito escuro. A não ser que a mente dela tenha bloqueado a visão. Vi isso acontecer no Sudão. Soldados que passaram por situações tão terríveis que simplesmente esqueceram logo depois. Podiam acordar no dia seguinte e do fundo do coração negar ter estado naquele lugar ou ter visto alguma coisa. Para algumas pessoas, a repressão funciona muito bem. Para outras, pode ser que os instintos reprimidos ressurjam mais tarde como flashbacks. Ou pesadelos. Acho que tudo que aconteceu com Bianca voltou para ela de repente. E ela não conseguiu lidar. E o medo acabou com ela.

— E você acha que a culpa foi sua?

— É claro que a culpa foi minha.

— Você sabe que tem problemas, não é, Bohr?

— Claro que sei. E você não tem, por acaso?

— O que você estava fazendo na casa da Kaja?

— Eu vi que ela tinha um vídeo no computador de um homem saindo da casa de Rakel no dia do crime. Então, depois que ela saiu, fui verificar do que se tratava.

— E o que descobriu?

— Nada. Imagens muito ruins. Então ouvi a porta. Saí da sala de estar e fui para a cozinha.

— Assim poderia me abordar por trás, no corredor. E por pura coincidência carregava um pouco de clorofórmio?

— Eu sempre carrego clorofórmio.

— Porque...

— Qualquer um que tenta invadir a casa de uma das minhas protegidas acaba na cadeira em que você está sentado.

— E?

— E paga o preço por isso.

— Por que você está me dizendo essas coisas, Bohr?

Bohr entrelaçou os dedos.

— Tenho que confessar que num primeiro momento achei que você tinha matado a Rakel, Harry.

— Como assim?

— O marido rejeitado. Um clássico, não? A primeira coisa que vem à cabeça das pessoas. E achei que tivesse tido a confirmação em seu olhar no velório. Um misto de inocência e remorso. O olhar de alguém que matou por nenhum outro motivo senão o próprio ódio e luxúria, e depois se arrependeu. E que se arrependeu tanto a ponto de apagar da mente o que fez. Porque só assim consegue sobreviver, já que a verdade é intolerável. Eu vi essa mesma expressão nos olhos do sargento Waage. Era como se ele tivesse conseguido esquecer o que havia feito à Hala, e só lembrou de novo quando o confrontei. Mas, quando descobri que você tinha um álibi, percebi que a culpa que eu tinha visto nos seus olhos era a mesma que eu sentia. Culpa por não ter conseguido impedir que isso acontecesse. E estou dizendo tudo isso... — Bohr se levantou da mesa e sumiu na área escura enquanto continuava — ... porque sei que você quer a mesma coisa que eu. Quer que eles sejam pegos. Eles levaram embora alguém que amávamos muito. Prisão não é suficiente. Uma morte fácil não é suficiente.

As luzes fluorescentes piscaram algumas vezes, e logo o cômodo ficou banhado de luz.

Sim, era mesmo um escritório. Ou havia sido. As seis ou sete mesas de trabalho, as marcas dos computadores no tampo, as lixeiras, material de escritório, uma impressora. Tudo sugeria que o escritório tinha sido abandonado meio que às pressas. Havia uma foto do rei pendurada na parede de madeira branca. Militares, concluiu Harry sem pensar duas vezes.

— Vamos? — perguntou Bohr.

Harry se levantou. Sentiu uma tontura e deu passadas vacilantes em direção à porta de madeira, onde Bohr o aguardava para lhe entregar o celular, a pistola e o isqueiro.

— Onde você estava? — perguntou Harry enquanto guardava o celular e o isqueiro e sopesava a pistola. — Na noite em que Rakel foi morta. Porque em casa você não estava...

— Era fim de semana. Eu fui para a cabana — respondeu Bohr. — Em Eggedal. Sozinho, lamento informar.

— O que você estava fazendo lá?

— Ah, sim, o que eu estava fazendo? Polindo as armas. Mantendo o fogão aceso. Pensando. Ouvindo rádio.

— Hum. Rádio Hallingdal?

— Isso. Na verdade, é a única estação que funciona por lá.

— Eles realizaram um bingo de rádio naquela noite.

— Foi mesmo. Você passa muito tempo em Hallingdal?

— Não. Você se lembra de algo em especial?

Bohr ergueu uma sobrancelha.

— Que tenha a ver com o bingo?

— É.

Bohr fez que não com a cabeça.

— Nada? — insistiu Harry, sentindo o peso da pistola e concluindo que as balas não tinham sido removidas do pente.

— Não. Isso é um interrogatório?

— Pensa bem.

Bohr franziu a testa.

— Talvez o fato de todos os vencedores serem do mesmo lugar. De Ål. Ou de Flå.

— Bingo — disse Harry calmamente, colocando a pistola no bolso do casaco. — De agora em diante você está fora da minha lista de suspeitos.

Roar Bohr encarou Harry.

— Eu podia ter atirado em você lá dentro e ninguém nunca ia descobrir. E ainda assim foi o *bingo do rádio* que me tirou da sua lista?

Harry deu de ombros.

— Preciso de um cigarro.

Desceram alguns degraus de madeira velhos e que rangiam e saíram para a noite quando um relógio começou a tocar.

— Que merda é essa — disse Harry, respirando o ar frio. Na praça à frente deles, as pessoas se apressavam para ir a bares e restaurantes e acima dos telhados ele conseguia ver o prédio da prefeitura. — A gente está no centro da cidade.

Harry havia escutado os sinos da prefeitura tocarem Kraftwerk e Dolly Parton, e certa vez Oleg tinha ficado deslumbrado ao reconhecer uma música de *Minecraft*. Mas desta vez estavam tocando uma das músicas regulares, "Watchman's Song", de Edvard Grieg. Isso significava que era meia-noite.

Harry se virou. O prédio de onde saíram parecia um quartel de madeira e ficava dentro dos portões da Fortaleza de Akershus.

— Não exatamente o MI6 nem Langley — comentou Bohr. — Na verdade, aqui costumava ser o quartel-general do E14.

— E14? — Harry desenterrou o maço de cigarros do bolso da calça.

— Uma central norueguesa de espionagem que teve vida curta.

— Tenho vagas lembranças disso.

— Teve início em 1995 e passou alguns anos operando ao estilo James Bond. Depois houve disputas por poder e muita rivalidade política a respeito dos métodos, até ser encerrada em 2006. O prédio está vazio desde então.

— Mas você tem as chaves?

— Eu estive aqui nos últimos anos de operação. Ninguém nunca pediu as chaves de volta.

— Entendo. Um ex-espião. Agora entendi a do clorofórmio.

Bohr deu um sorrisinho irônico.

— Ah, a gente fazia coisas mais interessantes que isso.

— Não duvido. — Harry sinalizou para o relógio na torre do prédio da prefeitura.

— Foi mal por ter estragado a sua noite — disse Bohr. — Mas posso roubar um cigarro antes de a gente se despedir?

— Eu era um jovem oficial quando fui recrutado — disse Bohr, soprando a fumaça do cigarro em direção ao céu. Ele e Harry haviam se sentado num banco perto das muralhas atrás dos canhões que apontavam para o fiorde de Oslo. — Não havia só militares no E14. Tinha diplomatas, garçons, carpinteiros, policiais, matemáticos. Mulheres bonitas que poderiam ser usadas como isca.

— Parece coisa de filme de espionagem — comentou Harry, tragando do próprio cigarro.

— *Foi* um filme de espionagem.

— E qual era a missão?

— Coletar informações de lugares onde a Noruega poderia cogitar ter uma presença militar. Os Balcãs, o Oriente Médio, o Sudão, o Afeganistão. Tínhamos muita liberdade; supostamente deveríamos operar independentemente da rede de inteligência americana e da OTAN. Por um tempo, parecia que ia dar certo. Um forte senso de camaradagem, muita lealdade. E provavelmente um pouco de liberdade demais. Em ambientes restritos como esses, você acaba desenvolvendo seus próprios padrões para o que é ou não aceitável. Pagávamos mulheres para fazer sexo com nossos contatos. Nos equipávamos, sem registro, com o que havia de melhor em termos de armamento, como pistolas HD 22 High Standard.

Harry assentiu. Era essa a pistola que ele havia visto na cabana de Bohr, a pistola preferida dos agentes da CIA por causa do silenciador leve e eficiente. A pistola que os soviéticos encontraram com Francis Gary Powers, o piloto do avião espião U2 que foi abatido sobre território soviético em 1960.

— Sem números de série, elas não podiam ser rastreadas até nós se tivéssemos que usá-las em caso de execução.

— E você fez tudo isso?

— Não a parte de pagar por sexo nem executar alguém. A pior coisa que eu fiz... — Bohr coçou o queixo, pensativo. — Ou aquela que fez com que eu *me sentisse* pior... foi a primeira vez que, de fato, consegui a confiança de alguém para depois traí-la. Parte do teste de admissão era ir de Oslo a Trondheim o mais rápido possível com apenas 10 coroas no bolso. O objetivo era provar que você tinha habilidades sociais e criatividade que uma situação real poderia demandar. Eu ofereci dinheiro a uma mulher que parecia gentil na Estação Central para que ela me emprestasse o celular para eu ligar para a minha irmã mais nova que estava à beira da morte no hospital de Trondheim e avisar a ela que a minha bagagem tinha acabado de ser roubada, junto com a minha carteira, o bilhete de trem e o celular. Liguei para um dos outros agentes e consegui chorar ao telefone. Quando desliguei, a mulher também estava chorando, e eu estava prestes a pedir dinheiro emprestado para o trem quando ela se ofereceu para me dar uma carona no próprio carro, que estava no estacionamento ao lado da estação. Fomos o mais rápido possível. As horas iam passando e a gente conversava sobre tudo, nossos segredos mais secretos, aqueles que só são revelados a desconhecidos. Meus segredos eram as mentiras que eu havia aprendido durante o treinamento para alguém que almejava ser espião. A gente fez uma parada em Dovre depois de quatro horas. Assistimos ao pôr do sol. Nos beijamos. Sorrimos com lágrimas nos olhos e fizemos juras de amor eterno. Duas horas depois, pouco antes da meia-noite, ela me deixou na entrada principal do hospital. Eu disse que era para ela procurar uma vaga no estacionamento enquanto eu ia descobrir onde a minha irmã estava. E avisei que ia ficar esperando por ela na recepção. Eu passei direto pela recepção e saí pelo outro lado, e corri o mais rápido que pude até a estátua de Olav Tryggvason, onde o chefe de recrutamento do E14 nos esperava com um cronômetro. Fui o primeiro a chegar e recebi homenagens como o herói daquela noite.

— E você não ficou com a consciência pesada?

— Na hora, não. Mas depois, sim. Mesma coisa com as Forças Especiais. Vivemos sob um tipo de pressão que as pessoas em geral nunca experimentam. Passado um tempo, você começa a pensar que as regras para o restante das pessoas não se aplicam a você. No E14, começou com uma leve manipulação. Exploração. Algumas pequenas infrações. E terminou com questões morais sobre vida e morte.

— Então o que você está dizendo é que essas regras realmente se aplicam a pessoas com empregos como esse?

— No papel... — disse Bohr, batendo com o dedo na coxa. — Claro. Mas aqui em cima... — Ele bateu com o dedo na testa. — Aqui em cima você sabe que vai ter que quebrar algumas regras. Porque seu turno de vigília não termina nunca. E é uma vigília solitária. Nós, as sentinelas, só temos umas as outras. Ninguém nunca vai nos agradecer, porque a maioria das pessoas nunca vai saber que está sendo vigiada.

— O Estado de direito...

— Tem suas limitações. Se o Estado de direito fosse soberano, um soldado norueguês que estuprou e matou uma mulher afegã teria sido despachado de volta para casa para cumprir uma pena curta numa cela mais parecida com o quarto de um hotel cinco estrelas para um hazara. Eu dei a ele o que ele merecia, Harry. O que Hala e sua família mereciam. Uma condenação afegã por um crime cometido no Afeganistão.

— E agora você está caçando o homem que matou Rakel. Mas, se você seguir o mesmo princípio, um crime cometido na Noruega deve ser punido de acordo com a Constituição Norueguesa, e nós não temos pena de morte.

— Pode ser que a Noruega não tenha, mas *eu* tenho pena de morte, Harry. E você também.

— Eu?

— Não duvido que você, assim como a maioria dos noruegueses, acredite mesmo em punições humanizadas e novos começos. Mas você também é humano, Harry, e perdeu alguém que amava. Alguém que eu amava.

Harry tragou com força.

— Não — disse Bohr —, não do jeito que você está pensando. Rakel era minha irmãzinha. Assim como Hala. Elas eram Bianca. E eu as perdi.

— O que você quer, Bohr?

— Eu quero te ajudar, Harry. Quando você achar o culpado, eu quero te ajudar.

— Me ajudar como?

Bohr mostrou o cigarro.

— Matar alguém é como fumar. Você tosse, não quer e acha que nunca vai conseguir fazer uma coisa dessas. E, lá no fundo, eu nunca acreditei nos caras das Forças Especiais que diziam que nada é mais empolgante que matar um inimigo. Se o assassino de Rakel for morto depois de ser preso, você precisa estar livre de qualquer suspeita.

— Eu assino a pena de morte e você se oferece como carrasco?

— Ah, a gente já passou da fase de fazer julgamentos, Harry. O ódio está queimando as nossas entranhas. Nós estamos cientes disso, mas já estamos em chamas, e é tarde demais para deter o que quer que seja. — Bohr atirou no chão a guimba do cigarro. — Posso te levar até a sua casa?

— Eu vou andando — disse Harry. — Preciso livrar os meus pulmões do clorofórmio. Só mais duas perguntas. Quando a sua esposa e eu estávamos sentados perto de Smestaddammen, você apontou para nós com uma mira a laser. Por que e como você sabia que íamos parar lá?

Bohr sorriu.

— Eu não sabia. Normalmente estou no porão vigiando. Para garantir que os predadores não levem outros filhotes do casal de cisnes que mora no lago. Então de repente vocês apareceram.

— Hum.

— E a segunda pergunta?

— Como você conseguiu me tirar do carro e me carregar escada acima essa noite?

— Do jeito que se carrega alguém que caiu no chão. Nas costas, como uma mochila. É o jeito mais fácil.

Harry assentiu.

— Suponho que sim.

Bohr se levantou.

— Você sabe como me encontrar, Harry.

Harry passou diante do prédio da prefeitura, atravessou a Stortingsgata e parou em frente ao Teatro Nacional. Notou que havia passado, sem muita dificuldade, diante de três bares apinhados de gente bebendo. Pegou o celular. Uma mensagem de Oleg.

Alguma novidade? Ainda boiando?

Harry decidiu retornar a ligação depois de falar com Kaja. Ela atendeu no primeiro toque.

— Harry? — Ele percebeu a preocupação na voz dela.

— Eu estive conversando com Bohr.

— Eu *sabia* que estava acontecendo alguma coisa!

— Ele é inocente.

— Sério? — Ele ouviu o som de um edredom raspando no celular enquanto ela mudava de posição. — E o que isso significa?

— Que voltamos à estaca zero. Te passo um relatório completo amanhã, pode ser?

— Harry?

— Sim?

— Eu fiquei preocupada.

— Percebi.

— E estou me sentindo um pouco sozinha.

Uma pausa.

— Harry?
— Hum.
— Não se sinta obrigado.
— Eu sei disso.

Ele desligou. Tocou na letra O, de Oleg. Quando estava prestes a ligar, hesitou. Resolveu enviar uma mensagem e digitou: *Ligo para você amanhã.*

31

Harry estava deitado de costas por cima do edredom, quase totalmente vestido. As botas Dr. Martens no piso ao lado da cama, o casaco jogado sobre a cadeira. Kaja estava deitada ao lado de Harry, mas debaixo do edredom, a cabeça apoiada no braço dele.

— A sensação é a mesma quando toco em você — disse ela, correndo os dedos pelo suéter dele. — Todos esses anos e nada mudou. Não é justo.

— Estou começando a ficar com cê-cê — comentou ele.

Ela enfiou o rosto na axila dele e fungou.

— Que nada, você cheira bem, você cheira a Harry.

— Esse é o esquerdo. O que mudou foi o sovaco direito. Talvez seja a idade.

Kaja riu baixinho.

— Sabia que estudos científicos revelaram que é um mito dizer que o cheiro dos velhos é pior? De acordo com uma pesquisa japonesa, o componente de aroma non-2-enal só é encontrado em pessoas com mais de 40 anos, mas em testes cegos o suor das pessoas idosas cheirava melhor que o das pessoas na casa dos 30.

— Que merda — disse Harry. — Você acabou de formular a hipótese de que eu cheiro a merda do outro lado.

Kaja riu. A risada suave que ele estivera desejando. A risada *dela*.

— E aí, não vai me contar? — perguntou ela. — Sobre você e o Bohr.

Harry recebeu um cigarro e começou do começo. Contou a ela da cabana de Bohr e de como ele o havia dominado no cômodo abaixo deles. Sobre a visita às instalações que pertenceram ao E14 e a conversa que teve com Bohr. Ele repetiu o mais detalhadamente que pôde, exceto a última parte. A oferta para matar.

Por mais estranho que pareça, Kaja não se mostrou especialmente chocada ao saber que Bohr tinha executado um de seus soldados nem que ele a vigiara, tanto em Cabul quanto aqui em Oslo.

— Achei que você ia pirar quando descobrisse que estava sendo vigiada sem saber.

Ela meneou a cabeça e tomou emprestado o cigarro dele.

— Nunca vi ninguém, mas às vezes tinha a sensação de que estava sendo seguida. Sabe, quando Bohr descobriu que eu perdi o meu irmão mais velho da mesma forma que ele perdeu a irmã mais nova, começou a me tratar um pouco como substituta da irmãzinha dele. Eram pequenas demonstrações, como o fato de eu ter um pouco mais de proteção que as colegas quando saíamos em missão fora das zonas de segurança. Eu fingia não notar. E ser vigiada é algo com que você acaba se acostumando.

— E você se acostumou?

— Ah, sim. — Ela colocou o cigarro de volta entre os lábios dele. — Quando eu trabalhava em Basra, havia principalmente britânicos nas forças de coalizão nas redondezas do hotel onde morava a equipe da Cruz Vermelha. E os britânicos são diferentes, como você sabe. Os americanos operam de forma mais explícita, vasculham as ruas e falam do "método das serpentes" quando saem à caça de alguém; eles tomam uma determinada direção e literalmente derrubam tudo o que estiver no caminho. Justificam dizendo ser mais rápido e mais aterrorizante, o que não se pode negar. Já os britânicos... — Ela correu os dedos pelo peito de Harry. — Eles se esgueiram pelas paredes, são invisíveis. Havia um toque de recolher depois das oito, mas às vezes costumávamos sair para o telhado do hotel. Nunca os vimos, mas ocasionalmente eu percebia alguns pontos vermelhos na pessoa que estava ao meu lado. E ele via os mesmos pontos vermelhos em mim. Uma mensagem discreta dos britânicos, avisando que eles estavam por ali. E que deveríamos voltar para dentro. Eu me sentia segura.

— Hum. — Harry deu uma tragada. — Quem era ele?

— Quem?

— O cara dos pontos vermelhos.

Kaja sorriu. Mas havia tristeza em seu olhar.

— Anton. Ele estava com o CICV. A maioria das pessoas não sabe, mas existem duas entidades Cruz Vermelha. Existe a Federação Internacional das Sociedades da Cruz Vermelha e do Crescente Vermelho, formada por profissionais de saúde sob o comando da ONU. E existe também o Comitê Internacional da Cruz Vermelha, o CICV, formado por cidadãos suíços, com sede do lado de fora do prédio da ONU, em Genebra. Eles são a Cruz Vermelha equivalente aos Marines e às Forças Especiais. Em geral não se ouve falar deles, mas são os primeiros a chegar e os últimos a sair. Fazem tudo o que a ONU não pode fazer por questões de segurança. São eles que saem à noite contando corpos, esse tipo de coisa. Eles são discretos, mas dá para reconhecê-los pelo fato de suas camisas serem mais caras e por darem a impressão de que são um pouco superiores aos demais.

— E eles são mesmo superiores?

Kaja respirou fundo.

— Sim. Mas podem morrer por estilhaços de mina como qualquer um.

— Hum. Você amava ele?

— Está com ciúmes?

— Não.

— *Eu* tinha ciúmes.

— Da Rakel?

— Eu a odiava.

— Mas ela não fez nada de errado.

— Talvez fosse por isso. — Kaja deu uma risada. — Você me deixou por causa dela, e isso é o bastante para uma mulher odiar alguém, Harry.

— Eu não te *deixei*, Kaja. Você e eu éramos dois seres humanos com o coração partido que foram capazes de consolar um ao outro por um tempo. E, quando deixei Oslo, estava fugindo de vocês duas.

— Mas você disse que a amava. E, quando você voltou para Oslo pela segunda vez, foi por causa dela, não de mim.

— Foi por causa do Oleg, ele estava com problemas. Mas, sim, eu sempre amei a Rakel.

— Mesmo quando ela não queria você?

— *Principalmente* quando ela não me queria. Parece que somos feitos desse jeito, não acha?

Os quatro dedos de Kaja foram se recolhendo.

— Amor é complicado — comentou ela, aproximando-se e apoiando a cabeça no peito dele.

— Amor é a raiz de tudo — disse Harry. — Bom e mau. Bem e mal.

Kaja olhou para ele.

— No que você está pensando?

— E eu estava pensando em alguma coisa?

— Estava.

Harry fez que não com a cabeça.

— É só uma história sobre raízes.

— Deixa disso, é a sua vez de falar.

— Tá bom. Já ouviu falar da Velha Tjikko?

— O que é isso?

— É um pinheiro. Um dia, Rakel, Oleg e eu fomos de carro até Fulufjället, na Suécia, porque Oleg tinha aprendido na escola que era onde a Velha Tjikko, a árvore mais velha do mundo, ficava. Ela tinha quase dez mil anos. Ainda no carro, a Rakel explicou que a árvore nasceu na época em que os humanos inventaram a agricultura e a Grã-Bretanha ainda não havia se separado do continente. Quando chegamos à montanha, descobrimos, para nossa decepção, que a Velha Tjikko era um pinheiro desengonçado, vergado pelo vento e pequenininho. O guarda-florestal nos disse que a árvore em si tem só algumas centenas de anos e que era igual a várias outras. E que as raízes, sim, eram a parte com dez mil anos. Oleg ficou triste. Ele estava ansioso para contar ao restante da turma que tinha visto a árvore mais antiga do mundo. E é claro que a gente não conseguiu nem ver as raízes da pequena árvore. Então eu sugeri a ele que dissesse ao professor que raízes não são árvores e que a árvore mais antiga que se conhece no mundo fica nas montanhas Brancas, na Califórnia, e tem cinco mil anos. Ele ficou animado e foi correndo por todo o caminho até o carro, ansioso para chegar em casa e se exibir para os colegas da escola. Quando fomos dormir naquela noite, Rakel se encolheu do meu lado e disse que me amava e que o nosso amor era como aquelas raízes. As árvores podiam apodrecer, ser atingidas por um raio, nós podíamos ter uma discussão, e eu podia ficar bêbado. Mas ninguém, nem nós nem nenhuma outra pessoa conseguiria atingir essa parte debaixo da terra que sempre estaria lá, e uma nova árvore sempre nasceria e cresceria.

Kaja e Harry ficaram deitados em silêncio na escuridão.

— Eu mal consigo ouvir o seu coração — comentou Kaja.

— É a metade da Rakel — explicou Harry. — Era esperado que ela parasse quando a outra metade se foi.

De repente Kaja se deitou em cima dele.

— Quero cheirar o seu sovaco da direita — avisou ela.

Ele permitiu. Ela se deitou e aproximou seu rosto do dele, e ele sentiu o calor do corpo dela através do pijama desbotado e das próprias roupas.

— Talvez você precise tirar o jeans para que eu possa sentir o cheiro — sussurrou ela perto da orelha de Harry.

— Kaja...

— Não, Harry. Você precisa. Eu preciso. Como você disse, para confortar o coração. — Ela se mexeu o que bastava para abrir espaço para sua mão.

Harry agarrou a mão dela.

— É cedo demais, Kaja.

— Pensa nela enquanto a gente faz. Estou falando sério. Relaxa. Pensa na Rakel.

Harry engoliu em seco.

Ele soltou a mão de Kaja e fechou os olhos.

Foi como afundar numa banheira quente ainda vestido e com o celular no bolso: totalmente errado e totalmente maravilhoso.

Ela o beijou. Ele abriu os olhos, fitando os olhos dela. Por um momento foi como se estivessem observando um ao outro, como dois animais que se esbarram na floresta e precisam descobrir se o outro é amigo ou inimigo. Então ele retribuiu o beijo. Ela o despiu, então a si mesma, sentou-se sobre ele e agarrou seu pau. Não fez nenhum movimento com a mão, apenas o segurou com força. Provavelmente fascinada ao sentir o sangue pulsar na ereção, como ele mesmo o sentia. Então, sem dificuldade, ela o guiou para dentro de si.

Eles acertaram o ritmo um do outro, lembrando-se do passado. Devagar, rápido. Harry ficou vendo Kaja agitar o corpo em cima dele sob o suave brilho vermelho do mostrador do rádio-relógio. Ele passou a mão pelo que julgou ser um colar em forma de algum símbolo ou signo do zodíaco, mas que acabou sendo uma tatuagem, uma espécie de S estilizado com dois pontos embaixo, que o fez pensar em Fred Flintstone dirigindo o carro. Os gemidos de Kaja ficaram mais altos, ela queria acelerar, mas Harry não deixou, ele a segurou. Ela gritou de raiva, mas o deixou conduzir a dança. Ele fechou os olhos e procurou por Rakel. Encontrou Alexandra. Encontrou Katrine. Mas não conseguiu encontrar Rakel. Não até Kaja ficar tensa, parar de gemer. Ele abriu os olhos e viu a luz vermelha correndo pelo seu rosto e peito. Os olhos dela estavam pregados na parede, a boca aberta como num grito mudo, e os dentes pontiagudos brilhavam.

E a metade do coração dele batia.

32

— Dormiu bem? — perguntou Kaja, entregando a Harry uma das duas xícaras de café fumegantes e se enfiando de volta na cama ao lado dele. A luz tênue do sol atravessava as cortinas que oscilavam suavemente diante da janela aberta. O ar da manhã ainda estava frio, e Kaja estremeceu de felicidade quando enfiou os pés congelados entre as pernas dele.

Harry refletiu. Sim, droga, *tinha* mesmo dormido bem. Nenhum pesadelo de que se lembrasse. Nenhum sintoma de abstinência que não conseguia reprimir. Sem visões repentinas nem sinais de ataques de pânico.

— É o que parece — respondeu Harry, sentando-se na cama e bebericando o café. — E você?

— Como uma pedra. Saber que você está aqui me faz bem. Assim como da última vez.

Harry olhou para o espaço e assentiu.

— O que me diz, devemos tentar outra vez? Começar de novo como uma página em branco? — Ele se virou e percebeu, pela expressão de espanto, que ela havia entendido errado. — Eu sei que a gente não tem uma fila de suspeitos — acrescentou na sequência —, então por onde começar?

O rosto dela ficou tenso, como se sua mente dissesse: "Você não podia deixar a Rakel em paz por cinco minutos depois de termos acordado na mesma cama?"

Ele viu Kaja se recompor e pigarrear.

— Bem... Rakel havia relatado a Bohr as ameaças que vinha recebendo por causa do trabalho, Harry. Mas também sabemos que em nove em cada dez assassinatos cometidos em casa o criminoso é algum conhecido da vítima. Então era alguém que ela conhecia. Ou alguém que conhecia você.

— A primeira lista é longa. Já a segunda, bem curta.

— Que outros homens ela conhecia além de Bohr e dos outros do trabalho?

— Meus colegas de trabalho. E... não.

— O quê?

— Rakel me ajudava quando eu era dono do Jealousy. Ringdal, o cara que assumiu o negócio, queria que ela continuasse. Ela recusou, mas isso não é exatamente motivo para um assassinato.

— Vale a pena considerar a possibilidade de ter sido uma mulher?

— Quinze por cento de chance.

— Estatisticamente, sim, mas pensa um pouco. Ciúmes?

Harry fez que não com a cabeça.

Um celular vibrou. Kaja se inclinou para a lateral da cama, pegou-o do bolso de Harry, encarou a tela e apertou Atender.

— Ele está um pouco ocupado agora na cama com Kaja, então, por favor, seja breve. — Ela passou o telefone para um Harry com expressão resignada. Ele olhou para a tela.

— Alô?

— Eu não tenho nada a ver com isso, mas quem é Kaja? — A voz de Alexandra era congelante.

— De vez em quando eu me pergunto a mesma coisa — disse Harry, vendo Kaja sair da cama, tirar o pijama e entrar no banheiro. — O que foi?

— *O que foi?* — repetiu Alexandra. — Achei que seria uma boa te informar sobre o último relatório de DNA que enviamos à equipe de investigação.

— E...?

— Mas agora não sei, não.

— Porque eu estou na cama da Kaja?

— E ainda *confessa*! — exclamou Alexandra.

— "Confessa" é a palavra errada, mas sim. Me desculpa se você acha que isso é o cúmulo, mas eu sou só uma trepada ocasional para você, então logo, logo você vai superar.

— As nossas trepadas ocasionais acabam aqui para mim, garotão.
— Tá bom, eu vou tentar sobreviver sabendo disso.
— Você podia pelo menos tentar soar um pouquinho triste.
— Olha só, Alexandra, eu estou triste tem vários meses e não estou disposto a fazer esse tipo de joguinho agora. Vai me contar do relatório ou não?

Uma pausa. Harry ouviu o barulho do chuveiro.

Alexandra suspirou.

— Analisamos tudo que pudesse conter DNA na cena e, é claro, existem muitas correspondências com os policiais que temos no banco de dados. Você, Oleg, os investigadores.

— Eles conseguiram contaminar a cena do crime?

— Não muito, mas essa foi uma busca muito meticulosa por evidências, Harry. Na casa toda, inclusive no porão. Trouxemos tanto material que a equipe na cena nos deu uma lista do que priorizar. Por isso terminamos só agora. Copos e talheres não lavados e encontrados no lava-louças estavam na lista.

— O que apareceu agora?

— DNA de um desconhecido na saliva seca na borda do copo.

— Sexo masculino?

— Sim. E eles disseram que havia impressões digitais também.

— Impressões digitais? Então eles têm fotos. — Harry se sentou na cama. — Alexandra, você é uma boa amiga, obrigado!

— Amiga. — Ela bufou. — Quem quer ser *amiga*?

— Você me liga quando tiver mais alguma coisa?

— Vou ligar quando tiver um homem bem-dotado na minha cama, é isso que eu vou fazer. — Ela desligou.

Harry se vestiu, levou a xícara de café, o casaco e as botas até a sala de estar, abriu o laptop de Kaja e fez o login na seção de investigação do site da Polícia de Oslo. Encontrou imagens do copo no relatório final, além de outras fotos do conteúdo do lava-louças. Dois pratos e quatro copos. Isso significava que o copo provavelmente fora usado pouco antes do crime. Rakel nunca deixava as coisas no lava-louças por mais de dois dias e, se ainda não estivesse no mínimo até a metade com louça suja, às vezes ela retirava tudo e lavava à mão.

O copo que continha impressões digitais era um dos que Rakel havia comprado numa pequena fábrica de vidro em Nittedal, administrada por uma família síria que tinha vindo para a Noruega como refugiada. Rakel havia se encantado com os copos azuis e quis ajudar a família, por isso sugerira que o Jealousy comprasse uma grande quantidade, justificando que esses copos dariam ao bar um charme inconfundível. Mas, antes que Harry tivesse tempo de tomar uma decisão, havia sido expulso da casa em Holmenkollen e deixara de ser proprietário do bar. Rakel havia guardado esses copos num armário na área destinada à sala de estar no amplo espaço aberto. Não exatamente o primeiro lugar em que um assassino procuraria um copo se quisesse tomar alguma coisa depois de matar. O relatório dizia também que tinham sido encontradas impressões digitais da própria Rakel no copo. Então ela havia oferecido a essa pessoa algo para beber e lhe entregado o copo. Água, provavelmente, porque de acordo com o relatório não havia vestígios de nada além disso. E Rakel não tinha bebido nada; havia apenas um desses copos azuis no lava-louças.

Harry esfregou as mãos no rosto.

Então ela conhecia bem o bastante o homem que havia chegado para deixá-lo entrar, mas ele não era assim tão íntimo a ponto de usar um copo da Ikea guardado no armário da cozinha acima da pia quando pediu um copo de água. Ela havia se esforçado um pouco mais. Um namorado? Um novo cara, talvez, porque o armário que guardava esses copos ficava meio que fora de mão. E a pessoa não havia estado lá antes. Quando Harry verificou o restante das gravações da câmera de monitoramento remoto, Rakel foi a única a aparecer indo e vindo, e ela não tinha recebido nenhuma visita. Devia ser ele. Harry pensou na pessoa que Rakel se mostrou surpresa ao ver à porta, mas ainda assim a deixou entrar alguns segundos depois. O relatório dizia não ter sido encontrada nenhuma impressão digital correspondente no banco de dados. Portanto, não era um policial em atividade — ou, pelo menos, não um que tivesse trabalhado na cena — nem ninguém com ficha na polícia. Alguém que não frequentava a casa, pois essa era a única impressão digital deixada por ele.

Quem tirou a impressão digital do copo usou o método antigo: pó colorido espalhado uniformemente sobre a superfície com um pincel ou um pó magnético. Harry pôde ver impressões de cinco dedos. No meio do copo, quatro impressões num padrão que indicava que os quatro dedos, mais o dedo mínimo perto do fundo, estavam apontando para a esquerda. Também perto do fundo do copo, as impressões de um polegar. De Rakel, quando ela lhe entregou o copo com a mão direita. Harry seguiu lendo o relatório e achou a confirmação do que já sabia: as impressões eram da mão direita de Rakel e da mão esquerda do desconhecido. O cérebro de Harry acionou o sinal de alarme quando detectou o mesmo rangido no chão da noite anterior.

— Te assustei! — Kaja gargalhou enquanto caminhava descalça para a sala, usando um roupão azul surrado, grande demais para ela. Do pai. Ou do irmão mais velho. — Eu só tenho café da manhã para uma pessoa, mas a gente pode sair e...

— Não se preocupa — disse Harry, fechando o laptop. — Eu preciso ir para casa e trocar de roupa. — Ele se levantou e deu-lhe um beijo na testa. — Bela tatuagem, aliás.

— Acha mesmo? Acho que me lembro de você dizendo que não gostava de tatuagens.

— Jura?

Ela sorriu.

— Você disse que os seres humanos são idiotas por natureza e, portanto, não devem inscrever nada em pedra nem na pele e devem usar apenas tinta solúvel em água. Que precisávamos ser capazes de apagar o passado e esquecer quem costumávamos ser.

— Caramba! Eu disse isso?

— Uma folha em branco, foi o que você disse. A liberdade de se tornar alguém novo, alguém melhor. Que tatuagens definem as pessoas e as forçam a ficar apegadas a velhos valores e opiniões. E usou o exemplo de ter uma tatuagem de Jesus no peito, o que seria um incentivo a se apegar a velhas superstições, porque a tatuagem pareceria ridícula num ateu.

— Nada mau. Mas estou impressionado! Como você ainda se lembra disso?

— Você é um homem contemplativo com muitas ideias esquisitas, Harry.

— Eu costumava ser melhor, devia ter tatuado essas ideias. — Harry esfregou a nuca. O alarme não queria parar, como aqueles antigos de carros que continuavam soando à espera de alguém que os desligasse. Será que alguma coisa além de uma tábua rangendo o acionara?

Kaja o seguiu pelo corredor enquanto ele calçava as botas.

— Sabe de uma coisa? — disse ela quando Harry estava prestes a abrir a porta. — Está parecendo que você decidiu sobreviver no fim das contas.

— O quê?

— Quando eu vi você na igreja, parecia que estava esperando a primeira oportunidade de morrer.

Katrine olhou para a tela do celular para ver quem estava ligando. Hesitou, olhou para a pilha de relatórios em cima da mesa e suspirou.

— Bom dia, Mona. Então você está trabalhando num domingo?

— TMJ — respondeu Mona Daa.

— Oi?

— *Tamo junto*. Gíria de mensagem de texto.

— Eu sei, mas eu estou no trabalho. Sem caminhões, a Noruega para.

— Oi?

— Ditado antigo. Sem mulheres... Esquece. Em que posso ajudar o *VG*?

— Com alguma novidade no caso Rakel.

— É para isso que servem as coletivas de imprensa.

— E faz um bom tempo desde a última vez que você nos convidou para uma dessas. E o Anders tem parecido...

— O fato de você estar morando com um legista não significa que pode furar a fila, Mona.

— Não, isso me coloca no *final* da fila, na verdade. Por que vocês ficam morrendo de medo de que possa parecer que estou recebendo tratamento especial. O que eu estava prestes a dizer é que o Anders obviamente não está dizendo nada, mas ele parece mal-humorado. O que para mim significa que vocês estão dando voltas sem chegar a lugar nenhum.

— As investigações sempre chegam a algum lugar — declarou Katrine, massageando a testa com a mão livre. Meu Deus, como estava cansada. — Nós e a Kripos estamos trabalhando sem parar e de forma sistemática. Todas as linhas de investigação que não nos aproximam do nosso objetivo nos aproximam do nosso objetivo.

— Maravilha, mas acho que já escutei isso, Bratt. Você não tem nada mais quente?

— Quente? — Katrine sentiu como se algo escapasse dela, algo que vinha ameaçando se desprender há muito tempo. — Tudo bem, aqui está a sua coisa quente. Rakel Fauke era uma pessoa maravilhosa. E isso é bem mais do que posso dizer sobre você e seus colegas. Se você não consegue sequer respeitar o dia sagrado do descanso, tenta pelo menos respeitar a memória dela e o que resta da sua integridade, sua piranha desgraçada. E aí? Quente o bastante para você?

Nos segundos que se seguiram, Katrine ficou tão atônita quanto Mona Daa com o que tinha acabado de dizer.

— Você quer que eu mencione como sua essa citação? — perguntou Mona.

Katrine se recostou na cadeira e praguejou em silêncio.

— Não sei, o que você acha?

— Tendo em mente uma futura cooperação — disse Mona —, acho que essa conversa nunca aconteceu.

— Obrigada.

Elas desligaram, e Katrine apoiou a cabeça no tampo frio da mesa. Era demais. As responsabilidades. As manchetes. A impaciência das pessoas do andar de cima. O bebê. Bjørn. A incerteza. A certeza. Certeza sobre tanta coisa... sobre saber que estava no escritório porque não queria estar em casa com *eles*. Mas também era tão pouco. Podia ler quantos relatórios quisesse, os próprios, os de Winter, da Kripos, mas não adiantava nada. Porque Mona Daa estava certa: eles estavam dando voltas sem chegar a lugar nenhum.

Harry parou de repente no meio do Stensparken. Havia tomado um atalho para dar a si mesmo tempo para pensar, mas tinha se esquecido de que era domingo. Os latidos furiosos mediam forças com os gritos estridentes das crianças que, por sua vez, competiam com as vozes de comando dos donos dos cães e das crianças. No entanto, nem toda essa algazarra conseguiu abafar o alarme interno que não parava de soar.

Até que, de súbito, ele se lembrou. Porque, no fim, ele se lembrava das coisas. Lembrava-se de onde tinha visto alguém segurando um copo de água com a mão esquerda.

— O que você acha de ir parar na prisão por encomendar uma *real doll* no formato de criança? — perguntou Øystein Eikeland enquanto folheava o jornal no balcão do Jealousy. — Claro que é revoltante, mas as pessoas têm liberdade de pensar o que quiserem, não é?
— Têm que haver limites para coisas repulsivas — retrucou Ringdal, umedecendo a ponta do dedo para contar o dinheiro do caixa.
— Faturamos bem ontem à noite, Eikeland.
— Diz aqui que os especialistas discordam se o ato de se entreter com *real dolls* infantis aumenta as chances de abuso sexual a crianças.
— Mas não têm aparecido muitas mulheres gatas aqui. E se a gente anunciasse bebida mais barata para mulheres com menos de 35 anos?
— Partindo desse mesmo raciocínio, por que os pais não são enviados para a prisão por comprar armas de brinquedo para os filhos e ensiná-los a realizar massacres nas escolas?
Ringdal botou um copo sob a torneira.
— Você é pedófilo, Eikeland?
Øystein Eikeland ergueu os olhos para o vazio.
— Eu já considerei a possibilidade, naturalmente. Só por curiosidade, sabe como é? Mas nada, nenhum tesão em lugar nenhum. E você?
Ringdal encheu o copo com água.
— Posso garantir que sou um homem extremamente normal, Eikeland.
— O que isso quer dizer?
— O que *o que* quer dizer?
— *Extremamente* normal. Soa esquisito.
— Extremamente normal significa que eu gosto de mulheres maiores de idade. Como toda a nossa clientela masculina. — Ringdal ergueu o copo num brinde. — E foi por isso que contratei uma nova atendente.
Øystein ficou boquiaberto.
— Será mais uma além de nós dois — comentou Ringdal. — Assim vamos ter um pouco mais de tempo livre. Rodízio de equipe, por assim dizer. Tipo o Mouronho. — Ele brindou.

— Para começo de conversa, foi Sir Alex que introduziu o sistema de rodízio. Em segundo lugar, José *Mourinho* é um idiota presunçoso que pode ter conquistado alguns títulos com os jogadores mais caros do mundo, mas, como a maioria das pessoas, ele foi levado a acreditar, pelos comentários dos chamados especialistas, que seus próprios dons eram o único motivo. Mesmo que todas as pesquisas demonstrem que é um mito dizer que o técnico tem algo a ver com os resultados de um time de futebol. O time com os jogadores mais bem pagos vence, simples assim. Então, se você quer que o Jealousy chegue ao topo da liga de bares em Grünerløkka, tudo o que precisa fazer é aumentar o meu salário, Ringdal. Simples assim.

— Você é divertido, não posso negar, Eikeland. Deve ser por isso que os clientes parecem gostar de você. Mas acho que não faria mal nenhum misturar um pouco as coisas.

Øystein exibiu seus dentes marrons num sorriso.

— Misturar dentes ruins com peitos grandes? Ela tem peitos grandes, né?

— Bem...

— Você é um babaca, Ringdal.

— Vai com calma, Eikeland. Seu cargo aqui não é *tão* estável assim.

— Você tem que decidir que tipo de lugar esse bar vai ser. Um lugar decente, honesto e respeitável ou um Hooters?

— Se essas são as opções, eu gostaria...

— Não responde até acrescentar isso que eu vou dizer às suas ponderações táticas, Mourinho. De acordo com as estatísticas do Pornhub, os clientes do futuro, aqueles com idades entre 18 e 24 anos, têm quase vinte por cento menos chances de procurar "peitos" que qualquer outro grupo. Enquanto aqueles que estão mais perto da morte, com idade entre 55 e 64 anos, provavelmente vão procurar mulheres com peitos grandes. Peitos estão ficando fora de moda, Ringdal.

— E dentes podres? — indagou Harry.

Eles se viraram para o recém-chegado.

— Que tal você me dar algo para beber, Ringdal?

Ringdal meneou a cabeça.

— Ainda não está na hora.

— Eu não quero nada forte, só...

— É proibido servir chope e vinho antes do meio-dia aos domingos, Hole. Queremos manter a nossa licença de venda de bebidas alcoólicas.

— ... um copo de água — concluiu Harry.

— Ah — murmurou Ringdal, pondo um copo limpo debaixo da torneira aberta.

— Você disse que tinha perguntado a Rakel se ela queria continuar trabalhando para o Jealousy — disse Harry. — Mas o seu nome não consta nem na caixa de entrada de e-mail nem no registro de ligações do celular dela nos últimos meses.

— Não? — questionou Ringdal, entregando o copo a Harry.

— Então eu estava me perguntando onde, quando e como você entrava em contato com ela.

— *Você* estava se perguntando? Ou a polícia?

— E isso faz alguma diferença na sua resposta?

Ringdal mordeu o lábio inferior e inclinou a cabeça.

— Não, porque, na verdade, eu não consigo me lembrar.

— Você não consegue se lembrar se vocês se encontraram pessoalmente ou se você enviou um e-mail?

— Não, na verdade não consigo.

— Nem se foi recentemente ou há um tempão?

— Tenho certeza de que você sabe que às vezes existem lacunas nas nossas memórias.

— Você não bebe — retrucou Harry, levando o copo de água à boca.

— Mas tem dias em que fico muito ocupado, eu conheço muita gente e tem um bocado de coisas acontecendo, Harry. Falando nisso...

— Você está sem tempo *agora*? — Harry percorreu o bar vazio com os olhos.

— Antes de ficar sem tempo, Harry, é quando se deve estar ocupado. Preparação é tudo. Assim não é necessário improvisar. Um bom plano só traz vantagens. Você já...?

— Eu já o quê? Se eu já tenho um plano?

— Pensa nisso, Harry, vale a pena. Agora, se você nos der licença...

Quando eles viram a porta do bar se fechar depois de Harry sair, Øystein procurou automaticamente — e em vão — o copo vazio de Harry.

— Ele deve estar desesperado — comentou Ringdal, apontando para o jornal na frente de Øystein. — Estão dizendo que a polícia não tem nada de novo. E todo mundo sabe o que eles fazem quando isso acontece.

— O que eles fazem? — perguntou Øystein, desistindo de procurar o copo.

— Retomam as antigas linhas de investigação. As que tinham rejeitado.

Demorou um pouco para Øystein entender o que Ringdal queria dizer. Harry não estava desesperado porque a polícia não tinha avançado. Harry estava desesperado porque a polícia estaria revendo com mais atenção as linhas de investigação anteriores. Como o álibi dele.

O laboratório da Unidade de Perícia Criminal localizado em Bryn estava quase deserto, tirando dois homens que se debruçavam sobre o monitor do computador no laboratório de impressões digitais.

— São compatíveis — concluiu Bjørn Holm, aprumando-se. — As mesmas impressões do copo azul na casa de Rakel.

— Ringdal esteve lá — comentou Harry, estudando as marcas no copo do Jealousy.

— É o que parece.

— Fora as pessoas que entraram e saíram na noite do crime, ninguém além de Rakel havia entrado ou saído da casa nas muitas semanas anteriores. Ninguém.

— Certo. Então esse tal de Ringdal pode ter sido o primeiro. Aquele que chegou no começo da noite e depois saiu.

Harry assentiu.

— Claro. Ele pode ter aparecido sem avisar e bebido um copo de água enquanto perguntava à Rakel se ela queria continuar trabalhando para o Jealousy. Ela disse não, e ele saiu. Tudo isso se enquadraria nas gravações. O que não combina é Ringdal dizer que não consegue se lembrar. É claro que alguém se lembraria de ter ido à casa de uma mulher em um lugar que dois dias depois você descobrisse pelos jornais ter sido a cena de um homicídio poucas horas depois da sua visita.

— Talvez ele esteja mentindo para não entrar na lista de suspeitos. Se ele ficou sozinho com Rakel na noite do crime, obviamente teria muito a explicar. E, mesmo que saiba que é inocente, talvez perceba que não tem um álibi e corre o risco de ficar sob custódia e ser alvo de atenção indesejada por parte da mídia. Você vai ter que confrontá-lo com as evidências e ver se isso refresca a memória dele.

— Hum. A menos que, talvez, devêssemos guardar bem guardadas as nossas cartas até termos mais provas.

— *Nós*, não, Harry. Esse é um assunto seu. Igual ao Ringdal, minha estratégia é não me envolver.

— Soa como se você achasse que ele é inocente.

— Vou deixar isso para você. Eu estou de licença-paternidade e gostaria de ainda ter um emprego quando retornar ao trabalho.

Harry assentiu.

— Você tem razão, é muito egoísmo da minha parte esperar que pessoas que não me devem nada arrisquem tudo para me ajudar.

Um gemido baixinho veio do carrinho de bebê. Bjørn olhou para o relógio, levantou o suéter e tirou uma mamadeira lá debaixo. Ele havia ensinado a Harry o truque de enfiar a mamadeira entre dois pneuzinhos da barriga sob um suéter apertado para manter o leite mais ou menos na temperatura corporal.

— Ah, acabei de descobrir qual músico o Ringdal me lembra — disse Harry, enquanto observava o menino com seus três cachos loiros e absurdamente longos sugando e mordiscando o bico da mamadeira. — Paul Simon.

— Paul *Frederic* Simon? — questionou Bjørn. — E você acabou de descobrir isso?

— Culpa do seu filho. Ele parece o Art Garfunkel.

Harry estava esperando que Bjørn erguesse os olhos e reagisse, dizendo que isso era um insulto, mas continuou de cabeça baixa, concentrado em alimentar o filho. Ou, talvez, tentando lembrar em que nível de seu indicador de gosto musical Art Garfunkel se encontrava.

— Obrigado mais uma vez, Bjørn — disse Harry, colocando o casaco. — É melhor eu ir embora.

— Aquilo que você disse sobre eu não te dever nada — disse Bjørn sem levantar os olhos — não é verdade.

— Eu não faço ideia do que você está falando.

— Se não fosse você, eu nunca teria conhecido a Katrine.

— Bobagem, claro que sim.

— Foi você que a guiou para os meus braços. Ela pôde ver o que acontecia nos seus relacionamentos, e você mostrou para ela tudo o que ela *não* queria num homem. E eu não podia ser mais diferente de você. Então, de certa forma, você foi meu santo casamenteiro, Harry. — Bjørn olhou para cima com um sorriso largo e olhos marejados.

— Ai, merda — disse Harry. — Essa é a famosa sensibilidade paterna dando o ar da graça?

— Provavelmente. — Bjørn riu e enxugou os olhos com as costas da mão. — Então o que você vai fazer agora? A respeito de Ringdal, quero dizer.

— Você mesmo disse que não queria se envolver.

— Verdade. Eu não quero nem saber.

— É melhor eu cair fora antes que duas pessoas comecem a chorar aqui. — Harry olhou para o relógio. — Vocês dois, naturalmente.

Ao caminhar para o carro, Harry ligou para Kaja.

— Peter Ringdal. Veja o que você consegue descobrir.

Às sete da noite já estava escuro. A imperceptível e silenciosa chuva ao pôr do sol cobriu o rosto de Harry como uma teia de aranha gelada enquanto ele percorria o caminho de cascalho até a casa de Kaja.

— Nós temos uma pista — disse ele ao telefone. — Mas não tenho certeza se dá para chamar mesmo de pista.

— Quem é "nós"? — indagou Oleg.

— Eu não te disse?

Oleg não respondeu.

— Kaja Solness — explicou Harry. — Uma ex-colega.

— Vocês estão...

— Não. Nada nesse nível. Nada...

— Nada que eu precise saber? — completou Oleg.

— Não, acho que não.

— Tá bom.

Uma pausa.

— Você acha que vai pegar o cara?

— Não sei, Oleg.

— Mas você sabe o que preciso ouvir.

— Hum. Provavelmente vamos conseguir.

— Tá bom. — Oleg deu um profundo suspiro. — A gente se fala em breve.

Harry foi dar com Kaja sentada no sofá da sala com o notebook no colo e o celular na mesinha de centro. Ela havia descoberto o seguinte: Peter Ringdal tinha 46 anos, duas vezes divorciado, sem filhos, não ficou claro se estava envolvido com alguém no momento, e morava sozinho numa casa em Kjelsås. Sua carreira profissional tinha sido bem variada. Havia estudado economia na Norwegian Business School e em certo momento lançou um novo conceito de transporte.

— Encontrei duas entrevistas com ele, ambas no jornal de negócios *Finansavisen* — disse Kaja. — Na primeira, em 2004, ele estava procurando investidores para o que ele afirmava que iria revolucionar a maneira como pensamos em transporte individual. O título da entrevista era: ASSASSINO DO CARRO PARTICULAR. — Ela tocou na tela. — Aqui está. Uma citação de Ringdal: "Hoje, transportamos uma ou duas pessoas em veículos que pesam uma tonelada por vias que demandam a ocupação de vastas áreas de terra e muita manutenção para lidar com o tráfego que precisam suportar. A quantidade de energia necessária para que essas máquinas rodem com seus pneus largos em asfalto áspero é ridícula, considerando as opções disponíveis. Além disso, há também os recursos necessários para fabricar esses veículos descomunais. Mas esse não é o maior custo do transporte particular para a humanidade. O maior custo de hoje é o *tempo*. O tempo que um colaborador em potencial da comunidade perde todos os dias nas quatro horas em que passa em seu veículo particular, totalmente envolvido na loucura do trânsito de Los Angeles. Isso não representa apenas o uso inútil de um quarto da vida que uma pessoa passa acordada mas também uma redução no PIB que, considerando apenas essa cidade, seria suficiente para financiar outra viagem à Lua todos os anos!"

— Hum. — Harry correu o dedo indicador pelo verniz no braço da poltrona Berger em que havia se sentado. — Qual é a alternativa?

— Segundo Ringdal, mastros com cabines penduradas, que comportariam uma ou duas pessoas, não muito diferentes dos teleféricos. As cabines ficariam estacionadas em plataformas em todas as esquinas, como bicicletas. Você entra, digita seu código pessoal e o destino. Do seu cartão é cobrada uma pequena tarifa por quilômetro, e um sistema computadorizado despacha as cabines, acelerando gradualmente até duzentos quilômetros por hora, inclusive no centro de Los Angeles. Enquanto isso, você continua trabalhando, lendo, assistindo à televisão, mal reparando nas esquinas. Ou *na* esquina, porque na maioria dos trajetos só haverá uma. Sem sinais de trânsito, sem o efeito sanfona do arranca e para, as cabines são como elétrons flutuando através de um sistema de computador sem jamais colidir com nada. E, sob as cabines, as ruas estariam livres para o uso de pedestres, ciclistas, skatistas.

— E quanto ao transporte pesado?

— Tudo o que é muito pesado para os mastros seria transportado em caminhões que devem se movimentar à velocidade dos caracóis nas cidades, em horários alocados à noite ou no início da manhã.

— Parece caro ter que construir mastros e vias públicas.

— Segundo Ringdal, os novos mastros e trilhos custariam entre cinco e dez por cento do preço de uma nova via. O mesmo com a manutenção. De fato, uma transição para mastros e trilhos se pagaria em dez anos, apenas com a redução na manutenção de estradas. Além disso, haveria economia em termos humanos e financeiros por causa do menor número de acidentes. O objetivo é não ter nenhum acidente, nem um único acidente.

— Hum. Parece fazer sentido nas cidades, mas nas áreas com florestas...

— O custo de construção de mastros para sua cabana seria um quinto de uma estrada de pedra britada.

Harry deu um sorriso irônico.

— Você parece gostar da ideia.

Kaja achou graça.

— Se eu tivesse o dinheiro em 2004, teria investido nesse projeto.

— E...?

— E teria perdido tudo. A segunda entrevista com Ringdal é de **2009 e a chamada é: A FALÊNCIA DO FAIXA PRETA**. Os investidores perderam tudo e estavam furiosos com o Ringdal. Ele, por sua vez, afirma que é a vítima, e que pessoas sem visão de futuro arruinaram as coisas para ele cortando a entrada do dinheiro. Você sabia que ele foi campeão norueguês de judô?

— Hum.
— Ele diz uma coisa engraçada, na verdade... — Kaja moveu o cursor para baixo e leu, rindo: — "A tal elite financeira é uma gangue de parasitas que acredita que é preciso inteligência para enriquecer em um país com cinquenta anos sucessivos de crescimento. Quando na verdade a única coisa que você precisa é de um complexo de inferioridade, uma vontade de arriscar o dinheiro dos outros e ter nascido depois de 1960. Nossa chamada elite financeira é um bando de galinhas cegas num depósito de milho, e a Noruega é o paraíso da mediocridade."
— Palavras fortes.
— E não para por aí, ele tem também uma teoria da conspiração.
Harry viu uma fumacinha subir da xícara em cima da mesa, na frente dela. Isso significava café fresco na cozinha.
— Vamos ouvir o que ele tem a dizer.
— "Esse desenvolvimento é inevitável e quem mais tem a perder com isso?"
— Você está me perguntando?
— Eu estou lendo a entrevista!
— Então é melhor usar aquela sua voz engraçada.
Kaja o encarou com um olhar de censura.
— Montadoras de carros? — Harry suspirou. — Construtoras de estradas? Empresas do petróleo?
Kaja pigarreou e olhou para a tela.
— "Assim como os grandes fabricantes de armas, as empresas fabricantes de carros são extremamente poderosas e vivem ou morrem dependendo dos carros particulares. Então elas estão lutando desesperadamente contra o desenvolvimento, se fingindo de pioneiras. Mas, quando tentam convencer as pessoas de que carros sem motorista são a solução, fica claro que não é porque elas desejam melhores soluções de transporte, mas porque querem retardar as coisas ao máximo e continuar produzindo monstruosidades de uma tonelada, mesmo sabendo que isso não é benéfico para o mundo, e que, na verdade, consome seus limitados recursos. E estão tentando sufocar outras iniciativas com todos os trunfos que têm. Elas queriam me pegar desde o primeiro dia. Não conseguiram me tirar da parada, mas obviamente conseguiram assustar os meus investidores." — Ela ergueu os olhos.

— E depois disso? — perguntou Harry.

— Não tem muita coisa. Uma matéria curta em 2016, também no *Finansavisen*, sobre Peter Ringdal, o aspirante ao título de Elon Musk norueguês que atualmente administra uma pequena tabacaria em Hellerud, mas que durante um tempo foi o chefão de um castelo no ar que não durou muito apesar de especialistas do Instituto de Economia do Transporte terem elogiado a iniciativa como a proposta mais sensata para o futuro do transporte individual, especialmente nas cidades.

— Ele tem ficha criminal?

— Uma denúncia por espancar um cara quando estava trabalhando como segurança na época de estudante e por direção perigosa, também quando era estudante. Ele não foi condenado em nenhum dos casos. Mas encontrei outra coisa. Um caso arquivado de uma pessoa desaparecida.

— Hã?

— Sua segunda ex-esposa, Andrea Klitchkova, foi dada como desaparecida no ano passado. Como a queixa foi retirada, os arquivos do caso foram excluídos, mas encontrei a cópia de um e-mail de uma amiga norueguesa de Andrea que havia informado o desaparecimento. Ela escreveu que Andrea tinha lhe dito que, antes de abandonar Ringdal, ele a havia ameaçado várias vezes com uma faca quando ela o criticou pela falência. Achei o número de telefone dessa amiga e a gente conversou um pouco. Ela disse que a polícia entrou em contato com Ringdal, mas então ela recebeu um e-mail da Rússia, de Andrea, pedindo desculpas por não ter dito que ia embora tão de repente. Como Andrea era cidadã russa, o assunto foi encaminhado para a polícia russa.

— E?

— Provavelmente Andrea foi encontrada, pois não consta nada mais a respeito nos arquivos da polícia.

Harry se levantou e foi até a cozinha.

— Como você conseguiu acesso aos arquivos da polícia? — perguntou Harry. — O TI se esqueceu de cancelar o seu acesso?

— Não, mas eu ainda tenho o meu chip de acesso e você me disse o usuário e a senha do seu amigo.

— Eu disse?

— BH123 e HW1953. Você esqueceu?

Pronto, já era, resignou-se Harry, enquanto pegava uma xícara no armário da cozinha e se servia do café da cafeteira. Bem que Ståle Aune o havia prevenido sobre a síndrome Wernicke-Korsakoff, que aparece quando viciados em álcool, devagar e sempre, corroem a própria capacidade de se lembrar das coisas. Bem, ao menos ele conseguia se recordar dos nomes Wernicke e Korsakoff. E era incomum ele se esquecer das coisas que tinha feito quando estava sóbrio. E raramente havia lapsos de memória tão longos e completamente vazios quanto aquele da noite do assassinato. Senhas de acesso.

Observou as fotos na parede entre os armários da cozinha e a bancada.

Uma foto desbotada de um menino e uma menina no banco de trás de um carro. Os dentes afiados de Kaja sorriam para o fotógrafo, o garoto a abraçava. Devia ser o irmão mais velho dela, Even. Uma outra foto exibia Kaja e uma mulher de cabelos escuros, cerca de uns vinte e cinco centímetros mais baixa. Kaja usava camiseta e calça cáqui; a outra, um vestido ocidental com um *hijab* na cabeça. Ao fundo, a paisagem do deserto. A sombra do tripé da câmera estava entalhada no chão à frente delas, mas nenhum fotógrafo. Uma foto tirada com timer. Era só uma foto, mas algo sobre o modo como elas estavam, tão próximas, trouxe à mente de Harry a sensação que teve ao ver a foto dela ao lado do irmão dentro do carro. Uma intimidade.

Harry seguiu para a foto de um homem alto e loiro de paletó de linho, sentado à mesa de um restaurante com um copo de uísque à frente e segurando displicentemente um cigarro. O olhar divertido e seguro de si não mirava diretamente a câmera, mas um pouco acima dela. Harry o associou ao suíço, aquele na versão *hardcore* da Cruz Vermelha.

A quarta foto era dele, Rakel e Oleg. A mesma que Harry tinha em casa. Não saberia dizer como Kaja a tinha conseguido. Mas não era tão nítida quanto a sua, as partes escuras eram carregadas e havia um reflexo numa lateral, como se fosse a foto de uma foto. Obviamente, ela podia ter tirado a foto durante o curto período em que estiveram juntos, se é que o que aconteceu pudesse ser chamado de estar "juntos". Foram duas pessoas que se aninharam durante uma noite de inverno à procura de abrigo contra a tempestade. E, quando a tempestade diminuiu, ele se levantou e partiu para climas mais amenos.

Por que as pessoas penduravam fotos de sua vida na parede da cozinha? Porque não queriam esquecer ou porque a bebida ou a passagem dos anos havia surrupiado a cor e a nitidez das lembranças? As fotos eram um registro melhor, mais preciso. Era por isso que ele só tinha essa foto? Porque preferia esquecer?

Harry tomou um golinho de café.

Não, fotos não eram mais precisas. As fotos que a pessoa escolhia para expor na parede eram fragmentos avulsos de uma vida que ela gostaria de ter tido. As fotos revelam mais da pessoa que as pendurou que das imagens em si. E, se você souber interpretá-las, podem lhe revelar mais que qualquer interrogatório. Os recortes de jornal na parede da cabana de Bohr. As armas. A foto do rapaz e sua guitarra Rickenbacker na parede do quarto da garota na Borggata. Os tênis. O guarda-roupa de solteiro do pai.

Precisava entrar na casa de Peter Ringdal. Ler as paredes dele. Decifrar o homem que ficou furioso com os investidores por não terem paciência de esperar mais. O homem que tinha ameaçado a própria esposa com uma faca por ela o criticar.

— Categoria três — gritou ele ao analisar Rakel, Oleg e a si mesmo. Eram felizes. Isso era verdade, não é?

— Categoria três? — gritou Kaja em resposta.

— As categorias dos assassinos.

— Qual é mesmo a número três?

Ainda segurando a xícara de café, Harry foi até a porta e se encostou no batente.

— Os ressentidos. Aqueles que não conseguem lidar com críticas e direcionam a raiva para aqueles de quem guardam rancor.

Ela estava sentada sobre as pernas dobradas, a xícara em uma das mãos enquanto afastava o cabelo do rosto com a outra. E mais uma vez a beleza dela o impressionou.

— No que você está pensando?

Rakel, pensou ele.

— Num arrombamento — respondeu ele.

* * *

Øystein Eikeland levava uma vida simples. Ele saía da cama. Ou não. Se saísse, ia caminhando do apartamento na área residencial de Tøyen até a banca de jornal de Ali Stian. Se estivesse fechado, significava que era domingo, então ele automaticamente iria verificar a primeira coisa que surgisse em sua memória de longo prazo: a programação dos jogos do Vålerenga Futebol Clube; porque havia combinado que, nos domingos em que o Vålerenga jogasse em casa, ele tiraria um dia de folga do trabalho no Jealousy. Se o Vålerenga não estivesse jogando em seu novo estádio Valle-Hovin no dia em questão, ele ia para casa e se deitava por mais meia horinha até chegar a hora de abrir as portas do Jealousy. Mas, se fosse um dia de semana, ele tomaria uma xícara de café do Ali Stian, filho de um paquistanês com uma norueguesa e que tinha — como o próprio nome sugeria — um pé na cultura de lá e um na de cá. Houve um ano em que o Dia Nacional da Noruega, comemorado em 17 de maio, tinha caído numa sexta, e ele foi visto ajoelhado em seu tapete de orações na mesquita local usando os trajes tradicionais da Noruega.

Depois de folhear os jornais de Ali Stian e discutir as matérias mais importantes com ele, Øystein botava os jornais de volta no estande e ia andando até um café onde se encontraria com Eli — uma mulher mais velha e acima do peso que ficava feliz da vida em lhe oferecer um café da manhã em troca de uma conversa ou de só ficar escutando-o falar, já que Eli não tinha muito a dizer e apenas sorria e fazia que sim com a cabeça, sem se importar com o assunto. E Øystein não se sentia nem um pouco culpado. Ela apreciava a companhia dele, e para ela isso equivalia a um pãozinho e um copo de leite.

Depois, Øystein iria de Tøyen para o Jealousy na Grünerløkka, e assim teria cumprido sua meta diária de exercício. Mesmo que não levasse mais de vinte minutos, às vezes decidia que merecia um copo de chope. Não um copo grande, mas se contentava com isso. O que já estava bom, porque nem sempre tinha sido assim. Mas ter um emprego fixo estava lhe fazendo bem. Mesmo que não gostasse de Ringdal, seu novo chefe, ele gostava do trabalho e queria mantê-lo. Da mesma forma que pretendia continuar levando uma vida simples. E por causa disso foi ficando cada vez mais infeliz com a conversa que estava tendo com Harry por telefone.

— Não, Harry — disse ele, de pé no cômodo dos fundos do Jealousy com o celular colado a uma orelha e um dedo enfiado na outra para abafar o Peter Gabriel cantando "The Carpet Crawlers" no bar, onde Ringdal e a nova funcionária estavam atendendo à grande afluência do início da noite. — Eu *não* vou roubar as chaves do Ringdal.

— Não é roubar — corrigiu Harry —, é *pegar emprestado*.

— Sei, emprestado. Foi o que você disse quando a gente tinha 17 anos e roubou aquele carro em Oppsal.

— Foi *você* que disse isso, Øystein. E era o carro do pai do Tresko. E deu tudo certo, se é que você se lembra.

— Certo? A gente conseguiu se safar, mas o Tresko ficou dois meses de castigo.

— Como eu disse, tudo certo.

— Idiota.

— Ele guarda as chaves no bolso da jaqueta, dá para ouvir o tilintar quando ele as pendura.

Øystein ficou olhando para a velha jaqueta da Catalina pendurada no gancho bem à sua frente. Nos anos oitenta, essas jaquetas de algodão curtas e caras eram o uniforme dos jovens de esquerda de Oslo. Em outras partes do mundo elas foram adotadas por grafiteiros. Mas Øystein quase sempre as associava a Paul Newman. Como algumas pessoas conseguiam fazer com que até as roupas mais sem graça tivessem um apelo tão grande que qualquer um simplesmente precisava ter uma? Mesmo sabendo como ficaria desapontado quando se olhasse no espelho.

— Para que você quer as chaves dele?

— Eu só quero dar uma olhada na casa dele — respondeu Harry.

— Você acha que ele matou a Rakel?

— Não precisa se preocupar com isso.

— Claro que não, é muito fácil não se preocupar com isso, né? — reclamou Øystein. — Mas vamos lá: se eu for burro o bastante para dizer sim, o que você teria para mim?

— A satisfação de saber que você prestou um grande favor ao seu melhor e único amigo.

— E o seguro-desemprego quando o dono do Jealousy for parar na cadeia.

— Combinado. Digamos que você esteja botando o lixo para fora, então me encontra no estacionamento dos fundos às nove. Daqui a... seis minutos.

— Você sabe que essa é uma péssima ideia, não é, Harry?

— Deixa eu pensar melhor nessa história. Pronto, pensei. E você está certo. Uma péssima ideia.

Øystein desligou e disse a Ringdal que ia fazer uma pausa para o cigarro e saiu pela porta dos fundos. Parou entre os carros estacionados e as lixeiras, acendeu o cigarro e refletiu sobre os dois mistérios da vida: como era possível que, quanto mais caros os jogadores que o Vålerenga comprava, maiores eram as chances de eles terem de lutar para evitar o rebaixamento em vez de competir por um campeonato? E como era possível que, quanto mais terríveis fossem os pedidos de Harry, maiores eram as chances de ele dizer sim? Øystein sacudiu o chaveiro que havia surrupiado da jaqueta da Catalina e o enfiou no bolso enquanto pensava nas palavras finais de Harry: *Uma péssima ideia. Mas a única que eu tive até agora.*

33

Harry não levou nem dez minutos de carro para ir de Grünerløkka, atravessando Storo, até Kjelsås. Estacionou o Escort em uma rua transversal de Grefsenveien com nome de um planeta e caminhou em direção a outra rua que tinha o nome de outro planeta. A garoa havia se transformado em um aguaceiro, e as ruas escuras estavam desertas. Um cachorro começou a latir numa varanda quando Harry se aproximou da casa onde Peter Ringdal morava. Kaja havia encontrado o endereço no registro geral. Harry levantou a gola do casaco, atravessou o portão e seguiu pelo caminho de cascalho que ia dar na casa azul que consistia em uma seção retangular tradicional e outra em formato de iglu. Harry não tinha certeza se o tema "espaço sideral" havia sido uma escolha coletiva de todo o bairro, mas no jardim havia uma escultura que lembrava um satélite. Harry concluiu que a ideia devia ser a de dar a impressão de que a escultura flutuava em torno da parte azul da casa em formato de domo: a terra. Lar. E essa impressão era intensificada pela janela em formato de meia-lua na porta da frente. Não havia nenhum adesivo anunciando que a casa tinha um sistema de alarme. Harry tocou a campainha. Se alguém atendesse, diria que estava perdido e perguntaria o caminho para a rua onde o carro estava estacionado. Ninguém atendeu. Enfiou a chave na fechadura e girou. Abriu a porta e entrou num corredor às escuras.

A primeira coisa que o surpreendeu foi o cheiro. Melhor dizendo, a ausência de cheiro. Todas as casas em que Harry já havia entrado tinham cheiro: roupas, suor, tinta, comida, sabão ou outra coisa qualquer. Mas entrar ali, vindo da torrente de cheiros da rua, era como se tivesse acabado de *sair* da maioria das casas: os cheiros pararam.

Não havia nenhuma tranca especial, de modo que teve de girar a maçaneta por dentro para trancar a porta. Acendeu a lanterna do celular e passou o facho de luz pelas paredes do corredor que atravessava, como um eixo, o centro da casa. As paredes estavam cobertas de fotos artísticas e quadros, comprados com o que Harry reconhecia ser bom gosto para artes. Era a mesma coisa com comida: Harry não sabia cozinhar nem era capaz de escolher uma refeição completa e harmoniosa de três pratos quando se sentava num restaurante com um extenso cardápio. Mas tinha a capacidade de reconhecer um bom pedido quando via Rakel, com um sorriso nos lábios e a fala branda, explicar ao garçom o que queria, e ele pedia o mesmo sem um pingo de constrangimento.

Assim que entrou, viu uma cômoda. Harry abriu a gaveta de cima. Luvas e lenços. Abriu a seguinte. Chaves. Pilhas. Lanterna. Revista sobre judô. Uma caixa de munição. Harry a examinou. 9mm. Ringdal tinha uma pistola em algum lugar. Botou a caixa de volta e já ia fechar a gaveta quando notou algo diferente. Já não havia ausência absoluta de cheiro; um odor quase imperceptível escapava da gaveta.

Cheiro de uma floresta aquecida pelo sol.

Afastou a revista para o lado.

Encontrou uma echarpe vermelha de seda. Congelou. Então a pegou, aproximou do rosto e cheirou. Não havia dúvida. Era dela, era de Rakel. Harry ficou imóvel por uns segundos até se recompor. Refletiu um pouco e botou a echarpe de volta debaixo da revista, fechou a gaveta e seguiu pelo corredor.

Em vez de entrar no que supôs ser a sala de estar, subiu as escadas. Outro corredor. Abriu uma porta. Banheiro. Vendo que não havia janelas que dessem para o exterior, acendeu a luz. Então lhe ocorreu que, se Ringdal tivesse um daqueles novos monitores de eletricidade instalados e, caso viesse a se confirmar o que o técnico da empresa de energia Hafslund tinha dito, eles seriam capazes de dizer se alguém estivera na casa ao verificar o medidor e constatar que o consumo de energia havia aumentado um pouco antes das nove e meia da noite. Harry vasculhou a prateleira sob o espelho e o armário do banheiro. Apenas os artigos de higiene de que um homem precisa. Nada de pílulas e remédios que chamassem a atenção.

A mesma coisa no quarto. Uma cama bem arrumada com roupas de cama limpas. Não havia esqueletos nos armários. A lanterna do celular claramente consumia muita bateria, porque ele estava quase descarregado. Apressou-se. Um escritório. Pouco usado, parecia quase abandonado.

Ele desceu para a sala de estar. A cozinha. A casa estava silenciosa e não lhe dizia nada.

Encontrou uma porta que dava para o porão. A bateria do celular acabou quando ele estava prestes a descer a escada estreita. Não tinha visto nenhuma janela de porão na fachada que dava para a rua. Ligou o interruptor e desceu.

No porão também não havia nada que chamasse sua atenção. Um freezer, dois pares de esquis, latas de tinta, uma corda branca e azul, um par de botas surradas, um quadro de ferramentas sob uma janela comprida, igual à da casa de Rakel, que dava para os fundos da casa. Quatro compartimentos separados por grades de arame. A casa provavelmente tinha sido geminada, com o iglu e a parte mais convencional como casas autônomas. Então por que havia cadeados trancando esses compartimentos se só uma pessoa morava lá? Harry olhou pela tela de arame para o topo de um dos compartimentos. Vazio. O mesmo com os outros dois. Mas o último tinha um pedaço de papelão cobrindo a abertura.

Era lá que estava.

Os três primeiros compartimentos estavam trancados e visivelmente vazios para induzir um intruso a pensar que o último estivesse nas mesmas condições.

Harry parou para pensar. Não estava hesitando; apenas se demorava um pouco para avaliar as consequências, calculando as vantagens de encontrar alguma coisa contra as desvantagens de ser pego numa invasão a domicílio, o que significaria que o que ele encontrasse não poderia ser usado como prova. Tinha visto um pé de cabra pendurado no quadro de ferramentas. Tomou uma decisão, foi até as ferramentas, pegou uma chave de fenda e voltou para a porta. Levou três minutos para tirar os parafusos das dobradiças. Afastou a porta para o lado. A luz interna devia ser conectada ao interruptor no alto da escada, porque o compartimento estava aceso. Era um escritório. Os olhos de Harry esquadrinharam a mesa e o computador, as prateleiras de arquivos e livros, e pararam na foto presa à parede nua e cinza, acima da mesa, com um pedaço de fita adesiva vermelha. Em preto e branco. Talvez tivesse sido tirada com flash, e por isso o contraste entre o brilho branco da pele e a escuridão do sangue e das sombras era tão perceptível, como um desenho feito à tinta. Mas o desenho exibia o rosto oval dela, os cabelos escuros, os olhos sem vida, o corpo mutilado e morto. Harry fechou os olhos. E lá, na pele vermelha no interior de suas próprias pálpebras, lá estava aquilo novamente. Um fulgor. O rosto de Rakel, o sangue no chão. Ele sentiu como se uma faca estivesse sendo cravada com tanta força em seu peito que o fez recuar.

— O que você disse? — gritou Øystein Eikeland, abafando a voz de David Bowie, os olhos no patrão.
— Eu disse que vocês dois dão conta! — gritou Ringdal em resposta, enfiando a mão na parte de trás da porta do cômodo dos fundos e pegando a jaqueta.
— Ma-Mas...— gaguejou Øystein. — Ela mal começou!
— E já nos provou que já trabalhou atrás de um balcão de bar — disse Ringdal, acenando para a garota, que servia dois copos de chope enquanto conversava com um cliente.
— Aonde você vai? — indagou Øystein.
— Casa — disse Ringdal. — Por quê?
— Assim tão cedo? — murmurou Øystein em tom de desespero.
Ringdal gargalhou.
— É para isso que as pessoas contratam funcionários, Eikeland. — Ele fechou o zíper da jaqueta e tirou as chaves do carro do bolso da calça. — Até amanhã.
— Espera aí!
Ringdal ergueu uma sobrancelha.
— O que foi?
Øystein ficou parado, esfregando as costas da mão com força enquanto tentava pensar rápido, o que não era um dos seus pontos fortes.
— Eu... Eu queria saber se eu poderia sair mais cedo essa noite. Só dessa vez.
— Para quê?

— Porque... o clã está praticando algumas músicas novas hoje à noite.

— A torcida organizada do Vålerenga?

— É... isso.

— Eles vão sobreviver sem você.

— Sobreviver? A gente pode acabar *rebaixados*!

— Na segunda partida da temporada? Duvido muito. Me pede de novo em outubro. — Ringdal sorria enquanto seguia pelo cômodo dos fundos em direção à saída. Então foi embora.

Øystein pegou o celular, recostou-se na parede do bar e ligou para Harry.

Uma voz feminina atendeu depois de dois toques.

"O número para o qual você ligou está fora da área de..."

— Não! — exclamou Øystein, desligando e ligando de novo. Chamou três vezes dessa vez. Mas a mesma voz feminina e a mesma mensagem. Øystein tentou pela terceira vez, e achou que conseguiu detectar uma nota de irritação na voz da mulher.

Digitou uma mensagem.

— Øyvind! — Uma voz feminina. Definitivamente irritada. A nova atendente estava preparando um drinque enquanto indicava com a cabeça a fila de fregueses impacientes e com sede.

— Øystein — corrigiu ele, baixinho, antes de se virar e olhar para uma jovem que pedia um chope com olhar resignado e condescendente. A mão de Øystein tremia tanto que ele derramou a bebida. Foi preciso secar o copo e apoiá-lo no balcão enquanto olhava para a hora. Kjelsås? As portas do inferno seriam escancaradas em dez minutos. Harry na prisão e ele sem emprego. Foda-se o Harry, aquele doido varrido! A jovem bem que tentou se comunicar com ele, porque agora estava inclinada para a frente e gritava no ouvido dele.

— Eu disse um copo pequeno, seu idiota, não meio litro!

"Suffragette City" tocava nos alto-falantes.

Harry estava em pé diante da foto. Absorvendo os detalhes. A mulher estava deitada no porta-malas de um carro. Agora que Harry estava mais perto e em pé, conseguia ver duas coisas. Que não era Rakel, mas uma mulher mais jovem com a mesma cor de pele e feições iguais às de Rakel. E o que o havia levado inicialmente a pensar num desenho e não numa foto era porque havia várias coisas estranhas com o corpo. Tinha reentrâncias e saliências onde não deveria, como se o artista não conhecesse nem o básico de anatomia. Esse corpo não estava apenas morto, ele havia sido destruído com raiva e com violência, como se atirado de uma montanha. Não havia nada na foto que indicasse onde havia sido tirada, ou quem teria sido o fotógrafo. Harry virou a foto sem remover a fita adesiva. Papel fotográfico com acabamento em brilho. Não havia nada escrito no verso.

Ele se sentou à mesa coberta de desenhos de pequenas cabines para duas pessoas penduradas em trilhos que corriam entre mastros. Numa delas, uma pessoa usando o laptop; na outra, alguém dormindo numa cadeira reclinável; e, numa terceira, um casal de idosos se beijando. Havia rampas de acesso a cada cem metros ao longo da rua, com cabines à disposição. Outro desenho era a vista aérea de uma cruz, os trilhos formando uma estrela de quatro pontas. Uma folha grande de papel tinha o mapa de Oslo com uma grade que Harry supôs ser a rede de trilhos.

Ele abriu as gavetas da escrivaninha. Retirou esboços futuristas de cabines em formatos aerodinâmicos penduradas em cabos ou trilhos, cores vivas, linhas extravagantes, pessoas sorridentes, uma visão otimista do futuro que fez Harry se lembrar da publicidade dos anos sessenta. Alguns deles vinham com legendas em inglês e em japonês. Evidentemente, as fotos não eram de autoria de Ringdal, mas apenas propostas relacionadas ao tema. Não havia outras fotos de corpos, apenas a que estava colada na parede bem diante dele. O que isso significava? O que as paredes lhe diziam desta vez?

Tocou no teclado do notebook à sua frente e a tela se iluminou. Nenhuma senha. Clicou no ícone de e-mail. Digitou o endereço de e--mail de Rakel na caixa de pesquisa e não obteve nenhum resultado. O que não o surpreendeu, visto que todas as pastas estavam vazias. Ou não tinham sido usadas ou ele as deletava conforme usava, o que poderia explicar por que não estava preocupado em proteger o acesso ao computador. Os técnicos de TI da polícia poderiam reconstruir as trocas de e-mail de Ringdal, mas Harry sabia que isso havia ficado cada vez mais complicado nos últimos anos.

Estudou uma pasta de documentos, abriu alguns deles. Anotações sobre transporte. Um pedido para estender o horário de funcionamento do Jealousy. Contas semestrais que mostravam que o bar tinha tido um bom lucro. Nada de interessante.

Nem nas prateleiras com pastas de arquivo, que só tratavam de teoria dos transportes, pesquisas sobre desenvolvimento urbano, acidentes de trânsito, teoria dos jogos... Mas também um livro de capa dura surrado. *Assim falou Zaratustra*, de Friedrich Nietzsche. Quando era jovem, Harry folheou por curiosidade esse livro com ar mítico e não encontrou nada sobre Übermensch ou a suposta ideologia nazista. Apenas a história de um velho nas montanhas que — exceto pelo trecho sobre Deus estar morto — dizia coisas completamente incompreensíveis.

Olhou para o relógio. Fazia meia hora que estava lá. Sem carregar o celular não podia tirar uma foto da garota morta nem descobrir quem era. Mas não havia motivo para acreditar que a foto e a echarpe de Rakel teriam desaparecido quando voltassem com um mandado de busca e apreensão.

Harry se levantou e saiu do escritório, colocou de volta as dobradiças da porta, pendurou a chave de fenda no quadro, subiu as escadas correndo, apagou a luz e foi para o corredor. Ouviu o cachorro do vizinho latir lá fora. Enquanto se dirigia para a saída, abriu a porta do único cômodo em que não tinha entrado. Um misto de banheiro e lavanderia. Estava prestes a fechar a porta quando viu um suéter branco caído no piso de ladrilho junto a uma pilha de cuecas e camisetas sujas encostada na máquina de lavar. O suéter tinha uma cruz azul no peito. E manchas que pareciam de sangue. Para ser mais preciso: borrifos de sangue. Harry cerrou os olhos. A cruz havia evocado algo em sua memória. Viu a si mesmo entrando no Jealousy, Ringdal do outro lado do balcão. Aquele era o suéter que Ringdal usava naquela noite, na noite em que Rakel morreu.

Harry tinha dado um soco em Ringdal. Os dois haviam sangrado. Mas *tanto* assim? Se o suéter fosse lavado antes de a casa ser revistada, eles jamais saberiam.

Harry hesitou por um momento. O cachorro parou de latir. Então se abaixou, comprimiu ao máximo o suéter e o enfiou no bolso do casaco. Voltou para o corredor.

E parou de repente.

Som de passos no cascalho.

Harry retornou para a escuridão mais ao fundo do corredor. Através do vidro em formato de meia-lua, viu um vulto pisar nos degraus iluminados.

Merda.

O vidro era baixo demais para que ele conseguisse ver o rosto do homem, mas viu a mão que buscava algo nos bolsos de uma jaqueta azul da Catalina, seguida de palavrões abafados. A maçaneta da porta foi virada. Harry tentou se lembrar: será que tinha trancado a porta?

O homem do lado de fora deu um tranco na porta. Praguejou mais alto agora.

Harry foi deixando o ar sair dos pulmões silenciosamente. Tinha trancado a porta. E, mais uma vez, foi como se algo tivesse sido acionado. A fechadura da casa de Rakel. Ele a verificou para se certificar de que estava trancada.

Uma luz se acendeu do lado de fora. Um carro. Um rosto pálido havia se encostado na meia-lua da porta, nariz e bochecha achatados de encontro ao vidro, iluminados pela tela do celular perto da orelha. Ringdal estava quase irreconhecível, o rosto como o de ladrões de banco cobertos com uma meia de nylon, o aspecto demoníaco, o olho perscrutando a escuridão do corredor.

Harry ficou imóvel, prendendo a respiração. Eles estavam no máximo a cinco metros de distância um do outro. Será que Ringdal não conseguia mesmo vê-lo? Como se em resposta, a voz de Ringdal ecoou pela janela de meia-lua com uma ressonância estranha e abafada, o tom baixo e calmo.

— Finalmente você atendeu.

Merda, merda.

— Eu não estou achando as chaves de casa — disse Ringdal, seu hálito embaçando o vidro.

— Eikeland — dissera Øystein num tom um pouco duro quando, depois de instantes de pânico, entrou no cômodo dos fundos para atender à ligação de Ringdal.

— Finalmente você atendeu — dissera Ringdal. E depois: — Eu não estou achando as chaves de casa.

Øystein fechou a porta para escutar melhor.

— Hã? — Øystein fez de tudo para parecer calmo. Onde diabos Harry estava, e por que diabos tinha desligado o celular?

— Você consegue ver se elas estão caídas no chão, perto do gancho onde eu penduro a minha jaqueta?

— Tá, espera um pouco — disse Øystein afastando o celular do rosto. Ele estava ofegante, como se estivesse prendendo a respiração, o que talvez fosse verdade. Pensa, pensa!

— Eikeland? Você está aí, Eikeland? — A voz de Ringdal soou fina e menos ameaçadora quando Øystein segurava o telefone mais afastado do rosto. Ainda relutante, tornou a aproximá-lo da orelha.

— Oi. Não, não estou vendo chave nenhuma. Onde você está?

— De pé do lado de fora da minha casa.

E Harry do lado de dentro, pensou Øystein. Se ele ouviu Ringdal se aproximar, precisa de tempo para fugir, uma janela ou uma porta nos fundos.

— Talvez as chaves estejam no bar — disse Øystein. — Ou no banheiro. Me dá uns minutos que eu vou ver se acho.

— Eu nunca largo as minhas chaves por aí, Eikeland.

Isso foi dito com tanta certeza que Øystein percebeu que não fazia sentido tentar semear dúvidas na mente do patrão.

— Eu vou só quebrar o vidro — avisou Ringdal.

— Mas...

— Amanhã eu mando consertar, não é nada de mais.

Harry olhava nos olhos de Ringdal do outro lado do vidro, e era um completo mistério que ele não pudesse vê-lo. Pensou em recuar até o porão e sair rastejando por uma das janelas de lá. Mas sabia que o menor movimento denunciaria sua presença. O rosto de Ringdal se afastou da janela. Harry viu Ringdal colocar primeiro a mão por dentro da jaqueta e depois por baixo de um pulôver escuro e retirar de lá um objeto preto. Uma pistola de cano bem curto, possivelmente uma Sig Sauer P320, que Bjørn chamava de "nariz empinado". Fácil de disparar, fácil de usar, gatilho rápido, muito eficiente a curta distância.

Harry engoliu em seco.

Imaginou ouvir a voz do advogado de defesa de Ringdal. *O acusado achou que um ladrão estivesse vindo em sua direção no corredor escuro, então disparou em legítima defesa.* O advogado de defesa perguntando a Katrine Bratt no banco das testemunhas: "Sob ordem de quem Harry invadiu a casa?"

Ele viu a pistola sendo erguida, então a mão de Ringdal se afastou do vidro.

— Estou vendo elas! — gritou Øystein no celular.

Silêncio do outro lado da linha.

— Essa foi por pouco — disse Ringdal por fim. — Onde....

— No chão. Perto do gancho, onde você disse. Elas estavam atrás da vassoura.

— Vassoura? Não tem vassoura nenhuma...

— Eu botei lá, ficava chutando toda hora quando ela ficava atrás do bar — disse Øystein, espiando o bar por detrás da porta, onde vários fregueses sedentos aguardavam atendimento. Ele pegou a vassoura e botou atrás da porta, embaixo do gancho.

— Cuida bem dessas chaves. Estou a caminho.

A ligação ficou muda.

Øystein ligou para o número de Harry. Ainda a mesma voz feminina recitando o mantra sobre o telefone estar desligado. Øystein secou o suor da testa. Rebaixamento. A temporada mal havia começado e já estava tudo decidido, era a lei da gravidade que poderia, na melhor das hipóteses, ser contrabalançada, nunca evitada.

— Øyvind! Cadê você, Øyvind?

— Øy-STEIN! — berrou Øystein na direção da multidão do outro lado da porta. — Eu definitivamente sou um Øy, mas prefiro ser um *stein*, combinado?

Harry viu o vulto se afastar da janela. Ouviu passos rápidos descendo os degraus. O cachorro voltou a latir.

Cuida bem dessas chaves. Estou a caminho.

Øystein deve ter convencido Ringdal de que estava com as chaves. Ele ouviu um carro dar a partida e desaparecer em seguida.

Seu carro estava estacionado em outro planeta. Não havia como chegar ao Jealousy antes de Ringdal. E seu telefone estava sem bateria, não dava para entrar em contato com Øystein. Harry tentou pensar. Mas parecia que seu cérebro tinha perdido o controle e continuava travado na foto da garota morta e em algo que Bjørn havia lhe explicado sobre revelação de fotos de cenas de crime quando eles ainda tinham um quarto escuro na Unidade de Perícia. Que os iniciantes tinham a tendência de carregar no contraste, o que significa que havia menos detalhes tanto no preto quanto no branco. O contraste na foto que encontrou no porão não era exagerado por causa do flash, mas porque a foto havia sido revelada por um amador. De repente, Harry teve certeza. Ringdal havia tirado a foto. De uma garota que ele mesmo tinha matado.

34

De esguelha, Øystein viu a porta se abrir. Era Ringdal. Ele entrou, mas era tão baixinho que logo desapareceu em meio ao amontoado de clientes. Øystein, porém, podia apostar que ele vinha em sua direção, como a floresta se agitando acima do tiranossauro em *Jurassic Park*. Øystein continuou servindo chope. Viu o líquido marrom preencher o copo, e depois a espuma cobrir a borda. A torneira engasgou. Uma bolha de ar ou já estava na hora de trocar o barril de novo? Ele não sabia. Ele não sabia se isso seria o fim ou apenas uma pedra no caminho. Tudo que lhe restava fazer era esperar e ver. Esperar e ver se ia dar merda. Na verdade, não havia dúvida sobre esse "se". Sempre dava merda, era só uma questão de tempo. Ainda mais se o seu melhor amigo se chamasse Harry Hole.

— É o barril — disse ele para a atendente. — Vou ter que trocar. Fala para o Ringdal que eu já volto.

Øystein foi para o quarto dos fundos e se trancou no banheiro dos funcionários, que também era usado para guardar todo tipo de coisa, de copos a guardanapos, de pó de café a filtros. Pegou o celular e tentou pela última vez ligar para Harry. O mesmo resultado decepcionante.

— Eikeland?

Ringdal tinha entrado no quarto dos fundos.

— Eikeland!

— Aqui — murmurou Øystein.

— Pensei que estivesse trocando o barril?

— Acabou que nem estava vazio. Eu estou na privada.

— Beleza, vou esperar.

— E com "privada" quero dizer "cagando". — Øystein enfatizou o fingimento forçando os músculos da barriga e pressionando o ar dos pulmões num arroto prolongado e alto. — Ajuda lá no bar, já estou quase acabando.

— Passa as chaves por baixo da porta. Anda logo, Eikeland, eu quero ir para casa!

— Tenho um belo de um cocô saindo nesse momento, chefe, acho que deve ser um recorde mundial, então não sei se devo cortar ele no meio do caminho.

— Guarda essas piadas de merda para quem gosta, Eikeland. Agora!

— Tá bom, tá bom, já vou, me dá um minuto.

Silêncio.

Øystein se perguntou por quanto tempo mais conseguiria atrasar o inevitável. Enrolação era a resposta. Afinal, a vida não era mesmo uma grande enrolação?

Depois de contar devagar até vinte e não conseguir inventar uma desculpa melhor que as dez idiotices que havia pensado, puxou a descarga, destrancou a porta e foi para o bar.

Ringdal estava entregando uma taça de vinho a um freguês. Depois de pegar o cartão do banco, ele se virou para Øystein, que havia enfiado as mãos nos bolsos e feito uma cara que pretendia expressar surpresa e desânimo, o que não estava muito distante do que realmente sentia.

— Elas estavam bem aqui! — gritou Øystein acima da música e do burburinho. — Devem ter caído em algum lugar.

— O que está rolando, Eikeland? — perguntou Ringdal, sem grande interesse.

— Rolando?

Ringdal semicerrou os olhos.

— Ro-lan-do — repetiu ele quase num sussurro que, ainda assim, atravessou a barulheira como uma faca.

Øystein engoliu em seco e resolveu se dar por vencido. Ele nunca entendeu aquelas pessoas que primeiro se deixam torturar para *depois* dizer a verdade.

— Tudo bem, chefe. É...

— Øystein!

Dessa vez não era a atendente que, por fim, havia acertado seu nome. O chamado veio da porta, e quem gritou não passou despercebido pela multidão. Sua cabeça se destacava acima das demais, parecendo se mover na água.

— Øystein, meu amigo Øystein! — repetiu Harry com um grande sorriso. E, como Øystein jamais o havia visto com um sorriso daqueles, a cena era desconcertante. — Feliz aniversário, meu parceiro!

Muitos se viraram para Harry, e alguns poucos para Øystein. Harry se dirigiu para o bar e deu um abraço em Øystein, uma das mãos fazendo pressão entre as escápulas e a outra na base da coluna. Na verdade, a mão desceu ainda mais, aproximando-se perigosamente da bunda.

Harry se afastou dele e se endireitou. Alguém começou a cantar. E alguém mais — deve ter sido a atendente — desligou a música ambiente. Então outras vozes se uniram.

— Parabéns pra você...

Não, pensou Øystein, isso não! Eu prefiro ser torturado. Eu prefiro que arranquem as minhas unhas.

Tarde demais. Até Ringdal se envolveu na cantoria, um pouco hesitante, provavelmente ávido para demonstrar a todos o sujeito bacana que era. Øystein arreganhou os dentes amarronzados em um sorriso tenso enquanto o constrangimento queimava suas bochechas e suas orelhas. Mas isso só encorajava todos a rirem e cantarem ainda mais alto.

A música terminou com todos erguendo os copos numa saudação a Øystein, e Harry sapecando um tabefe nas costas dele. E só quando sentiu algo pontiagudo pressionando a bunda percebeu o que o abraço inicial tinha sido.

A música ambiente voltou a tocar, e Ringdal lhe estendeu a mão num cumprimento.

— Parabéns, Eikeland. Por que você não disse logo que era seu aniversário quando pediu para tirar folga essa noite?

— Bem, eu não queria... — Øystein deu de ombros. — Acho que eu prefiro ficar na minha.

— Sério? — disse Ringdal genuinamente surpreso.

— Ah, falando nisso — disse Øystein. — Eu me lembrei de onde guardei as suas chaves.

E, fazendo o que esperava não ser um gesto exagerado, levou a mão ao bolso traseiro da calça.

— Aqui.

Ele segurou o chaveiro. Ringdal encarou as chaves por um instante e olhou de relance para Harry. Então as arrancou da mão de Øystein.

— Tenham uma boa noite, rapazes.

Ringdal foi caminhando para a porta.

— Puta que o pariu, Harry — sussurrou Øystein enquanto o observava partir. — Mas que *inferno*!

— Foi mal — desculpou-se Harry. — Uma perguntinha rápida. Depois que o Bjørn me levou embora daqui na noite do assassinato, o que o Ringdal fez?

— Fez? — Øystein pensou. Enfiou um dedo no ouvido como se a resposta estivesse lá dentro. — É, isso, ele foi direto para casa. Disse que o nariz não parava de sangrar.

Øystein sentiu algo molhado na bochecha. Ele se virou para a moça parada ali, os lábios ainda fazendo biquinho.

— Feliz aniversário. Eu jamais imaginaria que você era de Áries, Øyvind.

— Sabe o que dizem. — Harry sorriu, apoiando a mão no ombro de Øystein. — Despertam como leões, se deitam como carneiros.

— O que ele quis dizer com isso? — perguntou a moça ao ver Harry marchar em direção à porta na esteira de Ringdal.

— Você acha que eu sei? Ele é um homem cheio de mistérios — resmungou Øystein, torcendo para que Ringdal não prestasse a menor atenção à data de seu nascimento no próximo contracheque. — Vamos botar um Stones para tocar e esquentar esse pessoal, beleza?

Seu celular ligou minutos depois de começar a carregar no carro. Harry procurou um nome na lista de contatos, clicou em Ligar e a resposta veio quando ele freou no sinal vermelho da Sannergata.

— Não, Harry, eu não estou a fim de transar com você!

A acústica sugeria que Alexandra estava no escritório do Instituto de Medicina Forense.

— Ótimo — disse Harry —, mas eu tenho um suéter com manchas de sangue que...

— Não!

Harry respirou fundo.

— Se o DNA de Rakel estiver no sangue, isso coloca o dono do suéter na cena do crime, na noite em que Rakel morreu. Por favor, Alexandra.

Silêncio na outra ponta da linha. Um bêbado fez um escarcéu no cruzamento em frente ao carro, cambaleou, olhou para Harry com um olhar vazio e nebuloso e deu um murro no capô antes de sumir na escuridão.

— Sabe de uma coisa? — disse ela. — Eu odeio homens galinhas como você.

— Tudo bem, mas você *adora* solucionar homicídios.

Outra pausa.

— Às vezes me pergunto se você sequer gosta de mim, Harry.

— É claro que gosto. Posso ser um alucinado, mas não quando se trata de com quem eu vou para a cama.

— Com quem você vai para a cama? Isso é tudo o que eu sou?

— Não, e não banca a desentendida. Nós somos colegas de profissão que capturam criminosos que, de outra forma, mergulhariam a nossa sociedade no caos e na anarquia.

— Ha-ha. — Ela deu um riso seco.

— E é claro que estou disposto a mentir para induzir você a fazer o que eu quero — completou Harry. — Mas eu gosto de você, tá bom?

— Está a fim de transar?

— Bem... Não. Sim, mas não. Se é que você me entende.

Parecia haver um rádio tocando baixinho no escritório de Alexandra. Ela estava sozinha.

Ela deu um profundo suspiro.

— Se eu topar, Harry, você tem que entender que eu não estou te beneficiando. Mas por enquanto ainda não consigo fazer uma análise completa do DNA. Tem uma longa fila de espera, e a equipe da Kripos e a Bratt estão em cima de mim o tempo todo.

— Eu sei. Mas um perfil parcial que anula correspondências com outros perfis leva menos tempo, não é?

Harry percebeu certa hesitação em Alexandra.

— E quem você quer que seja excluído?

— O DNA do dono do suéter. O meu. E o da Rakel.

— O *seu*?

— O dono do suéter e eu tivemos uma rápida luta de boxe. Ele teve sangramento nasal, meus dedos estavam sangrando, então não é de todo impossível que seja daí que o sangue do suéter venha.

— Entendi. Você e Rakel estão no banco de dados de DNA, então com você está tudo certo. Mas, se eu precisar excluir uma correspondência com o dono do suéter, vou precisar de algo para obter o DNA dele.

— Eu pensei nisso. Tenho a calça jeans suja de sangue no meu cesto de roupa suja e tem sangue demais para que tudo tenha saído dos meus dedos, então parte desse sangue deve ser do nariz dele. Você ainda está no escritório?

— Estou.

— Chego aí em vinte minutos.

Alexandra o aguardava envolvendo-se com os próprios braços para se aquecer, quando Harry estacionou próximo à entrada do Rikshospitalet. Ela estava de salto alto, calça justa e usava muita maquiagem. Sozinha no escritório, mas dando a impressão de estar pronta para uma festa. Ele nunca a havia visto de outra forma. Alexandra Sturdza afirmava que a vida era curta demais para não estar sempre elegante.

Harry baixou o vidro. Ela se agachou.

— Boa noite, senhor — cumprimentou ela com um sorriso. — Quinhentos por uma punheta, setecentos para...

Harry balançou a cabeça e lhe entregou duas sacolas de plástico: numa delas, o suéter de Ringdal; na outra, sua calça jeans.

— Você sabia que ninguém na Noruega trabalha a essa hora da noite?

— Ah, então é por isso que eu estou sozinha aqui? Vocês noruegueses têm mesmo muito a ensinar ao resto do mundo.

— Trabalhando menos?

— Baixando as expectativas. Por que ir à Lua quando se tem uma cabana nas montanhas?

— Hum. É disso que eu gosto, Alexandra.

— Nesse caso, você deve escolher algo da lista de preços — disse ela sem sorrir. — Foi essa Kaja que afastou você de mim? Eu vou matá-la.

— Ela? — Harry se inclinou e olhou-a mais de perto. — Achei que fosse gente da minha laia que você odiasse.

— Eu odeio você, mas é ela que quero matar. Dá para entender?

Harry assentiu devagar. Matar. Estava prestes a perguntar se aquilo fazia parte de algum provérbio romeno que traduzido para o norueguês soava bem pior, mas achou melhor não.

Alexandra deu um passo para trás, afastando-se do carro, e ficou olhando para Harry enquanto a janela se fechava.

Enquanto partia, Harry olhou pelo retrovisor. Ela continuava no mesmo lugar, os braços caídos ao longo do corpo iluminado pelo poste de luz, a silhueta se apagando aos poucos.

Ele ligou para Kaja ao passar pelo Ring 3 e lhe contou do suéter. E da echarpe na gaveta. De Ringdal aparecendo e da pistola. Pediu-lhe que verificasse, assim que pudesse, se ele tinha porte de arma.

— Mais uma coisa... — disse Harry.

— Isso quer dizer que você não vem para cá? — interrompeu-o ela.

— O quê?

— Você está a cinco minutos de distância de mim e diz "mais uma coisa", como se fôssemos ficar um tempão sem nos ver.

— Preciso pensar — avisou Harry. — E raciocino melhor quando estou sozinho.

— É claro. Eu não quis encher o seu saco.

— Você não está enchendo o saco de ninguém.

— Não, eu... — Ela suspirou. — Mas o que é essa última coisa?

— Ringdal tem uma foto de um corpo despedaçado de mulher na parede acima do computador. Você sabe, para ficar vendo o tempo todo. Como um troféu ou algo assim.

— Que horror. O que isso significa?

— Não sei. Mas será que você consegue achar uma foto da ex-esposa dele, a russa que desapareceu?

— Não deve ser muito difícil. Caso não encontre no Google, vou ligar para a amiga dela de novo. Te envio uma mensagem.

— Valeu. — Harry foi dirigindo devagar pela Sognsveien margeada por casas com fachada de tijolo no bairro tranquilo com jardins ao estilo inglês. Viu uma parelha de faróis vindo em sua direção. — Kaja?

— Sim?

Era um ônibus. Rostos pálidos e fantasmagóricos o encaravam de dentro do veículo iluminado quando o ônibus cruzou com ele. E um desses rostos era o de Rakel. Eles estavam se tornando mais frequentes, esses flashes de memória, como pedras soltas anunciando a queda de uma ribanceira.

— Não é nada — disse Harry. — Boa noite.

Harry estava sentado no sofá ouvindo Ramones.

Não que Ramones significasse algo de especial para ele, mas porque o álbum estava no toca-discos desde que Bjørn lhe dera de presente. E ele percebeu que estivera afastado da música desde o velório, e que não havia ligado o som nem uma única vez, nem em casa nem no Escort, parecendo ter preferido o silêncio. Silêncio para pensar. Silêncio enquanto tentava ouvir o que o silêncio lhe dizia, a voz lá fora, do outro lado da escuridão, atrás de uma janela em forma de meia-lua, atrás das janelas do ônibus fantasmagórico, dizendo algo que ele quase conseguia ouvir. Quase. Mas agora o silêncio precisava, ao contrário, ser abafado. Porque estava falando alto demais, e ele não suportava mais ouvi-lo.

Aumentou o volume, fechou os olhos e recostou a cabeça nas prateleiras de discos atrás do sofá. Ramones. *Road to Ruin*. As palavras impactantes de Joey. Mesmo assim, ainda parecia mais pop que punk. Essa era a tendência. Sucesso, uma vida boa, a idade, tudo contribuía para transformar até os mais raivosos em pessoas mais complacentes. Assim como fizeram com Harry, tornando-o mais sereno, mais gentil. Quase sociável. Aceitando ser domesticado pela mulher que amava num casamento que funcionava. Não era perfeito. Mas foda-se. Tão perfeito quanto qualquer um poderia tolerar ser. Até que um dia, de repente, do nada, ela meteu o dedo na ferida. Pediu-lhe explicações sobre suas suspeitas. E ele havia confessado. Não, não confessado. Ele sempre dizia a Rakel o que ela queria saber, era só perguntar. E ela sempre entendeu que não devia perguntar mais do que precisava saber. Então ela deve ter achado que precisava saber. Uma noite com Katrine. Katrine havia cuidado dele numa noite em que, de tão bêbado, ele não conseguiu cuidar de si mesmo. Tinham feito sexo? Harry não se lembrava, estava tão embriagado que, mesmo se tentasse, não teria conseguido fazer nada. Mas ele contou a verdade para Rakel, que não poderia descartar a hipótese de isso ter acontecido. E então ela disse que isso não fazia a menor diferença, que ele a havia traído de um jeito ou de outro e que ela não queria mais olhar para a cara dele, então mandou que ele arrumasse suas coisas e fosse embora.

Só de pensar nisso doía tanto que Harry ficava ofegante.

Ele havia levado uma sacola de roupas, itens de higiene e os discos, mas deixou para trás os CDs. Harry não tinha tomado uma gota de álcool sequer desde a noite em que Katrine havia ido buscá-lo, mas, no dia em que Rakel o expulsou, ele foi direto para a loja de bebidas. E foi parado por um funcionário quando começou a abrir uma das garrafas que comprou, antes mesmo de estar na rua.

Alexandra já devia ter começado a trabalhar no suéter.

Harry montou o quebra-cabeça mentalmente.

Se fosse o sangue de Rakel, o caso estava solucionado. Na noite do crime, Peter Ringdal saiu do Jealousy por volta das dez e meia e foi visitar Rakel sem ter sido convidado, provavelmente com a desculpa de convencê-la a continuar trabalhando no bar. Ela deixou que ele entrasse e lhe ofereceu um copo de água. Rakel não se deixou convencer. A menos que tivesse dito sim. E talvez por isso ele tenha ficado lá por mais tempo, porque tinham assuntos a tratar. E talvez a conversa tivesse tomado um rumo mais pessoal. Ringdal provavelmente contou a Rakel do comportamento ultrajante de Harry no bar mais cedo, e Rakel teria contado a ele dos problemas de Harry e — e essa era a primeira vez que Harry havia considerado essa hipótese — que Harry tinha instalado uma câmera de monitoramento remoto que ele estava convencido de que ela não havia descoberto. Pode ser que Rakel tenha até dito a Ringdal onde a câmera estava instalada. Eles haviam compartilhado frustrações e, possivelmente, alegrias, e em algum momento Ringdal deve ter achado que era hora de tentar uma aproximação mais íntima. Mas foi rejeitado. E, no acesso de raiva que se seguiu a essa humilhação, Ringdal pegou a faca do bloco na bancada da cozinha e a esfaqueou. Várias vezes, talvez ainda tomado pela raiva ou por ter percebido que era tarde demais, que o estrago estava feito e que tinha de terminar o que havia começado, matá-la e se livrar das evidências. Ele tinha conseguido manter a cabeça fria e fazer o que tinha de ser feito. E, quando deixou a cena do crime, levou consigo um troféu, um diploma, como a foto da outra mulher que havia matado. A echarpe vermelha que estava pendurada ao lado do casaco de Rakel debaixo dos ganchos da chapeleira. Depois, já no carro, lembrou-se a tempo da câmera mencionada por Rakel, saiu do carro e a removeu. Descartou o cartão de memória num posto de gasolina. Atirou o suéter com o sangue de Rakel no chão, misturando-o às suas roupas sujas. Pode ser até que ele nem tivesse notado o sangue, pois nesse caso teria lavado o suéter na mesma hora. Foi *isso* que aconteceu.

Talvez sim, talvez não.

Vinte e cinco anos de experiência como investigador de homicídios tinham ensinado a Harry que a sequência de eventos era quase sempre mais complicada e incompreensível do que aparentava à primeira vista.

Mas a motivação era, em geral, tão simples e tão óbvia quanto o primeiro palpite.

Peter Ringdal havia se apaixonado por Rakel. Será que Harry não tinha notado o desejo nos olhos de Ringdal na primeira vez que ele foi ver o Jealousy? Talvez também tivesse ido ver Rakel. Paixão e morte. A combinação clássica. Quando Rakel o rejeitou na casa dela, talvez também tivesse dito que iria aceitar Harry de volta. E não tem remédio: somos todos fiéis às nossas raízes. Galinhas, ladrões, beberrões, homicidas. Repetimos nossos pecados e esperamos perdão, de Deus, das outras pessoas, de nós mesmos. Então Peter Ringdal havia matado Rakel Fauke do mesmo jeito que tinha matado a ex-esposa, Andrea Klitchkova.

No começo, Harry tinha seguido outras linhas de investigação. De que o assassino era a mesma pessoa que estivera lá mais cedo naquela noite, de que o crime havia acontecido naquela hora, e depois o autor — que sabia que Rakel estaria sozinha — havia voltado para apagar as evidências. Nas imagens captadas pela câmera, eles viram Rakel no vão da porta ao abri-la, mas não na segunda vez. Será que àquela altura ela já estava morta? Ou o assassino havia pegado as chaves dela, entrado na casa, limpado tudo e saído, deixando as chaves para trás? Ou o assassino teria mandado outra pessoa limpar para ele? Harry tinha a vaga impressão de que a silhueta dos dois visitantes não era da mesma pessoa. De qualquer jeito, Harry havia rejeitado essa teoria porque o relatório do Instituto de Medicina Forense tinha sido conclusivo a respeito da hora do crime, que, considerando a temperatura do corpo e da sala, o assassinato devia ter ocorrido *depois* da primeira visita. Ou seja, enquanto o segundo visitante estava lá.

Harry ouviu a agulha do toca-discos encostar de leve no rótulo, um aviso de que o disco precisava ser virado. Sua mente ansiava por um hard rock mais barulhento e anestesiante, mas ele resistiu à tentação, assim como rotineiramente resistia à sugestão do mesmo famigerado cérebro de pegar uma garrafa, tomar apenas um gole, apenas algumas gotas. Hora de ir para a cama. E, se conseguisse pegar no sono, ah... isso sim seria um bônus. Suspendeu o disco do prato sem tocar nas ranhuras nem deixar marcas. Ringdal havia se esquecido de limpar o copo que estava no lava-louças. Estranho! Harry enfiou o disco no plástico de proteção e depois na capa. Correu o dedo pelos seus discos. Ordem alfabética pelo nome do artista, depois em ordem cronológica pela data da compra. Meteu a mão entre os álbuns *The Rainmakers* e *Ramones* para abrir espaço para o novo disco. Vislumbrou alguma coisa enfiada entre os álbuns. Abriu espaço entre os discos para ver melhor. Fechou os olhos. Seu coração disparou, como se tivesse entendido alguma coisa que seu cérebro ainda não houvesse processado.

O celular tocou.

Harry atendeu.

— É a Alexandra. Fiz uma primeira varredura e já vejo diferenças nos perfis de DNA, o que significa que o sangue no suéter desse tal de Ringdal não pode ser da Rakel.

— E...?

— E também não combina com o seu. E o sangue na sua calça jeans também não é seu.

Silêncio.

— Harry?

— Sim.

— Está tudo bem?

— Não sei. Acho que deve ser sangue do nariz dele no suéter e na minha calça então. Ainda temos impressões digitais que o ligam à cena do crime. E a echarpe de Rakel na gaveta da cômoda na casa dele. Tem o perfume dela, com certeza tem o DNA dela. Cabelo, suor, pele.

— Tá bom, mas tem uma diferença entre os perfis de DNA no sangue do suéter e da sua calça.

— Você está dizendo que o sangue no suéter não pertence nem à Rakel, nem a mim, nem ao Ringdal?

— É uma possibilidade.

Harry se deu conta de que ela estava dando tempo para que ele formulasse as outras possibilidades. A outra possibilidade. Era uma questão de lógica.

— Se o sangue na minha calça não é do Ringdal e você começou dizendo que não é meu, então de quem é?

— Não sei — disse Alexandra. — Mas...

— Mas o quê? — Os olhos de Harry encararam o espaço entre os discos. Ele sabia o que ela ia dizer. Não havia mais pedras soltas anunciando um deslizamento de terra. Isso era passado. Toda a encosta tinha desmoronado.

— Até o momento, o sangue na sua calça não mostra nenhum desvio do DNA de Rakel — completou Alexandra. — Obviamente, ainda temos muito trabalho pela frente até chegarmos à probabilidade de 99,999 por cento, que consideramos como correspondência completa, mas já temos 82 por cento.

Oitenta por cento. Quatro de cinco.

— Claro — disse Harry. — Eu estava usando essa calça quando estive na cena do crime depois que Rakel foi encontrada. Eu ajoelhei ao lado do corpo dela. Tinha uma poça de sangue.

— Isso explica o sangue de Rakel na sua calça *se* for mesmo o sangue dela. Quer que eu dê sequência à análise que poderia descartar a possibilidade de o sangue no suéter ser de Rakel?

— Não, não tem necessidade — disse Harry. — Obrigado, Alexandra, fico te devendo essa.

— Certo. Tem certeza de que está tudo bem? Você está com uma voz tão...

— Sim — interrompeu Harry. — Obrigado, e boa noite. — Ele desligou.

Havia uma poça de sangue. Ele *havia* se ajoelhado. Mas não foi isso que desencadeou o grito dentro de sua cabeça, o deslizamento de terra que começava a soterrá-lo. Porque ele não estava usando aquela calça quando esteve na casa de Rakel com os investigadores da cena do crime; ele a havia deixado no cesto de roupa suja na manhã seguinte à noite em que Rakel fora assassinada. *Disso* ele se lembrava. Até agora, sua memória estava tão em branco quanto uma bola de cristal em relação àquela noite, desde o momento em que entrou no Jealousy, às sete da noite, até a hora que a mulher que estava angariando dinheiro para caridade tocou a campainha da sua porta no dia seguinte e o acordou. Mas as imagens estavam começando a surgir, a se conectar, a formar uma sequência. Um filme com ele como protagonista. E o que gritava em sua cabeça com voz trêmula e entrecortada era sua própria voz, a trilha sonora da sala de estar de Rakel. Ele tinha estado lá na noite do assassinato.

Espremida entre o Rainmakers e o Ramones estava a faca que Rakel havia adorado. Uma faca Tojiro com cabo de carvalho e guarda branca de chifre de búfalo. A lâmina estava manchada com algo que só podia ser sangue.

35

Ståle Aune estava sonhando. Pelo menos ele achou que estivesse. A sirene que cortava o ar parou abruptamente, e agora ele conseguia ouvir o distante ronco dos caças de bombardeio enquanto corria pela rua vazia até o abrigo antiaéreo. Ele estava atrasado, todo mundo já tinha entrado havia bastante tempo, e deu para ver um homem fardado fechando a porta de metal no fim da rua. Ele ouvia a própria respiração pesada. Devia ter tentado perder peso. Mas, por outro lado, era só um sonho. Todos sabiam que a Noruega não estava em guerra. Ou será que fomos atacados de repente? Ståle chegou à porta e descobriu que a abertura era bem menor do que havia imaginado.

— Anda! — gritou o sujeito fardado. Ståle tentou entrar, mas não teve jeito, tudo que conseguiu foi botar um ombro e um pé do lado de dentro. — Entra logo ou se manda daqui. Eu tenho que fechar a porta! — Ståle continuou tentando, até que ficou entalado, sem conseguir entrar nem sair. A alarmante sirene de ataque aéreo voltou a tocar. Que droga! Ståle continuava fazendo força, mas estava entalado mesmo. Droga. Seu único conforto era que todas as evidências sugeriam que aquilo era só um sonho, nada além disso.

— Ståle...

Ele abriu os olhos e sentiu a mão de Ingrid, sua mulher, sacudindo seu ombro. E olha só, estava certo mais uma vez.

O quarto estava escuro, e ele se deitava de lado com o despertador na mesa de cabeceira bem na sua cara. Os números iluminados informavam que eram 3h13.

— Tem alguém batendo à porta, Ståle.

E lá estava ela de novo. A sirene.

Ståle ergueu seu corpo acima do peso da cama, cobriu-se com o roupão de seda e enfiou os pés nos chinelos que faziam conjunto com o roupão.

Ele já estava no andar de baixo, a caminho da porta de casa, quando lhe ocorreu que a pessoa lá fora não tinha como ser uma visita muito agradável. Um paciente esquizofrênico e paranoico com vozes na cabeça que ordenavam que matasse seu terapeuta, por exemplo. Por outro lado, talvez o abrigo antiaéreo tivesse sido um sonho dentro de um sonho e este fosse o verdadeiro sonho. Então abriu a porta.

E mais uma vez o professor provou estar certo. A pessoa lá fora não era nada agradável. Harry Hole. Mais precisamente, o Harry Hole que ninguém gostaria de ver. Aquele com olhos mais injetados que de costume e com tanto desespero no rosto que só podia significar problemas à vista.

— Hipnose — pediu um Harry ofegante e com o rosto empapado de suor.

— Bom dia para você também, Harry. Gostaria de entrar? Presumindo que a porta não seja pequena demais, é claro.

— Pequena demais?

— Eu sonhei que não conseguia passar pela porta de um abrigo antiaéreo — explicou Ståle, enquanto seguia pelo corredor até a cozinha para saciar sua fome. Quando sua filha Aurora era pequena, ela costumava dizer que o papai parecia estar sempre subindo um morro.

— E a interpretação freudiana disso é...? — perguntou Harry.

— Que eu preciso perder peso. — Aune abriu a geladeira. — Salame trufado e Gruyère maturado. Quer?

— Hipnose — repetiu Harry.

— Sim, foi o que você disse.

— Você se lembra do marido em Tøyen? O que a gente achava que tinha matado a esposa. Você disse que ele havia reprimido as lembranças do ocorrido, mas que dava para você fazer com que voltassem com hipnose.

— Se o cara fosse suscetível à hipnose, sim.

— Vamos descobrir se eu sou?

— Você? — Ståle se virou para Harry.

— Comecei a me lembrar de coisas da noite em que Rakel morreu.

— Coisas? — Ståle fechou a porta da geladeira.

— Imagens. Umas cenas aleatórias.

— Fragmentos de memória.

— Se eu puder estabelecer a conexão entre elas, ou desencavar outras, pode ser que eu descubra alguma coisa. Alguma coisa que ainda não sei, se é que me entende.

— Tentar montar uma sequência lógica? Posso tentar, é claro, mas não posso garantir nada. Para ser sincero, tenho tido mais fracassos que sucessos. A culpa é da hipnose como método, não minha, é claro.

— É claro.

— Quando você diz que acha que sabe de *alguma* coisa, do que está falando?

— Não sei.

— Mas claramente é urgente.

— Sim.

— Entendi. Tem alguma coisa que faça sentido para você nesses fragmentos de memória?

— O lustre de cristal na sala de estar da casa de Rakel — respondeu Harry. — Estou deitado bem debaixo dele, olhando para cima, e vejo os pingentes de cristal formando a letra S.

— Muito bom, isso nos dá o local e as circunstâncias para experimentarmos a recuperação de memórias associativas. Mas primeiro preciso buscar meu relógio de bolso.

— Está falando daquele tipo que você balança na frente do meu rosto?

Ståle Aune ergueu uma sobrancelha.

— Algum problema?

— Não, de jeito nenhum, é só que parece... um pouco antiquado.

— Se você prefere ser hipnotizado com métodos mais atuais, posso recomendar vários psicólogos renomados, mas obviamente menos qualificados, que...

— Vai pegar o relógio — pediu Harry.

— Fixa os olhos no mostrador — disse Ståle.

Ele fez Harry se sentar na poltrona de espaldar alto da sala de estar e se acomodou numa banqueta ao lado. O velho relógio balançava em sua corrente para um lado e para o outro, a uns vinte centímetros do rosto pálido e angustiado do detetive. Ståle jamais viu o amigo tão angustiado. E se sentiu mal por não ter ido visitá-lo desde que se encontraram no velório. Harry não era o tipo de pessoa que costumava pedir ajuda, e, quando chegava a esse ponto, era porque as coisas estavam feias mesmo.

— Você está seguro e relaxado — entoou Ståle lentamente. — Seguro e relaxado.

Será que Harry já se sentiu assim algum dia? Sim, já. Quando estava com Rakel, Harry havia se transformado num homem que parecia em paz consigo mesmo e com os outros. Tinha — por mais clichê que possa soar — encontrado a mulher perfeita para ele. E, naquelas vezes que Harry tinha convidado Ståle para dar palestras na Academia de Polícia, Ståle sentira que Harry estava feliz de verdade com o trabalho e com os alunos.

Então o que aconteceu? Rakel o mandou embora? Ela o deixou só porque ele teve uma recaída e voltou a beber? Quando se decide se casar com alguém com histórico de alcoolismo e incontáveis recaídas, tem de se reconhecer que as chances de acontecer de novo são bem altas. Rakel Fauke era uma mulher inteligente e realista. Será que ela jogaria fora um carro que funcionava bem só por causa de um amassado, por ter caído numa vala? É claro que lhe passou pela cabeça que Rakel poderia ter conhecido outra pessoa e que havia usado a bebedeira de Harry como desculpa para a separação. Talvez o plano fosse esperar a poeira baixar, até Harry aceitar o rompimento, antes de aparecer em público com seu novo homem.

— Você vai se afundar mais e mais num transe sempre que eu contar de dez até um.

Ingrid tinha almoçado com Rakel depois que eles se separaram, mas Rakel não havia mencionado outro homem. Porém, ao voltar para casa, Ingrid tinha comentado que Rakel parecia triste e solitária. As duas não eram assim tão próximas para Ingrid se sentir à vontade para fazer esse tipo de pergunta a Rakel, mas disse que, se tivesse havido outro homem, ela achava que Rakel já o havia largado e estava tentando encontrar o caminho de volta para Harry. Nada do que Rakel dissera servia de base para esse tipo de especulação, mas o professor de psicologia não se iludia e sabia que, quando se tratava de ler a mente de outras pessoas, Ingrid era bem melhor que ele.

— Sete, seis, cinco, quatro...

As pálpebras de Harry estavam entreabertas, e suas íris pareciam meias-luas azuis. A suscetibilidade das pessoas à hipnose variava. Apenas dez por cento das pessoas eram o que se chamava de extremamente insuscetíveis, e havia aquelas que não demonstravam nenhuma reação às tentativas. Por experiência própria, Ståle podia concluir que pessoas que eram abertas a novas experiências, tinham imaginação fértil e que, em geral, trabalhavam em áreas criativas eram as mais fáceis de hipnotizar. Já aquelas que trabalhavam com algo como engenharia se mostravam as mais difíceis. E foi isso que o fez pensar que Harry Hole, o investigador de homicídios, que não era exatamente o tipo de pessoa que pegaria uma xícara de chá para ficar olhando pela janela e sonhando acordado, seria osso duro de roer. Mas, mesmo que Ståle jamais tivesse aplicado qualquer teste de personalidade em Harry, suspeitava que ele conseguiria um resultado excelente em uma categoria: imaginação.

A respiração de Harry estava regular, como se cochilasse.

Ståle Aune tornou a contar de dez até um.

Não havia dúvida, Harry estava em estado de transe.

— Você está deitado no chão — disse Ståle lenta e calmamente. — Você está no chão da sala de estar da casa em que morava com a Rakel. Acima, preso ao teto, você vê um lustre de cristal, e os pingentes formam a letra S. O que mais consegue ver?

Os lábios de Harry se moveram. Suas pálpebras tremeram. Os dois primeiros dedos da mão direita se dobraram num movimento involuntário. Os lábios se mexeram de novo, mas nenhum som saiu, pelo menos por enquanto. Ele começou a mover a cabeça para a frente e para trás ao mesmo tempo que comprimia o corpo de encontro ao espaldar da poltrona, no rosto uma expressão de dor. Então, como alguém tendo um acesso de raiva, seu corpo deu dois fortes solavancos, e Harry ficou lá sentado com os olhos bem abertos, encarando o vazio à frente.

— Harry?

— Eu estou aqui — disse Harry com a voz rouca e grossa. — Não funcionou.

— Como você se sente?

— Cansado. — Harry se levantou. Ficou um pouco tonto. Piscou algumas vezes e mirou o horizonte. — Tenho que ir para casa.

— Acho melhor você ficar sentado por um tempo — sugeriu Ståle. — Se não concluir a sessão direito, você pode ficar tonto e desorientado.

— Obrigado, Ståle, mas eu tenho que ir. Boa noite.

— Nos piores casos, pode provocar ansiedade, depressão e outros distúrbios indesejáveis. Vamos aguardar um pouco até termos certeza de que está tudo bem, Harry.

Mas Harry já estava a caminho da porta. Ståle se levantou, mas, quando chegou ao corredor que dava para a porta da frente, viu-a se fechar.

Harry conseguiu chegar ao carro, inclinou-se para a frente perto do para-choque traseiro e vomitou. E vomitou de novo. Só depois que o café da manhã ainda por ser digerido — a única coisa que havia comido naquele dia — saiu do estômago que ele se aprumou, secou a boca com as costas da mão, afastou as lágrimas com uma sequência de piscadelas e destrancou a porta do carro. Sentou-se no banco do motorista e olhou pelo para-brisa.

Pegou o celular. Ligou para o número que Bjørn havia lhe dado.

Segundos depois, uma voz sonolenta atendeu e resmungou seu sobrenome, um cacoete da idade da pedra da telefonia.

— Desculpa te acordar a essa hora, Freund. Aqui é o inspetor Harry Hole mais uma vez. Surgiu um novo fato que tornou as coisas urgentes, então eu queria saber se você pode me passar suas descobertas preliminares sobre a câmera de monitoramento remoto.

O som de um longo bocejo.

— Eu ainda não acabei.

— Foi por isso que eu disse "preliminares", Freund. Qualquer coisa já seria de grande ajuda.

Harry entreouviu o especialista em análise 3-D de imagens 2-D conversar com alguém aos sussurros antes de retornar ao telefone.

— É complicado determinar a altura e a largura do homem que entra na casa porque ele está agachado — disse Freund. — Mas pode, e quero reforçar que apenas *pode*, ser que pessoa que volta depois, presumindo que essa pessoa esteja ereta no vão da porta, sem sapatos com salto ou coisa do tipo, tenha algo em torno de um metro e noventa, um metro e noventa e cinco. E parece que o carro, com base nas linhas da carroceria e na distância entre as luzes do freio e as de ré, pode ser um Ford Escort.

Harry respirou fundo.

— Obrigado, Freund, isso é tudo que eu precisava saber. Leva o tempo que precisar com o resto, a pressa acabou. Na verdade, pode dar por encerrado. Manda o cartão de memória e a fatura do seu serviço para o endereço do remetente que consta no envelope.

— Enviar para você mesmo?

— Assim é mais prático. Eu entro em contato se precisar de uma descrição mais detalhada.

— Como quiser, Hole.

Harry desligou.

A conclusão do especialista em 3-D confirmava o que Harry já sabia. Ele tinha visto tudo enquanto estava sentado na poltrona da casa de Ståle Aune. Ele se lembrava de tudo agora.

36

O Escort branco estava estacionado em Berg, um bairro ao norte de Oslo, onde as nuvens corriam pelo céu como se estivessem fugindo de alguma coisa, embora a noite ainda não desse sinais de que iria se retirar.

Harry Hole descansava a testa no para-brisa úmido e frio. Teve vontade de ligar o rádio e sintonizar na Stone Hard FM, que tocava hard rock, no volume máximo e deixar que a barulheira explodisse seus miolos, mas ainda não era a hora. Ele precisava pensar.

Era quase incompreensível. Quer dizer, não o fato de ter se lembrado de repente. Mas o fato de *não* ter conseguido se lembrar, de ter bloqueado. Foi como se as ordens de Ståle sobre a sala de estar e o formato em S, o som do nome Rakel, tivessem-no obrigado a abrir os olhos. E, naquele instante, a revelação veio, toda ela.

Era noite e ele havia acordado. Olhava diretamente para o lustre de cristal. Percebeu que estava de volta, de volta na sala de estar em Holmenkollveien. Mas não fazia ideia de como tinha ido parar lá. A iluminação estava fraca, do jeito que ele e Rakel gostavam quando estavam a sós. Sentia que sua mão tocava em algo molhado e pegajoso. Ergueu a mão. Sangue? Então ele se virou e olhou diretamente para o rosto de Rakel. Não parecia que ela estava dormindo nem que o olhava com olhar distante. Nem que estivesse desmaiada. Parecia estar morta.

Ele estava deitado numa poça de sangue.

Harry fez o que normalmente se faz: beliscou o braço. Cravou as unhas com toda a força na esperança de que a dor fizesse com que a imagem se dissipasse, de que o fizesse acordar. Ele bocejaria de alívio e agradeceria ao Deus no qual não acreditava por ter sido apenas um pesadelo.

Sequer tentou ressuscitá-la; tinha visto tantos cadáveres que sabia que era tarde demais. Parecia que ela havia sido esfaqueada, o suéter ensopado de sangue, mais escuro ao redor das facadas na barriga. Mas o golpe letal tinha sido na nuca. Uma facada poderosa e mortal, infligida por alguém que sabia que era assim que devia ser. Alguém como ele.

Será que ele havia matado Rakel?

Percorreu a sala com os olhos procurando evidências que indicassem que não.

Mas não havia mais ninguém lá. Apenas ele e ela. E o sangue. Será que era isso mesmo?

Levantou-se e caminhou aos tropeços até a porta da casa.

Trancada. Se alguém tivesse entrado e saído de lá, teria usado uma chave para trancar pelo lado de fora. Ele limpou o sangue das mãos na calça e abriu a gaveta da cômoda. Os dois conjuntos de chaves estavam lá dentro. O dela e o dele. O que ele havia lhe devolvido numa tarde no Schrøder, quando havia azucrinado Rakel para que o aceitasse de volta, embora tivesse prometido a si mesmo que jamais faria nada parecido.

As únicas outras chaves da casa estavam um pouco ao sul do polo norte, em Lakselv, com Oleg.

Ele olhou ao redor. Era coisa demais para assimilar, coisa demais para entender, coisa demais para que pudesse encontrar qualquer tipo de explicação. Será que ele tinha matado a mulher que amava? Será que tinha destruído aquilo que mais valorizava no mundo? Quando colocava a pergunta da primeira forma, quando sussurrava o nome de Rakel, parecia impossível. Mas, quando perguntava do outro jeito, sobre destruir tudo que tinha, já não parecia nem um pouco impossível. E tudo o que sabia, tudo o que havia aprendido com a experiência, havia lhe ensinado que fatos são mais fortes que a intuição. A intuição não passava de um apanhado de ideias que caíam por terra diante de um único fato irrefutável. E o fato aqui era este: ele era um marido desprezado numa sala com a esposa assassinada, uma sala que tinha sido trancada por dentro.

Ele sabia o que estava fazendo. Ele sabia que, ao assumir o papel de detetive, estava tentando se proteger da dor insuportável que ainda não conseguia sentir, mas que sabia estar a caminho, como um trem desenfreado. Ele sabia que estava tentando reduzir o fato de que Rakel estava morta a um mero caso de homicídio, uma coisa com que conseguia lidar, da mesma forma que havia — antes de começar a beber sozinho — entrado no bar mais próximo assim que sentira que as dores da vida tinham de ser combatidas com seu talento para beber, com uma atuação numa área na qual se considerava um mestre. E por que não fazer isso? Por que não assumir que a parte do cérebro controlada pelo instinto está fazendo a única escolha lógica e necessária quando se vê sua vida, sua única razão de viver, morta à sua frente? Quando se decide escapar. Álcool. Ligar o modo "detetive".

Porque ainda havia alguém que poderia, que precisava, ser salvo.

Harry já sabia que não estava com medo de nenhuma punição pessoal. Muito pelo contrário, qualquer punição, em especial a morte, seria para ele uma libertação, como encontrar uma janela aberta no centésimo andar de um arranha-céu em chamas. E não importava até que ponto ele tinha sido irracional, louco ou simplesmente infeliz no momento da ação, ele sabia que merecia o castigo.

Mas Oleg não merecia.

Oleg não merecia perder o pai, seu verdadeiro pai não biológico, ao mesmo tempo que perdia a mãe. Perder a bela história de sua vida, a história de crescer com duas pessoas que se amavam tanto, a história que por si só era a prova de que o amor existia, de que *poderia* existir. Oleg, que estava prestes a se estabilizar, a talvez ter a própria família. Ele pode ter tido de assistir a Rakel e Harry se separarem algumas vezes, mas também tinha sido a testemunha mais próxima de duas pessoas que se amavam, duas pessoas que sempre queriam o melhor para a outra. E que, portanto, sempre haviam encontrado o caminho de volta uma para a outra. Tirar essa ideia — não, ideia não, essa *verdade* — de Oleg acabaria com ele. Porque não era *verdade* que ele tinha matado Rakel. Não havia dúvida de que ela estava caída no chão e que ele havia causado sua morte, mas todas as associações e conclusões, que surgiam automaticamente quando se descobria que um marido desprezado havia assassinado a esposa, eram mentirosas. Esse não havia sido o motivo.

A sequência de eventos era sempre mais complicada do que parecia a princípio, mas as motivações eram simples e claras. E ele não tinha nenhuma motivação nem nenhum desejo de matar Rakel. Jamais! Era por isso que Oleg precisava ser protegido dessa mentira.

Harry limpou todos os vestígios de sua presença o mais rápido possível, sem olhar para o corpo de Rakel, dizendo a si mesmo que isso apenas abalaria sua determinação e que tinha visto o que precisava ver: que ela não estava lá e o que restava era só um corpo desabitado. Harry não conseguiria fornecer uma descrição detalhada do que essa limpeza envolveu, tinha estado meio zonzo e agora tentava em vão se lembrar do momento crítico, enfrentar a escuridão total que havia ocultado o espaço de tempo que teve início quando ele atingiu certo nível de embriaguez no Jealousy até acordar lá. Quanto uma pessoa realmente conhece de si mesma? Será que ele foi vê-la? Será que ela, enquanto estava lá na cozinha com aquele homem bêbado e alucinado, percebeu que não tinha condições de fazer o que tinha dito a Oleg que talvez fizesse: voltar com Harry? Será que ela disse isso a Harry? Foi isso que o fez perder o juízo? A rejeição, a súbita certeza de que nunca, jamais a teria de volta? Será que isso havia transformado o amor em um ódio incontrolável?

Ele não sabia nem se lembrava de nada.

Tudo o que conseguia lembrar era que, depois de acordar, enquanto limpava a bagunça, uma ideia começou a tomar forma. Ele sabia que seria o primeiro e principal suspeito da polícia, isso era óbvio. Então, para induzir a investigação ao erro, para poupar Oleg da mentira sobre o assassinato clássico, para proteger sua jovem e imaculada crença no amor, para evitar que ele pensasse que havia tido um assassino como um exemplo a ser seguido, ele precisava de mais alguém. Alguém que servisse de bode expiatório. Um suspeito substituto, alguém que poderia e deveria ser crucificado. Não um Jesus, mas alguém com pecados maiores que os seus.

Harry olhou pelo para-brisa embaçado por causa de sua respiração, que fazia com que as luzes da cidade abaixo parecessem estar se dissolvendo.

Era nisso que ele estivera pensando? Ou sua mente — ardilosa e manipuladora — havia inventado essa conversa sobre Oleg, apegando-se a qualquer desculpa em vez de admitir o motivo real e mais simples: escapar ileso. Furtar-se ao castigo. Esconder-se em algum lugar e jogar tudo para debaixo do tapete porque era uma memória, afinal, uma certeza com a qual era impossível conviver, e a sobrevivência era — em resumo — a verdadeira e única motivação do corpo e da mente.

De qualquer forma, foi isso que ele fez. Reprimiu tudo. Reprimiu o fato de ter saído da casa deixando de propósito a porta destrancada para que não se pudesse concluir que o assassino tinha a chave da casa. Ele entrou no carro e se lembrou que a câmera de monitoramento remoto poderia revelar sua presença caso a polícia a encontrasse. Então arrancou fora a câmera, retirou o cartão de memória e jogou numa lixeira na calçada do Esporte Clube Ready. Mais tarde, um pouco da sujeira varrida para debaixo do tapete havia escapado, quando, num momento de profunda concentração, ele acabou reconstruindo o provável trajeto de fuga do assassino e o local onde ele poderia ter se livrado do cartão. Como pode ter achado que havia sido coincidência encontrar o caminho quando havia um milhão de outras possibilidades? Até Kaja tinha ficado surpresa com a certeza que ele havia demonstrado.

Mas, então, as lembranças reprimidas de Harry tinham se virado contra ele, ameaçando destruí-lo. Sem a menor hesitação, entregara o cartão de memória a Bjørn e, como consequência da meticulosa investigação de Harry, cujo objetivo era encontrar outro culpado — um estuprador violento como Finne, um assassino como Bohr, um inimigo como Ringdal —, o cerco tinha começado a se fechar sobre si próprio.

Os pensamentos de Harry foram interrompidos pelo toque do celular.

Era Alexandra.

Na ida para a casa de Ståle, ele deu uma parada para ver Alexandra e lhe entregou um cotonete com sangue. Ele não havia lhe informado que aquele sangue tinha sido coletado da suposta arma do crime, a faca que havia encontrado entre seus discos. Enquanto dirigia, entendeu por que havia deixado a faca entre o disco do Rainmakers e do Ramones. Simples. Rakel.

— Descobriu alguma coisa? — indagou Harry.

— É do mesmo tipo sanguíneo de Rakel — respondeu ela. — A.

O mais comum, pensou Harry. Quarenta e oito por cento da população da Noruega pertence a esse tipo sanguíneo. Ser do mesmo tipo era como o resultado de um cara ou coroa: não significava nada.

Agora, porém, significava alguma coisa. Porque ele havia resolvido que — como Finne e seu dado — decidiria no cara ou coroa.

— Não tem necessidade de uma análise completa do DNA — disse Harry. — Obrigado. Tenha um bom dia.

Havia apenas uma ponta solta, uma única possibilidade, uma coisa que poderia salvar Harry: acabar com um álibi aparentemente sólido.

Eram dez da manhã quando Peter Ringdal acordou em sua cama.

Não foi seu despertador que tocou, pois estava ajustado para as onze horas. Também não foi o cachorro do vizinho, nem o carro do vizinho dando a partida para levá-lo ao trabalho e os filhos à escola, nem o caminhão de lixo — seu cérebro sonolento havia se condicionado a ignorar todos esses barulhos. Era outra coisa. Um som alto, como um grito, e dava a impressão de que tinha vindo do andar de baixo.

Ringdal saiu da cama, vestiu a calça e uma camisa e pegou a pistola que guardava na mesa de cabeceira todas as noites. Sentiu uma corrente de ar frio atingir os pés descalços enquanto descia os degraus e, ao chegar ao corredor, descobriu a causa. Estilhaços de vidro pelo piso. Alguém havia quebrado a janela em formato de meia-lua da porta da frente. A porta do porão estava entreaberta, mas a luz não estava acesa. Eles chegaram. Já não era sem tempo.

O grito, ou sabe-se lá o que, parecia ter vindo da sala de estar. Ele entrou pé ante pé, o braço esticado para a frente, o dedo no gatilho.

Percebeu na hora que o som não havia sido um grito, mas o arranhar de uma cadeira no piso de taco. Uma das poltronas pesadonas havia sido girada, de modo que as costas estavam viradas para ele e a frente, para a janela panorâmica que dava para o jardim com a escultura de satélite. Dava para ver um chapéu acima do encosto da poltrona. Peter presumiu que o homem na cadeira não o ouvira se aproximar, mas era possível que ele a tivesse virado de modo a ver na janela o reflexo da pessoa que entrasse, sem que seu rosto fosse visto. Peter Ringdal apontou para as costas da poltrona. Duas balas na base da coluna e duas um pouco mais acima. Os vizinhos ouviriam os tiros. Seria difícil se livrar do corpo sem ser notado. E ainda mais difícil de explicar por que havia feito isso. Ele podia dizer à polícia que tinha sido em legítima defesa, que tinha visto o vidro quebrado, que sua vida estava sob ameaça.

Colocou mais pressão no gatilho.

Por que era tão difícil? Ele não conseguia nem ver o rosto da pessoa na cadeira. Até onde sabia, podia não ter ninguém, apenas um chapéu.

— É só um chapéu — sussurrou uma voz rouca em seu ouvido. — Mas o que você está sentindo na nuca é o cano de uma pistola muito real. Então larga a sua arma e não se mexe, senão eu atiro com uma bala muito real que vai atravessar o seu cérebro que, aliás, é bom que você comece a usar para o seu próprio bem.

Sem se virar, Ringdal deixou cair a pistola, que foi ao chão com um baque.

— O que você quer, Hole?

— Quero saber por que as suas impressões digitais estão num copo do lava-louças da casa de Rakel. Por que você colocou a echarpe dela na gaveta no seu corredor. E quem é essa mulher.

Ringdal encarou a foto em preto e branco que o homem atrás dele segurava diante de seu rosto. A foto que estava em seu escritório no porão. A foto da mulher que ele, Peter Ringdal, havia matado. E colocado na mala do carro para depois tirar a foto do corpo lá dentro.

37

Pelo para-brisa, Peter Ringdal encarava com ar de desânimo o monte de neve. Não dava para ver quase nada, mas ainda assim ele afundou o pé no acelerador. Não havia muito tráfego aqui nas montanhas numa noite de sábado, pelo menos não com esse tempo.

Ele havia saído de Trondheim duas horas antes, e percebeu, pelos boletins meteorológicos anunciados no rádio, que o seu devia ter sido um dos últimos veículos liberados para trafegar pela E6, que atravessava a Dovrefjell, antes de a cordilheira ser fechada por causa do tempo ruim. Ele tinha alugado um quarto de hotel em Trondheim, mas não conseguia se imaginar participando de um jantar de confraternização. Por que não? Porque era um mau perdedor e tinha acabado de perder a final do peso-pena do Campeonato Norueguês de Judô. Se pelo menos tivesse perdido para alguém melhor que ele, em vez de ter sabotado a si mesmo de um jeito tão idiota. Faltavam apenas alguns segundos para o final, e ele liderava por dois *yukos* a um *koka*, e só precisava se manter assim. E ele havia se mantido no controle, havia mesmo! Mas aí começou a pensar na entrevista da vitória e numa piada engraçada para contar, e acabou se desconcentrando por uma fração de segundo, e, quando viu, voava pelo ar. Conseguiu evitar uma queda de costas, mas seu oponente encaixou um *wazari* e, portanto, saiu vitorioso quando a partida terminou segundos depois.

Peter deu um tapa violento no volante.

Mais tarde, no vestiário, abriu o champanhe que havia comprado para si. Alguém fez algum comentário, ao que ele rebateu dizendo que o intuito de realizar as finais dos seniores numa tarde de sábado em vez de numa manhã de domingo certamente era para que pudessem fazer uma festa, então qual era o problema? Ele conseguiu beber mais da metade da garrafa antes de o técnico chegar e arrancar a garrafa de sua mão, dizendo que já estava cansado de ver Peter bêbado depois de cada torneio, tivesse perdido ou ganhado. Então Peter respondeu dizendo que estava de saco cheio de ter um técnico que não conseguia ajudá-lo a derrotar oponentes que claramente eram piores que ele. E aí seu técnico começou com aquela baboseira filosófica sobre judô significar "caminho suave", que Peter precisava aprender a ceder, permitir que o oponente encontrasse a si mesmo, ser mais humilde, não se considerar superior, já que apenas dois anos antes ele era júnior, afinal, e todo esse orgulho era muito precipitado. Ao que Peter respondeu que o judô se resumia a um exercício de falsa humildade! A enganar o oponente fingindo ser fraco e submisso, atraindo-o para uma armadilha, e depois atacando-o sem dó nem piedade, como uma bela planta carnívora escancarada, uma prostituta deitada num colchão. Enfim, era um esporte estúpido e enganoso. E Peter Ringdal partiu às pressas do vestiário, gritando que não aguentava mais. Quantas vezes ele fez isso?

No carro, Peter fez uma curva e os faróis iluminaram montes de neve que passavam de um metro e meio de altura, embora já fosse fim de março, e que estavam tão perto da pista que faziam com que a estrada parecesse um túnel estreito demais.

Chegou a um trecho reto e acelerou, mais por raiva que pressa. Porque vinha planejando tentar a sorte com Tina no jantar. E ele sabia que o interesse era recíproco. Mas a garota de cabelos loiros havia conseguido medalha de ouro na categoria peso-pena, e uma campeã norueguesa não vai para a cama com um perdedor, especialmente se ele for baixinho — quase uma cabeça mais baixo que ela — e, pior ainda, se ela desconfiasse de que poderia vencê-lo no tatame. É assim que a evolução das espécies funciona.

Como num passe de mágica, parou de nevar, e a estrada — que se estendia margeada por montes de neve como um longo risco de lápis preto numa folha em branco — viu-se banhada pelo luar. Será que havia chegado ao olho da tempestade? Não, pelo amor de Deus, essa não era uma daquelas tempestades tropicais, era só uma tempestade norueguesa. E elas não tinham olhos, só dentes.

Peter deu uma olhada no velocímetro. Sentiu o cansaço se abater, resultado da longa viagem a Trondheim na véspera, depois de suas palestras na escola de administração, das partidas de hoje, do champanhe. Que droga, ele tinha bolado umas tiradas engraçadas para a entrevista da vitória...

E lá estava ela. Tina. Bem diante dele, sob a luz dos faróis, com seus longos cabelos loiros, uma estrela vermelha piscando acima da cabeça e agitando os braços como se lhe desse boas-vindas. Ela estava a fim dele afinal! Peter sorriu. Sorriu porque se deu conta de que tudo isso era apenas fruto da sua imaginação, e seu cérebro ordenou que seu pé pisasse no freio. Não era Tina, pensou, não podia ser ela. Tina estava no jantar de confraternização dançando com um dos medalhistas, provavelmente da categoria peso-médio, então ele pisou fundo, porque só podia ser fruto da sua imaginação haver uma garota parada no meio da pista em plena Dovrefjell no meio da noite com uma estrela vermelha acima da cabeça, uma garota real, de cabelos loiros.

E, então, o carro atropelou a moça.

Houve dois baques rápidos, um deles vindo do teto, e ela desapareceu.

Peter tirou o pé do freio, afrouxou o cinto de segurança e seguiu lentamente. Não olhou pelo retrovisor. Não queria olhar pelo retrovisor. Porque talvez tivesse sido sua imaginação mesmo. O para-brisa tinha uma grande mancha rosa onde havia batido em Tina. Tina ou alguma outra garota.

Entrou numa curva, de onde não conseguiria enxergar pelo retrovisor se havia alguém caído na pista. Manteve os olhos fixos na estrada à frente, então pisou no freio. Um carro, que claramente havia perdido o controle ou tinha sido pego por uma rajada de vento, bloqueava a estrada na diagonal, a parte dianteira enfiada num monte de neve.

Peter ficou sentado até recuperar o fôlego, então deu ré. Acelerou, ouviu o motor reclamar, mas ele não estava voltando, estava indo para Oslo. Parou quando vislumbrou uma coisa refletindo o brilho das lanternas traseiras. Saiu do carro. Uma estrela vermelha. Ou, melhor dizendo, um triângulo de sinalização. A garota estava esparramada no asfalto varrido pelo vento. Um volume imóvel e disforme, como um saco de lenha no qual alguém espetara uma cabeça de cabelos loiros. Partes da calça e da jaqueta haviam sido arrancadas. Ele caiu de joelhos. O silvo do vento subia e descia numa melodia sinistra sobre os montes de neve iluminados pela lua.

Ela estava morta. Quebrada. Despedaçada.

Peter Ringdal estava sóbrio agora. Mais sóbrio do que jamais estivera em seus 22 anos de vida. Que tinham acabado de acabar. Ele estava dirigindo a cento e quarenta antes de começar a frear, sessenta quilômetros acima do limite de velocidade e, até onde sabia, era possível determinar a velocidade de um carro com base nos ferimentos da vítima ou na extensão do rastro de sangue, na distância entre o local onde o corpo atingiu primeiro o asfalto e o local onde foi parar. Seu cérebro começou automaticamente a identificar as variáveis desse tipo de cálculo, como se assim pudesse, de alguma forma, escapar do que estava acontecendo. Porque a velocidade não era o pior, nem o fato de ele não ter reagido rápido o bastante. Ele poderia culpar o clima, a falta de visibilidade. Mas o que não podia negar, o que era um fato irrevogável, era a quantidade de álcool no sangue. O fato de que estava dirigindo bêbado. De que tinha feito uma escolha, e essa escolha havia matado alguém. Não, *ele* havia matado uma pessoa. Peter Ringdal repetiu para si mesmo, sem saber por que: *eu* matei uma pessoa. E fariam o teste para saber o nível de álcool em seu sangue, como costumavam fazer em acidentes de carro com vítimas.

Seu cérebro recomeçou os cálculos, não dava para evitar.

Ao terminar, levantou-se e olhou para a paisagem desolada, varrida pelo vento. Ficou impressionado com a aparência estranha, tão diferente de quando ele dirigia no sentido inverso, na véspera. Agora podia muito bem ser um deserto num país estrangeiro, aparentemente inabitado, mas onde os inimigos podiam estar escondidos em todos os buracos do terreno.

Deu marcha a ré e emparelhou o carro com o corpo da garota, tirou o quimono branco de judô da sacola e o espalhou sobre o banco de trás. Então tentou erguê-la. Ele pode até ter sido um ex-campeão norueguês de judô, mas, mesmo assim, ela ainda escapava de suas mãos. Por fim, carregou-a no ombro, como um saco de cimento e empurrou o corpo para o banco traseiro. Ele ligou o aquecedor no máximo e dirigiu até o carro dela. Um Mazda. As chaves estavam na ignição. Ele pegou um cabo de reboque, arrancou o Mazda da neve e o estacionou ao lado do monte de neve num trecho reto, onde os veículos poderiam enxergá-lo a tempo de diminuir a velocidade. Voltou para o próprio carro e fez o retorno, em direção a Trondheim. Dois quilômetros depois viu uma saída que provavelmente dava para uma das cabanas que podiam ser avistadas de uma área elevada e mais ou menos plana num dia sem nuvens. Entrou no caminho e estacionou o carro uns dez metros adiante, sem ousar ir mais para a frente com medo de ficar atolado na lama da estradinha de terra. Tirou o casaco e o suéter, porque o aquecimento o fazia transpirar. Olhou a hora. Três horas haviam se passado desde que havia bebido uma garrafa inteira de champanhe com doze por cento de álcool. Fez um rápido cálculo do teor alcoólico no sangue, o que vinha praticando nos últimos anos. Álcool em gramas dividido pelo seu próprio peso vezes 0,7. Menos 0,15 vezes o número de horas. Concluiu que só entraria numa zona de segurança em três horas.

Voltou a nevar. Uma nevasca tão intensa que mais parecia uma parede em volta do carro.

Mais uma hora se passou. Na estrada principal, um veículo passou em baixíssima velocidade. Era difícil dizer de onde vinha, visto que deu no rádio que a E6 estava fechada.

Peter procurou o número da emergência, aquele para o qual ligaria quando fosse a hora certa, quando não tivesse mais álcool no sangue. Olhou pelo retrovisor. Cadáveres não costumam vazar suas secreções? Mas não tinha cheiro nenhum. Talvez ela tivesse ido ao banheiro pouco antes de atravessar a Dovrefjell. Sorte dela, sorte dele. Bocejou. Adormeceu.

Quando acordou, o tempo continuava igual, a mesma escuridão.

Olhou a hora. Havia dormido por uma hora e meia. Fez a ligação.

— Meu nome é Peter Ringdal, quero informar sobre um acidente de carro em Dovrefjell.

Responderam que chegariam ao local o mais rápido possível.

Peter aguardou mais um pouco. Mesmo que estivessem vindo de Dombås, levariam pelo menos uma hora.

Então transferiu o corpo para a mala do carro e pegou a estrada principal. Estacionou e esperou. Uma hora se passou. Abriu a mochila e pegou sua Nikon, aquela que tinha ganhado num torneio no Japão, saiu do carro para a neve e abriu o porta-malas. Havia bastante espaço para o corpo lá dentro. Tirou algumas fotos sempre que o vento dava uma trégua e a neve diminuía. Fez questão de tirar uma foto do relógio da moça que, por um milagre, estava intacto. Então tornou a fechar a mala.

Por que havia tirado fotos?

Para provar que ela estivera no porta-malas por bastante tempo em vez de dentro do carro? Ou havia outra razão? Um pensamento que ainda teria de decifrar, uma sensação que ainda não havia compreendido?

Ao ver a luz brilhante, como um farol em cima da escavadeira de neve, desligou o aquecedor completamente. Torcia para que seus cálculos estivessem corretos tanto para o seu bem quanto para o dela.

Um carro de polícia e uma ambulância vinham na esteira do caminhão limpa-neve. Os paramédicos concluíram na hora que a garota no porta-malas estava morta.

— Sente só — disse Peter, botando a mão na testa dela. — Ela ainda está quente.

Ele viu que a policial o encarava.

Depois que os paramédicos tiraram uma amostra de sangue dele dentro da ambulância, ele foi convidado a se sentar no banco traseiro do carro da polícia. Ele explicou como a garota saiu correndo do monte de neve e atropelou seu carro.

— Parece mais que você a atropelou — disse a policial, olhando para o bloco em que fazia anotações.

Peter falou do triângulo de sinalização e do carro que estava parado do outro lado da estrada na curva, e de como ele o havia removido de lá para impedir mais colisões.

O policial mais velho assentiu em aprovação.

— Foi bom você ter tido o bom senso de pensar nos outros numa situação como essa, rapaz.

Peter sentiu algo na garganta. Ao perceber que era um choro, engoliu em seco.

— A E6 foi fechada há seis horas — disse a policial. — Se tivesse nos chamado assim que atropelou a moça... Você levou uma eternidade para vir da barreira de trânsito até aqui.

— Eu tive que parar várias vezes por causa da visibilidade — explicou Peter.

— Pois é, é uma verdadeira tempestade de primavera — resmungou o policial.

Peter olhou para fora pela janela. O vento havia diminuído e a neve cobria o asfalto. Eles não encontrariam nenhuma marca indicando o local onde a moça havia caído. Nem nenhuma trilha de pneus cruzando o rastro de sangue no asfalto, o que poderia incitá-los a procurar os carros que haviam passado por Dovrefjell naquele período. Eles não obteriam uma declaração de uma testemunha dizendo que sim, que tinha visto um carro estacionado no trecho em linha reta e, sim, que era do mesmo modelo do carro garota, mas não, isso tinha acontecido muitas horas antes de Peter Ringdal afirmar ter atropelado a moça.

— Você se saiu impune dessa, né? — disse Harry.

Ele havia ordenado que Peter Ringdal se sentasse no sofá, enquanto ele se acomodou na poltrona de espaldar alto. A mão direita de Harry estava apoiada em sua perna, ainda segurando a pistola.

Ringdal assentiu.

— Havia vestígios de álcool no meu sangue, mas não o suficiente. Os pais da moça entraram com uma ação contra mim, mas fui absolvido.

Harry fez que sim. Lembrou-se do que Kaja tinha dito sobre os antecedentes criminais de Ringdal e sobre a acusação de direção perigosa quando era estudante.

— Foi sorte — disse Harry secamente.

Ringdal meneou a cabeça.

— Foi o que pensei, mas eu estava errado.

— Como assim?

— Eu passei três anos sem conseguir dormir. E isso significa que eu não dormi nem por uma hora, nem por um minuto. E aquela uma hora e meia que eu dormi na estrada, na área plana, foi a última vez que dormi. E nada adiantava, os comprimidos me deixavam maluco e desvairado, álcool me deixava deprimido e com raiva. Eu achei que era porque eu estava com medo de ser pego, ou com medo de que a moça que atravessou a estrada na minha frente, na Dovrefjell, fosse se apresentar. E fui vivendo assim até perceber que esse não era o problema. Eu comecei a ter pensamentos suicidas e fui me consultar com uma psicóloga. Contei a ela uma história inventada, mas com o mesmo conteúdo, comigo sendo o responsável pela morte de uma pessoa. E ela me disse que o problema era que eu não tinha me perdoado. E nós precisamos de perdão. Então foi o que eu fiz. Parei de tomar comprimidos, parei de beber. Comecei a dormir. Fiquei melhor.

— Mas na prática como você se perdoou?

— Do mesmo jeito que você, Harry. Tentando salvar vidas inocentes em número suficiente para compensar as que você foi responsável por perder.

Harry pousou os olhos no homem baixo e de cabelo preto sentado no sofá.

— Eu devotei a minha vida a um projeto — disse Ringdal, olhando para a escultura do satélite no jardim, que naquela hora recebia os raios de sol e lançava sombras bem delineadas na sala de estar. — Um futuro onde vidas não são perdidas por acidentes de trânsito sem sentido e dispensáveis. E não estou falando da vida dessa moça, mas da minha também.

— Carros autônomos.

— Vagões — corrigiu Ringdal. — E não são autônomos, são controlados por uma central, como os impulsos eletrônicos num computador. São livres de colisão, maximizam a velocidade e a escolha das rotas é baseada na posição dos outros vagões desde o início do percurso. Tudo segue a lógica da matriz e da física, e elimina os erros fatais dos motoristas humanos.

— E a foto da garota morta?

— ... A foto esteve perto de mim desde que tudo começou para eu nunca esquecer por que estava fazendo isso. Por que me deixei ser ridicularizado pela mídia, por que sofri agressões verbais dos investidores, por que fui à falência e tive problemas com as montadoras de automóveis. Por que eu ainda me sento à noite para trabalhar, quando não estou trabalhando em um bar que, assim espero, me traga lucros suficientes para financiar o projeto e contratar engenheiros e arquitetos, e a coisa toda voltar para os planos.

— Que tipo de problemas?

Ringdal deu de ombros.

— Cartas com certas mensagens nas entrelinhas. Pessoas aparecendo de vez em quando na porta da minha casa. Nada que se possa usar contra elas, mas o suficiente para me fazer ter *isso*. — Ele indicou com a cabeça a pistola ainda no chão.

— É muita informação, Ringdal. Por que eu deveria acreditar em você?

— Porque é verdade.

— E desde quando isso se tornou uma razão?

Ringdal deu uma risadinha.

— Você pode não acreditar nisso, mas, quando estava atrás de mim com o braço estendido e a pistola na minha cabeça, você estava na posição perfeita para sofrer um golpe de judô chamado *seoi-nage*. Se eu quisesse, você estaria deitado no chão antes de perceber o que estava acontecendo, desarmado e completamente sem ar nos pulmões.

— E por que você não me deu o golpe?

Ringdal tornou a dar de ombros.

— Você me mostrou a foto.

— E?

— Já estava na hora.

— Na hora de quê?

— De falar. De contar a verdade. Toda a verdade.

— Tudo bem. Então você quer continuar?

— O quê?

— Você já confessou um assassinato. Que tal confessar o outro?

— Do que você está falando?

— Da Rakel.

Ringdal jogou a cabeça para trás em um movimento que o fez parecer um avestruz.

— Você acha que eu matei a Rakel?

— Responde rápido e sem pensar: por que as suas digitais foram encontradas num copo azul no lava-louças da Rakel? Uma máquina onde nada sujo fica parado lá dentro por mais de um dia. E por que você não disse à polícia que esteve lá? E por que isso aqui está numa gaveta no seu hall de entrada?

Harry tirou a echarpe vermelha de Rakel do bolso do casaco e a suspendeu no ar.

— Essa é fácil — disse Ringdal. — Tudo tem a mesma explicação.
— Que é...?
— Que ela esteve aqui na manhã do dia em que foi morta.
— Aqui? Para quê?
— Porque eu a convidei. Queria que ela continuasse presidindo o conselho do Jealousy. Lembra?
— Eu me lembro de você ter mencionado algo assim. Mas também sei que ela nunca teria se interessado, ela só ajudou no bar por minha causa.
— Verdade, foi isso que ela disse quando esteve aqui.
— Então por que ela veio, afinal?
— Porque ela tinha outro assunto para tratar comigo. Ela queria me convencer a comprar esses copos que, pelo que entendi, são fabricados por uma família síria que tem uma pequena vidraria nos arredores de Oslo. Rakel tinha trazido um copo com ela para tentar me convencer de que eram os copos perfeitos. Eu achei que eram um pouco pesados demais.

Harry conseguia imaginar Peter Ringdal segurando o copo, sopesando-o e devolvendo-o para Rakel, que o levou de volta para casa e o colocou no lava-louças. Sem ter sido usado, mas não muito limpo.

— E a echarpe? — indagou ele, já adivinhando a resposta.
— Ela esqueceu no cabideiro quando saiu.
— Por que você a colocou na gaveta?
— A echarpe tinha o perfume de Rakel, e a minha companheira tem um olfato apurado e é extremamente propensa a cenas de ciúmes. Ela estava vindo naquela noite, e é sempre mais agradável quando ela não suspeita que eu dei umas escapadas.

Harry tamborilou os dedos da mão esquerda sobre o braço da poltrona.

— Você tem como provar que Rakel esteve aqui?
— Bom — Ringdal esfregou a têmpora —, se você ainda não limpou tudo, as impressões digitais dela ainda devem estar nos braços da cadeira em que você está sentado, eu acho. Ou na mesa da cozinha. Não, espera! A xícara de café que ela usou. Está no lava-louças, eu nunca o ligo antes de estar cheio.
— Ótimo — disse Harry.

— Eu também fui visitar a fábrica em Nittedal. Copos muito bonitos. Eles se ofereceram para deixar as peças um pouco mais leves. Com o logotipo do Jealousy nelas. Fiz um pedido de duzentas unidades.

— Última pergunta — disse Harry, embora também soubesse a resposta para essa. — Por que você não contou à polícia que Rakel esteve aqui um dia antes de ser assassinada?

— Eu avaliei as consequências de me envolver numa investigação de assassinato contra as vantagens que a polícia poderia obter com essa informação. Porque a polícia suspeitou de mim uma vez antes, quando minha ex-mulher do nada voltou para a Rússia sem avisar ninguém e foi considerada desaparecida aqui em Oslo. Ela acabou aparecendo, mas não foi uma experiência agradável estar no centro das atenções da polícia, isso eu posso garantir. Então decidi que, se o que a Rakel estava fazendo um dia antes de ser assassinada fosse importante para a polícia, o pessoal de lá ia rastrear a localização do celular, ia descobrir que ela tinha passado por essa área e, somando dois mais dois... Em resumo, concluí que era a polícia que devia agir, não eu. Por isso escolhi a opção egoísta. Mas reconheço que eu devia ter contado a eles.

Harry assentiu. No silêncio que se seguiu, conseguiu ouvir o tique-taque de um relógio em algum ponto da casa e se perguntou por que não o havia notado da última vez que esteve lá. Parecia uma contagem regressiva. E lhe ocorreu que isso poderia muito bem ser o que era: um relógio em sua cabeça contando suas últimas horas, seus últimos minutos, seus últimos segundos.

Sentiu como se precisasse juntar todas as suas forças para se levantar. Tirou do bolso a carteira de dinheiro. Abriu-a e deu uma olhada lá dentro. Retirou a única nota, uma de 500 coroas, e a colocou sobre a mesinha.

— Para que isso?

— O vidro quebrado da porta — explicou Harry.

— Obrigado.

Harry se virou para sair. Depois parou, deu meia-volta e olhou longamente para a imagem de Sigrid Undset na nota de 500.

— Hum. Você tem troco?

Ringdal riu.

— Vai custar no mínimo 500 para...

— Tem razão — disse Harry, e pegou o dinheiro de volta. — Vou ficar te devendo. Boa sorte com o Jealousy. Adeus.

Os ganidos do cachorro se foram, mas o tique-taque ficou ainda mais alto enquanto Harry caminhava pela rua.

38

Harry estava sentado no carro, os ouvidos atentos.
Havia chegado à conclusão de que o tiquetaquear eram as batidas de seu coração. Daquela metade da Rakel.

Em ritmo acelerado.

E vinha sendo assim desde o instante em que viu a faca ensanguentada na sua prateleira de discos.

Fazia dez horas agora, e sua mente havia passado todo esse tempo procurando freneticamente uma resposta, uma saída, outras opções para a única explicação que conseguia imaginar, correndo de um lado para o outro como uma ratazana no deque de um navio prestes a afundar, sem encontrar nada além de portas fechadas e becos sem saída, enquanto a água invadia tudo. E aquela metade do coração batia cada vez mais rápido, como se soubesse o que vinha pela frente. Que teria de acelerar mais caso quisesse ter tempo para gastar os dois bilhões de batimentos cardíacos que um ser humano tem na vida. Porque ele havia acordado agora. Havia acordado e ia morrer.

Naquela manhã — depois da hipnose, mas antes de se encontrar com Ringdal —, Harry tinha tocado a campainha no apartamento logo abaixo do seu, no primeiro andar. Gule — que trabalhava no turno da noite para a empresa de transporte municipal — tinha atendido a porta de cueca samba-canção. Contudo, mesmo que tivesse achado que era cedo demais para tocar na casa dos outros, não comentou nada. Gule ainda não era morador do prédio quando Harry tinha o apartamento próprio no terceiro andar, por isso Harry não o conhecia muito bem. Havia um par de óculos redondos com armação de aço empoleirado no nariz que, de alguma forma, tinha sobrevivido aos anos setenta, oitenta e noventa e, agora, alcançado o status de retrô. Um tufo de cabelo ralo e fino que não sabia exatamente o que estava fazendo lá o impedia de ser descrito como careca. Ele falava de uma forma meio agitada, sem muita entonação, como a voz de um GPS. Gule confirmou o que havia declarado à polícia e que constava do relatório. Que tinha voltado para casa depois do trabalho às quinze para as onze da noite quando viu Bjørn Holm descendo a escada depois de ter colocado Harry na cama. Até a hora em que Gule foi dormir, às três da manhã, não tinha ouvido nenhum barulho vindo do apartamento de Harry.

— O que você estava fazendo naquela noite? — perguntou Harry.

— Eu estava assistindo a *Broadchurch* — disse Gule. Ao ver que Harry não esboçou nenhuma reação, acrescentou: — É uma série britânica. Uma série policial.

— Hum. Você costuma ver televisão à noite?

— Sim, acho que sim. A minha rotina é um pouco diferente da maioria das pessoas. Eu trabalho até tarde e sempre demoro para relaxar depois que termino o expediente.

— Você demora para relaxar depois de dirigir os bondes elétricos?

— Sim. Mas às três da manhã é hora de dormir. Aí acordo às onze. Não dá para ficar completamente fora da vida em sociedade.

— Se o isolamento acústico aqui é tão ruim quanto você afirma e você vê televisão durante a noite, como é que eu moro logo acima de você e às vezes subo e desço a escada tarde da noite e nunca ouvi nenhum barulho vindo do seu apartamento?

— É porque eu tenho consideração pelas pessoas e uso fones de ouvido. — Depois de alguns segundos, Gule perguntou: — Algo errado com isso?

— Isso é você que pode me dizer — disse Harry. — Como você pode ter tanta certeza de que teria me ouvido sair se está sempre de fones de ouvido?

— Era *Broadchurch* — respondeu Gule. Então, quando ele lembrou que seu vizinho nunca tinha assistido, acrescentou: — Não é uma série exatamente barulhenta.

Harry convenceu Gule a colocar os fones e assistir a *Broadchurch*, que ele disse estar disponível no site da NRK para ver se ouvia algum barulho vindo do apartamento de Harry ou da escada. Quando Harry voltou a tocar a campainha, Gule atendeu e perguntou se eles iam começar o teste em breve.

— Teve um imprevisto. A gente vai ter que fazer isso outra hora — tinha dito Harry. Ele decidiu não contar a Gule que tinha acabado de sair da cama, descido até a porta da frente e depois voltado.

Harry não sabia muita coisa sobre ataques de pânico. Mas o que já tinha escutado a respeito se encaixava muito bem no que estava sentindo naquela hora. O coração, o suor intenso, a sensação de não conseguir ficar parado, os pensamentos que não se acalmavam e ficavam girando em sua mente ao ritmo do coração acelerado, enquanto ele seguia em direção à parede. O desejo diário de seguir vivendo, não para sempre, mas vivendo um dia após o outro, sem fim, como um hamster correndo cada vez mais rápido para que a rodinha não o ultrapasse e morrendo de ataque cardíaco muito antes de perceber que isso era tudo. Uma roda, uma corrida sem sentido contra o tempo em que o tempo já tinha chegado à linha de chegada e só estava esperando por você, por você, numa contagem regressiva, tique-taque, tique-taque.

Harry bateu a cabeça no volante.

Ele havia acordado de seu sono e agora era verdade.

Ele era culpado.

Na escuridão daquela noite, naquela encosta varrida pelo vento em uma tempestade de álcool e só Deus sabe mais o que — porque é claro que ele ainda não se lembrava de nada —, tudo tinha acontecido. Ele havia sido levado para casa e colocado na cama. Logo depois da saída de Bjørn, ele havia se levantado e dirigido até a casa de Rakel, chegando lá às onze e vinte e um, de acordo com a câmera de monitoramento remoto, e tudo se encaixava. Ainda muito embriagado, arrastara-se até a casa com as costas arqueadas e entrara direto pela porta destrancada. Caíra de joelhos e implorara, e Rakel lhe dissera que tinha pensado sobre isso, mas já havia se decidido: não o queria de volta. Ou será que ele, levado pela loucura da embriaguez, já havia decidido, antes mesmo de entrar na casa, que iria matá-la e se suicidar porque não queria continuar vivendo sem ela? Então tinha cravado a faca nela antes que ela tivesse tempo de lhe dizer o que ele ainda não sabia, que ela havia conversado com Oleg e que estava decidida a lhe dar outra chance. Pensar nisso era insuportável. Ele bateu a cabeça no volante novamente e sentiu a pele da testa rasgar.

Suicídio. Será que a ideia de se matar havia estado com ele mesmo naquela noite?

Mesmo que as horas antes de acordar no chão da casa de Rakel ainda fossem uma incógnita, ele havia percebido — e em seguida reprimido — que era culpado. E imediatamente tinha começado a procurar um bode expiatório. Não para o seu próprio bem, mas para o bem de Oleg. Mas agora, que ficou provada a inexistência de um bode expiatório ou ao menos de alguém que merecia ser vítima de um erro judiciário, Harry havia cumprido seu papel. Poderia sair de cena. Deixar tudo para trás.

Se matar. Não era a primeira vez que pensava nisso.

Como detetive de homicídios, havia inspecionado corpos com o propósito de decidir se era alguém que tinha tirado a própria vida ou sido assassinado. Raramente ficava indeciso. Mesmo quando meios brutais tivessem sido aplicados e as cenas fossem caóticas e sanguinolentas, a maioria dos suicídios tinha algo simples e solitário: uma decisão, um ato, nenhuma interação, poucas questões forenses complicadas. E as cenas tendiam a ser estáticas. Não que elas não conversassem com ele, pois conversavam, sim, mas não era uma cacofonia de vozes em conflito. Apenas um monólogo interno que ele — fosse num dia especialmente bom ou especialmente ruim — podia escutar. E que sempre o faziam pensar em suicídio como uma possibilidade. Uma forma de sair de cena. Uma rota de fuga para um rato num navio prestes a afundar.

No curso de algumas dessas investigações, Ståle Aune guiara Harry através dos motivos mais conhecidos de suicídio. Desde o pueril — vingança contra o mundo, agora-vocês-vão-se-arrepender —, passando por aversão a si mesmo, vergonha, dor, culpa, perdas, indo até os "pequenos" motivos — pessoas que viam o suicídio como um consolo, um alívio; que não buscavam uma rota de fuga, mas que gostavam de saber que ela estava lá, do mesmo jeito que muitas pessoas vivem nas grandes cidades por elas oferecerem tudo, de teatros líricos a clubes de strip-tease, que jamais pensariam em frequentar. Algo para afastar a claustrofobia de se estar vivo, de viver. Mas então, num momento de desequilíbrio, desencadeado por bebidas, pílulas, decepções amorosas ou problemas financeiros, elas tomam uma decisão, tão insensíveis às consequências como se tudo não passasse de tomar mais uma bebida ou dar um soco no garçom, porque o desejo de conforto havia se tornado o único desejo.

Sim, Harry havia considerado a possibilidade, embora a ideia nunca — até aquele instante — houvesse sido o único desejo. Podia estar angustiado, mas estava sóbrio. E o pensamento abrangia mais que apenas um fim definitivo para a dor. Levava em consideração os outros, os que seguiriam vivos. Sim, havia pensado nisso. Uma investigação de assassinato deveria servir a vários propósitos, entre eles o de trazer segurança e tranquilidade aos que foram deixados para trás e à sociedade em geral. Outros propósitos — como retirar um indivíduo perigoso das ruas, manter a ordem ao mostrar aos criminosos em potencial que canalhas são punidos ou satisfazer a necessidade de vingança da sociedade — caem por terra se o criminoso estiver morto. Em outras palavras: a sociedade gasta menos recursos numa investigação que, na melhor das hipóteses, lhe dá um criminoso morto do que numa em que se corre o risco de o suspeito continuar solto. Então, se Harry desaparecesse agora, havia grandes chances de a investigação se concentrar em tudo menos no homem morto ao qual Gule já havia conferido um álibi para a hora do crime. O único fato que poderia surgir — e que apontava vagamente na direção de Harry — era a declaração de um especialista em 3-D, que dizia que o criminoso *podia* ter mais de um metro e noventa e que o carro *podia* ser um Ford Escort. Mas, pelo que Harry sabia, essa informação podia não ir além de Bjørn Holm, cuja lealdade a Harry era inabalável e que, ao longo dos anos, havia cruzado a linha da ética profissional em mais de uma ocasião. Se Harry morresse agora, não haveria julgamento; Oleg receberia muita atenção da imprensa, mas não ficaria estigmatizado pelo resto da vida, nem a irmã mais nova de Harry, Sis, nem Kaja, ou Katrine, Bjørn, Ståle, Øystein nem ninguém cujo nome estivesse marcado por uma única letra na lista de contatos de seu celular. Fora para eles que havia escrito a carta de três frases que tinha levado uma hora para terminar. Não porque achava que as palavras em si significariam muito, mas porque seu suicídio obviamente poderia levantar suspeitas de que era o culpado e porque ele queria dar aos outros — à polícia — a resposta de que precisavam para encerrar o caso.

Sinto muito pela dor que isso vai causar a vocês, mas não suporto a perda da Rakel e a vida sem ela.

Obrigado por tudo. Foi muito bom ter conhecido todos vocês.
Harry.

Havia lido e relido a carta três vezes. Depois pegou o maço de cigarro e o isqueiro, acendeu o cigarro, depois a carta, jogou-a na privada e puxou a descarga. Havia um jeito melhor. Morrer num acidente. Então pegou o carro e dirigiu até a casa de Peter Ringdal para cortar o último fio da vida, apagar sua última esperança.

Que agora havia se extinguido. De certa forma, era um alívio.

Harry teve outro pensamento. Refletiu bastante para ver se não se esquecera de nada. Na noite anterior tinha se sentado no carro, como agora, e avistado a cidade lá embaixo, suas luzes brilhando na escuridão, claras o bastante para juntar os pontos. Mas agora ele conseguia ver a imagem por completo, a cidade sob um céu alto e azul, banhada pela luz forte da primavera de um novo dia.

Seu coração já não batia tão rápido. Ou talvez isso fosse só uma sensação, como se a contagem regressiva fosse ficando mais devagar conforme se aproximava do zero.

Harry meteu o pé na embreagem, virou a chave na ignição e engatou a primeira marcha.

39

Rodovia 287.
Harry dirigia para o norte.

O brilho que refletia nas encostas cobertas de neve era tão intenso que ele precisou pegar os óculos de sol no porta-luvas. Seu coração tinha começado a bater num ritmo mais normal ao deixar Oslo para trás por estradas cujo trânsito ficava cada vez menos pesado quanto mais se afastava da cidade. A sensação de tranquilidade provavelmente vinha do fato de ter tomado uma decisão, de já estar morto de certa forma, e de saber que só faltava um ato relativamente simples. Ou podia ser por causa do uísque. Ele havia feito uma parada na loja de bebidas na Thereses gate quando saía da cidade, onde trocou a nota com a imagem de Sigrid Undset por meia garrafa de uísque e algum troco. Então fez outra parada num posto da Shell, em Marienlyst, onde usou o que restou da grana para botar gasolina no tanque quase vazio. Não que precisasse de tanto combustível assim. Mas também não teria uso algum para o restante do dinheiro. Naquela hora, a garrafa agora só com três quartos do conteúdo descansava no banco do carona ao lado da sua pistola e do seu celular. Ele havia tentado ligar para Kaja novamente, mas ninguém atendera. Tudo bem.

Só depois de tomar quase metade da garrafa de bourbon foi que notou algum efeito, mas agora ele se sentia distante o bastante do que iria acontecer, embora nem tanto a ponto de colocar em risco a vida de alguém que não deveria ser morto.

O corredor da morte.

O policial no local do acidente, dois dias antes, não havia lhes dito onde exatamente ocorrera o acidente na rodovia 287, mas isso não tinha muita importância. Qualquer trecho longo e reto serviria.

Havia um caminhão à sua frente.

Após a curva seguinte Harry acelerou, jogou o carro para a esquerda, fez a ultrapassagem e notou que era um veículo articulado. Diminuiu a velocidade e cruzou para a pista da direita, à frente do caminhão. Olhou pelo retrovisor. Uma cabine alta.

Harry acelerou um pouco mais, ficando acima de cento e vinte, mesmo que o limite de velocidade fosse oitenta. Alguns quilômetros depois ele entrou em outro trecho reto. Mais para o fim da estrada, havia uma área de descanso à esquerda. Ligou a seta, cruzou a pista e entrou. Passou pelos banheiros e por algumas lixeiras, fez a volta, apontando o carro para o sul. Foi para o acostamento e deixou o motor em ponto morto enquanto olhava para a estrada atrás. Viu o vento cintilando sobre o asfalto como se estivesse atravessando um deserto e não um vale norueguês em março, com um rio coberto de gelo para além da mureta à direita. Talvez o álcool estivesse pregando uma peça nele. Harry olhou para a garrafa de uísque. O sol fazia o conteúdo dourado cintilar.

Algo lhe dizia que era uma atitude covarde tirar a própria vida.

Talvez, mas ainda assim demandava coragem.

E, se não tivesse coragem para tanto, poderia adquiri-la numa garrafa de 209,90 coroas.

Harry abriu a garrafa, bebeu até a última gota do bourbon e a fechou com a tampa.

Pronto. Distante o bastante. Coragem.

Porém, ainda mais importante, a necropsia mostraria que o notório beberrão tinha uma porcentagem tão alta de álcool no sangue quando bateu com o carro que não se podia descartar que ele simplesmente tivesse perdido o controle do veículo. E não haveria nenhum bilhete de suicídio nem nenhuma outra observação que sugerisse que Harry Hole havia planejado se matar. Sem suicídio, sem suspeitas, sem a sombra devastadora do assassino da esposa recaindo sobre quem não merecia.

Ele conseguia ver o caminho para o sul agora. O caminhão articulado. A um quilômetro de distância.

Harry olhou pelo espelho retrovisor esquerdo. Eles tinham a estrada só para si. Engatou a primeira, soltou a embreagem e pegou a estrada. Verificou o velocímetro. Não muito rápido, porque a velocidade poderia levantar suspeitas de suicídio. E não havia necessidade, de acordo com o policial no local do acidente: quando um carro vai de encontro à cabine de um caminhão a oitenta ou noventa por hora, os cintos de segurança e os airbags não significam quase nada. O volante iria parar atrás do banco traseiro.

O ponteiro do velocímetro bateu noventa.

Cem metros em quatro segundos, um quilômetro em quarenta. Se o caminhão estivesse na mesma velocidade, eles colidiriam em menos de vinte segundos. Quinhentos metros. Dez... nove...

Harry não pensava em nada além de seu propósito: atingir o caminhão bem no centro do radiador. Agradeceu por viver numa época em que ainda era possível dirigir seu carro direto para sua morte e para a morte de outras pessoas, mas esse enterro seria exclusivamente seu. Ele danificaria o caminhão e deixaria o motorista assustado pelo resto da vida, provavelmente tendo pesadelos recorrentes até que, com o passar dos anos, isso acontecesse com cada vez menos frequência. Porque fantasmas de fato vão embora.

Quatrocentos metros. Ele guiou o Escort para o outro lado da estrada. Tentou dar a impressão de que estava dando guinadas de um lado para o outro, para que o motorista do caminhão pudesse dizer à polícia que parecia que o motorista do carro simplesmente havia perdido o controle ou adormecido ao volante. Harry ouviu o uivo da buzina do caminhão aumentar em volume e tom. O efeito Doppler. O som foi singrando seu ouvido como uma faca dissonante, o som da morte se aproximando. E, para abafar os agudos desafinados, para evitar morrer por causa desse barulho, Harry estendeu a mão direita e ligou o rádio no volume máximo. Duzentos metros. Os alto-falantes estalavam.

Farther along we'll know more about it...

Harry conhecia a versão lenta dessa música gospel. Os violinos...

Farther along we'll understand why.

A cabine do caminhão ficava cada vez maior. Três... dois...

Cheer up, my brother, live in the sunshine.

Tão certo. Tão... errado. Harry virou o volante de repente para a direita.

O Ford Escort deu outra guinada e voltou para o seu lado da estrada, por pouco não atingindo o canto esquerdo da frente do caminhão. Harry estava indo direto para a mureta e freou, girando o volante bruscamente para a esquerda. Sentiu os pneus perderem a aderência, a parte traseira do carro deslizar para a direita e a força centrífuga pressionar seu corpo de encontro ao assento enquanto o carro girava, ciente de que isso não podia terminar bem. Ainda teve tempo de ver o caminhão desaparecer lá longe, antes de a traseira do carro bater na mureta e seu corpo ficar leve feito uma pena. Céu azul, luz. Por um instante, pensou que tivesse morrido, que era como costumavam dizer: que a pessoa deixava o corpo e subia para o paraíso. Mas o paraíso para o qual ele estava indo não parava de girar, assim como a encosta arborizada, a estrada, o rio, enquanto o sol subia e descia como num filme em *time-lapse* das estações do ano, com uma trilha sonora de uma única voz quebrando o silêncio repentino e estranho cantando *"We'll understand it all..."* antes de ser interrompida por outra colisão.

Harry foi empurrado de volta para o banco. Olhou para cima, para o céu que havia parado de girar, mas que agora parecia se dissolver, assumindo um tom esverdeado antes que uma cortina pálida e transparente fosse puxada sobre ele. Estava escurecendo, eles estavam afundando, descendo, em direção ao subsolo. Não seria surpresa, pensou ele, que eu estivesse a caminho do inferno. Então escutou um baque abafado, como a porta de um abrigo antiaéreo se fechando. O carro se endireitou, depois girou lentamente, então ele se deu conta do que havia acontecido. O carro tinha ido parar no rio; primeiro a parte traseira atravessara o gelo e agora ele estava submerso. Era como aterrissar em um planeta alienígena com uma paisagem verde estranha iluminada por raios de sol filtrados pelo gelo e pela água, onde tudo que não era pedra nem restos apodrecidos de árvores balançava num sonho, como se dançassem ao som da música.

A correnteza tomou o carro, que foi flutuando lentamente pelo rio como um *hovercraft*, subindo devagar até a superfície. Houve um som de atrito quando o capô raspou na crosta de gelo. A água entrava por baixo das portas do carro, tão fria que deixou os pés de Harry dormentes. Ele soltou o cinto de segurança e tentou abrir a porta com um empurrão. Mas a pressão da água a apenas um metro da superfície não deixou. Teria de sair pela janela. O rádio e os faróis ainda estavam funcionando, então a água ainda não havia provocado um curto-circuito no sistema elétrico. Pressionou o botão para baixar o vidro, mas nada aconteceu. Ou foi um curto-circuito ou a pressão da água, que a essa altura já estava em seus joelhos. O capô já não raspava o gelo, o carro havia parado de emergir e boiava entre o fundo e a superfície do rio. Ele teria de arrancar o para-brisas com um chute. Recostou-se o máximo que pôde, mas não havia espaço suficiente, suas pernas eram longas demais, e ele sentiu o álcool agir e tornar seus movimentos desajeitados, seus pensamentos lentos e sua coordenação atrapalhada. Tateou embaixo do banco e encontrou a alavanca para empurrá-lo para trás. Logo acima achou outra alavanca, e baixou o encosto do banco até estar quase deitado. Um fragmento de memória. Da última vez que havia ajustado o banco. Pelo menos agora poderia liberar as pernas. A água estava quase no peito, espalhando um frio que lhe apertava os pulmões e o coração como garras. Quando estava prestes a chutar fora o para-brisas, o carro atingiu alguma coisa e ele perdeu o equilíbrio, caiu para o banco do carona, e o chute acabou atingindo o volante. Merda, merda! Harry viu a pedra na qual havia colidido fazendo o carro girar como numa valsa lenta antes de seguir adiante, de ré, e tornar a bater em outra pedra que o girou mais uma vez para a direção certa. A música que tocava no rádio parou no meio de outro verso *"We'll understand it all..."*. Harry se esticou, respirou fundo perto do teto do carro, mergulhou e se ajeitou em posição para chutar mais uma vez. Dessa vez atingiu o para-brisas; só que agora ele estava cercado de água e sentiu que seus pés atingiram o vidro tão gentilmente e sem força quanto as botas dos astronautas no solo da Lua.

Ele se arrastou para se sentar e teve de espremer o nariz no teto para chegar ao bolsão de ar. Respirou fundo algumas vezes. O carro ficou imóvel. Harry voltou para debaixo da água e viu pelo para-brisas que o Escort tinha ficado preso nos galhos de uma árvore apodrecida. Um vestido azul de bolas brancas acenava para ele. O pânico tomou conta de Harry, que desatou a socar o vidro da janela lateral na tentativa de abri-la. Em vão. De repente, dois galhos se partiram e o carro deslizou para o lado e ficou livre. Os faróis, que por uma bizarrice qualquer, ainda funcionavam, iluminaram a margem do rio, onde ele viu de relance algo que poderia ser uma garrafa de cerveja ou qualquer outra coisa de vidro, antes que o carro fosse levado adiante, bem mais rápido agora. Harry precisava de mais ar. Porém, o carro estava tão cheio de água que ele teve de fechar a boca, pressionar o nariz de encontro ao teto do carro e respirar pelas narinas. Os faróis se apagaram. Algo flutuou em seu campo de visão, balançando na superfície da água. A garrafa de uísque vazia e tampada. Como se quisesse lembrá-lo de um truque que o havia salvado uma vez, muito tempo atrás. Mas que na situação em que se encontrava não faria a menor diferença; o ar dentro da garrafa só lhe daria mais alguns segundos de dolorosa esperança depois que a resignação lhe concedesse um pouco de paz.

Harry fechou os olhos. E — como no clichê — sua vida passou diante de seus olhos.

Aquela vez em que se perdeu, ainda menino, e correu pela floresta aterrorizado, sem perceber que estava bem perto da fazenda do avô em Romsdalen. A primeira namorada, na cama dos pais dela, a casa só para eles, a porta da varanda aberta, a cortina balançando ao vento e deixando entrar o sol, enquanto ela sussurrava que ele tinha de cuidar dela. Ele murmurando "sim", então lendo o bilhete de suicídio que ela escreveu seis meses depois. O caso de assassinato em Sydney, com o sol que aponta para o norte, o que significa que ele também se perdeu por lá. A garota que só tinha um braço e que mergulhou na piscina em Bangcoc, o corpo dela cortando a água como uma faca, a beleza peculiar da assimetria e da destruição. A longa caminhada pela floresta de Nordmarka, apenas Oleg, Rakel e ele. Os raios do sol poente de outono iluminando o rosto de Rakel, que sorria para a câmera enquanto esperavam o temporizador disparar. Rakel percebendo o olhar dele e virando o rosto, o sorriso dela se abrindo tanto que alcançava os olhos, até que os raios se dissipam e é ela que brilha como o sol, e eles não conseguem desviar os olhos um do outro, e acabam tendo de tirar a foto mais uma vez.

As imagens se dissipam.

Harry abriu os olhos de novo.

A água não havia subido.

A pressão finalmente havia se igualado. As leis básicas e complexas da física permitiam que essa faixa de ar permanecesse entre o teto e a superfície da água, pelo menos por enquanto.

E havia — literalmente — uma luz no fim do túnel.

Pela janela traseira, que mostrava o caminho de onde o carro viera, o que ele viu tinha um tom de verde que ficava mais e mais escuro, mas pelo para-brisa, à sua frente, tudo ia ficando mais claro. Isso devia significar que o rio à frente não estava mais coberto de gelo, ou que era, pelo menos, mais raso, ou possivelmente as duas coisas. E, se a pressão tivesse mesmo diminuído, ele deveria conseguir abrir a porta do carro. Harry estava prestes a afundar e testar a maçaneta quando percebeu que ainda estava debaixo do gelo. E isso seria uma forma ridícula de se afogar, já que dentro do carro tinha ar suficiente até chegar ao que era — com muita sorte — a parte rasa do rio, livre de gelo. E não devia estar longe, porque o carro parecia flutuar mais rápido, e a luz estava ficando mais forte.

Você não vai se afogar se for enforcado.

Ele não entendeu por que o antigo ditado norueguês havia surgido em sua mente.

Ou por que ele estava pensando no vestido azul.

Ou em Roar Bohr.

Um barulho se aproximava cada vez mais.

Roar Bohr. Vestido azul. Irmã mais nova. Norafossen. Vinte metros. Esmagado nas rochas.

E, quando ele emergiu para a luz, a água à sua frente se transformou numa parede de espuma branca, e o barulho virou um rugido estrondoso. Harry tateou o que havia embaixo e agarrou o encosto do banco, respirou fundo e afundou enquanto a frente do carro se inclinava para a frente. Através da água, do para-brisa, seus olhos encaravam algo preto, onde cascatas de água branca se dividiam em uma imensidão branca vazia.

Parte Três

40

Dagny Jensen olhou para o pátio da escola, para o retângulo de sol que primeiro havia batido na casa do zelador naquela manhã, mas que agora — no fim das aulas — havia se deslocado para logo abaixo da sala dos professores. Uma libélula fazia voos curtos para atravessar o asfalto. O grande carvalho estava desabrochando. O que havia acontecido para que, de repente, Dagny notasse os botões de flores por todo lado? Passou os olhos pela sala de aula, onde os alunos estavam curvados sobre o livro de língua inglesa, e o único som que rompia o silêncio era o roçar rítmico dos lápis e das canetas no papel. Na verdade, era o dever de casa deles, mas a barriga de Dagny doía tanto que ela não estava disposta a dar a lição que tanto ansiara passar para os alunos, uma análise de *Jane Eyre*, de Charlotte Brontë. Sobre como Charlotte havia trabalhado como professora e preferido uma vida independente a encarar um casamento aprovado pela sociedade com um homem cujo intelecto ela não respeitava, uma percepção quase inédita na Inglaterra vitoriana. Sobre a órfã Jane Eyre, que se apaixona pelo dono da casa onde trabalha como governanta, o aparentemente bruto e misantropo sr. Rochester. E sobre como eles trocaram juras de amor, mas que, quando estavam prestes a se casar, ela havia descoberto que ele ainda estava casado. Jane vai embora e mais tarde conhece outro homem que se apaixona por ela, mas que, para Jane, não passa de um substituto medíocre do sr. Rochester. E o final trágico e feliz em que a sra. Rochester morre para que Jane e o sr. Rochester possam enfim ficar juntos. A famosa conversa em que o sr. Rochester, desfigurado pelo incêndio que destruiu sua casa, pergunta: "Eu sou pavoroso, Jane?"; e ela responde: "Muito, o senhor sempre foi, o senhor sabe."

E, bem no fim, o comovente capítulo em que Jane dá à luz o filho deles.

Dagny sentiu a testa ficar coberta de gotas de suor quando outra pontada de dor atravessou sua barriga. Nos últimos dias, as dores haviam se tornado constantes, e os comprimidos para indigestão que ela vinha tomando não funcionavam. Tinha marcado uma consulta com o médico, mas só para a semana seguinte, e pensar que teria de passar outros sete dias com tanta dor era tudo menos agradável.

— Vou sair por alguns minutos — avisou ela, e se levantou.

Alguns rostos ergueram os olhos e assentiram, em seguida voltaram a se concentrar no dever. Eles eram alunos interessados e esforçados. Alguns até talentosos de verdade. E, às vezes, Dagny não conseguia deixar de sonhar que um dia, depois de ter se aposentado, um deles — e apenas um já seria mais que suficiente — ligaria para ela para lhe agradecer. Agradecer-lhe por abrir as portas de um mundo que era maior que o vocabulário, a gramática e os conceitos mais básicos do universo linguístico. Alguém que tivesse encontrado alguma coisa durante as aulas de inglês e se sentido inspirado. Algo que o tivesse colocado na rota para criar algo por conta própria.

Quando Dagny chegou ao corredor, um policial se levantou da cadeira e a seguiu. O nome dele era Ralf e ele assumira provisoriamente o posto que era da policial Kari Beal.

— Banheiro — disse Dagny.

Katrine Bratt havia prometido a Dagny que ela teria um guarda-costas pelo tempo que considerassem Svein Finne uma ameaça para ela. Katrine e Dagny não conversaram sobre a realidade: não se tratava de quanto tempo Finne estaria livre ou vivo, mas, sim, de quanto tempo o orçamento de Bratt ou a paciência de Dagny conseguiriam suportar.

Os corredores da escola mantinham um silêncio peculiar nos horários das aulas, como se tirassem uma folga de toda a barulheira frenética dos intervalos. Como a revoada de cigarras que pululam pelo lago Michigan precisamente a cada dezessete anos. Ela havia sido convidada a ver o próximo enxame por um tio que morava nos Estados Unidos que tinha dito que era uma experiência imperdível, tanto pela intensidade da música de bilhões de insetos quanto pelo sabor. Aparentemente, as cigarras eram da família dos camarões e de alguns moluscos, e ele lhe dissera, enquanto comiam camarões na visita que ele havia feito à Noruega, que as cigarras podiam ser comidas da mesma maneira: segura a casca com força, remove os pés e a cabeça e retira as partes macias e ricas em proteínas. Não soava muito apetitoso, e ela nunca levava convites de americanos a sério, menos ainda quando era — se ela havia calculado direito — para um evento que só aconteceria em 2024.

— Vou esperar aqui — avisou o policial, postando-se do lado de fora do banheiro feminino.

Ela entrou. Estava vazio. Foi para a última das oito cabines.

Abaixou a calça e a calcinha, sentou-se no vaso sanitário, inclinou-se para a frente e empurrou a porta para trancá-la. Mas descobriu que algo a impedia. Dagny olhou para cima.

Havia uma mão enfiada entre a porta e o batente. Quatro dedos grossos e num deles havia um anel em formato de cobra. Na palma da mão dava para ver a beirada de um buraco que a atravessava.

Dagny só teve tempo de respirar fundo antes de a porta ser aberta de supetão, e a mão de Finne disparar em sua direção e apertar seu pescoço. Ele aproximou uma faca que parecia uma cobra do rosto dela e sussurrou em seu ouvido:

— E aí, Dagny? Enjoo matutino? Dor de barriga? Bexiga solta? Seios sensíveis?

Dagny cerrou os olhos.

— Logo vamos descobrir — avisou Finne, antes de se ajoelhar para colocar a faca num estojo de couro dentro de sua jaqueta sem tirar a mão do pescoço dela.

Ele tirou do bolso algo que parecia uma caneta e enfiou entre as coxas dela. Dagny esperou que aquilo a tocasse, a penetrasse, mas não foi o que aconteceu.

— Seja uma boa menina e faça xixi para o papai, tudo bem?

Dagny engoliu em seco.

— Algo errado? Você veio aqui para isso, não foi?

Dagny queria fazer o que ele mandava, mas era como se todas as suas funções corporais tivessem congelado, ela não sabia nem se conseguiria gritar caso ele afrouxasse os dedos no seu pescoço.

— Se você não fizer xixi antes que eu conte até três, vou enfiar a faca em você e depois no idiota de pé no corredor. — Os sussurros dele transformavam cada palavra, cada sílaba, em obscenidades.

Ela tentou. Ela tentou de verdade.

— Um — sussurrou Finne. — Dois. Três... Aí está. Pronto! Garota esperta...

Ela ouviu o líquido bater na porcelana do vaso, depois na água.

Finne recolheu a mão e pôs a caneta no chão. Secou a mão no papel higiênico preso à parede.

— Em dois minutos vamos saber se estamos grávidos — disse ele.

— Não é maravilhoso, querida? Canetas desse tipo não existiam; nem em sonho eu podia imaginar uma coisa dessas na última vez que estive livre. E pensa em todas as coisas maravilhosas que nos aguardam no futuro. É claro que eu e você queremos trazer uma criança para um mundo desse.

Dagny fechou os olhos. Dois minutos. E depois?

Ela ouviu vozes do lado de fora. Uma breve troca de palavras antes de a porta ser aberta, passos apressados, uma aluna que a professora havia deixado ir ao banheiro foi até a cabine mais próxima do corredor, fez o que tinha de fazer, lavou as mãos e voltou correndo.

Finne soltou um suspiro profundo enquanto olhava para a caneta.

— Estou esperando um positivo aqui, Dagny, mas infelizmente está dando negativo. O que significa...

Ele ficou de pé diante dela e começou a desabotoar a braguilha da calça com a mão livre. Dagny jogou a cabeça para trás e se libertou da outra mão dele.

— Eu estou menstruada — avisou ela.

Finne baixou os olhos para encará-la. O rosto dele estava na sombra. E emanava um ar sombrio. Todo o seu corpo emanava escuridão, como uma ave de rapina descrevendo círculos diante do sol. Ele tirou a faca do estojo. Ela ouviu a porta ranger e em seguida a voz do policial:

— Tudo bem aí, Dagny?

Finne apontou a faca para ela, como se fosse uma varinha mágica que a obrigava a fazer todas as vontades dele.

— Eu estou indo — respondeu ela sem tirar os olhos de Finne.

Ela se levantou, puxou para cima a calcinha e a calça tão perto dele que deu para sentir seu cheiro de suor e de algo mais, algo rançoso e nauseabundo. Doença. Dor.

— Eu vou voltar — disse ele, segurando a porta aberta para ela passar.

Dagny não correu, mas passou rapidamente pelas outras cabines e pelos lavatórios, chegando ao corredor. Deixou a porta se fechar sozinha.

— Ele está lá dentro.

— O quê?

— Svein Finne. Ele tem uma faca.

O policial a encarou por um segundo antes de abrir o coldre no quadril e sacar a pistola. Ele inseriu um fone de ouvido com a mão livre e depois pegou o rádio que estava preso ao peito.

— 01 — disse ele. — Preciso de reforços.

— Ele vai escapar — avisou Dagny. — Você tem que pegar ele.

O policial olhou para ela. Abriu a boca na intenção de explicar que seu objetivo principal era protegê-la, não tomar ações ofensivas.

— Senão ele vai voltar — completou Dagny.

Talvez fosse algo na voz dela ou na expressão em seu rosto, mas ele fechou a boca. O policial deu um passo em direção ao banheiro, colocou a cabeça perto da porta e parou para ouvir por alguns segundos, as duas mãos em volta da pistola apontada para o chão. Então abriu a porta com um chute.

— Polícia! Mãos para cima!

O policial desapareceu dentro do banheiro.

Dagny esperou.

Escutou as portas das cabines sendo abertas.

Todas as oito.

O policial voltou.

Dagny respirou estremecendo.

— Ele desapareceu?

— Só Deus sabe como — disse o policial, pegando o rádio outra vez. — Ele deve ter escalado a parede lisa e saído pela janela perto do teto.

— Desapareceu — repetiu Dagny baixinho, enquanto o policial chamava 01, o comando central.

— O quê?

— Ele não escalou. Ele *desapareceu.*

41

— Vinte metros, você disse? — perguntou Sung-min Larsen, detetive da Kripos.

Ele ergueu os olhos para o alto da cachoeira de Norafossen, de onde jorrava uma torrente de água. Secou o rosto, molhado pelas partículas de água que o vento oeste levava para a margem do rio. O ruído estrondoso das águas abafava o rumor do tráfego na estrada principal que corria ao longo do topo da encosta que eles haviam descido para chegar ao rio.

— Vinte metros — confirmou o policial. Ele tinha cara de bulldog, e havia se apresentado como Jan, do gabinete do delegado do condado de Sigdal. — A queda só dura alguns segundos, mas, quando se bate no solo, já se está a setenta quilômetros por hora. Sem chance de sobreviver.

Ele apontou o braço curto e ligeiramente gordo para os destroços de um Ford Escort branco empoleirado no topo de uma grande rocha preta que a água tinha aplainado ao correr sobre ela e formar uma nuvem de partículas lançada em todas as direções. Como uma instalação artística, pensou Sung-min Larsen. Uma imitação dos dez Cadillacs enterrados pela metade no deserto de Amarillo, no Texas, que ele conheceu, aos 14 anos, em uma viagem de carro com o pai, que era piloto e queria mostrar ao filho o maravilhoso país onde havia aprendido a pilotar o Starfighter, um avião que o pai afirmava ser mais perigoso para o piloto que para o inimigo, uma piada que havia repetido incansáveis vezes naquela viagem entre um acesso de tosse e outro. Câncer de pulmão.

— Não há dúvida alguma — disse Jan, o policial de Sigdal, colocando o quepe da farda ainda mais para trás. — O motorista foi lançado pelo para-brisa, bateu nas rochas e morreu na hora. O corpo foi carregado rio abaixo pela correnteza. O nível da água está tão alto agora que provavelmente o corpo vai continuar até chegar Solevatn. E, como ainda está congelado, não vamos ver nenhum sinal dele por um tempo.

— O que o motorista do caminhão disse? — indagou Sung-min Larsen.

— Que o Escort deu uma guinada para a outra pista, que o motorista devia estar procurando alguma coisa no porta-luvas ou algo assim, e que de repente deve ter percebido o que estava prestes a acontecer e voltou para a pista da direita numa fração de segundo. O motorista disse que tudo aconteceu tão rápido que ele realmente não teve tempo de ver o que se passou, mas, quando olhou pelo retrovisor, o carro tinha sumido. Quando percebeu que era um trecho reto e que deveria ter visto o carro, parou o caminhão e ligou para nós. Tem marcas de pneu no asfalto, tinta branca na mureta e um buraco no gelo no ponto em que o Escort o atravessou.

— O que você acha? — perguntou Larsen. Houve outra rajada de vento e ele automaticamente colocou a mão sobre a gravata, embora ela estivesse no lugar com a ajuda de um prendedor de gravata com o logotipo da Pan-Am. — Direção perigosa ou tentativa de suicídio?

— Tentativa? Ele está morto, pode acreditar.

— Você acha que ele pretendia bater no caminhão, mas perdeu a coragem no último instante?

O policial bateu com o pé no chão para retirar a mistura de lama e neve das suas botas de cano longo. Olhou para os sapatos da Loake nos pés de Sung-min Larsen e fez que não com a cabeça.

— Elas não costumam fazer isso.

— *Elas*?

— Pessoas que usam a área como corredor da morte. Elas já estão decididas. Já estão... — ele respirou fundo — motivadas.

Larsen ouviu um galho estalar atrás deles, virou o rosto e viu a chefe da Divisão de Homicídios, Katrine Bratt, descer a encosta aos poucos, escorando-se nas árvores. Ao chegar aonde eles estavam, limpou as mãos no jeans preto. Sung-min estudou o rosto dela enquanto ela trocava um aperto de mão com o policial local e se apresentava.

Pálida. Maquiagem recente. Isso significava que ela estivera chorando no percurso de Oslo até ali e que tinha retocado a maquiagem antes de sair do carro? Obviamente, ela conhecia Harry Hole muito bem.

— Encontraram o corpo? — indagou ela, e assentiu quando Jan de Sigdal fez que não com a cabeça. Sung-min previu que a pergunta seguinte seria se havia alguma chance de encontrar Hole com vida. — Então ainda não sabemos *ao certo* se ele está morto?

Jan suspirou profundamente e adotou aquela expressão trágica de novo.

— Quando um carro cai de uma altura de vinte metros, atinge a velocidade de setenta quilômetros e...

— Eles têm certeza de que ele está morto — interrompeu Sung-min.

— E provavelmente você está aqui porque acha que existe uma conexão com o assassinato de Rakel Fauke — disse Bratt, sem olhar nos olhos de Sung-min, concentrando-se na grotesca escultura do carro destroçado.

Você não?, estava prestes a perguntar Sung-min, mas percebeu que talvez não fosse tão estranho a chefe da divisão examinar o local onde um de seus colegas havia morrido. Ou talvez fosse. Quase duas horas de carro, maquiagem recente. Será que os dois tinham algo além de um relacionamento profissional?

— Vamos até o meu carro? — convidou ele. — Tenho café.

Katrine agradeceu, e Sung-min lançou um rápido olhar para Jan, como se quisesse dizer que não, ele não tinha sido convidado.

Sung-min e Katrine se acomodaram nos bancos da frente do BMW Gran Coupé. Mesmo que ele recebesse uma verba razoável para combustível, ainda assim saía perdendo ao usar o próprio carro em vez de um de propriedade da Kripos. Mas, como costumava dizer seu pai, a vida é muito curta para não dirigir um bom carro.

— Oi — disse Bratt, estendendo a mão para o banco traseiro para fazer um afago no cachorro deitado no banco de trás com a cabeça descansando nas patas dianteiras, um ar de tristeza nos olhos.

— Kasparov é um cão aposentado da polícia — explicou Sung-min enquanto servia café em dois copos de papel. — Mas ele acabou vivendo mais que o dono, então eu o adotei.

— Você gosta de cachorros?

— Não exatamente, mas ele não tinha mais ninguém. — Sung-min lhe entregou um dos copos. — Agora, vamos ao que interessa. Eu estava prestes a prender Harry Hole.

Katrine Bratt derramou um pouco do café quando estava prestes a tomar seu primeiro gole. E Sung-min sabia que não era porque o café estava pelando.

— Prender? — questionou ela, aceitando o lenço que ele lhe ofereceu. — Com base no quê?

— Recebemos uma ligação. De um sujeito chamado Freund. Sigurd Freund, na verdade. Especialista em análise 3-D de filmes e fotos. Já trabalhamos com ele antes, assim como vocês. Ele queria verificar as formalidades relativas a um trabalho que havia feito para o detetive Harry Hole.

— Por que ele ligou para vocês? Hole trabalha para a gente.

— Talvez seja esse o motivo. Freund disse que Hole pediu a ele que enviasse a fatura para seu endereço particular, o que, sem dúvida, é muito estranho. Freund só queria ter certeza de que tudo estava de acordo com as regras. Ele também descobriu posteriormente que Harry Hole tem entre um metro e noventa e um e um metro e noventa e cinco de altura, a altura do homem das filmagens em análise. Em seguida, Freund verificou com a sede da polícia para ver se Hole dirigia um Ford Escort, o carro que aparece na gravação. Ele nos enviou os arquivos. Tinham sido gravados por uma câmera de monitoramento remoto instalada do lado de fora da casa de Rakel Fauke. O horário corresponde à hora presumida do homicídio. A câmera foi removida, provavelmente pela única pessoa que sabia onde ela estava.

— A única pessoa?

— Quando as pessoas instalam câmeras como essas em áreas povoadas, em geral é para espionar pessoas. O parceiro, por exemplo. Por isso, enviamos a foto de Hole para as pessoas que vendem essas câmeras em Oslo, e Harry Hole foi reconhecido por um homem idoso que era dono da Simensen Caça & Pesca.

— Por que Har... Hole solicitaria uma análise das imagens se sabia que isso poderia acabar o incriminando?

— Por que ele solicitaria uma análise sem que ninguém da polícia soubesse disso?

— Hole está suspenso. Se ele quisesse investigar o assassinato da esposa, teria que ser em segredo.

— E, nesse caso, o brilhante Harry Hole alcançou seu maior triunfo ao desvendar o brilhante Harry Hole.

Katrine Bratt não disse nada. Ela escondeu a boca com o copo de papel, virando-o na mão enquanto olhava pelo para-brisa para a minguante luz do dia.

— Eu acho que na verdade foi o contrário — disse Sung-min. — Ele queria verificar com um especialista se era tecnicamente possível identificar que havia sido ele a pessoa a entrar e sair da casa de Rakel Fauke na hora presumida do assassinato. Se Sigurd Freund não tivesse conseguido afirmar que era mesmo Hole, o próprio teria nos entregado a gravação, porque então ficaria provado que alguém estava na casa de Rakel Fauke na hora em que Hole aparentemente tinha um álibi. O álibi dele teria sido reforçado porque as imagens confirmam a conclusão do médico de que Rakel Fauke foi assassinada em algum momento entre as dez da noite e as duas da manhã, mais precisamente depois das onze e vinte e um, que é quando a imagem da pessoa capturada no filme chega.

— Mas ele tem um álibi!

Sung-min estava prestes a declarar o óbvio, que o álibi era baseado em uma única testemunha e que a experiência demonstra que nem sempre se podia confiar nas declarações das testemunhas. Não porque as testemunhas não sejam confiáveis por natureza, mas porque nossas memórias nos pregam peças, e nossos sentidos são menos confiáveis do que pensamos. Mas ele tinha ouvido o desespero na voz dela e enxergado a dor nua e crua em seus olhos.

— Um de nossos detetives foi falar com Gule, vizinho de Hole — prosseguiu ele. — Estão reconstruindo as circunstâncias em que ele deu o álibi a Hole.

— Bjørn diz que Harry estava bêbado quando o deixou em seu apartamento, que Harry não poderia ter...

— Ele parecia estar bêbado — corrigiu Sung-min. — Eu imagino que um alcoólatra seja mais que capaz de agir como se estivesse embriagado. Mas é possível que ele tenha exagerado.

— Hã?

— De acordo com Peter Ringdal, o proprietário do...
— Eu sei quem ele é.
— Ringdal diz que já tinha visto Hole bêbado, mas nunca tão bêbado que precisasse ser carregado. Hole consegue lidar com bebida melhor que a maioria, e Ringdal diz que ele não havia bebido muito mais que das outras vezes. Pode ser que Hole quisesse parecer mais alcoolizado do que estava.
— Eu nunca ouvi nada disso.
— Porque partimos do pressuposto de que Hole tivesse um álibi, e ninguém se aprofundou no assunto. Mas fui conversar com Peter Ringdal hoje de manhã, depois de falar com Freund. E acabou que ele tinha acabado de receber uma visita de Harry Hole e, pelo que Ringdal falou, fiquei com a impressão de que Hole percebeu que o cerco estava se fechando em torno dele, e estava louco atrás de um bode expiatório. Mas, assim que ele percebeu que Ringdal não servia, ficou sem opções e... — Sung-min apontou para a estrada diante deles, dando a Bratt a opção de terminar a frase, se quisesse.

Katrine Bratt ergueu o queixo como homens de certa idade fazem para afastar a pele do pescoço do colarinho apertado, mas que, neste caso, fez com que Sung-min associasse o gesto a um atleta tentando se motivar mentalmente, livrar-se do peso da culpa pelo ponto perdido, antes de retomar o combate.

— Quais outras linhas de investigação a Kripos está desenvolvendo?
Sung-min olhou para ela. Será que tinha se expressado mal? Será que ela não percebeu que isso não era uma linha de investigação, mas sim uma rodovia bem iluminada de quatro pistas, onde nem mesmo Ole Winter conseguiria se perder? Que eles — com exceção do fato de não estarem em posse dos restos mortais do culpado — já haviam chegado aonde queriam?

— Não tem nenhuma outra linha de investigação no momento — respondeu ele.

Katrine Bratt assentiu e assentiu de novo, enquanto alternava entre fechar os olhos e encarar o vazio à sua frente, como se isso fosse algo que demandasse muita concentração para ser processado.

— Mas, se Harry Hole estiver morto — disse ela —, não existe realmente pressa em divulgar o fato de ele ser o principal suspeito da Kripos.

Sung-min também começou a assentir. Não porque estivesse prometendo alguma coisa, mas por ter entendido o que Bratt queria.

— A polícia local fez um comunicado à imprensa dizendo algo como "homem desaparecido depois de carro ir parar em rio próximo à rodovia 287" — disse Sung-min, fingindo não saber que era uma citação exata, porque a experiência havia lhe ensinado que expor uma memória excelente, uma grande capacidade de leitura de pensamentos alheios e um cérebro superdedutivo deixava as pessoas nervosas e menos comunicativas. — Não vejo nenhum motivo urgente para a Kripos fornecer maiores informações ao público, mas é claro que essa é uma decisão para os meus chefes tomarem.

— Winter, você quer dizer.

Ele olhou para Bratt, perguntando-se por que ela havia sentido a necessidade de mencionar o nome do chefe dele. O rosto dela não transparecia segundas intenções, e não havia motivos para suspeitar de que Bratt sabia o quão desconfortável ele se sentia ao ser lembrado do fato de que Winter ainda era seu superior. Sung-min jamais dissera a ninguém que considerava Ole Winter um detetive medíocre e um chefe claramente fraco. Não fraco no sentido de ser sentimental; muito pelo contrário, ele era antiquado, autoritário e teimoso. Winter não tinha autoconfiança para admitir quando estava errado e aceitar que deveria delegar mais poderes aos colegas mais jovens e com ideias mais jovens. E, verdade seja dita, a detetives mais perspicazes. Mas Sung-min tinha guardado tudo isso para si mesmo porque supunha que era o único na Kripos que pensava assim.

— Vou conversar com o Winter — avisou Katrine. — E com o gabinete do delegado do condado de Sigdal. Eles não vão querer ir a público com o nome do homem desaparecido antes que a família tenha sido informada, e, se for eu a pessoa a informar os familiares dele, isso me coloca no controle de quando a polícia pode identificar Harry Hole.

— Bem pensado — disse Sung-min. — Mas cedo ou tarde o nome dele vai ser divulgado, e nem você nem eu podemos impedir que o público e a mídia especulem quando descobrirem que o homem morto...

— O homem desaparecido.

— ... é o marido da mulher que foi assassinada recentemente.

Ele notou um arrepio percorrer o corpo de Bratt. Será que ela ia começar a chorar de novo? Não. Mas, quando estivesse sozinha no carro, era quase certo que sim.

— Obrigada pelo café — disse ela, a mão na maçaneta da porta.
— Vamos nos falando.

Ao chegar ao lago Solevatn, Katrine Bratt saiu da estrada, estacionou numa área reservada para descanso e olhou para o grande lago coberto por uma camada de gelo enquanto se concentrava na própria respiração. Depois que sua pulsação voltou ao normal, pegou o telefone e viu que havia recebido uma mensagem de Kari Beal, a guarda-costas de Dagny Jensen, mas resolveu que isso poderia esperar. Ligou para Oleg. Falou do carro, do rio, do acidente.

Silêncio no outro lado da linha. Um longo silêncio. E, quando Oleg abriu a boca, sua voz soou surpreendentemente calma, como se, para ele, não fosse um choque tão grande quanto Katrine havia antecipado.

— Não foi um acidente — disse Oleg. — Ele cometeu suicídio.

Katrine já ia responder que não sabia, mas então percebeu que não tinha sido uma pergunta.

— Pode levar algum tempo para o encontrarmos — explicou ela. — Ainda tem gelo no lago.

— Estou indo para aí — avisou Oleg. — Sou mergulhador profissional. Eu costumava ter medo da água, mas...

Outro silêncio. Por um instante, ela pensou que a ligação tivesse caído. Então ouviu uma respiração profunda e entrecortada e, quando ele continuou, estava com uma voz que lutava contra as lágrimas.

—... ele me ensinou a nadar. — Ela aguardou. E, quando ele voltou a falar, sua voz estava firme. — Vou entrar em contato com o gabinete do delegado do condado de Sigdal e perguntar se posso me juntar à equipe de mergulho. E vou falar com a Sis.

Katrine pediu a ele que entrasse em contato caso houvesse algo que ela pudesse fazer, deu-lhe o número direto de seu escritório e desligou. Pronto. Estava feito. Não havia mais por que disfarçar, estava sozinha no carro.

Inclinou a cabeça para trás e desatou a chorar.

42

Já passava das quatro e meia. O último cliente. Recentemente, Erland Madsen teve uma discussão com um psiquiatra sobre o limite conceitual entre um cliente e um paciente. Será que dependia do título do profissional, fossem eles psicólogos ou psiquiatras? Ou a distinção era entre pacientes medicados e clientes não medicados? Como psicólogo, às vezes parecia uma desvantagem não poder prescrever medicamentos quando sabia exatamente do que os clientes precisavam e ter de encaminhá-los a um psiquiatra que sabia menos que ele sobre transtorno de estresse pós-traumático, por exemplo.

Madsen juntou as mãos. Costumava fazer isso quando ele e o cliente terminavam a fase das meras amabilidades e estavam prontos para se concentrar no que interessava. Era um gesto automático, mas, quando se deu conta do ritual, fez algumas pesquisas e encontrou um historiador que estudava religiões que afirmava que o hábito de unir as mãos remontava ao tempo em que as mãos dos prisioneiros eram amarradas com uma corda, de modo que mãos juntas passaram a ser vistas como sinal de submissão. No Império Romano, um soldado derrotado poderia se render e implorar misericórdia ao mostrar as mãos unidas. As orações dos cristãos suplicando o perdão de um Deus onipotente eram presumivelmente outro aspecto da mesma coisa. Então, quando Erland Madsen unia as mãos, significava que estava se subordinando ao cliente? Dificilmente. O mais provável era que o psicólogo, em nome do cliente e de si mesmo, estava se subordinando à autoridade questionável e ao dogma instável da psicologia, assim como os padres, os cata-ventos da teologia, pediam às suas congregações que rejeitassem as eternas verdades do passado em favor das atuais.

Mas, enquanto os padres juntavam as mãos e diziam "Vamos orar", a fala de abertura de Madsen era: "Vamos começar de onde paramos da última vez."

Ele aguardou até Roar Bohr assentir antes de continuar.

— Vamos falar de quando você matou uma pessoa. Você disse que você era... — Madsen verificou as anotações — uma aberração. Por quê?

Bohr pigarreou, e Madsen observou que ele também havia juntado as mãos. Espelhamento inconsciente das ações dos outros era bastante comum.

— Eu percebi relativamente cedo que eu era uma aberração — disse Bohr. — Porque eu queria tanto matar alguém...

Erland Madsen tentou manter a expressão neutra e não demonstrar que estava interessado em ouvir o restante, apenas que continuava aberto, receptivo, confiável, imparcial. Nem curioso nem ansioso para ouvir algo sensacional, nem ávido por ouvir uma história divertida. Mas Madsen tinha de admitir que vinha aguardando por esta consulta, esta sessão, esta conversa. E quem seria capaz de afirmar que não poderia haver uma convergência entre uma experiência importante para o cliente e uma história interessante para o terapeuta? Sim, depois de pensar e repensar, Madsen havia chegado à seguinte conclusão: o que era bom para o cliente devia, automaticamente, despertar curiosidade em qualquer psicólogo sério que tivesse como meta o melhor para o cliente. E Madsen estava curioso justamente porque sabia que essas questões eram importantes para o cliente e porque — sem sombra de dúvida — ele era um psicólogo atencioso. E, agora que havia entendido qual era a ordem correta de causa e efeito, ele não apenas entrelaçou os dedos como também pressionou as palmas das mãos uma na outra.

— Eu queria muito matar alguém — repetiu Roar Bohr. — Mas não conseguia. Por isso eu era uma aberração.

Roar se calou. Madsen teve de contar mentalmente para não intervir rápido demais. Quatro, cinco, seis.

— Você não conseguia?

— Não. Achei que conseguia, mas estava enganado. No Exército, há psicólogos que têm como única função ensinar os soldados a matar. Mas unidades especializadas como as Forças Especiais não os usam.

Ficou comprovado na prática que aqueles que se candidatam a operar em unidades como essas já estão tão motivados a matar que seria um desperdício de tempo e dinheiro contratar psicólogos. E eu me sentia motivado. Nada do que eu pensava ou sentia enquanto treinávamos para matar sugeria que eu tivesse alguma dificuldade. Era bem ao contrário, na verdade.

— Quando você descobriu que não conseguia matar alguém?

Bohr respirou fundo.

— Em Basra, no Iraque, durante uma incursão em conjunto com uma unidade americana especializada. Tínhamos usado a tática da cobra, que era explodir tudo que estava no caminho para entrar no prédio de onde as sentinelas diziam que os tiros tinham sido disparados. Lá dentro estava uma garota de 14, 15 anos. Ela estava de vestido azul, tinha o rosto coberto de cinzas da explosão e segurava um Kalashnikov tão grande quanto ela apontado para mim. Eu tentei atirar, mas congelei. Ordenei que meu dedo puxasse o gatilho, mas ele não obedecia. Era como se o problema não estivesse na minha cabeça, mas nos meus músculos. A garota começou a atirar, mas felizmente ela ainda estava cega por causa da poeira, e as balas atingiram a parede atrás de mim. Me lembro de sentir lascas de tijolo acertarem as minhas costas. E eu só fiquei lá parado. Um dos americanos atirou na garota. O corpinho dela caiu para trás na beirada de um sofá coberto de mantas coloridas, ao lado de uma mesinha com algumas fotos que poderiam ser dos avós dela.

Ele fez uma pausa.

— E o que foi que você sentiu naquela hora?

— Nada — respondeu Bohr. — Eu não senti nada pelos anos seguintes àquilo. Salvo um pânico desesperador ao pensar em me encontrar de novo na mesma situação e estragar tudo outra vez. Como já disse, não havia nada de errado com a minha motivação. Era só alguma coisa dentro da minha cabeça que não funcionava. Ou funcionava bem demais. Então concentrei meus esforços em atuar no comando em vez de nas forças de combate. Calculei que fosse mais adequado para mim. E era.

— Mas você não sentiu nada?

— Tirando aqueles ataques de pânico, nada. E, vendo que eles eram a única alternativa a não sentir nada, eu me acostumei com a ideia de não sentir nada.

— "Comfortably Numb".
— O quê?
— Nada não, desculpa. Continue.
— Quando eu soube que estava dando sinais de ter transtorno de estresse pós-traumático, com insônia, irritabilidade, coração acelerado e muitos outros pequenos sintomas, eu não me importei. Todo mundo nas Forças Especiais sabe o que é estresse pós-traumático, é óbvio, mas, mesmo que a versão oficial seja a de que a gente leva isso muito a sério, não se conversa muito sobre o assunto. Nunca ninguém disse em voz alta que o transtorno era para os fracos, mas as tropas das Forças Especiais são bem conscientes quanto a isso e a gente sabe muito bem que existem níveis mais altos de NPY e toda essa coisa.

Madsen assentiu. Havia pesquisas que sugeriam que a maneira como os soldados eram recrutados para unidades especializadas, como as Forças Especiais, filtrava aqueles com níveis médios ou baixos do neuropeptídio Y, ou de NPY, um neurotransmissor que reduz os níveis de estresse. Algumas tropas das Forças Especiais acreditavam que essa disposição genética, complementada com treinamento e forte camaradagem, tornava os soldados imunes ao transtorno de estresse pós-traumático.

— Não tinha problema se alguém admitisse que tinha alguns pesadelos — continuou Bohr. — Isso provava que você não era um completo psicopata. Mas, fora isso, acho que a gente levava o transtorno tão a sério quanto os nossos pais levavam o hábito de fumar: se todo mundo faz, não pode ser assim *tão* perigoso. Mas depois piorou...

— Sim — disse Madsen, folheando as anotações. — Já conversamos sobre isso. Mas você também disse que em certo momento tinha melhorado.

— Sim. Melhorou quando eu finalmente consegui matar alguém.

Erland Madsen ergueu os olhos. Ele tirou os óculos, sem que o gesto parecesse dramático demais.

— Quem você matou? — Madsen devia ter mordido a língua. Que tipo de pergunta era essa para um terapeuta profissional fazer? E ele queria mesmo saber a resposta?

— Um estuprador. Na verdade, não importa muito quem ele era, mas ele estuprou e matou uma mulher chamada Hala. Ela era minha intérprete no Afeganistão.

Uma pausa.

— Por que você diz "estuprador"?

— O quê?

— Você diz que ele matou a sua intérprete. Isso não é pior que estupro? Não seria mais natural dizer que você matou um assassino?

Bohr olhou para Madsen como se o psicólogo tivesse dito algo que jamais havia passado por sua cabeça. Umedeceu os lábios como se estivesse prestes a dizer algo. E, então, umedeceu os lábios de novo.

— Eu estou atrás... — disse ele. — Eu estou atrás do homem que estuprou Bianca.

— Sua irmã mais nova?

— Ele precisa pagar pelo que fez. Todos nós precisamos pagar pelo que fizemos.

— Você precisa pagar pelo que fez?

— Eu preciso pagar por não ter conseguido protegê-la. Da forma como ela me protegeu.

— Como foi que a sua irmã protegeu você?

— Guardando o segredo. — Bohr respirou fundo e com nervosismo. — Bianca estava doente quando por fim me contou que tinha sido estuprada aos 17 anos, mas eu sabia que era verdade e tudo se encaixava. Ela me contou porque estava convencida de que estava grávida, mesmo que vários anos já tivessem se passado. Ela disse que podia sentir alguma coisa crescendo muito lentamente, que era como um inchaço, uma pedra, e que a mataria para conseguir sair. A gente estava na cabana, e eu disse que a ajudaria a se livrar daquilo, mas ela disse que ele, o estuprador, ia vir e matá-la, era o que ele havia prometido. Então eu dei um comprimido para ela dormir e, na manhã seguinte, disse que era uma pílula abortiva e que ela não estava mais grávida. Ela ficou histérica. Mais tarde, quando foi internada de novo no hospital e eu fui fazer uma visita, o psiquiatra me mostrou umas folhas nas quais ela havia desenhado uma águia chamando o meu nome, e que ela tinha dito algo sobre um aborto e que eu e ela tínhamos *me* matado. Eu decidi manter o nosso segredo. Não sei se isso fez alguma diferença. Seja como for, Bianca preferia morrer a deixar que eu, seu irmão mais velho, morresse.

— E você não foi capaz de impedir. Então tinha que pagar pelo que fez?

— Sim. E isso eu só poderia fazer vingando o nome dela. Eliminando homens que estupram. Foi por isso que entrei para o Exército, que me inscrevi nas Forças Especiais. Eu queria estar preparado. E aí Hala também foi estuprada...

— E você matou o homem que fez com Hala a mesma coisa que tinha sido feita com a sua irmã?

— Isso.

— E o que isso fez você sentir?

— Como eu já disse. Melhor. Matar alguém fez com que eu me sentisse melhor. Eu não sou mais uma aberração.

Madsen olhou para a folha em branco em seu bloco de anotações. Havia parado de escrever. Pigarreou.

— Então... Agora você pagou pelo que fez?

— Não.

— Não?

— Eu não consegui encontrar o homem que atacou Bianca. E existem outros.

— Outros estupradores que têm que ser contidos? É isso?

— Ã-hã.

— E você gostaria de impedi-los?

— Isso.

— Matando-os?

— É o que parece. Faz com que eu me sinta melhor.

Erland Madsen titubeou. Ali estava uma situação que precisava ser resolvida tanto em termos terapêuticos quanto jurídicos.

— Esses assassinatos, eles são coisas que você só formula em pensamentos ou que planeja mesmo fazer?

— Isso eu já não sei dizer.

— Gostaria que alguém fizesse você parar?

— Não.

— O que você quer, então?

— Eu gostaria que você me dissesse se acha que isso vai me ajudar da próxima vez.

— A matar alguém?

— Isso.

411

Madsen deu uma olhada em Roar Bohr. Contudo, toda a sua vivência profissional lhe dizia que jamais se poderia encontrar respostas em rostos, expressões, linguagem corporal, porque muito disso é um comportamento que se aprende. Era nas palavras que estavam as respostas. E agora ele tinha sido alvo de uma pergunta que não conseguia responder. Não abertamente. Não honestamente. Madsen olhou para o relógio.

— Nosso tempo acabou — avisou ele. — Vamos retomar esse assunto na quinta.

— Estou indo agora — disse uma voz feminina da porta.

Erland Madsen ergueu os olhos da pasta que havia encontrado no arquivo de clientes e que agora estava sobre sua mesa. Era Torill, a recepcionista compartilhada pelos seis psicólogos da clínica. Ela estava de casaco e olhava para Erland com uma expressão que ele sabia que significava que havia algo que precisava lembrar, mas que ela era diplomática o bastante para não abordar diretamente.

Erland Madsen olhou para o relógio. Seis horas. Lembrou-se do que era. Seu dia de botar as crianças na cama; a esposa estava ajudando a mãe a fazer faxina no apartamento.

Mas primeiro ele precisava resolver isso.

Dois clientes. Havia vários pontos em comum. Os dois haviam trabalhado em Cabul, por vezes na mesma época. Ambos foram encaminhados a ele por terem mostrado sinais de transtorno de estresse pós-traumático. E agora ele havia visto nas anotações que ambos foram amigos de alguém chamado Hala. É claro que podia ser um nome feminino comum no Afeganistão, mas duas Halas trabalhando como intérprete para as forças norueguesas em Cabul? Aí já era demais.

Com Bohr havia sido o de sempre quando se tratava de seus relacionamentos com mulheres que eram ou suas subordinadas ou mais jovens que ele: ele se sentia responsável por elas, da mesma forma que por sua irmã mais nova, uma responsabilidade que beirava a obsessão, uma espécie de paranoia.

A outra cliente havia tido um relacionamento ainda mais íntimo com Hala. Elas foram namoradas.

Erland Madsen tinha feito anotações detalhadas e lido que as duas mulheres fizeram a mesma tatuagem. Não com o nome delas, porque isso teria sido perigoso, caso fosse descoberto pelo Talibã ou por qualquer outra pessoa com uma fé rigorosa. Então escolheram a palavra "amiga" para ser tatuada em seus corpos, algo que as uniria para o resto de suas vidas.

Mas nada disso era o ponto principal da conexão entre os dois clientes.

Madsen correu a ponta do dedo pela folha e encontrou o que procurava, exatamente como ele se lembrava: Bohr e a outra cliente disseram que haviam se sentido *melhor* depois de matar alguém. Ao pé da página, tinha feito uma observação: *N.B.: Aprofundar o assunto na próxima consulta. O que "melhor depois de matar alguém" significa?*

Erland Madsen olhou para o relógio. Seria preciso levar as anotações para casa e ler o restante depois que as crianças pegassem no sono. Fechou a pasta e passou um elástico vermelho em volta dela. O elástico acabou deslizando sobre o nome escrito na pasta.

Kaja Solness.

43

Três meses antes...
Erland Madsen olhou de relance para o relógio. A hora estava quase terminando. O que era uma pena, porque, mesmo que esta fosse a segunda sessão de terapia, não havia dúvida de que a cliente, Kaja Solness, era um caso interessante. Ela era a responsável pela segurança na Cruz Vermelha, um cargo que não deveria necessariamente expô-la aos traumas que desencadeiam transtorno de estresse pós-traumático em soldados. Ainda assim, ela havia lhe narrado que vivenciara cenas de guerra e horrores do dia a dia que apenas soldados em serviço costumam presenciar e que, mais cedo ou mais tarde, acabam provocando danos psíquicos. Era intrigante — porém não incomum — que ela desse a impressão de não reconhecer que não só havia colocado a si mesma nessas situações perigosas como tinha sido ela própria, mais ou menos conscientemente, quem as havia procurado. Também era interessante o fato de ela não ter evidenciado nenhum sintoma de transtorno de estresse pós-traumático durante o interrogatório em Tallinn, mas que tivesse tomado a iniciativa de procurar terapia. Os soldados que o procuraram tinham, na maior parte das vezes, indicações para tratamento, o que significa que eles eram, de certo modo, obrigados a receber aconselhamento. E a maioria não queria conversar. Alguns, inclusive, tinham sido bem diretos, afirmando que consideravam terapia coisa de veadinho e ficavam irritados ao saber que Madsen não podia prescrever comprimidos para dormir, que era só o que queriam. "A única coisa que eu quero é dormir!", diziam eles, sem saber o quanto

estavam doentes, até o dia em que se sentavam sozinhos com o cano do fuzil enfiado na boca e as lágrimas escorrendo pelo rosto. Aqueles que se recusavam a fazer terapia conseguiam seus comprimidos, é claro: antidepressivos e comprimidos para dormir. Mas o histórico profissional de Madsen lhe dizia que a sua especialização, terapia cognitiva no tratamento do transtorno de estresse pós-traumático, funcionava. Não era a terapia desesperada em meio a crises, que era um método muito popular até pesquisas mostrarem que não funcionava, mas sim tratamentos a longo prazo nos quais o paciente trabalhava o trauma por completo e gradualmente aprendia a lidar e a conviver com suas respostas físicas. Porque acreditar que havia uma solução rápida e que dava para curar essas feridas depois uma noite bem-dormida era uma atitude ingênua e, nos piores casos, perigosa.

Mas Kaja Solness parecia estar buscando isso. Ela queria conversar. Rápido e sem parar. Tão rápido e tão profusamente que ele havia tido de desacelerá-la. Mas a sensação era de que ela não tinha tempo e queria respostas imediatamente.

— Anton era suíço — disse Kaja Solness. — Um médico trabalhando para o Comitê Internacional da Cruz Vermelha, a filial suíça da Cruz Vermelha. Eu estava totalmente apaixonada por ele. E ele me amava. Ou eu achava que ele me amava.

— E você acha que estava errada? — indagou Madsen enquanto fazia anotações.

— Não. Não sei. Ele me deixou. Bem, "deixar" provavelmente não é a palavra certa. Quando se trabalha junto numa zona de guerra, é difícil deixar alguém fisicamente. É que nós vivemos e trabalhamos muito próximos. Mas ele disse que tinha conhecido outra pessoa.
— Ela deu uma risadinha. — "Conhecer" também não é a palavra certa. Sonia era enfermeira na Cruz Vermelha. A gente literalmente comia, dormia e trabalhava todo mundo junto. Ela também era suíça. Anton gosta mulheres bonitas, por isso é desnecessário dizer que ela era bonita. Inteligente. Bem-educada e refinada. E de boa família. A Suíça ainda é o tipo de país em que essas coisas contam muito. E o pior de tudo é que ela era gente boa. Uma mulher simpática de verdade e que se dedicava ao trabalho com energia, coragem e amor. Eu ouvia quando ela chorava durante o sono nos dias em que tinha precisado

lidar com inúmeros casos de morte e ferimentos graves. E ela era legal comigo. Mas me deixava com a sensação de que era eu que estava sendo legal com ela. Ela costumava dizer: *Merci vilmal*. Não sei se é alemão, francês ou ambos, mas ela falava isso o tempo todo. Obrigada, obrigada, obrigada. Até onde sei, ela nunca soube que Anton e eu tínhamos ficado juntos antes de ela entrar em cena. Ele era casado, e por isso tínhamos mantido tudo em segredo. E, então, foi a vez de Sonia manter o relacionamento em segredo. Por ironia do destino, eu era a única pessoa em quem ela confiava. Ela se sentia frustrada e dizia que ele havia prometido se separar da mulher, mas que ficava sempre adiando isso. Eu a ouvia e a confortava, e a cada dia que passava eu a odiava mais e mais. Não por ela ser uma pessoa má, mas por ser uma pessoa boa. Você não acha isso estranho, Madsen?

Erland Madsen se assustou um pouco à menção de seu nome.

— E *você*, acha estranho? — devolveu ele.

— Não — disse Kaja Solness, depois de pensar por uns instantes. — Era a Sonia, não a esposa rica e com uma doença crônica de Anton, que se colocava entre mim e Anton. Isso faz sentido, não é?

— Parece lógico. Continue.

— Aconteceu nas cercanias de Basra. Você já esteve em Basra?

— Não.

— A cidade mais quente do mundo, é beber ou morrer, como costumavam dizer os jornalistas no bar do hotel Sultan Palace. À noite, enormes texugos carnívoros vinham do deserto e vagavam pelas ruas comendo tudo que encontravam. As pessoas morriam de medo deles; fazendeiros de fora da cidade diziam que os texugos tinham começado a comer suas vacas. Por outro lado, dá para comer tâmaras deliciosas em Basra.

— Pelo menos alguma coisa de bom.

— Bem, a gente foi chamado para uma fazenda onde algumas vacas haviam derrubado a cerca improvisada que circundava um campo minado. O fazendeiro e o filho tinham ido atrás delas para fazer com que voltassem. Depois descobrimos que eles achavam que lá só havia minas antipessoais. Elas lembram vasos de plantas com espinhos e são fáceis de ver e de evitar. Mas havia também minas PROM-1s, e elas são bem mais difíceis de detectar. E as PROM-1s também são chamadas de minas saltadoras.

Madsen assentiu. A maioria das minas terrestres atinge das pernas à cintura das vítimas, mas essas saltam quando são acionadas e explodem na altura do peito.

— Quase todos os animais saíram ilesos, não sei bem se foi por sorte ou instinto. O pai estava quase saindo do campo minado quando acionou uma PROM-1 perto da cerca. A mina voou e o cobriu de estilhaços. Mas, como essas minas voam, os estilhaços geralmente atingem pessoas bem afastadas. O filho do fazendeiro tinha corrido uns trinta ou quarenta metros para dentro do campo minado para resgatar a última vaca e foi atingido por um estilhaço. Conseguimos tirar o pai de lá e estávamos tentando salvar a vida do filho, mas o garoto estava deitado no campo minado, gritando de dor. Os gritos eram insuportáveis, mas o sol estava se pondo e não podíamos entrar num campo de PROM-1s sem detectores de metal; tivemos que esperar pelo pessoal de apoio. Então um dos veículos do Comitê Internacional da Cruz Vermelha chegou ao local, e a Sonia saiu de lá de dentro. Ela ouviu os gritos, correu até mim e perguntou quais eram os tipos de minas. Ela colocou a mão no meu braço como sempre fazia, e eu notei que ela estava usando um anel que eu não tinha visto antes. Um anel de noivado. E eu soube que Anton havia tomado a iniciativa. Ele finalmente tinha se separado da esposa. A gente estava um pouco afastada dos outros, e eu disse que havia minas antipessoais. E, quando respirei e estava prestes a dizer que havia PROM-1s, ela já estava a caminho do campo minado. Chamei por ela, é claro que não alto o bastante, os gritos do filho do fazendeiro devem ter abafado os meus.

Kaja pegou a xícara de chá que Erland havia lhe oferecido. Ela olhou nos olhos dele e viu que Erland aguardava o fim da história.

Sonia morreu. O fazendeiro também, mas o filho sobreviveu.

Erland desenhou três linhas verticais no bloco de anotações. Riscou duas delas.

— Você se sentiu culpada? — perguntou ele.

— Óbvio que sim. — O rosto dela revelava surpresa. Aquilo era um pouco de irritação na voz dela?

— Por que é óbvio, Kaja?

— Porque eu a matei. Matei alguém que não tinha um pingo de maldade no coração.

— Você não acha que está sendo um pouco dura consigo mesma? E, como disse, você tentou avisar.

— Você não recebe um salário enorme para prestar atenção nas coisas, Madsen?

Erland notou o tom agressivo na voz de Kaja, embora não houvesse nenhum toque de hostilidade em seu rosto.

— O que você acha que eu não ouvi direito, Kaja?

— Respirar e gritar "PROM-1" não demora tanto a ponto de alguém ter tempo de se afastar de você, pular uma cerca e pisar numa dessas merdas. E uma voz não é abafada pelos gritos de um garoto deitado a uma distância de meio campo de futebol, Madsen.

O silêncio tomou o consultório por alguns instantes.

— Você falou com mais alguém sobre isso?

— Não. Como eu já disse, a Sonia e eu éramos reservadas. Comentei com algumas pessoas que eu tinha avisado a ela sobre os dois tipos de minas. Ninguém achou estranho porque todo mundo sabia como a Sonia era altruísta. Durante o velório no campo, Anton me disse que achava que o desejo de Sonia de ser aceita, de ser amada, a havia levado à morte. Desde então, penso nos riscos que corremos por causa do desejo de ser amada. Eu sou a única pessoa que sabe o que realmente aconteceu. E agora você. — Kaja sorriu. Com dentes pequenos e pontudos. Como se fossem dois adolescentes compartilhando um segredo, pensou Erland.

— Quais consequências a morte de Sonia trouxe para você?

— O Anton voltou para mim.

— Você teve o Anton de volta. Só isso?

— Só.

— Por que você acha que voltou com alguém que te traiu daquele jeito?

— Eu queria que ele estivesse por perto para eu poder vê-lo sofrer. Vê-lo chorando por sua perda, sendo consumido pela dor como eu fui. Eu o mantive por perto durante um tempo, mas depois disse que não o amava mais e o deixei.

— Você se sentiu vingada?

— Sim. E também me ocorreu por que eu o queria desde o começo.

— E era porque...?

— Porque ele era casado e indisponível. E porque era alto e loiro. Ele me lembrava alguém que eu amei.

Erland percebeu que isso também era importante, mas teria de ficar para um estágio posterior da terapia.

— Vamos voltar ao trauma, Kaja. Você disse que se sentia culpada. Posso fazer uma pergunta que pode parecer outra que já fiz, embora não seja? Você se arrepende?

Kaja colocou a ponta do dedo embaixo do queixo, como se quisesse lhe mostrar que estava considerando a questão.

— Sim. Mas ao mesmo tempo me deu uma estranha sensação de alívio. Eu me senti melhor.

— Você se sentiu melhor depois que Sonia morreu?

— Eu me senti melhor depois que eu *matei* a Sonia.

Erland Madsen fez uma anotação. *Eu me senti melhor depois de matar.*

— Pode descrever o que você quis dizer com isso?

— Livre. Me senti livre. Matar uma pessoa foi como cruzar algum tipo de fronteira. Você acha que tem uma cerca, uma parede qualquer, mas, quando você a atravessa, percebe que é só uma linha que alguém desenhou num mapa. A Sonia e eu tínhamos cruzado uma fronteira. Ela estava morta, e eu estava livre. Mas, acima de tudo, eu me senti melhor porque o homem que me traiu estava sofrendo.

— Você está falando de Anton?

— Sim. Ele estava sofrendo, então eu não precisava sofrer. Anton era meu Jesus. Meu Jesus particular.

— De que maneira?

— Eu o crucifiquei para que ele pudesse assumir o meu sofrimento, igual fizemos com Jesus. Porque Jesus não se colocou na cruz, *nós* o prendemos lá em cima, esse é o ponto. Nós alcançamos a salvação e a vida eterna ao matar Jesus. Deus não pôde fazer muito, Deus não sacrificou o filho. Se é verdade que Deus nos deu livre-arbítrio, então nós matamos Jesus contra a vontade de Deus. E, no dia em que percebemos isso, em que desafiamos a vontade de Deus, é quando nos libertamos, Madsen. E aí tudo pode acontecer.

Kaja Solness riu e Erland Madsen tentou, em vão, formular uma pergunta. Então ficou lá, olhando para o brilho peculiar nos olhos dela.

— Minha pergunta é a seguinte — disse ela. — Se da última vez foi tão libertador, devo tentar de novo? Devo crucificar o verdadeiro Jesus? Ou eu só estou louca?

Erland Madsen umedeceu os lábios.

— Quem é o verdadeiro Jesus?

— Você não respondeu a minha pergunta. Você tem uma resposta para mim, doutor?

— Isso depende do que você está realmente perguntando.

Kaja sorriu e deu um longo suspiro.

— É verdade — disse ela. Depois olhou para o relógio em seu pulso fino. — Parece que o tempo acabou.

Depois que ela se foi, Erland Madsen ficou lá relendo as anotações. Então escreveu no pé da página: *N.B.: Aprofundar o assunto na próxima consulta. O que "melhor depois de matar alguém" significa?*

Dois dias depois, Torill repassou para ele uma mensagem que ela havia recebido por telefone na recepção. Uma Kaja Solness disse que era para cancelar a próxima consulta, que ela não voltaria e que havia encontrado uma solução para o seu problema.

44

Alexandra Sturdza estava sentada à mesa perto da janela da cafeteria vazia do Rikshospitalet. Além de uma xícara de café preto, tinha mais um longo dia de trabalho. Ela havia trabalhado até a meia-noite da véspera e dormido apenas cinco horas, por isso precisava de todos os estimulantes disponíveis.

O sol ia nascendo. Esta cidade era como aquelas mulheres que podiam parecer deslumbrantes na luz certa, e, no minuto seguinte, tornarem-se absolutamente normais ou até feias. Mas agora, a essa hora da manhã, antes de o norueguês comum sair para o trabalho, Oslo era dela, como uma amante secreta com quem compartilhava uma hora roubada. Um *rendez-vous* com alguém diferente e espirituoso.

As montanhas a leste estavam mergulhadas nas sombras, enquanto as a oeste eram banhadas por uma luz suave. Os prédios no centro da cidade, perto do fiorde, não passavam de silhuetas pretas atrás de silhuetas pretas, como um cemitério ao nascer do sol. Poucos prédios envidraçados estavam iluminados, lembrando peixes prateados sob a superfície escura da água. E o mar brilhava entre ilhas e ilhotas com praias paradisíacas que logo estariam verdejantes. Como ela ansiava pela primavera! Eles chamavam março de o primeiro mês da primavera, mesmo que todos os moradores locais soubessem que ainda era inverno. Desbotado, frio, com repentinas e isoladas explosões calorosas de paixão. Abril era, na melhor das hipóteses, um flerte que não dava em nada. Maio era o primeiro mês em que se podia confiar. Maio. Alexandra queria um maio. Ela sabia que, nas ocasiões em que tivera um homem como maio, carinhoso, gentil e que dizia sim a tudo o que ela pedia — mesmo que em doses adequadas —, ela simplesmente se transformava numa mulher mimada e exigente, que acabava o traindo com junho ou, pior ainda, com julho, que não era nada confiável. Que tal, da próxima vez, um homem bondoso e maduro como agosto, com alguns fios brancos na cabeça e uma história de casamento e família para contar? Claro, ela teria aberto os braços para alguém assim. Então como é que havia acabado se apaixonando por novembro? Um sujeito tristonho, taciturno, beberrão, com grandes chances de se tornar ainda mais taciturno, que ora ficava tão sereno que não se ouvia nenhum pio dele, ora tão desvairado que parecia pronto para mandar pelos ares o telhado da casa com seus violentos e estridentes furacões outonais. Claro que ele a recompensaria com dias ensolarados de inopinado calor e que, por isso mesmo, ela valorizava ainda mais, revelando uma paisagem estranhamente bela, arruinada e devastada, onde poucas construções se mantinham de pé. Construções sólidas e inabaláveis como a própria rocha, que você sabia que ainda estariam no mesmo lugar no último dia do mês, e onde Alexandra, na falta de algo melhor, procurava refúgio de tempos em tempos. Mas algo melhor com certeza teria de surgir em breve. Espreguiçou o corpo tentando se livrar do cansaço. A primavera logo vai chegar. Maio.

— Srta. Sturdza?

Ela se virou ao inesperado chamado. Não era apenas a hora que era tão não norueguesa, mas a abordagem. E, com certeza, o homem ali parado não tinha nada de norueguês. Ou, melhor dizendo, não tinha a *aparência* de norueguês. Não só os traços eram asiáticos como o modo de se vestir — terno, camisa branca engomada e gravata adornada com um prendedor de gravata — estava longe do que um norueguês usaria para o trabalho. A menos que o norueguês em questão fosse um daqueles idiotas superconfiantes com uma descrição de cargo que começava com "agente" ou "corretor", que em geral era uma das primeiras coisas que eles diziam ser caso os conhecesse num bar, onde tentariam passar a impressão de que tinham acabado de chegar do escritório porque estavam com a agenda cheia. Essa era, pelo menos, a mensagem que gostariam de transmitir. E, quando eles "revelavam" o que faziam, após conduzir discretamente a conversa para um lugar onde não seria completamente ridículo mencioná-lo, faziam com dissimulado constrangimento, como se ela tivesse acabado de descobrir a porra de um príncipe herdeiro disfarçado.

— Sung-min Larsen — apresentou-se o homem. — Eu sou detetive da Kripos. Posso me sentar?

Bom, Alexandra lhe deu uma boa olhada. Alto. Frequentador de academia. Mas não fanático. Tudo bem proporcionado, alguém que estava ciente do valor cosmético da musculação, mas apreciava o exercício em si. Igual a ela. Olhos castanhos, é claro. Trinta e poucos anos? Sem aliança. Kripos. Sim, ela havia ouvido algumas garotas mencionarem o nome dele, uma daquelas estranhas combinações de nomes asiáticos e noruegueses. Estranho que ela nunca tivesse esbarrado nele por aí. Naquele instante, o sol bateu na janela da cantina do Rikshospitalet, iluminou o rosto de Sung-min Larsen e aqueceu uma das bochechas de Alexandra com uma intensidade inusitada. *Srta. Sturdza.* Será que a primavera estava batendo à porta mais cedo neste ano? Sem apoiar a xícara na mesa, ela afastou uma cadeira com o pé.

— Fique à vontade.

— Obrigado.

Quando ele se inclinou para a frente ao se sentar, instintivamente apoiou a mão na gravata, mesmo usando um prendedor. Havia algo familiar naquele clipe, algo que lembrava sua infância. Ah, sim! Claro! O logotipo de pássaro estilizado da TAROM, uma companhia aérea romena.

— Você é piloto, Larsen?

— Meu pai era.

— Um tio meu também — disse ela. — Ele pilotava caças IAR-93.

— Sério? Foi produzido na Romênia.

— Você conhece o avião?

— Não, mas lembro que foram os únicos aviões comunistas não fabricados na União Soviética, na década de setenta.

— Aviões comunistas?

Larsen deu um sorriso de deboche.

— O tipo que meu pai devia abater se chegasse perto demais.

— Ah... Guerra Fria. Então você sonhava em ser piloto?

Ele pareceu ter sido pego de surpresa. Algo nele lhe disse que isso não acontecia com muita frequência.

— Não é tão comum alguém conhecer os IAR-93s e usar um prendedor de gravata da TAROM — acrescentou ela.

— Eu me candidatei para a Força Aérea — admitiu ele.

— Mas não conseguiu passar?

— Eu teria entrado — disse ele com uma confiança sincera, da qual ela não duvidaria. — Mas as minhas costas são muito longas. Eu não cabia no cockpit dos caças.

— Você podia ter pilotado outras coisas. Aviões de transporte, helicópteros.

— Suponho que sim.

O pai, pensou ela. Ele pilotou aviões de caça. Você não seria feliz sendo uma versão inferior dele, alguém abaixo do próprio pai na descomplicada hierarquia dos pilotos. Melhor mesmo ser algo completamente diferente. Então ele era um macho alfa. Alguém que pode não ter chegado aonde estava indo, mas que estava a caminho. Como ela.

— Eu estou investigando um homicídio... — disse ele, e ela percebeu no breve olhar dele que essas palavras funcionavam como um aviso. — Tenho algumas perguntas sobre Harry Hole.

Parecia que o sol lá fora havia se escondido atrás de uma nuvem, como se o coração de Alexandra tivesse parado de bater.

— Examinando o registro de ligações do celular dele, vejo que vocês ligaram várias vezes um para o outro nas últimas semanas, nos últimos dias.

— Hole? — disse ela, como se precisasse cavoucar esse nome em sua memória, e viu no rosto de Larsen que esse seu "Hole?" tinha soado muito falso. — Sim, nós nos falamos ao telefone. Ele é detetive.

— Será que vocês fizeram mais que conversar?

— Mais? — Ela tentou erguer uma sobrancelha, mas não podia garantir que tinha conseguido. Era como se todos os músculos de seu rosto estivessem fora de controle. — O que te fez pensar isso?

— Duas coisas — respondeu Larsen. — Que, por instinto, a senhorita fingiu não se lembrar do nome dele, embora tenha conversado com ele seis vezes e ligado para o número dele doze vezes nas últimas três semanas, sendo que duas dessas na noite anterior à noite em que Rakel Fauke foi assassinada. E que durante essas mesmas três semanas o celular dele foi rastreado para estações de base que coincidem com o endereço residencial da senhorita.

Ele disse isso sem agressão, sem desconfiança, sem nada que transmitisse a sensação de manipulação ou de aquilo ser um jogo. Ou, melhor, ele disse num tom que indicava que o jogo havia acabado, como um crupiê que não tivesse interesse em ler o número das fichas antes de recolhê-las.

— Nós somos... Nós *fomos* amantes por um tempo — disse ela. E percebeu, ao se ouvir dizer isso, que as coisas foram exatamente assim. Eles ficaram juntos por um tempo, nem mais, nem menos. E acabou.

Mas ela só foi dar conta da segunda insinuação no instante em que Sung-min Larsen disse:

— Antes de prosseguirmos, acho que a senhorita devia considerar a presença de um advogado. — Ela deve ter exibido uma expressão de horror, porque Larsen se apressou a acrescentar: — A senhorita não é suspeita de nada, isso aqui não é um interrogatório oficial, e eu estou tentando obter informações sobre Harry Hole, não sobre a senhorita.

— Então por que eu precisaria de um advogado?

— Para ser aconselhada a não falar comigo, já que o seu relacionamento íntimo com Harry Hole poderia potencialmente conectá-la a um homicídio.

— Você está insinuando que eu matei a esposa dele?

— Não.

— Ah! Você acha que eu a matei por ciúmes.

— Como eu já disse, não.

— Eu disse a você que a gente deixou de se ver.

— Não acho que a senhorita tenha matado ninguém. Só a estou advertindo, porque as respostas que der podem levar à suspeita de que a senhorita o tenha ajudado a evitar ser acusado do assassinato da esposa.

Alexandra percebeu que havia feito o mais clássico de todos os gestuais das rainhas dos dramalhões, ao agarrar o colar de pérolas que de fato estava usando.

— Então — continuou Sung-min Larsen, baixando o tom de voz, enquanto o primeiro dos madrugadores noruegueses entrava na cantina. — Podemos continuar nossa conversa?

Ele lhe havia informado que ela poderia ter um advogado presente, mesmo que isso tornasse o trabalho dele mais complicado. E teria baixado o tom de voz em consideração a ela, mesmo que estivessem sozinhos na sala. Talvez ele fosse digno de confiança. Alexandra fitou aqueles gentis olhos castanhos. Deixou a mão cair. Empertigou-se e, talvez inconscientemente, empinou os seios.

— Eu não tenho nada a esconder — declarou ela.

Outra vez aquele meio-sorriso dele. E ela percebeu que já estava ansiosa para ver o sorriso inteiro.

Sung-min olhou para o relógio. Quatro horas. Precisava levar Kasparov para uma consulta no veterinário, de modo que essa convocação para comparecer ao escritório de Winter era duplamente inconveniente.

Mas havia concluído a investigação. Não tinha absolutamente tudo, mas tinha tudo de que precisava.

Primeiro, havia provado que o álibi de Hole — fornecido pelo vizinho Gule — não valia nada. A reconstrução da cena provou que ele não poderia garantir se Hole esteve ou não no apartamento, nem se havia chegado ou saído. Obviamente Hole também pensara nisso, porque Gule tinha dito que Hole estivera em sua casa fazendo exatamente as mesmas perguntas.

Segundo, o perito em 3-D, Freund, tinha completado a análise. Não havia muito a registrar sobre o vulto encurvado que havia entrado na casa de Rakel pouco antes das onze e meia na noite do crime. A pessoa dava a impressão de ser duas vezes mais gorda que Harry Hole, mas Freund disse que provavelmente era porque estava com o corpo inclinado para a frente e com o casaco aberto e solto à frente. A postura também impossibilitava que a altura fosse determinada. Mas, quando a pessoa tornou a sair três horas depois, às duas e meia da manhã, mostrava-se mais sóbria, empertigada e tinha a mesma altura de Harry Hole, cerca de um metro e noventa e dois. A pessoa havia se sentado num Ford Escort antes de tornar a sair, remover a câmera de monitoramento remoto, entrar no carro e partir.

Terceiro, ele havia conseguido uma prova final e decisiva de Alexandra Sturdza.

Surgira uma expressão de desespero silencioso naquele rosto duro, mas cheio de vida, quando ele havia lhe revelado as evidências que tinham contra Harry Hole. E a expressão aos poucos tomara o ar de resignação. No fim, ele a vira abrir mão do homem do qual ela alegava já ter desistido. Então delicadamente a havia preparado para notícias ainda piores. E dissera a ela que Hole estava morto. Que ele havia tirado a própria vida. E que — analisando a situação como um todo — talvez tenha sido melhor assim. Naquele momento, surgiram lágrimas em seus olhos escuros, e ele chegara a pensar em apoiar a mão na dela, que estava imóvel e sem vida sobre a mesa. Apenas um toque amigável, reconfortante, breve. Mas desistira. Talvez ela tenha pressentido seu desejo não realizado, pois em seguida, ao erguer a xícara de café, o havia feito com a mão esquerda, deixando a direita parada, como um convite ao afago.

Então ela lhe contara tudo — "tudo" até onde ele pôde avaliar. O que havia reforçado ainda mais as suspeitas de Sung-min de que Hole havia cometido o assassinato sob efeito de álcool e, por isso, havia esquecido a maior parte do que tinha feito, tendo passado os últimos dias de sua vida investigando a si mesmo, o que explica as conversas que teve com Gule.

Uma lágrima havia escorrido pelo rosto de Alexandra, e Sung-min lhe oferecera seu lenço. Ele havia reparado na surpresa no rosto dela, provavelmente porque não estava acostumada a ver noruegueses portando lenços recém-engomados.

Eles haviam saído da cantina, que estava começando a ficar movimentada, e ido direto para o laboratório do Instituto de Medicina Forense, onde ela lhe mostrara a calça manchada de sangue que Hole lhe entregara. Ela havia esclarecido que a análise estava quase concluída e que havia mais de noventa por cento de probabilidade de o sangue ser de Rakel Fauke. Ela repetira as palavras de Harry explicando como o sangue tinha ido parar em suas calças, que ele havia se ajoelhado ao lado do corpo depois que Rakel fora encontrada, e que as calças entraram em contato com a poça de sangue.

— Isso não está certo — dissera Sung-min. — Ele não estava com essa calça quando esteve na cena do crime.

— Como você sabe disso?

— Eu estava lá. Conversei com ele.

— E você lembra que calça ele estava usando?

Sung-min dispensou o roteirizado "é claro" e se valeu de um simples "sim".

E, assim, ele tinha tudo de que precisava. Motivação, oportunidade e evidências forenses que colocavam o suspeito na cena e na hora do crime. Ele havia chegado a cogitar entrar em contato com outra pessoa, Kaja Solness, com quem, de acordo com o registro de ligações, Harry Hole havia conversado várias vezes, mas decidiu que não era uma prioridade já que as conversas tiveram início depois do assassinato. O importante agora era encontrar uma das peças que faltava. Porque, embora tivesse tudo de que *precisava*, não tinha tudo. Não tinha a arma do crime.

Com tantas evidências concretas, o advogado da polícia não havia relutado em conceder a Larsen um mandado de busca no apartamento de Harry Hole, mas não foi encontrada nem a arma do crime nem nada de interessante. Exceto por esse fato em si: não foi encontrado *nada* de interessante. Uma ausência tão extraordinária de evidências incriminatórias levantava duas hipóteses: que a pessoa que morava no apartamento era um robô. Ou que sabia que sua casa seria revistada e havia removido qualquer objeto potencialmente condenatório.

— Interessante — disse o investigador sênior Ole Winter, recostando-se na cadeira de sua mesa enquanto ouvia o relatório meticulosamente detalhado de Sung-min Larsen.

Não impressionante então, pensou Sung-min. Nem surpreendente nem brilhante, nem mesmo um bom trabalho policial.

Apenas interessante.

— Tão interessante que me surpreende você não ter relatado nada disso até agora, Larsen. E que eu, que sou o investigador sênior, provavelmente não teria essas informações nem mesmo agora, se não as tivesse pedido. Quando você planejava compartilhar isso com os outros que trabalham no caso?

Sung-min correu a mão ao longo da gravata e umedeceu os lábios.

Teve vontade de dizer que ali estava ele, entregando de bandeja à Kripos um peixe do tamanho de Harry Hole. Que ele tinha, sozinho, superado o lendário detetive em seu próprio terreno: assassinato. E tudo o que Winter tinha a dizer era que ele poderia ter apresentado o relatório um pouco antes?

Por três motivos Sung-min resolveu não dizer nada disso.

O primeiro era que no escritório de Winter só estavam eles dois, então não havia o bom senso de uma terceira pessoa a que pudesse recorrer.

O segundo era que, em geral, não havia nada a ganhar ao contradizer o chefe, estivesse ou não na presença de uma terceira pessoa.

O terceiro, e o mais importante, era que Winter estava certo.

Sung-min havia protelado a entrega dos relatórios sobre os avanços no caso. Mas quem não o faria quando, depois de fisgado o peixe, tinha puxado a linha para tão perto da praia, faltando apenas colocá-lo na rede? Quando sabia que o assassinato da década, que ficaria famoso para sempre como o caso Harry Hole, levaria seu nome e apenas o seu. Foi o advogado da polícia que disse isso a Winter ao parabenizá-lo por ter pegado ninguém mais que Harry Hole. Sim, Sung-min tinha de reconhecer que fora egoísta, e não, ele não tinha ficado em pé de cara para o gol aberto procurando um Messi a quem pudesse passar a bola para concluir a jogada com um gol, porque não havia Messi neste time. Se houvesse, provavelmente seria ele mesmo. Sem dúvidas não Winter, sentado ali com as veias pulsando nas têmporas e as sobrancelhas feito nuvens tempestuosas sobre os olhos.

Por isso, Sung-min optou por esta resposta:

— Tudo aconteceu tão rápido, uma coisa ia puxando a outra, e eu não queria arriscar um atraso. Realmente não havia nem tempo para uma pausa para respirar.

— Até agora? — perguntou Winter, recostando-se na cadeira e parecendo estar usando a ponta do nariz para mirar em Sung-min.

— O caso agora está solucionado — concluiu Sung-min.

Winter deu uma risada curta e dura, como um kart freando de súbito.

— Se você não se importar, vamos concordar que é o detetive à frente do caso que decide quando está solucionado. O que você me diz, Larsen?

— É claro, Winter. — Sung-min pretendia sinalizar sua submissão, mas percebeu que seu superior tinha lido seus pensamentos e ficado com raiva pelo fato de ele ter devolvido na mesma moeda o sarcasmo na pronúncia alongada de seu sobrenome.

— Como você considera o caso solucionado, *Laaar-sen*, presumo que não vá fazer objeção se eu o tirar de você enquanto amarramos algumas pontas soltas.

— Como quiser.

Sung-min percebeu que devia ter mordido a língua quando viu como Winter encarava esse submisso porém arrogante: "Como quiser."

Winter sorriu.

— No momento, precisamos de boas cabeças como a sua em outro assassinato, o caso Lysaker. — Foi um sorriso vil e contido, como se sua boca não fosse maleável o bastante para produzir algo mais expressivo.

O assassinato Lysaker, pensou Sung-min. Um homicídio relacionado a drogas. Claramente, um conflito interno entre usuários. Os envolvidos abririam o bico à menor sugestão de redução da pena, temendo ter seu acesso às drogas negado. Era o tipo mais trivial de assassinato, daqueles que eram deixados nas mãos dos novos recrutas e daqueles com competências limitadas. Winter não podia estar falando sério quando disse que tiraria o principal investigador do caso agora, pouco antes da linha do gol, surrupiando-lhe toda honra e respeito. E por quê? Porque ele havia escondido as cartas um pouco além do necessário?

— Eu quero um relatório por escrito com todos os detalhes, Larsen. Enquanto isso, os outros vão continuar trabalhando nas linhas de investigação que você abriu. Então vou ter que ver quando vamos a público com o que descobrimos.

Linhas de investigação que você abriu? Ele tinha *solucionado* o caso, pelo amor de Deus!

Grita comigo, pensou Sung-min. Me dá uma advertência. Winter não podia simplesmente decapitar um de seus detetives desse jeito. Até que compreendeu que Winter não só podia como queria, e era isso que ele ia fazer. Porque de repente ocorreu a Sung-min o motivo de tudo aquilo. Winter também sabia que Sung-min era o único Messi que eles tinham no time. E isso significava que ele era uma ameaça para Winter como chefe, tanto no presente quanto no futuro. Winter era o macho alfa que tinha percebido um rival se aproximando. A performance solo de Sung-min provou que ele estava pronto para desafiar a autoridade de Winter. Então Winter decidiu que era melhor despachar o macho mais novo agora, antes que ficasse maior e mais forte.

45

Johan Krohn e a esposa, Frida, conheceram-se quando estudavam direito na Universidade de Oslo. Ele jamais saberia o que ela tinha visto nele para ter se apaixonado. Talvez ele apenas tivesse defendido tão bem sua causa que um belo dia ela entregou os pontos. À época, não foram poucos os que não conseguiam entender como a linda e doce Frida Andresen foi escolher um nerd antissocial que demonstrava pouco interesse por qualquer outra coisa além de leis e xadrez. Johan Krohn, que sabia melhor que ninguém que havia arranjado uma namorada que estava, no mínimo, uma divisão acima da dele na liga da sedução, vivia cortejando a colega, cuidava dela, despachava potenciais rivais. Em resumo, grudou nela com tudo o que tinha. Apesar disso, todos apostavam que era apenas uma questão de tempo, e logo ela ia conhecer alguém mais interessante. Mas Johan era um estudante brilhante e um advogado brilhante. Ele se tornou o mais jovem advogado, desde John Christian Elden, a conquistar o direito de advogar na Suprema Corte, e recebeu propostas de emprego com as quais seus pares sequer poderiam sonhar. Seu nível de traquejo social aumentou conforme aumentavam seu prestígio e seus honorários. De repente, novas portas foram se abrindo, e Krohn — após considerar a remuneração — atravessou a maioria delas, dentre as quais uma que o levou para uma vida que não teve na juventude e podia ser resumida nas palavras "mulheres", "álcool" e "música". Mais exatamente: mulheres que de fato se tornavam mais receptivas quando alguém se apresenta como sócio de um renomado escritório de advocacia. Álcool na forma de uísques raríssimos vindo de lugares inóspitos como as ilhas Hébridas e Shetland, e também charutos e, em quantidades cada vez maiores, cigarros. Ele nunca se deu muito bem com a música, mas havia réus inocentados que juravam que as peças de defesa de Krohn eram mais bonitas que qualquer coisa que já havia saído da boca de Frank Sinatra.

Frida cuidava das crianças, administrava o círculo social da família que não existiria se não fosse por ela e trabalhava meio expediente como advogada em duas fundações culturais. Se Johan Krohn a tivesse ultrapassado na tabela da liga da sedução, isso não alterava o equilíbrio no relacionamento do casal. Pois esse equilíbrio sempre fora desigual: ele, tão agradecido pela sorte que teve e ela, tão habituada a ser cortejada que tinha se tornado parte do DNA do casamento deles, o único jeito que os dois conheciam para se relacionar com o outro. Demonstravam respeito e amor mútuos, e, para os outros, não tinham dificuldade de dar a impressão de que era Johan que comandava o navio. Mas, entre as paredes do lar, nenhum dos dois tinha dúvida de quem dava as ordens. Ou de quem decidia onde Johan podia fumar seus cigarros, agora que estava viciado em nicotina — vício do qual, reservadamente, sentia orgulho.

Por isso, depois que escurecia e as crianças estavam na cama e o noticiário na tevê lhes informava o que estava acontecendo na Noruega e nos Estados Unidos, ele pegava o cigarro, subia as escadas e ia para o terraço com vista para Mærradalen e Ullern.

Ele se apoiava no parapeito. A vista incluía o conjunto de escritórios da Hegnar Media e parte do Smestaddammen, que ficava logo atrás. Johan pensava em Alise. E em como iria resolver esse assunto. O caso amoroso havia se tornado muito intenso e muito extenso, e não dava para continuar, senão ele seria descoberto. Bem, o romance deles tinha ficado evidente havia um bom tempo, os sorrisos sacanas dos outros sócios do escritório quando, sentados à mesa de reunião, Alise entrava com um arquivo ou uma mensagem importante para ele não deixavam margem para dúvidas. Mas Frida não sabia, e era disso que ele falava quando dizia que o caso seria descoberto, conforme havia explicado para Alise. Ela havia recebido as palavras dele com um pragmatismo irritante, dizendo que ele não deveria se preocupar.

— Seu segredo está seguro comigo — dissera ela.

E talvez fosse exatamente essa declaração que o preocupava.

Seu segredo, não *nosso* (ela era solteira), e *comigo*, como se fosse um documento legal armazenado no cofre do banco. Onde estava *seguro*, mas apenas enquanto ela mantivesse o cofre trancado. Não que ele suspeitasse de que essa escolha de palavras constituísse uma ameaça, mas ainda assim isso ligou o alarme. Ela o estava protegendo. E devia esperar que ele lhe protegesse também. Havia uma concorrência ferrenha entre jovens advogados recém-autorizados a exercer a profissão, e a recompensa para aqueles que chegavam ao topo não era de se desprezar, enquanto os que caíam no fundo do poço podiam aguardar uma morte implacável. Ter ajuda para se manter por cima podia ser decisivo.

— Está preocupado?

Johan Krohn se assustou e deixou cair o cigarro, que mais parecia uma estrela cadente mergulhando na escuridão em direção ao pomar abaixo. Uma coisa é você ouvir uma voz às suas costas quando presume que está sozinho e que ninguém o está observando. Outra bem diferente é quando a voz pertence a alguém que não faz parte do conjunto e que só pode ter chegado ao terraço voando ou tendo sido teletransportado. O fato de a pessoa em questão ser um criminoso violento que tinha o maior índice de condenação por crimes contra a vida humana que qualquer outra pessoa em Oslo nos últimos trinta anos trazia uma dose extra de espanto.

Krohn se virou e viu o homem encostado na parede, numa área nas sombras do outro lado da porta do terraço. Entre as perguntas "o que você está fazendo aqui?" e "como você chegou aqui?", optou pela primeira.

— Enrolando um cigarro — respondeu Svein Finne, levando as mãos à boca, e entre seus lábios grossos escapou uma língua cinzenta que lambeu a borda do papel de enrolar tabaco para fechar o cigarro.

— O qu... O que você quer?

— Um isqueiro — disse Finne, prendendo o cigarro entre os lábios e olhando para Krohn com ar de expectativa.

O advogado vacilou antes de estender a mão e acender o isqueiro. Sentiu a chama tremer e ser sugada pelo cigarro enquanto fiapos acesos do tabaco se enroscavam.

— Bela casa — comentou Finne. — Bela vista também. Eu costumava pairar por essas bandas, muitos anos atrás.

Por um momento, Krohn imaginou seu cliente literalmente flutuando no ar.

Finne apontou o cigarro para Mærradalen.

— De vez em quando eu dormia naquele pedaço de mata ao lado de outros sem-teto. E me lembro de uma garota em particular que costumava passar por ali e morava lá para os lados de Huseby. Tinha idade suficiente para fazer sexo, óbvio, mas não mais de 15, 16 anos. Um dia dei a ela um curso intensivo sobre como fazer amor. — Finne deu uma risada rouca e ríspida. — Ela ficou tão assustada que tive que confortá-la depois, coitadinha. Ela chorou e chorou, dizendo que o pai, que era bispo, e o irmão mais velho viriam me pegar. Eu disse a ela que não tinha medo de bispos nem de irmãos mais velhos e que, por isso, ela também não precisava ter, porque agora tinha um homem só para ela. E possivelmente um filho a caminho. Então deixei que ela se fosse. Pegar e soltar. Não é assim que o pessoal da pesca esportiva diz?

— Eu não pesco — Krohn escutou sair de sua boca.

— Nunca, em toda a minha vida, matei uma pessoa inocente — declarou Finne. — A inocência da natureza tem que ser respeitada. O aborto... — Finne tragou a fumaça com tanta força que Krohn chegou a ouvir o papel estalar. — Me diz, você que sabe tudo sobre leis, existe crime mais hediondo contra as leis da natureza? Matar a própria prole inocente. Você consegue pensar em algo mais perverso?

— Podemos ir direto ao ponto, Finne? Minha mulher está esperando por mim lá dentro.

— Claro que ela está esperando por você. Todos nós esperamos por alguma coisa. Amor. Intimidade. Contato humano. Eu esperei por Dagny Jensen ontem. Nada de amor, lamento dizer. E agora vai ser difícil, para mim, chegar perto dela de novo. Ficamos solitários, não é mesmo? Todos nós precisamos de alguma coisa... — ele olhou para o cigarro — de alguma coisa para aquecer o coração.

— Se precisa da minha ajuda, sugiro que conversemos sobre isso amanhã no meu escritório. — Krohn percebeu que não havia atingido o tom de autoridade pretendido. — Eu vou abrir um espaço na agenda para ver você quando quiser.

— Vai abrir um espaço na agenda? — Finne deu uma breve risada.

— Depois de tudo o que eu fiz por você, de ter te ajudado a conquistar o que queria até agora, isso é tudo que você tem a me oferecer? Seu *tempo*?

— O que você quer, Finne?

Seu cliente deu um passo à frente e a luz da janela incidiu sobre metade de seu rosto. Ele correu a mão direita pelo parapeito pintado de vermelho. Krohn estremeceu ao ver a tinta vermelha através do grande buraco nas costas da mão de Finne.

— Sua esposa — disse Finne. — Eu quero a sua mulher.

Krohn sentiu um aperto na garganta.

Finne lhe lançou um sorriso sinistro.

— Relaxa, Krohn. Mesmo que eu tenha que confessar que pensei muito em Frida nos últimos dias, não vou tocar nela. Porque eu não toco em mulheres de outros homens, eu quero a minha. Desde que ela seja sua mulher, Krohn, então ela estará a salvo. Mas é claro que você não vai conseguir convencer uma mulher orgulhosa e financeiramente independente como Frida a permanecer casada se ela souber da bela assistente que você tinha ao seu lado quando fui interrogado. Alise. Era esse o nome dela, não?

Johan Krohn ficou pasmo. Alise? *Ele* sabia da existência de Alise?

Krohn pigarreou, o que soou como um limpador de para-brisas arranhando o vidro seco.

— Eu não faço ideia do que você está falando.

Finne apontou um dedo para o próprio olho.

— Olhos de águia. Vi vocês fodendo, e foi como se assistisse a um casal de babuínos. Rápido, eficiente, sem grandes emoções. Não vai durar, mas você não quer ficar sem ela, não é? Todos nós precisamos de calor humano.

Onde?, perguntou-se Krohn. No escritório? No quarto de hotel que às vezes ele reservava para um encontro? Em Barcelona, em outubro? Impossível. Quando eles faziam amor, era sempre num andar alto, num quarto que não fosse possível ser visto da rua.

— Mas o que vai durar, a menos que alguém conte a Frida sobre a Alise, é isso. — Finne apontou com o polegar por cima do ombro para a parede da casa. — Família. É o mais importante, não é, Krohn?

— Eu não sei do que você está falando e não estou entendendo o que você quer — disse Krohn. De costas para o parapeito, apoiou os cotovelos nele. A intenção, ao escolher essa posição, era deixar transparecer total indiferença, mas logo se deu conta de que parecia um boxeador combalido nas cordas do ringue.

— Eu vou deixar Frida em paz, se puder ter a Alise — disse Finne, despachando o cigarro para longe com um peteleco, a ponta em brasa descrevendo um arco antes de se apagar, imitando o que Krohn havia feito pouco antes. — A polícia está atrás de mim, eu já não posso ir e vir livremente como gostaria. Eu preciso de uma... — ele riu de novo — *ajudinha* para ter um pouco de aconchego. Quero que você arranje um jeito de eu ter a jovem só para mim num lugar seguro.

Incrédulo, Krohn arregalou os olhos.

— Você quer que eu tente persuadir a Alise a ter um encontro a sós com você? Para que possa... estuprá-la?

— Esquece isso de "tentar" e "estuprar". Eu *vou* seduzi-la. Nunca estuprei ninguém, essa história não passa de um mal-entendido. As mulheres nem sempre compreendem o que é melhor para elas, nem a missão que a natureza reservou para elas, só isso. Mas não demora muito e elas recuperam o juízo. Assim como vai acontecer com a Alise. Ela vai entender que, se ameaçar essa família, por exemplo, vai ter que se ver comigo. Ei, não fica triste, Krohn, você está recebendo dois pelo preço de um: o meu silêncio e o silêncio da moça.

Krohn encarou Finne. As palavras ecoavam em sua cabeça. *Seu segredo está seguro comigo.*

— Johan?

A voz de Frida vinha do interior da casa, e ele ouviu os passos dela na escada. Então uma voz sussurrou ao pé de seu ouvido, e ele sentiu o cheiro de tabaco e de algo pungente, repugnante.

— Tem um túmulo no Cemitério Vår Frelsers. O de Valentin Gjertsen. Espero notícias suas dentro de dois dias.

Frida chegou ao topo da escada e foi caminhando em direção ao terraço, mas parou sob o foco de luz do lado de dentro da porta.

— Ai, que frio — disse ela, cruzando os braços. — Eu ouvi vozes.

— Os psiquiatras dizem que é um mau sinal — comentou Johan Krohn com um sorriso, e foi caminhando na direção da esposa, mas não rápido o bastante. Ela já tinha metido a cabeça para fora da porta e olhava nas duas direções. Depois pousou os olhos nele.

— Você estava falando sozinho?

Krohn passou os olhos pelo terraço. Vazio. Ele se foi.

— Estava praticando uma peça de defesa — explicou ele.

Depois bufou de alívio e voltou para dentro de casa, para o calor, para o lar deles, para os braços da esposa. Ao perceber que ela se afastava do abraço para encará-lo, ele a apertou um pouco mais para que ela não pudesse ler a expressão em seu rosto e ver que algo estava muito errado. Porque Johan Krohn sabia que, com essa peça de defesa que estava elaborando, jamais ganharia, não este caso. Ele conhecia Frida e sabia muito bem o que ela pensava sobre infidelidade: ela o condenaria a uma vida inteira de solidão, com acesso aos filhos, mas não a ela. O fato de Svein Finne dar a entender que conhecia Frida muito bem só tornava a questão ainda mais inquietante.

Katrine escutou o choro do bebê vindo da escada e saiu em disparada, mesmo sabendo que o filho estava sendo cuidado pelas melhores mãos. As mãos de Bjørn. Mãos de pele clara e macia, com dedos curtos e grossos que podiam fazer tudo que precisava ser feito. Nem mais nem menos. Ela não tinha do que reclamar. E tentava não reclamar. Havia percebido o que acontecia a algumas mulheres quando se tornavam mães: viravam déspotas que achavam que o sol e todos os planetas orbitavam em torno delas e das crianças. Que de uma hora para a outra começavam a tratar os maridos com disfarçado desdém quando eles não reagiam rápido como um raio e nem compreendiam por telepatia as necessidades da mãe e do filho. Ou, para ser mais precisa, o que a mãe decidia que eram as necessidades da criança.

Não, Katrine definitivamente não queria ser uma dessas mães. Mas será que isso estava entranhado em seu espírito, independentemente do que ela queria? Às vezes ela não teve de se conter para não dar uns tabefes em Bjørn ao vê-lo se encolher e se humilhar? Ela não fazia ideia do porquê nem sabia como isso poderia ter acontecido, visto que Bjørn estava sempre um passo à frente e já tinha dado um jeito em qualquer coisa que servisse de motivo para crítica. E é claro que não há nada mais frustrante quando alguém que é melhor que você, e que constantemente te força a uma autoanálise, faz com que você acabe se odiando.

Não, ela não se odiava. Isso seria um exagero. Só achava que, de vez em quando, Bjørn era bom demais para ela. Não *bom demais* no sentido de *muito atraente*, mas *bom demais* no sentido de *irritante de tão bonzinho*. E que ambos poderiam ter tido uma vida um pouquinho melhor se ele tivesse escolhido uma mulher mais parecida com ele, mais estável, gentil, pé no chão, carinhosa, como a filha gordinha de um fazendeiro de Østre Toten.

O choro parou quando ela enfiou a chave na fechadura. Ela abriu a porta.

Bjørn estava parado no corredor com Gert no colo. O garoto olhou para ela com grandes olhos azuis marejados de lágrimas, meio encobertos por cachos tão loiros, tão espiralados e tão longos que arrancavam uma risada por parecem molas espetadas em volta da cabeça. Gert recebeu o nome do pai de Katrine, e a ideia tinha partido de Bjørn. Agora, o rosto da criança se iluminava em um sorriso tão maravilhoso que Katrine sentiu um aperto no peito e na garganta. Deixou o casaco escorregar para o chão e foi na direção deles. Bjørn lhe deu um beijo na bochecha antes de lhe passar o filho. Ela abraçou aquele corpinho e sentiu cheiro de leite, vômito, pele calorenta e algo doce, irresistível, que era só do seu filho. Fechou os olhos e se sentiu em casa. Totalmente em casa.

Ela havia se equivocado. Não dava para ficar melhor que isso. Eram os três, agora e para sempre, e isso era tudo.

— Você esteve chorando — comentou Bjørn.

Katrine pensou que ele falava com o Gert, até perceber que era com ela, e que ele estava certo.

— É o Harry — disse ela.

Bjørn olhou para ela sem entender nada enquanto ela lhe dava algum tempo. O tempo que um airbag leva para inflar e, com sorte, amortecer parte do impacto. Óbvio que não faz sentido algum quando as coisas já não têm mais salvação, porque então um airbag não pode salvar ninguém e fica dependurado em frangalhos, como um balão vazio no para-brisa dianteiro de um orgulhoso Ford Escort que parece ter tentado atravessar uma rocha, sepultando a si mesmo, desaparecendo.

— Não — disse Bjørn, em um protesto igualmente vão contra o que o silêncio dela lhe informava. — Não — sussurrou ele.

Katrine aguardou mais um pouco, ainda segurando o pequeno Gert que fazia cócegas em seu pescoço com suas mãozinhas minúsculas. Então ela contou a Bjørn sobre o carro. Sobre o caminhão na rodovia 287, sobre o buraco no gelo, sobre a cachoeira, sobre o carro. Enquanto ela falava, ele tapou a boca com uma daquelas mãos claras de dedos grossos, e seus olhos se encheram de lágrimas que pairavam nos cílios finos e sem cor antes de cair, uma a uma, como pingentes de gelo ao sol da primavera.

Ela nunca tinha visto Bjørn Holm desse jeito, nunca tinha visto o homem grande e sólido de Toten se entregar tão completamente. Ele chorou, soluçou, os espasmos sacudindo seu corpo com força, como se algo dentro dele lutasse para escapar.

Katrine levou Gert para a sala de estar. Uma atitude involuntária para proteger a criança da tristeza do pai. Como se toda aquela tristeza pudesse ser passada, como uma herança, para ele.

Uma hora mais tarde, ela botou Gert na cama e agora ele dormia no quarto deles.

Bjørn tinha ido se sentar no escritório que um dia seria transformado no quarto de Gert. Katrine ainda conseguia ouvir o marido chorar lá dentro. Ela parou na porta, decidindo se deveria entrar ou não, quando o celular tocou.

Foi para a sala de estar e atendeu.

Era Ole Winter.

— Eu sei que você prefere adiar o anúncio de que Harry Hole está morto — começou ele.

— Desaparecido — corrigiu ela.

— Os mergulhadores encontraram um celular quebrado e uma pistola no rio abaixo da cachoeira. Minha equipe acabou de confirmar que ambos pertenciam a Harry Hole. Estamos reunindo as últimas evidências, o que significa que temos um relatório completo, e isso significa que não podemos esperar, Bratt, sinto muito. Mas, como isso foi um desejo pessoal...

— Não é pessoal, Winter, eu estou pensando na corporação. Precisamos estar o mais preparados possível para quando chegar a hora de anunciar para o público.

— Pelo jeito, é a Kripos que vai apresentar os resultados do trabalho da Kripos, não a Polícia de Oslo. Mas eu entendo o seu dilema. A mídia evidentemente vai querer fazer perguntas a você, como chefe de Hole, uma série de perguntas mais detalhadas, e compreendo que vocês precisam de algum tempo para discutir entre si como responder a esses questionamentos. Por conta de seu pedido, a Kripos não vai convocar a coletiva de imprensa para amanhã de manhã, conforme o planejado originalmente, mas para amanhã à noite, às sete.

— Obrigada — disse Katrine.

— Supondo que você consiga impedir que o gabinete do delegado de Sigdal publique o nome do falecido...

Katrine respirou fundo e conseguiu manter a boca fechada.

— ... até depois que nós da Kripos fizermos o nosso próprio anúncio.

O que você quer é anunciar em primeira mão com o seu nome, pensou Katrine. Se Sigdal for a público com o nome do falecido, o público vai juntar A mais B, concluir que foi a polícia local que solucionou o caso e que a Kripos demorou tanto, mas tanto, que Hole pegou um atalho para dar adeus à vida. Mas, se conseguir o que quer, Winter, você fará com que pareça que foi o competente trabalho investigativo da sua equipe que superou o grande inspetor Harry Hole e que foi isso que o levou a tirar a própria vida.

Mas ela também não disse nada disso.

Apenas um rápido "tá bom" e um "vou informar ao chefe de polícia".

Eles desligaram.

Katrine entrou pé ante pé no quarto. Debruçou-se sobre o velho berço azul que os pais de Bjørn lhes deram, o berço em que todos os filhos e netos da família haviam dormido quando eram pequenos.

Através da parede fina, ainda ouvia o choro de Bjørn no escritório. Mais calmo agora, mas ainda desesperado. E, enquanto olhava para o rosto adormecido de Gert, pensou que a dor de Bjørn estava, de um jeito muito estranho, tornando sua dor mais fácil de suportar. Agora ela precisava ser a mais forte, aquela que não podia se dar ao luxo de refletir sobre o ocorrido e de se deixar levar pelo sentimentalismo. Porque a vida seguia em frente e eles tinham um filho para criar.

Um filho que de repente abriu os olhos.

Ele piscou e olhou ao redor, tentando encontrar alguma coisa para focar os olhos.

Ela correu a ponta dos dedos por aqueles curiosos cachos loiros.

— Quem diria que uma garota de cabelos pretos do oeste e um garoto ruivo de Toten teriam um viking loiro — tinha dito a avó de Bjørn, quando eles levaram Gert para visitá-la na casa de repouso em Skreia.

Então o menininho encontrou os olhos da mãe, e Katrine sorriu. Sorriu, acariciou seus cabelos e cantou baixinho até os olhos da criança se fecharem de novo. Só então sentiu um calafrio. Porque o olhar naqueles olhos era como o de alguém olhando para ela do outro lado da morte.

46

Johan Krohn havia se trancado no banheiro. Estava digitando no celular. Ele e Harry Hole se comunicaram bastante durante uns anos, e com certeza teria o número do investigador em algum lugar. Pronto! Em um antigo e-mail sobre Silje Gravseng, a aluna da Academia de Polícia que quis se vingar de Hole acusando-o de estupro. Ela havia procurado Krohn, querendo que ele aceitasse ser seu advogado, mas ele tinha visto as acusações e conseguiu convencê-la a desistir. Então, mesmo que ele e Hole tivessem tido algumas desavenças desde então, Hole lhe devia um favor, não é mesmo? Ele contava com isso. Havia outras pessoas para quem poderia ligar, policiais que lhe deviam mais que Hole, mas havia dois motivos bem específicos para isso. Primeiro, era garantido que Hole dedicaria toda a sua energia para encontrar e prender o homem que recentemente o havia ludibriado e humilhado. E, segundo, Harry Hole era o único da polícia que tinha conseguido capturar Finne. Sim, Hole era o único que poderia ajudá-lo. E depois teria de ver por quanto tempo seria capaz de manter Finne trancafiado por crime de ameaça e de extorsão. Seria, é claro, a palavra de um contra a do outro, mas ele cuidaria disso no momento oportuno.

— *Se precisar, deixe uma mensagem* — disse uma voz grave, seguida por um bipe. A princípio, Krohn achou tão estranha a mensagem que quase desligou. Mas havia alguma coisa naquela frase. *Se precisar.* Ele precisava, não é mesmo? Sim, precisava e teria de ser suficientemente explícito para ter certeza de que Hole retornaria a ligação. Engoliu em seco.

— Aqui é Johan Krohn. Preciso pedir que mantenha essa mensagem em segredo entre nós. Svein Finne está me ameaçando. — Tornou a engolir em seco. — Chantageando a mim. E minha família. Eu... É... Por favor, me liga de volta. Obrigado.

Desligou. Ele disse mais do que deveria? Estava fazendo a coisa certa? Será que pedir ajuda a um policial seria a solução? Era impossível ter certeza! Bem, enquanto Hole não ligasse de volta, poderia mudar de ideia, explicar a Hole que tudo não havia passado de um mal-entendido com o cliente.

Krohn entrou no quarto, enfiou-se debaixo das cobertas, pegou seu exemplar do *TfR*, o periódico do mundo jurídico da Noruega, da mesa de cabeceira e começou a ler.

— Você disse lá no terraço — começou Frida ao lado dele — que estava ensaiando uma peça de defesa.

— Isso — respondeu Johan ao ver que ela havia largado o livro sobre as cobertas e olhava para ele por cima dos óculos de leitura.

— Para quem? — perguntou ela. — Eu não sabia que você estava trabalhando num caso.

Krohn ajeitou o travesseiro.

— A defesa de um homem honrado que se meteu em confusão. — Ele pousou os olhos no artigo que tinha escrito sobre dupla punição. Claro que ele sabia de cor e salteado tudo o que estava escrito ali, mas presumiu que conseguiria fingir que nunca o havia lido, e assim poderia desfrutar de sua complexa, porém lúcida, fundamentação jurídica inúmeras vezes. — É só um caso em potencial, por enquanto. Ele está sendo chantageado por um degenerado que quer se apossar de sua amante. E, se ele não abrir mão dela, toda a sua família vai ser tirada dele.

— Hum — murmurou Frida. — Isso parece mais uma obra de ficção que um caso de verdade.

— Vamos fingir que se trata de ficção — disse Krohn. — O que você faria no lugar dele, sabendo que uma peça de defesa não ia salvá-lo?

— Uma amante em troca de toda uma família? Isso parece bem simples, não acha?

— Não, porque, se o mocinho deixar o bandido estuprar a amante, ele vai ter ainda mais coisas com que ameaçar o mocinho e vai voltar exigindo cada vez mais e mais.

— Tá bom — disse Frida com um leve sorriso. — Então eu pagaria um capanga para me livrar do bandido.

— Que tal ser um pouco realista?

— Eu achei que você tinha dito que era uma situação hipotética.

— É, mas...

— A amante — disse Frida. — Eu deixaria o desgraçado ficar com a amante.

— Obrigado — disse Krohn, os olhos pregados no periódico, ciente de que nem mesmo as mais engenhosas hipóteses sobre dupla punição seriam capazes de apagar Svein Finne e Alise de sua mente naquela noite. E, quando se lembrou dela de joelhos, parecendo venerá-lo com os olhos cheios de lágrimas porque ele era tão grande, mas, apesar disso, ela insistia em tentar engoli-lo por inteiro, teve certeza de que a sugestão de Frida estava fora de cogitação. Não estava? E se Harry Hole não pudesse ajudá-lo? Não, ainda assim, não podia fazer isso com Alise. Não só era moralmente inaceitável como ele a amava! Não amava? E agora Krohn sentia o coração dilatar mais que seu pau. Porque o que se fazia quando se amava alguém? Assumiam-se as consequências. Pagava-se o preço de suas escolhas. Se você amasse uma pessoa, não importava o preço. Essas eram as regras do amor e não havia espaço para outras interpretações. Agora tudo estava claro como o dia. Tão claro que ele precisava se apressar antes que fosse tomado pelas dúvidas, tinha de se apressar e confessar tudo para a esposa. Absolutamente tudo sobre Alise. *Alea iacta est*. A sorte está lançada. Krohn largou o periódico e respirou fundo enquanto elaborava mentalmente as frases para começar a confissão.

— Eu me esqueci de contar que peguei Simon no flagra hoje — disse Frida. — Ele estava sentado no quarto olhando... bem, você não vai acreditar.

— Simon? — disse Krohn, vendo em sua mente a imagem do primogênito. — Uma revista pornô?

— Quase. — Frida deu uma risada. — Um exemplar do *TfR*. O seu exemplar.

— Puxa — disse Krohn do jeito mais alegre possível, então engoliu em seco. Olhou para a esposa enquanto a imagem de Alise se apagava como num filme. Frida Andresen, agora Frida Krohn. O rosto dela ainda era tão puro, tão bonito quanto da primeira vez que a tinha visto no auditório. Um pouquinho mais gorda, mas os quilos extras lhe proporcionavam curvas mais femininas.

— Estou pensando em preparar comida tailandesa amanhã, as crianças vão gostar. Elas não param de falar da viagem a Ko Samui. Talvez a gente pudesse voltar lá um dia desses. Sol, calor e... — Ela sorriu e deixou o restante pairar no ar.
— É — disse Johan Krohn. — Talvez.
Ele tornou a pegar o periódico e começou a ler. Sobre dupla punição.

47

— Foi o David — disse o homem naquela voz esganiçada e oscilante dos viciados. — Ele bateu na cabeça do Birger com uma barra de ferro.

— Porque o Birger tinha roubado a heroína dele — completou Sung-min, tentando sufocar um bocejo. — E, se as suas digitais estão nessa barra de ferro, é por que você a tirou de Birger, mas àquela altura era tarde demais.

— Isso — confirmou o sujeito, olhando para Sung-min como se ele tivesse acabado de solucionar uma questão de matemática do quarto ano. — Posso ir agora?

— Pode ir quando quiser, Kasko — disse Sung-min com um gesto de mão.

O homem, que era conhecido como Kasko porque já havia trabalhado com venda de seguros de automóveis, levantou-se, as pernas oscilando como se o chão do bar Stargate fosse o convés cambaleante de um navio, e alcançou a porta onde havia um recorte de jornal que anunciava onde a cerveja mais barata de Oslo podia ser encontrada.

— O que você está fazendo? — rosnou de nervoso Marcussen, outro detetive da Kripos. — A gente podia ter conseguido a história toda e em detalhes! Nós o tínhamos nas mãos. Da próxima vez ele pode contar outra história. É isso que esses cracudos fazem.

— Mais um motivo para deixá-lo ir — disse Sung-min, desligando o gravador. — Por enquanto, temos um depoimento bem simples. Se pegarmos mais detalhes agora, das duas, uma: ou ele vai ter esquecido ou vai contar uma história diferente quando chegar a hora de se sentar no banco das testemunhas. E é exatamente isso que um advogado de defesa precisa para semear dúvida no restante do depoimento. Vamos embora?

— Não faz sentido continuar aqui — disse Marcussen ao se levantar. Sung-min assentiu e contemplou os frequentadores do bar que faziam fila do lado de fora quando ele e Marcussen haviam chegado, às sete da manhã, ao único bar de Oslo que tinha permissão para abrir tão cedo.

— Na verdade, acho que vou ficar — disse Sung-min. — Ainda não tive tempo de tomar o café da manhã.

— *Você* quer comer *aqui*?

Sung-min entendeu o que seu colega quis dizer. Ele e o bar Stargate realmente não tinham nada a ver um com o outro. Pelo menos não até aquele instante. Mas quem sabe, talvez, ele tivesse de baixar seus padrões? Diminuir as expectativas. Aquele era um lugar tão bom quanto qualquer outro para começar.

Logo depois que Marcussen partiu, Sung-min pegou o jornal que estava jogado na mesa ao lado da sua.

Nada na capa sobre o caso Rakel Fauke.

E nada sobre o acidente na rodovia 287.

O que deve significar que nem Ole Winter nem Katrine Bratt tinham ido a público com a notícia do envolvimento de Harry Hole no acidente.

No caso de Ole Winter, presumia que ele queria ganhar tempo para acrescentar um pouco do trabalho da equipe ao que eram as deduções de Sung-min. Dupla checagem corriqueira que só confirmaria o que Sung-min já havia apurado, mas que Winter poderia, num momento posterior, reivindicar como uma vitória da equipe sob sua sábia liderança.

Sung-min havia lido *O príncipe*, de Maquiavel, quando se deu conta de que não sabia nada de estratégias de poder nem de estratégias do jogo político. Um dos conselhos de Maquiavel a um governante que pretendesse permanecer no cargo era dar apoio e formar aliança com as figuras mais fracas do país, aquelas que não estavam em posição de ameaçá-lo e que, portanto, ficariam felizes com o status quo. Mas quaisquer adversários potencialmente mais fortes tinham de ser enfraquecidos por todos os meios disponíveis. O conselho se destinava às cidades italianas nos anos 1500 e, sem a menor dúvida, à Kripos.

Já em relação a Katrine Bratt atrasar o anúncio, Sung-min tinha dúvidas. Ela já havia tido vinte e quatro horas, os parentes de Hole já deviam ter sido informados, e o tempo era suficiente para ela se preparar para divulgar a notícia de que um de seus funcionários era suspeito de homicídio. Ela sentir ou não algo mais por Hole não explicava o fato de estar preparada para expor a si mesma e à Homicídios às críticas e às acusações de darem tratamento especial a policiais ao protegê-los dessa maneira da imprensa. A impressão era de que tinha de ser algo mais, uma consideração excepcional, mais profunda que aquela dedicada a um amante. Mas o que poderia ser?

Sung-min afastou essas ideias da cabeça. Talvez fosse algo completamente diferente. A esperança extrema em um milagre. De que Harry Hole estivesse vivo. Sung-min tomou um gole de café e olhou para a Akerselva, onde o sol da manhã começava a brilhar no topo dos prédios cinzentos do outro lado. Se Harry Hole estivesse compartilhando parte dessa paisagem, estaria sentado numa nuvem com uma auréola ao redor da cabeça, ouvindo os anjos cantarem e assistindo a tudo lá de cima.

Ele olhou para a nuvem lá embaixo.

Segurou o caco de espelho e o suspendeu à altura do rosto. Tinha uma faixa branca em volta da cabeça. Ouviu uma cantoria.

Olhou para a nuvem abaixo dele novamente.

Desde que havia recebido os raios de sol, aquele pequeno amontoado de nuvens se derramava no fundo do vale, obscurecendo a vista do rio congelado e colorindo a floresta de cinza. Mas, quando o sol subiu mais alto e começou a desfazer as nuvens, a visibilidade melhorou. E, com sorte, o intenso canto dos pássaros ao seu redor diminuiria um pouco.

Ele estava congelando. Tudo bem. Facilitava a visão.

De novo, olhou-se no pedaço de espelho.

A auréola ou a atadura que tinha encontrado numa gaveta da cabana estava com uma mancha vermelha onde o sangue havia atravessado. Provavelmente acabaria com outra cicatriz além daquela que corria do canto da boca até a orelha.

Ergueu-se da cadeira encostada na parede da cabana e entrou.

Passou pelos recortes de jornal na parede, um deles com o rosto que tinha acabado de ver no espelho.

Entrou no quarto onde havia passado a noite. Tirou os lençóis ensanguentados e a capa do edredom, exatamente como havia retirado a capa de edredom ensanguentada duas semanas antes no próprio apartamento. Só que desta vez o sangue era dele, só dele.

Sentou-se no sofá.

Deu uma olhada na pistola High Standard, ao lado do jogo Yatzy. Bohr tinha dito que o pessoal do E14 conseguia ficar com elas sem que fossem registradas. Virou a pistola na mão.

Precisaria dela?

Talvez sim, talvez não.

Harry Hole olhou a hora. Trinta e seis horas tinham se passado desde que havia saído aos tropeços da floresta e seguido para a cabana e para a janela quebrada e entrado. Ele havia se livrado da roupa molhada, se limpado, encontrado roupas limpas, um suéter, ceroulas, farda camuflada, meias grossas de lã. Tinha vestido tudo isso e deitado debaixo de um cobertor no beliche, onde ficou até o pior da tremedeira parar. Tinha chegado a cogitar acender o fogão, mas achou melhor não; alguém podia ver a fumaça escapando da chaminé e cismar em investigar. Havia fuçado os armários até encontrar um kit de primeiros socorros e conseguiu estancar o sangue da ferida na testa. Enrolou a atadura na cabeça e usou o que sobrou para proteger o joelho que já estava tão inchado que parecia ter engolido um ovo de avestruz. Inspirou e expirou, tentando descobrir se a dor significava que as costelas estavam quebradas ou se ele estava apenas muito machucado. Tirando isso, estava inteiro. Alguns sem dúvida chamariam o que aconteceu de milagre, mas, em resumo, foi uma questão básica de física e um pouco de sorte.

Harry respirou novamente, ouviu um chiado e sentiu uma pontada de dor na lateral do corpo.

Tá bom, mais que um pouco de sorte.

Ele havia tentado não pensar no que tinha acontecido. Esse era o novo conselho para policiais que tivessem sofrido traumas sérios: não falar nem pensar a respeito até que pelo menos seis horas tivessem se passado. Pesquisas recentes provavam — em forte contraste com o que se pensava no passado — que "falar do ocorrido" logo após uma experiência traumática não reduzia a probabilidade de desenvolver transtorno de estresse pós-traumático, e sim fazia justamente o oposto.

É óbvio que ele não tinha conseguido não pensar no que havia acontecido. Tudo se repetia em sua cabeça como um viral do YouTube. A maneira como o carro tombou na borda da cachoeira, o modo como ele foi arremessado do banco, o rosto indo parar no para-brisa; a leveza de tudo caindo na mesma velocidade, o que facilitou, por mais estranho que pareça, que ele segurasse o cinto de segurança com a mão esquerda e o fecho com a direita, e a forma como seus movimentos estavam lentos já que tudo estava acontecendo debaixo da água. A maneira como viu a espuma branca irromper da enorme rocha escura que vinha em sua direção quando travou o cinto de segurança. Então veio a pressão. Então veio o barulho.

Depois, ele estava pendurado pelo cinto de segurança, a cabeça apoiada no airbag sobre o volante, e notou que conseguia respirar, que o som da cachoeira não era mais abafado, mas agudo, sibilando ao bater e respingar nele através do vidro quebrado da janela traseira. Foi preciso alguns segundos para concluir que não apenas estava vivo mas inacreditavelmente ileso.

O carro estava na vertical, a parte frontal e o volante amassados de tal forma que estavam perto dos bancos, mas nada tão sério que tivesse decepado ou prendido suas pernas. Todas as janelas estavam quebradas, o que deve ter feito a água dentro do carro escoar em um ou dois segundos. Mas a resistência do painel e do para-brisa dianteiro provavelmente havia interrompido a drenagem da água por tempo suficiente para atuar como um amortecedor extra para o corpo de Harry, neutralizando os amassados do chassi. Porque a água é forte. A razão pela qual seres abissais não são esmagados nas profundezas do oceano sob uma pressão que reduziria um tanque blindado a uma latinha é o corpo desses peixes consistirem em grande parte de uma matéria que não sofre avarias, independentemente da pressão exercida sobre ela: água.

Harry fechou os olhos e assistiu ao restante do filme.

A posição em que seu corpo foi parar no assento não lhe permitia nem destravar nem afrouxar o cinto, pois tanto o mecanismo da bobina como o do fecho estavam destruídos. Ele correu os olhos ao redor e viu pelo espelho retrovisor quebrado da lateral que parecia que duas quedas-d'água estavam desabando sobre ele. Conseguiu liberar um pedaço do espelho. Era afiado, e suas mãos tremiam tanto que pareceu levar uma eternidade para cortar o cinto. Então despencou sobre o volante e o que restou do airbag, enfiou o estilhaço de espelho no bolso do casaco para o caso de precisar dele mais tarde, então escalou com muito cuidado pelo vão do para-brisa, torcendo para que o carro não despencasse sobre ele. Atravessou a nado a curta distância entre a rocha preta e a margem direita do rio e caminhou para a areia, então se deu conta de que o peito e o joelho esquerdo estavam doendo. A adrenalina provavelmente tinha funcionado como analgésico, assim como o uísque que ainda circulava no sangue. Percebeu que a dor só iria piorar. E, enquanto estava lá de pé, sentindo um frio tão intenso que fazia sua cabeça latejar, sentiu uma coisa quente escorrendo pelo rosto e pelo pescoço. Pegou o espelho e viu que tinha um corte enorme na lateral da testa.

Olhou para a encosta. Pinheiros e neve. Andou cem metros rio abaixo até achar um ponto em que a subida não parecia tão íngreme e começou a escalada, mas seu joelho não resistiu e ele foi derrapando por uma mistura de lama e neve, de volta para o rio. A dor no peito era tanta que teve vontade de gritar, mas tinha ficado sem ar, e tudo que conseguiu foi um arquejo inútil como o ar que escapa pelo furo de um balão. Quando tornou a abrir os olhos, não sabia por quanto tempo tinha ficado apagado, dez segundos ou muitos minutos. Não conseguia se mexer. Percebeu que estava com tanto frio que os músculos não obedeciam aos seus comandos. Harry gritou para o céu azul inocente e impiedoso acima dele. Será que havia sobrevivido a tudo isso para congelar até a morte em terra firme?

Nem a pau! Era só o que faltava!

Com grande esforço conseguiu ficar de pé, arrancou um galho de uma árvore morta meio caída sobre o rio e fez dele uma muleta. Depois de se esforçar para subir uns dez metros daquela droga de encosta, encontrou um caminho entre a neve. Ignorando a dor latejante no joelho, caminhou para o norte, na direção contrária ao fluxo do rio. Por causa do barulho da cachoeira e do tiritar dos dentes, não tinha ouvido nenhum tráfego, mas, quando subiu um pouco mais, viu que a estrada ficava na outra margem do rio. Rodovia 287.

Viu um carro passar.

Não ia morrer congelado.

Ficou lá, respirando com todo cuidado para evitar a dor no peito.

Dava para retornar ao rio, atravessá-lo, fazer sinal para um carro e pegar uma carona para Oslo. Ou, melhor ainda, podia ligar para o

Gabinete do Delegado de Sigdal e pedir que viessem buscá-lo. Talvez até já estivessem a caminho, se o motorista do caminhão tivesse visto o acidente e ligado avisando. Harry procurou o celular. Mas então se lembrou de que tinha ficado no banco do carona, junto com a garrafa de uísque e a arma da polícia, e que agora devia estar morto, afogado em algum ponto do rio.

Foi então que lhe ocorreu uma ideia.

Que ele próprio estava morto e afogado.

Que tinha uma escolha.

Voltou pelo mesmo caminho e parou onde havia, aos trancos, subido a encosta. Usou as mãos e os pés para cobrir de neve seus rastros. Então foi mancando mais uma vez para o norte. Sabia que a estrada acompanhava o curso do rio e, se o caminho que estava seguindo ia na mesma direção, não devia estar distante da cabana de Roar Bohr. Isso se seu joelho cooperasse.

O joelho não cooperou. Foram duas horas e meia de trajeto.

Harry analisou o inchaço em ambos os lados do joelho coberto por uma atadura apertada.

O joelho havia tido uma noite de descanso, mas ainda precisava de mais algumas horas.

Então precisava aguentar seu peso.

Enfiou na cabeça o gorro de lã que havia encontrado pelo caminho e pegou o caco do espelho do Escort e viu se a aba tampava o curativo. Pensou em Roar Bohr, quando foi obrigado a ir de Oslo a Trondheim com apenas 10 coroas. Ele também não tinha grana, e a distância era bem mais curta.

Harry cerrou os olhos. E ouviu a voz em sua cabeça.

Farther along we'll know more about it,
Farther along we'll understand why;
Cheer up, my brother, live in the sunshine,
We'll understand it all by and by.

Harry já tinha escutado essa música várias vezes. E não se tratava apenas da ideia de que a verdade acabaria sendo revelada. Era sobre como os traiçoeiros viviam felizes, enquanto aqueles a quem tinham traído padeciam.

48

A motorista do novo Expresso Eggedal para Oslo deu uma olhada no sujeito alto que tinha acabado de subir os degraus de seu ônibus no ponto que ficava num trecho deserto da rodovia 287. O homem usava calça camuflada, e ela logo presumiu que fosse um dos caçadores que vinham de Oslo para matar seus animais selvagens. Havia três coisas que não faziam sentido, porém. Não estavam na estação de caça. As roupas dele eram, no mínimo, dois tamanhos menores. E ele tinha uma atadura que escapava da aba do gorro de lã preta. E não tinha dinheiro para a passagem.

— Eu caí no rio, me machuquei e perdi o celular e a carteira — explicou ele. — Estou pernoitando numa cabana, e preciso chegar à cidade. Você pode emitir uma nota para eu pagar depois?

Ela olhou para ele, ponderando a situação. A atadura e as roupas que mal cabiam pareciam se encaixar na história que ele contou. E o ônibus expresso para Oslo não tinha correspondido ao esperado sucesso; as pessoas ainda preferiam pegar o ônibus municipal até Åmot e de lá tomar o expresso que passava de hora em hora. Por isso havia tantos assentos vagos. A dúvida era o que poderia gerar mais problemas: obrigá-lo a sair ou deixá-lo entrar?

Ele deve ter notado a hesitação dela, pois pigarreou e acrescentou:

— Se eu puder pegar um celular emprestado, posso pedir para a minha esposa me encontrar no ponto final do ônibus com o dinheiro.

Ela olhou para a mão direita dele. O dedo médio era uma prótese de metal azul-acinzentado. No dedo seguinte, uma aliança de casamento. Mas não estava disposta a permitir que aquela mão tocasse no seu telefone.

— Senta aí — disse ela antes de apertar um botão e a porta se fechar atrás dele com um longo chiado.

Harry foi mancando até os fundos do ônibus. Notou que os passageiros, ou pelo menos aqueles que entreouviram a conversa com a motorista, desviaram o olhar. Ele entendeu que essas pessoas estavam rezando mentalmente para que esse ser estranho que parecia ter vindo direto de um campo de batalha não se sentasse ao lado delas.

Achou dois bancos livres.

Olhou para a floresta e para a paisagem que passavam rapidamente. Depois olhou para o relógio, que havia confirmado a honestidade dos anúncios: ele sobrevivia a quase qualquer coisa, inclusive a uma ou duas cachoeiras. Cinco para as cinco. Chegariam a Oslo quando começasse a escurecer. A escuridão lhe cairia muito bem.

Algo o espetava logo abaixo da costela dolorida. Enfiou a mão dentro do casaco e mudou de posição o cano da pistola High Standard que tinha pegado na cabana. Fechou os olhos ao passarem pelo local onde ele havia feito o retorno com o carro. Sentiu o ônibus e seu coração acelerarem.

Aquilo havia lhe ocorrido num momento de clareza. A música com o trecho *"We'll understand it all"* não era uma peça do quebra-cabeça, mas uma porta que havia se aberto na escuridão e lhe mostrado a luz. Não para o panorama geral nem para o contexto, mas o bastante para que ele entendesse que a história não fazia sentido, que faltava alguma coisa. Ou, para ser mais preciso, que algo havia sido introduzido ali. O que tinha sido o bastante para ter feito com que mudasse de ideia e dado uma guinada no volante.

Tinha passado as últimas vinte e quatro horas montando o quebra-cabeça. E agora estava razoavelmente seguro de que sabia o que tinha acontecido. Havia sido relativamente fácil imaginar como a cena do crime poderia ter sido manipulada e higienizada por alguém com certo grau de conhecimento dos métodos de detecção. E como a arma do crime com o sangue de Rakel havia sido plantada entre os discos de sua coleção, visto que só duas pessoas tinham ido ao seu apartamento desde o homicídio. Agora, ele só precisava provar ou a manipulação da cena ou que a prova material do crime havia sido plantada.

O mais complicado tinha sido descobrir a motivação.

Harry havia esquadrinhado a memória em busca de um sinal, de uma explicação. E de manhã, meio dormindo, meio acordado no beliche da cabana, quando enfim encontrou o que procurava — ou o que procurava o encontrou —, num primeiro momento rejeitou a ideia, considerando-a absurda. Não podia ser verdade. Remoeu a ideia. Ou podia? Podia mesmo ser tão evidente que a motivação havia surgido naquela noite em que estava deitado na cama do apartamento de Alexandra?

Sung-min Larsen se esgueirou sem ser notado para um banco nos fundos do novo centro de conferências do novo escritório da Kripos na Nils Hansens vei, 25.

Diante dele uma multidão incomumente grande de jornalistas e fotógrafos, mesmo com a coletiva de imprensa tendo sido convocada em horário fora do expediente normal de trabalho. Desconfiou de que Ole Winter tivesse garantido que alguém deixasse vazar o nome que os atrairia em peso: Harry Hole. Agora, Winter estava sentado ao lado de Landstad — seu mais recente detetive favorito — à mesa no tablado, verificando o ponteiro dos segundos do relógio. Certamente queriam sincronizar a abertura da coletiva com o horário do noticiário num canal de televisão. Ao lado de Winter e Landstad, sentava-se outro membro da equipe de detetives: Berna Lien, chefe da Unidade de Perícia Criminal. E um pouco afastada, mais à direita, Katrine Bratt. Ela parecia deslocada e estava olhando para papéis à sua frente. Sung-min duvidava de que ela estivesse lendo algo de relevante, se é que estaria de fato lendo.

Ele viu Ole Winter respirar fundo, literalmente se inflando. Winter havia trocado o terno velho e ordinário por um novo, que Sung-min achou que era da grife sueca Tiger. Também desconfiou de que o terno havia sido comprado depois de Winter ter conversado com a recém--nomeada chefe de relações públicas, que parecia conhecer um pouco de estilo.

— Bem-vindos a esta coletiva de imprensa — começou Winter. — Meu nome é Ole Winter e, como chefe das investigações preliminares, gostaria de prestar contas do nosso trabalho sobre o assassinato de

Rakel Fauke, em que tivemos importantes progressos, e que agora, depois de intensivo trabalho em equipe, acreditamos ter solucionado.

Winter devia ter feito uma pausa dramática naquele ponto, pensou Sung-min, para alcançar o máximo efeito, mas ele continuou sua fala e, quem sabe, talvez isso se revelasse mais profissional, mais confiável. Não se deve transformar um homicídio em um espetáculo. Sung-min anotou mentalmente essa observação para uso futuro. Porque um belo dia seria ele quem estaria sentado ali. Se antes não sabia, agora tinha certeza. Ia expulsar aquele macaco velho e cansado do picadeiro.

— Esperamos e acreditamos que isso vá tranquilizar as pessoas diretamente envolvidas, as que as rodeiam e o público em geral — continuou Winter. — Tragicamente, tudo indica que a pessoa que agora temos evidências de ligação com o assassinato de Rakel Fauke parece ter tirado a própria vida. Não vou especular sobre os motivos, mas não podemos deixar de pensar que isso esteja relacionado ao fato de ela ter percebido que a Kripos estava fechando o cerco.

Sung-min observou que Winter disse "a pessoa que agora temos evidências de ligação com o assassinato de Rakel Fauke" em vez de "o suspeito" e "parece ter tirado a própria vida" em vez de "está desaparecida", e "a Kripos estava fechando o cerco" em vez de "a Kripos estava prestes a capturá-la". E que Winter começou a especular assim que afirmou que não iria fazer isso. Sung-min também tomou nota de que uma escolha mais cautelosa, mais sóbria e mais profissional de palavras teria funcionado melhor.

— Quando digo que "parece ter tirado a própria vida" — prosseguiu Winter —, é porque a pessoa em questão ainda está oficialmente desaparecida. Alguns de vocês ficaram sabendo de um carro que foi conduzido em direção ao rio ao longo da rodovia 287 ontem de manhã. Agora podemos tornar público o fato de o carro pertencer ao suspeito, Harry Hole...

Aqui Winter não precisou fazer uma pausa dramática, porque foi imediatamente pausado pela algazarra de lamentos, suspiros e exclamações que subiram da multidão de repórteres.

Harry foi despertado por luzes tremeluzentes e descobriu que o ônibus estava cruzando o túnel Lysaker e que logo chegariam ao destino.

Ao sair do outro lado, Harry confirmou que, como tinha previsto, já era noite. O ônibus subiu ao topo da colina e desceu em direção a Sjølyst. Ele olhou para a esquadra de pequenos barcos atracada em Bestumkilen. Tá bom, não tão pequenos assim. E, mesmo que se tivesse dinheiro para comprar um desses barcos, quanto se iria gastar com taxas de administração, manutenção e custo de operação por hora no mar durante a temporada de regatas na Noruega? Por que então não alugar um barco naqueles poucos dias quentes, depois atracá-lo no fim do dia e ir embora sem preocupações? Praticamente vazio, o silêncio reinava dentro do ônibus, mas dava para ouvir uns zunidos escapando de fones de ouvido no banco da frente, e, no vão entre os dois bancos, percebeu o brilho de uma tela. Evidentemente, tinha WiFi a bordo, porque ele viu que a pessoa estava lendo as notícias no site do *VG*.

Tornou a olhar para os barcos. Talvez o mais importante não fosse a quantidade de horas que se passa no mar, mas o fato de ter o barco em si. O fato de que, a qualquer momento do dia, o dono poderia pensar que havia um barco lá fora que era só *seu*. Um barco caro, cuidadosamente conservado, para o qual o dono sabia que quem passasse por ali iria apontar e dizer *seu* nome. Porque não somos o que fazemos, mas o que possuímos. E, quando se perde tudo, deixa-se de existir. Harry sabia para onde seus pensamentos estavam indo e tratou de se livrar deles.

Olhou para a tela pelo vão entre os bancos da frente. Viu que devia estar inclinada de modo a refletir seu rosto, pois, de onde estava sentado, tinha-se a impressão de que seu rosto arrasado preenchia o site do *VG*. Leu a chamada abaixo do rosto refletido.

AO VIVO, DIRETO DA COLETIVA DE IMPRENSA: SUSPEITO DE ASSASSINATO, HARRY HOLE, ESTÁ DESAPARECIDO.

Harry fechou os olhos com força para ter certeza de que estava acordado e não inventando coisas. Tornou a ler a manchete. Olhou para a foto, que não era um reflexo, mas uma foto tirada após o caso do vampirista.

Harry se recostou no assento e cobriu o rosto com o gorro.

Mas que merda.

Aquela foto estaria em toda parte nas próximas duas horas. Ele seria reconhecido nas ruas da cidade, porque um homem mancando metido em roupas camufladas justas demais chamava um bocado de atenção. E, se fosse preso agora, o plano inteiro iria pelos ares. Por isso, o plano precisava ser alterado.

Harry tentou pensar. Ele não podia ir e vir livremente, então teria de arranjar um celular o mais rápido possível para que pudesse ligar para as pessoas com quem precisava falar. Em cinco ou seis minutos o ônibus chegaria ao terminal. Havia um caminho de pedestres até a Estação Central. Na região em torno da estação, em meio ao vai e vem de um misto de usuários de droga, mendigos e outros tipos bizarros da cidade, ele não chamaria muita atenção. E, mais importante, quando a Telenor desativou todos os orelhões em 2016, resolveu — a título de curiosidade — instalar alguns telefones públicos antigos que funcionavam com moedas, um deles na Estação Central.

Mas, mesmo que ele conseguisse ir tão longe, ainda continuava com o mesmo problema.

Como ir de Oslo a Trondheim.

Sem uma única coroa no bolso.

— Sem comentários — disse Katrine Bratt. — Não posso comentar sobre isso no momento. — E: — Essa é uma pergunta para a Kripos.

Sung-min sentiu pena dela enquanto era bombardeada com perguntas dos repórteres. Bratt parecia estar no próprio velório. "Próprio velório"? Essa era uma boa escolha de palavras? Que razões temos para supor que a morte é um lugar pior? Estava claro que Harry não achava isso.

Sung-min saiu da fileira de bancos que, em qualquer outra ocasião, estaria vazia. Havia escutado o bastante. O bastante para ver que Winter tinha conseguido o que queria. O que bastava para constatar que talvez ele não fosse capaz de desafiar o macho alfa num futuro próximo. Porque esse caso fortaleceria ainda mais a posição de Winter, e, agora que Sung-min havia caído em desgraça, era hora de perguntar a si mesmo se não havia chegado o momento de procurar uma transferência para um setor diferente. Katrine Bratt parecia ser o tipo de gerente para quem ele conseguia se imaginar prestando esclarecimentos. Ou trabalhando em conjunto. Ele poderia preencher o vazio deixado por Harry Hole. Se ele era o Messi, Hole tinha sido o

Maradona. Uma trapaça celestialmente abençoada. E não importava quanto o Messi brilhasse, ele nunca seria um ídolo tão magnífico quanto Maradona. Pois Sung-min estava ciente de que, mesmo que enfrentasse resistência naquele momento, sua própria história careceria da queda em desgraça, da tragédia de Hole e de Maradona. Sua história seria um sucesso maçante.

Kasko usava óculos escuros da Oakley.

Ele os havia afanado do peitoril da janela de um café em que entrou para pegar copos de papel com os quais costumava pedir dinheiro para comprar drogas. O dono dos óculos escuros os havia tirado para olhar para uma garota que passava na calçada em frente ao bar. O sol fazia a neve lá fora cintilar, então parecia um pouco fora de propósito retirar os óculos naquela hora. Mas certamente ele queria que a garota visse que ele estava olhando para ela. Bem feito! Quem mandou se entregar às belezas da primavera?

— Que idiota! — vociferou Kasko para que todo mundo pudesse ouvir.

Suas coxas e nádegas estavam dormentes. Era o preço a pagar por ficar sentado o dia inteiro, a bunda no chão duro de pedra, tentando fingir que estava sofrendo. Bom, ele estava sofrendo mesmo. E estava mais que na hora de conseguir sua dose noturna.

— Obrigado! — cantarolou ele quando uma moeda caiu no copo de papel. Era importante demonstrar bom humor.

Kasko tinha colocado os óculos escuros porque achava que seria mais difícil ser reconhecido. Não que estivesse com medo da polícia, pois havia contado tudo o que sabia. Mas ainda não tinham encontrado e capturado David, e, se David descobrisse que Kasko tinha dado com a língua nos dentes para o detetive chinês, havia uma grande chance de David estar atrás dele. E por isso fazia todo o sentido se sentar no meio da multidão diante da bilheteria da Estação Central, onde, ao menos, ninguém poderia ameaçá-lo de morte.

E talvez o misto de um agradável dia de primavera e poucos atrasos nos trens tivesse melhorado o humor das pessoas. Era fato que tinham jogado mais dinheiro que o normal no copo de papel estendido para elas. Até alguns moleques emo que costumavam perambular pelos degraus da Plataforma 19 tinham lhe dado uns trocados. Por isso, a dose noturna já estava garantida; não precisaria vender os óculos naquela noite.

Kasko notou uma figura numa farda camuflada. Não porque mancava, não porque tinha uma atadura debaixo do gorro, não porque estava um lixo, mas porque o cara andava de um jeito estranho, atravessando o caminho dos outros como um peixe predador num cardume de comedores de plâncton. Para ser mais preciso, ele estava indo direto para Kasko. E Kasko não gostava nada disso. As pessoas que lhe davam dinheiro eram as que passavam por ele, não as que *iam até ele*. *Ir até ele* não era bom mesmo.

O homem estancou diante dele.

— Posso pegar uns trocados emprestados de você? — A voz era tão rouca quanto a de Kasko.

— Foi mal, amigo — disse Kasko. — Você vai ter que se virar sozinho. Isso aqui só dá para mim.

— Eu só preciso de 20, 30 coroas.

Kasko deu uma risadinha.

— Dá para ver que você está precisando de um remédio, mas, como já disse, eu também.

O homem ficou de cócoras ao lado dele. Tirou algo de dentro do bolso. A documentação da polícia. Merda, de novo não! O sujeito da foto lembrava vagamente o homem a sua frente.

— E, por isso, estou me apropriando dos seus bens por praticar mendicância em local público — disse ele, apossando-se do copo de papel.

— De jeito nenhum! — gritou Kasko, pegando o copo de volta e apertando-o de encontro ao peito.

Alguns passantes pararam para ver a cena.

— Você vai me dar isso — disse o homem — ou vou te levar para a delegacia e te prender, e aí não vai ter dose para você, só amanhã bem tarde. O que você acha de uma noite assim?

— Você está blefando, seu drogado filho da puta! Numa votação no Conselho Municipal em 16 de dezembro de 2016, tanto as propostas primárias quanto as secundárias para proibir a captação de recursos em público, inclusive mendigar, foram derrubadas.

— É mesmo? — questionou o homem, fingindo pensar a respeito. Ele se aproximou de Kasko, postando-se como um escudo para escondê--lo dos passantes, e sussurrou: — Você está certo. Era um blefe. Mas isso aqui não é.

Kasko foi ver o que era. O homem havia posto a mão dentro do casaco camuflado e naquele instante portava uma pistola apontada para ele. Uma pistola grande e barulhenta pra caralho, bem na hora do rush de volta para casa em plena Estação Central! O cara deve estar completamente fodido. A atadura em volta da cabeça e a porra de uma cicatriz assustadora da boca até a orelha. Kasko sabia muito bem o que a abstinência de droga podia fazer às pessoas que, em outra situação, seriam perfeitamente normais — ele mesmo, não fazia muito tempo, tinha sido testemunha do que uma barra de ferro podia fazer, e o sujeito ali tinha uma arma. Ele teria, afinal, de vender os óculos escuros.

— Pega — esbravejou ele, oferecendo ao outro o copo de papel.

— Obrigado. — O homem pegou o copo e viu o que tinha dentro. — Quanto você quer pelos óculos?

— Hã?

— Os óculos. — O homem pegou o que havia de cédulas dentro do copo e ofereceu a Kasko. — É o suficiente?

Então arrancou os óculos de Kasko, botou no rosto, levantou-se e foi mancando em meio ao tumulto de gente, direto para o telefone antigo do lado de fora da 7-Eleven.

Harry ligou primeiro para o próprio correio de voz, digitou o código e verificou se Kaja Solness não havia deixado uma mensagem dizendo que ela tinha tentado atender uma de suas ligações. A única mensagem era de um emocionalmente abalado Johan Krohn: *Preciso pedir que mantenha essa mensagem em segredo entre nós dois. Svein Finne está me ameaçando. Chantageando a mim. E minha família. Eu... É... Por favor, me liga de volta. Obrigado.*

Ele vai ter de ligar para outra pessoa, eu estou morto, pensou Harry ao ver as moedas serem engolidas, uma a uma, pelo telefone.

Ligou para o serviço de lista telefônica. Conseguiu os números que queria, os quais foi anotando nas costas da mão.

O primeiro número que ligou foi o de Alexandra Sturdza.

— Harry!

— Não desliga. Eu sou inocente. Está no trabalho?

— Sim, mas...

— O quanto eles sabem?

Ele ouviu que Alexandra titubeava. Ouviu-a tomar uma decisão. Ela lhe passou um resumo da conversa com Sung-min Larsen. E parecia estar prestes a chorar quando terminou.

— Sei qual a impressão que isso dá — disse Harry. — Mas você vai ter que acreditar em mim. Acha que consegue?

Silêncio.

— Alexandra. Você acha que, se eu acreditasse que tinha matado a Rakel, teria me dado ao trabalho de ressuscitar dos mortos?

Ainda silêncio. Então um suspiro.

— Obrigado — disse Harry. — Você se lembra da última vez que estive na sua casa?

— Sim. — Ela deu uma fungada. — Ou não.

— A gente estava deitado na sua cama. Você me pediu para usar camisinha, porque tinha certeza de que eu não queria outro filho. Uma mulher ligou.

— Ah, sim. Kaja. Nome nojento.

— Certo — disse Harry. — Agora, preciso perguntar uma coisa que tenho certeza de que você não vai querer responder.

— Tá bom...

Harry fez uma pergunta cuja resposta era sim ou não. Percebeu que Alexandra fez uma pausa. O que por si só era uma resposta. Então ela disse sim. Era o que ele precisava.

— Obrigado. Mais uma coisa. Aquela calça com manchas de sangue. Dá para você fazer uma análise?

— Do sangue de Rakel?

— Não. Os meus dedos estavam sangrando, então também tem o meu sangue na calça, se é que você se lembra.

— Sim.

— Ótimo. Gostaria que você analisasse o meu sangue.

— O seu? Para quê?

Harry explicou o porquê.

— Isso vai demorar um pouco — disse Alexandra. — Vamos dizer uma hora. Onde você vai estar para eu poder ligar?

Harry refletiu por um instante.

— Envia os resultados por mensagem para Bjørn Holm.

Ele passou o número de Bjørn para ela e depois desligou.

Harry botou mais moedas no telefone, notando que elas iam mais rápido que suas palavras. Precisava ser mais eficiente.

Sabia de cor o número de Oleg.

— Alô? — A voz dele parecia distante. Talvez por ele estar muito, muito longe, ou talvez fossem seus pensamentos que estivessem distantes. Possivelmente os dois.

— Oleg, sou eu.

— Pai?

Harry precisou engolir em seco.

— Ã-hã — disse Harry.

— Eu estou sonhando — disse Oleg. Isso não soou como uma queixa, mas uma declaração sensata diante dos fatos.

— Não, não está — retrucou Harry. — A não ser que eu também esteja sonhando.

— Katrine Bratt disse que você jogou o carro no rio.

— E eu sobrevivi.

— Você tentou se matar.

Harry podia perceber o espanto de seu enteado ceder lugar a um crescente ódio.

— Tentei — respondeu Harry. — Porque pensei que tivesse matado a sua mãe. Mas no último momento percebi que era isso que eu deveria pensar.

— O que você quer dizer com isso?

— É complicado demais para explicar agora, e eu não tenho dinheiro suficiente. Preciso que você faça uma coisa para mim.

Uma pausa.

— Oleg?

— Estou aqui.

— A casa é sua agora, o que significa que você pode verificar o consumo de eletricidade on-line. Lá fica registrado o consumo de hora em hora.

— E...?

Harry explicou o que precisava e pediu a ele que enviasse uma mensagem com os resultados para Bjørn Holm.

Quando terminou, respirou fundo e ligou para Kaja Solness.

O telefone chamou seis vezes. Ele estava prestes a desligar, e quase deu um pulo ao ouvir a voz de Kaja.

— Kaja Solness.

Harry umedeceu a boca.

— É o Harry.

— Harry? Não reconheci o número. — Ela soava estressada. Falava rápido.

— Tentei ligar para você diversas vezes do meu celular — disse Harry.

— Sério? Eu não chequei. Eu... Eu tenho que ir. A Cruz Vermelha. Eu tive que largar tudo, é isso que acontece quando se está de plantão.

— Para onde estão te mandando?

— Para... Aconteceu tão rápido que eu não me lembro do nome. Foi um terremoto. Uma pequena ilha no Pacífico, uma longa viagem. Foi por isso que não te liguei de volta, faz tempo que estou sentada em um avião de transporte.

— O som está tão bom, parece que você está aqui perto.

— Os telefones são muito avançados hoje em dia. Olha, estou ocupada agora. O que você queria?

— Eu preciso de um lugar para dormir.

— E o seu apartamento?

— Muito arriscado. Preciso de um lugar para me esconder. — Harry via as moedas sumindo. — Posso explicar mais tarde, mas preciso encontrar outro lugar depressa.

— Espera aí!

— O quê?

Uma pausa.

— Vá para a minha casa — disse Kaja. — Tem uma chave debaixo do capacho.

— Eu posso dormir na casa do Bjørn.

— Não! Eu insisto. Quero que você vá para a minha casa, de verdade.

— Tá bom. Obrigado.

— Que bom. A gente se vê em breve. Eu espero.

Harry ficou parado, olhando para o vazio por alguns instantes depois de desligar. De repente seus olhos foram parar em uma tela de televisão de frente para o saguão de um café. Estava passando um vídeo dele mesmo entrando no prédio do Fórum. Na época do caso do vampirista, de novo. Rapidamente, Harry se virou de volta para o telefone. Ligou para o número de Bjørn, outro que ele também sabia de cor.

— Holm falando.

— É o Harry.

— Não — disse Bjørn. — Ele está morto. Quem está falando?

— Você não acredita em fantasmas?

— Já perguntei, quem é?

— Eu sou a pessoa para quem você deu o *Road to Ruin*.

Silêncio.

— Ainda prefiro o *Ramones* e o *Rocket to Russia* — prosseguiu Harry. — Mas foi muito bem pensado da sua parte.

Harry ouviu um ruído. Levou alguns instantes para perceber que era um choro. Não de uma criança. Mas de um adulto.

— Eu estou na Estação Central — disse Harry, fingindo não ter escutado o choro. — Eles estão atrás de mim, tenho um joelho machucado e nenhum tostão e preciso de transporte gratuito para a Lyder Sagens gate.

Harry escutou uma respiração pesada, seguida de uns impropérios meio sufocados, murmurados para os próprios ouvidos. Então Bjørn Holm disse com uma voz tão fina e trêmula que era como se Harry nunca a tivesse ouvido antes.

— Eu estou sozinho com o garoto. Katrine está numa coletiva de imprensa na Kripos. Mas...

Harry aguardou.

— Vou levar o bebê, ele precisa se acostumar a andar de carro — avisou Bjørn. — Na entrada do shopping daqui a vinte minutos?

— Tem umas pessoas aqui que não param de olhar para mim. Daria para você chegar em quinze?

— Vou tentar. Fica no ponto de tá... — A voz de Bjørn foi cortada por um longo bipe. Harry ergueu os olhos. Sua última moeda se fora. Enfiou a mão dentro do casaco e massageou o peito e a costela.

Harry estava parado no espaço menos iluminado da calçada da entrada norte da Estação Central de Oslo quando o Volvo Amazon vermelho de Bjørn ultrapassou a fila de táxis aguardando passageiros e parou. Alguns taxistas que papeavam por ali olharam com desconfiança, talvez achando que o carro antigo fosse um táxi pirata ou, pior ainda, um Uber.

Harry foi mancando até o carro e se sentou no banco do carona.

— Oi, fantasma — sussurrou Bjørn de sua posição de sempre, quase deitado no banco. — Para a casa de Kaja Solness?

— Isso — disse Harry, percebendo que o sussurro era por causa da cadeirinha de bebê presa ao banco traseiro.

Pegaram a rotatória ao lado da Spektrum, onde Bjørn havia convencido Harry a ir para um show em homenagem a Hank Williams no verão passado. Bjørn havia ligado para Harry na manhã do dia do show para dizer que estava na maternidade e que as coisas tinham começado um pouco antes do esperado. E que ele desconfiava de que o bebê estivesse ansioso para sair para que pudesse ir com o pai ouvir suas primeiras músicas do Hank Williams.

— E a srta. Solness sabe que você está a caminho? — perguntou Bjørn.

— Sabe. Ela disse que deixou uma chave debaixo do capacho.

— Ninguém deixa chaves debaixo do capacho, Harry.

— Vamos ver.

Passaram por baixo da Bispelokket e dos prédios do governo. E diante dos murais de *O grito* e Blitz, pela Stensberggata, por onde Bjørn e Harry tinham passado a caminho do apartamento de Harry no início da noite do assassinato. Quando Harry estava tão fora de si que não teria notado nem a explosão de uma bomba. Agora ele estava prestando muita atenção, atento a todas as mudanças de som do motor, a todos os rangidos dos bancos, e, também — quando pararam no sinal vermelho da Sporveisgata, perto da Igreja Fagerborg —, à respiração quase inaudível da criança no banco de trás.

— Você precisa me avisar quando for a hora — disse Bjørn Holm num sussurro.

— Pode deixar — respondeu Harry, notando como a própria voz soava estranha.

Dirigiram pela Norabakken e entraram na Lyder Sagens gate.
— Aqui — avisou Harry.
Bjørn parou o carro. Harry não se mexeu.
Bjørn esperou um pouco e desligou o motor. Eles ficaram olhando para a casa às escuras atrás da cerca.
— O que você está vendo? — perguntou Bjørn.
Harry deu de ombros.
— Vejo uma mulher de um metro e setenta e poucos de altura, mas que, fora isso, me supera em tudo. Casa maior. Mais inteligente. Melhores princípios morais.
— Está falando de Kaja Solness ou da de sempre?
— Da de sempre?
— Rakel.
Harry não respondeu. Olhou para as janelas escuras atrás dos galhos secos e desfolhados como os dedos das bruxas próximos à cerca. A casa não lhe informava nada. Mas também não parecia adormecida. Era como se estivesse prendendo a respiração.
Três acordes curtos. A guitarra de aço de Don Helms em "Your Cheatin' Heart". Bjørn tirou o celular do bolso do casaco.
— Mensagem — avisou ele, e botou o fone de volta.
— Pode abrir — disse Harry. — É para mim.
Bjørn fez o que ele disse.
— Não sei do que se trata nem quem enviou, mas diz benzodiazepínico e flunitrazepam.
— Substâncias comuns em casos de estupro.
— Sim. Rohypnol.
— Pode ser injetado num homem adormecido e, se a dose for alta o bastante, vai fazer com que durma por pelo menos quatro, cinco horas. E ele nem saberia se tinha sido empurrado de um lado para o outro e transportado para tudo que é canto.
— Ou estuprado.
— Concordo. Mas o que faz do flunitrazepam um medicamento tão eficaz para o estupro é que ele provoca amnésia. Apagão total, a vítima não se lembra de nada do que aconteceu.
— E deve ser por isso que não é mais fabricado.

— Mas é vendido nas ruas. E alguém que tenha trabalhado na polícia saberia onde conseguir umas pílulas.

Os três toques soaram novamente.

— Céus! Hora do rush — disse Bjørn.

— Abre esse também.

Um gemido do banco de trás e Bjørn se virou para olhar o bebê. Então a respiração voltou ao normal, e Harry viu o corpo de Bjørn se livrar da tensão, e ele ligou o celular.

— Diz aqui que o consumo de eletricidade aumentou 17,5 quilowatts por hora entre as vinte e as vinte e quatro horas. O que isso significa?

— Que quem matou a Rakel o fez por volta das oito e quinze.

— O quê?

— Recentemente conversei com um cara que aplicou o mesmo golpe. Ele atropelou e matou uma garota enquanto dirigia embriagado, então a colocou no carro e ligou o aquecimento no máximo para manter a temperatura do corpo dela. Ele queria fazer os peritos concluírem que ela tinha morrido mais tarde do que de fato morreu, numa hora que ele não tinha a quantidade ilegal de álcool no sangue.

— Não estou conseguindo seguir o seu raciocínio, Harry.

— O assassino é aquele vulto que aparece bem no começo da gravação, aquele que chega a pé. Entra na casa às oito e dois, mata Rakel com a faca do bloco da cozinha, aumenta o termostato que controla todos os aquecedores do térreo e sai sem trancar a porta. Vai para o meu apartamento mais tarde, onde ainda estou tão fora de mim que nem sinto que estão me aplicando Rohypnol. O assassino "planta" a arma usada entre os discos na prateleira da minha casa, localiza as chaves do Ford Escort, me leva de carro até a cena do crime e me carrega para dentro da casa. E é por isso que o vídeo é tão demorado e dá a impressão de ser uma pessoa gorda ou alguém com o sobretudo aberto que entra na casa curvada para a frente. O criminoso está me carregando como uma mochila. "Do jeito que se carrega alguém que caiu", como Bohr explicou que faziam no Afeganistão e no Iraque. E então eu sou colocado na poça de sangue ao lado de Rakel e deixado sozinho à minha própria sorte.

— Puta que pariu! — Bjørn coçou a barba vermelha. — Mas não se vê ninguém deixando a cena.

— Porque o assassino sabia que eu ficaria convencido de que matei Rakel quando acordasse. O que significava que eu teria que encontrar os dois chaveiros dentro da casa, com a porta trancada por dentro. O que me levaria à conclusão de que ninguém mais, além de mim, teria cometido o assassinato.

— Parece algo saído de um daqueles livros de detetive.

— Exatamente.

— E...?

— Depois que o assassino me deitou ao lado de Rakel, a porta foi trancada por dentro e o criminoso deixou a cena do crime por uma das janelas do porão. As únicas sem grade. A pessoa não sabe nada sobre a câmera, mas tem sorte. Embora a câmera seja ativada por movimento, não dá para ver nada porque o assassino está se movendo na escuridão total do outro lado da garagem quando deixa a cena. Nós presumimos que tivesse sido um gato ou um pássaro e não demos muita atenção a isso.

— Você quer dizer que tudo isso foi apenas para... foder você?

— Eu diria me manipular, me levando a achar que eu matei a mulher que amava.

— Meu Deus, isso é pior que a sentença de morte mais brutal, isso é tortura. Por que...?

— Porque era exatamente essa a intenção. Uma punição.

— Punição? Por quê?

— Pela minha traição. Percebi isso quando estava prestes a me matar e liguei o rádio. *"Farther along we'll know more about it..."* Mais à frente vamos saber mais sobre isso.

— *"Farther along we'll understand why"* — disse Bjørn, assentindo lentamente.

— *"Cheer up, my brother"* — continuou Harry. — *"Live in the sunshine. We'll understand it all by and by."* Vamos entender tudo com o passar do tempo.

— Maravilhoso — comentou Bjørn. — Muita gente acha que essa música é do Hank Williams, mas na verdade foi um dos poucos covers que ele gravou.

Harry pegou a pistola e viu Bjørn se remexer desconfortavelmente no banco do motorista.

— Não é registrada — disse Harry enquanto aparafusava o silenciador no cano. — Era propriedade da E14, uma unidade de inteligência já desativada. Não tem como ser rastreada.

— Você está pensando em... — Bjørn acenou nervosamente com a cabeça para a casa de Kaja — usando isso?

— Não — disse Harry, passando a pistola para o colega. — Eu vou entrar desarmado.

— Por que você está me dando isso?

Harry passou um bom tempo olhando para Bjørn.

— Porque você matou a Rakel.

49

— Quando você ligou para o Øystein no Jealousy no começo da noite do assassinato e soube que eu estava lá, sabia que eu ficaria lá por um bom tempo — disse Harry.

Bjørn segurava a pistola enquanto encarava Harry.

— Então dirigiu até Holmenkollen. Estacionou o Amazon um pouco distante para que os vizinhos ou outras testemunhas não o vissem e se lembrassem do carro fora do comum. Foi caminhando até a casa da Rakel. Tocou a campainha. Ela abriu a porta, viu que era você e, é claro, te convidou para entrar. Àquela altura você não sabia que os seus movimentos estavam sendo gravados por uma câmera de monitoramento remoto, é claro. Até então, para você, tudo estava dentro dos conformes. Nenhuma testemunha, nenhum imprevisto, o bloco de facas continuava exatamente onde estava da última vez que você nos visitou, quando eu ainda morava lá. E eu ainda estava no Jealousy, bebendo. Você tirou a faca do suporte e a matou. Com eficiência e sem nenhum prazer, você não é um sádico. Mas com brutalidade suficiente para que eu soubesse que ela havia sofrido. Quando ela morreu, você aumentou o termostato, pegou a faca, foi dirigindo até o Jealousy e botou Rohypnol na minha bebida enquanto eu me envolvia numa briga com o Ringdal. Você me arrastou até o seu carro e foi para a minha casa. O Rohypnol age rápido, eu estava letárgico quando você parou ao lado do Escort no estacionamento atrás do meu prédio. Você encontrou as chaves do meu apartamento no meu bolso, pressionou minha mão em volta da faca para que as minhas impressões digitais ficassem marcadas e depois a plantou no meu apartamento, entre os discos do Rainmakers e do Ramones, no lugar certo para a Rakel. Vasculhou tudo até encontrar as chaves do meu carro. Ao descer as escadas, deu de cara com o Gule, que voltava para casa depois do trabalho. Isso não estava nos planos, mas você improvisou bem. Disse a ele que havia me colocado na cama e estava de saída. De volta para o estacionamento nos fundos, você me passou do Amazon para o Escort e dirigiu até a casa da Rakel. Você conseguiu me tirar do carro, embora tenha levado um tempo. Depois me carregou nas costas, subiu os degraus, passou pela porta destrancada e me deitou na poça de sangue ao lado da Rakel. Então limpou a cena de qualquer evidência de que havia estado lá e saiu da casa pela janela do porão. É claro que o trinco da janela não podia ser fechado por fora. Mas você também tinha pensado numa solução para isso. E presumo que tenha ido a pé para casa. Descido a Holmenkollveien. Pegado a Sørkedalsveien para ir até Majorstua, talvez. Evitando qualquer área com câmeras de segurança, táxis que exigiriam pagamento com cartão, enfim, tudo que pudesse ser rastreado. Depois, só precisava aguardar, manter seu walkie-talkie por perto e acompanhar o desenrolar dos acontecimentos. Foi por isso que, mesmo estando em licença-paternidade, você foi um dos primeiros a aparecer quando foi informado de que o corpo de uma mulher havia sido encontrado no endereço de Rakel. E você assumiu o comando das investigações. Percorreu a casa procurando possíveis rotas de fuga, algo que os outros sequer tinham pensado em fazer, pois a porta principal estava aberta quando encontraram a Rakel. Você desceu até o porão, fechou o trinco da janela, depois subiu até o sótão só para constar e voltar afirmando que tudo estava trancado. Alguma objeção até agora?

Bjørn Holm não respondeu. Continuava jogado no banco do motorista, os olhos embaçados voltados para Harry, mas aparentemente sem condições de se concentrar.

— Você achou que tinha dado tudo certo. Que tinha cometido o crime perfeito. Ninguém poderia te acusar de não ser audacioso. Obviamente, as coisas ficaram um pouco complicadas quando você se deu conta de que o meu cérebro havia reprimido o fato de eu ter acordado na casa da Rakel. Reprimido o fato de eu estar convencido de que eu é que a tinha matado ao ver a porta trancada por dentro. Reprimido o fato de que eu havia removido qualquer evidência de que havia estado lá, retirado a câmera de monitoramento remoto e jogado fora o cartão de memória. Eu não conseguia me lembrar de nada. Mas isso não ia me salvar. Você havia escondido a arma do crime no meu apartamento como garantia. Garantia para o caso de eu não reconhecer a minha culpa nem me autoflagelar o bastante, ou, caso houvesse evidências de que eu ia escapar ileso, você poderia discretamente providenciar para a polícia obter um mandado de busca e encontrar a faca. Mas, quando percebeu que eu não conseguia me lembrar de nada, você deu um jeito de eu encontrar a faca "plantada" por você. Você queria que eu me tornasse meu próprio torturador. Para isso, você me deu um novo disco, porque já sabia onde eu o colocaria na minha coleção, já que você conhece os critérios de organização que uso. *Road to Ruin*, do Ramones. Logo esse. Ouso dizer que você não sentiu nenhum prazer maligno ao me dar o disco no velório, mas... — Harry deu de ombros. — Foi isso que você fez. E aí eu encontrei a faca. E comecei a me lembrar.

A boca de Bjørn abria e fechava.

— Mas aí começaram a aparecer alguns caroços nesse angu — continuou Harry. — Eu encontrei o cartão de memória que contém as gravações da câmera. Você percebeu que havia um sério risco de ser identificado e descoberto e me perguntou se o conteúdo havia sido copiado antes de pedir para te entregar o cartão. Pensei que você estivesse perguntando porque seria mais fácil enviar o conteúdo pelo Dropbox. Mas a única coisa que você queria era ter certeza de que estava com o único exemplar existente e assim poder destruir ou modificar as gravações para não ser reconhecido. Quando, para o seu alívio, ficou confirmado que as gravações não revelavam muito, você mandou o cartão para um perito em 3-D, mas sem que o seu nome estivesse envolvido. Em retrospecto, é fácil ver que eu devia ter me perguntado por que você não me pediu para enviar diretamente para o perito.

Harry olhou para a pistola. Bjørn não a segurava pelo punho com o dedo no gatilho, mas pelo guarda-gatilho, como se fosse uma prova judicial na qual ele não queria deixar nenhuma impressão digital.

— Você tem... — A voz de Bjørn soava como a de um sonâmbulo, como se sua boca estivesse cheia de algodão. — Você tem algum tipo de gravador?

Harry fez que não com a cabeça.

— Não que isso importe — disse Bjørn com um sorriso resignado.
— Como... Como você descobriu?
— Pelo que sempre nos uniu, Bjørn. A música.
— Música?
— Uns instantes antes de colidir com o caminhão, eu liguei o rádio e ouvi Hank Williams e aqueles violinos. Deveria estar na estação de hard rock. Alguém havia mudado de estação. Alguém além de mim tinha usado o carro. E, quando eu estava no rio, percebi outra coisa, que havia algo errado com o banco. Só quando cheguei à cabana de Bohr que tive tempo de refletir sobre isso. Foi na primeira vez que eu usei o carro depois da morte da Rakel, quando estava a caminho dos velhos bunkers em Nordstrand. Também tive a mesma sensação, a sensação de que algo não estava certo. Cheguei até a morder meu dedo falso como costumo fazer quando não consigo me lembrar de algo. Agora sei que era o encosto do banco. Quando entrei no carro, tive que ajustar a posição, levantar um pouco. Às vezes eu precisava fazer isso quando Rakel e eu dividíamos o carro, mas por que eu teria que ajustar o banco do carro que só eu dirigia? E quem eu conheço que usa o banco tão para trás que parece estar quase deitado?

Bjørn não respondeu. Seu olhar continuava distante, como se escutasse algo acontecendo dentro de sua cabeça.

Bjørn Holm olhou para Harry, viu a boca dele se mover e registrou as palavras, mas elas não soavam do jeito que deveriam. Era como se estivesse bêbado assistindo a um filme debaixo da água. Mas isso estava acontecendo, era real, só havia um filtro que o cobria, como se não tivesse nada a ver com ele. Não mais.

Ele havia compreendido isso desde que ouvira a voz do Harry morto ao telefone. Tinha sido descoberto. E fora um alívio. Sim, havia sido. Porque, se tinha sido uma tortura para Harry imaginar que matara Rakel, para Bjørn tinha sido um inferno. Porque ele não apenas imaginava mas sabia que havia matado Rakel. E se lembrava de quase todos os detalhes do assassinato, revivendo-o praticamente a todo momento, sem parar, como um bumbo monótono e latejante tocando nas suas têmporas. E a cada batida vinha a mesma vibração: não, não é um sonho, eu fiz mesmo isso! Fiz o que sonhei, o que planejei, o que estava convencido de que, de alguma forma, traria equilíbrio de volta a um mundo que girava fora de controle. Matar o que Harry Hole mais amava acima de tudo, do mesmo jeito que Harry havia matado — arruinado — a única coisa que Bjørn valorizava.

Claro que Bjørn sabia que Katrine se sentia atraída por Harry; qualquer um que tivesse trabalhado em estreita colaboração com os dois percebia isso. Ela jamais negou, mas dizia que ela e Harry nunca tinham ficado juntos, nem mesmo se beijado. E Bjørn acreditara nela. Por ser ingênuo? Talvez. Mas principalmente porque queria acreditar nisso. Além do que, isso foi muito tempo atrás, e agora ela estava com ele. Era o que achava, pelo menos.

Quando foi a primeira vez que suspeitou de alguma coisa?

Será que foi quando ele sugeriu a Katrine que Harry deveria ser um dos padrinhos do bebê e ela rejeitou a ideia? Ela não tinha uma explicação melhor a dar além do fato de Harry ser instável e de não querer que uma pessoa assim tivesse qualquer responsabilidade pela educação de Gert. Como se escolher alguém para ser padrinho não fosse um mero gesto de cortesia dos pais para com um amigo ou parente. E ela quase não tinha parentes, e Harry era um dos amigos que tinham em comum.

Mas Harry e Rakel foram ao batizado como convidados normais. E Harry tinha sido o Harry de sempre, encostado num canto, conversando sem grande entusiasmo com quem o procurava, espiando a hora e olhando de tempos em tempos para Rakel, absorta em conversas com pessoas diferentes, e a cada meia hora ele sinalizava para Bjørn que estava saindo para fumar um cigarro. Foi Rakel quem havia reacendido as suspeitas de Bjørn. Ele tinha visto o rosto dela se contrair ao ver o bebê, ouvido o leve tremor da voz quando educadamente dissera aos pais que filho maravilhoso eles haviam concebido. E, não menos importante, a expressão desconfortável em seu rosto quando Katrine havia passado o bebê para ela segurar por uns instantes, enquanto resolvia alguma coisa. Ele vira Rakel virar de costas para Harry para que ele não pudesse ver seu rosto nem o rosto do bebê.

Três semanas depois, ele teve a resposta.

Ele havia usado um cotonete para tirar uma amostra da saliva do filho e enviá-la para o Instituto de Medicina Forense sem especificar a qual caso se referia, dizendo apenas se tratar de um teste de DNA sujeito aos usuais compromissos de confidencialidade cobrindo testes de paternidade. Ele estava sentado em seu escritório na Unidade de Perícia Criminal, em Bryn, quando havia lido os resultados que mostravam que não havia como ele ser o pai de Gert. Mas uma nova funcionária, uma romena, com quem havia conversado, dissera ter encontrado correspondência com outra pessoa no banco de dados. O pai era Harry Hole.

Rakel sabia. Katrine sabia, é claro. Harry também. Não, talvez não, não de verdade. Ele não era um bom ator. Apenas um traidor. Um falso amigo.

Os três contra ele. Desses três, havia apenas um que ele não poderia viver sem. Katrine.

Katrine poderia viver sem ele?

Claro que sim.

Porque quem era Bjørn? Um especialista em medicina forense rechonchudo, branquelo e inofensivo que sabia um pouco além da conta de música e cinema, e que, em poucos anos, seria um especialista em medicina forense acima do peso, pálido e inofensivo que sabia ainda mais de música e cinema. Que em algum momento da vida havia substituído o gorro rastafári por uma boina achatada e comprado muitas camisas de flanela. Que sempre esteve convencido de que essas eram escolhas pessoais, coisas que diziam algo sobre seu desenvolvimento como pessoa, sobre uma consciência que só ele havia alcançado, porque é claro que todos somos especiais. Até que ele olhou ao redor durante um show do Bon Iver e viu mil cópias de si mesmo, então entendeu que pertencia a um grupo, um grupo de pessoas que, mais que qualquer outro — pelo menos em teoria —, tinha horror a tudo que se referia a pertencer a um grupo. Ele era um hipster.

E, como hipster, ele odiava hipsters, especialmente os homens hipsters. Havia algo de insubstancial, não masculino, naquele sonho, naquela busca idealista pelo natural, pelo original, pelo autêntico; algo no jeito como um hipster tenta parecer um lenhador que mora numa cabana de madeira e que sobrevive à base de matar para comer, mas que ainda era um garotinho superprotegido que achava que a vida moderna — não sem razão — havia removido toda a sua masculinidade, deixando-o com a sensação de estar indefeso. Bjørn havia confirmado essa suspeita sobre si próprio numa confraternização de Natal com os antigos colegas de escola em Toten, quando Endre, o arrogante filho do diretor, que estudava sociologia em Boston, chamou Bjørn de um típico "hipster frustrado". Endre tinha afastado para o lado a franja espessa e preta com um sorriso e citado Mark Greif, que havia escrito um artigo no *New York Times* dizendo que os hipsters compensavam a ausência de conquistas sociais e profissionais reivindicando para si uma superioridade cultural.

— E é aí que você entra, Bjørn, um funcionário do Estado com seus trinta e poucos anos no mesmo emprego há uma década achando que, enquanto tivesse cabelo comprido e roupas de fazendeiro que parecem ter sido compradas num brechó do Exército de Salvação, ainda poderia se sobressair aos colegas mais jovens de cabelo curto que há vários anos ultrapassaram você na carreira.

Endre tinha dito isso tudo em uma única e longa frase, sem parar para respirar, e Bjørn escutou e pensou: será isso mesmo? Essa é a minha definição? Foi para se tornar isso que ele, filho de fazendeiro, havia fugido dos campos sinuosos de Toten? Um militante conformista afeminado e perdedor? Um policial fracassado que viva no passado para ignorar a vida que levava atualmente? Que se servia de suas raízes — um carro velho e diferente, Elvis e os antigos heróis da música country, penteados dos anos cinquenta, botas de pele de cobra e o dialeto natal — para traçar uma linha de volta para algo autêntico, real, mas tão honesto quanto o político do oeste de Oslo que tira a gravata, arregaça as mangas da camisa e repete "vamo'" e "precisamo'" quantas vezes for possível ao proferir discursos eleitoreiros na porta das fábricas.

Talvez. Ou, se essa não fosse a verdade absoluta, talvez fosse parte dela. Mas isso o definia? Não. Apenas tanto quanto o fato de ele ter cabelos ruivos o definia. O que o definia era ser um excelente perito técnico. E mais uma coisa.

— Talvez você esteja certo — respondera Bjørn quando Endre havia parado para respirar. — Talvez eu seja um perdedor deplorável. Mas eu sou legal com as pessoas. O que você não é.

— Que porra é essa, Bjørn? Ficou *magoadinho*?

Endre riu, apoiando a mão camarada e solidária em seu ombro, trocando sorrisos e olhares conspiratórios com o restante da turma, como se isso fosse um jogo em que todos participavam, mas que apenas Bjørn desconhecia as regras. Tá bom, Bjørn pode ter bebido uma dose além do que devia do destilado caseiro que eles serviam mais por razões de nostalgia que pelo custo, mas naquela hora ele sentiu, mesmo que por um segundo, o que era capaz de fazer. Que poderia tascar um soco bem no meio do sorriso sociológico de Endre, quebrar o nariz dele e ver o medo em seus olhos. Bjørn nunca havia se metido em brigas quando era jovem. Jamais. E por isso ele não sabia nada sobre brigas até entrar para a Academia de Polícia, onde havia aprendido uma coisa ou outra sobre luta corpo a corpo. Como, por exemplo, o fato de que a maneira mais certa de se vencer uma briga é atacar primeiro com o máximo de agressividade, o que efetivamente levava nove entre dez brigas a uma conclusão imediata. Ele sabia como tinha de ser, ele *queria* brigar, mas conseguiria? Qual seria o seu limite antes de recorrer à violência? Ele não sabia, nunca havia estado diante de uma situação em que a violência parecia a solução adequada para o problema. E essa agora também não era, é claro. Endre não representava uma ameaça física, e tudo o que uma briga conseguiria seria um escândalo e uma possível denúncia à polícia. Então por que ele queria tanto partir para a briga? Para sentir o rosto do outro sob as juntas dos dedos? Ouvir o som amortecido de osso na carne? Ver o sangue escorrer do nariz dele? Ver o medo no rosto de Endre?

Quando Bjørn foi dormir em seu quarto na casa dos pais naquela noite, não conseguiu pegar no sono. Por que não tinha feito nada? Por que tinha apenas murmurado "não, claro que não, eu não estou magoado", esperado até que Endre retirasse a mão de seu ombro, dito algo sobre precisar de outra bebida, então encontrado outras pessoas com quem conversou antes de sair da festa logo em seguida? Esses insultos teriam sido a verdadeira causa. A bebida podia ter sido usada como desculpa para arrumar uma briga numa festa; isso seria aceitável em Toten. E teria terminado com um único soco. Endre não era de brigar. E, se ele tivesse revidado, todos teriam torcido por ele, por Bjørn. Porque Endre era um babaca, sempre foi. E todo mundo amava Bjørn, como sempre. Não que isso tenha sido de grande ajuda na juventude.

No nono ano, Bjørn finalmente havia tomado coragem e perguntado a Brita se ela queria ir ao cinema em Skreia. O gerente do cinema tomou a surpreendente decisão de exibir a gravação do show do Led Zeppelin, *The Song Remains the Same*. Quinze anos após o lançamento, é verdade, mas isso não incomodou Bjørn. Ele tinha ido procurar Brita e finalmente a encontrou atrás do banheiro das meninas. Ela estava lá chorando e, aos soluços, contou para Bjørn que havia deixado Endre dormir com ela no fim de semana. Só que, naquele dia, durante o intervalo das aulas, sua melhor amiga tinha dito que ela e Endre estavam juntos agora. Bjørn consolou Brita tanto quanto podia, e então, sem demora, perguntou se ela gostaria de ir ao cinema com ele. Ela apenas o encarou e perguntou se ele tinha escutado o que ela havia acabado de dizer. Bjørn respondeu que sim, mas que ele gostava dela e do Led Zeppelin. No começo, ela bufou um "não", mas então pareceu ter um momento de lucidez e respondeu que gostaria de ir. Quando eles estavam sentados no cinema, ele descobriu que Brita tinha chamado a melhor amiga e Endre para irem também. Brita beijou Bjørn durante o filme, primeiro durante "Dazed and Confused", depois no meio do solo de guitarra de Jimmy Page em "Stairway to Heaven", fazendo Bjørn se sentir próximo ao paraíso. No entanto, quando estavam sozinhos de novo e ele a levou do cinema para casa, não houve outros beijos, apenas um rápido "boa noite". Uma semana depois, Endre terminou com a melhor amiga e voltou com Brita.

Bjørn havia carregado essas coisas consigo, claro que sim. A traição que ele deveria ter previsto, o soco que jamais acontecera. E esse soco inexistente havia, de certa forma, confirmado o que Endre tinha dito sobre ele: que a única coisa pior que a vergonha de não ser homem era o medo de ser homem.

Será que havia uma ligação clara entre o passado e o presente? Será que havia alguma conexão entre os fatos? Será que essa explosão de raiva era algo que havia se avolumado, necessitando apenas de uma nova humilhação para detoná-la? Teria o assassinato sido, de alguma forma, o soco que ele não tinha conseguido dar em Endre?

A humilhação. Foi como um pêndulo. Quanto mais orgulhoso se sentia por ser pai, maior a humilhação ao perceber que o filho não era seu. O orgulho quando seus pais e suas duas irmãs visitaram mamãe, bebê e papai no hospital, e Bjørn viu a felicidade em seus rostos. Suas irmãs que agora eram tias e seus pais, avós. Não que ainda não fossem. Bjørn era o caçula e foi o último a ter filhos, mas, mesmo assim, era uma sensação boa. Ele percebeu que eles não tinham certeza de que isso aconteceria para ele. Ele tinha um estilo de vida de solteiro que não prenunciava coisa boa, dizia sua mãe. E eles adoravam Katrine. Não que não tivesse havido um pouco de tensão nas primeiras visitas em Toten, quando a atitude direta e extrovertida da moça de Bergen bateu de frente com os modos contidos e taciturnos do povo de lá. Mas Katrine e os sogros haviam chegado a um meio-termo e, no primeiro almoço de Natal na fazenda, quando Katrine veio descendo as escadas depois de fazer um esforço real para ficar bonita, a mãe de Bjørn lhe deu um cutucão e olhou para ele com um misto de admiração e espanto, um olhar que parecia perguntar: como você conseguiu fisgar essa mulher?

Sim, ele estava orgulhoso. Muito orgulhoso. Talvez ela tenha notado também. E esse orgulho tão difícil de esconder talvez a tivesse incitado a fazer a mesma pergunta: como *ele* conseguiu me fisgar? E ela o havia deixado. Mas não foi assim que ele descreveu o ocorrido para si próprio. Ele pensava naquele período como uma pausa, uma interrupção temporária no relacionamento causada por um surto de claustrofobia. Qualquer outra coisa seria impensável. E, num belo dia, ela voltou. O que aconteceu algumas semanas depois, talvez alguns meses depois, ele de fato não se lembrava, havia suprimido de sua mente todo esse período, mas tinha sido logo depois de acharem que tinham solucionado o caso do vampirista. Katrine engravidou imediatamente. Era como se ela tivesse emergido da hibernação sexual, e Bjørn se viu pensando que talvez o intervalo não tivesse sido algo tão ruim, que talvez as pessoas precisassem se afastar de vez em quando para perceber o que tinham juntas. Uma criança concebida na alegria da reconciliação. Era assim que ele pensava. E ele viajara por Toten com o filho, exibindo-o para a família, para os amigos, até para parentes distantes, exibindo-o como um troféu, como prova de sua masculinidade para quem tivesse duvidado dele. Tinha sido uma idiotice, mas todo mundo tem o direito de ser idiota uma vez ou outra na vida.

E, então, veio a humilhação.

Havia sido insuportável. Era como se sentar em um avião durante a decolagem ou a aterrissagem quando os estreitos canais do ouvido e do nariz não conseguem equilibrar a pressão do ar, e ele tinha certeza de que sua cabeça ia explodir, tinha *desejado* que explodisse, qualquer coisa para escapar da dor que só piorava, mesmo quando parecia não ser mais possível. Uma dor que o deixava à beira da loucura. Disposto a pular do avião, enfiar uma bala na cabeça. Uma equação com uma única variável: dor. E tendo a morte como o único denominador comum libertador. Sua morte, a morte de outras pessoas. E, em meio ao seu desgoverno mental, calculara que sua dor — assim como a diferença de pressão — poderia ser compensada pela dor de outros. Pela dor de Harry Hole.

Ele havia se enganado.

Matar Rakel tinha sido mais fácil do que imaginara. Provavelmente porque vinha planejando havia um bocado de tempo e tinha elaborado um bom esquema tático, como diriam os esportistas. Ele havia repassado mentalmente as etapas tantas vezes que, quando estava lá, prestes a fazer acontecer na vida real, teve a sensação de que ainda estava planejando em seus pensamentos, como se olhasse de fora. Como Harry disse, ele havia descido a Holmenkollveien a pé, mas não em direção à Sørkedalsveien. Em vez disso, dobrara à esquerda, para a Stasjonsveien e depois a Bjørnveien, antes de caminhar por ruas secundárias em direção a Vinderen, onde um pedestre chamaria menos atenção. E tinha dormido bem na primeira noite, sem acordar uma vez sequer, mesmo quando Gert, segundo Katrine, havia chorado histericamente desde as cinco da manhã. Exaustão, provavelmente. Na segunda noite, não dormiu tão bem. Mas só na segunda-feira, quando viu Harry na cena do crime, foi que começou a cair em si. Ver Harry tinha sido como assistir a uma igreja ser consumida por um incêndio. Bjørn se lembrou das filmagens do incêndio na Igreja Fantoft Stave, em 1992, um incêndio iniciado por um satanista às seis da manhã, no sexto dia do sexto mês. Era comum haver um elemento de beleza nas catástrofes, algo que significava que não se conseguiria afastar os olhos delas. Enquanto as paredes e o teto queimavam, o esqueleto da igreja, sua verdadeira forma e personalidade, emergiam nus, sem adornos. Ele havia visto o mesmo acontecer com Harry nos dias que se seguiram à morte de Rakel. E não tinha conseguido parar de olhar. Harry ficou reduzido ao seu verdadeiro e mísero eu interior. Já Bjørn havia se tornado um piromaníaco, fascinado pelo espetáculo da destruição de Harry. Mas, enquanto olhava, sofria. Porque estava queimando também. Será que sabia desde o início que era isso que aconteceria? Será que, conscientemente, havia derramado as últimas gotas de gasolina sobre si e ficado tão perto de Harry que ele também seria consumido pelo fogo quando a igreja ardesse em chamas? Ou teria acreditado que Harry e Rakel desapareceriam, e que ele iria sobreviver, seguir em frente com sua família, torná-la sua, tornar-se inteiro novamente?

Inteiro.

Reconstruíram a Igreja Fantoft. Era possível. Bjørn respirou fundo, a respiração entrecortada.

— Você sabe que isso tudo é coisa da sua cabeça, não sabe, Harry? Uma estação de rádio e a posição de um banco do carro, isso é tudo que você tem. Qualquer um poderia ter te drogado. Com o seu histórico de abuso de álcool, inclusive, não seria de todo impossível que você mesmo tenha se drogado. Você não tem prova nenhuma.

— Tem certeza? E aquele casal que declarou ter visto um homem forte caminhando pela Holmenkollveien às quinze para a meia-noite?

Bjørn fez que não com a cabeça.

— Eles sequer conseguiram fornecer uma descrição. E, ao ver fotos minhas, não se lembraram de nada, porque o homem que eles viram usava uma barba preta falsa, óculos e mancava sempre que alguém o via.

— Hum. Beleza.

— Beleza?

Harry assentia lentamente.

— Se você tem certeza de que não deixou para trás nenhuma prova, então está tudo beleza.

— O que você está querendo dizer?

— Nem todo mundo precisa saber.

Bjørn encarou Harry. Não havia nada de triunfante nos olhos dele. Nenhum vestígio de ódio direcionado ao homem que havia matado sua amada. Tudo o que Bjørn via naqueles olhos perdidos era vulnerabilidade. Vazio. Quase simpatia.

Bjørn olhou para a pistola que Harry lhe entregara. Agora tinha entendido.

Eles saberiam. Harry. Katrine. Era o suficiente. O suficiente para ser impossível continuar. Mas, se parasse aqui, se Bjørn botasse um ponto final aqui, ninguém mais ficaria sabendo. Seus colegas. Sua família e seus amigos em Toten. E, o mais importante de todos, o menino.

Bjørn engoliu em seco.

— Você promete?

— Prometo — disse Harry.

Bjørn assentiu. E quase sorriu ao pensar que enfim conseguiria o que queria. Que sua cabeça explodisse.

— Estou indo agora — avisou Harry.

Bjørn indicou com a cabeça o banco traseiro.

— Você vai... Você vai levar o menino com você? Ele é seu.

— Ele é seu e da Katrine — corrigiu Harry. — Mas sim, eu sei que sou o pai dele. E ninguém que não esteja sob um termo de compromisso de confidencialidade sabe. E é assim que vai continuar sendo.

Bjørn fixou os olhos à sua frente.

Havia um lugar agradável em Toten, uma cadeia de montanhas onde os campos pareciam um mar amarelo e ondulante nas noites enluaradas da primavera. Onde um rapaz com carteira de motorista podia se sentar num carro e beijar uma garota. Ou se sentar sozinho com um choro preso na garganta e sonhar com uma.

— Se ninguém sabe, como você descobriu? — perguntou Bjørn, sem nenhum interesse real na resposta, apenas para atrasar sua partida por mais alguns segundos.

— Dedução — respondeu Harry Hole.

Bjørn Holm esboçou um sorriso.

— Claro.

Harry saiu do carro, desprendeu o carrinho de bebê do banco de trás e o tirou de lá. Olhou para o bebê adormecido. Inocente, sem suspeitar de nada. Todas as coisas que não sabemos. Todas as coisas que não serão reveladas para nos poupar. A frase simples que Alexandra tinha dito naquela noite em que Harry recusou o preservativo que ela lhe ofereceu.

Você não está querendo outro filho, né?

Outro filho? Alexandra sabia muito bem que Oleg não era seu filho biológico.

Outro filho? Ela sabia de alguma coisa, algo que ele não sabia.

Outro filho. Uma indiscrição, um mero engano. Nos anos oitenta, o psicólogo Daniel Wegner declarou que o subconsciente cuida o tempo todo para que não falemos coisas que queremos manter em sigilo. Mas que, quando o segredo vem à tona do subconsciente, ele informa a parte consciente do cérebro e a obriga a pensar sobre isso. E daí em diante é só uma questão de tempo até que a verdade escape por um deslize.

Outro filho. Alexandra havia examinado o cotonete que Bjørn havia enviado para análise no banco de dados. Onde estavam armazenados os perfis de DNA de todos os policiais que trabalhavam nas cenas de crime para que não houvesse confusão caso eles cometessem erros e deixassem o próprio DNA por lá. De modo que ela não só tinha o DNA de Bjørn e podia descartar a possibilidade de ele ser o pai como também o do pai e da mãe e conseguiu ver que havia duas correspondências: Katrine Bratt e Harry Hole. Esse era o segredo que seu compromisso de confidencialidade a impedia de contar a quem quer que fosse, exceto àquele que tinha solicitado a análise, Bjørn Holm.

Na noite em que Harry fez sexo, ou teve, no mínimo, alguma forma de relação sexual com Katrine Bratt, ele estava tão bêbado que não se lembrava de nada. Ou, melhor dizendo, lembrava-se de algo, mas achou que tivesse sido um sonho. Mas então começou a suspeitar quando percebeu que Katrine o estava evitando. E quando Gunnar Hagen — em vez dele — foi convidado para ser o padrinho, embora Harry fosse, sem a menor dúvida, um amigo mais próximo tanto de Katrine quanto de Bjørn. Não, ele não tinha sido capaz de descartar a possibilidade de que algo tivesse acontecido naquela noite, algo que estragou as coisas entre ele e Katrine. Do mesmo jeito que havia arruinado as coisas entre ele e Rakel quando, depois do batizado e pouco antes do Natal, ela virou a vida dele de ponta-cabeça ao perguntar se ele havia transado com Katrine no ano anterior, e ele não teve o bom senso de negar.

Harry se lembrava da confusão que havia sentido depois que ela o expulsara de casa e ele teve de ir parar numa cama de hotel com uma sacola contendo algumas roupas e produtos de higiene. Ele e Rakel eram, afinal, adultos com expectativas realistas, amavam-se com todas as suas falhas e idiossincrasias e formavam um *bom* casal. Então por que ela jogaria tudo isso fora por causa de um simples erro? Algo que havia acontecido e terminado e que não tinha consequências para o futuro. Ele conhecia Rakel, e nada daquilo tinha feito sentido.

Foi quando desconfiou de que Rakel já havia descoberto, mas não contara a ele. Que aquela noite havia tido consequências, que o filho de Katrine era de Harry, não de Bjørn. Quando foi a primeira vez que ela suspeitou? No batizado, talvez, ao ver o rosto do bebê. Mas por que Rakel não tinha contado a ele, por que manter isso em segredo? Simples. Porque a verdade não ajudaria ninguém, só estragaria as coisas para mais pessoas do que já havia estragado: a própria Rakel. Mas ela não conseguiria conviver com isso. O fato de o homem com quem ela compartilhava a cama, a vida — mas com quem não teve um filho — ter tido um filho, um que fazia parte de seu círculo social, que veria constantemente.

O semeador. As palavras de Svein Finne na gravação feita do lado de fora da igreja católica ecoaram na cabeça de Harry no dia anterior, como um eco que não diminuía nunca. *Porque eu sou o semeador*. Não. Era ele, Harry, que era o semeador.

Viu Bjørn girar a chave na ignição e ligar o rádio no mesmo movimento automático. O motor deu a partida, depois foi entrando no ritmo, ronronando em ponto morto. E, pelo vão no alto da janela do lado do passageiro, a voz de Rickie Lee Jones flutuou acima de Lyle Lovett em "North Dakota". Uma vez engrenado, o carro se foi bem devagar. Harry ficou observando. Bjørn, que não conseguia dirigir sem música country. Com gim e água tônica. Nem mesmo quando Harry estava bêbado e arriado no banco ao lado dele, a caminho da casa de Rakel. Talvez isso não fosse tão estranho. Bjørn provavelmente queria companhia. Porque jamais se sentiria mais solitário que naquele momento. Nem mesmo agora, pensou Harry. Porque tinha visto algo nos olhos de Bjørn antes que o carro partisse. Alívio.

50

Johan Krohn abriu os olhos. Olhou a hora. Seis e cinco. Imaginou que seus ouvidos tivessem se confundido e virou de lado para voltar a dormir. Mas então ouviu de novo. A campainha lá embaixo.

— Quem será? — balbuciou Frida, sonolenta, ao lado dele.

Esse, Johan Krohn pensou, é o demônio em pessoa vindo cobrar o que lhe é devido. Finne tinha lhe dado quarenta e oito horas para deixar sua resposta na lápide, mas o prazo só expirava naquela noite. E não havia mais ninguém que ainda tocasse campainha. Se tivesse havido um assassinato e precisassem de um advogado de defesa imediatamente, ligariam. Em caso de uma crise no escritório, ligariam. Até os vizinhos ligariam se precisassem de alguma coisa.

— Provavelmente tem a ver com trabalho — disse ele. — Volta a dormir, querida, vou lá atender.

Krohn fechou os olhos por um momento e tentou respirar calma e profundamente. Não tinha dormido bem, havia passado a noite toda encarando a escuridão, enquanto seu cérebro remoía a mesma questão: como, afinal, ele ia parar Svein Finne?

Logo ele, o mestre estrategista do tribunal, não conseguia encontrar uma saída.

Se ele arranjasse um jeito de Finne conseguir Alise, estaria se tornando cúmplice de um crime. O que era ruim por si só, tanto para Alise quanto para ele. E, caso se tornasse cúmplice, isso só daria a Finne mais poder quando — e não havia dúvida de que isso aconteceria — ele aparecesse com mais exigências. A menos que, de alguma forma, persuadisse Alise a fazer sexo com Finne, é claro, de modo que fosse por vontade própria. Seria uma possibilidade? E o que ele teria de dar a Alise em troca? Não, não, era uma ideia impossível, tão impossível quanto aquela que Frida havia sugerido espontaneamente como forma de resolver o problema do caso hipotético: contratar um matador para se livrar de Finne.

Ou deveria confessar sua traição a Frida? Uma confissão. A verdade. Expiação. O pensamento foi libertador. Mas não passou de uma brisa breve e leve sob o sol escaldante em um deserto com um infinito horizonte de desespero. Ela o deixaria, isso ele já sabia. O escritório, as vitórias no tribunal, as matérias de jornal, a reputação, os olhares de admiração, as festas, as mulheres, as propostas, para o inferno com tudo isso. Frida e os filhos, eles eram tudo o que ele tinha, sempre o foram. E, quando Frida estivesse sozinha, quando já não fosse mais dele, Finne não tinha dito quase sem rodeios que ela seria uma vítima fácil e que ele a teria? Olhando por essa ótica, ele não teria a obrigação moral de carregar sozinho seu pesado segredo e fazer de tudo para que Frida não se separasse dele para o bem dela? O que, por sua vez, significava que ele teria de deixar Finne ficar com Alise, e, na próxima vez que Finne... Ai, isso era um buraco sem fim! Precisava de uma espada. Mas ele não tinha nenhuma espada, apenas uma caneta e uma boca balbuciando.

Saiu da cama e calçou os chinelos.

— Já volto — disse ele. Tanto para si quanto para Frida.

Desceu as escadas e atravessou o hall em direção à porta de carvalho.

E sabia que, quando a abrisse, precisava ter a resposta pronta para Finne.

Vou dizer não, pensou Johan Krohn. E então ele vai atirar em mim Tudo bem.

Então se lembrou de que Finne usava uma faca e mudou de ideia.

Uma faca.

Ele abre o corpo das vítimas.

E não as matava, apenas retalhava. Como se fosse uma mina terrestre. Mutilava-as para o resto da vida, uma vida com a qual tinham de viver, mesmo quando a morte seria preferível. Quando os dois estavam no terraço, Finne disse ter estuprado uma jovem de Huseby. A filha do bispo. Teria sido uma ameaça velada aos seus filhos? Finne não estava arriscando nada ao admitir o estupro. Não só porque Krohn era seu advogado mas também porque o caso certamente já havia prescrito. Krohn não se lembrava de nenhum caso de estupro, mas sim do bispo Bohr, que as pessoas diziam ter morrido de tristeza porque sua filha havia se afogado num rio. Estaria disposto a se deixar aterrorizar por alguém cujo único propósito era o de arruinar a vida das pessoas? Johan Krohn sempre conseguiu achar uma justificativa socialmente defensável, profissional e, também, ocasionalmente, uma justificativa emocional para lutar com unhas e dentes pelos interesses dos clientes. Mas agora entregava os pontos. Ele odiava o homem parado do outro lado da porta. E desejava de coração que o pestilento e funesto Svein Finne morresse em breve e que sua morte não fosse necessariamente indolor. Mesmo que isso significasse se afundar junto.

— Não — murmurou Krohn para si mesmo. — Estou dizendo não, seu filho da puta.

E ainda se perguntava se devia ou não usar um palavrão quando abriu a porta.

Ficou olhando, boquiaberto, para o homem a sua frente, que o olhava de cima a baixo. Sentiu o frio cortante da manhã em seu corpo nu e magricelo e percebeu que não tinha vestido o roupão e que estava ali de pé com nada além da cueca boxer que Frida lhe dava todo Natal e dos chinelos que as crianças tinham lhe dado. Krohn teve de pigarrear antes de conseguir emitir qualquer som.

— Harry Hole? Mas você não...

O policial, se é que era ele mesmo, meneou a cabeça e deu um sorriso.

— Morreu? Não exatamente. Mas preciso de um advogado muito bom. E ouvi por aí que você também precisava de uma ajudinha.

Parte Quatro

51

Era hora do almoço no restaurante Statholdergaarden. Do lado de fora, um jovem músico ambulante soprou os dedos antes de começar a tocar. Um trabalho solitário, pensou Sung-min Larsen, enquanto o observava. Não dava para ouvir o que o músico tocava nem se era de boa qualidade. Solitário e invisível. Talvez os artistas de rua mais velhos que mandavam na Karl Johans gate tivessem expulsado o infeliz para cá, para a presumidamente menos lucrativa Kirkegata.

Ele ergueu os olhos quando o garçom desdobrou o guardanapo como se abrisse uma bandeira ao vento antes de assentar o tecido de damasco branco no colo de Alexandra Sturdza.

— Eu devia ter me arrumado mais. — Ela riu.

— Mas você está ótima — comentou Sung-min com um sorriso, e se recostou quando o garçom repetiu a proeza com seu guardanapo.

— Isso? — disse ela, apontando as mãos para a saia justa. — Essas são minhas roupas de trabalho. É que eu não me visto tão informal quanto as minhas colegas. E você está *todo* arrumado. Pronto para ir a um casamento.

— Eu acabei de chegar de um velório — disse Sung-min, e viu Alexandra se contrair, como se ele tivesse lhe dado um tapa.

— Mas é claro — disse ela calmamente. — Lamento muito. Bjørn Holm?

— Sim. Você o conhecia?

— Sim e não. Ele trabalhava na área forense, então é claro que a gente conversava por telefone de vez em quando. Dizem que ele tirou a própria vida.

— Sim — disse Sung-min.

Ele respondeu "sim" em vez de "parece que sim" porque na verdade não havia dúvida alguma. O carro dele foi encontrado estacionado ao lado de uma trilha de terra no alto de uma colina com vista para as fazendas de Toten, não muito longe da casa em que havia crescido. As portas estavam trancadas e a chave, na ignição. Algumas pessoas admitiram achar estranho que Bjørn Holm estivesse sentado no banco de trás e que tivesse atirado na própria têmpora com uma pistola com um número de série que não tinha como ser rastreado. Foi a viúva, Katrine Bratt, que explicou que o ídolo de Holm, um tal de Williams alguma coisa, havia morrido no banco de trás do carro. E não era de todo improvável que um policial forense tivesse acesso a uma arma sem origem registrada. A igreja estava cheia de familiares e colegas, tanto da polícia quanto da Kripos, porque Bjørn Holm havia trabalhado para ambos. Katrine Bratt parecia tranquila — bem mais tranquila do que quando se conheceram, em Norafossen.

Depois de ter passado de forma eficiente pela fila de pessoas oferecendo pêsames, ela foi até Sung-min e disse que tinha ouvido rumores de que ele não estava feliz no trabalho. Ela havia usado essa palavra, pronunciada em seu distinto sotaque de Bergen. *Feliz*. E disse que deveriam conversar sobre isso. Tinha uma vaga que precisava ser preenchida. Havia levado um instante para perceber que ela estava se referindo ao posto ocupado por Harry Hole. E ele ficou se perguntando se não seria duplamente descabido ela falar de trabalho depois do velório do próprio marido e oferecer a Sung-min o cargo de um homem que ainda estava desaparecido. Mas provavelmente ela precisava de todas as distrações que pudesse encontrar para afastar os dois homens da mente. Sung-min respondeu que pensaria a respeito.

— Espero que a Kripos tenha condições de pagar por isso — disse Alexandra, quando o garçom trouxe a entrada e disse que eram vieiras cruas, maionese de pimenta-do-reino, agrião Ghoa e molho de manteiga de soja. — Porque o instituto não tem.

— Bem... acho que consigo justificar a despesa, se você cumprir a promessa que fez ao telefone.

Alexandra Sturdza havia ligado para ele na véspera. E sem rodeios dissera que tinha informações sobre o caso Rakel Fauke. Que estava ligando para ele porque as informações eram delicadas e porque ela havia decidido que confiava nele após o primeiro encontro. Mas que preferia não discutir isso por telefone.

Sung-min tinha sugerido um almoço. E reservado uma mesa num lugar que ela, muito corretamente, havia deduzido não estar na faixa de preço coberta pela Kripos. Ele mesmo teria de pagar, mas, conforme dissera a si próprio, era um investimento sensato, uma maneira de cultivar um contato profissional no Instituto de Medicina Forense que poderia vir a ser útil se e quando precisasse de um favor. Uma análise de DNA que precisava ser priorizada. Ou algo parecido. Era bem provável. Em algum ponto no fundo de sua mente, teve a sensação de que havia algo mais. O quê? Ele não tinha tido tempo de pensar direito no assunto. Sung-min olhou para o músico de rua, que agora tocava com todo entusiasmo. As pessoas passavam apressadas sem lhe dar a menor atenção. Hank. Foi o que seu colega disse. Hank Williams. Teria de buscar o nome no Google quando voltasse para casa.

— Eu analisei o sangue de Harry Hole na calça que ele estava usando na noite do assassinato — disse ela. — Contém Rohypnol.

Sung-min tirou os olhos da rua e os focou em Alexandra.

— O bastante para nocautear um homem por quatro, cinco horas — prosseguiu ela. — Isso me fez pensar na hora do crime. Nosso legista determinou o horário para entre dez da noite e duas da manhã, é claro. Mas isso foi baseado na temperatura corporal. Havia outras indicações, como a descoloração ao redor dos ferimentos, que sugerem que poderia — ela levantou o dedo indicador, que passava a impressão de ser bem longo, por causa do esmalte rosa vivo na unha —, e, repito, *poderia* ter acontecido mais cedo.

Sung-min lembrou que ela não usava esmalte da última vez. Será que havia pintado as unhas especialmente para a ocasião?

— Então fui verificar com a empresa que fornece eletricidade para a casa de Rakel Fauke. Acontece que o consumo aumentou em setenta quilowatts entre oito e meia-noite. Toda essa eletricidade sugere um aumento da temperatura e, se isso acontecesse na sala, significaria um aumento de temperatura de cinco graus. Minha legista-chefe disse que, se esse fosse o caso, ela teria determinado a hora da morte entre seis e dez horas.

Sung-min piscou. Ele havia lido em algum lugar que o cérebro humano pode processar apenas sessenta quilobytes de informação por segundo. E que isso faz do cérebro um computador muito fraco. Mas o fato de poder funcionar tão rápido vai depender de como os dados armazenados no cérebro são organizados. E que a maioria de nossas conclusões depende de evocar memórias e padrões e usá-los, em vez de elaborar novos pensamentos. Vai ver que era por isso que estava sendo tão lerdo. Estava tendo de formular novos pensamentos. Totalmente novos. Escutou a voz de Alexandra vindo de muito, muito longe:

— Pelo que Ole Winter disse nos jornais, Harry Hole estava em um bar, na presença de testemunhas, até as dez e meia. É isso mesmo?

Sung-min olhou para o seu lagostim, que lhe devolveu um olhar desinteressado.

— Portanto, a questão agora é: você já teve mais alguém em vista? Alguém que você pode ter ignorado por ter um álibi para o lapso de tempo em que se presumiu que Rakel foi assassinada. Mas que talvez não tenha um álibi entre seis e dez horas.

— Você vai ter que me desculpar, Alexandra. — Sung-min se levantou e percebeu que havia esquecido o guardanapo, que caiu no chão. — Por favor, termina o seu almoço. Eu preciso... Eu tenho algumas coisas que preciso terminar. Outro dia a gente pode... Você e eu podemos...

Ele viu no sorriso dela que sim, eles poderiam.

Ele se afastou, entregou o cartão ao maître e pediu a ele que lhe enviasse a conta, então correu para a rua. O músico ambulante tocava uma música que Sung-min conhecia e que falava de um acidente de carro, uma ambulância e Riverside, mas ele não se interessava por música. Canções, letras, nomes, por algum motivo, nenhum deles ficava em sua memória. Contudo, ele se lembrava de cada palavra, de cada segundo da transcrição do interrogatório com Svein Finne. Ele havia chegado à maternidade às nove e meia. Em outras palavras, Svein Finne tinha tido três horas e meia para matar Rakel Fauke. O problema era que ninguém sabia onde encontrar Finne.

Então por que Sung-min estava correndo?

Corria porque era mais rápido.

Mas que diferença faria se ele fosse mais rápido, se todo mundo já estava atrás de Svein Finne?

Sung-min queria dar tudo de si. E ele era melhor. E estava bastante motivado.

Ole Winter, o necrófago inútil, logo estaria com sua grande e pretenciosa vitória entalada na garganta.

Dagny Jensen saiu do metrô em Borgen. Ficou parada por um segundo, observando o Cemitério da Zona Oeste. Mas não era para lá que ela estava indo; nem mesmo sabia se algum dia retornaria ao cemitério. Em vez disso, desceu a Skøyenveien até a Monolitveien, onde virou à direita. Passou diante de casas brancas de madeira atrás de cercas brancas de piquete. Pareciam tão vazias. No meio da tarde num dia de semana. Todo mundo estava no trabalho, na escola, ocupado com seus afazeres. Ela estava imóvel. Em licença médica. Dagny não havia pedido o afastamento, mas seu psicólogo e o diretor tinham lhe dito que tirasse alguns dias de folga para se recompor e examinar como realmente se sentia após o ataque no banheiro feminino. Como se alguém estivesse interessado em parar para pensar em como ela de fato se sentia!

Bem, pelo menos agora ela sabia quão péssima se sentia.

Ouviu o celular tocar na bolsa. Pegou e viu que era Kari Beal, sua guarda-costas, de novo. Deviam estar procurando por ela agora. Tocou em Rejeitar e digitou uma mensagem: *Desculpa. Nenhum perigo. Estou precisando ficar um tempo sozinha. Entro em contato depois.*

Vinte minutos antes, Dagny e Kari Beal estavam no centro da cidade quando Dagny tinha dito que queria comprar algumas tulipas. Ela havia insistido para que a policial esperasse do lado de fora enquanto entrava na floricultura que — ela sabia — tinha outra porta na próxima rua. De lá, Dagny havia pegado o caminho da estação de metrô atrás do Stortinget e tomado o primeiro trem para a zona oeste.

Olhou a hora. Ele lhe dissera que estivesse lá às duas. Em que banco deveria se sentar. Que ela deveria usar algo diferente do que normalmente usava para ficar mais difícil de ser reconhecida. Para onde deveria olhar.

Era loucura.

Era o que era. Ele havia ligado de um número desconhecido. Ela havia atendido e não conseguira desligar. E, agora, como se tivesse sido hipnotizada e não tivesse vontade própria, estava fazendo o que ele lhe dissera, o homem que a havia usado e enganado. Como isso era possível? Ela não sabia. Só se ela tivesse alguma coisa dentro de si que nem ela sabia que existia. Um impulso cruel, animalesco. Bem, era o que era. Ela era uma pessoa má, tão ruim quanto ele, e agora estava deixando que ele a arrastasse junto para o fundo do poço. Ela sentiu o coração bater mais rápido. Como queria já ter chegado ao fundo do poço, onde seria purificada pelo fogo. Mas será que ele viria? Ele *tinha* de vir! Dagny ouviu seus próprios sapatos castigando o asfalto, cada vez com mais força.

Seis minutos depois ela já estava em posição, no banco sobre o qual tinha sido informada.

Faltavam cinco minutos para as duas. De onde estava, dava para ver o Smestaddammen. Um cisne branco deslizava sobre a água, a cabeça e o pescoço formando um ponto de interrogação. Por que ela tinha de fazer isso?

Svein Finne estava caminhando. Passos longos e calmos, conquistando terreno. Andar desse jeito, na mesma direção, por horas e horas, era do que ele mais tinha sentido falta durante os anos na prisão. Mas tudo bem. O que passou, passou.

Levou pouco menos de duas horas da cabana que havia encontrado em Sørkedalen até o centro de Oslo, mas suspeitava que a maioria das pessoas levaria umas três.

A cabana ficava no topo da face íngreme de um rochedo. Havia parafusos fixados no penhasco, e ele havia encontrado corda e mosquetões na cabana, então devia ter sido usada por alpinistas. Mas ainda havia neve no chão, e a água derretida escorria pela laje de granito preto, vermelho e cinza quando o sol brilhava, e ele não tinha visto alpinistas.

Mas ele tinha visto evidências do urso. Tão perto da cabana que ele havia comprado o que precisava e montado uma armadilha com um disparador e alguns explosivos. Quando a última neve derretesse e os alpinistas começassem a aparecer, ele encontraria um lugar mais nas profundezas da floresta e montaria uma tenda para si. Caçar. Pescar nos lagos. Só o que precisasse. Matar algo que não fosse para comer era assassinato, e ele não era um assassino. Já estava ansioso.

Ele atravessou o túnel de pedestres cinza que fedia a urina sob o cruzamento de Smestad, emergiu à luz do dia e seguiu em direção ao lago.

Ele a avistou assim que entrou no parque. Não que ele — mesmo com sua visão afiada — conseguisse reconhecê-la a essa distância, mas podia adivinhar pela postura dela. Pelo modo de se sentar. À espera. Um pouco amedrontada, provavelmente, mas principalmente excitada.

Ele não foi caminhando diretamente para o banco, mas fez um desvio para verificar se não havia policiais por perto. Era o que sempre fazia quando visitava o túmulo de Valentin. Logo concluiu que estava sozinho neste lado do lago. Havia alguém sentado num banco do outro lado, mas estava longe demais para ver ou ouvir o que estava prestes a acontecer, e não haveria tempo para intervir. Porque ia acontecer rápido. Tudo estava pronto, a cena estava pronta e ele estava pronto para explodir.

— Oi — disse ele ao se aproximar do banco.

— Oi — disse ela, e sorriu.

Ela parecia menos assustada do que ele imaginava. Mas é claro que ela não sabia o que estava prestes a acontecer. Ele olhou em volta mais uma vez para se certificar de que estavam sozinhos.

— Ele está um pouco atrasado — comentou Alise. — Isso acontece às vezes. Você sabe, por ser um advogado de sucesso.

Svein Finne sorriu. A moça estava tranquila porque achava que Johan Krohn ia se juntar a eles. Essa deve ter sido a explicação que Krohn deu a ela para que estivesse sentada num banco ao lado do Smestaddammen às duas da tarde. Que ela e Krohn iriam se encontrar com Svein Finne, mas, visto que o cliente estava sendo procurado pela polícia no momento, a reunião não poderia acontecer no escritório. Tudo isso estava escrito na carta que Finne havia encontrado presa ao chão por uma faca na frente do túmulo de Valentin e assinada por Johan Krohn. Krohn havia usado uma bela faca, e Finne a guardara no bolso para acrescentá-la à sua coleção. Ia ser de grande utilidade na cabana. Então havia aberto a carta. Parecia que Krohn tinha pensado em praticamente tudo para deixar Finne e ele próprio seguirem livres depois. Além das consequências de ter dado sua amante a Finne, é claro. Krohn ainda não sabia, mas nunca mais seria capaz de amar Alise do mesmo jeito que antes. E nunca seria livre. Krohn havia feito, no fim das contas, um pacto com o diabo, e, como todos sabem, o diabo mora nos detalhes. Finne nunca mais precisaria se preocupar em conseguir o que precisava, fosse dinheiro, fosse prazer.

Johan Krohn continuava sentado em seu carro no estacionamento para visitantes da Hegnar Media. Tinha chegado cedo, só precisava estar no lago do parque, do outro lado da rua, às duas e cinco. Pegou outro maço de Marlboro, saiu do carro — porque Frida não gostava do cheiro de fumaça no carro — e tentou acender o cigarro. Mas suas mãos tremiam tanto que ele desistiu. Ainda bem, pois tinha mesmo decidido parar de fumar. Olhou a hora de novo. O combinado era que ele tivesse dois minutos. Eles não mantiveram contato direto, era mais seguro assim, mas a mensagem dele dizia que dois minutos era tudo de que precisava.

Seus olhos acompanharam o ponteiro dos segundos. Pronto. Duas horas.

Johan Krohn cerrou os olhos. Naturalmente, era uma coisa terrível, uma culpa que ele teria de carregar pelo resto da vida, mas, numa situação dessas, era a única solução.

Pensou em Alise. No que ela estava tendo de passar agora. Ela sobreviveria, mas os pesadelos obviamente a assombrariam. E tudo por causa da decisão que ele havia tomado, sem revelar nada para ela. Ele a havia enganado. Foi ele e não Finne quem fez isso com Alise.

Ele olhou para o relógio novamente. Em um minuto e meio ele entraria no parque fazendo de conta que estava um pouco atrasado, consolando-a do melhor jeito que pudesse, ligando para a polícia, fingindo-se horrorizado. Correção: ele mal precisaria fingir. Sua explicação para a polícia seria noventa e nove por cento verdadeira. E a explicação para Alise, cem por cento falsa.

Johan Krohn deparou com o próprio reflexo na janela do carro. E odiou o que viu. A única coisa que odiava mais era Svein Finne.

Alise olhou para Svein Finne, que havia se sentado no banco ao lado dela.

— Você sabe por que estamos aqui, Alise?

Ele tinha uma bandana vermelha amarrada ao redor do cabelo preto salpicado de fios grisalhos.

— Só em linhas gerais — respondeu ela. Tudo o que Johan lhe dissera fora que estava relacionado ao caso Rakel Fauke. A primeira coisa que ela tinha pensado foi que eles iriam prestar queixa contra a polícia pelos ferimentos físicos infligidos a seu cliente por Harry Hole no bunker em Nordstrand. Mas, quando ela perguntou, Johan respondeu secamente que tinha a ver com uma confissão e que ele não tinha tempo para explicar. Ele havia agido assim nos últimos dias. Frio. Arrogante. Se não o conhecesse bem, pensaria que ele estava começando a perder o interesse. Mas ela o conhecia. Já o tinha visto desse jeito, nos curtos períodos em que sentia a consciência pesar e sugeria que os dois dessem um tempo, dizendo que precisava se concentrar na família e no escritório. Sim, ele havia tentado. Mas ela o tinha feito desistir. Meu Deus, nem foi tão difícil. Homens. Ou, melhor dizendo, meninos. Porque muitas vezes tinha a sensação de ser a mais velha dos dois, que ele era apenas um escoteiro grandalhão equipado com um cérebro afiado para questões legais, mas nada além disso. Mesmo que Johan gostasse de desempenhar o papel de mestre para sua escrava, ambos sabiam que era o contrário. Mas ela o deixava achar que comandava a situação, da mesma maneira que a mãe faz o papel de princesa assustada quando o filho quer brincar de ser um troll.

Não que Johan não tivesse suas qualidades. Tinha, sim. Ele era gentil. Atencioso. Fiel. Era mesmo. Alise havia conhecido homens que ficavam com a consciência bem menos pesada por enganar a esposa. A questão que começava a preocupar a Alise, no entanto, não era a lealdade de Johan à família, mas o que ela mesma estava ganhando com isso. Não, ela não tinha um plano cuidadosamente pensado quando embarcou na relação amorosa com Johan, nada tinha sido previamente calculado. Como advogada recém-formada, é óbvio que tinha se deixado impressionar pelo talentoso advogado que tinha sido autorizado a advogar no Supremo Tribunal Federal quando ainda nem se barbeava direito e era sócio de um dos melhores escritórios de advocacia da cidade. Mas Alise também tinha plena consciência do que ela, com suas notas medianas, tinha a oferecer a um escritório de advocacia, e o que, com sua juventude e aparência, tinha a oferecer a um homem. No fim do dia (Johan havia parado de corrigir seus anglicismos e começado a copiá-los), os motivos pelos quais uma pessoa resolve ter um caso amoroso com alguém eram uma combinação de fatores racionais e fatores aparentemente irracionais. (Johan teria enfatizado que fatores têm como efeito um *produto*, não uma *combinação*.) Era difícil saber o que era o quê, e, de qualquer maneira, talvez nem fosse muito útil saber. O mais importante era que ela já não tinha mais certeza se aquela combinação era positiva. Sim, ela pode ter conseguido entrar num escritório um pouco maior que os outros no nível dela e talvez tenha conseguido casos um pouco mais interessantes por trabalhar para Johan. Mas recebia um bônus anual simbólico, o mesmo valor que os outros não sócios recebiam. E não havia nenhuma indicação de que pudesse contar com algo mais. E, mesmo que Alise soubesse quanto valiam as promessas de homens casados de deixar a esposa e a família, vale dizer que Johan nem se dera ao trabalho de fazê-las.

— Em linhas gerais — disse Svein Finne com um sorriso.

Dentes amarronzados, notou ela. Mas também percebeu que ele não fumava, pois ele estava sentado tão perto que ela sentia a respiração dele no rosto.

— Vinte e cinco — disse ele. — Você sabe que está passando da época mais fértil de ter filhos?

Alise encarou Finne. Como ele sabia quantos anos ela tinha?

— O melhor é do fim da adolescência até os 24 — continuou Finne, enquanto os olhos dele deslizavam sobre ela. Sim, deslizavam, pensou Alise. Como uma coisa física, como um caracol deixando um rastro de gosma trás de si. — Daí em diante, os riscos à saúde aumentam, inclusive as chances de aborto espontâneo. — Ele arregaçou o punho da manga da camisa de flanela e apertou um botão na lateral do relógio digital. — Enquanto a qualidade do sêmen dos homens permanece a mesma ao longo de suas vidas.

Isso não é verdade, pensou ela. Lera que, comparado a um homem da idade dela, o risco de um homem com mais de 41 anos engravidar uma mulher era cinco vezes menor. Além disso, tinha cinco vezes mais chances de dar a você uma criança que sofre de algum tipo de autismo. Havia pesquisado no Google. Tinha sido convidada por Frank para se juntar a ele e alguns colegas num passeio pelas montanhas. Quando ela e Frank estavam juntos, ele adorava festas, não tinha nenhum objetivo de vida claro nem boas notas, e ela o havia descartado por ser um filhinho de papai sem iniciativa própria. O que foi um grande erro, pois Frank havia se saído surpreendentemente bem no escritório de advocacia do pai. Mas ela ainda não havia respondido ao convite para o passeio.

— Então veja isso como um presente meu e de Johan Krohn para você — disse Finne, desabotoando o casaco.

Alise olhou para ele com atenção dobrada. Chegou a pensar que ele iria atacá-la, mas descartou a ideia. Johan estaria aqui a qualquer momento, e eles estavam num local público. Era verdade que não havia ninguém nas imediações, mas ela via alguém na outra margem do lago, talvez a duzentos metros de distância, sentado em outro banco.

— O que... — começou Alise, mas não foi adiante. A mão esquerda de Svein Finne estava travada ao redor de seu pescoço enquanto a direita afastava o casaco para o lado. Ela tentou respirar, mas foi em vão. O pênis ereto dele fazia uma curva, como o pescoço de um cisne.

— Não tenha medo, eu não sou como os outros — disse Finne. — Eu não mato.

Alise tentou se levantar do banco, tentou afastar o braço dele, mas a mão de Finne era como uma garra que havia se enrolado em seu pescoço.

— Eu não mato se você me obedecer — disse Finne. — Primeiro, *olha*.

Ele ainda a segurava com uma das mãos enquanto permanecia sentado ali, as pernas abertas, tudo à mostra, como se quisesse que ela olhasse para ver o que a aguardava. E Alise olhou. Viu o pescoço do cisne branco com suas veias e um ponto vermelho dançante que subia pelo pênis.

O que era aquilo? O que *era* aquilo?

Então a cabeça do pênis explodiu, e Alise ouviu um som abafado, como quando ela amaciava um bife usando força demais no martelo de carne. Ela sentiu uma chuva quente no rosto e algo caiu no seu olho, e os fechou quando ouviu um trovão.

Por um instante, Alise achou que fossem seus gritos, mas, quando voltou a abrir os olhos, viu que era Svein Finne. Ele estava com as mãos no meio das pernas, jorrava sangue por entre os dedos e ele a encarava com os olhos escancarados, escandalizados e acusadores, como se ela tivesse feito aquilo com ele.

Então o ponto vermelho estava lá outra vez, agora em seu rosto. Depois, deslizou pela bochecha enrugada e chegou aos olhos. Ela via o ponto vermelho no branco do olho dele. E talvez Finne também tivesse visto. Tendo visto ou não, ele sussurrou algo que ela não entendeu até ele repetir.

— Me ajuda.

Alise compreendeu o que estava por vir, fechou os olhos e conseguiu colocar uma das mãos diante do rosto para protegê-lo antes de ouvir o som novamente, que mais parecia uma chicotada desta vez. E, então, com um longo atraso, como se o tiro tivesse sido disparado de muito longe, o mesmo roncar de trovão.

Roar Bohr olhou através da mira.

O último projétil apontado para a cabeça havia empurrado o alvo para trás, e depois, com o impacto, o homem foi deslizando pela lateral do banco até se estatelar no caminho de brita. Ele desviou o foco. Viu a jovem correr pelo caminho em direção à Hegnar Media, viu-a abraçar um homem que vinha disparado na direção dela. Então o homem pegou o celular e começou a digitar, dando a impressão de que sabia exatamente o que devia fazer. E provavelmente sabia mesmo. Mas o que Bohr sabia?

Nada além do que queria saber.

Nada além do que Harry Hole havia lhe dito vinte e quatro horas antes.

Que ele havia encontrado o homem que Bohr procurava havia tantos anos.

Numa conversa com uma fonte altamente confiável, de acordo com Harry, Svein Finne alegou ter estuprado a filha do bispo Bohr muitos anos antes, em Mærradalen.

O crime já tinha prescrito havia muito tempo, é claro.

Mas Harry tinha o que ele mesmo chamou de "solução".

E ele dissera a Bohr tudo o que precisava saber e mais nada. Como era no E14. Às duas horas no Smestaddammen, no mesmo banco em que Harry e Pia tinham se sentado.

Roar Bohr moveu a mira e viu, do outro lado do lago, uma mulher se afastando a passos largos. Parecia que ela era a única outra testemunha. Fechou a janela do porão e pôs o fuzil de lado. Verificou a hora. Havia feito uma promessa a Harry Hole de que tudo estaria acabado nos dois minutos seguintes à chegada do alvo e a tinha cumprido à risca, embora tivesse cedido à tentação e feito Svein Finne sentir o gostinho da morte iminente quando se expôs para a garota. Mas ele havia usado as chamadas balas frangíveis, balas sem chumbo que se desintegram e permanecem dentro do corpo da vítima. Não porque precisasse delas pela letalidade, mas porque os especialistas em balística da polícia não teriam um projétil para determinar de que arma havia saído nem nenhum ponto de impacto no solo que lhes permitisse descobrir de onde os tiros haviam sido disparados. Em suma, ficariam lá parados, encarando impotentes uma colina com milhares de casas, sem ter a menor ideia de por onde começar as buscas.

Pronto, terminou. Havia matado o filho da puta. Finalmente tinha vingado Bianca.

Roar estava em êxtase. Sim, essa era a única maneira que ele poderia descrever o que sentia. Trancou o fuzil no armário e foi tomar banho. No caminho deu uma parada e tirou o celular do bolso. Ligou para um número. Pia atendeu no segundo toque.

— Algo errado?

— Não. — Roar Bohr achou graça. — Só queria saber se você quer sair para jantar hoje à noite.

— Jantar fora?

— Faz séculos desde a última vez que a gente saiu para jantar. Eu ouvi falarem muito bem do Lofoten, aquele restaurante de frutos do mar em Tjuvholmen.

Ele percebeu a hesitação dela. Uma desconfiança. Ele acompanhou a linha de pensamento da esposa em direção ao mesmo *por que não?* que ele mesmo tinha pensado.

— Tá bom — disse ela. — Você vai...

— Sim, vou reservar uma mesa. Às oito está bom para você?

— Ótimo. Tudo ótimo.

Desligaram. Roar Bohr se despiu, entrou no boxe do chuveiro e ligou a água. Água quente. Queria tomar um banho quente.

Dagny Jensen saiu do parque pelo mesmo caminho pelo qual havia entrado. Refletiu sobre o que sentia *de verdade*. Estivera sentada muito afastada para distinguir os detalhes do outro lado do lago, mas vira o bastante. Sim, havia se deixado ser persuadida pelo pedido quase hipnótico de Harry Hole, e desta vez ele não a havia desapontado, tinha cumprido sua promessa. Svein Finne estava fora da sua vida. Dagny se lembrou da voz profunda e rouca de Hole ao telefone, quando ele explicou o que ia acontecer e por que ela jamais deveria contar nada disso a ninguém. E, mesmo que já estivesse sentindo uma empolgação inexplicável e soubesse que não seria capaz de resistir, havia perguntado por que e se ele achava que ela era do tipo de pessoa que se entretém com uma execução pública.

— Eu não faço ideia do que te entretém — respondera ele. — E foi você mesma que disse que não bastava vê-lo *morto* para que seu medo passasse, mas que *precisava* ver tudo acontecer. Eu devo muito a você depois de tudo pelo que você passou. É pegar ou largar.

Dagny pensou no enterro da mãe, na jovem pastora que tinha dito que ninguém sabia ao certo o que estava além do limiar da morte, apenas que aqueles que o atravessaram nunca mais voltaram.

Mas Dagny Jensen sabia agora. Sabia que Finne estava morto. E como se sentia de *verdade*.

Ela não se sentia radiante.

Mas sem dúvida se sentia melhor.

Katrine Bratt estava sentada à mesa no trabalho e corria os olhos ao redor.

Havia empacotado as últimas coisas que queria levar para casa. Os pais de Bjørn estavam no apartamento cuidando de Gert, e ela sabia que qualquer boa mãe iria querer voltar para casa o mais rápido possível. Mas Katrine quis protelar um pouco mais. Recuperar o fôlego. Estender essa pausa, afastando-a do sofrimento sufocante, das perguntas não respondidas, das suspeitas irritantes.

Era mais fácil lidar com o luto quando estava sozinha. Quando não se sentia observada, quando não precisava conter uma risada por algo que Gert tinha feito ou por ter dito algo errado como querer que a primavera chegasse logo ou coisa do gênero. Não que os pais de Bjørn reagissem ao que ela fizesse — eles eram pessoas sensíveis e compreendiam. Eles eram de fato maravilhosos. Mas ela claramente não era. O luto estava lá, mas ela conseguia sublimá-lo quando ninguém estava presente para lembrá-la constantemente de que Bjørn estava morto. De que Harry estava morto.

A inconfessa suspeita que — ela sabia — eles deviam ter, mas que não demonstravam. De que ela, de alguma forma, devia ser a razão pela qual Bjørn havia tirado a própria vida. Mas ela sabia que não tinha sido por causa dela. Por outro lado, será que deveria ter percebido que havia algo errado com Bjørn quando ele ficou completamente arrasado quando soube que Harry estava morto? Será que ela deveria ter sacado que era mais que isso, que Bjørn estava lidando com algo maior, uma profunda depressão que ele havia conseguido sufocar e manter escondida até a morte de Harry? Não apenas a gota d'água, mas aquilo fez a represa estourar. O que realmente se sabe das pessoas com quem se compartilha a cama e a vida? Menos ainda do que se sabe sobre si mesmo. Katrine achou essa ideia intragável, mas as impressões que temos das pessoas ao nosso redor são exatamente isso: impressões.

Ela havia ficado em alerta quando Bjørn lhe passara Gert sem querer falar com ela.

Katrine tinha acabado de chegar de uma exasperante coletiva de imprensa com Ole Winter e entrado num apartamento vazio sem um único bilhete sequer avisando onde Bjørn e Gert estavam quando alguém tocou a campainha. Ela havia atendido o interfone e ouvido o choro de Gert, então abrira a porta do apartamento para o caso de Bjørn ter esquecido as chaves e depois apertara o botão que abria o portão da rua. Mas ela não ouvira o zunido da fechadura, apenas o bebê chorando perto do microfone. Depois de chamar o nome de Bjørn várias vezes sem ter resposta, ela havia descido as escadas.

O carrinho de bebê da Maxi-Cosi com Gert dentro estava parado na calçada em frente à porta.

Katrine havia olhado para um lado e para o outro da rua em que morava, mas não vira sinal algum de Bjørn. Também não tinha visto ninguém em nenhum dos vãos escuros das portas do outro lado da rua, embora isso não significasse necessariamente que não houvesse ninguém lá, é claro. Então um pensamento casual lhe ocorrera: que não tinha sido Bjørn quem havia tocado a campainha.

Ela havia subido com Gert para o apartamento e ligado para o número de Bjørn, só para ouvir a mensagem dizendo que o número estava desligado ou fora da área de cobertura. Então se dera conta de que algo estava acontecendo e ligara para os pais de Bjørn. E fora o fato de instintivamente ter ligado para eles, e não para um amigo ou um colega de trabalho de Bjørn, que, afinal de contas, morava na cidade, que a havia feito perceber que estava muito preocupada.

Seus sogros a tranquilizaram, dizendo que ele logo entraria em contato com uma boa explicação pelo sumiço, mas Katrine pôde ouvir na voz da sogra que ela também havia ficado preocupada. Talvez ela também tivesse notado que Bjørn andava diferente nos últimos tempos.

É de se pensar que os investigadores de homicídios acabem aceitando que existem algumas coisas, algumas perguntas para as quais nunca terão resposta, e que o jeito é seguir em frente. Mas nem todos. Como Harry. Como a própria Katrine que, porém, não tinha certeza de que se tratava de uma vantagem ou um obstáculo do ponto de vista profissional. Mas uma coisa era certa: para a vida fora do trabalho, não passava de uma desvantagem. Ela já temia as semanas e os meses de noites sem dormir que a aguardavam. Não por causa de Gert. Dava para conciliar o sono com as noites inquietas do filho. Seria sua mente incansável, a atividade compulsiva de seu cérebro na escuridão da noite que a impediria de dormir.

Katrine fechou o zíper da bolsa que continha os arquivos e a papelada do caso que precisava levar para casa, caminhou até a porta, desligou o interruptor e estava prestes a sair do escritório quando o telefone sobre a mesa começou a tocar.

Tirou do gancho.

— Aqui quem fala é Sung-min Larsen.

— Ótimo — disse Katrine num tom de voz monótono. Não que a ligação não fosse ótima, mas, se essa ligação significasse que ele havia decidido aceitar sua oferta de emprego na Divisão de Homicídios, aquela não era exatamente uma boa hora.

— Estou ligando porque... Aliás, você pode falar?

Katrine olhou para fora pela janela, para o Botsparken. Árvores secas, escuras, grama murcha. Não demoraria muito para que crescessem folhas e flores nas árvores, para que a grama ficasse verde. E, então, logo depois, seria verão. Ao menos era o que se dizia.

— Posso — disse ela, embora ainda não conseguisse demonstrar entusiasmo.

— Acabei de passar por uma coincidência impressionante — disse Larsen. — Hoje cedo recebi informações que podem mudar as coisas sobre o caso Rakel Fauke. E acabei de receber uma ligação de Johan Krohn, advog...

— Eu sei quem é.

— Ele disse que está em Smestaddammen, onde ele e a assistente haviam combinado de encontrar seu cliente, Svein Finne. E que Svein Finne acabou de ser baleado e morto.

— O quê?

— Só não entendi por que Krohn ligou exatamente para mim, mas ele disse que vai explicar isso mais tarde. De qualquer forma, esse é primariamente um caso da Polícia de Oslo, e é por isso que estou ligando para você.

— Vou repassar para o operacional — disse Katrine. Ela viu um cervo se movendo furtivamente pelo gramado marrom em frente à sede da polícia, indo em direção aos prédios da antiga prisão de Botsfengselet. Ela ficou à espera. Notou que Larsen também estava aguardando. — O que você quis dizer quando falou que era uma coincidência, Larsen?

— É estranho que Svein Finne tenha sido baleado apenas uma hora depois de eu receber informações que fazem com que ele volte a ser suspeito no caso Fauke.

Katrine apoiou a bolsa na mesa e afundou na cadeira.

— Você está dizendo...

— Sim, eu estou dizendo que tenho informações que sugerem que Harry Hole é inocente.

Katrine sentiu o coração bater forte e o sangue correr por seu corpo, pinicando-lhe a pele. E o despertar de algo que estava adormecido.

— Quando você diz "tenho informações", Larsen...

— Sim?

— Parece que você ainda não compartilhou essas informações com os seus colegas. É isso?

— Não exatamente. Eu compartilhei com você.

— Até agora, tudo que você compartilhou comigo foi sua própria conclusão de que Harry é inocente.

— Você vai acabar concluindo a mesma coisa, Bratt.

— É mesmo?

— Eu tenho uma sugestão.

— Achei que você teria.

— Vamos marcar um encontro na cena do crime e começaremos de lá.

— Tá bom. Eu vou com a polícia.

Katrine ligou para o policial de serviço e depois avisou aos sogros que se atrasaria. Enquanto esperava que respondessem, olhou outra vez para o Botsparken. O cervo se fora. Seu falecido pai, Gert, havia lhe contado que os texugos caçam tudo. A qualquer hora e em qualquer lugar. E que comem qualquer coisa e lutam contra qualquer coisa. E que alguns detetives tinham alma de texugos, e outros não. E o que Katrine sentia naquele momento era o texugo despertando da hibernação.

52

Sung-min Larsen estava lá quando Katrine chegou ao Smestaddammen. Entre as pernas dele estava um cão assustado que tremia enquanto tentava se esconder. Ouviu-se um bipe sutil porém insistente, como um alarme de despertador, vindo de algum lugar.

Foram caminhando até o corpo caído no chão ao lado de um banco. Katrine percebeu que o bipe vinha do homem morto. E que o corpo era de Svein Finne. Que o defunto tinha sido baleado no meio das pernas e num olho, mas que não havia ferimento de saída dos projéteis nem nas costas nem na cabeça. Munição especial, talvez. Mesmo que Katrine soubesse que não podia ser o caso, teve a sensação de que o monótono bipe eletrônico no punho do morto estava ficando mais alto.

— Por que ninguém... — começou ela.

— Impressões digitais — explicou Sung-min. — Tenho a declaração preliminar de uma testemunha, mas seria bom ter certeza de que ninguém mais tocou no relógio dele.

Katrine assentiu. Então fez um gesto indicando que eles deviam se afastar.

Os policiais estavam instalando a fita de isolamento de área quando Sung-min relatou a Katrine o que havia descoberto sobre a sequência de eventos conforme relatado por Alise Krogh Reinertsen e seu chefe, Johan Krohn, que estavam do outro lado do lago com um pequeno grupo de curiosos. Sung-min disse a Katrine que tinha despachado todo mundo para lá para afastá-los da linha de fogo, visto que não se podia excluir totalmente a possibilidade de que Svein Finne tenha sido uma vítima aleatória e que o atirador estava procurando outros alvos.

— É... — disse Katrine, passando os olhos pela encosta. — Você e eu devemos estar na linha de fogo nesse exato momento, então não acreditamos muito no que você acabou de dizer, não é?

— Ã-hã — disse Sung-min.

— Então o que você acha? — quis saber Katrine, agachando-se para acariciar o cachorro.

— Eu não acho nada, mas Krohn tem uma teoria.

Katrine assentiu.

— É o corpo que está deixando o seu cachorro nervoso?

— Não. Ele foi atacado por um cisne quando a gente chegou.

— Tadinho — disse Katrine, afagando o cachorro atrás da orelha. Ela sentiu um nó na garganta, como se houvesse algo de familiar no olhar de confiança que o cachorro lhe deu. — Krohn explicou por que ligou para você especificamente?

— Sim.

— E?

— Acho que você deveria falar com ele pessoalmente.

— Tá bom.

— Bratt?

— Sim?

— Como eu já disse, Kasparov costumava ser um cão policial. Tudo bem se ele e eu começarmos a procurar a rota de chegada de Finne?

Katrine olhou para o cão assustado.

— Eu posso fazer com que a unidade canina chegue aqui em meia hora. Presumo que tenha sido por isso que o Kasparov foi aposentado.

— Os quadris dele estão desgastados — disse Larsen —, mas posso levá-lo no colo se a distância for muito grande.

— Sério? Mas o faro dos cães não fica mais fraco conforme eles envelhecem?

— Um pouco — respondeu Larsen. — Como os seres humanos.

Katrine pousou os olhos em Sung-min Larsen. Será que ele estava se referindo a Ole Winter?

— Pode ir — disse ela, afagando a cabeça de Kasparov. — Boa caçada.

E, como se o cachorro tivesse entendido o que ela tinha dito, o rabo, que estivera para baixo, começou a ser abanado.

Katrine fez a volta no lago.

Krohn e a assistente estavam pálidos e gelados. Uma brisa suave, porém fria, havia começado a soprar do norte, do tipo que interrompe temporariamente os pensamentos primaveris dos moradores de Oslo.

— Eu sinto muito, mas você vai ter que começar tudo de novo — disse Katrine, pegando seu bloco de anotações.

Krohn assentiu.

— Tudo começou quando Finne veio me ver alguns dias atrás. De repente e sem nenhum aviso, ele apareceu no terraço da minha casa. Ele queria me dizer que tinha matado Rakel Fauke e pedir que eu o ajudasse, se e quando vocês começassem a se aproximar dele.

— E Harry Hole?

— Depois do assassinato, ele drogou Harry Hole e o deixou na cena do crime. Ele havia mexido no termostato para parecer que Rakel tinha sido morta depois que Hole chegou lá. A motivação de Finne era que Harry Hole tinha matado o filho dele quando ia prendê-lo.

— É mesmo? — Katrine não conseguia entender por que não havia "comprado" essa história na hora. — E Finne explicou como entrou na casa de Rakel Fauke? Considerando que a porta estava trancada por dentro, quero dizer.

Krohn fez que não com a cabeça.

— Pela chaminé? Não faço ideia. Já vi esse homem chegar e sair das maneiras mais inexplicáveis. Concordei em me encontrar com ele aqui porque queria que ele se entregasse à polícia.

Katrine bateu os pés no chão.

— Quem você acha que matou Finne? E por quê?

Krohn deu de ombros.

— Um homem como Svein Finne, que abusava de menores, arranja muitos inimigos na prisão. Ele conseguiu sair vivo de lá, mas sei que vários ex-detentos que foram libertados só estavam esperando Finne sair de lá. Homens como esses infelizmente têm acesso a armas de fogo, e não são poucos os que sabem usá-las muitíssimo bem.

— Então temos uma penca de suspeitos em potencial, e todos cumpriram pena por crimes graves, alguns por assassinato, é isso que você está dizendo?

— É isso que eu estou dizendo, Bratt.

Krohn era um convincente contador de histórias, sobre isso não havia dúvida. Talvez o ceticismo de Katrine se baseasse no fato de ela ter ouvido muitas das histórias que ele havia contado no tribunal. Ela olhou para a Alise.

— Eu tenho algumas perguntas, se estiver tudo bem para você.

— Ainda não — disse Alise, cruzando os braços. — Só daqui a seis horas. Novos estudos comprovam que ficar falando de experiências dramáticas antes desse prazo aumenta o risco de trauma no longo prazo.

— E nós temos um assassino que a cada minuto vai ficando mais difícil de pegar — retrucou Katrine.

— A responsabilidade não é minha. Eu sou advogada de defesa — disse a mulher com olhar desafiador, mas voz instável.

Katrine sentiu pena da moça, mas não era hora de ser delicada.

— Sendo assim, você fez um péssimo trabalho, porque o seu cliente está morto — disse Katrine. — Você não é uma advogada de defesa, mas uma jovem mulher com um diploma de advogada e um chefe com quem você está transando porque acha que isso vai te ajudar a chegar mais longe na carreira profissional. Mas não vai. E também não vai adiantar nada pegar pesado comigo, entendeu?

Alise Krogh Reinertsen encarou Katrine. Deu umas piscadelas. A primeira lágrima abriu caminho pela maquiagem no rosto da jovem.

Seis minutos depois, Katrine tinha todos os detalhes. Ela havia pedido a Alise que fechasse os olhos, revivesse o primeiro tiro e dizer "agora" quando o primeiro tiro atingiu o alvo e "agora" quando ela escutou o estrondo. Pouco mais de um segundo entre os dois, o que significava que o tiro tinha vindo de uma distância de pelo menos quatrocentos metros. Katrine ponderou sobre os pontos de impacto. O órgão genital e um dos olhos. Isso não foi um acidente. O assassino tinha de ser um atirador desportivo ou um militar com treinamento especializado. Não podia haver muitos com esse perfil que tinham cumprido pena na mesma época que Svein Finne. Provavelmente nenhum, ela arriscou um palpite.

E uma suspeita, quase uma esperança — não, nem isso, apenas um desejo frívolo —, surgiu em sua mente e logo desapareceu. Mas aquele vislumbre de uma verdade alternativa deixou para trás uma sensação quente e reconfortante, algo como a fé à qual pessoas religiosas se apegam, mesmo que seu intelecto a rejeite. E, por alguns instantes, Katrine não sentiu o vento do norte enquanto olhava para o parque à frente e imaginava como seria no verão, a ilha com o salgueiro, as flores, os insetos zumbindo, os pássaros cantando. Todas as coisas que ela logo apresentaria a Gert. Então outro pensamento a atingiu em cheio.

As histórias que ela contaria a Gert sobre o pai.

Conforme o tempo ia passando, mais ele ficaria interessado em saber sobre o homem de quem tinha vindo.

Histórias que o fariam se sentir orgulhoso ou envergonhado.

Era verdade que o seu lado texugo havia acordado. E que um texugo, ao menos em teoria, poderia cavar de um lado a outro do planeta no decorrer da vida. Mas a questão era: o quanto ela queria cavar? Talvez já tivesse descoberto tudo o que precisava saber.

Ela ouviu um som. Não, não era um som. Mas o silêncio.

O relógio do outro lado do lago. O bipe tinha parado.

O olfato de um cão é, grosso modo, cem mil vezes mais sensível que o humano. E, de acordo com uma pesquisa recente que Sung-min tinha lido, cães podem fazer bem mais que apenas farejar. O órgão de Jacobson localizado no palato dos cachorros permite, inclusive, que esses animais detectem e interpretem feromônios inodoros e outros fatores sem nenhum cheiro. Isso significa que um cão — em condições perfeitas — consegue seguir o rastro de um ser humano até um mês depois.

As condições, porém, não eram perfeitas.

O pior de tudo era que o rastro que seguiam corria ao longo de uma calçada, o que significava que outras pessoas e animais haviam embaralhado o cheiro. E não havia muita vegetação às quais as partículas de odor pudessem grudar.

Por outro lado, tanto a Sørkedalsveien quanto a calçada — que atravessavam uma área residencial — tinham trânsito menos pesado que o do centro da cidade. E fazia frio, o que colaborava para preservar os cheiros. Porém, mais importante ainda, mesmo que nuvens volumosas soprassem do noroeste, não havia caído nenhum pingo de chuva desde que Svein Finne tinha chegado ali.

Sung-min se sentia tenso cada vez que se aproximavam de um ponto de ônibus, certo de que a trilha estava prestes a terminar, de que era ali que Finne havia desembarcado. Mas Kasparov seguia firme puxando pela guia, parecendo ter esquecido a dor nos quadris. Nas encostas que levavam a Røa, Sung-min começou a se arrepender de não ter se trocado para roupas esportivas.

Porém, quanto mais suava, mais animado ficava. Caminhavam havia quase meia hora, e parecia improvável que Finne tivesse usado transporte público e descido só para percorrer um caminho desnecessariamente longo.

Harry olhou para além do fiorde de Porsanger, para o mar, para o polo norte, para o fim e o começo, para onde provavelmente havia a linha do horizonte em dias mais claros. Mas hoje, o mar, o céu e a terra eram um grande borrão. Era como se sentar sob um imenso domo esbranquiçado, tudo tão quieto como num templo, os únicos sons eram os ocasionais grasnados das gaivotas e o mar batendo suavemente no barco a remo onde o homem e o menino estavam sentados. E a voz de Oleg:

— ... e, quando eu cheguei em casa, contei para a mamãe que levantei o braço na sala de aula e disse que a Velha Tjikko não era a árvore mais velha do mundo, mas sim as raízes mais antigas, e ela riu tanto que achei que ia começar a chorar. Então ela disse que nós três tínhamos raízes como aquelas. Eu não disse nada, mas pensei que isso não podia estar certo, porque você não é o meu pai do mesmo jeito que as raízes são o pai e a mãe da Velha Tjikko. Mas, alguns anos depois, entendi o que ela quis dizer. Que as raízes crescem. Que, quando costumávamos nos sentar ali conversando sobre... Não me lembro. Sobre o que a gente conversava? *Tetris*. Skate. As bandas que nós dois gostávamos...

— Hum. E que nós dois...

— ... odiávamos. — Oleg sorriu. — Foi assim que criamos raízes. Foi desse jeito que você se tornou meu pai.

— Hum. Um pai ruim.

— Que besteira.

— Você acha que eu fui um pai decente?

— Você foi um pai *diferente*. Ia mal em algumas matérias, mas era o melhor do mundo em outras. Você me salvou quando voltou de Hong Kong. Mas é engraçado, eu me lembro melhor das pequenas coisas. Como quando você me enganou.

— Eu te *enganei*?

— É. Quando eu finalmente consegui bater o seu recorde de *Tetris*, você se gabou dizendo que conhecia todos os países no atlas mundial que ficava na estante. E você sabia muito bem o que ia acontecer depois disso.

— Bem...

— Levei alguns meses, mas, quando os meus colegas de turma me olharam esquisito quando mencionei Djibuti, eu sabia os nomes, as bandeiras, as capitais de todos os países do mundo.

— Quase todos.

— Todos.

— Negativo. Você achava que San Salvador era o nome do país e El Salvador...

— Nem vem com essa.

Harry sorriu. E se deu conta de que era exatamente o que era. Um sorriso. Como o primeiro vislumbre de sol após meses de escuridão. Mesmo que um novo tempo de escuridão estivesse por vir para ele, agora que enfim havia acordado, nada poderia ser pior que aquele que havia ficado para trás.

— Ela gostava disso — comentou Harry. — De ouvir as nossas conversas.

— Gostava? — Oleg olhou para o norte.

— Ela costumava trazer o livro que estava lendo ou o tricô que estava fazendo e se sentava perto da gente. Ela não se dava ao trabalho de interromper nem de participar da conversa, e sequer prestava atenção no que a gente falava. Dizia que gostava do som dos homens da sua vida.

— Eu também gostava daquele som — disse Oleg, puxando a vara de pescar em sua direção, fazendo a ponta se inclinar numa saudação respeitosa para a superfície da água. — De você e da mamãe. Depois que eu ia para a cama, costumava abrir a porta só para ouvir vocês. Vocês falavam tão baixinho, parecia que vocês já tinham dito praticamente tudo, que compreendiam um ao outro. Que tudo o que precisava ser acrescentado era uma ocasional palavra-chave aqui ou ali. Ainda assim, você a fazia rir. E era um som que fazia com que eu me sentisse seguro, o melhor som para adormecer.

Harry deu uma risadinha. Tossiu. Pensou que os sons percorriam um longo caminho com esse tempo, possivelmente até a terra firme. Ele recolheu sua vara de pescar.

— A Helga diz que nunca viu dois adultos tão apaixonados um pelo outro como você e a mamãe. E que torce para que possamos ser como vocês.

— Hum. Talvez ela devesse ansiar por mais que isso.

— Mais que isso?

Harry deu de ombros.

— Aí vem uma frase que ouvi muitos homens dizerem. Sua mãe merecia alguém melhor que eu.

Oleg deu um rápido sorriso.

— A mamãe sabia onde estava se metendo, e era você que ela queria Ela só precisava de um tempo para se lembrar disso. Para que vocês dois se lembrassem das raízes da Velha Tjikko.

Harry pigarreou.

— Olha só, talvez seja hora de eu te contar...

— Não — interrompeu Oleg. — Eu não quero saber por que ela mandou você embora, tá bom? E também nada sobre o resto da história.

— Tá bom — disse Harry. — Fica a seu critério o quanto quer saber.

Era isso que ele costumava falar para Rakel. E ela havia criado o hábito de pedir menos em vez de mais informações.

Oleg passou a mão pela lateral do barco.

— Porque o resto da verdade é ruim, não é?

— É.

— Ouvi você no quarto de hóspedes ontem à noite. Conseguiu dormir?

— Consegui.

— Mamãe está morta, nada pode mudar isso, e, por enquanto, basta eu saber que alguém que não é você é o culpado. Se eu sentir que preciso saber, então talvez você possa me contar mais tarde.

— Você é muito sábio, Oleg. Como a sua mãe.

Oleg deu um sorrisinho sarcástico e olhou a hora.

— Helga deve estar esperando a gente. Ela comprou bacalhau.

Harry olhou para o balde vazio na frente dele.

— Mulher esperta.

Eles recolheram as linhas. Harry olhou para o relógio. Tinha uma passagem para o voo da tarde de volta para Oslo. Ele não sabia o que ia acontecer depois disso; o plano que havia elaborado com Johan Krohn não ia além do que já tinha ocorrido.

Oleg colocou os remos nas travas e começou a remar.

Harry ficou olhando e se recordou da época em que costumava remar enquanto o avô, sentado à sua frente, sorria e lhe dava pequenos conselhos: que deveria usar a parte superior do corpo e endireitar os braços para remar com a barriga, não com os bíceps. Que deveria fazer movimentos suaves, sem estresse, e encontrar um ritmo, pois um barco deslizando uniformemente pela água se movia mais rápido, mesmo com menos esforço. Que deveria sentir com as nádegas para se certificar de que estava sentado no centro do banco. Que era uma questão de equilíbrio. Que ele não devia olhar para os remos, mas manter os olhos no rastro do barco, que os sinais do que já havia acontecido mostravam aonde estavam indo. Mas o rastro que deixamos diz muito pouco sobre o que vai acontecer, dissera o avô. E que isso ia ser determinado pela próxima remada. O avô pegou o relógio de bolso e disse que, quando voltássemos à praia, iríamos nos lembrar do passeio a barco como uma linha contínua desde o ponto de partida até o de chegada. Uma história com um propósito e uma direção. Vamos nos lembrar dela como se fosse aqui e só aqui que achávamos que o barco chegaria à terra firme, dissera ele. Mas o ponto de chegada e o destino pretendido eram duas coisas diferentes. Não que um fosse necessariamente melhor que o outro. Nós chegamos aonde chegamos, e pode ser um consolo acreditar que era aonde queríamos chegar, ou pelo menos que era o nosso destino o tempo todo. Mas nossas memórias falíveis são como uma mãe carinhosa nos dizendo como somos inteligentes, como as nossas remadas eram perfeitas e se encaixavam na história como uma parte lógica e intencional. A ideia de que poderíamos ter saído do curso, de que não sabíamos mais nem onde estávamos nem para onde estávamos indo, de que a vida é uma bagunça caótica de remadas desajeitadas é tão desagradável que preferimos reescrever a história em retrospecto. É por isso que pessoas que parecem ter sido bem-sucedidas, quando são questionadas sobre isso, costumam dizer que foi um sonho — o único sonho — de infância, o sonho de alcançar o sucesso no que quer que tenham sido bem-sucedidas. É provável que a intenção seja boa. Mas é provável que elas só tenham se esquecido dos outros sonhos, daqueles que não foram alimentados, que esmaeceram e desapareceram. Quem sabe, talvez pudéssemos reconhecer o caos sem sentido das coincidências que compõem as nossas vidas se, em vez de autobiografias, tivéssemos escrito nossas previsões para a vida ou como achávamos que nossas vidas seriam. Poderíamos esquecer tudo isso para então trazer essas memórias de volta mais tarde na vida e ver com o que *de fato* sonhávamos.

Mais ou menos àquela altura, o avô teria tomado um longo gole do seu cantil e depois encarado o menino, Harry. E Harry teria contemplado os olhos pesados do velho, olhos tão pesados que pareciam prestes a saltar fora do rosto, como se estivessem chorando clara de ovo e íris. Harry não tinha pensado nisso à época, mas agora sim: que seu avô estava sentado lá torcendo para que o neto tivesse uma vida melhor que a dele. Que evitasse cometer os mesmos erros que os dele. Mas também que, talvez, um dia, quando o menino tivesse crescido, se sentasse assim como ele, observando o filho, a filha, os netos remarem. E lhes desse uns conselhos. E visse que alguns ajudaram, enquanto outros foram esquecidos ou ignorados. E sentisse o peito inflar, a garganta apertar em um estranho misto de orgulho e compaixão. Orgulho porque a criança era uma versão melhor dele mesmo. Compaixão porque ainda teriam mais sofrimentos pela frente do que já haviam deixado para trás, e estavam remando com a convicção de que alguém — eles mesmos, talvez, ou ao menos seu avô — soubesse para onde estavam indo.

— Temos um caso — disse Oleg. — Dois vizinhos, amigos de infância, brigaram numa festa. Nunca tinha havido nenhuma discórdia entre eles e eram pessoas íntegras. Depois eles foram para as suas respectivas casas, mas, então, na manhã seguinte, um deles, professor de matemática, apareceu na porta do outro segurando um macaco hidráulico. Posteriormente, o vizinho acusou o professor de matemática de tentativa de homicídio, afirmando que o outro tinha batido na sua cabeça antes que conseguisse fechar a porta. Fui interrogar o professor de matemática. E fiquei lá sentado pensando: não, se ele é capaz de matar, então todos somos. E não somos. Ou somos?

Harry não respondeu.

Oleg parou de remar por um instante.

— Pensei a mesma coisa quando me disseram que a Kripos tinha provas contra você. Que não podia ser verdade. Sei que você foi obrigado a matar no cumprimento do dever para salvar a própria vida ou a de outra pessoa. Mas um assassinato planejado e premeditado, em que você limpa todas as provas antes de sair... Você não seria capaz de fazer isso, não é?

Harry olhou para Oleg, que continuava sentado esperando uma resposta. O garoto, quase um homem, com uma vida toda pela frente, com chances de se tornar um homem melhor que ele. Rakel sempre exibiu uma nota de preocupação na voz quando lhe dizia o quanto Oleg o admirava e tentava imitá-lo nos mínimos detalhes: o jeito de andar com os pés ligeiramente para fora, um pouco como Charlie Chaplin. Que usava as palavras e as expressões peculiares de Harry, como o arcaico "indubitavelmente". Que copiava o jeito de Harry esfregar a nuca quando elaborava pensamentos profundos. Repetia os argumentos de Harry sobre os direitos e os deveres do Estado.

— É claro que eu não seria capaz — disse Harry, tirando o maço de cigarro do bolso. — É preciso ser um tipo específico de pessoa para planejar um assassinato a sangue-frio, e você e eu não somos assim.

Oleg sorriu. Parecia aliviado.

— Posso dar uma...

— Não, você não fuma. Continua remando.

Harry acendeu um cigarro. A fumaça subiu direto, mas depois rumou para o leste. Ele forçou a vista para o horizonte que não estava lá.

Krohn tinha parecido totalmente desnorteado ao parar no vão da porta só de cueca e chinelos. Havia hesitado por um momento até convidar Harry para entrar. Eles se sentaram à mesa da cozinha, e Krohn lhes servira um espresso com sabor de nada, tirado de uma cafeteira preta, enquanto Harry reforçava o dever de confidencialidade antes de revelar a história toda.

Ao terminar, a xícara de café de Krohn continuava intocada.

— Então o que você quer é limpar o seu nome — disse Krohn. — Mas sem acusar o seu colega Bjørn Holm.

— Isso — confirmou Harry. — Você pode me ajudar?

Johan Krohn coçou o queixo.

— Isso vai ser difícil. Como você sabe, a polícia não gosta de desistir de um suspeito, a não ser que tenha outro para pôr no lugar. E o que temos, a análise de um pouco de sangue em uma calça que mostra que você foi drogado com Rohypnol e o consumo de eletricidade que prova que o termostato foi aumentado e diminuído, são apenas provas suplementares. O sangue poderia ter vindo de outra ocasião, a eletricidade poderia ter sido usada em outra sala; enfim, não prova nada. O que nós precisamos... é de um bode expiatório. Alguém que não tenha um álibi. Alguém com motivação. Alguém que todos aceitariam.

Harry havia anotado mentalmente que Krohn dissera "nós", como se já fossem uma equipe. E algo mais havia mudado em Krohn. O rosto já não estava tão pálido, e ele respirava mais fundo, as pupilas haviam se dilatado. Como um animal carnívoro que localizou uma presa, pensou Harry. A mesma presa que eu.

— Existe o mito generalizado de que um bode expiatório deve ser inocente — continuou Krohn. — Mas a questão com o bode expiatório não é ser inocente, mas ser capaz de ser visto como culpado, independentemente do que fez ou deixou de fazer. Mesmo de acordo com a legislação em vigor, vemos que criminosos que provocam a repulsa pública, embora sejam apenas tangencialmente culpados, recebem punições desproporcionalmente altas.

— Podemos ir direto ao ponto? — pediu Harry.

— Ao ponto?

— Svein Finne.

Krohn encarou Harry. Depois assentiu de leve para indicar que estavam entendidos.

— Com essas novas informações — disse Krohn —, Finne perdeu o álibi para a hora do assassinato, ele ainda não havia chegado à maternidade. E ele tem uma motivação: ele te odeia. Você e eu vamos garantir que o estuprador na ativa acabe atrás das grades. E ele não é um bode expiatório inocente. Pensa no enorme sofrimento que ele causou às pessoas. Sabe de uma coisa? Finne admitiu... Melhor dizendo, ele se vangloriou de ter estuprado a filha do bispo Bohr, que morava a algumas centenas de metros daqui.

Harry tirou o maço de cigarros do bolso. Ajeitou um cigarro dobrado.

— Me diz logo o que Finne sabe sobre você.

Krohn riu. Levou a xícara à boca para camuflar a risada falsa.

— Eu não tenho tempo para brincadeiras, Krohn. Diz logo, com todos os detalhes.

Krohn engoliu em seco.

— Sim, claro. Me desculpa, eu quase não dormi. Vamos tomar um café na biblioteca.

— Por quê?

— Minha mulher... O som não chega até lá em cima.

A acústica era seca e abafada entre os livros que cobriam as paredes do chão ao teto. Harry ouviu a história jogado numa ampla poltrona de couro. Agora foi ele que não tocou no café.

— Hum — murmurou Harry depois que Krohn terminou. — Então podemos ser diretos?

— É claro — disse Krohn, que havia vestido uma capa de chuva, trazendo à memória de Harry um depravado que costumava perambular por uma área de floresta em Oppsal quando Harry era menino. Certa vez, Øystein e Harry se aproximaram furtivamente do tarado e atiraram nele com pistolas de água. Mas o que Harry mais se lembrava era do olhar de tristeza nos olhos molhados e passivos do tarado antes de eles fugirem e de que depois se sentira muito arrependido sem saber por quê.

— Você não quer Finne atrás das grades — disse Harry. — Isso não o impediria de contar para a sua esposa o que ele sabe. Você quer Finne fora do caminho. Para sempre.

— Então... — começou Krohn.

— O seu problema é o Finne estar vivo — continuou Harry. — O meu é que, se conseguirmos encontrar o cara, ele ainda pode ter um álibi entre as seis e as dez horas que desconhecemos. Pode ser que ele estivesse com a grávida nas horas antes de irem para a maternidade. Não que eu imagine que ela vá se apresentar se Finne for assassinado, é claro.

— Assassinado?

— Liquidado, terminado, anulado. — Harry tragou o cigarro que havia acendido sem pedir permissão. — Eu prefiro "assassinado". Coisas ruins merecem nomes ruins.

Krohn deixou escapar uma gargalhada rápida e sombria.

— Você está falando de assassinato a sangue-frio, Harry.

Harry deu de ombros.

— Assassinato, sim; a sangue-frio, não. Mas, se vamos fazer isso, precisamos diminuir a temperatura. Se é que me entende.

Krohn assentiu.

— Ótimo — disse Harry. — Preciso pensar por um minuto.

— Posso pegar um dos seus cigarros?

Harry lhe passou o maço.

Os dois homens ficaram em silêncio, observando a fumaça subir para o teto.

— E se... — começou Krohn.

— Shhh.

Krohn suspirou.

Seu cigarro estava quase queimando o filtro quando Harry tornou a falar.

— O que preciso de você, Krohn, é uma mentira.

— Tudo bem.

— Você vai precisar dizer que Finne confessou ter matado a Rakel. E eu vou convidar outras duas pessoas para participar disso. Uma delas trabalha para o Instituto de Medicina Forense. A outra é um franco-atirador. Nenhum de vocês vai saber o nome dos outros. Entendido?

Krohn assentiu.

— Bom. Precisamos escrever um convite para o Finne dizendo a ele quando e onde encontrar a sua assistente, então você precisa fixá-lo ao túmulo com algo que vou lhe dar.

— O quê?

Harry deu a última tragada no cigarro e depois o apagou na xícara de café.

— Um cavalo de Troia. Finne coleciona facas. Se a gente tiver sorte, vai ser o bastante para acabar com todas as especulações.

* * *

Sung-min ouviu o crocitar de um corvo em algum ponto entre as árvores enquanto contemplava a face escarpada de um rochedo à frente. O gelo derretido desenhava riscos pretos no granito cinzento que se elevava uns trinta metros de onde estavam. Ele e Kasparov estiveram caminhando por quase três horas, e era óbvio que Kasparov estava com dor. Sung-min não saberia dizer se era lealdade ou instinto de caça que o incitava a continuar, mas, mesmo quando tinham parado no fim da trilha lamacenta da floresta e mirado a ponte de corda e madeira carcomida sobre o rio, que ia dar na floresta densa e coberta de neve do outro lado, o cão continuava puxando a guia para seguir adiante. Sung-min havia avistado pegadas na neve do outro lado, mas teria de carregar Kasparov para atravessar a ponte e, ao mesmo tempo, segurar-se com ao menos uma das mãos. Naquela hora, indagou a si mesmo: e depois? Os sapatos Loake costurados à mão de Sung-min havia muito estavam encharcados e destruídos, mas a questão naquele momento era o quanto conseguiria avançar no terreno escorregadio e coberto de neve na outra margem do rio com as solas de couro deslizantes.

Sung-min tinha se agachado diante de Kasparov, esfregado as mãos e olhado bem nos olhos cansados do cachorro.

— Se você consegue, então eu também consigo — dissera.

Em resposta, Kasparov havia ganido e se contorcido todo quando Sung-min o suspendera e o levara para o destino encharcado que os aguardava, mas, de algum jeito, conseguiram chegar ao outro lado.

E, então, depois de vinte minutos patinando de lá para cá, um paredão de rocha bloqueava a passagem. Será que bloqueava mesmo? Ele seguiu as trilhas que levavam para a lateral do rochedo, onde viu uma corda desgastada e escorregadia amarrada ao tronco mais alto de uma árvore, quase na vertical. Então viu que a corda continuava entre as árvores e que havia alguns degraus no chão, formando uma trilha. Mas ele não seria capaz de subir pela corda carregando Kasparov.

— Me desculpa, amigão, mas isso vai doer — avisou Sung-min. Depois se ajoelhou, colocou as pernas dianteiras de Kasparov em volta do pescoço e, usando o cinto, amarrou bem apertado o cachorro ao redor de seu corpo. — Se a gente não encontrar nada lá em cima, a gente volta. Eu prometo.

Sung-min segurou a corda e firmou os pés. Kasparov ganiu enquanto pendia impotente como uma mochila no pescoço do dono, as patas traseiras arranhando o paletó de Sung-min.

Foi mais rápido que Sung-min esperava e, num instante, chegaram ao topo do rochedo, de onde a floresta continuava diante deles.

Havia uma cabana vermelha a uns vinte metros de onde estavam.

Sung-min soltou Kasparov, mas, em vez de o cachorro seguir o caminho que levava diretamente à cabana, ele se encolheu entre as pernas de Sung-min, uivando e ganindo.

— Ô, garotão, não tem nada lá — disse Sung-min. — Finne está morto.

Sung-min viu pegadas de animais — pegadas grandes. Seria a isso que Kasparov estava reagindo? Ele deu um passo em direção à cabana. Sentiu o arame esbarrar na perna, mas era tarde demais e sabia que havia caído numa armadilha. Um som semelhante a um assobio, e ele só teve tempo de ver um flash de luz de um objeto cheio de explosivos levantar voo bem na sua cara. Instintivamente cerrou bem os olhos. Ao abri-los, teve de inclinar a cabeça para trás para ver o objeto subir para o céu, deixando um fino rastro de fumaça. Então houve um *bum* amortecido quando o foguete explodiu e, mesmo à luz do dia, pôde ver uma chuva amarela, azul e vermelha, como um bigue-bangue em miniatura.

Era evidente que alguém queria ser avisado se algo estivesse se aproximando. Ou talvez fosse para assustar alguém. Ele podia sentir Kasparov tremendo encostado na sua perna.

— São só fogos de artifício — disse ele dando tapinhas no cão. — E obrigado pelo aviso, meu amigo.

Sung-min caminhou até a varanda de madeira na frente da cabana.

Kasparov conseguiu se munir de coragem e passou correndo por ele, chegando à porta.

Sung-min reparou que a moldura da porta estava lascada na altura da fechadura, o que significava que não precisaria arrombá-la, que esse trabalho sujo já havia sido feito para ele.

Abriu a porta e entrou.

Notou na hora que a cabana não tinha nem eletricidade nem água. Havia cordas penduradas em ganchos fixados às paredes, provavelmente amarradas bem no alto para evitar que fossem comidas pelos ratos.

Mas havia comida sobre o longo banco de jardim perto da janela voltada para o oeste.

Pão. Queijo. E uma faca.

Nada parecida com a faca de lâmina curta com cabo marrom que ele havia encontrado quando revistaram o corpo de Finne. Esta, estimou, tinha uma lâmina de menos de quinze centímetros de comprimento. O coração de Sung-min começou a bater mais forte, mais feliz, quase como quando tinha visto Alexandra Sturdza entrar no Statholdergaarden.

— Sabe de uma coisa, Kasparov? — sussurrou ele enquanto passava os olhos pelo cabo de carvalho e pela guarda de chifre. — Acho que o inverno está quase acabando mesmo.

Porque não havia dúvida. Esta era uma faca de cozinha Tojiro. Esta era a faca.

53

— Em que posso lhe servir? — perguntou o barman vestido de branco.

Harry deixou os olhos vagarem pelas garrafas de aquavit e uísque expostas nas prateleiras ao fundo, até retornarem à tela da televisão silenciosa. Ele era o único cliente no bar, e o ambiente estava estranhamente calmo. Calmo para o Aeroporto de Gardermoen, no caso. Uma voz capaz de induzir o sono dava um aviso num dos portões de embarque mais distantes, e sapatos de solado duro ressoavam no piso. Sons de um aeroporto que logo encerraria as atividades daquele dia. Mas restavam várias opções. Ele tinha chegado num voo de Lakselv com escala em Tromsø havia uma hora, e apenas com sua bagagem de mão havia caminhado para a área de trânsito em vez de para a área de desembarque. Harry olhou para o grande painel dos voos de partida ao lado do bar. As opções eram Berlim, Paris, Bangcoc, Milão, Barcelona ou Lisboa. Ainda tinha bastante tempo, e o balcão de passagens da SAS ainda estava aberto.

Depois se virou para o barman que aguardava seu pedido.

— Já que perguntou, gostaria que aumentasse o som — disse Harry, apontando para a televisão, onde Katrine Bratt e o chefe do Serviço de Informações, Kedzierski, um homem de cabelos grossos e encaracolados estavam sentados à mesa na Sala de Imprensa, o local normalmente utilizado para coletivas de imprensa, no quarto andar da sede da polícia. Na parte inferior da tela, havia apenas uma única linha de texto: *Suspeito de assassinato Svein Finne baleado por franco--atirador desconhecido em Smestad.*

— Desculpe — disse o barman. — Todas as televisões do aeroporto precisam ficar no mudo.

— Não tem ninguém aqui exceto a gente.

— São as regras.

— Cinco minutos, apenas essa notícia. Eu te dou 100 coroas.

— É proibido aceitar propina.

— Hum. Não seria propina se eu pedisse um uísque e lhe desse uma gorjeta se achasse que fui bem atendido.

O barman deu um sorrisinho. Depois deu uma boa olhada em Harry.

— Você não é aquele escritor?

Harry fez que não a cabeça.

— Eu não leio, mas a minha mãe gosta de você. Posso tirar uma selfie?

Harry indicou a tela com a cabeça.

— Tudo bem — disse o barman, inclinando-se sobre o balcão com o celular na mão tirando uma selfie com Harry antes de tocar no controle remoto. O som da televisão aumentou alguns recatados decibéis e Harry se curvou para ouvir melhor.

O rosto de Katrine Bratt parecia brilhar toda vez que um flash era disparado. Ela ouvia atentamente uma pergunta de um jornalista que o microfone não conseguia captar. A voz dela era clara e firme ao responder.

— Não posso entrar em detalhes, apenas repito que, no processo de investigação do assassinato de Svein Finne, hoje mais cedo, a Polícia de Oslo encontrou evidências convincentes de que Finne foi responsável pelo assassinato de Rakel Fauke. A arma do crime foi encontrada no esconderijo de Svein Finne. E o advogado de Finne declarou à polícia que Finne afirmou ter matado Rakel Fauke e, depois, plantado evidências para incriminar Harry Hole. Sim? — Katrine apontou para alguém na sala.

Harry reconheceu a voz de Mona Daa, jornalista investigativa do *VG*.

— Winter não deveria estar aqui para explicar como ele e a Kripos se deixaram ser tão manipulados por Finne?

Katrine se inclinou para a selva de microfones.

— Winter vai ter que responder a isso quando a Kripos realizar sua coletiva de imprensa. Nós, da Polícia de Oslo, vamos enviar para Winter tudo o que temos sobre a conexão de Finne com o caso Rakel Fauke, e estamos aqui principalmente para explicar o assassinato de Finne, já que esse caso é de nossa exclusiva responsabilidade.

— Você tem algum comentário a fazer sobre a forma como Winter cuidou do caso? — continuou Daa. — Ele e a Kripos vieram a público com alegações de assassinato contra um policial inocente e já falecido que trabalhava na Divisão de Homicídios.

Harry percebeu que Katrine se conteve quando estava prestes a responder. Engoliu em seco. Ela se recompôs e disse:

— Eu e a Polícia de Oslo não estamos aqui para criticar a Kripos. Pelo contrário, um de seus detetives, Sung-min Larsen, foi fundamental para o que agora parece ser nossa bem-sucedida identificação do assassino de Rakel Fauke. Última pergunta. Sim?

— Eu sou do *Dagbladet*. Você afirma não ter identificado um suspeito para o assassinato de Finne. Temos fontes que nos revelaram que ele havia sido ameaçado por homens com quem estava na prisão e que agora estão livres. É algo que a polícia está investigando?

— Sim — disse Katrine, virando-se para o chefe do Serviço de Informações.

— Bem, muito obrigado por terem vindo — disse Kedzierski. — Não temos outra coletiva de imprensa agendada, mas teremos...

Harry sinalizou para o barman que já tinha escutado o suficiente.

Ele viu Katrine se levantar. Ela provavelmente iria para casa. Alguém devia estar tomando conta de Gert para ela. O menino que estivera na cadeirinha de bebê, sorrindo, acordado, com os olhos em Harry, enquanto era levado pelas ruas da cidade. Harry tinha tocado a campainha do apartamento de Katrine e sentira algo envolvendo seu dedo indicador. Havia olhado para baixo e os dedinhos do bebê pareciam segurar um taco de beisebol. Aqueles olhos de um azul intenso pareciam exigir que ele não fosse embora, que não o abandonasse daquele jeito, não ali. Diziam a Harry que agora ele lhe devia um pai. E, quando Harry se escondera nas sombras de uma porta do outro lado da rua e vira Katrine sair, por pouco não havia revelado sua presença. E contado tudo para ela. E deixado que ela decidisse sozinha por eles dois. Por eles três.

Harry espichou as costas, ainda sentado no banco do bar.

Viu que o barman havia colocado à sua frente um copo com uma bebida amarronzada. Demorou seu olhar naquele copo. *Só uma dose.* Sabia que era a voz que não deveria ouvir: *Vamos lá, você merece comemorar!*

Não.

Não? Tá bom, que não seja para comemorar, mas um brinde aos mortos, uma bebida por eles, seu sujeitinho sem coração, filho da puta desgraçado.

Harry sabia que, se ele entrasse numa discussão com essa voz, acabaria perdendo.

Olhou para o painel de embarque. Para a bebida. Katrine estava a caminho de casa. Ele poderia sair dali, pegar um táxi. Tocar a campainha de novo. Aguardar sob a luz desta vez. Erguer-se do mundo dos mortos. Por que não? Não podia se esconder para sempre. E agora que não era mais um suspeito, para que se esconder? Um pensamento lhe ocorreu. Ainda no carro, sob o gelo do rio, algo havia lhe ocorrido. Mas ele tinha esquecido até o momento. Havia sido uma pergunta: o que ele tinha para oferecer a Katrine e Gert? Será que a verdade e sua presença lhes causariam mais mal que bem? Só Deus sabe. Só Deus sabe se ele não teria inventado esses dilemas para dar a si mesmo uma desculpa para ir embora. Lembrou-se dos dedinhos em torno de seu dedo. Do olhar de comando. Seus pensamentos foram interrompidos quando sentiu o telefone vibrar. Pegou-o e tocou na tela.

— É a Kaja. — A voz dela ainda parecia tão próxima. Talvez o Pacífico não ficasse tão longe assim.

— Oi, como vão as coisas?

— Uma loucura. Acabei de acordar de um sono pesado de quatorze horas. Estou fora da tenda, na praia. O sol está começando a nascer. Parece um balão vermelho sendo inflado lentamente que em breve vai se soltar da linha do horizonte e decolar.

— Hum. — Harry olhou para a bebida no copo.

— E você? Como está lidando com essa coisa de acordar?

— Era mais fácil quando eu estava dormindo.

— Vai ser difícil, o processo de luto que você está iniciando. E agora você perdeu Bjørn também. Você tem pessoas ao seu redor que podem...

— Claro que sim.

— Não, você não tem, Harry.

Ele não saberia dizer se ela podia sentir seu sorriso.

— Eu só preciso de alguém para tomar algumas decisões.

— Foi por isso que você me ligou?

— Não. Eu liguei para avisar que botei sua chave de volta no lugar. Obrigada por me deixar ficar.

— Deixar você ficar... — repetiu ela. Então suspirou. — O terremoto destruiu muitos dos poucos prédios que existiam, mas é incrivelmente belo aqui, Harry. Belo e destruído. Belo e destruído, entendeu?

— Entendeu o quê?

— Eu gosto de coisas belas e destruídas. Como você. E eu mesma estou um pouco destruída.

Harry desconfiou de para onde essa conversa estava indo.

— Será que você não consegue pegar um voo para cá, Harry?

— Para uma ilha no Pacífico que acabou de ser arrasada por um terremoto?

— Para Auckland, Nova Zelândia. Vamos coordenar os esforços internacionais de lá, e eles me designaram chefe de segurança. Estou partindo nessa tarde num avião de transporte.

Harry olhou para o painel de voos. Bangcoc. Talvez ainda houvesse voos diretos de lá para Auckland.

— Vou pensar, Kaja.

— Ótimo. Quanto tempo você ach...

— Um minuto. E te ligo de volta, pode ser?

— *Um* minuto? — Ela parecia feliz. — Tá bom. Acho que dá para aguentar.

Desligaram.

Ainda não havia tocado no copo diante dele.

Ele podia desaparecer. Mergulhar na escuridão. Então teve aquela sensação de novo. O pensamento que sempre escapava dele, desde quando estava no carro mergulhado no gelo. Era congelante. Assustador. E solitário. Mas era algo mais também. Era tranquilo. E de uma paz inacreditável.

Olhou para o painel de voos de novo.

Lugares onde um homem podia desaparecer.

De Bangcoc, poderia ir para Hong Kong. Ainda tinha conhecidos por lá, provavelmente poderia conseguir um emprego sem muita dificuldade, talvez até um trabalho de verdade. Ou poderia ir para outra direção. América do Sul. Cidade do México. Caracas. Desaparecer por completo.

Harry massageou a nuca. O balcão da companhia aérea fecharia em seis minutos.

Katrine e Gert. Ou Kaja e Auckland. Uísque e Oslo. Sóbrio em Hong Kong. Ou Caracas.

Harry fuçou o bolso e tirou de lá um pequeno objeto de metal cinza-azulado. Olhou para os pontinhos nas laterais. Respirou fundo, colocou as mãos em concha, sacudiu o dado e o pôs para rolar no balcão do bar.

Este livro foi composto na tipografia Sabon
LT Std, em corpo 11/15, e impresso em
papel off-white no Sistema Cameron da
Divisão Gráfica da Distribuidora Record.